冯健男文学批评选集

冯健男／著

孙秀昌 刘欣／编

燕赵学脉文库

郑振峰 胡景敏 主编

社会科学文献出版社
SOCIAL SCIENCES ACADEMIC PRESS (CHINA)

"燕赵学脉文库" 出版说明

　　"燕赵学脉文库"由河北师范大学文学院策划、编辑，主要编选院史上著名学者的著述。河北师范大学的前身是1902年创办的顺天府高等学堂和1906年创办的北洋女师范学堂，至今已有110多年的历史；文学院的前身是1929年由李何林先生等创建的河北省国立女子师范学院国文系，至今已有80余年的历史。燕赵之士，人称悲歌慷慨；燕赵故地，自古文采焕然。燕赵的风土物理、文化品格、人文精神，以及长期作为畿辅重镇的地缘环境为其培育了独具气质的学风、学派和学术。燕赵学术，源远流长。近年来，河北师范大学中国语言文学博士一级学科秉承燕赵学术传统，锐意创新，取得了无愧于先贤、不逊于左右的成绩。文库的编辑既是向有功于学科建设的前辈致敬，也是对在学术园地上孜孜耕耘的后继者的激励，所谓不忘过去，继往开来。

　　文库的出版得到了"河北师范大学中国语言文学博士一级学科"的资助，也得到了诸多友好人士与社会科学文献出版社的支持和帮助，在此一并致谢。

"燕赵学脉文库"编委会

2017年4月

具体的辩证法

——冯健男的马克思主义文学批评（代序）

刘　欣

　　冯健男①先生是我国杰出的马克思主义文学批评家、理论家，他的批评活动与共和国的历史紧密联系在一起，可以说参与了新中国成立以来近 50 年的文学史进程，影响了当代文学批评史的面貌。正如刘绍本教授指出的，冯健男的文学批评经历新中国成立前后及"新时期"两次文学解放思潮，在"十七年"期间以批评饮誉全国，在新时期又成为新旧交替时期文艺理论界的代表②。他的文学批评固然以恩格斯的现实主义理论为主要资源，但必须指出的是，与多数同代的马克思主义批评家热衷于理论思辨或对思潮的总体把握不同，冯健男的文学批评真正具备对个体文学家独特性的深入理解，对文本细节的感性体验，在这种难能可贵的文学敏感的基础上，获得对文学理论、文学思潮评价等问题的宏观把握。这些洞见的获得得益于在批评中辩证地分析人物达到"具体的人性"的程度，在"诗与真"的综合考量中把握文学的独特价值，从而对新的文学现象进行辩证的批判。在冯健男的批评中，

---

① 冯健男（1922~1998），教授，湖北黄梅人，1946 年入北京大学西方语言文学系学习，1949 年 3 月参加中国人民解放军，在部队做宣传、编辑工作；1953 年调总政文化部，在《解放军文艺》社做编辑和评论工作；1956 年起到张家口文联、河北省文联工作；1974 年到河北师范大学中文系任教，为文艺学专业首任硕士生导师。废名（冯文炳）为冯健男之叔父。

② 参见胡景敏《"〈冯健男文集〉出版座谈会"纪要》，《燕赵学术》2010 年春之卷。

不是先入为主的"抽象的规定"，而是以"具体的辩证法"在思维中再现文学本身的感性具体性。就此而论，冯健男的批评文本是我国马克思主义文学批评史的独特存在，是一份需要我们重新打开的文本。

一 "具体的人性"

在 1958 年的《论〈红旗谱〉》中，冯健男已开始将经典马克思主义的批评理论运用到中国当代文学批评中，恩格斯的社会历史批评与俄苏文论中对人物心理、情感的重视成为他的主要理论资源。在以现实主义小说为对象的批评中，与恩格斯、车尔尼雪夫斯基一样，人物论（性格、行动、冲突、形象等）成为冯健男此类批评的生产方式。《论〈红旗谱〉》开篇即着手将《红旗谱》中的人物分类定性："农民朱老巩、严老祥是中国农民的传统性格的化身；他们的儿子朱老忠和严志和从他们的父亲那里接受了宝贵的精神'遗产'，同时又有了新的发展；严志和的儿子运涛和江涛，则是新时代的人物。"[1] 接着对这两代农民的形象进行深入分析，指出作者的得失。20 年之后再论《红旗谱》时，冯健男已极为准确、娴熟地将人物分析提高到自觉的理论程度："革命的文艺，应当根据实际生活创造出各种各样的人物来。当然，这是就文学艺术的整体来说的，但长篇叙事性作品也应当做到各色人等，应有尽有，并力求个性突出，形象鲜明。"[2] 具体的评价标准就是恩格斯的典型论。

可以说，冯健男对"典型"的理解和运用是真正意义上的辩证典型论。恩格斯在 1885 年致敏·考茨基的信中肯定了女作家对维也纳盐矿工人及上流社交界的描写，认为她对这两种环境中的人物都用其"平素的鲜明的个性描写手法给刻画出来了；每个人都是典型，但同时又是一定的单个人"[3]。恩格斯意义上的典型应是普遍性与特殊性、代表性与个性的辩证融合，即黑格尔所说的"这一个"。"典型"需要满足一系列条件，人物必须

① 冯健男：《论〈红旗谱〉》，载《作家论集》，花山文艺出版社，1984，第 1 页。
② 冯健男：《从〈红旗谱〉看典型创造》，载《作家论集》，花山文艺出版社，1984，第 26 页。
③ 〔德〕恩格斯：《恩格斯致敏·考茨基（1885 年 11 月 26 日）》，《马克思恩格斯选集》第 4 卷，人民出版社，1995，第 673 页。

从真实生活而来,而非从空想抽象得来;人物性格的展现应全面立体,而非抽象的"定型";主要人物形象应有强度、代表性,具备"福斯泰夫"式背景,而非模糊、举棋不定。必须指出的是,恩格斯立论的基础是现实主义的叙事传统,他的"现实主义"即"真实地再现典型环境中的典型人物"①。在冯健男这里,现实主义文学始终是主潮与核心,他关注的作家,从鲁迅到柳青、孙犁、周立波,在他们身上都有一个现实主义的伟大传统。"典型论"是其文学批评的一个焦点,解读人物、探究塑造人物的方法以及与不同文艺批评观念的争鸣,都围绕这个原点展开。

在通过《红旗谱》讨论典型人物塑造方法的过程中,冯健男援引恩格斯的话作为理论基础:"主要的出场人物是一定的阶级和倾向的代表,因而也是他们时代的一定思想的代表,他们的动机不是来自琐碎的个人欲望,而正是来自他们所处的历史潮流。"② 这段话其实是恩格斯对拉萨尔《济金根》的正面评价,能否作为一般性的典型塑造规则尚待具体论证,但冯健男引述这句话的意图是明确的,即在恩格斯的文本与鲁迅《文学的阶级性》、毛泽东《在延安文艺座谈会上的讲话》之间建立"互文性",为对中国当代文学的阶级分析提供理论基础。我们不难看出在他的批评视野中,人物始终是与时代、历史这样的"宏大语境"紧密联系在一起的,具体到中国历史发展进程中,就是"阶级"。他始终坚持,考察一个人物,塑造一个人物,特别是主要人物、英雄人物时,要从其阶级属性入手。

值得我们关注的是,冯健男对阶级属性进行了灵活的应用,与"四人帮"所鼓吹的"高、大、全"大相径庭,他的观点十分鲜明,"在创造艺术典型的过程中,既要坚持阶级论以反对超阶级的人性论,又要通过现实关系和人物个性的真实描写来表现不同阶级不同人物的人性和人情"③,强调的是与阶级性共存的"个性",是"具体的人性""具体的阶级关系",而非抽象的人性、空洞的阶级性。在文本分析的基础上,冯健男通过对运

① 〔德〕恩格斯:《恩格斯致玛·哈克奈斯(1888年4月初)》,《马克思恩格斯选集》第4卷,人民出版社,1995,第683页。

② 〔德〕恩格斯:《恩格斯致斐·拉萨尔(1859年5月18日)》,《马克思恩格斯选集》第4卷,人民出版社,1995,第558页。

③ 冯健男:《从〈红旗谱〉看典型创造》,载《作家论集》,花山文艺出版社,1984,第33页。

涛、春兰，朱老忠夫妇、严志和夫妇的形象分析，指出《红旗谱》写人物的友情、爱情、乡情都是真切动人的，就是写出了"典型环境中的典型人物"。而在"文化大革命"中，这些历史上活生生的人格、人性、人情被扣上"人性论""人情论""人类之爱"的帽子，成为反党的"铁证"，相反，用"三突出"生产"高、大、全"的英雄神话却层出不穷。冯健男明确将这种炮制出来的英雄典型称为"假典型"。

在以再现社会历史生活为核心的现实主义叙事传统中，典型即"具体的人性"的要求在冯健男看来就是"具体的阶级性"，《创业史》用梁三老汉和梁生宝的父子关系的变化来解释革命斗争对人心的影响，《铁木前传》则通过铁匠老刚和木匠黎老东的友谊的变化来揭示农村阶级分化的必然性。对这些史诗类作品而言，人物的阶级分析是十分必要的。关键在于能否在批评中辩证地运用阶级理论，准确把握人物的阶级意识。显然，要写出具体的人性及其阶级性不能仅仅局限于英雄或其对立面，按照恩格斯的典型论，表现典型人物不等于只表现典型的"先进"人物，恰恰相反，只表现一种典型环境中的一种典型人物反而背离现实主义精神。冯健男在对梁生宝的持续讨论（1961、1963、1981"三论梁生宝"）中，虽然坚持对这一"无产阶级化了的青年农民""社会主义、共产主义新人"形象进行辩护，但同时指出仅仅以塑造梁生宝为唯一的角度是不行的①。他与严家炎在对"中间人物"梁三老汉的评价上是一致的，都认为该人物是极为深刻、成功的艺术形象。将"中间人物"视为社会主义文学的"典型"，这是冯健男的一贯主张，虽然邵荃麟等人因之获罪，但"文化大革命"结束后，冯健男即撰文拨乱反正。他以《创业史》为例，指出梁三老汉及其他村民（如任老四、梁大老汉、王二直杠、拴拴等）都属于"中间人物"，但他们的出现和活动却具有颇高的典型意义。冯健男的提问是尖锐的："如果把这些各种各样的'中间人物'从小说中抹去，哪里会有什么'生活故事'？如果没有或者没有写好这些人物，梁生宝等英雄形象如何能创造成功？"②也就是说，在写英雄人物的同时写出革命时代"中间人物"真实的心理变迁史，表现他们"具体的人性"，这样的作品才能达到现实主义史诗的高度。

---

① 冯健男：《再谈梁生宝》，《上海文学》1963 年第 9 期。
② 冯健男：《关于"写中间人物"》，《北方文学》1979 年第 7 期。

也正是从这一点上，我们可以看到冯健男对马克思主义文艺理论的运用是辩证的而不是教条的，他对写出人物"具体的人性"的要求立足于马克思主义辩证法，将马克思主义文艺理论与具体的中国社会现实、文学现实相结合。而这一点，也为我们回看中国当代文学，特别是十七年文学提供了一个客观而中肯的参考。如果我们采取冯健男的内在视角，将十七年文学从既有的文学史叙述中挣脱开来，置于它发生、发展的历史语境中来看的话，或许会更清楚地认识到十七年文学中存在的复杂性。

二 "诗与真" 的辩证法

在废名研究领域，冯健男的著述具有里程碑式的意义。新时期以来，在将废名的文学创作重新历史化、经典化的努力中，他的文字是无法绕开的存在。在 1998 年《废名小说的诗与真》（冯先生生前公开发表的最后一文）一文中，他用歌德的"诗与真"来总结废名的小说："'诗与真'点明了废名小说的自传性质，其从写实到写意、从叙事到缘情发展成为'诗化小说'的创作过程，体现出了东西方文化在这位作家心中的交流与融合及其创作兼具民族化和现代化的特色。"[①] 在冯健男看来，废名小说中"诗"的一面是意境、情感和对中国古代抒情传统的继承；"真"的一面则是自然地写实（自传性、具体的人物、情节、事件）和对西方模仿传统的扬弃。两方面在废名的创作中化合无垠，如《桥》就是他自传的诗化和幻化。"诗与真"的辩证融合是废名小说的特点，推演开去，即是冯健男文学批评的一个重要的理想标准：文学的诗性、艺术性与历史性、真实性的辩证统一。

我们知道歌德式的"诗与真"是德国古典美学的经典范畴，著名的京派批评家梁宗岱用"诗与真"作为他两部诗论的标题，在他看来，"真是诗底惟一深固的始基，诗是真底最高与最终的实现"[②]。他在歌德那里取用的是作为真理的"真"，认为纯诗、哲学诗、达到宇宙意识的诗方能达到诗与真的完美融合。与梁宗岱较为抽象的"真"相比，冯健男更强调

[①] 冯健男：《废名小说的诗与真》，《河北师范大学学报》（哲社版）1998 年第 4 期。
[②] 梁宗岱：《诗与真·序》，载黄建华、余秀梅编《宗岱的世界·诗文》，广东人民出版社，2003，第 91 页。

"真"的具体内容，即文学再现社会生活的历史之真。"真"不是抽象的真理或教条，而是与活生生的人情、人性之美，与文学的所有内部要素融合在一起的，这就是"诗与真"的辩证法，是冯健男马克思主义文学批评的一个重要的运思方式。就废名的小说而言，民国时期的评价集中于对废名文体之美的重视，周作人认为废名在现代小说界有其独特价值的"第一原因"是文章之美①；鲁迅虽然对废名的"哀愁"有所批评，但也准确地指出其文章的"冲淡"之美②；另有朱光潜称废名"愁苦之音以华贵出之"，用华美的语言表现悲观的情感，达到幽默与严肃的辩证统一③。冯健男大体上服膺这三家的判断，同时指出这种重视废名小说文体上独创风格的道路在新时期仍是主流，问题在于废名小说"诗"的方面与"真"的方面是无法割裂的，也就是说对文学性的讨论必须建立在"真"的基础上，回到废名小说中被遮蔽的社会生活内容。冯健男认为废名的小说不仅反映了现实生活，甚至是深刻、独到地反映真实，而且具有人民性。《菱荡》写出了一个美的化境，把长工陈聋子的心写得极灵极美；《桥》中的三哑写得真实可爱；《莫须有先生坐飞机之后》对农民百姓的描写表现出生活的真理。冯健男用细致的文本分析说明废名小说对社会底层劳动人民深怀爱心和同情，带着真挚的感情来创造这些人物。甚至是废名自嘲为"逃避现实"的小说，在冯健男看来也没有完全地遁入美的幻象，废名所谓"梦的真实与美"（《桥·塔》）同样与现实脱不开干系："他尽管也写了人世间的种种不平，但仍不失其宁静，和谐，人与人的关系，人与自然的关系，在他笔下是那样的相安相得，而当他对世道人心有所讽刺的时候，却又表现为'滑稽与悲哀的混合'（朱自清语）。总而言之，这都是'逃避现实'。好在现实毕竟是逃避不了的，而他又真是艺术家，他的'梦的真实与美'还能反映某一方面的生活，'象征着生命'，予人以诗的意境和美的享受。"④ 仅仅拘囿于文体家废名的独创风格，而不去追问这种诗性的现实基

①　周作人：《枣和桥的序》，王风编《废名集》第 6 卷，北京大学出版社，2009，第 3410 页。
②　鲁迅：《中国新文学大系（小说二集）·导言》，《中国新文学大系（小说二集）影印本》，上海文艺出版社，2003，第 6~7 页。
③　朱光潜：《桥》，《朱光潜全集》第 8 卷，安徽教育出版社，1993，第 554~555 页。
④　冯文炳著，冯健男编《冯文炳选集·编后记》，人民文学出版社，1985，第 471 页。

础，实际上只能将废名小说弱化为纯粹的"美文学"，这与新时期"去意识形态化"的批评思路是一致的。冯健男却能坚持"诗与真"的辩证法，还原小说与现实"隔了一层"背后的社会历史内容，故而能在民国大家（鲁迅、周作人、朱自清、朱光潜等）之后，成为新时期废名研究的高峰。

在冯健男对孙犁、"白洋淀"派的批评中，我们同样能发现他对"诗与真"的重视。在他视野中的孙犁及其作品，都有一个现实的依托，即生活在冀中平原的乡亲父老兄弟姐妹和他们的农村生活场景，他所看见的"美"、看见的作家的特质都是从生活的基础上而来的。在论及孙犁的第一篇文章中，他反复强调孙犁小说的独创风格、抒情味、情景交融、修辞凝练，体现在语言上形成一种干净、生活化、不着痕迹的美的语言。冯健男提醒我们这些新的、独特的美学现象建立在真实的生活经验的基础上，没有孙犁对平原战斗生活的真切体验，就无法具备鲜明地方色彩和清新的泥土气息，没有与群众的深入交往，不可能形成简洁有力且充满生活气息的语言。所以他认为《白洋淀纪事》是炮火纷飞中的令人心旷神怡的景象，但是，"如果它的根子不是扎在现实生活的土壤之中的话，那就不用说创造不出'完整'的故事，连一个最'单纯'的比喻，作者也不能拿到手和想出来"。① 冯健男的解读与孙犁的创作"哲学"是相通的，孙犁曾在《文学和生活的路》一文中提出"美的极致"论："善良的东西、美好的东西，能达到一种极致。在一定的时代，在一定的环境，可以达到顶点。我经历了美好的极致，那就抗日战争。"② "美的极致"在孙犁看来就是在亲历抗日战争的过程中体验到的人性、人情美的极致，这种"美"就是生活本身，所以离开了社会生活的历史之"真"，孙犁的"美学"成就（如其作品的色彩鲜亮、清香四溢、诗意盎然、气韵生动等）就成了空中楼阁，与一般的"美文学"无异了。冯健男以《铁木前传》为例，指出孙犁20世纪50年代中期创作的这个中篇写得鲜明、活脱、丰富、崇高，表现了"美的极致"，即战争年代的铁木情谊。他认为孙犁更深刻的地方在于能够体现出社会政治经济变化阶段人们的真实心理，这一转变都体现在傅

① 冯健男：《孙犁的艺术》，载《作家论集》，花山文艺出版社，1984，第77页。
② 孙犁：《文学和生活的路——同〈文艺报〉记者谈话》，载《孙犁文集》第5卷，百花文艺出版社，2013，第565页。

老刚和黎老东的友谊从建立到决裂的过程中。这个作品既保持了作者一贯的浪漫气息和诗意之美，如黎老东在受挫时的自然的、充满行动性和抒情味的心理描写；同时能将马克思"社会存在决定社会意识"的理论通过人物性格发展的历史表现出来，反映出经济结构变动带来的真实影响。冯健男因而称这部作品展现的历史既符合社会生活发展的辩证法，也符合"心灵的辩证法"（车尔尼雪夫斯基语），是"现实主义的进一步深化"[①]。

冯健男对"诗与真"辩证法的追求是立足中国现代、当代文学的历史语境，对恩格斯"美学观点和历史观点"这一最高标准的灵活运用。恩格斯为对抗"真正的社会主义"者对歌德的批评，提出从美学和历史的观点来衡量歌德；在 1859 年致拉萨尔的信中又将其称为"最高的标准"[②]。它不仅是批评标准，同时构成一种关涉文学本质的观点，即文学是审美本质与社会历史本质的辩证统一，它不是独立于历史之外的纯粹的"人性表现"或观念，也不仅仅是政治上层建筑的附庸。美学观点要求尊重文艺本身的特殊审美属性、艺术把握社会生活的特殊规律，重视审美价值，历史观点则考量文艺的社会位置和历史根源，具体地分析作品对社会生活的把握程度，及其对历史趋势的把握程度。就两者的统一而言，冯健男在批评中对"诗与真"这一辩证法的贯彻庶几近之。

三　辩证的"批判"

从马克思、恩格斯的批评文本中可以看出，他们是将文学批评作为其总体批判（Kritik）的一部分来写作的。马克思在 1843 年致阿·卢格的信中将政治的批判、明确的政治立场和实际斗争作为总体批判的出发点，"并把批判和实际斗争看作同一件事情"[③]，这种对"现存的一切"的"无情批判"在马克思的规划中也包含人的理论生活，即将哲学、宗教、科学、

---

① 冯健男：《孙犁风格浅识》，载《作家论集》，花山文艺出版社，1984，第 129 页。
② 〔德〕恩格斯：《恩格斯致斐·拉萨尔（1859 年 5 月 18 日）》，《马克思恩格斯选集》第 4 卷，人民出版社，1995，第 561 页。
③ 〔德〕马克思：《致阿尔诺德·卢格（1843 年 9 月）》，《马克思恩格斯全集》第 47 卷，人民出版社，2004，第 66 页。

文学等精神生产实践当作批评的对象，批判的哲学的任务就在于"对当代的斗争和愿望作出当代的自我阐明"①。文学批评这种知识生产方式在马克思、恩格斯那里成为一种话语批判实践，即其总体性批判的重要一环，他们的批判活动提醒我们文学从来不是纯粹的审美风格演进的新环节，而是在历史总体中与政治、经济结构变化相适应的文化实践的一部分，这是他们从唯物史观的视角对现代文学的深刻诊断。在马克思主义创始人那里，文学批评从来不是纯粹的审美鉴赏或"客观"的历史分析，而是基于具体历史的现实语境对文学现象的辩证批判，基于文本本身阐明批评对象的审美特性及其意识形态性，以此诊断批评对象的文学史价值。一种有效的批评需要批评者站在不低于作者的高度（审美的、历史的、哲学的），准确把握文本的洞见和盲见，这是文学批评这种话语机制的合法性基础。

冯健男的文学批评达到了这种历史的"批判"的高度。从《论〈红旗谱〉》开始，他已经试着结合小说中事件的发生年代来评价作品在艺术性和思想性上的得失。他虽然称《红旗谱》为有重大成就的长篇小说，但仍有显著缺点，如作者虽然大力歌颂保定学生运动的斗争精神，却刻意回避了第一次革命战争失败到抗日战争爆发期间党内"左"倾机会主义的策略失误，而这直接导致《红旗谱》在表现党的领导工作时存在"写得够不够""真实不真实""正确不正确"②的问题。这个批评意见被梁斌完全接受。新时期以来，冯健男对一些新兴的文学现象的思考同样具有历史的批判品格。针对李剑《"歌德"与"缺德"》（《河北文艺》1979年第6期）一文刻意、生硬的"文革"腔调，冯健男用新时期大量的文学事实加以反驳，将其确定为一种远离真实的、"瞒和骗"的文艺观；两年之后，面对李剑从"歌德"跳至"缺德"的小说创作，冯健男连续用《创作的正路和歧途》和《慎勿"醉入花丛"——评李剑同志的小说创作》两文加以回应。他将《醉入花丛》《竞折腰》《女儿桥》等小说与《"歌德"与"缺德"》对照并读，揭示李剑在暴露"文革悲剧"这种"政治正确"的掩

① 〔德〕马克思：《致阿尔诺德·卢格（1843年9月）》，《马克思恩格斯全集》第47卷，人民出版社，2004，第67页。
② 冯健男：《论〈红旗谱〉》，载《作家论集》，花山文艺出版社，1984，第15页。

饰下向壁虚造、耸人听闻的叙述策略①。虽然李剑的机会主义创作在某种程度上正需要利用冯健男一代批评家的反应，但这也同时反映了冯健男的批评—批判活动不会对敏感问题保持沉默。

新时期以来，对现代作家的价值重估成为新问题，在一些新的文学史叙述（如夏志清的《现代中国小说史》等）中随着部分作家被重新"发现"，另一些又被加以片面地否定，如鲁迅。1985 年《杂文报》发表《"牛奶路"及其他》和《何必言必称鲁迅》，试图用"人间鲁迅"的策略否定鲁迅的价值。冯健男指出这两篇文章涉及如何在新时期评价鲁迅，而对鲁迅的评价必须建立在有理有据的研究基础上，而不是无根据地贬低谩骂。1989 年《文学自由谈》发表《我观孙犁》一文，批评冯健男将孙犁视为鲁迅弟子的观点（见《文论报》1988 年 12 月 15 日《论孙犁》），认为鲁迅彻底的现实主义让他具有"直面人生"的"痛苦的勇气"，孙犁"空灵的理想主义"是"取消了对现实中邪恶的正视"，趋美避恶，所以两者间不存在师承关系。这显然是一种机械的二元论，关键问题在于该作者认为鲁迅的现实主义与毛泽东《讲话》中"文学为政治服务""为工农兵服务"的现实主义是断裂的。冯健男从孙犁对鲁迅的真实态度出发，指出孙犁与鲁迅主要创作形成的历史背景是不同的，孙犁于抗日战争时期在解放区从事文学创作，同是站在人民立场上"直面人生"，进而点明该文的根本问题在于"把鲁迅的文艺思想和毛泽东的文艺思想对立起来"②。他对鲁迅的辩护来自对五四以来文学的"现实主义"传统的忠诚和信任，这让他在混乱的文学现象面前获得绝不妥协的批判立场。

又如他主编的《晋察冀文艺史》一书的"结束语"部分（由冯健男撰写）直接关涉对解放区文艺的评价问题。新时期文学、思想界的活跃在冯健男看来是"大好事"，但对于某些指摘解放区文艺及指导思想的谬论，冯健男明确指出《文艺史》存在本身就是一种回应，这种回应不是被动的"答辩"，而是对作为客观存在的边区文艺—斗争史的总结，它的目的在于

---

① 冯健男：《慎勿"醉入花丛"——评李剑同志的小说创作》，《河北日报》1981 年 8 月 20 日。

② 冯健男：《关于鲁迅和孙犁的师承关系——评〈我观孙犁〉》，载马云、冯荣光编《冯健男文集》第 2 卷，花山文艺出版社，2009，第 739 页。

为今日的社会主义文艺发展提供经验。可见冯健男始终在具体的历史语境中评估文艺现状，在新时期文艺思潮中他看到大的发展中的"杂音"，即使是对于边区文艺，他可以明确指出在文艺整风过程中对"艺术至上主义"的批判是"过火作法"，这就是具体历史的批评态度："我们看问题不要以偏概全，不要割断历史，不要无视当时的革命形势和社会环境，而要用历史的发展的眼光来看待和评价晋察冀文艺以至中国解放区文艺。"① 也就是说在评价一种文学现象时如果在叙述中无视对象的历史性，将其视为一种掏空了具体历史内容的"纯文学"，这样生产出的知识是无效的，随之做出的评价多是无知无畏的。历史已经证明，新时期以来认为解放区文艺是政治而非艺术，是宣传而非创造，是封闭的而非开放的，是粗俗的而非高雅之类的判断是极其肤浅的。新时期文学急于回溯五四文学或中国传统文化，通过主动遗忘一个客观存在的、持续在历史中发展着的革命文学传统来获取自身的合法性。这在冯健男看来是非历史的，不现实且不宽容的新意识形态，不仅不能正确评价新文学的发展，也不能评价作家的进程。在他看来，抗日战争时期以来的革命文学运动形成了一种传统，新中国文学对这个传统的继承、发展虽然出现过偏差，但总体而言是"革命的、进步的、正确的"②。可以说冯健男直观地捕捉到了部分新时期文学的意识形态性，即以取消历史为代价，换得对极左倾向的胜利，这是新时期特有的政治正确，其非历史的态度实际上与极左思潮的思路异曲同工。这也导致了新时期文学不能充分反映现实生活的主流、表现时代精神，对艺术性、审美意识、主体、心灵、潜意识、直觉、理念、梦幻、印象的叠加、意象的营造等方面的过度重视让文学脱离现实和人民。冯健男也并不抹杀新时期文学取得的成绩，他认为1976~1986的十年间"现实主义"在恢复、发展、开放、更新，文学日趋多样化、个性化，这些主流方面的成绩显著，虽然同时存在上述问题。

当前的批评界有印象主义批评炫技式的自我膨胀、帮忙帮闲批评的功利下作，批评界成为一团和气、和谐共荣的名利场，此类批评堆积起来的知识大厦实际上不堪细究。批评作为"批判"的技艺已经十分稀有。就能

---

① 王剑清、冯健男主编《晋察冀文艺史》，中国文联出版社，1989，第660页。
② 冯健男：《新时期文学十年的思考》，《中州学刊》1986年第6期。

立足自己所处的时代，辩证地"批判"文学而论，冯健男的文学批评仍然具有足够的合理性和深刻性。

如今国际左翼阵营呈现一种四分五裂的趋势，英美的新马克思主义文论家大有犬儒化的趋势，一边享受资本体制中"丰裕社会"的一切好处，一边不痛不痒地批判"现实"中的文化政治，正在以"喜剧"的方式重复"青年黑格尔派"（马克思、恩格斯于 19 世纪 40 年代与其展开过论战）理论家的历史。部分新马克思主义文论家陷入这种否定—肯定性批判的二律背反中难以突围，也很难看到他们的中国"同行"所提供的马克思主义美学、批评理论的独特价值。刘康就此提醒中西方研究者注意这样的事实："中国马克思主义美学既强调历史的总体，又强调地方的特殊，既具有批判性又具有建设性。它试图保留乌托邦的视野，同时又促使在建设民主社会时进行实践参与和干预。尽管中国马克思主义美学有局限性和矛盾性，但是它提出了有关文化批评功能和知识分子角色的重要问题。"[①] 同时，中国马克思主义批评家的后辈同行们醉心于"以旧为新"，用文学操演各种现代西方哲学、文论概念，"马克思主义"几成被架空的"权威"。

冯健男先生的文学批评用"具体的辩证法"呈现中国现当代文学的独特性，以辩证的批判态度回答时代提出的理论问题。对于新中国建立后怎样的文学（批评）才是具有建设性和肯定性意义的问题，冯健男用全部的学术生命给出了自己的答案，即以对马克思主义美学、批评理论的辩证运用面对流动的文学现象，在一切被解构、去中心、去总体、去本质的时代用忠于马克思主义的方式回答"接着怎么办"的问题。当然，他的批评有属于特定历史时代的局限性，如在对马克思关键命题（如异化）的理解及整体知识的更新方面都有缺失之处。但回望这段漫长的批评史，相对于轮番使用西方批评工具的"强制阐释"，冯健男及其同代马克思主义批评家的文本更值得被重读和再解释。

这正是我们编辑这本"选集"的初衷。

---

① 〔美〕刘康：《马克思主义与美学——中国马克思主义美学家和他们的西方同行》，李辉、杨建刚译，北京大学出版社，2012，第 140 页。

● 目 录

第三编　现当代文学批评

第一编

废名研究专论

说废名的生平[*]

一　废名生平和著作简述

废名，原名冯文炳，字蕴仲，湖北黄梅城关人，1901 年 11 月 9 日（辛丑年九月二十九日）生。祖父原是篾匠，即制作竹器（包括家具）的手工业工人；父亲是读书人，以教书为业；两个叔父经营商业（开布店）。当时冯家是大家庭，渐渐置了一些田产，盖了一重新屋，是小康之家。废名兄弟三人，都是读书人，都是省立第一师范学校的毕业生，后来也都是小学教师。废名在兄弟中排行第二。他幼时在家乡私塾里就读，15 岁离家到省城武昌上中学、上师范、当教师；1922 年 21 岁时考入北京大学预科，两年后进入本科英文学系；1927 年张作霖入北京，改北京大学为京师大学堂，他离开北大一年多，先是在一所中学教书，后来卜居于西山正黄旗的村舍里，到北大恢复开学时回校继续在英文学系读书，至 1929 年毕业，后来在北京大学国文系任讲师，教散文习作和现代文艺。这样直到 1937 年卢沟桥事变，北平沦陷，全面抗战开始，废名毅然脱离故都，在交通不便的情况下南归，于 1937 年冬回到故乡黄梅避难。起先住在县城里的家中，后因日本侵略军逼近，举家迁至乡间。1938 年夏，县城沦陷。1939 年秋，早已由县城迁至北乡山中的国民党政府办起了小学，乃至金家寨小学任教师，教国语和自然。1940 年春开办初级中学，改任中学教师，教英语。抗

＊　本文最初刊载于《新文学史料》1984 年第 2 期。

日战争胜利后，北京大学自西南迁回北平，废名于1946年秋离故乡重新任教于北大中文系，任副教授、教授，讲授《论语》、《孟子》、陶渊明、外国文学名著选读等课程。1952年，由北大调至东北人民大学（即吉林大学）任教授，讲授鲁迅、杜甫、美学等课程。1967年9月，在"文化大革命"的大动乱中病逝于长春。

废名在北大求学时开始从事文学创作，主要是写小说，也写新诗、散文，还曾结合创作翻译外国的作品和评论，发表于《努力周报》《语丝》《骆驼草》等刊物。其小说结集出版有：《竹林的故事》（北京新潮社，1925年），《桃园》（上海开明书店，1928年），《枣》（开明书店，1931年），《桥》（开明书店，1932年），《莫须有先生传》（开明书店，1932年）；《桥》之计划，本为上下两部，1932年出版者为上部，下部只写出数章，在《新月》《学文》《文学杂志》①上发表，抗日战争发生，没有写下去。抗日战争时期，除写了几篇短文外，没有进行文学创作。1947年《文学杂志》复刊，写小说《莫须有先生坐飞机以后》在这个刊物上连载，所写的都是战时在黄梅乡间避难和教书的事，共发表了十七章，全书未写完。废名的新诗和散文，散见于报刊，作者自己没有集印过。其理论著作，30年代有《谈新诗》十二章，为在北大教现代文艺之讲义；40年代续写《谈新诗》四章；50和60年代有《跟青年谈鲁迅》（中国青年出版社，1956年）、《鲁迅研究》、《杜甫研究》、《美学讲义》、《新民歌讲稿》等。

以上是关于废名的生平和著作的简略的叙述。笔者想这样先给读者一个轮廓，然后在这个基础上抓住几个要点作进一步的介绍和说明，使读者对这位作家有进一步的理解和印象。

二　关于作家的故乡

黄梅是湖北东端之一县，东邻安徽之宿松，南临长江，对面是江西之

---

① 在20世纪30年代，曾有过两种《文学杂志》。其一为北平左联刊物，1933年4月创刊，北平西北书局出版，共出四期三册，至同年7月出版第三、四期合刊号停刊。其二为1937年5月创刊者，朱光潜编辑，上海商务印书馆出版，出至第四期停刊。1947年6月，这个刊物复刊，至1948年11月停刊，共出三卷十九期。本文所说的《文学杂志》系后者。

九江和庐山，北靠大别山。这里山清水秀，物产丰富，是鱼米之乡，人民勤劳朴实，富于革命精神。唐王仙芝率领的农民起义军曾与朝廷的军队激战于此，王仙芝被杀害于此，黄梅多云山有王仙芝墓。黄梅又曾是太平天国革命军与清军作战的重要战场。[①] 在中国共产党所领导的革命运动和抗日战争中，黄梅的斗争也是很激烈的，在这里，共产党人和革命群众前赴后继，不断地进行着英勇的斗争，流传着许多可歌可泣的故事。废名的堂弟冯文华就是著名的共产党员和群众领袖之一，1927 年壮烈牺牲于敌人的屠刀之下，废名曾于 1964 年写《冯文华烈士传略》纪其事，其中说："文华留给人的印象最深的，是一个共产党员背叛了自己出身的家庭的形象。""文华以共产党员任国民党部常务委员。当时的群众无论有什么事情都说着：'去找常委'。言下就是去找文华。他和群众的关系真是好。"又说："文华是黄梅在大革命时代农民运动声势浩大之下突遭反革命毒手最早牺牲的烈士。"由此可见黄梅当时革命斗争情景和人民革命精神之一斑。但就废名的文学活动和文学创作来说，尽管他"原来是很热心政治的人"，这在他的某些作品里也有所表现，但"终于是逃避现实"，"最后躲起来写小说乃很像古代陶潜、李商隐写诗"。[②]

那么家乡对于废名印象和影响最深的是什么呢？是它的秀美的自然环境和淳朴的风土人情。他自己曾这样说，他幼时在私塾里所受的教育"完全与我无好处，只有害处"，"只有'自然'对于我是好的，家在城市，外家在距城二里的乡村，十岁以前，乃合于陶渊明的'怀良辰以孤往'，而成就了二十年后的文学事业"[③]。他在北平写了四句话题赠友人："小桥城外走沙滩，至今犹当画桥看。最喜高底河过堰，一里半路岳家湾。"这就是他儿童时代的生活环境，"高底河""岳家湾"都是实有的地名，岳家湾即外家，离在城里的自己的家不过二里路。废名在十岁以前是"怀良辰以孤往"，因此后来在任何时候对自己的儿童世界都是记忆犹新，"小桥城外

① 作家冯雪峰同志曾在 20 世纪 60 年代之初到黄梅住过一些日子，其目的在于为其所作以太平天国革命为题材之长篇小说收集材料。据他说，这对他的小说创作是很重要的。关于太平军与清军在此作战的历史，《黄梅县志》多所记载。
② 《废名小说选·序》，人民文学出版社，1957 年版。
③ 《黄梅初级中学同学录序三篇》之三，载 1946 年 11 月 17 日《大公报·星期文艺》。

走沙滩，至今犹当画桥看"了。这一切，我们在《竹林的故事》《桃园》里看到，在《桥》里看到，此外，在作者的一些散文里也看到，他对它们作了亲切的、清晰的和如"画"的描写。废名说他对于儿时的记忆和对于故乡的怀念"成就了"他的"文学事业"，是不错的；他的创作给人印象最深和影响最佳者也正在于此。

但在这里还应说到黄梅在文化上的传统和特色。在这一方面，第一要说的是民间文学艺术。黄梅不但是鱼米之乡，而且也是山歌渔歌采茶戏之乡。现在已在全国出名和流行的黄梅戏，本来是黄梅的民间戏曲，后来流传到安徽去发展了。第二要说的是历代诗人与黄梅的关系。据传说和县志所载，陶渊明、慧远、李白、裴度、苏东坡等诗人曾到过黄梅，留有诗作；而鲍照则居于此，死于此，葬于此。黄梅城内有鲍公祠、鲍母祠，城外有鲍参军墓、俊逸亭。县志载有不少文人所写关于鲍公祠、参军墓和俊逸亭的诗文。这对于考察鲍照的生平是有用的资料。第三要说的是佛教特别是禅宗与黄梅的关系。禅宗五祖弘忍是黄梅人，他受衣钵于四祖道信，传衣钵于六祖慧能，这在佛教史和哲学史上是有名的和重要的事情。黄梅县城外西南一里许有东禅寺，是慧能受法于弘忍处；县城外西北三十华里有四祖寺，县城外东北二十五华里有五祖寺，都是著名的丛林，尤其是五祖寺，规模宏大，建筑成群，不仅是佛教圣地，而且是旅游胜境。以上所说的这一切，组成了黄梅传统文化的特色。这对于废名是有影响的。

三 关于"废名"这个笔名

废名1922年起从事文学创作，在报刊发表文章和《竹林的故事》出书都署名冯文炳，至1926年6月突然把本名废了，发表文章和出书都署"废名"。中华人民共和国成立以后，他又废"废名"，凡发表文章和出书，都署本名冯文炳；只是在1957年，人民文学出版社出《废名小说选》，作者在为此书写的序文后注"一九五七年四月二十四日，废名记"，重新用过一次这个笔名。

作家为何要给自己起"废名"这样一个笔名呢？当年他是向读者作过交代的。1927年4月23出版的《语丝》第一二八期上，刊有作者前一年六月的一些日记（题为《忘记了的日记》）。其中有这样的话："从昨天起，我不要我那名字，起一个名字，就叫做废名。我在这四年以内，真是蜕了不少的壳，最近一年尤其蜕得古怪，就把昨天当个纪念日子罢。"这就告诉了我们，废名之名起用于1926年6月；废名之名为何而起，日记中说是因为"蜕壳"，又说是为了"纪念"。这个问题对于理解这位作家的思想和创作的关系甚大，有加以考察的必要。

所谓"蜕了不少壳"，大概可以解为发生过不少的变化。作者的创作期主要在20年代和30年代之初，在这期间，他在创作上和思想上的变化确实是"不少"的。他自己在《竹林的故事》序中说："最初的三篇没有收在这集子里。本来连《讲究的信封》同《少年阮仁的失踪》我也不打算要，今天偶尔一翻阅，却不觉又为自己悲，——相隔不过两年，竟漠然若此！"这是在1925年3月说的话。到了1927年5月，又是"相隔不过两年"，作者又说："《竹林的故事》，《河上柳》，《去乡》，是我过去的生命的结晶，现在我还时常回顾他一下，简直是一个梦，我不知这梦是如何做起，我感到不可思议！"① 当时，作者正在造《桥》，他的创作，至此确实又表现出一个大的变化。在"造桥"的同时，作者还写了一些短篇小说，如收在《桃园》和《枣》里面的，也可以看出不少变化来。在这几年间，作者一方面致力于用李商隐无题诗的意境来写如诗如画如梦的故乡儿童少年故事②，一方面又似乎在扩大他的写作题材范围，接触到一些他以前未曾表现过的生活领域，而像写于1927年的《追悼会》《审判》这样的小说，则是曲折地反映了当时中国政治和社会状况的作品，尽管即使在这样的作品里，作者所特有的"隐逸性"也时有透露，但也可见出对于任何作家来说，总不能与社会与政治脱离关系。

就中国现代作家来说，对于鲁迅的认识和态度如何，应该说是衡量他们的一个重要标志。废名对于鲁迅是尊敬的，在鲁迅1926年离开北京以前，他们的关系也是好的。在《鲁迅日记》中有如下之记载：

1925年2月15日……冯文炳来，未见，置所赠《现代评论》及

① 《说梦》，《语丝》第一三三期，1927年5月28日。
② 《桥》里面的许多篇章，在《语丝》等刊物上发表时，曾以"无题"为标题。

《语丝》去。……

　　1925 年 4 月 2 日……冯文炳来。……

　　1925 年 9 月 17 日……得冯文炳信。……

　　1925 年 12 月 21（2）日……午后冯文炳来，未见。

　　1926 年 3 月 21 日……冯文炳来。……

　　1926 年 5 月 30 日……得冯文炳信。……冯文炳来，赠以《往星中》一本。……

　　1929 年 5 月 19 日……上午冯文炳来。……

　　由此约略可见废名和鲁迅当年的关系。1929 年 5 月 15 日，鲁迅从上海到达北京，废名在 19 日就到鲁迅寓所去看望，仍可见他对鲁迅的尊敬和亲近。

　　为了说明废名对鲁迅的认识和态度，也为了说明他在当年的思想状况和变化，还有必要从他自己的 1926 年 6 月的日记里引出如下的一段话来：

　　　　昨天读了《语丝》八十七期鲁迅的《马上支日记》，实在觉得他笑得苦。尤其使得我苦而痛的，我日来所写的都是太平天下的故事，而他玩笑似的赤着脚在这荆棘道上踏。又莫名其妙的这样想：倘若他枪毙了，我一定去看护他的尸首而枪毙。于是乎想到他那里去玩玩，又怕他在睡觉，我去耽误他，转念到八道湾。[1]

　　这则日记反映了当时社会生活的严峻，也反映了在这样的现实中作者思想的矛盾。但尽管如此，他对于伟大的战士鲁迅还是怀着很好的感情。他把自己"日来所写的"和鲁迅当时所写的作着对比，深感"苦而痛"了。"倘若他……我一定去看护他……"这说得多么亲切，又多么出于义愤！这种感情是很可贵的，但惜乎只是"这样想"。他因此想到鲁迅那里去，又怕耽误他，"转念到八道湾"，也就是说，到苦雨斋去了。"转念到八道湾"在这则日记里当然是纪事，是这一时一刻的具体行动，但有着象

---

[1]　《忘记了的日记》，《语丝》第一二八期。

征的意义。对于当时的知识分子来说，是站在鲁迅这一边，还是站在周作人那一边，这可是一个非同小可的问题。废名和周作人的关系一直是亲密的。这不能不影响到他对鲁迅的认识和态度。他对鲁迅越来越隔膜和疏远了。他对鲁迅能有一个比较全面和深刻的认识，那是许多年以后的事情。

四　关于废名在战时的乡居生活

废名战时在故乡的生活是很困苦的，因为不但有逃难之苦，而且有衣食之虞（任小学和中学教师后较好一些）。这方面的情况，不必细表。

在这八九年的时间里，他和文学界几乎完全隔绝，他对此并不在意。但在中小学教书的过程中，他很自然地继承着五四文学革命的传统，在乡间努力提倡白话文反对文言文，提倡新文学反对旧文学，这是值得一表的。

废名幼时曾在故乡的私塾读过几年书，他后来常说那是黑暗的监狱，他小时所受的教育是有期徒刑。这样的教育只是加害于儿童，儿童在这里只能自找一点自由和阳光。例如他幼时读四书，读到"暴虎冯河"觉得喜悦，因为这里有一个"冯"字，是自己的姓；但老师偏不要他读"冯"，又觉得寂寞。读"小子鸣鼓而攻之"觉得喜悦，因为私塾设在一个庙里，庙里常常打鼓。读"君子之德风，小人之德草，草上之风必偃"觉得喜悦，因为私塾面对城墙，城外是一大绿洲，那上面最显得有风，所以他读书时是在那里描画风景。……除了这样自找一点乐趣以外，教育只是加害于自己。老师并不教育儿童，只是坐在那里发号施令，叫小孩子们"读"或者"背"或者"回家吃饭去"，给小孩子出的作文题目则是"雍也可使南面义"之类，令小孩子们糊涂和痛苦。废名常说，他是直到自己做大学生时才是真正的做小学生，才感到有丰富的儿童生活，他最初读的外国书是一位英国女作家的水磨的故事①，使他感到儿童生活原来都是文章，仿佛自己进了小学，自己学做文章了。

意想不到的是，当他离开私塾二十多年，并以一位"新文学家"的身

---

① 英国 19 世纪中期女作家乔治·艾略特的《弗洛斯河上的磨坊》。

份从远方回到故乡避难的时候，乡间还有着黑暗的监狱般的私塾，他所教的学生，就有不少是从私塾里转移到县办的中小学来的，他们在私塾里也是读的《四书》《诗经》《左传》，作的文章也是"雍也可使南面义"、"张良辟谷论"之类。这使他感触甚深，也使他感到教书之难。但他决心在这里做一番启蒙的工作。首先是给学生筹办可用可读的教材和读物。那时学校虽然办起来了，但没有教科书。于是他想自己动手写些文章给学生读。他出了一个总题目：《父亲做小孩子的时候》，记他自己的儿时生活情景和感受。写出了第一篇《五祖寺》之后，他发觉战前的旧国语课本中有些好文章，其中有朱自清、叶圣陶、陈学昭等人的作品，他觉得比自己写得好，利用起来又省事，于是到处搜集国语课本，把其中可读之作用来做教材或推荐给学生阅读。第二是用新法来进行国语教学。比如说，他知道有不少学生是读过"人之初""子曰学而""关关雎鸠"的，于是他在黑板上写下《论语》一章书："子曰：'孰谓微生高直？或乞醯焉，乞诸其邻而与之。'"教学生把这一章书翻译成白话。这也算是一次考试，或曰测验。其结果表明，学生不知道什么叫做一句话，或曰一个句子，也不知道文章是要表现生活。于是这位教师把这一章书翻译成这样的白话文让学生看："孔子说道：'谁说微生高直呢？有人向他讨一点儿醋，他自己家里没有，却要向他的邻家讨了来给人家。'"并告诉学生，作文要写自己生活上的事情，作文要像说话，说话要明白。他还告诉学生，"人之初"算不得一句话，"子曰学而""关关雎鸠"也都算不得一句话，"人之初性本善""子曰学而时习之""关关雎鸠在河之洲"才都是一句话，才都有一个完全的意思，还告诉学生一句话里要有主词，有谓语，什么是主词，什么是谓语，等等。第三是给学生出新鲜的、从生活中来的作文题目。例如，有一年春季黄梅县初级中学招考新生，废名出的作文试题是《暮春三月》，他出这样一个题目是想启发学生写实，同时又想借此塞乡间的古文家之口：这四个字在古文里是有出处的。果然学生的试卷都是写眼前的春天，而老先生们也无话说。下一次这个学校是在夏季招考，时当久旱之后大雨，一个在县中任教的老秀才出的作文试题是《丰年足乐说》，废名出的试题则是《水从山上下去，试替它作一篇游记》，也是教学生写生活，写真情实感。

废名在乡间的这些作为，受到许多人特别是青少年的欢迎和拥护，但也引起了不少人的不安和反对。有的说：孔子的书上怎么会讲起酱油醋来了呢？有的说：关关雎鸠不算一句书，什么算一句书呢？世上竟有这样不说理的事情！有的说：叶绍钧的《晨》算得什么文章！不知道说了些什么，把题目都忘记了！拿这个来教学生，岂不误人子弟！有的说：什么水从山上下去，哪有这样的文章！他们有的让在学校里读书的子弟捎话给先生，说是先生不通；有的甚至告到县督学那里去了。好在废名总算还有个"新文学家"和"大学教席"的名望在乡，这些舆论也还未曾对他形成多大的危害，他甚至还因此感到启蒙和斗争的乐趣。

五　关于废名在全国解放后的变化和表现

到了 1948 年，废名感觉到和认识到"共产党要来"，他平静地等待着这个日子。北平以至全国解放以后，他热情地接受党的教育，积极地到江西参加土地改革，认真地学习毛泽东主席的著作并进而学习马克思、恩格斯、列宁、斯大林的著作，根据毛泽东同志对于鲁迅的评价重新学习鲁迅，严肃认真积极热情地参加历次政治运动。这样，他的政治思想和文艺思想有了很大的变化，正如他自己所说的："学习文学的人，如果不热心政治，那是没有什么前途的，简直是个危险的道路，我的痛苦的经验告诉我是如此。"[1] 在新中国，在社会主义的中国，他的政治热情一直很高，他总是精神振奋、不辞劳苦地做工作，力求自己对人民、对社会主义有所贡献。1952 年他患了严重的眼病，动过大手术，此后目力极差，处于半失明状态，且不能伏案，写字看书都很困难，但尽管如此，他的政治热情和工作积极性丝毫没有减弱和挫伤，一直坚持教学和工作，坚持参加和实事求是地对待历次政治运动。

由于认真学习了毛泽东同志的《新民主主义论》，废名认识到研究鲁迅的重要，认识到这"正是马克思列宁主义联系中国实际的一个生动的课题"[2]，于是他长期地、孜孜不倦地学习着"用马克思主义的阶级观点和历

① 《跟青年谈鲁迅》，第 5 页。
② 《跟青年谈鲁迅》，第 5 页。

史分析方法"①，并结合着他自己的"痛苦的经验"来重新学习和研究鲁迅。这一方面的研究成果，是《跟青年谈鲁迅》和《鲁迅研究》。此外，他还在一些短文中谈到自己学习鲁迅的重大收获。他说他最初是很"热心"地读鲁迅小说的，是"如饥似渴地盼望"《呐喊》出版的，但对《彷徨》就不那么热心了，对鲁迅在《彷徨》卷头所引屈原《离骚》中的话"就很不懂了，也没有求懂的兴趣，扔了。这一扔，不但扔了鲁迅，也扔了屈原，也扔了司马迁等等"，也就是"把中国的宝贵的现实主义传统一下子给扔了"②。这样的话说得多么真诚和深刻！由此可见他的思想的重大变化，可见他是严于和乐于解剖自己的。

他本着这样的感情和认识来研究鲁迅，不但研究鲁迅的小说，而且研究鲁迅的杂文，研究鲁迅的全人；然后，本着"中国的宝贵的现实主义传统"来研究杜甫、美学等等。他在辛勤的工作中感到了无穷的乐趣。他说，"我常常怀着感谢同时有极大的喜悦的感情，原因就是我从中国共产党受了教育。在解放以前我万万想不到在文学方面我还有这么多的工作可做，我以为我已经走进死胡同里面去了的。……我感到我的业务范围扩大了，同时仿佛水平也提高了……一方面知道个人的能力有限，一方面确是前途大有可为。"③ 全国解放以后，他的精神状态和工作情况确实如此。

当然，他也有不愉快的时候。这里只提笔者所知的二三事。1953年初，他写成《跟青年谈鲁迅》书稿，交给东北人民大学的领导，求得批评指正。但是，过了一年，两年，一点消息也没有。后来他偶然在一个屋角里的尘封中发现了这部稿子，自己把它拾起来了。这使他很难过。在无可奈何的情况下，他把这部书稿寄给北京胡乔木同志。不很久，得到胡乔木同志的回信，热情地赞扬他给青年写了一本好书，并说已推荐给中国青年出版社出版。这当然又使得他"感谢和喜悦"了。1957年反右斗争以后，在知识分子中搞过一阵子"拔白旗"，"拔"了他一下子，这使他很苦恼。到后来，周恩来同志和陈毅同志在广州给知识分子说了许多令人心悦诚服的话，学校的领导同志又和他作了亲切的谈话，他的心里也就没有事，并

---

① 《跟青年谈鲁迅》，第 7 页。
② 《鲁迅先生给我的教育》，《吉林日报》1956 年 10 月 19 日。
③ 《感谢和喜悦》，《人民日报》1956 年 10 月 15 日。

且"感谢和喜悦"了。1966 年"文化大革命"发生时,他已重病在身,为了表明心迹,他把他的一些重要的著作手稿郑重地交给了工作组;当然,这是不会有什么结果的,可他在次年就与世长辞了。可以想见,他是怀着异常不安的心情离开这个世界的。可以想见,如果他能多活十年,如果他能活到现在,如果他能看到我们伟大的祖国在经过"十年动乱"之后又重新走上了正确发展的道路,如果他能眼见和身受知识分子政策的落实和老学者、老作家的受到尊重因而大有作为,他会是如何地"感谢和喜悦",如何精神振奋和不辞劳苦地来做自己力所能及的工作,以期在建设社会主义精神文明的宏伟事业中作出贡献啊!

谈废名的小说创作[*]

一

废名（冯文炳）从事小说创作主要在 20 世纪 20 年代初期到 30 年代初期，在这期间出版的小说集有《竹林的故事》《桃园》《枣》《桥》《莫须有先生传》。在这以后，他无意写小说。但在抗日战争胜利后又写了《莫须有先生坐飞机以后》。

在中国新文学的百花园中，废名的创作是独特的一种，可谓美文，也可谓奇文。这一点，在 20、30 年代就不断有作家和批评家指出来了。周作人说："文坛上也有做得流畅或华丽的文章的小说家，废名君那样简练的却很不多见。"① "废名君的著作在现代中国小说界有他独特的价值者，其第一的原因是其文章之美。"② 沈从文说：废名是"最本质的使散文发展到一个和谐的境界的作者之一"③。

至于鲁迅在《中国新文学大系·小说二集序》中所说废名的"冲淡"的"特技"，肯定了他"先前"的"闪露"，指出"作者过于珍惜他有限的'哀愁'"，则为更多的读者所知。

以上所引评论自然都与写于 1947～1948 年的《莫须有先生坐飞机以

---

* 本文最初刊载于《中国现代文学研究丛刊》1985 年第 4 期。

① 《桃园》跋。

② 《枣和桥的序》。

③ 《落华生论》，《沫沫集》。

后》无涉。直到近年，唐弢著《四十年代中期的上海文学》一文中才对这部未写完的小说作出评价，认为"作家写的都是日常生活、风土人情，跃然纸上"，"体现了废名小说入口微涩、余味无穷的独特风格"①。

以下谈的是我对废名小说的一些粗浅的认识和体会。

二

我感到，废名的创作是反映了现实生活的，而且是有人民性的。且看他所写的人物，如李妈（《浣衣母》）、金喜（《火神庙的和尚》）、三姑娘（《竹林的故事》）、陈老爹（《河上柳》）、王老大和他的女儿阿毛（《桃园》）、陈聋子（《菱荡》）、四火（《四火》）、三哑（《桥》），他们是洗衣的，种菜的，种桃的，打长工的，唱木头戏的，猪肉店里的提脚的（打杂的）；就是火神庙里和尚，也是一辈子的穷苦人。总之，他们都是劳动者，是乡村或小城镇的平凡人和下等人。读废名的小说，我们不能不感到，对于这些处于社会下层的劳动人民，作者是深怀爱心和同情心的，是带着真挚的感情来创造这些人物的形象的。在废名的早期创作中，《浣衣母》和《竹林的故事》也许可以说是代表作，其中的李妈和三姑娘，是多么可亲可爱可感可敬的中国农村老年和少年女性的真实形象！作者把李妈写作"公共的母亲"，把李妈的茅草房写作公众的"乐地"，确实写出了人物的博大而又温暖的心怀。作者写三姑娘，也是写出了这个种菜之家的姑娘的美丽的身影和心灵，写出了她的"淑静"和青春的活力。这里还可以举出《菱荡》和《桥》中的老长工陈聋子和三哑的形象来看作家对劳动人民的感情。《菱荡》这个短篇小说体现了废名创作的一个转折和变化，用作家自己的话来说，"到了《菱荡》，真有唐人绝句的特点，虽然它是五四以后的小说"②。在作者的笔下，真是出现了一个美的环境——菱荡，而这一首诗或者说一幅画的主人公是谁？是二老爹的长工陈聋子，"城里人并不以为菱荡是陶家村的，是陈聋子的"，作者把这个长工的心写得极灵，又极美，作者写菱荡的美，正是为了写这个人，同时，写这个人，也正是为了

---

① 《文学评论》1982年第3期。

② 《废名小说选·序》，人民出版社，1957年版。

表现美的菱荡。至于二老爹，虽然也写了一两笔，简直不在话下，写他不过是为写他的长工的美的心灵。再说《桥》，是长篇，又是废名的独创艺术风格发挥到极致之作，在这新作品里，三哑虽不是主要人物，却也并非次要，并且是真实可爱给人印象较深的艺术形象。故事的主人公程小林认为，"三哑叔是再好没有的一个人"①。这些地方，难道不是表现了作者对于劳动人民的亲近和歌颂的感情吗？

废名对于劳动人民尤其是农民的感情和认识，到了抗日战争时期，深入了一步，提高了一步，因而也就切实得多了。这是由于他在八年多的长时间里以难民的身份居于战时的乡村，他"深入生活"了。这是有长篇小说《莫须有先生坐飞机以后》为证的。在这部小说中，作者对中国农民的赞叹歌颂之情，时时有所显露。例如他在小说中写道："关于胜利问题，莫须有先生在乡间常是探问一般老百姓的意见，一般老百姓的意见都说日本佬一定要败的。虽然头上都是日本佬的飞机了，日本佬不但进了国门，而且进家门了，一见了日本佬都扶老携幼地逃，而他们说日本佬一定要败的。是听了报纸的宣传吗？他们不看报。受了政府的指示吗？政府不指示他们，政府只叫他们逃。起先是叫他们逃，后来则是弃之。莫须有先生因了许多的经验使得他虚怀若谷，乡下人的话总有他们的理由罢，他自己对于世事不敢说是懂得了。"② 莫须有先生（即废名先生）这时认为自己是哲学家，是"空前的大佛教徒"，在乡下人面前，却只能"虚怀若谷"，自认"对于世事不敢说就是懂得了"，这不是对于人民的有力歌颂吗？这部小说还不时写到农民对于国家民族的贡献，因为出钱出米的是他们，出兵的是他们，而他们是在政府"弃之"而又压迫之的情景中为此的。所以莫须有先生说，他从县城逃到乡下，"中国的外患忽而变成内忧了"，"日本佬不是他们的切肤之痛，日本佬来了他们跑就是了，而苛政猛于虎是他们当前的现实"③。在这部小说中，还有好几处写到新四军跟老百姓好，老百姓对新四军亲，虽然没有明写和多写（因为在莫须有先生住的地方并不常来新四军），但这也正是"他们当前的现实"。莫须有先生的这些"观感"，发

———————————

① 《桥·落日》。
② 《莫须有先生坐飞机以后·无题》，《文学杂志》第二卷第 2 期。
③ 《莫须有先生坐飞机以后·无题》，《文学杂志》第二卷第 2 期。

生于抗战时期，而小说中的这些描写，产生于 1947 年和 1948 年的"内忧"更甚之时，当时废名并没有读马列和毛泽东的著作，他每天看的报纸都是国民党政府的"宣传"，但他的小说中的"观感"和"宣传"都是如此。由此可见生活的真理和人民的伟大。

如上所说，废名的小说是反映了现实生活的，有时甚至是深刻的和独到的反映。他的写乡村老百姓的作品是如此，他的写少男少女和知识分子的作品也是如此。但是，读他的小说，尤其是以"废名"的名义发表的小说（《莫须有先生坐飞机以后》有所不同），却又令人感到与现实隔了一层，可以说是有点像雾里看花，水中捞月，美是美的，但毕竟有些虚幻，这是什么原故呢？其实道理也很简单，用作家后来的话说，"终于是逃避现实"，"里面反映生活的就容易懂，个人的脑海深处就不容易懂"①。说到这里，就要说说废名所特有的隐逸性和悲观色彩了。

为了探讨和说明这个问题，我想不必从废名所好的"道"（佛家和儒家的学说，这在《莫须有先生坐飞机以后》里是有一些的）里去找材料，还是从他的文学里去找材料为好，从这里是可以看到这位作家是怎样观察生活和思考问题的。下面是从他的著作中摘引的片断：

> 我常常观察我的思想，可以说同画几何差不多，一点也不能含糊，我感不到人生如梦的真实，但感到梦的真实与美。②
>
> "今天的花实在很灿烂，——李义山咏牡丹诗有两句我很喜欢：'我是梦中传彩笔，欲书花叶寄朝云。'你想，红花绿叶，其实在夜里都布置好了，——朝云一刹那见。""我尝想，记忆这东西不可思议，什么都在那里，而可以不现颜色，——我是说不出现。"③
>
> 照莫须有先生的心理解释，拣柴便是天才的表现，便是创作，清风明月，春华秋实，都在这些枯柴上面拾起来了，所以烧着便是美丽的火，象征着生命。④

---

① 《废名小说选·序》。
② 《桥·塔》。
③ 《桥·桥》。
④ 《莫须有先生坐飞机以后·莫须有先生动手著论》，《文学杂志》第三卷第 6 期。

　　不能说这些片断可以代表全体，但我们从这些片断可以窥见和考察其思想和意趣的特点。不能说这里没有真实和美，这是有的，也不能说这里没有真理，这也是有的。这里有因果关系，辩证因素，生和死，日和夜，朝阳和落日，光明和黑暗，出现和隐藏，春华和秋实。总之生活中的相反相成两面，作家思考了，也表现了。甚至思考得深，独到；因而表现得精辟，空灵。给人启示，使人欢愉，这正是表现了作家思想的特点和艺术的独创。但是，作家安于"空虚"，剩有春华秋实的"记忆之美"。然而，如何使生活重新充实起来呢？这却不是他的致力之点。废名创作的隐逸性和悲观色彩，大概可以说是这种思想的表现。正是因此，他尽管也写了人世间的种种不平，但仍不失其宁静，和谐，人与人的关系（例如《菱荡》和《桥》里的东佃关系），人与自然的关系，在他的笔下是那样地相安相得，而当他对世道人心有所讽刺的时候，却又表现为"滑稽与悲哀的混合"。总而言之，这都是"逃避现实"。好在现实毕竟是逃避不了的，而他又真是艺术家，他的"梦的真实与美"还能反映某一方面的生活，"象征着生命"，予人以诗的意境和美的享受。[①]

三

　　废名最初在《努力周报》上发表的作品是新诗，接着是小说，此后以写小说为主，但也写新诗和散文。就他的小说来说，含有诗的气质，又显出散文的自由，他是把小说诗化了和散文化了，这是他的小说创作的一个显著的特点。为了方便，且把这两个"化"分两步来说。

　　先说废名小说的散文化。这个特点，在他的早期创作中已有表现，但还不很明显。一般说来，他在早年所写的小说还算具有一般小说的结构和形式，总还有一个事件在那里插叙和发展，但越到后来就越没有故事，越没有一般小说的形式，也就是越发散文化了。《桥》里的一些篇章，被选进《中国新文学大系》的散文集里，就说明着这个问题。到了《莫须有先生传》特别是《莫须有先生坐飞机以后》，废名小说的散文化又有了新的

---

　　① 朱自清：《中国新文学研究纲要》，《文艺论丛》第十四辑。

情况和进一步的发展。废名用了五年时间写《桥》，可见他写小说是在做诗，刻意求工，语不惊人死不休；而他为莫须有先生立传却写得甚快，如风动，如水流，如行者自由自在地走路，是挥洒自如的散文化了。在抗日战争时期和胜利以后，废名在一篇题为《散文》的文章中说："我现在只喜欢事实，不喜欢想象。如果要我写文章，我只能写散文，决不会再写小说。所以有朋友要我写小说，可谓不知我者了。虽然我心里很感激他的诚意。"可能就是因为感激友人的诚意吧，废名在自认"决不会再写小说"的时候，还是写了《莫须有先生坐飞机以后》这半部或大半部小说，然而这正是"事实"的而非"想象"的完全散文化的小说了。"只喜欢事实，不喜欢想象"，只是思想作风上的变化，其中又是有着文学形式上的考虑。废名在谈到鲁迅的小说时说过："外国的小说形式（包括外国的戏剧形式），其介绍人物的程序、情节发展的步骤，都和中国小说戏剧向来所采取的'列传'式的体裁不同，而中国列传式的体裁倒是有它的真实的好处，收到它的亲切的效果，而且为中国百姓所喜闻乐见的。……就艺术形式说，外国形式与中国民族形式确实是有照相与说故事之分。我们的老百姓是很有道理喜欢自己的形式的。"① 在谈到他自己的创作经验时，他还这样说过："我是比较早写短篇小说的，那时是受了外国文学的影响，五四以前我们做古文，是'少年老成'，五四初期是'久在樊笼里，复得返自然'，外国文学是起了好作用的。后来我又觉得还是中国的民族形式好，对一般学外国的小说写出的东西感得它是新的古文似的，很容易看出它的架子来。中国的小说戏剧是列传体，是从四方八面地写，同中国画一样，只要经营布置得好，并不考虑到焦点透视的问题。我写小说，愈到后来愈觉得中国小说戏剧比外国的更自然些，更真实些，原因就是中国的表现方法更自由些。"② 读废名的小说，确实感到他愈写愈"自由"，愈没有"架子"了。他的《桥》不大像小说，"有唐人绝句的特点"，他的《莫须有先生坐飞机以后》不大像小说，"是列传体，是从四方八面地写"，"并不考虑到焦点透视的问题"。但它们毕竟还是小说，是废名在小说形式和写法上的特创。废名小说的散文化将小说创作上的"架子"打破了，使它

① 《跟青年谈鲁迅·鲁迅怎样对待文化遗产和民族形式》，中国青年出版社，1956年版。
② 摘抄自废名未发表的文章手稿。

"复得返自然"，这是他的一个贡献。

至于说废名把小说诗化了，大概可以说含有这么几层意思：一是他后来写小说"很像古代陶潜、李商隐写诗"①；二是他的小说确实表现了诗的意境，他的小说的诗化和散文化合在一起，使它便于和长于抒情；三是他的文章的高度的简练、含蓄，还有一般在小说里不常有而在诗里却古已有之的跳跃"空白"②，"字与字，句与句，互相生长，有如梦之不可捉摸。然而一个人只能做自己的梦，所以虽是无心，而是有因"③。

还是让我们举例来看吧。在《桃园》里，阿毛看了西山的落日，因而再看一看邻家县衙门照墙上画的天狗要吃的那一个，说道："爸爸，我们桃园两个日头。""话这样说，小小的心儿实是满了一个红字。"这是写阿毛的心理。"你这日头，阿毛消瘦得多了，你一点也不减你的颜色！"——这就是作者的抒情了，这个抒情，不能不说是强有力的！作者对于病得不轻的阿毛的爱和同情之心，真是跃然纸上了。再往下，又有这样的描写："阿毛看见天上的半个月亮了。天狗的日头，吃不掉的，到了这个时分格外照彻她的天，——这是说她的心儿。……阿毛睁大了白眼睛叫月亮装满了，……月亮这么早就出来！有的时候清早也有月亮！"在这里，大自然的天和小小的"她的天"相关照，作者通过"她的天"，把红日西沉以至"有的时候，清早也有月亮"的景象辉映出来了。这里有诗有画，写景写人，行文闪跳，而事出"有因"。

这样的描写和笔致，在《桥》里就更多了，真是触目皆是，层出不穷。例如细竹看小虫，"黑贝壳，姑娘没有动手撩它，它自然不晓得它的舆地之上，只有一寸高的样子，有那么一幅白面庞，看它走路走得好玩极了"④。两个姑娘上了一个绿坡，"方寸之间变颜色：眼睛刚刚平过坡，花红山出其不意。坡上站住，——干脆跑下去好了，这样绿冷落得难堪！"

① 《废名小说选·序》。

② "空白"，这是刘西渭（李健吾）在论及废名创作时所用的说法。

③ 废名：《说梦》，《语丝》第一三三期。废名说这话，并非指他自己的创作而言，而是说他读古人书，时有"触动"，感到"有很大的道理存在其间"，因而言此。他说他"读莎士比亚，常有上述的情况"。但这话用之于废名的创作，是恰当的。

④ 《桥·桃林》。

"这时一对燕子飞过坡来，做了草的声音，要姑娘回首一回首"①。下雨天，小林说，"我最爱春草"。说着这东西就动了绿意，雨滴绿。然后低头看天井里的水泡，又听瓦上雨声，"我以前的想象里实在缺少了一件东西，雨声。——声音，到了想象，恐怕也成了颜色。这话很对，你看，我们做梦，梦里可以见雨——无声"②。凡此种种，都是如诗如画的描写。作者自云，这"实是用写绝句的方法写的，不肯浪费语言"③。

当然，这里有诗情画意，也有"个人的脑海深处"的难以捉摸的东西。从这一点看起来，有的论者认为这是象征主义，甚或是"意识流"，不为无因。但要找它的根源，还在于作家的灵魂，所谓"一个人只能做自己的梦"是也。若论借鉴，固然有来自西方的（不是现代的，废名没有读过西方现代派的作品），更重要的似乎还是古老的中国的。他喜欢陶渊明诗，也爱闲情一赋，"愿在昼而为影，常依形而西东，悲高树之多荫，概有时而不同"，他说他"亦有此经验"，可谓"莫逆于心"④。他喜欢李商隐诗，如"我是梦中传彩笔，欲书花叶寄朝云"，"东南一望日中乌，欲逐羲和去得无？且喜秦楼棠树下，每朝先觅照罗敷"，他说李诗是"人间从到海，天上莫为河"，"星沉海底当窗见，雨过河源隔座看"，天上人间什么都想到了，李诗的典故也是"感觉的串联"，表现了作者的幻想，"他的感觉美"⑤。废名还曾论及温庭筠词，说那是"自由表现"，是"画他的幻想"，"上天下地，东跳西跳，而他却写得文从字顺，最合绳墨不过"，这样的作品有如玻璃缸的水，"养个金鱼儿或插点花儿这里都行，这里还可以把天上的云朵拉进来"⑥。废名这样论古人诗词，岂不是多少有点夫子自道的意味？莫须有先生还有这样一段话：

> 无论英国的莎士比亚，无论中国的庾子山，诗人自己好比是春天，或者秋天，于是世界便是题材，好比是各样花木，一碰到春天便

---

① 《桥·茶铺》。
② 《桥·今天下雨》。
③ 《废名小说选·序》。
④ 《陶渊明爱树》（散文）。
⑤ 废名：《已往的诗文学与新诗》，见《谈新诗》，人民文学出版社1984年版。
⑥ 废名：《已往的诗文学与新诗》，见《谈新诗》，人民文学出版社1984年版。

开花了，所谓万紫千红总是春，或者一叶落知天下秋。我读莎士比亚，读庾子山，只认得一个诗人，处处是这个诗人自己表现，不过莎士比亚是以故事人物来表现自己，中国诗人则是以辞藻典故来表现自己，一个表现于生活，一个表现于意境。表现生活也好，表现意境也好，都可以说是用典故，因为生活不是现实生活，意境不是当前意境，都是诗人的想象。只要看莎士比亚的戏剧都是旧材料的编造，便可以见我的话不错，中国诗人与英国诗人不同，正如中国画与西洋画不同。①

这一番话，可以说是废名在解放以前的文学观和创作论。他自己的创作也正是"诗人自己表现"，后来更多的是"表现于意境"，借以表现"诗人的想象"。他论中外古人的创造，可以说是有独到的、精辟的见解，但也有其偏颇之处。如说"表现生活也好，表现意境也好，都可以说是用典故，因为生活不是现实生活，意境不是当前意境，都是诗人的想象"，这就把想象强调得过分了，也超出了人们一般对"想象"的理解。就以陶渊明、李义山、莎士比亚、哈代而论，也并非完全是这样的，他们的价值，总还在于他们的艺术反映了现实生活，他们的意境也并不都是超脱于当前的现实的。我们由此也可以看出废名及其创作的特点和优点，不足和局限，这两方面的表现都是独特的和突出的。

四

毛泽东同志说，我们对于文学艺术作品要看"它们对待人民的态度如何，在历史上有无进步意义"，也要看它们的艺术性的高低，看它们的内容和形式是否统一。以此来衡量和评判废名的创作，那就可以说这位作家对人民的态度是好的，是五四文学革命的产物，表现了独创的艺术风格。但后来由于逃避现实，他的作品难以吸引众多的读者，其思想上和艺术上的难得的好东西和必然而有的消极的东西，都未曾产生较大的影响。

---

① 《莫须有先生坐飞机以后·莫须有先生教国语》，《文学杂志》第二卷第7期。

但废名创作所产生过的影响，却是不应忽视的。沈从文早年曾经坦率地说过，他"写乡下"的作品"受了废名先生的影响"①；李健吾曾经论述过《画梦录》时期的何其芳的散文所受废名创作的影响②；而朱光潜也曾指出过，废名的小说特别是《桥》"对于卞之琳一派新诗的影响似很显著"③。尽管这些作家所受废名的影响是一时的和局部的，他们走的毕竟是他们自己的路，后来各奔前程甚至进入生活和创作的广阔新天地，而废名所曾给予他们的影响是确实的，有迹可寻的。

近年明确说到废名对自己创作的影响的作家，有汪曾祺。他说，他"确实受过"废名的影响，"现在还能看得出来"。他还说，废名的创作的影响，到现在"并未消失"，"它像一股泉水，在地下流动着，也许有一天，会汩汩地流到地面上来的"④。

我想，不能说废名的影响是消极的。废名是文体家。文体家是会给人以文章美的启迪和示范作用的。当然，这也不能排除文学上的思想影响和共鸣作用。

---

① 《夫妇》篇附记。
② 《咀华集·画梦录》。
③ 《桥》，《文学杂志》第一卷第 3 期。
④ 《谈风格》，《文学月报》1984 年第 6 期。

废 名[*]

——杰出的散文家

一

　　废名，原名冯文炳（1901~1967），湖北黄梅人，在中国现代作家中以特立独行名世，所著小说、诗、散文和论著都有奇气，也就是说他创造了独特的风格，表现了独具的眼光和思考；正是因此，他的作品得以传世。

　　废名在文学上的成就主要在于他的小说创作；而就其本质来说，他是诗人；就其表现来说，他是散文家。他的小说有不少和散文几不可分。大概正是由于这个原故，论者在论及废名的贡献和影响时，并不只是就小说论小说，而不免论其文体。例如周作人称道废名的"文章之美"，即"用了他简练的文章写所独有的意境"（《〈枣〉和〈桥〉的序》），并将废名跟胡适、冰心和徐志摩相比较，认为这三位的作品"清新透明"，而废名的作品"不像透明的水晶球，要看懂必须费些功夫才行"（《中国新文学的源流》）；沈从文也曾把周作人、徐志摩、许地山和废名相提并论，认为他们是"最本质的使散文发展到一个和谐的境界的作者"（《论落华生》，《沫沫集》），如此评说和比较，都是注意到了废名小说的散文化特色的。这也就是说，废名成为这样的一位小说家的同时也就是这样的一位散文家。

---

　　* 本文最初刊载于《江汉论坛》1988 年第 6 期。

废名的小说和散文如此难以分别，以致他的一些小说常被编入散文的选集中。早在 30 年代，《桥》中的几篇就被周作人选入《中国新文学大系·散文一集》，编选者并在《导言》中说："废名所作本来是小说，但是我看这可以当小品散文读，不，不但是可以，或者这样更觉得有意味亦未可知。" 近年续编和新近出版的《中国新文学大系》（1927～1937）中的《散文集一》（吴组缃作序），又选入《桃园》中的《菱荡》。由此可见，废名的有些小说其实是散文，或者说可以当散文来读，这已是专家和读者的一致意见了。

但是，尽管如此，作为一位散文家，废名的散文创作和他的小说创作又不是一回事，这就如作为一位小说家，废名的小说又并不都可作为散文来读一样。这位作家又自有其散文方面的写作，即平常意义上的散文，虽然他写起来也往往表现得并不平常。这方面的作品包括他的记事抒情散文，随笔小品文字，序跋文章，等等。

废名的散文中还应包括另一方面的文章，那就是他的谈诗说文之作。本来，就我国的散文传统来说，评说诗文和陈述读书心得一类文章，向来归入散文，而且在其中占重要地位；何况废名的这方面文章完全是用散文的笔法和情调写成，表现了废名的独特审美意识和治学特点。

二

废名自云："我写小说同唐人写绝句一样，……真有唐人绝句的特点。"（《废名小说选·序》，人民文学出版社 1957 年出版）这是指《桥》和《桃园》里某些作品而言的。这样写出来的"小说"，必然会成为如诗如画的散文。所以朱光潜说，《桥》的"全书是一种风景画薄，翻开一页又是一页"，"每境自成一趣"，其中人物动作"不是戏台上的而是画框中的"（孟实《桥》，《文学杂志》第一卷第二期）。

废名小说的题目如《洲》《万寿宫》《芭茅》《送路灯》《碑》《沙滩》《杨柳》《清明》《菱荡》……一看这些题目，就令人感到它们是诗的，画的，散文的。待到你拿起它们来读时，你就会感到，这是需要细读、精读、反复读的，这样才能领悟和接受其中的意、境、情、趣和美。

这样的风景画，原来都是作者的家乡的写照和写意。废名说过，他幼年所受的教育对他有害无益，"只有'自然'对于我是好的"，"成就了二十年后的文学事业"。他还有这样一首诗："小桥城外走沙滩，至今犹当画桥看，最喜高底河过堰，一里半路岳家湾。"这就是作者的"儿童世界"，也就是作者的"画桥"所本。诗中所说的城，是湖北黄梅县城，出南门到岳家湾（废名的外家），不足二里路，风景就是这样的好。请看那史家庄、陶家村。史家庄（实即岳家湾）的素描："站在史家庄的田坂当中望史家庄，史家庄是一个'青'庄。三面都是坝，坝脚下竹林这里一簇，那里一簇。树则沿坝有，屋背后又格外的可以算得是茂林。草更不用说，除了踏出来的路只见它在那里绿。站在史家庄的坝上，史家庄被水包住了……"（《桥·沙滩》）陶家村的素描："一条线排着，十来重瓦屋，泥墙，石灰画得砖块分明，太阳底下更有一种光泽，表示陶家村总是兴旺的。屋后竹林，绿叶堆成了台阶的样子，倾斜至河岸，河水沿竹子打一个湾，潺潺流过。这里离城才是真近，中间就只有河，城墙的一段正对了竹子临水而立。竹林里一条小路，城上也窥得见，不当心河边忽然站了一个人，——陶家村人出来挑水。落山的太阳射不过陶家村的时候（这时游城的很多）少不了有人攀了城垛子探首望水。但结果城上人望城下人，仿佛不会说水清竹叶绿，——城下人亦望城上。"（《桃园·菱荡》）这样的素描，点染，是多么的清新，淡雅，令人赏心悦目。无怪乎作者说，"只有'自然'对于我是好的"，他得之于自然，而又还之于自然！

然而，废名的笔墨并不总是那么自然、恬淡，又那么"画得砖块分明"的。在不少地方，他的描画，线条并不那么分明，着色也并不那么寻常，这就叫你一边欣赏一边还要捉摸。例如他这样写"家家坟"的坟地："草是那么吞着阳光绿，疑心它在那里慢慢的闪跳，或者数也数不清的叽咕。仔细一看，这地方是多么圆，而且相信它是深的哩。越看越深，同平素看姐姐眼睛里的瞳人一样，他简直以为这是一口塘了……"（《桥·芭茅》）在这里，草"吞着阳光绿"，而且还在"闪跳""叽咕"，这就不是一般的写法；不但此也，草地还"越看越深"，因而比之于姐姐眼睛里的瞳人，又因而比之于一口塘，这就更加传神地写出了草地的平平、密密、圆圆、深深。于是更加成就了一幅好看和深情的画面了。

废名既写风景，也写风俗，不过二者融为一体了。例如"打杨柳"就是一种风格，不过作者着重写的不是"打杨柳"，而是"杨柳"的蓬勃，而是细竹姑娘为孩子们扎柳球的皆大欢喜；"清明上坟"也是一种风俗，而作者借这个题目不只是写人们给陈死人烧香、祭奠，更多的倒是写清明时节自然景色和人的青春之美；"送路灯"又是一种风俗，其用意是替新死者留一道光明，以便"投村"（村庙），作者把这风俗和风景一齐写了："时而一条条的仿佛是金蛇远远出现，是灯笼的光映在水田。……比萤火大的光，点点的光而高下不齐。不消说，提灯者有大人，有小孩，有高的，也有矮的。"（《桥·送路灯》）其实，他又不只是写了风景，风情，还写了乡人的人生观和人死观。……废名不但多写风俗，也不少写传说，当然这也与写景写情分不开。例如比城墙高得多多的那塔，"相传是当年大水，城里的人统统淹死了，大慈大悲的观世音用乱石堆成，（错乱之中却又有一种特别的整齐，此刻同墨一般颜色，长了许多青苔，）站在高头，超度并无罪过的童男女。观世音见了那凄惨的景象，不觉流出一滴眼泪，就在承受这眼泪的石头上，长起一棵树，名叫千年矮，至今居民朝拜"（《桥·洲》）。这里写传说也是写了真实，因为那塔的形象，那民间传说，都是实写；如果不写这传说，那塔景和民情就未能写得这样美了。是的，废名终究还是在写人生，写他对人生的思考。尽管他的选择，他的角度，他的处理与众不同，他还是写了社会的人和人的社会，尽管他写人生是经过了压缩，稀释，超脱，诗化，但仍有其丰富、深刻的意境和内容。例如在《送路灯》里，史家奶奶对于人死了何以要投土地庙这个问题的解答是：土地神等于地保，死者离开这边到那边去，首先要向他登记一下。小林对此的反应是："死了还要自己写自己的名字，那是多么可怜的事！"而三哑叔则说：死人，漆黑的，不知往哪里走，所以他到村庙里歇一歇，叫土地菩萨引他去。三种人，三种不同的解释和心理，写得很传神，很耐人寻味。在《碑》里，小林在空旷之野幸遇一位和尚，经过谈话，知道这和尚住关帝庙，于是问他关公的青龙偃月刀落到什么人手上去了；和尚笑道："青龙偃月刀曾经落在我手上，你信吗？"原来和尚曾是戏子，会扮关云长，最后流落关帝庙做和尚。……如此等等，都写了长长的、流不尽的人生，其中甚至有戏剧性的情节，只是被作家作了"淡化""意象化"的处理，终于成了诗和画。

写家乡风土人情的这样如诗如画的文章，是废名的作品中的最为诱人的，因而也最有名。

三

抗日战争时期，废名在家乡避难，停顿了他的文学事业（只写了几篇短文），和文学界也断了联系。抗战胜利后返北京大学任教，又不免有所创作。他所写的仍是他的家乡。

这个时期他写了总题目为《父亲做小孩子的时候》的一组文章，包括《五祖寺》《散文》《教训》《打锣的故事》《放猖》诸篇。其实，这事是在抗战时期开的头，起因是他在家乡当小学和中学教师，但无教材，于是他想自写文章给学生读，总题目就是那时定的，并写了《五祖寺》这一篇。但往下他并没有写下去，因为这时他发现一些初中课本，其中有文章可以选用，这比他自写方便得多，于学生也更为适宜。不过这个总题目他还放在心里，战后在北京又写起来了。这是一组很有意味的散文。废名当时说："我现在只喜欢事实，不喜欢想象。如果要我写文章，我只能写散文，决不会再写小说。"如果说这是声明，那么这些文章就是这声明的实现了。也可以说，这些材料，他本可以写成小说，甚至有的早已写成小说，现在他还它们以"事实"，也就是他的儿童世界的回忆。可以说，这是废名的"旧事重提""朝花夕拾"。确实，小说（想象）有小说的魅力，而散文（事实）也自有散文的优胜。比如说，在《散文》这一篇里，作者把他早期的小说名作《浣衣母》的"事实"告诉我们了。他告诉我们这位婶母是一位伟大的母亲，"婶母家形式虽孤单，其精神则最热闹"，她对于小孩子（包括儿时的废名及其兄弟）的抚爱、她对于青年（他们送衣给她洗只给微乎其微的报酬）的抚爱、她对于过往乡人的热情，使废名觉得"她是神"；废名说，"小时，自然与人事，对于我影响最深的，一是外家，一是这位婶母家，外家如是以其富有，婶母家是以其贫了，她的贫使得我富有。在现在想来，外家的印象已渐淡漠，婶母家的印象新鲜如故"，我们于此也就可见废名的感情。又如《放猖》，既写了故乡放猖的风俗，又写了一个小孩子对于这种风俗的观感和印象。当猖神的"没有人间的自由，即是不准他们说话"，这便显得他们是神，同我们隔得很远，而他们手上却拿着叉，发出当啷当啷的声音，那个声音把小孩子的话都说出来了。"到了第二天，遇见昨日的猎兵时，我每每把他从头至脚打量打量一番，仿佛一朵花已经谢了，他们的奇迹都到哪里去了呢？尤其是看着他说话，他说话的语言太是贫乏了，远不如不说话。"这些地方都写出了小孩子的共性，也写出了这一个小孩子的个性，所以读起来令人感兴趣。但这些文章与小说不同，它们不是画画，不是做诗，而只是朴素地写出事实，写出回忆，废名以前作品中所有的晦涩和闪跳，在这里没有了。

而且废名这时写的长篇小说《莫须有先生坐飞机以后》也一改其以往的作风，并不那么"难懂"。它和《桥》不同，和《莫须有先生传》也不同，它完全是记作者本人战时在家乡黄梅避难和教书之实。作者在《开场白》中引外国一位作家的话说，"历史都是假的，除了名字；小说都是真的，除了名字"，而《莫须有先生坐飞机以后》完全是事实，连其中的名字——人名、地名也都是真的，"其中五伦俱全，它可以说是历史，它简直还是一部哲学。本来照赫格尔的学说历史就是哲学。我们还是从俗，把《莫须有先生坐飞机以后》当作一部传记文学"。所以这里面的文章，一章接着一章，都是纪实散文，写得朴素、自然、真切，不像《桥》那样的如诗如画，也不像《莫须有先生传》那样的如梦如痴。就篇幅说，这部作品每章的字数也较多，这是因为战时生活"事实"多，作者感受深，有切肤之痛，有亡国之忧，又有抗战必胜，民族复兴的信念，所以如实写来，细细道来，也往往能打动人，吸引人，启迪人。现代文学史家唐弢说，"要说五四以来小说散文化，这是很有代表性的"，"作家写的都是日常生活、风土人情，跃然纸上"，其中"记录了战时的社会风尚，和老百姓的生活有关，也和老百姓的情绪有关，字里行间，时时流露出作家的感喟和讽刺，隽永深刻，值得回味"。（《四十年代中期的上海文学》，《文学评论》1982 年，第 3 期）这是道出了《莫须有先生坐飞机以后》的特点的。

例如其中的《工作》这一章写莫须有先生（即废名先生）到金家寨小学任教师，因而在龙锡桥东一农舍安家的情景，极为平凡的日常生活却写得情真意切，耐人寻味。种壶卢（葫芦）不但为了食之，而且为了用之——用壶卢瓢舀水；"纯抱回那次大大的壶卢中途跌坠，很受妈妈的责备，说他不该那么大胆，这么一个大大的东西，小小的一个怀抱如何抱得起呢？莫须有先生在旁笑而不言，他观察纯是舍不得壶卢的损失呢？还是后悔自己不该轻举妄动？二者都有之"。尽管有这样的失误，但因种了壶卢，后来果然有了壶卢瓢用以舀水，"足以见得人只要有抱负有志气，必然能切实而有成功的"。《停前看会》也有丰富的内容。废名小时在县城里爱看会，想不到如今在战时在停前也有会看，仍以"放猖"为主，加了"大头宝""地方""土地老"，很是热闹。废名对此和对"旧时代的教育"的感情截然不同，对私塾只有憎恨，对"会"却感到欢乐，因为一个是儿童的监狱，而一个却是儿童的乐园。不过《停前看会》所写的主要的并不是"会"和"看会"，而是战时的历史和主人公的传记。比如说莫须有先生全家到停前去看会，莫须有先生太太穿了新制的竹布褂子去，这就是历史。因为莫须有先生领了小学的薪水后给太太买了这件竹布衣料，价五角一尺，太太舍不得花了许多钱，对先生有所非难。太太自有太太的理由，因为当时有三贵：一盐、二布、三白糖。吃盐先是等于吃肉，往后则等于吃药，布则买棉布已不易，洋货如竹布则是战前之物的剩余，奇货可居，所以太太责备先生"五角钱一尺的布你也买！"但莫须有先生也不是没有他的道理。他观察得物价一天一天上涨，故以五角一尺替太太买了件褂料，以后是十倍、百倍、千倍其价，到抗战胜利后，则是二千倍了。在这部传记中，作者就是这样写了历史，一人、一家的历史，也是一国的历史。

废名的家乡黄梅地分南北，南乡多水而北乡则是山区。《桥》写的是南乡风景和人情，而《莫须有先生坐飞机以后》写的是北乡人民的战时生活，其风土与南乡有异，这在后一部作品中可以看出，不过这不是写风之作，饱经忧患的废名已无心于此了。

四

废名的朋友诗人卞之琳说得好：废名"好像与人落落寡合，实际上是热肠人。……他虽然私下爱谈禅论道，却是人情味十足"（《〈冯文炳选集〉序》，人民文学出版社 1985 年出版）。这在废名的实际生活中表现出来了，在他的作品中也表现出来了，例如《〈泪与笑〉序》。梁遇春（秋心）的《泪与笑》是中国现代散文名著，而废名为它所写的序则是一篇名文，凡论梁遇春其人其文莫不据以评说。而这篇序又确是难得的散文佳作，写得声情并茂。文章一开始就说："秋心之死，第一回给我丧友的经验。……人世最平常的大概是友情，最有意思的我想也是友情，友情也最难言罢，这里是一篇散文，技巧俱已疏忽，人生至此，没有少年的意气，没有情人的欢乐，剩下的倒是几句真情实话，说又如何说得真切。"丧友的沉痛，溢于言表。但作者虽说这是篇散文（以别于"一向自己作文……大概都是做诗"），全然"疏忽"了"技巧"，由于情见乎词，"说得真切"，倒是表现了很高的"技巧"。请看这一段文字：

> 古人词多有伤春的佳句，致慨于春去之无可奈何，我们读了为之爱好，但那到底是诗人的善感，过了春天就有夏天，花开便要花落，原是一定的事，在日常过日子上，若说有美趣都是美趣，我们可以"随时爱景光"，这就是说我是不大有伤感的人。秋心这位朋友，正好比一个春光，绿暗红嫣，什么都在那里拼命，我们见面的时候，他总是燕语呢喃，翩翩风度，而却又一口气要把世上的话说尽的样子，我就不免于想到辛稼轩的一句词，"倩谁唤流莺声住"，我说不出所以然地来暗地叹息。我爱惜如此人才。世上的春天无可悼惜，只有人才之间，这样的一个春天，那才是一去不复返，能不感到摧残？

对于自然的春暮春归花谢花落并不大有伤感的人来说，对于人才的"春光"的"一去不复返"却是如此的黯然神伤，足以说明废名和梁遇春的友谊之深厚绵密。而这样写梁遇春，正是写得恰好，把他的风度和情怀都写出来了。

《〈古槐梦遇〉小引》把废名和俞平伯当年的友谊尽情地写出了。《古槐梦遇》是当年由上海世界书局影印出版的手迹本，废名所写的小引也以手迹刊行，由此亦可见著者对于这一份友情的珍重。废名在文章的开头就说到那古槐："我第一次往平伯家里访平伯，别的什么也都不记得，只是平伯送我出大门的时候，指了一棵槐树我看，并说此树比此屋还老，这个情景我总是记得，而且常常对这棵树起一种憧憬。"在这里，写树正是写友情。关于《古槐梦遇》的文章和写作，小引说："作者实是把他的枕边之物移在纸上，此话起初连我也不相信，因为我的文章都是睁开眼睛做的，有一天我看见他黎明即起，坐在位上，拿了一支笔，闪一般的闪，一会儿就给我一个梦看了，从此我才相信他的实话。"这可以说是文坛佳话，"闪一般的闪"，写"梦遇"可谓传神。不过废名对此倒是作了颇近情理的解释，说这是《古槐梦遇》的作者"不失其赤子之心"所致，就文章而言，这也是深情的隽永之作。

废名在抗战时期所写的《黄梅初级中学同学录序三篇》是值得我们重视的。三篇文章，都言之有物，有情，有感而发，厚积薄发。第一篇引《论语》所记录的几件事，说"孔门"的师生关系真好，说《论语》是世界上一部最好的学校日记，由此说到"我平常总是觉得我们师生之间感情不够，切磋不够"，在这里有废名的自省，也有他对于时下学校教育"通病"的批评，而这正表现了他对于同学的"爱"。第二篇说"人总有一个留纪念的意思"，并引证泰戈尔的话和孔子的话加以申说，并说"庄周一派旷达，总不能说是近人情"；落到眼前的事实，如办同学录，如同学在竹子上刻下自己的姓名，"或者乃是人之常情"。由此而说到留名也要讲公德，同学录也是"历史的材料"，应予以保存，告同学要"爱惜名誉"，要有"敬其事之心"。第三篇说的是废名从前入学受教育的经验，和这些经验对于他以后治学为文的关系，以供同学参考。这三篇序，于今也都成了"历史的材料"，值得珍惜，而且它们又都是好文章。

《冯文华烈士传略》当然又是珍贵的史料，至情的文章。冯文华是废名的堂弟，1924 年加入中国共产党，中学毕业后曾到杭州学化学工程，大革命时期是黄梅党的领导人之一，时任黄梅县农民协会主席，1927 年死于"四一二政变"的反革命屠刀之下。废名的这篇烈士传略虽写得简略，却简练有力，如写 1926 年黄梅革命群众游行示威，高呼打倒土豪劣绅石南屏的口号，"所有的绅士都发抖。有人面对文华说：'石家同你家是世交！'文华的严峻的目光直视着说话人，使得他不敢再开口，赶快退避。……与此同时，有夏家河的农民常来找文华，两人说话的亲热，表现着文华确实是与劳动人民结合起来了"。这样写共产党人形象，是真切动人的。传略最后写到"文华牺牲后，他的爱人胡纯，一个家庭妇女如骏马一般奔赴古角山（她的娘家在那里），一定要报仇。她后来当了我游击队长，为匪团防首领王焕廷所杀"。这又是重要的史笔，很能为冯文华烈士增彩，当然，胡纯烈士本人自有独立的光彩，如果不是废名在这里替她写此一笔，她的英名是更易于埋没的。我们知道，在1926～1927大革命之际，废名在北京城乡埋头写《桥》与《菱荡》式的小说，远离了革命，他在晚年经常自省自责当年的"逃避现实"；《冯文华烈士传略》之作，可以视为他的回到现实和政治热情的一种表现，这也是此文之值得重视的一个原因。

五

废名生于清朝末年，幼时入"蒙学"读书，读高小和中学时已是民国，而实际上到五四时期才得启蒙。他在北大读西洋文学，启发了他的文学创作，返回来读中国文学，乃真感到自己民族的东西好。这个历程和经验，在他的谈诗说文的文章中时有闪露。

废名的谈诗说文的文章的特点，是生活化、个性化和散文化。例如他谈《诗经》里的《关雎》《桃夭》《匏有苦叶》等，简直是在写抒情记事散文，忆自己的儿童生活，道自己创作的甘苦，当然，他也说理，也解诗，由于是从生活出发，以经验为证，又参考了前人的解说，使人读起来感到生动亲切，又感到得其解。他爱读和喜谈《论语》，他不把它看做经书，而是把它看做"孔门"生活的实录，他谈"鸟兽不可与同群"，谈"有朋自远方来"，都是结合他自己的生活经验来谈；谈"宰予昼寝"，谈"有教无类"，都是结合他自己的教学情况来谈；他谈子贡、陈亢等等的孔门人物，都是把他们当做实际生活中的人物来看待，而排除了一切迂腐的、偏颇的解释。他认为孔子与学生"谈话的空气很好，所谈的话我们也没有不懂的地方，因为谈的话本来不令人难懂，只是在生活上未必容易学得到"。这就是他对《论语》的态度。又如他谈陶渊明爱树，从陶渊明的诗文中引了好些证据，同时又印证以他自己的生活经验和情趣，认为陶公之爱树、爱树荫，对于他自己来说正是"莫逆于心"。他引陶诗《读山海经》之九，即"夸父诞宏志，乃与日竞走。……余迹寄邓林，功竟在身后"那一首诗，特别赞赏最后两句，并引俗语前人栽树，后人乘阴解之，因而说"陶渊明之为儒家，于此诗可见之。其爱好庄周，于此诗亦可以见之"，这也是令人欣然接受的解说。废名喜爱六朝文、晚唐诗，特别是庾信、李商隐。他说庾信的文章写得自然，写得快，如"霜随柳白，月逐坟圆"就是，杜甫名句"独留青冢向黄昏"大约是从"月逐坟圆"学来的，却没有庾信写得自然。他还将梁遇春文与庾信文作比，说"秋心写文章写得非常之快，他的辞藻玲珑透彻，纷至沓来，借他自己'又是一年芳草绿'文里形容春草的话，是'泼地草绿'"。他因此说"此君殆六朝才也"。对于李商隐诗，废名亦有独特而精辟的见解。例如他解"我是梦中传彩笔，欲书花叶寄朝云"，"过水穿楼触处明，藏人带树远含清"，发人之所不能发。他说，"大凡想象丰富的诗人，其诗无有不晦涩的，而亦必有解人"。这话实亦可用之于废名，因为他正是李商隐诗的"解人"，而他自己也正是"想象丰富的诗人"。

废名在解放前后文艺思想有较大变化，这在《废名小说选·序》等文中说得明白，在其谈诗说文的文章中也可以看得出来。解放以后，他认真看待了文学上的现实主义，所以他在北京大学、吉林大学讲《诗经》、杜甫，对他从前对于陶渊明、庾信、李商隐的认识和偏爱有所补充和修正。他引杜甫批评陶渊明的话"陶潜避俗翁，未必能达道"，认为杜甫的"道"的意义"就是我们现在所说的'人民性'"，"杜甫的诗所表现的现实主义乃超过他以前的任何诗人"；同时，他也谈到了杜甫与陶潜思想感情上有相同相通的地方。杜甫之于庾信，也可以这样说。杜甫喜欢和同情庾信，所以他说"庾信生平最萧瑟，暮年诗赋动江关"，又说他自己"哀伤同庾信"；但庾信在"萧瑟""哀伤"中"得到陶醉，他把这种生活写得很'美'"，而杜甫总是关心着人民的疾苦，"表现着积极的精神"。废名还说杜甫"承庾而启李"，指出杜甫的夔州诗"是杜甫晚年的雕刻"，它对李商隐的影响"是真花，不是假色，应该属于咱们民族文化里面的佳话，不能一笔抹杀的"。废名说，李之学杜，"不是模仿，各人有各人的时代背景，从民族传统中，有时对某一点继承相似而发挥不同"。凡此都是很有见地的话，也有细致的分析，出自废名的深刻和独到的生活和文学经验，发而为文，极为耐看、耐读，因为这"是真花，不是假色"。

六

　　概观废名的散文，可以说是"用平淡的谈话，包藏着深刻的意味"，也可以说是"有涩味与简单味，这才耐读"。这两句话，前一句是胡适说的，引自他的《五十年来之中国文学》；后一句是周作人说的，引自他的《〈燕知草〉跋》。他们对中国现代散文的看法和要求，可以应用在废名身上。周作人还说废名散文是现代的竟陵派，如指其"涩味"和奇僻，是有道理的，但如因此认为废名是学晚明小品，却并不确，废名对明人小品并无多大爱好和关系。他所津津乐道者是六朝文章。他说庾信的文章是"行云流水"，"胜过"现代的短篇小说，"他没有结构而驰骋想象，所用典故，全是风景"，又说莎士比亚是"借故事表现着作者的境界"，而"中国的诗人则是借典故表现境界"，这其实也正是废名创作的追求。不过他在"境界"上是这样体现，在写法上却不都是如此，所以他又说，"我大约同陶渊明杜甫是属于白描一派"，还说"我的作文的技巧，也是从西洋文学得到训练而回头懂得民族形式的。这个训练是什么呢？便是文学的写实主义"。废名终究是写小说的，而写小说终究离不了写实主义，即使是当他"像古代陶潜、李商隐写诗"那样写小说的时候。溯六朝文章而上，废名喜欢先秦文章，尤其是《论语》《庄子》。他的散文时时透露此中消息。

　　废名在解放前特别是在抗日战争前，为文时带隐逸气和悲观色彩，所以他在《桥·清明》里通过程小林之口说："我想年青死了是长春，我们对了青草，永远是一个青年。"在《莫须有先生坐飞机以后·旧时代的教育》里说："世界的意义根本上等于地狱……唯有你觉悟到你是受罪，那时你才得到自由了。"这些话，对于今日的读者特别是青年读者来说，恐怕很不好理解。倒退二十年来说，予以断章取义，予以"大批判"，那是不免判以"死"刑并推入永世不得翻身的"地狱"的。但愿读者对此不要作简单化的处理，而要顾及全文、全人，要想到那个时代，文学家不都是革命者。废名自有废名的"境界"。他在《树与柴火》一文里说："人类有记忆，记忆之美，应莫如柴火。春华秋实都到哪里去了？所以我们看着火，应该是看春花，看夏叶，昨夜星辰，今朝露水，都是火之生平了。终于又是虚空，因为火烧了则无有也。庄周则曰，'火传也，不知其尽也'。"读者于此不能不感到他写的真实和美，但人生和自然的真实和美他偏要以"柴火"表现之。"终于又是虚空"，这当然表现了他的思想和艺术的局限性，连这个局限性也是罕见的。幸好，"火传也，不知其尽也"，世界毕竟不是虚空，废名也终究不是出世的，而是入世的，立于祖国的土地之上。

废名与胡适*

　　胡适之于北京大学，可以说是三进三出：1917 年从美国留学回国任北大教授，1926 年离北大到上海（曾任光华大学教授，中国公学校长）；1931 年回北大，任文学院长兼国文系主任，至 1937 年抗日战争爆发；1945 年抗日战争胜利后任北大校长，至 1948 年冬北平解放前出走。

　　胡适在北大的那些年，废名多半也在北大（除了胡适初到北大的那几年），先是念书，后是任教。

　　正是在废名初到北京的那一年（1922），胡适创办和出版了《努力周报》，废名早期创作新诗和短篇小说，大多发表在这个刊物上。

　　《努力周报》并不是文学的而是评论的刊物，但其中也登文学作品。这个刊物创刊于 1922 年 5 月，1923 年停刊，共出 75 期。此后胡适努力筹办《努力月刊》，并在《读书杂志》上发表出刊预告，但这个月刊并没有能办成。

　　1924 年，废名给胡适写了这样一封信：

　　适之先生：

　　　　今天瞥到《努力月刊》出版的预告，真不知是怎样的欢喜。先生的健康不消说复元了。沉寂得要死的出版界，又将听见了一声劈雷。

赶快从故纸堆中誊写了这一篇小说，表示我暗地里也在鼓劲罢。

学生　冯文炳

七日

此信刊于《胡适来往书信选》（中华书局，1979 年），注云"此信约写于 1924 年下半年，月份无可考"。按《努力月刊》出版预告是在 1924 年 1 月 6 日出版的《读书杂志》上登出的（《读书杂志》是作为《努力周报》增刊出版的刊物，较《努力周报》创刊为迟，而停刊又在其后）。这样看来，废名给胡适的这封信当写于是年 1 月 7 日。

由这封信可以看出废名和胡适的关系；也可以看出，废名很高兴于《努力月刊》的将要出版，这样，他就可以在胡适办的刊物上继续发表他的作品了。这时废名是北大的学生。

胡适筹办《努力月刊》未果，而他和陈源等人主办的《现代评论》周刊却于 1924 年 1 月在北京创刊，这个刊物出刊至 1928 年 12 月终止。与《现代评论》同年而稍迟于 11 月创刊的《语丝》周刊的寿命则较它稍长一些（《语丝》于 1930 年 3 月停刊）。废名在《现代评论》上发表过两个短篇小说，即《鹧鸪》（第一卷第十期，1924 年 2 月 14 日出版），《初恋》（第二卷第十七期，1925 年 4 月 4 日出版），此后没有在该刊发表过小说和诗文，而《语丝》自创刊至终刊的五六年间，却经常和大量地发表了废名的小说和文章。他的著名的短篇小说《竹林的故事》等多篇，他的杰作《桥》的大部分章节，他的重要创作谈《说梦》等，都是在《语丝》上发表的。这个情况，实际上说明了废名和周作人的亲密关系，同时也见出废名和胡适的关系日渐疏远。胡适和周作人本是《新青年》同人和友好，但到后来却表现出思想上的重大分歧，主要见之于 1925 年他们对北京女师大学生风潮的观点和态度的歧异和论争，周是站在学生一边反对北洋军阀政府的，而胡是站在与此相反的立场的，他们各据的舆论阵地，主要就是《语丝》和《现代评论》。此外，在学术上，他们也有不同的观点和见解。胡适和周作人都是废名的先生，到了《语丝》和《现代评论》在北方文坛并立的时代，废名对胡适有所失敬了。

但是，当胡适于 1931 年从上海回北大任文学院长的时候，废名又显出他对胡的关心来。

1931 年 2 月 14 日，废名给胡适写信，劝他不要担任北大文学院长，他说："外面说北大又要开除某人某人，如真有此酝酿，在普通人为之，是一件小事，若先生也稍稍与其职责，真可谓之大事。"（亦刊于《胡适来往书信选》）由此可见废名对胡适的爱护。

但是在学术上，甚至在教学上，废名并不跟着胡适走。废名任北大国文系讲师，开现代文艺课，首先讲新诗，曾请教于胡适，问他这门课怎样讲才好。胡适说，就照《中国新文学大系》讲；废名不同意这个意见。结果他讲中国的新诗，讲的与任何人讲的不同，特别是与胡适讲的不同。在根本的问题上，竟与胡适的观点和主张针锋相对。废名的诗论的要点是："如果要做新诗，一定要这个诗是诗的内容。而写这个诗的文字要用散文的文字。已往的诗文学，无论旧诗也好，词也好，乃是散文的内容，而其所用的文字是诗的文字。我们只要有了这个诗的内容，我们就可以大胆的写我们的新诗，不受一切的束缚"，总之，"我们写的是诗，我们用的文字是散文的文字，就是所谓自由诗"。这样的立论是和胡适《谈新诗》的立论相冲突的。所以废名接下去这样写（也这样讲）道：

胡适之先生所谓"第四次的诗体大解放"，不拘格律，不拘平仄，不拘长短，有什么题目做什么诗，诗该怎样做就怎样做，——这个论断应该是很对了，然而他的前提夹杂不清，他对于以往的诗文学认识得不够。他仿佛"白话诗"是天生成这么个东西的，已往的诗文学就有许多白话诗，不过随时有反动派在那里做障碍，到得现在我们才自觉了，才有意的来这么一个白话诗大运动。援引已往的诗文学里的"白话诗"做我们的新诗前例，便是对于已往的文学认识不够，我们的新诗运动直可谓之无意识的运动。

旧诗向来有两个趋势，就是"元白"易懂的一派同"温李"难懂的一派，然而无论哪一派，都是在诗的文字之下变戏法。他们的不同大约是他们的词汇，总决不是他们的文法。而他们的文法又决不是我们白话文学的文法。至于他们两派的诗都是同一的音节，更是不待说的了。胡适之先生没有看清楚这根本的一点，只是从两派之中取了自己所接近的一派，而说这一派是诗的正路，从古以来就做了我们今日白话诗的同志，其结果我们今日的白话诗反而无立足点，元白一派的旧诗也失其存在的意义了。……这里确是很有趣，胡适之先生所推崇的白话诗，倒或者与我们今日新散文的一派有一点儿关系。反之，胡适之先生所认为反动派"温李"的诗，倒似乎有我们今日新诗的趋势。

请看，在以胡适为文学院长兼国文系主任的北京大学国文系的讲台上，废名一口一个胡适之先生，直接说自己的老师的不是。在这里可以看出，北大的学术空气是很好的；也可以看出，废名的独立精神也是很好的。

1937 年的初夏，废名在北大课堂上讲新诗将结束之时，发生了这样一件事：胡适主编的《独立评论》第 238 号上发表了一篇题为《看不懂的新文艺》的"通信"，署名"絮如"，对何其芳的散文和卞之琳的新诗大加指责。其实，"絮如"乃是梁实秋的化名，他不但把名字化了，而且把身份也化了，自称是"已然教了七年的书"的"一个中学教员"。胡适当然知道这信是梁实秋写的，但帮他打掩护，并写《编辑后记》为他张目，说"现在做这种叫人看不懂的诗文的人，都只是因为表现的能力太差，他们根本没有叫人看得懂的本领"。其实，胡适和梁实秋的这一双簧戏相当拙劣，瞒不了北平学术界文学界人士，引起了不少人的非议。废名既见不得他们的这种做法，也不同意他们的论点，于是他独自去见胡适，当面进行质问和说理，他还给这时已在江南雁荡山中的卞之琳写信说："北平有一个无聊的'中学教员'据说是大学教员做了一件无聊的勾当，不足扰山中瀑布的清听也。"关于这件事的始末，卞之琳老人所写《追忆邵洵美和一场文学小论争》（载《新文学史料》1989 年第 3 期）一文中述之甚详，读者可参看。笔者在此记上这一笔，是因为这件事亦为废名与胡适的关系演化中之一种表现，而且颇能说明废名的为人：他虽然学佛参禅，但遇人间不平事或学问上争端，有时是会火气冲天的。他与熊十力论道，论争之不足继之以"扭打"之事已见于前，这回路见不平质问胡适，就不是什么奇怪的事了。

关于胡适，废名对我谈得很少。只是有一次他说，胡适很爱徐志摩，谁说他一声不好就不行，言下有不满之意。我不知是怎么回事，他并没有多说。后来我读到废名的《谈新诗》（即他在北大讲课所用讲义），发现其中并没有讲徐志摩的诗，在提到这位诗人的地方，却又把他说的很不值，如说"我总觉得徐志摩那一派人是虚张声势，在白话新诗发展的路上，他们走的是一条岔路"。是不是因此触犯了胡适呢？

1946 年的秋天，废名和我一同到北平，他返北大教书，我到北大上学。到北平后的第二天或第三天，他对我说，他去看胡适，见到他了。此外没说什么。

1962 年夏，我到长春吉林大学去看废名。胡适是在这一年的二月病逝于台湾的，不过我们迟至夏天才知道这个消息。谈到这事时，废名说："胡适与郭沫若当然不同，但又很有些相像。不过是一个朝这边走，一个朝那边走。——当然，郭老在政治上是很好的。"当时我惊讶于他把这两个人物这样相比。

废名谈诗和小说[*]

废名本名冯文炳（1901～1967），是现代著名小说家、诗人和学者。下面所记，是他关于诗和小说的言谈。

谈　诗

《诗经》里的《关雎》《匏有苦叶》，废名总是津津乐道，因为诗里写的是真情实景，而废名也自有他的真情实景，与之合拍和印证。"关关雎鸠，在河之洲。窈窕淑女，君子好逑。""匏有苦叶，济有深涉，深则厉，浅则揭。……雝雝鸣雁，旭日始旦。士如归妻，迨冰未泮。"废名常说，这种情景正如他小时和以后从外方回乡时在湖北黄梅城外所见。我们城外正是有河有洲，洲上有鸟儿，河边有妇女洗衣；这也正是一个济渡处，水深了，和衣而涉，水或深到脐，或深到胸，是常有的事，这就是"深则厉"，水浅便褰衣可过，这就是"浅则揭"。废名说他小的时候最喜欢在城外看乡下人过河，水深时淹到他们的肚脐，小孩子看着觉得好玩极了，而乡下人一点也不在乎。他说"雝雝鸣雁，旭日始旦。士如归妻，迨冰未泮"，这也正是他小时所看见的热闹情景。王引之说这个"雁"是鹅，这是说得不错的，他小时看见的也就是鹅，羽毛上涂了红色的鹅在叫。这都是从头一年中秋以后到第二年春天以前的事情，而以薄冰的时候为多，那

　＊　本文最初刊载于《河北师院学报》1991 年第 3 期。

时的朝阳也格外显得"旭日始旦",所谓冬日可爱。废名说《关雎》《匏有苦叶》这样的诗是古代人民的文艺,他们写的是人民的生活,所谓写实,便是实写生活。《诗经》的体裁向来有赋、比、兴之说,废名认为"兴"也就是写实,就是写眼前的事情,你看见了关关雎鸠在河之洲,也看见了窈窕淑女,写下来便是"关关雎鸠,在河之洲。窈窕淑女,君子好逑";你看见桃之夭夭,灼灼其华,你又看见一个出嫁女子,于是你就写"桃之夭夭,灼灼其华。之子于归,宜其室家"。说这是"兴也"也是可以的,但绝不是没有生活的底子,没有话想出话来说,这样就是孔子骂的"正墙面而立",什么也看不见,怎么会写出诗来呢?"三百篇"是写实的。中国后来的人之所以不懂得"三百篇",就因为后来的文学失掉了写实的精神。

我读《关雎》《匏有苦叶》,也总是把它们跟我家乡城外的风光联在一起。这是不是受到废名谈诗的影响呢?我想,也是,也不是,或不全是。因为家乡城外的那河,那洲,那种种人事,我也亲历过,而且很是喜爱的。文艺的创作和欣赏,都离不开生活经验的底子。当然,也正是因此,废名谈"关关雎鸠在河之洲"等,我也就能理解和乐于接受。

陶渊明总是废名的心爱的话题。他说陶诗写生活真是写得好,显得他人品高。他举出陶渊明的《命子》诗之一说:"厉夜生子,遽而求火。凡百有心,奚特有我。既见其生,实欲其可。人亦有言,斯情无假。"他告诉我,这里用了一个典故,庄子天地篇说,"厉之人,半夜生其子,遽取火而视之,汲汲然唯恐其似己也",厉之人大概生得很难看,唯恐他的儿子也像他自己了。庄子的文章有其幽默,陶渊明用来表现出他的大雅了。人谁不爱其子,谁不望自己的儿子好,但谁能像陶公这样会道出真情。废名又曾举陶诗《九日闲居》:"世短意常多,斯人乐久生。日月依辰至,举俗爱其名。露凄暄风息,气澈天象明。往燕无遗影,来雁有余声。酒能祛百虑,菊解制颓龄。如何蓬庐士,空视时运倾。尘爵耻虚罍,寒华徒自荣。敛襟独闲谣,缅焉起深情。栖迟固多娱,淹留岂无成。"陶渊明爱菊,爱酒,这是人所共知的,在这首诗里和盘托出,其奈没有酒何!家贫无酒,菊花(寒华)开得好也就徒然了。废名尤其赞美"尘爵耻虚罍"这一句诗。他告诉我,这里又用了个典故,出自《诗经》里的"瓶之罄矣,惟罍之耻"，陶渊明用了来说家里没有酒了，什么都是空的。他大概是面对空杯，心里很不自在，而杯子指着瓶子说："这不能怪我，是他里头没有酒。"陶渊明写生活就是这样的自然生动，他又是这样的会读书。废名还说，世人都说陶渊明爱菊，而不知陶渊明爱树，这在他的诗里时常表现出来。例如《止酒》中说，"坐止高荫下，步止荜门里。好味止园葵，大欢止稚子"，可见他是多么的爱树。《读山海经》中有一首说："夸父诞宏志，乃与日竞走。俱至虞渊下，似若无胜负。神力既殊妙，倾河焉足有。余迹寄邓林，功竟在身后。"夸父追日，未至渴死，弃其杖，化为邓林。这首诗的最后两句表现出陶渊明之爱树，爱树荫，不自觉地就这样写了。前人栽树，后人乘荫，这样的功自不可没。于此也可见陶渊明的生活态度。

庾信是废名最喜爱的作家之一。他常常咏出庾信作品中的美妙句子，如数家珍，巴不得我也来享受。"草无忘忧之意，花无长乐之心。鸟何事而逐酒，鱼何情而听琴"，"关山则风月凄怆，陇水则肝肠断绝。龟言此地之寒，鹤讶今年之雪"，"钗朵多而讶重，鬓鬟高而畏风。眉将柳而争绿，面共桃而竞红，影来池里，花落衫中"。……废名说，庾信诗文多用典故，但他又写得快速，自然生动，他是以典故为辞藻，见境界，见性情。他用典故用不着翻书，他是乱写，同花一样，乱开，同萤火虫一样，乱飞。他的美在此。

有一次，废名为我诵杜甫诗，咏怀古迹里的一首："群山万壑赴荆门，生长明妃尚有村。一去紫台连朔漠，独留青冢向黄昏"，连连说这首诗写得好，"一去"句写这么大空间，比李白的"千里江陵一日还"还要快，比我们坐飞机还要快；而"一去""独留"这两句写了这么长的时间，写了从古到今。杜甫真是会写诗。废名又说，杜甫的"独留青冢向黄昏"这句诗好，但不及庾信"月逐坟圆"来得自然；"霜随柳白，月逐坟圆"，这该有多生动！他说，杜甫的这一句诗，也许是从庾信的这一句来的。杜甫对庾信是很有好感的，他说"清新庾开府"，"诗赋动江关"。

李商隐也是废名特别喜爱的诗人。他常赞美李商隐咏牡丹的两句诗："我是梦中传彩笔，欲书花叶寄朝云。"黑夜里看不见鲜花绿叶，但它们确实在那里，因为明朝阳光之下便可看见。仿佛是诗人画出来寄给朝云的。废名还称道李商隐写落日的诗每能即景生情，如《乐游原》："向晚意不适，驱车登古原。夕阳无限好，只是近黄昏。"又如《天涯》："春日在天涯，天涯日又斜。莺啼如有泪，为湿最高花。"即景生情，情致那么好。更有《东南》一绝："东南一望日中乌，欲逐羲和去得无？且向秦楼棠树下，每朝先觅照罗敷。"废名说这首诗由一个夕阳变为一个朝阳，照得那个人儿，诗情最是难得。废名于李商隐咏月诗更为倾心。如"嫦娥应悔偷灵药，碧海青天夜夜心"，"青女素娥俱耐冷，月中霜里斗婵娟"，"嫦娥无粉黛，只是逗婵娟"，都写出诗人的深心和高致。还有一首题为《月》的绝句："过水穿楼触处明，藏人带树远含清。初生欲缺虚惆怅，未必圆时即有情。"废名说这首诗里只有"藏人带树远含清"一句难懂，于此也最见出诗人的想象丰富和人格高尚。我们看月亮如明镜高悬，触到哪里哪里就明，而它本身则藏着一个女子和一棵树，世间哪里有这样一个美丽的藏所呢？

有一次，废名问我，"月落乌啼霜满天"这一首诗怎么解？我想，张继的《枫桥夜泊》这首诗并不难懂，为什么要考我呢？于是回答说："这首诗并没有什么不好解的。"废名进一步问道："这诗的最后一句，'夜半钟声到客船'是什么意思呢？"我说："夜半钟声响起来了，客船到了。"废名听了点头称是。他说，有人这么解这句诗：夜半钟声传到了客船上。这样解是不对的。这倒引起我的比较了，就是说比较这两种解法。我的理解，也就是我的回答，是出于我的直觉的感受，我因得到废名同意而感到高兴。这是我小时候的事。我现在还因此而高兴。

废名谈旧诗，也谈新诗。他曾念胡适的一首新诗给我听（我后来读书，才知道这首诗的题目是《湖上》，写出来是这样的分行的形式）：

水上一个萤火，
水里一个萤火，
平排着，
轻轻地，
打我们的船边飞过。
他们俩儿越飞越近，
渐渐地并作了一个。

我听了，觉得很有意味。诗中所写的景象，我不但想得出，也想得到实处，因为我坐过"夜行船"，从故乡黄梅到九江，是必经这个路线的。这首诗引起了我的"湖上"的萤光和桨声了。废名又念了一首《蝴蝶》给我听，也是胡适的诗（我后来知道写出来应该是这样的）：

> 两个黄蝴蝶，双双飞上天。
> 不知为什么，一个忽飞还。
> 剩下那一个，孤单怪可怜；
> 也无心上天，天上太孤单。

像念前面那首《萤火》一样，废名念这首《蝴蝶》，也只是念给我听，没有加以讲解。我听了，觉得这首诗也有意味。忽然又想到，胡适写萤火是两个，写蝴蝶也是两个，"两个"萤火"并作了一个"，两个蝴蝶不愿意孤单。

废名有时拿起铅笔把诗写在纸上给我看。其中有一首是郭沫若的《夕暮》：

> 一群白色的绵羊，
> 团团睡在天上，
> 四围苍老的荒山，
> 好像瘦狮一样。
> 昂头望着天，
> 我替羊儿危险，
> 牧羊的人哟，
> 你为什么不见？

废名给我看这首诗，连连赞美说写得好写得好。他也没有多作解释，我也觉得它好。天上白云——绵羊；四周荒山——瘦狮。我替羊儿危险，却不见牧羊人。此情此景，确是很动人，不用讲解的。

废名写出来给我看的诗还有卞之琳的《道旁》：

家驮在身上像一只蜗牛，

弓了背，弓了手杖，弓了腿，

倦行人挨近来问树下人

（闲看流水里流云的）：

"请教北安村打哪儿走？"

骄傲于被问路于自己，

异乡人懂得水里的微笑；

又后悔不曾开倦行人的话匣，

像家里的小弟弟检查

远方回来的哥哥的篓。

我那时还只是个少年，但也懂得"家驮在身上像一只蜗牛"是写家累的，这个人的家累之重如此！身上驮了"一只蜗牛"走很远的路，安得不倦，所以倦行人"弓了背，弓了手杖，弓了腿"。这是诗中写的一个人。另外一个就是树下人也就是异乡人了，倦行人问路于他。因为他是异乡人，于此地所知怕也不多，但倦行人的问话倒是回答得了的吧。对于树下人即异乡人的"后悔"我感到有趣，怎么没有开那人的话匣，后面的"小弟弟"的比方更使我发出会心的微笑。

现在想来，我还觉得奇怪，废名何以能把诗（这是说新诗）记住，写在纸上，分行标点都和书上印出来的不差。可见他喜欢的东西，他就记住了。

还可以加上一笔：废名还曾为我诵出或是写出他自著的《桥》中段落，让我听，让我看，和我分享那文章之美和创作之乐。那也是和书上印出来的（我以后才见到的）分毫不差。《桥》是小说，但他似乎是当诗来讲给我听的，其实他本是当诗来写的，他自己后来说过，"我写小说同唐人写绝句一样"。

谈小说

谈小说的时候，废名不只一次地提起外国作家所说的这样的话："历史是假的，除了名字；小说是真的，除了名字。"

这话是何人所说，在何书可见，废名没有说过，我也没有问过。

后来读书，我似乎找到了这话的出处。这话似为19世纪的英国作家赫兹利特（William Hazlitt）所说，而赫兹利特的根据则是英国18世纪的作家菲尔丁（Henry Fielding）的小说。菲尔丁在他的名著《约瑟·安特路传》（*The History of the Adventures of Joseph Andrews, and of His Friend Mr. Abraham Adams*）第三卷第一章"序论——对传记文学的赞词"中说，历史学家称其著作为"英国史""法国史""西班牙史"，等等，其实他们不过是杜撰家。要看到生活真实，还得看小说。历史之不可信，可以从这样的事实看出来：甲、乙、丙、丁诸历史名家，写同一国家同时名人之事，各说各的，互相矛盾，甚至有的把一次战争的胜利归于甲方，有的却把同一次胜利归于乙方，有的把某人写成坏蛋，有的却把同一人写成好汉，这叫人怎么相信，只有人名地名是一致的，可以信得过罢了。反观小说则不同，小说中所写的都是真实可信的，尽管时地难免失真。例如塞万提斯的《吉诃德先生传》中的故事和人物，谁都相信那是真实，只是人物生活的时代和地点作者没有说清，读者并不计较，因为《吉诃德先生传》是一部世界通史。后来赫兹利特在其所作《论英国小说家》（他所作的论英国喜剧作家的一组文章中之一篇）中，把菲尔丁的这一番话简述为：在历史中，"除人名和日期外，无一事是真的"，而在小说中，"除人名和日期外，无一事不是真的"。这似乎就是废名常说的"历史是假的，除了名字；小说是真的，除了名字"之所本了。

其实，菲尔丁、赫兹利特和废名所说的这个意思，早就有人说过的。莎士比亚就曾在《仲夏夜之梦》中通过剧中人之口说：

> 诗人的眼睛，在敏锐的狂热的一转里，
> 就从天上看到地下，从地下看到天上；
> 并且，幻想想象出来的
> 不知名的东西的样子，诗人的笔
> 就把它们变成形象，而且给虚无的事物
> 一个居住的地方和一个名字。

是的，名字是假的，是可以由诗人加给"虚无的事物"的，而"虚无"正是真实，是诗人在"狂热"中"从天上看到地下，从地下看到天上"所见，"虚无的事物"只是因为它们是"不知名的东西"罢了。

我们再往远古看，就可以看到亚里士多德在《诗学》里早就说过：

> 写诗这种活动比写历史更富于哲学意味，更被严肃的对待；因为诗所描述的事带有普遍性，历史则叙述个别的事。所谓"有普遍性的事"，指某一种人，按照可然律或必然律，会说的话，会行的事，诗要首先追求这目的，然后才给人物起名字。

在亚里士多德看来，文学高于历史，因为前者"带有普遍性""更富于哲学意味"，也就是更真实，更近于真理，尽管其中人物的名字是作家"然后"给起了加上去的——这样做是必要的和必然的，因为这样的人物是普遍存在的。先求其普遍的真，然后安上假名。

由此可见，菲尔丁和赫兹利特所说的有关历史著作和小说创作之区别的话，不是凭空之论。废名也说同样意思的话，或者是转述他们的话，可见他的文学思想是有西洋文学的渊源的。

废名经常说，他之写小说，是因为五四文学革命，是因为受到西洋文学的启发。他说他最初读到英国 19 世纪女作家乔治·艾略特的小说《弗洛斯河上的磨坊》就感到新鲜，此后读哈代的小说又感到美丽，于是感到自己的童年生活也可以写出来成为小说了。以后读莎士比亚、塞万提斯、波特莱尔、契诃夫，等等，对他们都有所吸取。这些外国作家所描写的人生图画和他们的创作方法各有不同的境界和特点，而废名则以其独特的审美意识和"顿悟"的理解方式来接受，提取和融化了他们。

废名曾在一个纸片上写了一些字，夹在他自存的《桥》里，细看是这样的话：

> 小时生活
> 北游
> "春草明年绿，王孙归不归。"

读了 George Eliot 的 *Mill on the Floss*

Thomas Hardy 的小说

因之启发题材

从莎氏受了影响则根源已定

回头又喜读中国诗词

孔子论诗

由寂寞懂得孔子鸟兽不可与同群

这纸片上的字句不知因何而写，似乎有追思创作过程或总结创作经验的迹象。从这里依稀可以看出，废名是成年想到少时生活，北游不忘南方芳草，受益于西洋文学而归依于中国文学。他平时也是这么说的。事实也是这样。

依"小说是真的，除了名字"这样的说法来看，特别是把小说与历史相区别甚至相对立来说这样的话，这就说明了小说创作的写实性。废名接受了这个说法，这个理论，也就是这个实际。所以他说，读了外国的文学作品，把他的少年生活都唤起了；又说，他"大约同陶渊明杜甫是属于白描一派"，不能像庾信那样"没有结构而驰骋想象，所用典故，全是风景"。是的，既然是写小说，就不能不写实，不能脱离了写实。只是废名的写实，从早期来看就是有点特别，写实里有写意的成分，写意里有写实的因素。到了后来，到了写《桥》，虽然也不脱离写实，但越来越趋向于"没有结构而驰骋想象"了。再往后，到了写《莫须有先生坐飞机以后》的前后，情况又大变，废名说他只喜欢事实，不喜欢想象，只喜欢散文，不喜欢小说了。并说，如果有朋友叫他再写小说，"可谓不知我者了"。他这时写的《莫须有先生坐飞机以后》，竟是完全排除了想象的写法，不但"小说是真的"，连"名字"——人名、地名也都是真的而不是"假的"了。

废名曾对我说，在五四以前，也就是清末民初，他是学做唐宋八大家的古文，是"少年老成"，脑子弄得不像样子，做文章很痛苦；五四时期读外国文学作品，呼吸了好新鲜的空气，有春天来了的感觉，于是也写起小说来，真是"久在樊笼里，复得返自然"，像小鸟儿一般的歌唱；但到了后来，觉得写外国式的小说也成问题，因为他要布置机关，也容易成为一种架子，小说本来要真实，真实的东西才令人感到亲切，但它又要有结构，布置机关，拆穿了看是个骗局，在这上头费许多心思，文章反而不见亲切了。这样看来，还是中国的民族形式好。

废名常说，中国的小说和戏剧是列传体的，是讲故事的，而外国的小说和戏剧是定点照相，是无形中有一个照相机在那里按人物、时间和地点拍照出来给人看。中国说书人讲故事，戏台上演戏，出来了人物，总是由说书人或演戏人告诉大家，此人姓甚，名谁，绰号什么什么，或是自报家门，比如说，鲁智深上场，便大叫："洒家关西鲁达的便是！"直截了当，观众听了无不欢喜。而外国文学无论是小说还是剧本，人物登场从来不会自道姓名，作者也不告诉你，要你从情节的进展中逐步看出此人是何许人，因为作者怕失真——人不会走到哪里就自报姓名，照相机只是拍照给你看，不说给你听。但是中国人还是喜欢自己的民族形式，只要故事说得真，人物写得活就好，并不认为自报家门就失真。而且中国列传式的写法还有一个好处，便是令人感到亲切。关于这一点，废名引鲁迅的话说："中国画是一向没有阴影的，我所遇见的农民，十之九不赞成西洋画及照相，他们说：人脸那有两边颜色不同的呢？西洋人的看画，是观者作为站在一定之处的，但中国的观者，却向来不站在定点上，所以他说的也是真实。"（《且介亭杂文·连环图画琐谈》）废名还说，外国小说的写法和长处不能否定，我们还是要用。鲁迅的小说，如果不是学了外国的写法，哪会有那么"特别"的效果；但他写小说也学习运用了中国民间艺术的表现方法，鲁迅自己说他写小说着重在写人物，不描写风月，也不多写对话。这一点很有意义，鲁迅自己告诉我们他这是从民间艺术上学来的，要是他不告诉我们，我们很难知道了。

废名最喜爱中国诗词，特别是《诗经》、陶渊明、庾信、杜甫、李商隐，旁及王维、温庭筠（词）、姜白石（诗）、王实甫（《西厢记》）、汤显祖（《牡丹亭》），等等。正是因此，他在讲新诗的时候，时常把新诗和旧体诗词关联或对照起来讲，既赞叹古典诗词的境界高妙佳善，也称道新诗的大有可为，新诗所能的不是旧体诗词所能创造和达到的。而他在谈现代小说的时候，却往往兴致不高，表示不满意，首先是对自己的小说不满意，他把他的满意转向中国诗人的创造了。他在讲《诗经》（比如《关雎》)的时候说，现在有比得上《关雎》的短篇小说吗？他在讲庾信的作品（比如一篇赋或一篇启）时也说，这样的文章不是行云流水吗？不是胜过我们现在的一篇短篇小说吗？

现在我想起废名的这些话，感到他的意见或许有点儿偏，但他对于中国文学传统和民族形式的喜爱是可贵的，他的创作个性也是值得宝贵和尊重的。他的创作是独特的，也多有变化，他总在突破自己，也突破所有的"樊笼"，他不要任何的"架子"，总要自由地走他自己的路。他的本质是诗的，但他的表现是散文的，所以他的小说愈到后来愈成为诗化和散文化的小说。《桥》中的篇章，可以当成一篇一篇的散文读，而读来又令人感到一首又一首的"绝句"的意境，"莫须有先生"的两部"传记"，也是散文化的小说，又有其"列传体"的意味了。当然，它们又都是"五四"以后的小说创作，固然体现了民族风格，却又显出了外国文学的影响。

前面说过，废名的最后一部小说《莫须有先生坐飞机以后》所写的一切都是真的，连人名和地名也不例外，大事小事发生的时日也据实写出，无有差误。还有，其中多有议论，也都出于莫须有先生即废名先生脑中和口中的真实。这部小说的这种写法，这种体裁，当然又是废名的独创。不过，鲁迅也曾想过要这样来写长篇小说，不过终于未能写出罢了。据冯雪峰的回忆，鲁迅曾计划写一部反映中国近代和现代知识分子生活的长篇小说，因而也谈到"长篇小说的严格形式的解放"，"鲁迅先生不大喜欢辛克莱式的东西，但以为长篇小说可以带叙带议论，自由说话"（《回忆鲁迅》附录：《鲁迅先生计划而未完成的著作》）。鲁迅所设想的长篇小说的这种写法，即"带叙带议论，自由说话"的写法，正是《莫须有先生坐飞机以后》的写法，可谓不约而同，不谋而合。当然，这只是就写法这一点来说而已，不及其他。

废名与家乡的文学因缘[*]

废名的故乡也就是我的故乡。我记得，有一年（也许在我十岁以后）的暑假，废名是在故乡度过的，我也是。我的算术学习很差，叔父废名辅导我学习这门功课；在我的印象里，他的算术是很高明的。而在整个抗日战争时期，废名在故乡避难，我也是。在这期间，我随着叔父读书；不过其间有三年的时间，我在三百里外的一个山区读高中，而废名则一直在黄梅当小学和中学教师。

我们的故乡黄梅很美。这已充分而又微妙地体现在废名的小说中了。他的早期小说（以 1925 年出版的短篇集《竹林的故事》为代表）可以归入"乡土文学"。以后的创作（以 1932 年出版的长篇《桥》为代表），如他自己所说，"实是用写绝句的方法写的"，"真有唐人绝句的特点"，愈益表现了乡土人情之美。而他的最后一部长篇《莫须有先生坐飞机以后》（连载于 1947~1948 年的《文学杂志》）则是废名战时避难和教书生活纪实的小说化，从中可以看到，日寇铁蹄未能到达之处，风物之美好和民情之淳朴依然。

正是家乡那秀美的自然环境和淳朴的风土人情孕育了废名的创作。他自己曾不只一次地说过：他幼年所受的私塾教育与坐监狱无异，只有"自然"对于他才是美好的。十岁以前，合于陶渊明的"怀良辰以孤往"，而成就了二十年后的文学事业。他还曾吟出过这样一首诗："小桥城外走沙

　＊　本文最初刊载于《黄冈师专学报》1993 年第 3 期。

滩，至今犹当画桥看。最喜高底河过堰，一里半路岳家湾。"这就是废名的儿童世界，也就是他的"画桥"所本。"城外"的城，就是黄梅县城，它本身就是风景，小桥、沙滩自亦不在话下；"高底河""岳家湾"都是实有的地名，岳家湾是废名的外家，离城不过二里路，这一路真个是风景如画，令人应接不暇——不但废名有此经验，我也有。

我看废名在20年代所写的小说，其中景物与我所看到的实景并无二致，直到抗日战争以前没有什么变化。那城，就我们城里人来说，不过是"平素习见得几乎没有看见的城圈儿"，但当我们出了城，站在城外的坝上回头看时，却又令人感到"展现在眼前异样的新鲜"；有时"一轮落日，挂在城头，祠堂，庙，南门，北门，最高的典当铺的凉亭，一一看得清楚"（《桥·落日》），更不用说那塔，"比城墙高得多，相传是当年大水，城里的人统统淹死了，大慈大悲的观世音用乱石堆成，（错乱之中却又有一种特别的整齐，此刻同墨一般颜色，长了许多青苔）站在高头，超度并无罪过的童男童女"（《桥·洲》）。城外有一条河，差不多全城的妇女都来此洗衣，"河本来好，洲岸不高，春夏水涨，不多久便退出了沙滩，搓衣的石头挨着岸放，恰好一半在水"（同上）。过桥，上坝，有一座石塔，名叫洗手塔，据说何仙姑下凡来度摆渡的老汉升天而一夜间修了桥，修好了桥洗手，手上洗落的泥巴便成了塔。"塔不高，一棵大枫树高高的在塔之上，远路行人总要歇住乘一乘凉。"坝的那一边，就是菱荡了。这是坐在那棵大枫树下就能一眼看见的。好一个菱荡！

> 菱荡圩算不得大圩，花篮的形状，花篮里却没有装一朵花，从底绿起，——若是荞麦或油菜花开的时候，那又尽是花了。稻田自然一望而知，另外树林子堆的许多球，那怕城里人时常跑到菱荡圩来玩，也不能一一说出，那是村，那是园，或者水塘四围栽了树。坝上的树叫菱荡圩的天比地又来得小，除了陶家村以及陶家村对面的一个小庙，走路是在树林里走了一圈。有时听得斧头斫树响，一直听到不再响了还是一无所见。（《菱荡》）

如此情景，较废名晚生二十一年的我也是体验过的，因为我也是"时常跑到菱荡圩来玩"的"城里人"中的一个。1937年初冬叔父从已沦陷的北平回到故乡黄梅以后，还常同我一起散步于此，直到1938年夏县城沦陷。

至于离城很近的岳家湾，与我家有双重的亲戚关系，即所谓"亲上加亲"——我的祖母是岳家湾人，我的婶母（废名的夫人）也是岳家湾人，而且祖母是婶母的姑母。因此，岳家湾于我也是亲近的。废名在他的早期小说《柚子》中曾这样描写岳家湾：

> 外祖母的村庄，后面被一条小河抱住，河东约半里，横卧着起伏不定的山坡。清明时节，满山杜鹃，从河坝上望去，疑心是唱神戏的台篷——青松上扎着鲜红的纸彩。

这是既写了岳家湾，也写了岳家湾四周的环境。这河，这起伏不定的山坡，我都是多次亲历过的，在《桥》里也都多次读到。至于岳家湾这村庄，在《桥》里却被唤作"史家庄"，这是它的一处"特写镜头"：

> 站在史家庄的田坂当中望史家庄，史家庄是一个"青"庄。三面都是坝，坝脚下竹林这里一簇，那里一簇。树则沿坝有，屋背后又格外的可以算得是茂林。草更不用说，除了踏出来的路只见她在那里绿。站在史家庄的坝上，史家庄被水包住了，而这水并不是一样的宽阔，也并不处处是靠着坝流。每家有一个后门上坝，在这里河流最深，河与坝间一带草地，是最好玩的地方，河岸尽是垂杨。迤西，河渐宽，草地连着沙滩，一架木桥，到王家湾，到老儿铺，史家庄的女人洗衣都在此。（《桥·沙滩》）

凡此种种，说是风景如画，可以；说是写生，或者师造化，也成。总之是废名得之于"自然"又归之于"自然"的美。

不过，这个自然从1938年的夏天起，即遭到日本侵略军的蹂躏。城，被拆除了！那么好的河流，那么美的菱荡，都被践踏得一片污浊，残破不堪！从城里到岳家湾，房屋都被毁坏，墙壁都被打成大而又大的窟窿，几乎家家如此。日军在县城盘踞一时后撤走了，驻扎在孔垅、小池口一带；但是，记不清什么时候他们又打到县城来驻下，然后又撤离，就这样，经过多次反复，最后是驻下不走了，直到其无条件投降。此情此景，在废名的《莫须有先生坐飞机以后》里有真实的记载和描写。

不过《莫须有先生坐飞机以后》里写得较多的是北乡，因为废名逃难所居和教书所在是在北乡的山区，远离县城数十里，属于大别山区域。这里的风景也很美，只不过与县城以南岳家湾一带小桥流水的景象不同罢了。但废名至此已无心写风景，他只能写"国破山河在"。这是与写《桥》不同的。像那样写小说，废名后来自己认为是"逃避现实"（写小说而"有唐人绝句的特点"的创造则无可否定）；而抗日战争和共赴国难的现实岂能逃避？

废名早年所写小说中的人物大多是黄梅城乡的普通劳动者，如浣衣母、种菜和卖菜的姑娘、种桃父女、长工、店铺小伙计、唱木头戏的老汉等等，表现了作者对这些人物的爱心和理解。但也往往把他们的生活环境、把时代气息写得宁静、和谐，如诗如画。到了《莫须有先生坐飞机以后》，废名对于劳动人民尤其是农民的感情和认识，与从前有很大的不同。他对中国农民的赞叹歌颂之情，时时显露出来。他写农民总是相信"日本佬必败"；他写农民是真正对国家、民族作出了贡献的人民群众；出钱出米的是他们，出兵的是他们，而他们是在政府"弃之"而又压迫之的情况下生存下来并出钱出米出兵来报效国家、民族的；所以莫须有先生说，他从县城逃到乡下，"中国的外患忽而变成内忧了"，"日本佬不是他们的切肤之痛，日本佬来了逃就是了，而苛政猛于虎则是他们当前的现实"。在这部未完成的小说中，还写到新四军和老百姓的亲密关系，这也是"他们当前的现实"。不但写外患，而且写内忧，这是这部长篇小说的主要思想内容。这是废名在八年多的长时间里，以难民身份居于战时的乡村所结下的思想和艺术的果实。

这部书作为写生活的文学作品，风土人情自会跃然纸上，尽管作者无心写风景、写情趣。例如，莫须有先生走在连贯蕲春、黄梅、广济三县的横山大路上时："山如长江大河，一路而来，路如长江大河的岸。此刻大雪则高山如天上的白云，不知是近是远，而路无人迹，只是一条洁白的路，由人心去走不会有错误的了。"又如莫须有先生一度居于水磨冲，"它与外面隔绝，四边是山，它落在山之底"；从山上下来要过河，这里的石头真大真多，"脚下踏的大石头已经是河流"。"石与石之间流水的面貌"可见，而流水的声音已先闻。河水洁净，是洗衣的最佳场所，"濯其水而曝其日，石头上面一会儿把衣服都晾干了"。凡此种种，都显出北乡和南乡的风光之不同。此书写北乡风光并不着意刻画而显其自然清新，而写人事亦复据实道来而使人感到亲切佳善。如写莫须有先生一家以县城难民身份来到腊树窠一远亲之家，这家的主人热情和殷勤相待，表现了乡村人家那种淳朴憨厚的"古风"。又如写莫须有先生一家在龙锡桥附近一农舍居住下来，村人在春节期间来给莫须有先生拜年，莫须有先生留他们吃饭，宾主谈笑甚欢。再如写莫须有先生一家到停前驿看会，莫须有先生从前在县城里是很喜欢看会的，想不到如今在战时的停前驿仍然有会可看，这使他想到农民真了不起，他们在任何时候都要生存，也善于生存；他们不怕日本佬，他们有胜利的信心，所以，他们战时也办会，其内容主要是"放猖"，外加"大头宝""地方""土地老"。停前驿，这在黄梅是很有名的地方。古时是重要的驿站，曾设马八十匹、马夫四十名、兽医一名。当然，昔日的这一份光荣和热闹早已成为历史，但在抗日战争时期，这里却又热闹起来，举凡蕲春、广济、黄梅三县往安徽桐城青草塥买货者皆于此经过，而青草塥在人们心目中此时则简直是一个大商埠，如昔日之九江、汉口、上海。凡此种种，都是纪实，也都是历史。

黄梅在文化上是很有特色的，也自有其传统，废名与此也不无关系。首先，在佛教和哲学方面，黄梅占有独特的地位。佛教是从印度传入中国的，但中国的禅宗把佛教中国化了。禅宗初祖是印度人达摩，二祖至六祖都是中国人。五祖弘忍为黄梅人，六祖惠能在黄梅接受五祖所传衣体，四祖道信亦可能在黄梅传佛法于五祖，是以黄梅有四祖寺、五祖寺，黄梅人自古至今，引以为荣。五祖、六祖乃至四祖活动于黄梅，这在佛教史和哲学史上是有名的和重要的事情。四祖、五祖、六祖和神秀的故事以及六祖的偈语（详后），在黄梅家喻户晓。黄梅县城外西南一里许有东禅寺，是慧能受法于弘忍处；县城外西北30华里有四祖寺，县城外北面30华里有五祖寺，都是著名的禅宗庙宇。尤其是五祖寺，规模宏大，建筑成群，不仅是佛教圣地，而且是旅游胜境。其次，黄梅与匡庐一江之隔，据传说和县志所载，诗人陶潜、慧远、李白、裴度、苏轼等曾到过黄梅，留有诗作；而鲍照则居于此，死于此，葬于此。县志载有不少文人所写关于鲍照之词之墓和俊逸亭的诗文。再次，黄梅是山歌、渔歌和采茶戏之乡。现在已在全国出名和流行的黄梅戏本来是黄梅的民间戏曲，后来流传到安徽而发展起来，但黄梅本土的黄梅戏仍保有其显著的特色。黄梅戏原名采茶戏。黄梅的紫云、垅坪、多云等山区盛产茶叶，每当茶季，男女茶农竞唱山歌小调和一些叙事民歌，总称采茶歌，由它发展而成为黄梅戏。现在为全国不少观众所熟知和喜看的《天仙配》《打猪草》《罗帕记》等，在黄梅采茶戏的传统剧目里都是有的。黄梅采茶戏不但传到安徽，还传到江西；传到安徽者称黄梅戏，传到江西者仍称采茶戏。此外，"道情""打连厢"等等，也都是黄梅民间有名的说唱品种的名目。以上几方面的情况都对废名产生过影响和熏陶作用。

废名喜说五祖六祖的故事；他曾钻研佛学，并实践禅定之事（俗称"打坐"），所著诗文，每有禅趣。他特具慧根，自幼多病而能忍耐痛苦，以私塾为牢狱而能于黑暗中独自寻求想象中的光明。五祖寺是他很小的时候就心向往之的地方，但母亲带他到五祖寺去求佛消灾时却把他安置在车把上，使他只能停留在一天门而不能上五祖山去，他也就独自困在车把上驰骋想象。长大后他登山入寺，更是亲近了佛门。至于钻研佛学经典，则是在北京大学任教时的事。抗战时期他在故乡黄梅任县中学教师，学校借就五祖寺为校舍，废名大为不满，认为政府不应侵犯僧伽蓝，但又无可如何。在中学任教的间歇期间，废名著有《阿赖耶识论》，乃是佛学的著作。在乡间，他还写过一篇题为"五祖寺"的散文，回忆他小时向往和后来游历五祖寺之事。抗战胜利后废名返北京大学任教，写长篇小说《莫须有先生坐飞机以后》，其中有《五祖寺》一章，道是有一次，作为考证家的胡适之博士问莫须有先生："你们黄梅五祖寺到底是在冯茂山，还是冯墓山？我在法国图书馆看见敦煌石室发现的唐人写经作冯墓山。"由此可见五祖寺历史之悠久和它在历史上文化上的重要性。也惟其如此，它才令废名心向往之。这章书里还说，五祖寺的教育意义很大，"那是宗教，是艺术，是历史，影响于此乡的莫须有先生甚巨"。我们也可以说，影响于此乡的废名先生甚巨。当然,这个影响,是吾乡的也是世界的,是人生的也是禅定的。

禅宗教义亲自然,求解脱,空物我,重顿悟,其修行之法,不求"有为",而在于"无心做事,就是自然地做事,自然地生活"①。据佛典记载,四祖道信起初请三祖僧璨授以解脱之法门,僧璨问他:"谁绑你来?"道信答:"没人绑我。"僧璨说:"没人绑你,求甚解脱法门?"道信顿悟。而舂米和尚惠能只因口吐一偈:"菩提本无树,明镜亦非台,本来无一物,何处惹尘埃。"(这是针对五祖大弟子神秀所云"身是菩提树,心如明镜台,时时勤拂拭,勿使惹尘埃"而言的)便得到了五祖传下的袈裟而成为六祖。这就是所谓"无心做事""自然地生活"。而"求解脱""勤拂拭",则都不过是自寻烦恼,离开了"无心"和"自然"的禅机。

那么,何以见得废名的文学创作里有禅趣呢?这是一个复杂的问题。也的确是废名创作的一个特色,是其与众不同之处。

废名的早期小说多写故乡农村城镇的下层劳苦人物,但它和一般乡土小说有异,其着重点不在写人生悲剧和社会矛盾,而在于写人与人的亲和及人与自然的相安。例如《浣衣母》中的李妈,身世悲苦贫穷,赖为人洗衣为生,作者把她住处写成了众人的乐园,把她写成了"公共的母亲",写出了她的"神"性,于其悲苦却一笔带过。周作人说废名小说中的人物都是在一种"悲哀的空气"中行动,"一切生物无生物都消失在里面,都觉得互相亲近,互相和解。在这一点上废名君的隐逸性似乎是很占了势力"②。这种"空气",这种"隐逸性",当然并不就是佛性和禅趣,但其中不无禅的影响和因缘。为什么是"悲哀的空气"呢?因为人世本来是悲苦的,劳动人民更是在悲苦中度日。废名写其互相亲近和解,不是不见或忘了他们的悲苦,而是以慈悲之心写人间悲苦在美好的人性人情中得到消解。正因如此,文章是美的而"空气"却是悲哀的。

真正富于禅趣的,是长篇小说《桥》。如:

> 许许多多的火聚成了一个光,照出了树林,照出了绿坡,坡上小

---

① 冯友兰:《禅宗:静默的哲学》,见《中国哲学简史》。
② 《桃园》跋。

小一个白庙，——不照它，它也在这块，琴子想告诉小林的正是如此。(《桥·"送路灯"》)

头上的杨柳，一丝丝下挂的杨柳——虽然是头上，到底是在树上呵，但黄昏是这么静，静仿佛做了船，乘上这船什么也探手得到，所以小林简直是搴杨柳而喝。(《桥·黄昏》)

转眼落在细竹的箫的上面。

"我不会吹。"

但弥满了声音之感。

Silence 有时像这个声音。(《桥·树》)

琴子心里纳罕茶铺门口一棵大柳树，树下池塘生春草。……

走进柳荫，仿佛再也不能往前一步了。而且，四海八荒同一云！世上唯有凉意了。——当然，大树不过一把伞，画影为地，日头争不入。(《桥·茶铺》)

这样的笔墨，在《桥》里触目即是。这就形成了一种空气，弥漫于其中的是诗的意境与禅的意趣的结合，清凉的人生与静默的哲学的交融。在这里，形象归于空无，空无化为形象；声音就是静默，静默充满声音；光明里见暗夜，暗夜里现光明。废名自云，他写小说到这时，"就表现的手法说，我分明地受了中国诗词的影响，我写小说同唐人写绝句一样，……不肯浪费语言"[1]。他的小说正是诗。我们知道，禅宗也是（甚至更是）"不肯浪费语言"的，甚至是静默的；有时发出偈语，也是诗，是绝句。废名的意境和表现方法与禅是相通的。

废名的诗就更是出于哲学的玄思，并表现出参禅的意味。例如《十二月十九夜》：

深夜一枝灯，
若高山流水，
有身外之海。

---

[1] 见《废名小说选·序》。

星之空是鸟林，

是花，是鱼，

是天上的梦，

海是夜的镜子。

思想是一个美人，

是家，

是日，

是月，

是灯，

是炉火，

炉火是墙上的树影，

是冬夜的声音。

深夜一枝灯幻化出宇宙间的一切，而一切又归于一灯。废名写诗、写小说，语言每每呈跳跃、闪烁之状，这也可谓直观、顿悟的一种表现。

黄梅民间文艺给予废名的影响也是很深的。他的早期小说《河上柳》即以唱木头戏的老艺人为主人公。在短篇小说《竹林的故事》里，描写了民间"赛会"的盛况，表现了多彩的民间技艺。在此后的创作里，废名多次写黄梅的赛会、玩灯、唱戏，赋予它们以诗意和灵感。例如，琴子从小在镇上看赛会，最喜欢观音洒净水那一套故事，以致磨墨、摘杨柳都想到观世音的净瓶里的水滴（《桥·日记》）。在放马场的戏台上，一个花脸把一个丑角杀了（"丑角"是一个和尚），杀了应该收场，但丑角忽然掉转头来对花脸叫一声"阿弥陀佛"，表演滑稽而精彩。细竹讲这件事时说："要是我做花脸我真要笑了……"小林笑道："厌世者做的文章总美丽，你这也差不多。"（《桥·树》）一个平凡的乡下人，因为在赛会上做了"土地老"，有时故意拿棍杖去叩一个熟识的女流辈，逗得观众大笑，被叩的女流辈也打趣取乐。"土地老"也受到捉弄，一个顽皮的小孩把他的假面具弄掉了，于是大众一时得见其人真面目，甚是开心。莫须有先生很是赞赏如此幽默的空气（《莫须有先生坐飞机以后·停前看会》）。如此等等，都可以看出家乡民间文艺对废名的感染。此外，他还写了《放猖》《打锣的故事》等散文，记述他儿时对民间文艺的喜爱。

有意味的是，在黄梅，艺术总是带有禅味。哪怕是滑稽和幽默，也往往看破了尘世，点穿了戏中戏。废名写过，小林独行放马场，遇见一个和尚，现住关帝庙，小林问他关公的青龙偃月刀落在谁手？和尚说落在他手里了，因为他从前是戏子，演关公（《桥·碑》）。这是戏与禅的结合，其中有种种关系互证因果。因而废名写《莫须有先生》续传时，在《五祖寺》一章中说："四大天王脚下各踏着小鬼，最有趣的这脚下的小鬼都各得其所，……这是艺术。艺术所表现的正是人生。所以小朋友们很喜欢了。而这个人生的艺术又正是从宗教来的。"在"停前看会"一章中，废名又说："做小孩时当太平之世在县城自己家里看放猖，看戏，看会，看龙灯，艺术与宗教合而为一，与小孩子的心理十分调和，即艺术与宗教合而为一了。"艺术与宗教合而为一，这似乎是废名家乡的空气，也就是一种文化传统的气息。废名始终处在这种文化氛围中。

废名是从学习西洋文学而引起文学创作的，但后来他又认为，照西方的办法写小说，就要编故事，设机关，这样反而不自然，不真实。因此他转向中国本土文化，认为还是民族形式好。于是他的小说和诗都得到了自由自在的发展。在中国的传统文化中，故乡黄梅文化气息又养育了废名的艺术性灵。可以说，家乡的风土人情、山川日月、文化传统造就了废名。

是的，黄梅是一方"净土"。

对于废名来说，这是更深更深的文学因缘。

废名的师友（一）[*]

要谈废名，似乎有必要及于其师友。现在根据我的想法和所知来谈谈这个题目。

先说师。不说私塾的、小学的、师范学校的，只说大学及其以后的。

周作人

第一位要说的是周作人。周作人和废名的亲密师生关系，这是众所共知的，也是他们自己所乐于承认的。1934年，曾有日本记者问周作人：在文坛上露头角的得意门生很多吧？周作人回答：不多，只二三个，现任清华教授的俞平伯，用废名这笔名的冯文炳以及冰心（《周作人与日记者谈话摘录》，《文学》第三卷第3期）。而废名则在1925年就这样告诉读者："我自己的园地，是由周先生的走来。"（《竹林的故事·序》）

周作人的苦雨斋，是废名常去的地方。关于这个关系，废名在他的短篇小说（其实是散文）《枣》（收在短篇小说集《枣》里面）中做过这样的描写：

> 我的先生走来看我，他老人家算是上岁数的人了，从琉璃厂来，拿了刻的印章给我看。我表示我的意见，说，"我喜欢这个。"这是刻

* 本文及以下三篇均出自《我的叔父废名》，接力出版社1995年版。

着苦雨翁玺四个字的。先生含笑。先生卜居于一个低洼所在，经不得北京的大雨，一下就非脱脚不可，水都装到屋子里去了，——倘若深更半夜倾盆而注怎么办呢，梨枣倒真有了无妄之灾，还要首先起来捞那些劳什子，所以苦雨呢。但后来听说院子里已经挖了一个大坑，水由地中行。

先生常说《聊斋》这两句话不错：

姑妄言之姑听之

豆棚瓜架雨如丝

所以我写给先生的信里有云：

"豆棚瓜架雨如丝，一心贪看雨，一旦又记起了是一个过路人，走到这儿躲雨，到底天气不好也。钓鱼的他自不一样，雨里头有生意做过，自然是斜风细雨不须归。我以为唯有这个躲雨的人最没有放过雨的美。"

这算是我的"苦雨翁"吟，虽然有点咬文嚼字之嫌。但当面告诉先生说，"我的意境实好"。先生回答道：

"你完全是江南生长的，总是江南景物作用。"

我简直受了一大打击，默而无语了。

不知怎么一谈谈起朱舜水先生，这又给了我一诗思，先生道：

"日本的书上说朱舜水，他平常是能操和语的，方病榻弥留，讲的话友人不懂，几句土话。"

我说：

"先生，是什么书上的？"

看我的神气不能漠然听之了，先生也不由得正襟而危坐，屋子里很寂静了。他老人家是唯物论者。我呢？——虽是顺便的话，还是不要多说的好。这个节制，于做文章的人颇紧要，否则文章很损失。

这样的描写，用的是小说的笔法，但我想是写实，据实以抒情。这是把苦雨斋的空气写出来了，把师徒二人的情状也写出来了。"唯有这个躲雨的人最没有放过雨的美"，这是"我"的"苦雨翁"吟；而"先生"则答以"你……总是江南景物作用"，这也可以说是一语道破了废名的诗的

"意境"和小说艺术的特色。他们的谈话是亲切的，其间杂以"寂静"——先生不是多话的人，而学生的说话是有"节制"的。

《枣》是1929年写的，算是创作；过了几年（1934年），废名写了《知堂先生》，是应林语堂之请为《人间世》中的《今人志》写的，这可以说是一篇正式的"苦雨翁吟"。其中说："知堂先生是一个唯物论者，知堂先生是一个躬行君子。我们从知堂先生可以学得一些道理，日常生活之间我们却学不到他的那个艺术的态度。""知堂先生之修身齐家，直是以自然为怀，虽欲赞叹之而不可得也。"这些都与《枣》中的描写相一致。这两篇文章都以赞叹的语气说周作人"是唯物论者"；在《枣》是这样写的："他老人家是唯物论者。我呢？——……"在这一问号和一转折之后，便说"不要多说的好"；但我读到这里，仿佛觉得这里有潜台词，似乎说"我不是唯物论者"或"我是唯心论者"。是的，废名是并不讳言他是唯心论者的。用周作人的话说，废名后来"似乎更转入神秘不可解的一路去了"；但尽管如此，这并没有妨碍他们的情意相通，所以周作人又说"他实在是知道我的意思之一人"（《怀废名》）。

周作人和废名之所以有师生关系，当然是因为有北京大学。废名是在1922年进北大念书的；但在这以前一两年，他和周作人就通信，那时废名在武昌任小学教师。当时废名不足或者刚到20岁，很早就选择和认定谁是他的师了。这样，进入北大之后，很快就与这位教授建立了亲密的关系，先生还把废名在入学后两年间所写短篇小说结集为《竹林的故事》列入他所编辑的新潮文艺丛书之一种出版，并为它写了序。此后，废名每出一本小说，都由周作人作序（为《桃园》作的是跋）。周作人为废名"包写序文"，曾是文坛佳话。其实"包写序文"四字出于周作人自己的笔下，其本意与"包写"有异。其言曰："现在这《枣》和《桥》两部书又要印好了，我觉得似乎不得不再来写一篇小文，——为什么呢？也没有什么理由，只是想借此做点文章，并未规定替废名君包写序文。"（《〈枣〉和〈桥〉的序》）但无论如何，事实上还是"包写"了"序文"的。周作人为废名小说作序也确是"借此做点文章"，不仅谈了废名小说，也谈了周作人自己的文学观。所以这些序文可以列入周作人的重要文章之中。

废名与周作人的关系既然是如此的亲密，那么，卢沟桥事变之后，他决然脱离了故都北平和苦雨斋主人，就更加难能可贵；而他远在湖北黄梅故乡避难，仍然怀念他的先生，甚至在抗日战争胜利之后，还要到南京老虎桥监狱中去探视他，也就没有什么奇怪的了。探监之后，废名对我说："周先生很镇定，我动了感情。"到了北平，重新见到俞平伯之后，废名却又这样对我说："我和俞先生是与周先生关系最深的人，但在八年抗战期间，我们两人却是各有自己的生活，这是很好的。"

后来周作人从监狱里被放出来，离开南京经过上海回到北京，还是住在那苦雨斋里。废名和他又有了交往。1950 年冬，叶圣陶（当时任出版总署副署长）往访周作人，请他翻译希腊文学作品；此后，郑振铎从中法大学图书馆借得法国人所译《伊索寓言》，就是交由废名转给周作人的，周作人据此把它翻译成汉文。

1952 年以后，废名在东北教书，远离了北京，和周作人的关系也就渐渐疏远了。我想，这不但是因为关山阻隔，而且也为了"划清界限"。1962 年我到长春去看望废名，在那里住了几天，我们谈了许多话，一次也没有提到和涉及周作人。

废名和周作人死于同一年（1967）。当然，这是他们彼此都不知道的。当时，正是"文化大革命"的狂热时期。

胡　适

胡适和废名的师生关系也是很明确的。胡适之于北京大学，可以说是三进三出：1917 年从美国留学回国任北大教授，1926 年离北大到上海（曾任光华大学教授、中国公学校长）；1931 年回北大，任文学院长兼国文系主任，至 1937 年抗日战争爆发；1945 年抗日战争胜利后任北大校长，至 1948 年冬北平解放前出走。这就是说，胡适在北大的那些年，废名多半也在北大（除了胡适初到北大的那几年），先是念书，后是任教。

正是在废名初到北京的那一年（1922），胡适创办和出版了《努力周报》，废名早期创作的新诗和短篇小说，大多发表在这个刊物上。

《努力周报》并不是文学的而是评论的刊物，但其中也登文学作品。这个刊物创刊于 1922 年 5 月，1923 年 10 月停刊，共出 75 期。此后胡适努力筹办《努力月刊》，并在《读书杂志》上发表出刊预告。但这个月刊并没有能办成。

1924 年，废名给胡适写了这样一封信：

> 适之先生：
>
> 今天瞥到《努力月刊》出版的预告，真不知是怎样的欢喜。先生的健康不消说复元了。沉寂得要死的出版界，又将听见了一声劈雷。
>
> 赶快从故纸堆中誊写了这一篇小说，表示我暗地里也在鼓劲罢。
>
> 学生　冯文炳
> 七日

此信刊于《胡适来往书信选》（上）（中华书局，1979 年），注云"此信约写于 1924 年下半年，月份不可考"。按《努力月刊》出版预告是在 1924 年 1 月 6 日出版的《读书杂志》上登出的（《读书杂志》是作为《努力周报》增刊出版的刊物，较《努力周报》创刊为迟，而停刊又在其后），这样看来，废名给胡适的这封信当写于是年 1 月 7 日。

由这封信可以看出废名和胡适的关系；也可以看出，废名很高兴于《努力月刊》的将要出版，这样，他就可以继续在胡适办的刊物上发表他的作品了。这时废名是北大的学生。

胡适筹办《努力月刊》未果，而他和陈源等人主办的《现代评论》周刊却于 1924 年 1 月在北京创刊，这个刊物出刊至 1928 年 12 月终止。与《现代评论》同年而稍迟于 11 月创刊的《语丝》周刊的寿命则较它稍长一些（《语丝》于 1930 年 3 月停刊）。废名在《现代评论》上发表过两个短篇小说，即《鷓鸪》（第一卷第十期，1924 年 2 月 14 日出版），《初恋》（第二卷第十七期，1925 年 4 月 4 日出版），此后没有在该刊发表过小说和诗文，而《语丝》自创刊至终刊的五六年间，却经常和大量地发表了废名的小说和文章。他的著名的短篇小说《竹林的故事》等多篇，他的杰作《桥》的大部分章节，他的重要创作谈《说梦》等，都是在《语丝》上发表的。这个情况，实际上说明了废名和周作人的亲密关系，同时也见出废名和胡适关系的日渐疏远。胡适和周作人本是《新青年》同人和友好，但到后来却表现出思想上的重大分歧，主要见之于 1925 年他们对北京女师大学生风潮的观点和态度的歧异和论争，周是站在学生一边反对北洋军阀政府的，而胡是站在与此相反的立场的，他们各据的舆论阵地，主要就是《语丝》和《现代评论》。此外，在学术上，他们也有不同的观点和见解。胡适和周作人都是废名的先生，到了《语丝》和《现代评论》在北方文坛并立的时代，废名对胡适有所失敬了。

但是，当胡适于 1931 年从上海回北大任文学院长的时候，废名又显出他对胡的关心来。

1931 年 2 月 14 日，废名给胡适写信，劝他不要担任北大文学院长，他说："外面说北大又要开除某人某人，如真有此酝酿，在普通人为之，是一件小事，若先生也稍稍与其职责，真可谓之大事。"（亦刊于《胡适来往书信选》)由此可见废名对胡适的爱护。这时，废名已是北大国文系的讲师了。

但是在学术上，甚至在教学上，废名并不跟着胡适走。废名开现代文艺课，首先讲新诗，曾请教于胡适，问他这门课怎样讲才好。胡适说，就照《中国新文学大系》讲；废名不同意这个意见。结果他讲中国的新诗，讲的与任何人讲的不同，特别是与胡适讲的不同。在根本的问题上，竟与胡适的观念和主张针锋相对。废名的诗论的要点是："如果要做新诗，一定要这个诗是诗的内容，而写这个诗的文字要用散文的文字。已往的诗文学，无论旧诗也好，词也好，乃是散文的内容，而其所用的文字是诗的文字。我们只要有了这个诗的内容，我们就可以大胆的写我们的新诗，不受一切的束缚。"总之，"我们写的是诗，我们用的文字是散文的文字，就是所谓自由诗。"这样的立论是和胡适《谈新诗》的立论相冲突的。所以废名接下去这样写（也这样讲）道：

> 胡适之先生所谓"第四次的诗体大解放"，不拘格律，不拘平仄，不拘长短，有什么题目做什么诗，诗该怎样做就怎样做，——这个论断应该是很对了，然而他的前提夹杂不清，他对于已往的诗文学认识得不够。他仿佛"白话诗"是天生成这么个东西的，已往的诗文学就有许多白话诗，不过随时有反动派在那里做障碍，到得现在我们才自觉了，才有意的来这么一个白话诗大运动。援引已往的诗文学里的

"白话诗"做我们的新诗前例，便是对于已往的文学认识不够，我们的新诗运动直可谓之无意识的运动。

旧诗向来有两个趋势，就是"元白"易懂的一派同"温李"难懂的一派，然而无论哪一派，都是在诗的文字之下变戏法。他们的不同大约是他们的词汇，总决不是他们的文法。而他们的文法又决不是我们白话文学的文法。至于他们两派的诗都是同一的音节，更是不待说的了。胡适之先生没有看清楚这根本的一点，只是从两派之中取了自己所接近的一派，而说这一派是诗的正路，从古以来就做了我们今日白话新诗的同志，其结果我们今日的白话新诗反而无立足点，元白一派的旧诗也失其存在的意义了。……这里确是很有趣，胡适之先生所推崇的白话诗，倒或者与我们今日新散文的一派有一点儿关系。反之，胡适之先生所认为反动派"温李"的诗，倒似乎有我们今日新诗的趋势。

请看，在以胡适为文学院长兼国文系主任的北京大学国文系的讲台上，废名一口一个胡适之先生，直接说自己的老师的不是。在这里可以看出，北大的学术空气是很好的，也可以看出，废名的独立精神也是很好的。

1937 年的初夏，废名在北大课堂上讲新诗将结束之时，发生了这样一件事：胡适主编的《独立评论》第 238 号上发表了一篇题为《看不懂的新文艺》的"通信"，署名"絮如"，对何其芳的散文和卞之琳的新诗大加指责。其实，"絮如"乃是梁实秋的化名，他不仅把名字化了，而且把身份也化了，自称是"已然教了七年的书"的"一个中学教员"。胡适当然知道这信是梁实秋写的，但帮他打掩护，并写《编辑后记》为他张目，说"现在做这种叫人看不懂的诗文的人，都只是因为表现的能力太差，他们根本没有叫人看得懂的本领"。其实，胡适和梁实秋的这一双簧戏相当拙劣，瞒不了北平学术界文学界人士，引起了不少人的非议。废名既见不得他们的这种做法，也不同意他们的论点，于是他独自去见胡适，当面进行质问和说理。他还给这时已在江南雁荡山中的卞之琳写信说："北平有一个无聊的'中学教员'据说是大学教员做了一件无聊的勾当，不足扰山中瀑布的清听也。"笔者在此记上这一笔，是因为这件事亦为废名与胡适的关系演化中之一种表现，而且颇能说明废名的为人：他虽然学佛参禅，但遇人间不平事或学问上争端，有时是会火气冲天的。他与熊十力论道，论争之不足继之以"扭打"之事已见于前，这回路见不平质问胡适，就不是什么奇怪的事了。

关于胡适，废名对我谈得很少。只是有一次他说，胡适很爱徐志摩，谁说他一声不好就不行。言下有不满之意。我不知是怎么回事，他并没有多说。后来我读到废名的《谈新诗》（即他在北大讲课所用讲义），发现其中并没有讲徐志摩的诗，在提到这位诗人的地方，却又把他说的很不值，如说"我总觉得徐志摩那一派人是虚张声势，在白话新诗发展的路上，他们走的是一条岔路"。是不是因此触犯了胡适呢？

1946 年的秋天，废名和我一同到北平，他返北大教书，我到北大上学。到北平后的第二天或第三天，他对我说：他去看胡适，见到他了。此外没说什么。

1962 年夏，我到长春去看废名。胡适是在这一年的二月病逝于台湾的，不过我们迟至夏天才知道这个消息。谈到这事时，废名说，"胡适与郭沫若当然不同，但又很有些相像。不过是一个朝这边走，一个朝那边走。——当然，郭老在政治上是很好的"。我当时惊讶于他把这两个人物这样相比。

鲁　迅

说到废名的老师，应该谈到鲁迅。这不但是因为鲁迅和废名在北京大学的师生关系，而且更因为鲁迅创作小说为废名的小说创作提供了范本。废名对我谈到鲁迅的小说时，总是赞扬，在中国现代作家中，受到他这样赞扬的，没有第二个。他说鲁迅的《呐喊》，他是预约得书的，本来如饥似渴地盼望它出版，一出版就去取书，拿在手上就看《自序》，很受启发，然后把小说一篇一篇地读，一遍一遍地读。当然，这些小说在结集出书前，废名是已读过的；只是读《呐喊》更叫他欢喜。他因此写了一篇题为《〈呐喊〉的读后感》，在 1924 年 4 月 13 日北京《晨报》副刊发表。他在这短文中说，读《呐喊》"清醒我自己，扩大我自己"；又说，"在文艺上，凡是本着悲哀或同情而来表现卑者贱者的作品，我都欢喜"，《呐喊》里的文章，尤其是《孔乙己》，就是这样的叫他欢喜的文章，"每当黄昏无事"，就要把它拿出来读。废名当时正写着小说，他的作品是"乡土"的，是"本着悲哀或同情而来表现卑者贱者"的，鲁迅的小说当然会吸引他，影响他，滋润他；而且，鲁迅是中国现代新小说的创始人，他的小说的格式、技巧也给废名以示范和师法。所以，就这一层意思来说，说鲁迅是废名的老师，是很确切的。

再从废名和鲁迅的交往，也可看出他们既是北大的师生关系，也是先驱者和后学者的关系。在《鲁迅日记》中有如下的记载：

> 1925 年 2 月 15 日……冯文炳来，未见，置所赠《现代评论》及《语丝》去。……
>
> 1925 年 4 月 2 日……冯文炳来。……
>
> 1925 年 9 月 17 日……得冯文炳信。……
>
> 1925 年 12 月 21（2）日……午后冯文炳来，未见。
>
> 1926 年 3 月 21 日……冯文炳来。……
>
> 1926 年 5 月 30 日……得冯文炳信。……冯文炳来，赠以《往星中》一本。……
>
> 1929 年 5 月 19 日……上午冯文炳来。……

由此约略可见废名和鲁迅当年的关系。1925 年 2 月 15 日，废名去看鲁迅，未见，"置所赠《现代评论》及《语丝》去"，很可能是废名将刊载于这两家杂志的自己的作品送给鲁迅求教，如若不是这样，想他是不会送这两样刊物去的——鲁迅那里想不致没有这些刊物，特别是《语丝》。1929 年 5 月 15 日，鲁迅从上海到达北京，废名在 19 日就到鲁迅寓所去看望，仍然可见他对鲁迅的尊敬和亲近。

废名在 1926 年 6 月所写的日记里，有这样的一段话：

> 昨天读了《语丝》八十七期鲁迅的《马上支日记》，实在觉得他笑得苦。尤其使得我苦而痛的，我日来所写的都是太平天下的故事，

而他玩笑似的赤着脚在这荆棘道上踏。及莫名其妙的这样想：倘若他枪毙了，我一定去看护他的尸首而枪毙。于是乎想到他那里去玩玩，又怕他在睡觉，我去耽误他，转念到八道湾。

这一段话引自《语丝》第 128 期《忘记了的日记》。其中反映了当时社会生活的严峻，也反映了在这样的现实中废名思想的矛盾。他读了鲁迅的《马上支日记》，感到鲁迅是"玩笑似的赤着脚在这荆棘道上踏"，因而反思他自己，"日来所写的都是太平天下的故事"，因而内心"苦而痛"。他甚至想到"倘若他枪毙了，我一定去看护他的尸首而枪毙"，足见他对鲁迅的尊敬和亲切，也显出他的义愤。这种感情是很可贵的，可惜的是他只是"这样想"，"转念到八道湾"，也就是到苦雨斋去了。废名和周作人的亲密关系不能不影响到他对鲁迅的认识和态度。

废名对鲁迅怀有好的感情，还有一件事可以说明。废名在 30 年代在北大讲新诗，其中专设《鲁迅的新诗》一讲。其实鲁迅写新诗很少，讲新诗，是可以不讲他的，特别是不必设专章来讲。而废名的《谈新诗》，不讲朱自清、俞平伯，也不讲徐志摩、闻一多，却要讲鲁迅。其实废名的这一章（或曰这一讲）只选讲了鲁迅的一首新诗——《他》。诗曰：

他

一

"知了"不要叫了，

他在房中睡着；

"知了"叫了，刻刻心头记着。

太阳去了，"知了"住了，——还没有见他，

待打门叫他，——锈铁链子系着。

二

秋风起了；

快吹开那家窗幕。

开了窗幕，——会望见他的双眉。

窗幕开了，——一望全是粉墙，

白吹下许多枯叶。

三

大雪下了，扫出路寻他。

这路连到山上，山上都是松柏，

他是花一般，这里如何住得！

不如回去寻他，——阿！回来还是我家。

废名说"这首诗好像是新诗里的魏晋古风"，而"新诗真是适宜于表现实在的诗感"。他又把鲁迅的这一首诗和他的《写在〈坟〉后面》、小说《药》里最后关于坟的描写联系起来，说鲁迅"很是一位诗人"，写出了"鲁迅先生的诗的感觉"。《他》是"坟的象征"，即是鲁迅说的"埋掉自己"，"完全是一首诗"。在这里，废名通过一首诗论及诗作者鲁迅，全然表现出尊重和赞叹的口气和神情。

然而，废名之向鲁迅这位老师学习，毕竟是兜了一个大圈子的。正如鲁迅所说，废名后来"更加不欲像先前一般的闪露"而呈"顾影自怜之态"（《中国新文学大系小说二集》序），他和鲁迅就隔远了。直到解放后学习毛泽东《新民主主义论》《在延安文艺座谈会上的讲话》，转而重新学习鲁迅，才对鲁迅有比较全面和深刻的认识。正如他自己说的："鲁迅先生给我的教育，不是鲁迅先生生前给我的，是鲁迅先生死后，是中国已经解放了，有一天我感到我受了鲁迅先生很大的教育。说起来是我的痛苦的经验，我想告诉爱好文学的青年同志们。"（《鲁迅先生给我的教育》，1956年10月19日《吉林日报》）正是因此，他写了《跟青年谈鲁迅》，写了《鲁迅研究》，他在大学里讲鲁迅。因为是出自他自己的"痛苦的经验"，他写的和讲的充满了真情实感；因为他自己有过长期的文学创作的经验，所以他分析和讲解鲁迅的作品细致入微，头头是道。

例如他说《狂人日记》："这篇小说，在短篇小说里也不算长的，以短短的篇幅放进这么大的主题，收了这么大的效果，一定是它的艺术性强。所以单从这个体裁便可以看出作者的匠心，日记的体裁可以用第一人称自叙，易于发抒情诗的效果。因为是日记，不是诗，可以容小说的描写。因为是狂人日记，则可以格外直接，可以一刀杀进你的心了，可以把悠长悠长的封建历史当做一叶烂纸撕了。"这样的分析是很有说服力的。接着说鲁迅选择一个中医的形象来写，通过这个形象把狂人的思想写得非常逼真。狂人听这中医说着"静静地养几天"，就想到"养肥了，他们是自然可以多吃！"写病人伸手给医生看脉，狂人想"我也不怕；虽然不吃人，胆子却比他们还壮。伸出两个拳头，看他如何下手"。引到这里，废名赞道："这是多么强的个性！鲁迅的忧愤，鲁迅的革命勇敢的精神，其积弥久其发弥光，他好久好久就想说话而没有说，今天借狂人的口说出来了。"（《跟青年谈鲁迅·鲁迅的第一篇小说》）这样的分析和论断，对青年无疑是有益的。

在《鲁迅与现实主义传统》这一篇里，废名这样说：

现实主义，本来就是"政治和艺术的统一"，真实地反映现实。我们举出三篇小说来说，《水浒》，鲁迅的《狂人日记》，和丁玲的《太阳照在桑干河上》。《水浒》是人民的武装打官军杀官吏，其力量不可战胜，但还把"皇帝"放在眼中考虑，是要他呢，还是不要他？在那个时代不要皇帝将是什么样的政权，那是不能想象的，所以《水浒》故事结局还是"招安"，不可能有现代的革命思想，《水浒》时代的政治内容只能到《水浒》所描写的地步。鲁迅的《狂人日记》有强烈的革命思想，但发现不了人民的革命力量，还是表现着革命的希望，这便表现了五四运动前夕。丁玲的《太阳照在桑干河上》则是工人阶级领导的农民革命一举而消灭了长期的封建。而鲁迅的《阿Q正传》又补正了《狂人日记》之不足，反映了辛亥革命的阶级斗争。读完《阿Q正传》又打开《太阳照在桑干河上》，该有多么大的教育意义，令我们亲切地知道只有马克思主义能说明社会而又能改造社会。那么中国文学现实主义传的意义很明白了罢，五四新文学运动应该是把这宝贵的传统推向前进，鲁迅挺身担当起来了。

这样的话，这样的文章，解放以前的废名是说不出道不出的，而且是"逃避"的。现在这样写，这样讲，说明他至此已直面人生，直面鲁迅。这是他重新学习和认识鲁迅的结果。

在《跟青年谈鲁迅》中，还有《鲁迅怎样写杂感》《鲁迅的杂文是诗史》《共产主义者鲁迅》《鲁迅怎样对待文化遗产和民族形式》等篇；而《鲁迅研究》的目录，除《引言》外，是如下的十四章：

　　一、鲁迅彻底地反封建文化

　　二、鲁迅是最早对写普通话最有贡献的人

　　三、鲁迅期待炬火和自己不以导师自居

　　四、鲁迅的政治路线和文艺实践

　　五、鲁迅早期思想里的矛盾和中国新民主主义革命现实在鲁迅作品的反映

　　六、鲁迅重视思想改造

　　七、鲁迅确信无产阶级文学

　　八、鲁迅的局限性的表现

　　九、《狂人日记》

　　十、《药》

　　十一、《阿Q正传》

　　十二、《祝福》

　　十三、《伤逝》

　　十四、学习鲁迅和研究鲁迅的方法

由此可见，这是对鲁迅作进一步的全面的学习和研究。这部书稿，废名花了许多心血和体力劳动才得完成。"文化大革命"开始后，废名郑重地把它交给工作组（连同其他一些文稿）。此后当然是不知去向。

"文化大革命"过去以后很久，思纯才从济南到长春去，经过多方查找，才找到这部书稿。思纯是作电子工作的，他把书稿交我保存。可惜找不到出版的地方。每看这部书稿，我总是感到，鲁迅是废名的终身的老师。

废名的师友（二）

以上谈的是废名的师：周氏兄弟，胡适。这三人之外，我想不起还有人要谈了。

现在谈废名的友。

俞平伯

俞平伯年纪比废名大不多，而在北京大学的学历却比废名早了好些年，废名 1922 年进北大读书时，俞平伯已在三年前（1919 年）在北大文科毕业了，并已成诗人名家。他们之结为知交，是因为他们同在周作人的门下。所以废名曾呼俞平伯为"师兄"。

废名写的《知堂先生》一文，就清晰地表明了他们的师生关系。文中说，林语堂让废名写《知堂先生》，废名"未能下笔"，及至"往古槐书屋看平伯，我们谈了好些话，所谈差不多都是对于知堂先生的向往，事后我一想，油然一喜，我同平伯的意见完全是一致的"，于是把文章写出来了。

废名还曾为俞平伯的《古槐梦遇》写了一篇《小引》，更是表现了他们的友情。文中说，他第一次到古槐书屋，屋主人指了那槐树给他看，并说此树比此屋还老，从此"常常对这棵树起一种憧憬"，"足以牵引我的梦境"，也就是回想起已失却的青年时期的"梦的世界"。文中还说："自从同平伯认识以来，对于他我简直还有一个兄弟的情怀。且夫逃墨不必归于杨，逃杨亦未必就归于儒，吾辈似乎未曾立志去求归宿，然而正惟吾辈则有归宿亦未可知也。"这话说得颇为含蓄，或者说有点儿晦涩（当然"兄弟的情怀"是说得明白的），但"归宿"云云，细思之还是可以理解的。《古槐梦遇》有知堂序，有废名小引，有俞平伯自序，上海世界书局 1936 年 1 月出版，线装手迹本，体现了师生三人的亲密关系。

关于《古槐梦遇》之写成，废名在《小引》中说得很亲切，也很有趣。他说："作者实是把他的枕边之物移在纸上，此话起初连我也不相信，因为我的文章都是睁开眼睛的，有一天我看见他黎明即起，坐在位上，拿了一支笔，闪一般的闪，一会儿就给一个梦我看了，从此我才相信他的实话。"这样"闪一般的闪"地写隔夜的"梦遇"，确是很奇特的了，废名说他不想"拿什么'谪仙''梦笔'，送花红"，他倒是做出了一个合乎常情的解释，说这是《古槐梦遇》作者"不失其赤子之心"的表现。

废名早先对我说过俞平伯，说他写得一手好文章，写得一手好字，等等。我见到这位先生，则是我到北大以后的事。有一次，废名请他到王府井附近一家西餐馆吃饭，我也在座。这是因为，废名请俞平伯为我的祖父写墓志，请吃饭算是酬谢。当然这不过是借这个名义罢了。我在北大听过俞先生讲宋词。我是西方语言文学系的学生，我听这门课，是选修呢，还是旁听呢，这我已记不清了。

废名所著《阿赖耶识论》未出版；装成一册，外加一函，由俞平伯题签，真是一手好字。

冯　至

冯至是废名在北京大学时的同学，他们的友谊，那时就开始了。

冯至 1930 年去德国留学前，和废名的关系是很密切的。当时废名请冯至把施耐庵的《水浒传》序写成一个横幅挂在壁上；废名隐居西山时，曾请冯至买何晏《论语集解》送他；冯至到德国后，想要读《庄子》，于是写信给杨晦和废名说："我的《庄子集解》，在废名处，如今我要收回了。"要他们把书寄给他（《沉钟社通信选》［四］，《新文学史料》1988 年第 2 期）。废名似乎并非沉钟社同人，但他和沉钟社同人的关系是很亲密的，废名曾经常参加他们在杨晦家中的聚会。

1930 年夏，废名与冯至共同筹办和创刊《骆驼草》周刊。1930 年 4 月 12 日，冯至在致杨晦等的信中这样谈到这刊物的筹备工作：

> 我同废名都兴高采烈地弄这件事。我请废名当吉色德先生，我愿意当他的 Sancho Pansa，我们的"周刊"如果真能演出《吉色德先生》那样的两大本，那真使我们心满意足了。人数不多，除我们二人外，有周徐二位先生。编辑由废名，事务由我。希望你们寄点文章，并具寄点钱来，我很高兴，为想恢复当年办《沉钟》时的精神起见，我想到市场上去买二顶学生便帽了。这刊物如能办得有声有色，我德国都不想去了。

关于筹办《骆驼草》这个周刊，冯至在这封信里说得这样"兴高采烈""有声有色"，可见当时他与废名是很寄重于此的。信中说到的"周徐二先生"，是周作人和徐祖正。

1930 年 5 月 23 日，冯至在给杨晦的信中说："如今，不知不觉地，这小小的婴儿已经初具规模了。那该是怎样地好啊，一张张地印了出来，上面印着自己朋友们的好的文章，人生会有比这更有意义的事？"（此信和上信均见《沉钟社通信选》〔三〕《新文学史料》1988 年第 1 期。）

由此可见废名和冯至当年的友谊之深，关系之好。至于后来冯至对往昔的《骆驼草》表示不满，对他自己在这刊物上发表的诗文也作了自我批评，认为"反映我的思想和创作在这时都陷入危机"（《海德贝格记事》，《新文学史料》1988 年第 2 期），这就是后话了。

冯至于 1930 年秋去德国留学，历时五年，回国后和废名也不在一地工作。直到抗战胜利后，二人又同在北京大学任教。这时冯至送废名《十四行集》，废名于是在续写《谈新诗》讲义时写了谈《十四行集》一章，放在谈卞之琳诗的一章和谈林庚诗的一章之后。他在这一章书里说："现在说起来，大家都是朋友，但真正论起友谊来，《十四行集》的作者同我是很早的朋友，比林卞诸人都早得多，如今论诗，老朋友反而觉得要客气些，难以下笔。"在这里，废名说他同冯至是老朋友，这当然是的；说他谈老朋友的诗"难以下笔"，这除了"老朋友反而觉得要客气些"以外，实是因为《十四行集》和废名论诗的主要精神"新诗应该是自由诗"是相悖的。"如果冯至的诗写得不好，话就很容易说，而冯至的诗确是写得很好的，话又要说得无损于冯至的诗的价值，对得起诗篇，故我的话很难说了。"

我1947年在北大念书时写过一些散文，其中的一篇由废名交给冯至，冯先生把它在《大公报·星期文艺》上发表了。当时他接替杨振声在编这个周刊。

1979年5月，我到北京去参加五四六十周年学术讨论会，在会上见到冯先生，他问我废名的情况，我说了。废名死于"文化大革命"大动乱之中，这在当时还不大为人所知。

梁遇春

梁遇春（笔名秋心）是废名的最亲密的朋友。他们同时考入北大，在预科和英文系都是同学。梁于1928年在北大毕业后到上海暨南大学当助教，1930年又到了北平，在北大英文系任教并管理图书，至1932年去世。他两度在北京，与废名成为至友。

这一份珍贵的美丽的友情为文坛所熟知，特别是因为废名为梁遇春的第二本也是最后的一本散文集《泪与笑》（1934年6月开明书店出版）所写的序。这篇序文写于1932年12月，也是一篇散文，在《泪与笑》出版前曾发表于《现代》第二卷第五期——1933年3月号，标题为《秋心遗著序》。这在废名的散文里是最有名最动人的，它表现了废名的深情，也表现了梁遇春的青春之美和文章之美。这篇序文的第一句话是："秋心之死，第一回给我丧友的经验。"然后说：

> 古人词多有伤春的佳句，致慨于春去之无可奈何，我们读了为之爱好，但那到底是诗人的善感，过了春天就有夏天，花开便要花落，原是一定的事，在日常过日子上，若说有美趣都是美趣，我们可以"随时爱景光"，这就是说我是不大有伤感的人。秋心这位朋友，正好比一个春光，绿暗红嫣，什么都在那里拼命，我们见面的时候，他总

是燕语呢喃，翩翩风度，而却又一口气要把世上的话说尽的样子，我就不免于想到辛稼轩的一句词，"倩谁唤流莺声住"，我说不出所以然地来暗地叹息。我爱惜如此人才。世上的春天无可悼惜，只有人才之间，这样的一个春天，那才是一去不复返，能不感到摧残？最可怜，这一个春的怀抱，洪水要来淹没他，他一定还把着生命的桨，更作一个春的挣扎，因为他知道他的美丽。

在梁遇春的生前，面对着这一表"人才"和大好"春光"，废名往往"说不出所以然地来暗地叹息"，待到"这样的一个春天"突然逝去，较为年长的废名自然悲从中来、黯然神伤了。

关于梁遇春的散文创作，废名在序文中说道：

> 近三年来，我同秋心常常见面，差不多总是我催他作文，我知道他的文思如星珠串天，处处闪耀，然而没有一个线索，稍纵即逝，他不能同一面镜子一样，把什么都收藏得起来。他有所作，也必让我先睹为快，我捧着他的文章，不由得起种欢欣，我想我们新的散文在我的这位朋友手下将有一树好花开。

这里，废名对梁遇春的散文作了中肯的评价和热情的赞赏，也写出了他们以文会友的欢欣。就梁遇春来说，他是把废名当做兄长来看待的。他每有所作，总是让废名先看看，也可以说是求教于他的这位兄长。徐志摩去世后，他写了一篇题为《吻火》的悼文，原稿较长，叶公超看了说写得仿佛太过火一点，他自己也不满意，于是重写了两遍，成为一篇短文，给废名看，废名说这是他最完美的文字，梁遇春听了，当晚写信给叶公超说"以后执笔当以此为最低标准"（《泪与笑》跋，叶公超作）。由此可见梁遇春对废名的尊重。

梁遇春也是冯至的朋友。冯至写过几首怀念梁遇春的诗，废名很喜爱其中的两首，其一是这样的一首诗：

> 我如今感到，死和老年人

并没有什么密切的关联

在冬天我们不必区分

昼夜，昼夜都是一样疏淡。

反而是那些黑发朱唇

常常潜伏着死的预感。

你像是一个灿烂的春

沉在夜里，宁静而黑暗。

　　废名在《谈新诗》里讲冯至诗的一章中抄引过这首诗，说这是"赞美'死'的诗"，并说"诗人本来都是厌世的，'死'才是真正的诗人的故乡，他们以为那里才有美丽"。又说，"大凡诗人，虽然投降于世俗，总是憧憬于美丽的……而'死'每每使得诗人向往了，那里总应该是美丽之乡罢"。废名的这种思想意念，在其他的文章里也时有表露。例如在《中国文章》一文中，他说，"大凡厌世诗人一定很安乐，至少他是冷静的，真的，他描写一番景物给我们看了"，他说英国哈代的小说就是如此。他自己的小说也有这样美丽而哀伤的成分，例如在《桥》里就有这样的说话和描写："'死'是人生最好的装饰"，"坟对于我确同山一样是大地的景致"，"我想年轻死了是长春，我们对着青草，永远是一个青年"。

　　这也可以说是无独有偶吧，这样的思想意念，也为梁遇春所有。在《泪与笑》里面就有一篇题为《坟》的文章，其中说，"小影心头葬"，"我觉得这一座坟是很美的，因为天下美的东西都是使人们看着心酸的"。看来废名与梁遇春的友谊，也是有其美学因缘的。当然，美学意识也会有其社会根源。废名晚年自省他从前写小说写诗是"逃避现实"，这是不错的。但实事求是地来看像废名、梁遇春这样的作家还要看旧中国的现实是怎样的现实。他们都是十分厌恶以至"逃避"世俗和丑恶现实的作家，所以他们向往那么一份自然和人生的美丽。

　　当然，世界上没有两片完全相同的叶子，何况是两位作家。就废名和梁遇春来说，那外貌就大不相同。废名衣着随便，形象古朴，而梁遇春则西服革履，翩翩年少。就文思和文风来说，那差别也是明显的。废名是"随时爱景光"，无论是春夏秋冬都见其美趣，也就是说不大有伤感，表现为和平冲淡；而梁遇春却又名秋心，他说他一年四季，"最怕的却是春天"（《又是一年春草绿》），"尤其是骄阳的春天"（《春雨》），因为愈是春光明媚，草绿花红，就愈是使他感到世俗的难堪和现实的不平，他也就愈是"一口气要把世上的话说尽的样子"。废名和梁遇春都爱"观火"，但他们的所观和所思也自不同。废名所观的是柴火，他认为"人类有记忆，应莫如柴火。春华秋实都到哪里去了？所以我们看着火，应该是看春花，看夏叶，昨夜星辰，今朝露水，都是火之生平了"（《树与柴火》）。而梁遇春所观的是炉火，他"独自坐在火炉旁边，静静地凝视面前瞬息万变的火焰，细听炉里呼呼的声音……就会感到宇宙不是那么荒凉了。火焰的万千形态正好和你心中古怪的想象携手同舞……立刻感到现实世界的重压一一消失"（《观火》）。废名认为柴火是人类的"记忆"，而梁遇春则认为炉火是"一部诗书"，"是一部无始无终，百读不厌的书"。这都说明着他们的声息相通处和才情相异处。

在废名的友人当中，废名向我谈得最多的是梁遇春。废名最喜六朝文章，特别是庾信的诗赋；他说梁遇春是"六朝才"，是现代白话文学里的庾信。他说他自己写文章固然兴会淋漓，有时却有苦思，而梁遇春写文章写得很快，真是"泼地草绿"——这是借用了梁遇春《又是一年春草绿》中的语言，说秋心写文章只是不假思索似的乱写，而又写得那么生动活泼。他还说，梁遇春写信也是快而好，而且比他的文章更见特色。有一回他同梁遇春在东安市场定做皮鞋，一人一双，此后他到西山去写作，梁遇春到鞋店把皮鞋取出，写信给废名说："鞋子已拿来，专等足下来穿到足上去。"其人其文就是这样的风趣多姿。废名常叹惜梁遇春的早逝，不过 27 岁就死于猩红热。他总是念念不忘这幸而结识和人生难遇的"春的怀抱"。

石 民

石民也是废名在北京大学英文系的同学和好友。"彭清"是他的号，废名和他见面或写信给他，就是这样称呼。

石民是诗人，有诗集《良夜与噩梦》（1929 年北新版），还有外国诗文翻译多种，法国波德莱尔诗的翻译尤多。他的诗创作在当年有影响，获好评。沈从文曾在《我们怎么样去读新诗》（《现代学生》创刊号，1930年10月）一文中说："石民的《良夜与噩梦》，在李金发的比拟想象上，也有相似处，然而调子，却在冯至、韦丛芜两人之间可以求得那悒郁处。"石民的同窗和友人张文亮所写的《评石民底良夜与噩梦》（《语丝》第五卷第十八期，1929年7月8日出版）中说：诗人"将这一部分题材以种种的可珍视的形式巧妙地表现出来"，是"通过艺术底洪炉"的作品，"在最近国内底诗坛有它独到的价值"。石民的诗作，起初在《莽原》《语丝》《奔流》等刊物上发表，给人以较深的印象，结集为《良夜与噩梦》出版，就更加引人注意了。

石民在北大毕业后，到上海北新书局任职，做过《北新》半月刊的编辑。废名的小说《菱荡》《毛儿的爸爸》曾发表于这个半月刊。

石民是废名的好友，也是梁遇春的好友。石民也为《泪与笑》作序（1932年12月），一开头就说："秋心的这本集子，在去年秋天曾经由废名兄带到上海来，要我们给它找一个出版家，而且'派定'我作一篇序文。但结果到今年春间这原稿还是寄回北平去了，曾日月之几何，如今只落得个物在人亡了。他的死实不仅是在交谊上一个可悲的损失而已。"由此可见，《泪与笑》的编定，是在梁遇春死前，而它的出版，是经过周折的。废名、石民和梁遇春的友谊，也就借《泪与笑》留传下来了。

在30年代中期，石民离开上海的北新书局，来到武昌的武汉大学任教。我的父亲在武昌教书和住家，石民初到武昌时，经废名介绍，先在我家住下。石民是带夫人和女儿同来的，因为是住在他的好友废名的长兄的家里，也就没有什么不自在了，而我家对他们不但是欢迎的，而且是亲切的。当然，石民一家三口在我家并没有住多久，待武汉大学的工作和住处安顿妥帖，他们就搬到珞珈山去了。在那时看来，珞珈山离城里是很远的。

自此以后，石民常进城到我家来，像走亲戚似的。他是一个温文尔雅的人，面上常带笑容，说话总是从容、低声的。他有一个习惯，就是吃饭时也要看书，一面看，一面吃，常常是饭吃完了，书还没有看完。他并不是自带书来看的，而是在我家拿起了什么书，就看什么书。这样次数多了，我们也就不以为怪，由他去了。

但不在饭桌上的时候，他并不一定看书，而是和我的父亲谈话，或者和我谈话。我知道他是诗人，有一次我斗胆把我的"诗集"给他看，那是一个小本子，上面写得有"诗"。他接过去看了，而且一页一页地看下去，有点兴味的样子。然后，他说"写得好"，当然只是鼓励我罢了。

有一年的暑假，废名从北平南归，带了我到珞珈山武汉大学去看石民，还买了个洋囡囡给石民的女儿做礼物。石民和他的夫人高兴得什么似的。珞珈山的风景好，石民的居处也不错，来客却很少吧。废名自远方来，他们真是"不亦乐乎"了。

抗日战争之初，石民曾有信给废名，寄苦雨斋转交。周作人当时有信致废名云："石民君有信寄在寒斋，转寄或失落，信封又颇大，故拟暂留存，俟见面时交奉。"周作人此信写于 1937 年 9 月 15 日（据周作人《怀废名》），此时废名住在雍和宫，石民的这封寄苦雨斋转废名的信大概是发自武昌。在这以后，废名就只身间道南归故乡避难，而石民则随武汉大学迁往四川去了。从此二人断了音讯。直到抗战胜利后，废名从故乡返北大任教，才听得朱光潜说，石民已在四川去世。

石民之为诗人，在 30 年代以后，似乎没有受到文学批评和文学史家的应有的重视。人们似乎早已忘记他了，青年人几乎不知道有这位诗人。直到 1986 年，人民文学出版社出版孙玉石编《象征派诗选》（为中国现代文学流派创作选丛书之一），读者才又从中读到石民这位诗人的诗作。这本诗选选入石民诗七首。第一首为《良夜》。这可以说是石民的代表作吧。诗分三节，每节四行。第一节云：

> 良夜为我收拾了这旷野，
> 天宇高高地覆盖着在我上面，
> 我展开而且检视这闷塞的胸臆，
> 倩明月之慧光与列星之炯眼。

第二节所写的，就是"这闷塞的胸臆"中所有的，总之是"交错而杂乱的积郁"；第三节歌唱将"记忆"和"希望"都归入"虚空"，于是——

于是我悠悠地凭清风以浮游，

而且如白云之抱明月以长终。

这是二三十年代这一派（是不是只是"象征派"？）诗人的有代表性的声音，但石民的诗是清新可读的，如《良夜》即是。诗人也偶尔发出欢快的声音，如《夏日》。此诗第一节是：

夏日以愉快的光辉

弥漫于纯洁的大气里，

太空露出微笑的面容

俯视这下界的盛会。

第二节突破了诗人一般四行一节的写法，竟然进出了十二行的诗句，展示这"夏日"的"下界"的"盛会"：这里有鲜丽繁茂的花木，"喜滋滋地进行"的河水，"任诗人寄托"的白云，还有：

悠扬地合奏着的蝉声

随清风浮泛于远处；

燕儿翩翩地舞于音乐之上，

告我以生命之活泼与自由……

《夏日》诗就此以不尽而结束。这使我想起了我少年时所见的诗人石民的音容笑貌。"我展开而且检视这闷塞的胸臆"，这是我看不见的；"太空露出微笑的面容"，这正是我所见的。"如白云之抱明月以长终"而又"告我以生命之活泼与自由"——诗人，安息吧！

程鹤西

程鹤西，原名侃声，湖北安陆人。20年代初在北京师大附中读书，以后专学农业，成为农业专家，尤精于棉花的研究。他在文学上也有成就，早年写诗，后写散文，喜读英国诗人彭斯的诗，翻译过彭斯的诗选《一朵红红的玫瑰》等。他的《城上》一诗发表在 1926 年 5 月《晨报诗镌》第六期，后来由朱自清选入《中国新文学大系》诗集。他还在《小说月报》上发表过不少诗作。

废名和程鹤西是在 20 年代中期在孔德学校认识的。那时废名在孔德教课，程鹤西在这所学校任图书管理员，从此结为好友，虽然废名比程鹤西年纪大几岁。他们曾多次参加沉钟社在杨晦家的聚会。废名隐居西山潜心写作时，程鹤西曾去过。朋友之间，谈诗论文，很是相得。程鹤西曾写《向晚》一诗给废名看，诗曰：

> 向晚迷途
> 忽至一旧游处
> 偶随冬夏以去来
> 芳草平添
> 只一度春来住
> 我就一古木息住焉
> 即其绿叶证空山
> 蟋蟀不知春秋
> 度一树晚凉之曲

废名看了，指着诗中的"只"字说，"心情这么重"。程鹤西认为知音，"正是不久前有一位女友在静宜园住过"（《怀废名》，《新文学史料》1987 年第三期）。后来程鹤西到柳州去了，写了文章寄给废名看，其上盖了方印，文为"门外行者"，废名很欣赏此印的文字，但不知其意，又想这可能是一块爱情的石头，有情人在门前经过，因而"不敢写信问他个水落石出"（《琴序》，废名 1936 年作，《宇宙风》第三十七期）——这一次废名只是多心，而没有猜着，因为"门外行者"只是门外即平芜、路上有行人之意，但废名用心之细，友情之深，于此仍然可见。

程鹤西不喜欢废名的第一本小说集《竹林的故事》，而对废名的诗论和小说《桥》与《莫须有先生传》极为赞赏。他写过一篇《谈桥与莫须有先生传》，载朱光潜编《文学杂志》第一卷第四期（1937年8月）。其中说："废名君尝分他人之著作有两类，一是无全书在胸而下笔者，一是无全书在胸而涉笔成趣者。据我的意见，桥或可归入第一类而莫须有先生传是第二类。"关于《桥》，他说："这书给我的印象像一盘雨花台的石头，整个的故事是一盘水又不可拟于莫须有先生传之流水，因为盘已成就其方圆。读者可看见一颗一颗石头的境界与美，可是玩过雨花台的石头的又都会知道这些好看的石头如果离了水也就没有了它的好看。"这样的批评很别致，也近乎《桥》和《莫须有先生传》的真实，可谓废名的知音。

程鹤西不喜欢废名的早期小说，而废名则不喜欢程鹤西的早期诗作。他不怕得罪朋友，在《谈新诗》里就这样说，像《城上》这首诗，"城内深没人的芦荻，浩浩，潇潇；遥想故乡此日，正连阡谷绿迢迢"，"新诗如果这样造句子，这样的新诗可以不做"。还说："鹤西后来果然不写这样句子的新诗了，在别的方面耕种了他自己的园地。"这里所谓"别的方面"的"耕种"和"园地"，是指程鹤西的散文，废名曾赞赏说，那是"池荷初贴水"的简单完全，新鲜别致。

由于工作的缘故，程鹤西在柳州住了三年，三年不见落叶树，因而写了题为《落叶树》的散文，废名很喜欢，说柳柳州文章那么好，却没有写出中国南方和北方的景物的差异，而《落叶树》写出了。1936年，程鹤西从柳州回到北平，一下车就看一棵落叶的树和树的落叶，以慰相思之情。在这以后，他就到保定去从事他的农业研究工作了。这是1936年11月的事。程鹤西到保定去的那一天，北平初冬大雪，废名在夜半写了一首诗：

> 火车站走了少年客，
>
> 他是从梅花大庾岭回来的，
>
> 他说红豆生南国，
>
> 三年的相思不见一株落叶树，
>
> 今天北平初冬的大雪，
>
> 说不尽山中白云，
>
> 数不尽树上红叶，
>
> 诗情片片拾得，

于今又回到不远的车站旁边住家去了。

我家院子里两年高一株小杏树，

大雪里小孩子比着圣诞老人似的，

这些我都忘记了，

半夜一天星，

天真嬉笑问我一切，

迎面我也忘了天上的星，

我记得亮晶晶一天的雪，

问你们晚安！

此后过了不到一年，就是抗日战争时期的长年分别。直到 1947 年的暑假，废名从北大回故乡探亲，路过武汉时才和程鹤西在汉口重逢，那时程在那里教书。解放后，程鹤西到北京去看过废名，两人畅谈的是解放后的新气象，一解向来的愁苦和悒郁了。

1986 年，旧历除夕之夜，在废名已去世多年之后，年近八旬的程鹤西老人提起笔来写了《怀废名》一文，表现了对废名的深切的怀念。其中说："使我喜欢并受到较大影响的是他的《桥》和《莫须有先生传》。《莫须有先生传》里说的'见面就握手，不胜亲热之至'的小朋友就是我。"最后引古人"海内存知己，天涯若比邻"诗句说，他和废名"更似乎是天上人间都心有同感了"。人间的友情有如此之深厚感人者。

解放后，程鹤西一直在春城昆明工作。在云南，程侃声——农学家的名气很大，而程鹤西文学家却几乎不为人知。从《怀废名》一文看来，八旬老人似仍未能忘情于文学的园地。

卞之琳

废名年长卞之琳 9 岁，卞之琳 1929 年进入北京大学英文系念书时，废名已从那里毕业，而且已成为著名的小说家。因此，他们在北平结交后，卞之琳说他是废名的"小朋友"，他写信给废名称之为"废公"，而废名写信给他则称之为"兄"。他们可谓忘年交了。

卞之琳是在 1930 年开始发表新诗并成为诗人的。而废名呢，也正在此时写了较多的新诗，除了小说家之外也有了诗人的名气（虽然他在早年也发表过诗，并有一首《洋车夫的儿子》由朱自清选入《中国新文学大系》中的诗集，此诗原刊 1923 年《诗》第二卷第二号）。这两位诗人，后来和现在是被诗论家归入中国的现代派诗人中的。我不知道这样做是不是很恰当。他们的诗都不好懂，倒是真的。但奇怪的是，我还是小孩子的时候就接触过他们的诗，有的我竟能记住。例如废名的一首短诗，题目是《亚当》：

> 亚当惊见人的影子，
> 　　于是他悲哀了。
> 人之母道：
> 　　"这还不是人类，
> 　　是你自己的影子。"

而卞之琳的一首短诗，题为《第一盏灯》，是这样的四行：

> 马吞小石子可以磨食品。
> 兽畏火，人养火，乃有文明。
> 与太阳同起同睡的有福了，
> 可是我赞美人间第一盏灯。

这样的两首诗，不但我小的时候不懂，我现在也不懂。但我记住了它们，恐怕不只是因为它们很短，此外总还有吸引我的因素在。我感到他们的玄想有意味。相比之下，废名的玄想比卞之琳的更悠远，更玄。

废名和卞之琳的关系是亲密的。1936 年，卞之琳在青岛译书，1937 年 1 月事毕回北平，曾寄居于废名在北河沿甲十号的寓所，同时何其芳也在这里住过。在这以后不久，卞之琳就到南方的杭州和雁荡山去了，此后抗战爆发未能返北平。这一年的 5 月 8 日，废名写了《寄之琳》一诗。诗曰：

我说给江南诗人写一封信去，

乃窥见院子里一株树叶的疏影，

他们写了日午一封信。

我想写一首诗，

犹如日，犹如月，

犹如午阴，

犹如无边落木萧萧下——

我的诗情没有两个叶子。

卞之琳接读此诗非常感动，认为诗也"写得极妙"。他当时把这诗寄给上海戴望舒，在他主编的《新诗》上发表了。卞之琳是如此珍重和喜爱这一首诗和这一份友情，这竟然触发和促使他写了一部几十万字的长篇小说，他自称是"借这几行真诗大做了一番假文章"。这部长篇并未曾问世。此事似鲜为人知。惯于写短诗的这位诗人竟也曾写过长篇小说，这也可说是一件奇事。

废名自己对《寄之琳》一诗也是偏爱和珍惜的。他在战后续写《谈新诗》，选讲了这首诗，说他很喜欢这一首诗的诗情。是的，读这首诗，很能感到废名对已去江南的诗人的怀念之深切，那一株树叶的疏影写了日午一封信，这诗情真是很好，院子里的这一株树是枣树，这是卞之琳熟知的，因为他在这院子里借住过。废名在讲这首诗的时候，对最后一句作了解释，他说："最后一句'我的诗情没有两个叶子'，是因为我用了'无边落木萧萧下'这一句话，怕人家说我的思想里有许多叶子的意思，其实天下事哪里有数目可数呢？我们看着一株树叶的疏影，不会说一片叶子两片叶子也，即是不会数一个影子两个影子。"是的，这首诗在我读来，固然感到具有废名的（和卞之琳的）联想和闪跳，但那气势却是直流而下，犹如诗中接连的几个"犹如"，这正是表现了友情的真挚和倾注。

看来卞之琳南归后，与废名是常有书信往来的。这一年的夏天，废名写的一封信全文如下：

之琳兄：你去雁荡以前由上海写来的信早就收到了，今日始接到雁荡来信。杭州有给你的信都是由北平转，我转到雁荡山来了，请收。我暑中原不打算回家，最近或者要回去亦未可知，因为我有一个侄儿子将到北平来读书，我写信给他请他自己一个人坐火车来，尚未接到他的回信，万一家中要我南归同他一块儿北来，我大约就回家一行，如回家当在四五天后走，北来也一定很快，随时再奉告了。这半年内读了几部好书，见面时当很有可谈的，盼望秋天天雁飞来了。敝桥工作进行颇顺利，可不致愆期，北平读书人有一个无聊的"中学教员"，据说是大学教员做了一件无聊的勾当，不足扰山中瀑布的清听也。匆匆顺颂暑安

文炳　七月八日

　　这封信收信人一直保存着，1984 年交《新文学史料》发表了手迹，实可感。这封信写于卢沟桥事变之次日，可见深居雍和宫里的写信人对局势的大变及其发展尚一无所知。信中所说《桥》的工作，是指长篇小说《桥》的续书，此书已出版的是上卷，下卷的写作因抗战事起而中断，已写成的一些篇章曾发表于《新月》《学文》《文学杂志》。信中所说的将要到北平来读书的侄儿子就是我，此事当然成为泡影，而废名也就谈不上南归去接我了。但过了不很久废名倒是真的南归了，当时北平已陷落，平汉路已不通，他只身绕道回故乡黄梅避难了。

　　废名回到黄梅时已是 1937 年初冬，至 1938 年上半年还与身在成都的卞之琳多次通信，此后就不通消息了。直到抗日战争胜利后，他们才在北平重见。当时，卞之琳送给废名两件礼物，一是他的诗集《十年诗草》，一是废名的小说《桥》的精装本。《桥》于 1932 年由开明书店出版。这精装本是 1937 年卞之琳在上海求友人特制的。过了十年之后，他将此制交到废名手中时，在那蓝色精制封面后的洁白扉页上，用清晰工丽的笔墨写下了这样的文字：

　　1937 年春离北平南归，在上海抵巴金觅人特装此书，意备秋后北返时携赠作者。夏末战起，只身西行，书留健吾家，战后重见，竟仍无恙。今重莅旧地，废公已先至，宿愿得偿，其间忽忽已十年矣。

卞之琳　1947 年元旦

　　这样的友谊，这样的情景，真是令人向往和赞叹。卞之琳送给废名的这两件礼物也真是恰到好处。盖废名喜爱卞之琳诗犹之乎卞之琳之喜爱废名小说。废名曾说卞诗的格调最新，而风趣则比得上古风，观念跳得厉害而又自然和美丽；有一次与友人谈诗时，废名说卞诗像温飞卿调，在座的任继愈说卞诗也像李义山诗，废名思之也很同意，因为卞诗有温的秾艳的高致，又有李诗的温柔缠绵的地方（附带说说，任继愈后来成为著名的哲学家；当年的哲学家，甚至科学家多是文学的行家，这该有多好呵）。卞之琳说他从废名小说里得到读诗的艺术享受，并说《桥》的上卷为废名"独特的纯正艺术风格"的"高峰"，他要为其特制精装，良有以也。卞之琳的诗作，有的在字面上也留有废名小说的痕迹，例如《古镇的梦》（1933 年）。其中有两节是这样的：

　　　　小镇上有两种声音
　　　　一样的寂寥：
　　　　白天是算命锣，
　　　　夜里是梆子。
　　　　……
　　　　"三更了，你听哪，
　　　　毛儿的爸爸，
　　　　这小子吵得人睡不成觉，
　　　　老在梦里哭，
　　　　明天替他算算命吧？"

　　诗人在"毛儿的爸爸"句下自注云："或用废名早期短篇小说的一个篇名。"其实不加注，诗意完全可通，而作者偏要加注，则表现了他的感情。又如《淘气》（1937 年）一诗的最后一节：

　　　　哈哈！到底算谁胜利？
　　　　你在我对面的墙上
　　　　写下了"我真是淘气"。

作者在这最后一句下注云："旧时顽童往往在墙上写'我是乌龟'之类，使行人读了上当。"这行诗和这条注，也与废名小说有点关联，废名小说中有顽童在墙上写"我是忘八"之类叫人读了上当的描写，启发了诗人在《淘气》诗中写下了结句。当然，这都只是创作或文字上的细小事体，不过从此也可以看出两位作家的互通声息。至于从大处看，他们俩的创作各放其异彩，这是不待言的。

废名生前跟我多次谈过卞之琳的诗，我还是少年的时候，他就曾用铅笔在白纸上写下卞诗一首（《道旁》）给我看；1946年我和他同时离开故乡到北平时，他大概接到过卞之琳的信，我记得我们路过南京时，看见废名给卞之琳写回信，寄给上海李健吾转交。至于随后卞之琳也到了北平，与废名久别重逢，我虽也在北大，却不在场，也就未能得见这位诗人先生。

在这以后，卞之琳到英国去了。他回到北平时，北平已解放。卞之琳和废名同在北大任教。但到1952年废名调到吉林大学以后，他们却长年没有联系。这固然是因为关内关外，相隔甚远，但解放后各忙各的事，不惶他顾，恐怕是主要的原因。

"文化大革命"以后，我读到卞之琳《雕虫纪历》自序（1978年），其中说到他在30年代所结识的诗人，其中有"原算是语系派小说家后来也写起诗来的废名"，既感到亲切，又未免惊讶。因为废名这个小说家和诗人文学界许多年不提了，人们早把他忘记了，或者说抹掉了；说实在的，连我也把他忘了，似乎感到文学史上不应还有这个名字，废名之名确乎早已废去；想不到卞之琳在"文化大革命"过去不久在他的"纪历"上又郑重其事地记下了废名！我因为这空谷足音而心有感动。

1981年4月，中国社会科学院文学研究所在北京召开中国现代文学思潮流派讨论会，我应邀参加，在会上见到了卞老（与会者都这样称呼这位老诗人）。在讨论的一次间歇中，我趋前向他问安，并作自我介绍，他马上知道我是废名的侄儿，虽是初次见面，叙谈却很亲切。谈到废名，感慨系之。最后他告诉我他的住址，我怕记不住，连忙把我的笔记本送上。他立即在那上面写下了。这一年的冬天（旧历春节前，按阳历已是1982年了），我带了《荷花淀派作品选》书稿到人民文学出版社去交稿（这是这家出版社约我编的），在出版社住了几天。当时，牛汉、张伯海同志又约我为废名编一部选集，语意恳切，我更感到此事不易为，但又感到责无旁贷，就接受了这个任务。

我知道人民文学出版社离卞之琳的居处干面胡同不远，于是去看望这位老人。他住在一座楼房的四层楼上。我敲门，开门的正是老人自己，他见了我很高兴，引我入室，让我在他的书案边与他对面而坐。我谈起出版社约我编废名选集事，他表示赞成，勉励我把此事办好。

经过一年多的努力，我编成了《冯文炳选集》，于1983年的夏天交给人民文学出版社。这时我又一次去看望了卞先生，他又是和我面对面坐而谈。我说书稿已编好，名之为《冯文炳选集》，请您写序。他说，这不敢当，我写不好，我写又不能为废名增光彩。我说，这事我已与出版社现代文学编辑室的同志说定，他们也会请你写的，并带书稿来。写序的事，就这样说定了。

1983年12月中旬，我接到卞先生写给我的信，其中说："人民文学出版社交来你编选的《冯文炳选集》，要我写序，我说把稿子留下来再说。近来公私两忙，再加我的老伴和女儿病了，内外对付，忧急交攻，但是我自信顶得过来，趁夜深人静，把《选集》稿和你写得很好的编后记都读完了，而且开始，作为序言，拉杂写出了回顾和体会（包括评价和理论上的一些不同看法）草稿约三分之二（我还没有告诉出版社），决定年底交稿。"信中还对选集篇目提出一些调整和订正的意见。这封信是12月12日写的。不到年底，他写的序已交出版社了。出版社的同志在这年12月下旬把卞序和书稿给我看过，共同作了最后的定稿。

卞之琳为《冯文炳选集》所写的序文很热情，也很细致。此书已于1985年出版，关于这篇序文，我在此不必多说。不过有一点印象可以谈谈。那就是，卞之琳在为《徐志摩选集》写序（1982年）时，不禁要谈废名；而在他为《冯文炳选集》写序时，又不禁要谈徐志摩，而且谈得不少。这两篇文章，我在先后初读时，于此都感到有点意外，或者说奇怪：为什么把这两位大不相同的作家放在一块儿说呢？细读之而又细思之，则感到这应在意中，没有什么奇怪的。这一则是出于感情，我想卞之琳对徐志摩和废名，都有较深的感情；二则是出于认识，卞之琳是在将徐志摩和废名作比较和对比，唯其异趣，才好相比——周作人不是早就说过，徐志摩的作品好比雪梨（大意如此），而废名的作品则"涩如青果"吗？

在《徐志摩选集》序中，卞之琳说徐志摩与废名"两人的文风截然不同"，两人所受外国文学的影响和他们对中国文学的继承也各有其不同的渊源。在《冯文炳选集》序中，卞之琳说："我的已故师友中，有两位为人著文，几乎处在两极端。""徐志摩才气横溢，风流倜傥"，而"废名是僻才"，"有点像野衲"，"乡土气重"。"徐文'浓得化不开'，冯文恬淡"，即使是两人所共有的"思路飘忽，意象跳动"处也各自不同，"一则像雨打荷花，一则像蜻蜓点水"，如此等等。这样的对比实不无意义，于"两极端"处更可见两作家的才华的特色。

在这以后，湖南人民出版社出了一部名为《中国现代作家与外国文学》的书，论及中国现代作家三十人。卞之琳读后，写了一篇文章，题为《有来有往——略评新编〈中国现代作家与外国文学〉》，发表在 1986 年 1 月 4 日《文艺报》（总第 465 期），他对此书的规模和精神表示赞赏，对此不足和可商榷处也提出意见。关于废名有这样一段话：

> 对废名小说分析精致的一篇，有时也沾染了一点庸俗社会学，沿用不科学的"批判现实主义"术语，也简单用现实主义作为衡量艺术的唯一标准。《桥》这样的作品，当然可以指点它的社会根源，联系它的社会背景，但是否据此就可以表明，这样的艺术作品不能传世，在先进时代、先进社会不能起美感享受、美感教育的作用了，无可继承借鉴了？当然论文作者没有这样说。再说，废名固然引过波德莱尔散文诗，但据我所知，他几乎没有读过多少这位法国诗人的代表作，更未耽溺于其后的西方象征派等。这篇文章大讲废名和象征主义的姻缘，倒正是为平行研究，不是为影响研究，提供了有力的例证。废名后来表示过最钦佩的西方作家，除了莎士比亚，就是塞万提斯。论文作者没有提主要是讲荒唐事的《堂吉诃德》，也就没有从这个角度谈主要像作荒唐言的《莫须有先生传》。其实，这"一副呆相"，却也和那一副一本正经的"骑士"面目，多少也别有一点缘分。废名过了十几年，到了山穷水尽了，转而写起了《莫须有先生坐飞机以后》。这里从小说散文化到不写小说，倒也透露了废名晚期思想进展的轨迹，似也应一顾。

我们从这一段话也可看出废名在卞之琳心目中的分量。

这一段话表现了卞之琳对废名的思想和创作的理解，对废名的读者和研究者提供了有益的意见。的确，简单用现实主义作为衡量艺术的唯一标准（更不用说用庸俗社会学了），是很难对付废名小说的。论者说废名喜欢的哈代和乔治·艾略特是"两位英国批判现实主义作家"，也有所不当，卞文指出亦甚是——这也涉及批评的"唯一标准"问题。关于废名所受外国文学的影响，卞文指出废名并未读西方现代派文学，他的诗文近似西方现代派"倒正是为平行研究，不是为影响研究，提供了有力的例证"，此说甚是，他在《徐志摩选集》序中也说过与此意相同的话。卞文说废名的《莫须有先生传》受到《堂吉诃德》影响，又说废名最钦佩莎士比亚，这都是真的，也都很要紧，值得研究者注意，不过对此要明其究竟，是一件难事，要下一番苦工夫才行，因为废名是很特殊的作家，他接受外国文学的影响情况也很特别，可谓曲折幽微，不是表面文章可以探明的，惟其如此，这是一个很有意义的课题。

关于废名的朋友，我谈了俞平伯、冯至、梁遇春、石民、程鹤西、卞之琳，谨如上述。

当然，尽管废名不是广于和善于交朋友的人，他的友人可也不只这六位。杨振声、朱光潜、叶公超、沈从文、杨晦、林庚、何其芳、李广田（曾是废名的学生），等等，都说得上是废名的朋友。关于他们和废名的关系，我所知较少，就不多说了。

废名的论者（一）

对于废名的评论，在二三十年代，也就是废名创作的盛时较多；近年又很有一些，但已在废名去世十多年以后了。现在就我之所见，摘其要者，写在这里，是不无意义的。

周作人

周作人对于废名的关注和批评，持续的时间很长。他所写的关于废名的文章，大约有下列的一些：

《竹林的故事序》（1925 年）

《桃园跋》（1928 年）

《枣和桥的序》（1931 年）

《莫须有先生传序》（1932 年）

《与废名君书》（1933 年 1 月 31 日）

《书房一角·桥》（1939 年）

《怀废名》（1943 年）

《谈新诗序》（1944 年）

《竹林的故事》是废名的第一本短篇小说集，那时还没有"废名"之名，书上直署作者的本名。周作人在序文中一开头就说："冯文炳君的小说是我所喜欢的一种。我不是批评家，不能说它是否水平线以上的文艺作品，也不知道是哪一派的文学，但是我喜欢读它，这就是表示我觉得它好。"这当然是对《竹林的故事》作了肯定，说"它好"——不，"觉得它好"，因为他"喜欢"。这表现了周作人作为一个批评家（虽然他说他"不是批评家"）的批评态度。他说他"不知道"《竹林的故事》"是哪一派的文学"，这句话也有意思。后来的文学批评家和文学史家把废名说成是什么什么派，比如乡土派、语丝派、京派、写实派、浪漫派、象征派、现代派，其实都难得恰当，说来说去似乎还不如"不知道是哪一派的文学"为妙。

周作人为什么喜欢《竹林的故事》呢？他说他"喜欢的作品有好些种"，"不过我不知怎地总是有点'隐逸的'，有时候很想找一点温和的读，正如一个人喜欢在树荫下闲坐，虽然晒太阳也是一件快事。我读冯君的小说便是坐在树荫下的时候"。这说的仍然是序文作者自己的感受，但"树荫下"倒是描出了废名小说的神采，以致影响到此后几十年人们对于废名小说的观感和批评。人民文学出版社1985年出版《冯文炳选集》，封面有一幅画，画的就是一古朴的村舍覆盖在一片绿荫之下。

对于废名当时的小说创作的正面文章，是如下的一段话：

> 冯君的小说我并不觉得是逃避现实的。他所描写的不是什么大悲剧大喜剧，只是平凡人的平凡生活，这却正是现实。特别的光明与黑暗固然也是现实之一部，但这尽可以不去写它，倘若自己不曾感到欲写的必要，更不必说如没有这种经验。文学不是实录，乃是一个梦：梦并不是醒生活的复写，然而离开了醒生活梦也就没有了材料，无论所做的是反应的或是满愿的梦。冯君所写多是乡村的儿女翁媪的事，这便因为他所见的人生是这一部分，其实这一部分未始不足以代表全体：一个失恋的姑娘之沉默的受苦未必比蓬发薰香，著小蛮靴，胸前挂鸡心宝石的女郎因为相思而长吁短叹，寻死觅活，为不悲哀，或没意思。

这一段话，如实地评论了废名当时小说的思想、题材、现实性和人民性诸方面。

在这篇序文中，周作人对废名创作的"独立的精神"和"平淡朴讷的作风"也作了肯定。他还说："冯君从中外文学里涵养他的趣味，一面独自走他的路，这虽然寂寞一点，却是最确实的走法，我希望他这样可以走到比此刻的更是独殊地他自己的艺术之大道上去。"果然，废名是耐"寂寞"的，此后他还是"独自走他的路"，而且是更"独殊"的"他自己"的"艺术"之路了。

《桃园跋》全文手迹影印，文后有"岂明经手"红色印章。周作人在这篇跋文中说"桃园的著者可以算是我的老友之一"，表明了二人的关系的加深。他仍说他喜欢废名的小说，但较之《竹林的故事序》，跋里却有着新的说法，比如"废名君是诗人，虽然是做着小说"；"我所喜欢的第一是这里面的文章"，"文坛上也有做得流畅或华丽的文章的小说家，但废名君那样简练的却很不多见"；"废名君的小说里的人物也是颇可爱的。这里边常出现的是老人、少女与小孩。这些人物与其说是本然的，毋宁说是当然的人物。这不是著者所见闻的实人世的，而是所梦想的幻景的写象"，废名小说中人物"身边总围绕着悲哀的空气"，"不论老的少的，村的俏的，都在这一种空气中行动，好像是在黄昏天气，在这时候朦胧暮色之中一切生物无生物都消失在里面，都觉得互相亲近，互相和解。在这一点上废名君的隐逸性似乎是很占了势力"。这些话表明废名小说的发展变化，其诗意、简练、梦想、隐逸性正在加强，其独创性也有了进一步的显露。这个集子中的最后两篇《桃园》和《菱荡》，尤见特色。用废名自己后来的话说："到了《菱荡》，真有唐人绝句的特点，虽然它是五四以后的小说。"这已与《桥》相接了。当时《桥》以《无题》为题在《语丝》连载。周作人在《桃园跋》中说到废名小说中人物"是所梦想的幻景的写象"时说，"特别是长篇《无题》中的小儿女，似乎尤其是著者所心爱，那样慈爱地写出来，仍然充满人情，却几乎有点神光了"，这就已经附带说到了《桥》。

周作人在《枣和桥的序》中说："我觉得废名君的著作在现代中国小说界有他独特的价值者，其第一的原因是其文章之美。"而其文章之美在于"用了他简练的文章写所独有的意境"。这个意思，周作人在《桃园跋》中就曾说过，而在这里，他的语气加重了。而且他是"从近来文体的变迁上着眼看"废名文章的，他因此"更觉得有意义"。他说，"废名君的文章近一二年来很被人称为晦涩"，"本来晦涩的原因普通有两种，即是思想之深奥或混乱，但也可以由于文体之简洁或奇僻生辣，我想现今所说的便是属于这一方面。在这里我不禁想起明代的竟陵派来。"原来周作人认为明代的公安派实行了新文学运动，是对于前后七子专门做假古董的反动。一种文章做尽了，就必然会生出另一种文章，所以有公安派的兴起。而就公安派与竟陵派比较来说也是这样，所以他说"公安派的流丽遂亦不得不继以竟陵派的奇僻"，虽然"公安与竟陵同是反拟古的文学"。而且，在周作人看来，"民国的新文学差不多即是公安派复兴，惟其所吸收的外来影响不止佛教而为现代文明，故其变化较丰富，然其文学之以流丽取胜初无二致"，于是"庸熟之极不能不趋于变，简洁生辣的文章之兴起，正是当然的事"，这就是说，废名的文章当然会出现了。周作人的这种文学思想不但在《枣和桥的序》里写出，在其他的一些著作（如《中国新文学的源流》《燕知草跋》《志摩纪念》等）里也可见。他为废名的书所写的序跋，都表现了他自己的文学思想的变迁和一贯。

在《枣和桥的序》中，并没有对于废名小说的具体的批评。过了八年之后，周作人写了一篇专门谈《桥》的文章，题目就是《桥》，收在《书房一角》里。他在此文中说：

> 《桥》的文章仿佛是一首一首温李的诗，又像是一幅一幅淡彩的白描画，诗不大懂，画是喜看的，只是恨册页太少一点，虽然这贪多难免有点孩子气，必将为真会诗画的人所笑。可是我所最爱的也就是《桥》里的儿童，上下篇同样有些仙境的，非人间的空气，而上篇觉得尤为可爱，至于下篇突然隔了十年的光阴，我似乎有点一脚跳不过去。这样说来，《碑》以后的三分之一可见得还是个缺少，假如这个补上了，那么或者也就容易追赶得上，我这样想，却还未敢相信。中国写幼年的文章真是太缺乏了，《桥》不是少年文学，实在恐怕还是给中年人看的，但是里边有许多这些描写，总是很可喜的事。

在这里，"仿佛是一首一首温李的诗，又像是一幅一幅淡彩的白描画"，说得甚好，合乎《桥》的实际。而"诗不太懂，画是喜看的"，说得平易近人，合乎人们读《桥》的感受——包括周作人这样高水平的人士。他尤其爱读《桥》的上篇，惋惜上篇没有按原计划写完；上篇写的是主人公程小林的儿童生活，确是"尤为可爱"。周作人向来关心儿童文学，这也是他尤喜上篇的一个原因，虽然《桥》并不是写给少年儿童看的文学作品。

《莫须有先生传序》字迹影印，又可见废名和开明书店对于序作者的尊重。序文中说，"我的朋友中间有些人不比我老而文章已近乎道……废名君即其一。我的永日或可勉强对了桃园，看云对枣和桥，但莫须有先生那是我没有"，由此可见知堂和废名的契合，又可见《莫须有先生传》的特别。序文说"莫须有先生的文章的好处，似乎可以旧式批语评之曰，情生文，文生情"。然后喻之以水，喻之以风。这确是妙文，比之于《莫须有先生传》也恰好，录之于下：

这好像是一道流水，大约总是向东去朝宗于海，他流过的地方，凡有什么汉港湾曲，总得灌注潆洄一番，有什么岩石水草，总要披拂抚弄一下子，才再往前去，这都不是他的行程的主脑，但除去了这些也就别无行程了。这又好像是风，——说到风我就不能不想起庄子来，在他的书中有一段话讲风讲得最好，乐得借用一下。其文曰：

夫大块噫气，其名为风，是唯无作，作则万窍怒号。而独不闻之翏翏乎？山林之畏佳，大木百围之窍穴，似鼻，似口，似耳，似枅，似圈，似臼，似洼者，似污者；激者，謞者，叱者，吸者，叫者，譹者，宎者，咬者。前者唱于而随者唱喁。泠风则小和，飘风则大和，厉风济则众窍为虚。而独不见之调调之刁刁乎？

庄生此言不但说风，也说尽了好文章。今夫天下之难懂有过于风者乎？而人人不以为难懂，刮大风群知其为大风，刮小风莫不知其为小风也。何也？夫吹万不同，而使其自己也，咸其自取，怒者其谁耶。那些似鼻似口似耳等的窍穴本来在那里，平常非以为他们损坏了树木，便是窝藏蝎子蜈蚣，看也没有人看一眼，等到风一起来，他便爱惜那万窍，不肯让他们虚度，于是使他们同时呐喊起来，于是激者謞者叱者等就都起来了，不管蝎子会吹了掉出来或是蜈蚣喘不过气来。大家知道这是风声，不会有人疑问那似鼻者所发的怪声是为公为私，正如水流过去使那藻带飘荡几下不会有人要查究这是什么意思。能做好文章的人他也爱惜所有的意思，文字，声音，典故，他不肯草率地使用他们，他随时随处加以爱抚，好像是水遇见可飘荡的水草要使他飘荡几下，风遇见能叫号的穷穴要使他叫号几声，可是他仍然若无其事地流过去吹过去，继续他向着海以及空气稀薄处去的行程。这样，所以是文生情，也因为这样所以这文生情异于做古文者之做古文，而是从新的散文中间变化出来的一种新格式。

这样用水和风的比喻来说明莫须有先生文章之妙，并解决他的"难懂"，是有说服力和吸引力的。

《莫须有先生传序》写于 1932 年 2 月 6 日，过了将近一年，周作人于 1933 年 1 月 31 日写信给废名（收入《周作人书信》，1933 年 7 月青光版），主要说的是他对于《莫须有先生传》的新见解："前晚昨晚无他事，取贵莫须有先生从头重读一遍，忽然大悟，前此做序纯然落了文字障，成了文心雕龙新编之一章了。此书乃是贤者语录，或如世俗所称言行录耳，却比禅和子的容易了解，则因系同一派路，虽落水有浅深，到底非完全异路也。语录中的语可得而批评之，语录中之心境——'禅'岂可批评哉，此外则描写西山的一群饶舌的老娘儿们，犹吉诃德先生之副人物亦人人可得而喜乐欣赏之者也。前序但说得'语'，然想从别方面写一篇亦不可得，欲写此等文虽精通近代'文学'尚不可至，况如不佞之不学者乎，可为一笑。"此信所言可以说是"前序"的补充。由此亦可见解释《莫须有先生传》之不易，主要是"心境"不好捉摸。信中提到吉诃德先生，不为无因，废名著《莫须有先生传》，呼吸了《吉诃德先生传》的空气。

《怀废名》和《谈新诗序》的内容，笔者在谈废名的师友时已谈过，不赘。

沈从文

沈从文是小说家，也是批评家，固然后者为前者所掩，却又因其创作的实绩而更显其批评的分量和光彩。废名是沈从文着重评说的作家之一，在所著文学评论集《沫沫集》（上海大东书局印行，1934 年初版）中，《论冯文炳》一文列为篇首。此外，还有《由冰心到废名》一文；在其他批评中，也常论及废名。

《论冯文炳》当是 1930 年之作（文中说"最近在《骆驼草》上发表的《莫须有先生传》，没有结束"等语，这是 1930 年的事）。文章一开头所论者不是废名，而是周作人，说他"从五四以来，以清新朴讷文字，原始的单纯，素描的美，支配了一时代一些人的文学趣味"，说他"在一切纤细处生出惊讶的爱"，形成了"最纯粹的散文"，这才说到"冯文炳君也是在那爱悦情形下，却用自己一支笔，把这境界纤细的画出，成为创作了"。

沈从文此文主要是就《竹林的故事》和《桃园》这两个小说集来进行批评。他对废名的创作评价甚高，主要论点是：

> 作者的作品，是充满了一切农村寂静的美。差不多每篇都可以看得到一个我们所熟悉的农民，在一个我们所生长的乡村，如我们同样生活过来的活到那地上。不但那农村少女动人清朗的笑声，那聪明的姿态，小小的一条河，一株孤零零的长在菜园一角的葵树，我们可以从作品中接近，就是那略带牛粪气味与略带稻草气味的乡村空气，也是仿佛把书拿来就可以嗅出的。
>
> 作者所显示的神奇，是静中的动，与平凡的人性的美。
>
> 其基础，其作品显出的人格，是在各样题目下皆建筑到"平静"上面的。有一点忧郁，一点向知与未知的欲望，有对宇宙光色的眩目，有爱，有憎——但日光下或黑夜，这些灵魂，仍然不会骚动，一切与自然谐和，非常宁静，缺少冲突。作者是诗人（诚如周作人所说），在作者笔下，一切皆由最纯粹农村散文诗形式下出现，作者文章所表现的性格，与作者所表现的人物性格，皆柔和具母性，作者特点在此。
>
> 作者地方性的强，且显明的表现在作品人物的语言上。
>
> 在冯文炳的作品中（尤其是对话语言），看得出作者对文字技巧是有特殊理解的。作者是"最能用文字记述言语"的一个人，同一时是无可与比肩并行的。

批评者把废名的创作与同时的作家罗黑芷、许钦文、鲁彦、施蛰存等作家的创作做比较，指出其异同处；而更加着重和有意味的则是废名与沈从文自己的创作之比较。文章说，论到现代中国作家风格，把这两位作家"并列"，最为"相称"，这也为"一般所承认"。但尽管二人"农村观察相同"，且"用同一单纯的文体，素描风景画一样把文章写成"，其结果"仍然在作品上显出分歧"。"冯文炳君所显示的是最小一片的完全，部分的细微雕刻，给农村写照"，而沈从文"表现出农村及其他去我们都市生活较远的人物姿态与言语，粗糙的灵魂，单纯的情欲，以及在一切由生产关系下形成的苦乐"，沈从文"在表现一方面言，似较冯文炳君为宽而且优"。

对废名的《桥》和《莫须有先生传》（当时尚未成书），沈从文在这篇专论中没有着重评论，但表示不满。他认为《无题》（即《桥》）已"显出了不健康的病的纤细的美"，而"《莫须有先生传》则情趣朦胧，呈露灰色，一种对作品人格烘托渲染的方法，讽刺与诙谐的文字奢侈僻异化，缺少凝目正视严肃的选择，有作者衰老厌世意识"。

沈从文还写有《论中国创作小说》一文，其中论及废名时说："冯文炳是以他的文字风格，自见的，用十分单纯而合乎'口语'的文字，写他所见及的农村儿女事情，一切人物出之以和爱，一切人物皆聪颖明事。作者熟悉他那个世界的人情，淡淡地描，细致的刻画，且由于文字所酝酿成就的特殊空气，很有人喜欢那种文章。"

《由冰心到废名》所论者均为散文作家：冰心、朱自清、俞平伯、川岛、落华生、废名。论者从中更举出冰心、朱自清、废名三人，认为他们是一种新散文的代表："这三个作家，文字风格表现上，并无什么相同处。然而同样是用清丽素朴的文字抒情，对人生小小事情，一例俨然怀着母性似的温爱，从笔下流出，虽方式不一，细心读者却可得到同一印象，即作品中无不对于'人间'有个柔和的笑影，少夸张，不像徐志摩对于生命与热情的讴歌，少愤激，不像鲁迅对社会人生的诅咒。"此文在论到废名时说："笔下明丽而不纤细，温暖而不粗俗，风格独具，应推废名。"又说："周作人称废名作品有田园风，得自然真趣。文情相生，略近于所谓'道'。不黏不滞，不凝于物，不为自己所表现的'事'或表现工具'字'所拘束限制，谓为新的散文一种新格式。《竹林的故事》、《桥》、《枣》，有些短短篇章，写得实在很好。"这最后一段话，虽说是来自周作人，但语气却是沈从文自己的。论者前此对《桥》（那时还以《无题》为题）颇有不满之意，在这里已转为肯定和赞扬了。

废名的小说有诗意，且往往是散文化的，用沈从文的说法，是在"散文诗形式下出现"的小说。这样，在《由冰心到废名》一文中，把废名算在散文家里来论述，也就是顺理成章的事了。沈从文在《落华生论》一文中还说："落华生为最本质的使散文发展到一个和谐的境界的作者之一（另外的周作人，徐志摩，冯文炳当另论）。"也是把废名列入"最本质的"散文家中的。

沈从文和废名是同时代的作家，不过沈氏写作和发表小说略晚于废名。他在早年曾说他"写乡下"的作品"受了废名先生的影响"（《夫妇》篇附记，《小说月报》第二十卷第十一号，1929 年 11 月 10 日）。这两位作家往往被人相提并论，而又互异其趣。正是因此，沈从文对废名的批评值得重视。但废名对沈从文的批评却是没有。

朱自清

朱自清在 1929 年至 30 年代之初在清华大学和其他高等学校开讲中国新文学一课，并写有《中国新文学研究纲要》（刊《文艺论丛》14 辑，1982 年 2 月上海文艺出版社出版）。这个《纲要》设《总论》《分论》。分论之第五章为《小说》，下分：一，短篇小说，二，长篇小说。短篇小说又分七节来讲：

1. 初期的理论，翻译与创作
2. 小说月报的作品与作家
3. 创造社的作家及其追随者
4. 鲁迅及其追随者
5. 冯文炳与沈从文
6. 茅盾
7. 女作家

由此可见，在朱自清的心目中，废名的小说是占有重要和独特地位的。

在第五节中，讲到冯文炳的提要是这样的：

（一）"平凡人的平凡生活"

（二）"乡村的儿女翁媪""老人少女小孩"

（三）"梦想的，幻影的写象"

（四）"隐逸的"趣味

（五）讽刺的作品——滑稽与悲哀的混合

（六）"平淡朴讷的作风"

（七）"含蓄的古典的"笔调（思想的深奥或混乱，文体的简洁或奇僻）

由纲要的这一部分可以看出，朱自清讲废名的小说，主要的根据是周作人的有关文章。加了引号的，就都是周作人的论点。其中"讽刺的作品"指废名所写农村题材以外的小说，如《张先生与张太太》《文学者》《审判》《李教授》等。"滑稽与悲哀的混合"也是从周作人那里来的。周作人在《桃园跋》中说，这些写知识分子的小说中的人物，"他们即使不讨人家的喜欢，也总不招人家的反感，无论言行怎么滑稽，他们的身边总围绕着悲哀的空气"。这就是"滑稽与悲哀的混合"之所本。

朱光潜

朱光潜（孟实）曾写过一篇题为《桥》的评论，发表在《文学杂志》第1卷第8期（1937年7月出版），对废名的《桥》作了中肯的论述。他说："这书虽沿习惯叫做'小说'，实在并不是一部故事书……《桥》有所脱化而无所依傍，它的体裁和风格都不愧为废名先生的特创。看惯现在中国一般小说的人对于《桥》难免隔阂；但是如果他们排除成见，费一点心思把《桥》看懂以后，再去看现在中国一般小说，他们会觉得许多时髦作品都太粗疏肤浅，浪费笔墨。读《桥》不是易事，它逼得我们要用劳力征服，征服的倒不是书的困难而是我们安于粗浅的习惯。正因为这一层，读《桥》是一种很好的文学训练。"这样，就把废名小说的"特创"和"难懂"以及"征服"它的问题放在一个较高的层次来评说。

为什么废名的小说风格独特、与众不同呢？朱光潜探讨其原因说："废名先生不能成为一个循规蹈矩的小说家，因为他在心境原型上是一个极端的内倾者。小说家须得把眼睛朝外看，而废名的眼睛却老是朝里看；小说家须把自我沉没到人物性格里面去，让作者过人物的生活，而废名的人物却都沉没在作者的自我里面，处处都是过作者的生活。"

心境的内倾，着重写内心的东西，这种文学现象在西方也是有的，并已盛行。朱光潜联系及此而论《桥》。他说："像普鲁斯特与伍而夫（亦译吴尔夫——编者）夫人诸人的作品一样，《桥》撇开浮面动作的平铺直叙而着重内心生活的揭露。不过它与西方近代小说在精神上实有不同，所以不同大概要归源于民族性对于动与静的偏向。普鲁斯特与伍而夫夫人借以揭露内心生活的偏重于人物对于人事的反应，而《桥》的作者则偏重人物对于自然景物的反应；他们毕竟离不开戏剧的动作，离不开站在第三者地位的心理分析，废名所给我们的却是许多幅的静物写生。'一幅自然风景'，像亚弥儿所说的，'就是一种心境'。他渲染了自然风景，同时也就烘托出人物的心境，到写人物对于风景的反应时，他只略一点染，用不着过于铺张的分析。自然，《桥》里也还有人物动作，不过它的人物动作大半静到成为自然风景中的片段，这种动作不是戏台上的而是画框中的。因为这个缘故，《桥》里充满的是诗境，是画境，是禅趣。"论者至此，确实把《桥》的艺术特色道出了。

文章说"《桥》有所脱化而却无所依傍"，"无所依傍"至此已明，那么"有所脱化"呢？论者对此没有详说，只是说："废名除李义山诗之外，极爱好六朝人的诗文和莎士比亚的悲剧，而他在这些作品里所见到的恰是'愁苦之音以华贵出之'。《桥》就这一点说，是与它们通消息的。"这是说得不错的。文章还说，《桥》多诗境，多理趣，"'理趣，没有使《桥》倾颓，因为它幸好没有成为'理障'。它没有成为'理障'，因为它融化在美妙的意象与高华简练的文字里面"。又说："我们看见它的美丽而喜悦，容易忘记它后面的悲观色彩。"这也道出了《桥》的一个重要的特色。

朱光潜还对废名的诗作过评论。作为《文学杂志》主编，他在这个杂志第一卷第二期（1937年6月1日出版）的《编辑后记》中写道："废名先生的诗不容易懂，但是懂得之后，你也许要惊叹它真好。有些诗可以从文字本身去了解，有些诗非先了解作者不可。废名先生富敏感而好苦思，有禅家与道人风味。他的诗有一个深玄的背景，难懂的是这背景。他自己说，他生平只做过三首好诗，一首是在《文学季刊》发表的《掐花》，一首是在《新诗》发表的《飞尘》，再一首就是本刊发表的《宇宙的衣裳》。希望读者不要轻易放过。无疑地，废名所走的是一条窄路，但是每个人都各走各的窄路，结果必有许多新奇的发现。最怕的是大家都走同一条窄路。"

李健吾

李健吾（刘西渭）是自有建树的批评家，所著《咀华集》是令人难忘的书。在这本书里，并无专文论及废名，但时时论及废名。特别是评何其芳作《画梦录》一文，评说废名尤多，几乎占全文之半。

在这篇写于1936年的批评里，李健吾说道：

在现存的中国文艺作家里面，没有一位更像废名先生引我好奇，更深刻地把我引来观察他的转变的。有的是比他通俗的，伟大的，生动的，新颖而且时髦的，然而很少一位像他更是他自己的。见他写出来的，多是他自己的。他真正在创造，假定创造不是抄袭。这不是说，他没有受到外来影响。不过这些影响，无论中外古今，遇见一个善感多能的心灵，都逃不出他强有力的吸收和再生。唯其善感多能，他所再生出来的遂乃具有强烈的个性，不和时代为伍，自有他永生的角落，成为少数人流连忘返的桃源。《竹林的故事》的问世，虽说已经十有一载，然而即使今日披阅，我们依旧感到它描绘的简洁，情趣的雅致，和它文笔的精练。在这短短的岁月之中，《竹林的故事》犹然栩栩在目，而冯文炳先生和废名先生的连接竟成一种坎坷。

冯文炳先生徘徊在他记忆的王国，而废名先生，渐渐走出形象的沾恋，停留在一种抽象的存在，同时他所有艺术家的匠心，或者自觉，或者内心的喜悦，几乎全用来表现他所钟情的观念。追随他历年的创作，我们从他的《枣》就可以得到这种转变的消息。他已然就他美妙的文笔，特别着眼三两更美妙的独立的字句。着眼字句是艺术家的初步工夫，然而临到字句可以单自剔出，成为一个抽象的绝句，便只属思维者的苦诣，失却艺术所需要的更高的谐和。这种绝句，在一篇小说里面，有时会增加美丽，有时会妨害进行，而废名先生正好是这样一个例证。

在这里，我们看到，论者全面考察和品评了废名在 20 年代和 30 年代的小说创作。"凡他写出来的，多是他自己的。他真正在创造"，这在废名是一贯的。但废名有"转变"。论者盛赞《竹林的故事》的"描绘"，也惊喜于废名此后作品的"美妙"，虽然对这位最引他"好奇"的作家后来"逃免光怪陆离的人世"感到惋惜。对于废名的接受中外古今文学影响，谓一切"都逃不出"这"一个善感多能的心灵"的"强有力的吸收和再生"，也是合乎废名的实际的。

当然，在批评何其芳《画梦录》的文章中大谈废名，乃是为了探讨和论证何其芳的散文创作特色。论者认为何其芳受废名影响，而又"逃出废名先生的园囿，别自开放奇花异朵"，认为"他们文笔和气质近似"，而"最后又是如何不同"。他请读者注意废名作品"句与句间的空白"，"每一个观念凝成一个结晶的句子。读者不得不在这里逗留"；而何其芳"不停顿，唯恐交代暧昧，唯恐空白阻止他的千回万转，唯恐字句的进行不能逼近他的楼阁"。论者还这样区别说，"废名先生先淡后浓，脱离形象而沉湎于抽象。他无形中牺牲掉他高超的描绘的笔致。何其芳先生，正相反，先浓后淡，渐渐走上平康的大道"。说废名"先淡后浓"，这一点值得注意，因为这是别的批评家没有说过的。废名的作品，从《竹林的故事》到《桥》，确有变化，色彩也不尽一致，但后来的是否是"浓"，还可多加品味。如果说是"简练"更甚，也就是"浓"缩，因而未免晦涩，那倒是那么回事。

李健吾在评沈从文作《边城》时，还把沈从文和废名作比较。他说，废名和沈从文的小说属于"叫我们感觉，想，回味"的"一类"。这是和"叫我们看，想，了解"的另一类小说不同的；但废名和沈从文又"不一样"："废名先生仿佛一个修士，一切是内向的；他追求一种超脱的意境，意境的本身，一种交织在文字上的思维者的美化的境界，而不是美丽自身。沈从文先生不是一个修士。他热情地崇拜美。在他艺术的制作里，他表现一段具体的生命。而这生命是美化了的，经过他的热情再现的。大多数人可以欣赏他的作品，因为他所涵有的理想，是人人可以接受，融化在各自的生命里的。但是废名先生的作品，一种具体化的抽象的意境，仅仅限于少数的读者。他永久是孤独的，简直是孤洁的。他那少数的读者，虽然少数，却是有了福的。"

甚至在评巴金作"爱情三部曲"的时候，李健吾也论及废名。他说："废名先生单自成为一个境界，犹如巴金先生单自成为一种力量。人世应当有废名先生那样的隐士，更应当有巴金先生那样的战士。一个把哲理给我们，一个把青春给我们。二者全在人性之中，一方是物极必反的冷，一方是物极必反的热，然而同样合于人性。"

李健吾还写有一篇评卞之琳作《鱼目集》的文章，但它的前半篇是在论述中国新诗的发展趋向。其中也提到废名。他说："废名先生以为旧诗大半不是诗。这沉默的哲人，往往说出深澈的见解，可以显示一部分人对于诗的探索。他有偏见，即使是偏见，他也经过一番思考。"这是对废名著《谈新诗》的评论，也是对废名"这沉默的哲人"的剪影，虽然只是三言两语。

废名的论者（二）

唐弢

唐弢《晦庵书话》中有《〈竹林的故事〉及其他》条、《废名》条。主要是列废名所著书目。间有评语，如说废名所译波德莱尔散文诗《窗》（附印在《竹林的故事》之末）"实为诸译之冠"，又如说"北京伪方所办之新民印书馆"曾以废名战前在北大时所用讲义一册出版，书名《谈新诗》，"该馆另有诗集《水边》一册，分前后两部，前部曰《飞尘》，计三辑，收冯文炳十六首，后部曰《露》，收开元诗七首，开元即沈启元，伦夫赖以自高，恶札也"。

唐弢后来在 1981～1982 年写了《四十年代中期的上海文学》一文（《文学评论》1982 年第 3 期），其中对废名的《莫须有先生坐飞机以后》多所论列。按废名写这部长篇是在他战后重返北京大学任教之时，论者何以把它算在"四十年代中期的上海文学"中呢？这是因为，《莫须有先生坐飞机以后》连载于朱光潜主编的《文学杂志》，它的编辑部在北平，而出版和发行却由上海商务印书馆办理。

唐文在论及废名小说时说，"要说五四以来小说散文化，这是很有代表性的一篇"。"《莫须有先生坐飞机以后》宣传佛教思想（有时也谈儒教），人们觉得比前传难懂，但他讲的其实并非出世教义，有的很能发人深思，启人想象……作家写的都是日常生活、风土人情，跃然纸上，比编造出来的光怪陆离的事情更有意思。不错，莫须有先生和他的女儿在水磨冲河里洗衣，解释'此岸'和'彼岸'的道理，读来有点难懂，而像他说'水能载人，亦能覆人，但水是从来不说话的，水也确有水的本性'，他说太阳从应该出来的地方出来，'他并不是代表世间的时间，他是代表世间的规则'，他说'一个人能够忘贫是很不容易的，但做一个人，最低的意义亦必须忘贫'。那就一点都不难懂，而且，当作家把这些道理通过平凡的生活表达出来的时候，往往增加了小说的思想深度，很能引起人们的想象和联想。"

唐文还说，《莫须有先生坐飞机以后》"记录了战时的社会风尚，和老百姓的生活有关，也和老百姓的情绪有关，字里行间，时时流露出作家的感喟与讽刺，隽永深刻，值得回味。《莫须有先生坐飞机以后》还有一个特点，作品描写了湖北黄梅一带风俗习惯……文字平实，气氛沉郁，富有地方色彩，其中如'送油'、'坐车把'、'放猖'等等，也许别的地方同样存在，但作家写得从容自在，别有风味，体现了废名小说入口微涩、余味无穷的独特的风格。废名热爱莎士比亚和哈代，早年读了这两位作家的许多作品，然而自己创作起来，却保持着东方文学的历史传统，反映了中华民族淳厚的气派与作风，极为难得"。

汪曾祺

汪曾祺自云他写小说受了废名的影响。他写有《谈风格》一文（载《文学月报》1984年第6期），其中说，废名"实在是一个很有特点的作家。他在当时的读者就不是很多，但是他的作品曾经对相当多的30年代、40年代的青年作家，至少是北方的青年作家，产生过颇深的影响。这种影响现在看不到了，但是他并未消失。它像一股泉水，在地下流动着。也许有一天，会汩汩地流到地面上来的"。

文章说，废名小说"写得真是很美。他把晚唐诗的超越理性，直写感觉的象征手法移到小说里来了。他用写诗的办法写小说，他的小说实际上是诗……他不写故事，写意境。但是他的小说是感人的，使人得到一种不同寻常的感动。因为他对于小儿女是那样富于同情心。他用儿童一样明亮而敏感的眼睛观察周围世界，用儿童一样简单而准确的笔墨来记录。他的小说是天真的，具有天真的美。因为他善于捕捉儿童的飘忽不定的思想和情绪，他运用了意识流。他的意识流是从生活里发现的，不是从外国的理论或作品里搬来的。有人说他的小说很像弗·吴尔夫，他说他没有看过吴尔夫的作品。后来找来看看，自己也觉得果然很像。这是一个很有趣的现象。身在不同的国度，素无接触，为什么两个作家会找到同样的方法呢？因为他追随流动的意识，因此他的行文也和别人不一样。周作人曾说废名是一个讲究文章之美的小说家。又说他的行文好比一溪流水，遇到一片草叶，都要去抚摸一下，然后又汪汪地向前流去。这说得实在非常好"。此文说废名的小说"具有天真的美"，这是说得新鲜的，道别人之所未道。所论似本于《桥》。把废名所自生和特有的"意识流"和周作人以流水喻废名的文章之美联系起来谈，也有新意。

汪曾祺在《关于小说语言》一文（《文艺研究》1986 年第 4 期）中说："语言决定于作家的气质。'气以实志，志以定言，吐纳英华，莫非性情。'（《文心雕龙·体性》）鲁迅有鲁迅的语言，废名有废名的语言，沈从文有沈从文的语言，孙犁有孙犁的语言……"由此可见废名的创作在论者心目中的地位。

凌　宇

凌宇在《从〈桃园〉看废名艺术风格的得失》一文（《十月》1981 年第 1 期）中说：

> 自觉地将古典诗歌的意境引入小说，是废名对现代中国小说的重要贡献。
>
> 作为废名小说构成的重要因素，是意识流的表现手法造成的特殊意趣。意识流是 19 世纪末、20 世纪初西方兴起的一个艺术流派。到 40 年代，西方的许多艺术家吸收了这种表现手法。废名是我国最早自觉尝试在小说中运用意识流的表现手法的作家。
>
> 将古典诗歌的意境与意识流的表现手法熔为一炉，形成一种新颖独特的格调，成为新文学小说园地里引人注目的一枝。

废名的小说有诗的"意境",也有"意识流",有二者的融合,这是不错的。但废名的意识流是自生的,不是从西方学来的。朱光潜早说过,废名没有读过普鲁斯特、吴尔夫夫人等的作品。卞之琳也说"废名肯定没有读过"外国20年代意识流小说(《冯文炳选集》序),而他的作品和西方现代主义文学竟有相似之处,"这也就涉及文学比较研究上各时代、各国、各家产品异同,互相渗透(有迹可寻的互相影响)、互相呼应(无迹可寻的合拍)等等繁复现象和规律的课题"(《徐志摩选集》序)。

杨 义

杨义作《废名小说的田园风味》(《中国现代文学研究丛刊》1982年第1期)的要点如下:

> 他的作品是承继陶潜传统的田园风味的小说……有一种安逸闲适的情调,正是陶渊明一般的浩然胸次。它,诗趣有余,入世不足。
>
> 很难从创作方法上归入何种何派……这是一种非写实、非浪漫、似写实、似浪漫的田园牧歌。
>
> 五四小说家中,对社会的感受之深,莫过于鲁迅;对自然美的感受之细,除郁达夫外,莫过于废名。废名的感受,多带静观的性质,洋溢着牧歌的气氛。
>
> 废名大量地以山水小品之笔入小说,不少篇什写景抒情的分量压倒写人叙事。在这里,小说与散文的界限在某种程度上沟通了。这是我国传统小说艺术在一定方向上的突破。虽然它的成熟还需要一个过程。
>
> 废名的写景精细而有时流于繁琐,但仍不失其诗趣与轻灵,往往体现为一种富有风情的宁静美。
>
> 在这里人与自然交融一起,自然中有人情,人心中有自然。
>
> 他把自然美景和田园趣味突出地引进小说中来,扩大了小说的抒情领域,对于我国现代抒情体小说的发展起了拓荒者的作用,这也是不应抹杀的。

1986 年，人民文学出版社出版了杨义著《中国现代小说史》（第一卷），其中设专章《乡土写实派小说》，在这一章之中，为废名立专节——《废名：田园风格的乡土作家》。

这部小说史的作者说，"废名的小说没有走进乡土写实流派的正宗境界"，他是把废名作为"旁宗"写进"乡土写实派小说"这一章的。他认为"旁宗的艺术对于文学形式和创作风格的多样性来说，也具有相当程度的存在价值"。废名的代表作《竹林的故事》《桥》"有一种隐逸的情调，一种冲淡如陶（渊明）诗，清澈如溪流的风格，既不同于王鲁彦《黄金》的辛酸、台静农《蚯蚓们》的阴郁，又不同于彭家煌《怂恿》的刻峭、许杰《修雾》的强悍，在乡土写实小说中别开支流，对写实小说的抒情化做出了有益的探索"。既然是"旁宗""支流"，当然不同于"正宗""主流"，但废名小说仍应归入"乡土写实小说"。且不说废名早期作品如《竹林的故事》《浣衣母》《河上柳》等"都带有现实主义的倾向"，就是后来的《桥》，也并不脱离"乡土写实"，总之，他的创作是在自己的乡土上孕育起来的艺术，是"淡薄的现实主义和素雅的浪漫主义的交融"。论者认为，废名小说"表现人物的情感美、道德美"，"发掘自然的古朴美、意境美"，其"艺术特色是化俗为诗的。对民国初年鸳鸯蝴蝶派小说常以肉欲的眼光观人（尤其是少女的体态）而言，它显得那样清新而纯洁；但是，对于小说艺术应该深刻地反映社会生活的历史发展而言，它就未免有过分超然物外之嫌了"。

在这部小说史的这一章中，立专节论述的只有两位作家：鲁彦和废名。前者是"乡土写实派小说"的"正宗"的主要的代表。为废名立专节，可见作者对于"旁宗"的重视。作者比较这两位作家说："与王鲁彦以坚实笔触绘出浙东农村阴郁的风俗画有着明显的差别，废名以简朴的翠竹制成一支牧笛，横吹出我国中部农村远离尘嚣的田园牧歌。"

孙玉石

孙玉石在《面对历史的沉思——关于中国现代主义诗歌的回顾与评析（七）》（载《文艺报》第 23 期，1987 年 6 月 6 日）中论及废名。他说，

"注意诗歌情绪的新颖性是现代派诗人审美意识的核心。服从于他们表现内心世界的总要求，这一派的诗人注意调整自己的审美视角，即努力在被人们忽略了的平淡的日常生活里发现诗，在细微的琐屑事物中发现诗……在这方面，废名、冯至等一些诗人表现了更少雕琢更多自然的探求。"

但废名的诗是难懂的。不过"我们仍可找到诗中的信息点或感情逻辑"。论者举例说："废名的《飞尘》、《灯》或隐藏过深，或句子跳跃过大，给理解带来更多困难，但每首诗都有关键的句子透露了'信息'，再找到他的禅意和悟性，我们仍然从朦胧中走进他诗的世界而与诗人相晤于一室。"

论者在论到诗中哲理和诗情理智化审美趋向时说："何其芳和戴望舒诗中亦寓人生哲理的思考，但往往情胜于理。卞之琳、废名、曹葆华的诗更多一些抽象思辨和哲学玄想的色彩，但又非以议论为诗，而为哲理的思想找到象征的载体，使智与情达到溶化为一的程度。"并说"废名的诗哲理中更多一些禅味"。他举废名的《十二月十九夜》为例：

> 深夜一支灯，
> 若高山流水，
> 有身外之海。
> 星之室是鸟林，
> 是花，是鱼，
> 是天上的梦，
> 海是夜的镜子。
> 思想是一个美人，
> 是家，
> 是日，
> 是月，
> 是灯，
> 是炉火，
> 炉火是墙上的影，
> 是冬夜的声音。

孙玉石说这首诗道："在现实生活层面来理解，是诗人深夜独对孤灯的玄想，由现实出发经过一大段想象的遨游，又回到现实中来。玄想中美好的一切现实中并不存在。面对的不过仍是炉火的影子和响声而已。如果我们进入更深层的意识，就会感到这里有佛教的禅味和诗人悟顿之后的意绪。孤灯、海、镜子、日月星等都是与佛家有关的象征意象。彻悟了人生之海之后一个人才能达到一种理想的极致，才会有最高的满足与最彻底的自由感。"

像这样的诗，确实不是"议论"，而是为哲学的情思"找到象征的载体"。不过，说"玄想中美好的一切现实中并不存在"固然可通，因为诗人在室内面对孤灯这一切皆无，而在大千世界的"现实"中，这一切——从高山流水到日月星辰，却都是有的。说"孤灯、海、镜子、日月星等都是与佛家有关的象征意象"亦可通，但亦不必拘泥于此。它们也都为大千世界所有。

陈平原

陈平原在《"史传"、"诗骚"传统与小说叙事模式的转变——从"新小说"到"现代小说"》（《文学评论》1988 年第 1 期）一文中，论到五四时期作家引"诗骚"入小说，突出"情调"与"意境"，因而突破持续上千年的以情节为结构中心的传统小说模式的时候，论及废名。他说：

> 更有意思的是自称"写小说同唐人写绝句一样"的冯文炳（废名）。不只是语言精练，篇幅短小，或者化用古人诗句，所谓"变化了中国古典文学的诗"，主要是体现在对小说意境的寻求。每篇小说不是一个故事，而是一首诗一幅画，作家苦苦寻觅的是那激动人心的一瞬——一声笑语、一个眼神或一处画面。而这一切并非是什么神秘的象征，而是其本身就具有诗意与美感；对这种诗意与美感的发掘与鉴赏，有西洋文学的影响，但更多的是古典诗词的陶冶。

在这里，值得注意的是，论者排除了对废名小说的"神秘"感和"象征"说，而认为"其本身就具有诗意与美感"。

贾植芳

贾植芳著《中国新文学与传统文学》(《学术研究》1987 年第 6 期;《新华文摘》1988 年第 3 期)一文,在比较高的文化层次上评价和论述了废名。其中说,五四以后,有一种作家,"他们在破除中国封建文化的理性主义束缚的同时,也不愿意被西方文化的理想主义所束缚,他们要求在文化选择中张扬自己的性灵,以赤裸裸的生命去拥抱现实,在生命与现实的撞击中,在这种撞击所迸发出来的火花中,唤醒沉淀在生命深处的民族文化的精神内核。持这种态度的知识分子尽管他们在主观上大多数没有注意到这一点,但他们确实都处于一种比较高的文化层次上,他们对于西方现代文化与中国传统文化之间的感应都有相通的灵犀。1924 年,印度诗人泰戈尔来华访问,曾给这一批知识分子唤起这种文化职责的自觉性带来了一次机会,但这次机会由于客观上的各种原因,中国的知识分子并没有很好地利用。直到 20 年代末,冯文炳等一批作家的出现,才初步形成这样一种较普遍的文化现象"。

论者进一步说:"古典文学对新文学发生影响是在 20 年代末,那时候有一批诗人都以晚唐诗风,从李商隐、杜牧、温庭筠等人的作品中汲取婉约、含蓄、朦胧的抒情方法,并将这种方法与欧洲现代主义诗歌的某些特点糅合在一起,形成了一个特殊的创作现象。这部分诗人并不属于同一个地区,或者同一流派的,他们有的在北京的高等学府里执教或求学,如冯至、冯文炳、何其芳等,也有的在上海的文艺界从事创作,如戴望舒等,因此可以把他们的出现看做是新文学发展过程中的一个普遍现象。在这些人中间,冯文炳(即废名)也许更典型一些。据现有的资料看,冯文炳所接受过的西方影响,主要是英国的哈代、乔治·艾略特等人的田园乡土小说,而中国古典文学对他的影响更为深刻一些,他有意模仿陶渊明、王维等人的田园山水诗的境界,并把这种境界注入小说创作中去。在这两方面的影响上,形成了他最初期的田园抒情小说的特色。可是到了 20 年代末和30 年代初,他的创作越来越怪,连续发表了两个中篇:《桥》和《莫须有先生传》。这两部作品在中国国内都是以晦涩而著称,但在近年却越来越受到创作界的注意。在这两部作品里，作者完全抛弃了小说外在叙事形式的逻辑性与连贯性，而力求表达出寄寓在创作中的内心世界的绝对自由与真实，尤其是最后一部小说，有个别章节与西方现代意识流的作品十分相似，但我们现在却无法证实冯文炳是否读过乔伊斯、吴尔夫等人的作品，唯能确实的是，他曾经很深人地研究过佛学，很可能是禅宗的一些思想，对他的创作发生了影响，而这种影响，在审美传达上又达到了与西方现代主义文学的某种暗合。"

论者在这里主要说的是"20年代末和30年代初"的废名的创作，虽然他也回顾了废名"最初期"的小说创作的特色。值得注意的是，他把废名作为当时"对于西方现代文化与中国传统文化之间的感应"和"审美传达"上的一个"典型"人物来看待和评说。

关于废名的早期小说创作（以《竹林的故事》为代表）和他后来"转变"了的小说创作（以《桥》和《莫须有先生传》为代表），读者的选择和喜爱各有不同，批评家的看法和评价也不一致。例如，周作人在《怀废名》中说，"所写文章甚妙，但此是隐居西山前后事，《莫须有先生传》与《桥》皆是，只是不易读耳"，至此已不提废名的早期作品；沈从文在《论冯文炳》中则盛赞废名的早期小说，而对《桥》有微词，对《莫须有先生传》表示反感；程鹤西说他对《竹林的故事》不感兴趣，而对《桥》与《莫须有先生传》极为赞赏（《怀废名》）；卞之琳则说，"就他独特的纯正艺术风格而论，废名的小说，应以《桥》上卷为高峰。《莫须有先生传》是他另一个小说写作奇峰"（《冯文炳选集》序）。见仁见智，有所不同，这是很自然的事情。

贾植芳此文的主旨在于论述中国传统文学对于中国新文学的影响，因而给予废名以重要的地位和较高的评价，并特别看重《桥》和《莫须有先生传》这两部小说。这是有道理的，因为中国传统文学对废名的深刻影响至《桥》而愈显。

贾文中还说，《桥》和《莫须有先生传》"这两部作品在中国国内都是以晦涩而著称，但在近年却越来越受到创作界的注意"，这也是事实。这确是值得注意和饶有兴味的事情。在中国以至世界的文艺界和文化界，对东方和西方文化的交流、影响、感应和撞击，又日益表现关注，这原是一个不衰和常新的话题和课题。

人静山空见一灯[*]

——废名诗探

　　废名是诗人。这样说话含两层意思：一层是，废名本是小说家，他的小说是诗化了的，他像诗人写绝句那样写小说，周作人最早看出了这一点，他说"废名君是诗人，虽然是做着小说"（《桃园·跋》）；一层是，废名不但写小说，而且也写新诗，并且自成一家，在中国新诗史上有他的位置。艾青在1980年写的《中国新诗六十年》中就论及"诗人废名"。

　　废名很早就发表新诗，其中的一首《洋车夫的儿子》（1923）被朱自清选入《中国新文学大系·诗集》。

　　这首诗从一个侧面表现了劳动人民的悲苦。他写的是洋车夫的儿子（儿童始终是废名创作的关注点），但因此却写出了那车夫的辛酸。

　　过了几年，废名的诗发出的是他的所思所感的闪光，如在1926年冬作的《一日内的几首诗》（发表于《骆驼草》第三期，1930年5月26日）中的一首：

> 上帝造就了一切，
> 但是，你要自杀吗，
> 须得自己去造一把刀。

---

　　*　本文最初刊载于《文学评论》1995年第4期。

　　我把我自己当一块石头丢了。

　　哎哟，他丢不出这世界！

　　这样的诗已见理趣，但还是"闪露"的，折射了这是变化的光影，表现了作者的内心苦闷。

　　1931年，废名"忽然写了许许多诗，送给朋友们看"（废名自己的话），其中的五首（《亚当》《海》《掐花》《妆台》《壁》）发表于1934年1月创刊的《文学季刊》，这是废名发表他的"现代派"诗之始。此后，他时有诗作见诸文学刊物。1944年，有人在北平辑印诗集《水边》，主要是废名的作品。

　　我国"现代派"诗人普遍都受到西方现代派诗的启发，转而接受和回归中国传统文化和古典诗歌，表现为中西相融，现代古典相融，外表多西方的成分，而血气是本土的、民族文化的。废名的诗似乎也是这样，他本是学西方文学的，而他的创作民族特色表现得很突出。但废名又有其与众不同处，他学西方文学并不及于现代，在小说方面他没有读吴尔芙夫人、普鲁斯特，在诗方面他不认识魏尔伦和瓦雷里，庞德和艾略特。那么废名的"现代"性是从哪里来的呢？是从他自己的脑海深处来的，也许可以说他与西方现代派声气相通，至于说受到启发，那不是来自20世纪初的西方现代派文学，而是来自中国晚唐诗歌，特别是李商隐诗和温庭筠词。他说，李诗温词是"新诗"，是现代白话新诗的"同调"。

　　一般说来，中国现代派诗有诗情智化的倾向，也就是以哲理人诗，诗人以诗表现智者的玄想的深思。但这不是以议论入诗，而是智慧和意象相融从而表现诗美。在这一方面，废名表现得突出而又特别。朱光潜说："废名先生富敏感好苦思，有禅家与道人风味。他的诗有一个深玄的背景，难懂的是这背景。""但是懂得之后，你也许要惊叹它真好。"（《文学杂志》第一卷第二期《编辑后记》）这"深玄的背景"是什么呢？就是禅宗的静观、心象、顿悟、机锋，与李商隐诗温庭筠词的感觉、幻想、色彩、意象的现代化的融合。在台湾，诗人痖弦称废名为"禅趣诗人"，他使用的语言是"禅家的语言"，同时又说"废名的诗即使以今天最'前卫'的眼光来披阅仍是第一流的，仍是最'现代'的"（《禅趣诗人废名》，《中

国新诗研究》，1981）。废名诗有"禅趣"，这是其特别处；废名诗是
"禅"的同时又是"现代"的，这更加表现了它的特别。

西方的学者说，19世纪末兴起20世纪发展的现代主义文学是"城市
的艺术"。中国的现代主义诗也有"城市的"倾向，但不尽是"城市的艺
术"，废名的诗都是在北平写作的，所以时有故都气息。如《理发店》《街
头》《北平街上》等作，便见这个城市的风貌。30年代的北平不是巴黎，
不是伦敦，也不是上海。它多的是古朴和从容，少的是现代城市的声色和
跃动，进入废名诗中，就只见其静寂和空灵。《街头》中的邮筒"PO乃记
不起汽车的号码X"，这应是"城市的艺术"了，但在废名的诗境中，却
成了"大街寂寞，/人类寂寞"。在《北平街上》，"诗人心中的巡警指挥
汽车南行/出殡人家的马车马拉车不走"，如此景象，仿佛并非诗人目所
见，而是"诗人心中"之境。这首诗中还有这样一句"不记得号码巡警手
下的汽车诗人茫然纳闷"，这是"PO记不起汽车号码X"的意境又一次显
现了。于此又见诗人废名诗的别致。

现代派诗人追求诗的自由，自由的诗。就语言来说，现代派主张以口
语写诗，解除格律的束缚。废名也这么看。如《海》是这样的：

> 我立在池岸
> 望那一朵好花，
> 亭亭玉立
> 出水妙善——
> "我将永不爱海了。"
> 荷花微笑道：
> "善男子，
> 花将长在你的海里。"

废名诗可以说是现代派的自由诗，但又如刘西渭（李健吾）所说，
"他更是他自己的"，"凡他写出来的多是他自己的"（《咀华集·画梦
录》）。其实废名是不好归入哪一派的。

废名诗难懂，就因为他太是"他自己"。在30年代的文学界有一种说

法：文章的难懂，以废名为第一，而第二名则是俞平伯。我们也可以说：诗的难懂，以废名为第一，而第二名则是卞之琳，卞之琳诗，高明如朱自清解过，李健吾解过，但都不中（或不全中）诗人的意；至于废名诗则任何高明（包括周作人）都不曾解过。倒是刘半农在废名开始发表其 30 年代诗时就说"文学季刊第一期本日出版……废名即冯文炳，有短诗数首，无一首可解"（《刘半农日记》，1934 年 1 月 6 日，《新文学史料》1991 第一期）。过了半个世纪，艾青在论及诗人废名时还是说废名诗"更难于捉摸"。

说废名诗难懂，难解，难捉摸，是确实的，但说废名诗不可解却不然；如真不可解，那就不成其为诗了。如上所引《海》这一首，刘半农认为"无可解"，其实在废名诗中并不是最难懂的。首先，它示人一个纯美的意象：大海中一朵好花玉立妙善。"我将永不爱海了！"这是心注于花，极赞花之美，而相忘于海，但花自立海中。"荷花微笑道：'善男子，花将长在你的海里'"，这就见出心之海，也就是禅趣，禅机。废名自己说这是"超脱美丽"。也就是对于人的现实生活的超脱。但细读这首诗，却是写实的。一个"池岸"，一个"荷花"，透露了此中消息。"我立在池岸望那一朵好花"正是写实。由"池"一转而为"海"，已有所超脱；再由"海"一转而为"你的海"，更是超脱美丽，令人想见佛的拈花微笑。

说到废名诗中的写实，我们可以再引《喜悦是美》来看：

> 梦里的光明，
> 我知道这是假的，
> 因为不是善的。
> 我努力睁眼，
> 看见太阳的光线，
> 我喜悦这是真的，
> 因为知道是假的，
> 喜悦是美。

在这首诗里，"我努力睁眼，看见太阳的光线，我喜悦这是真的"，岂不正是写实，给人以生活的实感。但"我喜悦这是真的，因为知道是假的，喜悦是美"，就难解了。其实，在这里，于不合逻辑处正有着作者的生活经验和哲学背景的逻辑。废名说，在他上中学的时候，"教师在讲台上实验拿着七色板一转，我们在台下果然看得一轮白太阳，此事对于我后来的影响不可度量"（《黄梅初级中学同学录序三篇》之三）。在《莫须有先生坐飞机以后》第七章里，他又说起这旋转七色板而见一轮白太阳之事，接着说："'人生如梦，不是说人生如梦一样是假的，是说人生如梦一样是真的，正如深山回响同你亲口说话的声音一样是物理学的真实。镜花水月你以为是假的，其实镜花水月同你拿来有功用的火一样是光学上的焦点，为什么是假的呢？你认火是真的，故镜花水月是真的。世人不知道佛教的真实，佛教的真实是示人的'相对论'，不过这个相对论是说世界是相对的，有五官世界，亦有非五官世界，五官世界的真实都可以作其他世界真实的比喻。因为都是因果法则。"废名这样说，使人想起《金刚经》上说的"一切有为法，如梦幻泡影，如露亦如电，应作如是观"。佛这样说，就正是作比喻。废名早在 20 年代后期所写的《桥》里就说过："我感不到人生如梦的真实，但感到梦的真实与美。"（《桥·塔》）这些都可作为《喜悦是美》一诗的印证和注脚。

废名谈自己的诗时说："我的诗是天然的，是偶然的，是整个的不是零星的，不写而还是诗的。"（《谈新诗·〈妆台〉及其他》）他谈诗爱说"感觉""情绪"，大概由此而生灵感，顿悟，所以说是"天然的，是偶然的"。他的诗每每来得快，来得容易，有时是一两分钟便"吟成"，或在室中，或在街头。他还说，他的诗"不但就一首说是完全的"，"我的诗是整个的"。这大概是说，在他的"海"里，取其一滴可见其"整个"的"完全"吧。

那么我们可以把他的若干诗篇联系起来看。他有好些写灯的诗，我们就来看他的灯吧。先看《十二月十九夜》：

深夜一枝灯，
若高山流水，
有身外之海。
星之空是鸟林，

是花，是鱼，

是天上的梦，

海是夜的镜子。

思想是一个美人，

是家，

是日，

是月，

是灯，

是炉火，

炉火是墙上的树影，

是冬夜的声音。

　　这首诗表面看不算难懂，总而言之是深夜孤灯，于是乎心猿意马，海阔天空，然后又回到一灯之室。灯、海、镜子，可说是一个东西。李商隐诗云"嫦娥应悔偷灵药，碧海青天夜夜心"，废名也咏了这"一个美人"。这一点以前似未为解诗人所觉察。嫦娥本有家，窃药奔月而丧家，所以诗中说"是家"；"是日，是月"者，是说，在家里，也就是在人间，在地上，抬头见日"是日"，举头望月"是月"；而身居月中则不见月，即使见日，也不"是日"了。至于"灯""炉火"，本是"家"中物，诗人的"思想"也就顺理成章地回到灯下和炉前。这首诗里禅的意趣、神话的美丽和现实的光照与声音溶于炉火纯青之中。

　　如果说《十二月十九夜》是诗人借一枝灯，心猿意马高山流水海阔天空的话，那末，《灯》只是写诗人与灯"相晤一室"。空间只有这么大，但也可供心猿意马的驰骋。请看这《灯》：

深夜读书

释手一本老子道德经之后，

若抛却吉凶悔吝

相晤一室。

太疏远莫若拈花一笑了。

有鱼之与水，

猫不捕鱼，

又记起去年冬夜里地席上看见一只

小耗子走路，

夜贩的叫卖声又做了宇宙的言语，

又想起一个年轻人的诗句，

"鱼乃水之花。"

灯光好像写了一首诗，

他寂寞我不读他。

我笑曰，我敬重你的光明。

我的灯又叫我听街上敲梆人。

　　这首诗前四行是写实：深夜读书，释卷后面对孤灯，与之相晤相契。但从中点出老子，第五行转而点出佛，往下便是禅意了。其表现是心猿意马，用"现代"的说法就是意识流。"有鱼之与水，猫不捕鱼"，是相得相忘境界。由鱼而及猫。由猫而及"小耗子走路"和"夜贩的叫卖声"（这两事是去年冬夜同时发生的），于是又回到鱼，"鱼乃水之花"，鱼相忘于江湖而又加上花的美丽。就是这样，"灯光好像写了一首诗"。诗人总是感到寂寞，何况"他"是"寂寞"如此。"我的灯又叫我听，街上敲梆人"，一个"又"字，"街上敲梆人"与"夜贩的叫卖声"呼应，而一是今夜的事，一是去年冬夜之事，由此可见今夜寂寞，去年冬夜寂寞，年年夜夜寂寞，今夜灯光，去年今夜灯光，年年夜夜灯光。

　　我们读《宇宙的衣裳》：

灯光里我看见宇宙的衣裳，

于是我离开一幅面目不去认识它，

我认得是人类的寂寞，

犹之乎慈母手中线游子身上衣——

宇宙的衣裳，

你就做一盏灯罩，

做诞生的玩具送给一个小孩子，

且莫说这许多影子。

在这两首诗里，"我离开一幅面目不去认识它，我认得是人类的寂寞"与"灯光好像写了一首，他寂寞我不读他"是否同义？"诗"是"灯光"写的，而"宇宙的衣裳"是"灯光里看见"的，那么这盏灯也就是那盏灯，是吗？是的，诗人的灯只是一盏。为了读懂《宇宙的衣裳》，我们还得读另一首诗《点灯》（即《壁》）：

病中找起来点灯，

仿佛起来挂镜子，

像挂画似的。

我想我画一枝一叶之何花？

我看见墙上我的影子。

我们有理由说《点灯》（1931）和《宇宙的衣裳》（1937）写的是同一回事：我点灯，如挂镜，我看见墙上我的影子。不过后一首写得更玄，更有禅意，也就更难懂。"灯光里我看见宇宙的衣裳"，也就是灯光里我看见我的影子，也可以反问这是一枝一叶之何花，映在镜中，绘在画中。废名自己解释《理发店》中的"理发匠的胰子沫/同宇宙不相干"说：理发匠"把胰子沫涂抹我一脸，我忽然向着玻璃看见了，心想，理发匠，你为什么把我涂抹得这个样子呢？我这个人就是代表真理的，你知道吗？"我"代表真理"，真理就是宇宙，就是我。"我离开一幅面目不去认识它"，影子的"面目"是无从认识的，但还"认得是人类的寂寞"。诗的首句得到"影子"的解释，诗的末句方能得以解释。"且莫说这许多影子"，当然至此已不只是我的影子，而是人类的影子。废名有《亚当》诗曰："《亚当》惊见人的影子，于是他悲哀了。人之母道：'这还不是人类，是你自己的影子。'"废名总是识得人类寂寞，识得人生苦。

所以他歌颂人之初。他在《雪的原野》一诗中云："雪的原野，/你是未生的婴儿，未生的婴儿，是宇宙的灵魂，是雪夜一首诗。"他在《街上的声音》一诗中云："小孩子，风的声音给你做一个玩具罢，街上的声音是宇宙的声音。"是的，风声和灯光是送给小孩子最好的玩具，而世间所有的声和光是宇宙的声和光。

看来，读废名诗，第一要求解，第二要不求甚解。求解是基础。正如朱自清所说："文艺的欣赏和了解是分不开的，了解几分，也就欣赏几分，或不欣赏几分，而了解得从分析意义下手。……分析一首诗的意义，得一层层挨着剥起去，一个不留心便追不拢来，甚至于驴头不对马嘴。"（《新诗杂话·序》）对废名的诗，更应从分析意义下手，力求其解，这才得以欣赏。不求甚解是超脱。诗无达诂，何况现代派诗，更何况废名诗。读废名诗要力求得其解，但全解全懂不容易，甚至不可能，因而不要执着，不要钻牛角尖，有所会意便好。笔者此文，对废名诗有所分解，有所会意，但解得几分义，会得几许意，是否失义，误解，那就很难说了。

"人静山空见一灯"，这是姜白石的诗句，为废名所喜。现在借此为本文标题，以示笔者对那"深夜一枝灯，若高山流水"的深切怀念。

自在声音颜色中[*]

——废名诗品

关于废名的新诗创作，我已写了一篇《人静山空见一灯——废名诗探》（载《文学评论》1995 年第 4 期），为什么又要写这一篇呢？可以说是因为意犹未尽。我写前一篇文章，也试着从一个"禅"字来说废名诗，这是从众，因为评家是这样说的；这自是说这位诗人之一法。但事后一想，这样说诗是否就说到是处呢？是否一定要这样说呢？这倒是一个问题，其实，废名自己说他自己的诗，如《谈新诗》中的《〈妆台〉及其他》章，并不着一个"禅"字，只在谈《描花》一诗时说诗中用了佛经上的一个典故。他说诗，总是说他于某时有所见，所闻，所感，所思，于是吟成某诗。同时，我还想，废名写长篇小说《桥》，本来就像写一首一首诗，画一幅一幅画，那么他写起诗来，倒没有自然风景和人间情致了吗？出于这些想法，我又写这篇文章，再说废名诗。这一篇题曰"品"，以别于前文的"探"。当然，"品"（品味）中也会有"探"，正如"探"（探索、探险）中也会有"品"。所谈的诗，这回"别存用心"，也为了避免重复，前文说过的此文就不说了。

我们先品这一首——《画》：

---

    *   本文最初刊载于《诗探索》1996 年第 2 期。

嫦娥说，

我未带粉黛上天，

我不能看见虹，

下雨我也不敢出去玩，

我倒喜欢雨天看世界，

当初我倒没有打把伞做月亮，

自在声音颜色中，

我催诗人画一幅画罢。

晚唐诗人李商隐有咏月中嫦娥诗多首，废名借以逞他自己的想象。"嫦娥无粉黛，只是逞婵娟"（《秋月》），"青女素娥俱耐冷，月中霜里斗婵娟"（《霜月》），"嫦娥应悔偷灵药，碧海青天夜夜心"（《嫦娥》），这是晚唐诗人的想象；"我未带粉黛上天""没有打把伞做月亮"，这是现代诗人的想象。古代诗人启发了现代诗人，而现代诗人超越了古代诗人，现代诗人的想象是跃动的、立体的了。现代诗人的这首诗也写了嫦娥的"悔"，"悔"什么呢？"悔"其"无粉黛"，也就是"未带粉黛上天"。由"粉黛"而"虹"，而"下雨"，而"打伞"，都是想象的跃动，感觉的串联，直要把人间天上，天上人间，打成一片。"自在声音颜色中"，可说是写尽了人间天上的赏心乐事。当然，在诗里，也就是在《画》中，这句诗是说嫦娥"打把伞做月亮"的乐趣，"声音"是伞上的雨声，"颜色"是伞上画花的颜色。一个施粉黛的嫦娥，打了一把花伞在雨中看世界——这样的画，只有诗人才能画之，故嫦娥"催"之。

"自在声音颜色中"，这句诗可以题在《桥》上。《桥》是一部写人间声色的书。其中有一篇题曰《今天下雨》，写了少男少女雨中看世界，看到想到说到各种颜色和声音（或无声）的雨。故事的主人公对两位少女说："你们这样很对，雨天还是好好的打扮。"又说："我常常喜欢想象雨，想象雨中女人美——雨是一件袈裟。"

《画》中嫦娥，也正是诗人"想象雨中女人美"，不但在雨中，而且在月中。

废名还有一首诗，不是写嫦娥的，而是寄与嫦娥的。题目是《诗情》——

> 病中没看梅花,
> 今日上园去看,
> 梅花开放一半了,
> 我折它一枝下来,
> 待黄昏守月
> 寄与嫦娥
> 说我采药。

《画》写嫦娥的激情(于"催"字可见),《诗情》写诗人的深情(于"寄"字可见)。我折下梅花一枝,待黄昏守月寄与嫦娥说采药,这个诗情深而淡,温而雅。"采药",可以说与"我"在"病中"有关,采药以治病也。"采药"持赠嫦娥,也可以说嫦娥有病(乡思和相思之病),寄梅花一枝以慰之和治之也。

当然,诗往往可作多种解说。你也许要说,这首诗中的嫦娥,不是天上的仙女,而是世间的美人。"待黄昏守月寄与嫦娥"者,实"月上柳梢头人约黄昏后"意也。那就由你。废名曾说,他的《妆台》《小园》《掐花》,可以说是"特别的情诗",那么《诗情》也可作如是观。不过其中的女郎仍是"嫦娥",出于诗人的想象。

园中的梅花富有诗情,院里的芍药富有画意。请看《画题》:

> 我倚着白昼思索夜,
> 我想画一幅画,
> 此画久未着笔,——
> 于是蜜蜂儿嗡嗡的催人入睡了。
> 芍药栏上不关人的梦,
> 闲花自在叶,深红间浅红。

我倚着白昼思索夜,我想画一幅画,那么这应是一幅什么画呢?是夜？是怎样的夜？是倚着白昼的夜？思索着，久未着笔，入睡了，画完成了。风景人物自成一幅画。人在睡梦中，仿佛入夜，而芍药仍在自由自在地开放。这种意境和情趣，在废名小说中有所表现，如写灯照白庙，灯过而庙仍在，灯照红花，灯过而花仍开。废名在《桥》中说："李义山咏牡丹诗有两句我很喜欢：'我是梦中传彩笔，欲书花叶寄朝云。'你想，红花绿叶，其实在夜里都布置好了，——朝云一刹那见。"废名的芍药，亦梦中传彩笔也。

废名爱花，也爱树。但他的树不上天，不入夜，这也许是因为他爱树荫之故。例如《路上》：

> 路上我看见一个好树影，
> 我想我打一把伞，
> 好像点一盏灯。
> 我不晓得花是怎么样画，
> 我想我是一把莲叶伞，
> 我想莲叶是花之影。

一个好树影，打一把伞，点一盏灯，这个联想是闪跳的，又是自然的、富丽的，因为树下有影，伞下有影，灯下有影。"我不晓得花是怎么样画"，这大概是说，伞上要画花，不晓得怎样画，灯光要照花，不晓得怎样画。最后的两句"我想"，乃是解决了"不晓得"的事，我是莲叶伞，莲叶是花之影了。意象之美，意境之奇，读者自可感知。不过我可以透露一个秘密：据作者原稿，此诗第三句原是"我画它为一生"，第四句原是"我不晓得菩提树影怎么样"，这样看来，此诗含有禅机。但我在此文开头说过，这一篇文字，其实也不必谈了。

废名的树是在人生的"路上"，此路通生死。请看《花盆》：

> 池塘生春草，
> 池上一棵树，
> 树言，

　　　　"我以前是一颗种子。"

草言,

　　　　"我们都是一个生命。"

植树的人走了来,

看树道,

"'我的树真长得高,——

我不知那里将是我的墓?"

他仿佛想将一钵花端进去。

　　废名爱说种子,是从佛学上说的,这里不谈禅,只说诗。植树人称其树长得高,这个情意甚好,由此想到他的墓,这就更妙,"他仿佛想将一钵花端进去",这就更其引人入胜了。这个意境为诗人所独创,但为读者所接受,因为墓和树和花在一起,是人生中常见之事。只是"端进去"之"想",情意更为特别而新颖。坟墓是废名不可少的风景,其小说常写到。例如,"'松树脚下'都是陈死人,最新的也快二十年了,绿草与石碑,宛如出于一个画家的手,彼此是互相生长","一片青山,不大分得出坟","谁能平白的砌出这样的花台呢? '死'是人生最好的装饰"(《桥·清明》)。无怪乎植树人走了来,赞其树,思其墓,"想将一钵花端进去"以装饰之。

　　再看《小园》:

　　我靠我的小园一角栽了一株花,

　　花儿长得我心爱了。

　　我欣然有寄伊之情,

　　我哀于这不可寄,

　　我连我这花的名儿都不可说,——

　　难道是我的坟么?

　　这小园实在好,因为栽了这一株花。"我欣然""我哀于",情意委婉曲折,至花一转而为坟,其意更婉,其情更哀了。花和坟相联结,相融合，意象妙善。废名喜欢鲁迅的《他》这首新诗，诗中写"大雪下了，扫出路寻他；这路连到山上，山上都是松柏，他是花一般，这里如何住得!"废名说这首诗给他以"感彼柏下人"的空气，而又是新诗的写法，"表现实在的诗感"；由这一首《他》联想到《写在〈坟〉后面》那篇文章，不禁想着鲁迅"很是一位诗人"。废名还说，鲁迅在《药》那一篇小说里，描写着"分明有一圈红白的花，围着那尖圆的坟顶"，虽然鲁迅在《呐喊》自序里对他为何为瑜儿的坟上"凭空添上一个花环"有所解说，"我想原因还是因为鲁迅先生自己的诗的感觉罢，写到坟上他想到了画一点花"（《谈新诗·鲁迅的新诗》）。我想，废名此言不虚，可为鲁迅小说增彩；当然，这也出于他自己的诗的感觉。废名本是诗人，写到坟，他就要植树——或者反过来说，他写树，画花，往往想到坟，这个风景实好。

废名小说的诗与真*

　　歌德将他的自传名之为"诗与真"，他在自传的自序中说他用的是"半诗半史的体裁"，但在"一路叙述"中却时常阐明着"诗与真"这个文学的普遍和本质问题。[①] 废名的小说创作大部分具有自传的性质，因此本文借用"诗与真"来点明这一点；同时，"诗与真"三字用来表达废名的"诗化"小说的意味也是相宜的，而且，这也便于我们考察和说明废名小说所体现的中西文化之交流和变异的奇特景观。

一

　　废名早期的短篇小说有好些篇是写焱哥的故事，焱，是废名的乳名，他的长辈和兄姊辈呼他"焱儿"，他的同辈而年幼于他者称他"焱哥"，这个真名写进小说，说明这些小说的写实性和自传性。就这一点来说，特别值得注意的是《阿妹》。这一短篇小说是完全写实的，写的是作者自己家庭的真实，写到的十几个人物都是这个家庭中的人，其中具名者如焱哥（"我"）、莲（阿妹）、菊（堂妹）、泉哥（姐夫）等连名字都是真的。日常生活情景也都是如实写出，并细致地表达了作者的感情：对阿妹的爱、对阿妹的病和死的哀，以及对于阿妹在这个家庭和社会所受到的歧视和冷

　　*　本文最初刊载于《河北师范大学学报》（哲学社会科学版）1998年第4期。
　　①　《歌德自传——诗与真》，人民文学出版社，1983年版，第4页。

漠的悲愤。阿妹在这个世上只活了7岁，她聪明，驯良，只因是个女孩，加之她的母亲又不及婶母那样受祖父疼爱，她便受到不平的待遇，甚至有病都得不到医治。从这篇小说中我们可以看到作家写实并借写实来抒情的功力。

《鹧鸪》与《柚子》中的人物，同样是焱、芹和柚子，同样是写实的作品，但《鹧鸪》更加靠近于"诗"的境地，这里写的不是事件，更不是"故事"，而是意绪，鹧鸪声引起的意绪。这里有插秧时节的田野风光，但更重要的，是对于柚子的思念的意绪，"快活快活！"这是鹧鸪在叫，而"焱哥快活！"却是柚子妹妹在叫了。

此后，《竹林的故事》《河上柳》《桃园》等名篇相继问世。从这些小说中我们可以看到，作者的写实愈加自如，而写意也更加充盈了，废名文章的独创风格也随之为人注目和称道了。

《菱荡》的创作进一步表现了废名的文章之美。从字面上看，这个短篇里没有焱哥，而实际上却有他存在。请看，"城上人望城下人——城下人亦望城上"，废名家在城内，而又时常留连于菱荡，所以他既是望城下的城上人，也是望城上的城下人。当然，更重要的是，"菱荡"已化成了他的性灵和意境了。废名自云："到了《菱荡》，真有唐人绝句的特点，虽然它是五四以后的小说。"① 原来这个短篇小说竟是一首诗！作为小说，它在写实，写风景，写人事（陈聋子、洗衣妇）；而作为诗，这里的风景和人事是融为一体的，是天人合一的。它没有情节的发展，说不上故事的进行；它不是线的延伸和曲折，而是圆的自满自足，其中境界和景象真个引人入胜。它是圆的，正如这个菱荡，人们走进去，走出来，"总觉得有一个东西是深的、碧蓝的、绿的，又是那么圆"。

这就是唐人绝句的特点所在，我们且引唐人绝句来看。孟浩然《春晓》写的是人的意念和思绪，事关春晓鸟啼和隔夜风雨声及荷花，表现了人与自然亲密无间的关系。在这里，人的行动形不成故事，但表现了意境。杜牧《山行》乃风景如画，诗人山行途中，停车观景，而自身亦成为风景，天人合一，诗情圆满。由此可见，废名的"诗化"小说如《菱荡》

---

① 《废名小说选·序》，人民文学出版社，1957年版。

者，和唐人绝句是通声息的，它不写故事，而写意境。这样，废名小说的"诗化"和"散文化"是同时进行和完成的，他的小说是诗，也是散文。

元杨载《诗法家数》说"绝句之法要婉曲回环，删芜就简，句绝而意不绝"。明王世贞《艺苑言》说绝句"妙在愈小而大，愈促而缓"。废名的诗化小说，正是删芜就简，婉曲回环，体小意深，文情舒缓。废名写小说，从一开始就在抒情写景方面见长，而不甚经意编故事。尽管如此，总还有人事在维系着小说的格局，如《阿妹》的生和死，《柚子》的从欢乐到凄苦，都还有情节线索可寻，即使是《桃园》中王老大的行事，甚至阿毛的"意识流"，也还有其进程可辨，它们都是线，不是圆。到了《菱荡》，竟成了浑圆，而不是线了，这就是说，小说诗化了。

废名小说的这个发展变化，反映了中国文学和西洋文学、东方文化和西方文化在 20 世纪上半叶一个中国作家心灵中的交流和变异。废名起步于文学创作之时，正在北京大学英文系学习，他从外国文学中学会了写小说。废名自云，他"是从西洋文学得到训练而回头懂得民族形式的。这个训练是什么呢？便是文学的写实主义。凡属有生命的文学，都是写实的"。[1] 他又说："在艺术上我吸收了外国文学的一些长处，又变化了中国古典文学的诗。"[2] 这就是说，废名小说创作的发展变化，大体上说，是从写实到写意，从求真到缘情，从西洋形式到民族形式，从外来作风到中国作风，要而言之，就是达到了"诗与真"的融合。诗与真，其实正标明了中国诗学与西方诗学、东方文化与西方文化的不同内核。废名从学习西洋文学而回归中国传统文学，特别是他的小说"变化了中国古典文学的诗"，这一点最是他的特创。这是由于他本质上是诗人，也由于他文学创作的求真精神。外国文学的写实主义唤醒了他的童年、少年生活，他写起了小说，这是求真；他越来越想摆脱小说的编故事、设机关那一套，也是求真。废名在 30 年代曾写信给周作人说："我从前写小说，现在则不喜欢写小说，因为小说一方面也要真实，——真实乃亲切，一方面又有结构，结构便近于一个骗局，在这些上面费了心思，文章乃更难得亲切了。"[3] 废名

---

① 《关雎》，《废名散文选集》，百花文艺出版社，1990 年版。
② 《废名小说选·序》，人民文学出版社，1957 年版。
③ 周作人：引自《明治文学之追忆》，《立春以前》，1945 年上海太平书局版。

不愿像一般小说那样"结构"故事，于是另辟蹊径，探求诗的真实和散文的自由，他成功了！这就是短篇小说《菱荡》和长篇小说《桥》所放出的异采。

二

《桥》是废名自传的诗化和幻化。在 30 年代，废名写了这样一首诗："小桥城外走沙滩，至今犹当画桥看。最喜高底河过堰，一里半路岳家湾。"这是废名的儿童世界，长篇小说《桥》中所写即本于此。焱哥在此书中化名程小林，家在城里，外家在岳家湾，即书中的史家庄，所以小林经常过桥，也最喜过桥——出城过桥到外家去，反之亦然，过桥进城回家。《桥》里写的就是小林在城里和城外的生活，城外自然环境中的生活写的多些。《桥》分上、下篇，上篇中的小林 12 岁，是个在私塾读书的学童；到了下篇，小林已是从外方回来的青年学子，在说话和思绪中随兴带有莎士比亚和唐诗宋词的名句了。

用唐人写绝句的方法写现代的短篇小说，这已是奇想、奇迹；用此法写现代的长篇小说，简直不可思议了，然而废名就这样写出《桥》来。这部书是用短章组成的，每一章都有"唐人绝句的特点"，全书也就共此特点。它像画册，包容着一幅一幅的画，也就是一首一首的诗，故事近于无，线索还是有的，如藕断丝连。当年鹤西另有一比，他说，《桥》像是"一盘雨花台的石头，整个的故事是一盘水……因为盘已成就其方圆。读者可看见一颗一颗石头的境界与美，可是玩过雨花台的石头的又都会知道这些好看的石头如果离了水也就没有了它的好看"。① 此言可证我在上文所云《菱荡》"浑圆"说。在《桥》这个"已成就其方圆"的"盘"里，"一颗一颗石头的境界与美"也各自"成就其方圆"。且看《金银花》章：

小林到城外去玩。小林过桥。"一两响捣衣的声响轻轻的送他到对岸坝上树林里去了。""吱唔吱唔的蝉的声音，正同树叶子一样，那么密，把这小小一个人儿藏起来了。"穿过这树林，只见一片草地上有一位奶奶带

---

① 鹤西：《谈桥与莫须有先生传》，《文学杂志》，1937 年 8 月 1 卷 4 期。

着一个小姑娘在那里放牛。"好一匹黄牛，它的背上集着一只八哥儿，翻着翅膀跳。"又见道旁有一棵独立的树，"满树缠的是金银花"。"树是高高的，但好像是一个拐棍，近地的部分盘错着，他爬得上去。他爬，一直到伸手恰够那花藤，而藤子，只要捉住了，牵拢来一大串。"小林"沿着颈圈儿挂。忽然他动也不动的坐住——树下是那放牛的小姑娘。暂时间两双黑眼睛猫一般的相对。下得树来，理出一片花，伸到小姑娘面前——'给你'"。那位奶奶走过来说："琴儿，谢谢。"

这是《桥》故事的开头，小林和琴子初见。而作者把它写成了一首诗。诗中有画，画面的主要部分是那棵高高的、盘根错节的树，满树缠着金银花，小林上树采花，树下坐着琴子。真是好风景！作者简洁、疏淡、雅致的笔墨，读者于此初步领略了。三个人物在美的自然环境中出现，并显出了他们精神状态的美。对黄牛和站在牛背上"翻着翅膀跳"的八哥儿，惜墨如金的作者也予以传神的描绘，更加透出画面的古朴和静雅。

再看《茶铺》章：

琴子和细竹在去花红山的路上，走上一个绿坡。"这时一对燕子飞过坡来，做了草的声音，要姑娘回首一回首。这个鸟儿真是飞来说绿的，坡上的天斜到地上的麦，垅麦青青，两双眼睛管住它的剪子笔径斜。"过了坡，她们看见一家茶铺，"琴子心里纳罕茶铺门口一棵大柳树，树下池塘生春草。走进柳荫，仿佛再也不能往前一步了。而且，四海八荒同一云！世上唯有凉意了。——当然，大树不过一把伞，画影为地，日头争不入。"而"茶铺的女人满脸就是日头"。"琴子拿眼睛去看树，盘根如巨蛇，但觉得到那上面坐凉快。看树其实是说水，没有话能说。"

这又是一首诗，诗中有画。绿坡、茶铺、大树、树荫如伞清凉如水，还有垅麦青青、燕子说绿、做了草的声音。真个好风景！而写出这一切，其实是写了琴子和细竹，写出了她们的情与景合，写出了人的心灵感应。

《桥》的上篇以童心写儿童的天真，下篇以诗心写少男少女的情致，都是诗，但笔墨不尽相同。上篇主要是于白描中见淡雅和清新，下篇却渐变为于写意中令人既感到鲜明而又觉深邃。愈写到后来,创意愈多,思想的闪跳、语言的空白也愈频,文章也就愈耐读了。

明胡应麟《诗薮》内编卷六中有云:"五言绝尚真切,质多胜文,七言绝尚高华,文多胜质,……至意当含蓄,语务舂容,则二者一律也。"这样看来,《桥》的上篇之真切,近于五绝之风味,而其下篇之高华,近于七绝之气韵,《桥》确实"变化了中国古典文学的诗"。

废名说过:"我读莎士比亚,读庾子山,只认得一个诗人,处处是这个诗人自己表现,不过莎士比亚是以故事人物来表现自己,中国诗人则是以辞藻典故来表现自己,一个表现于生活,一个表现于意境。……中国诗人与英国诗人不同,正如中国画与西洋画不同。"① 废名的作品,尤其是《桥》,正是"诗人自己表现","表现于意境"——其中"表现于生活"者也正是完成于"意境"。

朱光潜则说:"《桥》撇开浮面动作的平铺直叙而着重内心生活的揭露。不过它与西方近代小说在精神上实有不同,所以不同大概要归原于民族性对于动与静的偏向。……自然,《桥》里也还有人物动作,不过它的人物动作大半静到成为自然风景中的片段,这种动作不是戏台上的而是画框中的。"②

是的,"静"字道出了《桥》的境界。老树,树阴,金银花,八哥儿集在黄牛背,燕子飞来说绿,莫不是静物写生,甚至"鹞鹰也最静不过"(《沙滩》),"蛇出乎草——孩子捏了蛇尾巴。他将蛇横在路上。蛇就在路上不动",拦住了琴子和细竹的去路(《路上》)——这也是静的哩!

这一切缘于人的"神与物游"。请看,小林"此刻沉在深思里,游于这黄昏的美之中,……心境之推移,正同时间推移是一样,推移了而并不向你打一个招呼。头上的杨柳,一丝丝下挂的杨柳——虽然是在头上,到底是在树上呵,但黄昏是这么静,静仿佛做了船,乘上这船什么也探手得到,所以小林简直是搴杨柳而喝"(《黄昏》)。像这样深思,神游,乘"静"之船随意之所之,心境之推移不打招呼,正是小林经常的精神状态。静极生辉,在世间声音颜色中捕捉意象,生出奇思妙想,这也就是禅趣。

---

① 《莫须有先生坐飞机以后》第七章《莫须有先生教国语》。

② 孟实:《桥》,《文学杂志》,1937 年 7 月 1 卷第 3 期。

所以说《桥》是"诗化"小说。黑格尔说："抒情诗的内容是主体（诗人）的内心世界，是观照和感受的心灵，这种心灵并不表现于行动，无宁说，它作为内心生活而守在自己的家里。所以抒情诗采取主体自我表现作为它的唯一的形式和终极目的。它所处理的不是展现为外在事迹的那种具有实体性的整体，而是某一个反躬内省的主体的一些零星的观感、情绪和见解。"① 《桥》无宁说是这样的作品。

是的，"它作为内心生活而守在自己的家里"，《桥》把这一点推向极致，因而它近于瓦莱里所说的"纯诗"。瓦莱里说，"纯诗情的感受"，"总是力图激起我们的某种幻觉或者对某种世界的幻想"，因此，"诗情的世界显得同梦境或者至少同有时候的梦境极其相似"。"这个世界被封闭在我们的内心，有如我们被封闭于其中一般"，"诗人的使命就是创造与实际制度绝对无关的一个世界或者一种秩序、一种关系体系"。②

《桥》是小说，它的景象是写实的，而它的意境，如梦幻，如露亦如电，人物生活在和谐世界温馨乡里，却又是"纯诗"了。

三

废名的小说是诗与真的融合。这"诗"的性质，在二三十年代即有人指出。周作人说过"废名君是诗人，虽然是做着小说"；③ 沈从文说"一切皆由最纯粹农村散文诗形式下出现"。④ 到了八十、九十年代，在受到许多年的冷落之后，废名小说的欣赏者和研究者日多，大家说他的小说是"诗化小说"。

废名小说的自传色彩是明显的。英国女小说家 G·艾略特说"生活以不同的表现程式与型式向我们提出故事"，但"生活有条不紊地向我们呈现的唯一故事就是我们的那些自传，或者是我们总角之交的生平，或者是我们自己儿童时期的故事"。⑤ 这位英国小说家的著作特别是长篇小说《弗

① 黑格尔：《美学》第 3 卷（下册），商务印书馆，1984 年版，第 90~100 页。
② 瓦莱里：《纯诗》，载《法国作家论文学》，三联书店，1984 年版。
③ 周作人：《桃园》跋。
④ 沈从文：《论冯文炳》，《沫沫集》，上海大东书局，1934 年版。
⑤ G·艾略特：《怎样讲故事》，《英国作家论文学》，三联书店，1987 年版。

洛斯河上的磨坊》启发了废名写他的儿时故事和他的自传。儿童生活天然地存活"诗与真"的人性和艺术性，小说家大多视为至宝。废名是始终不失童心和诗心的小说家。

在外国文学中，废名最倾心于莎士比亚和哈代。他爱莎氏的情生文、文生情，爱莎剧的诗与真，他爱哈代的风景描写和乡土色彩；在中国古典文学中，废名最倾心的是陶渊明、庾信、李商隐。他爱陶渊明恬淡、自然地写生活，爱庾信的文思敏捷，万紫千红总是春，或者一叶落知天下秋①，爱李商隐的想象丰富，感觉串联，幻想驰骋，爱其文采"深藏了中国诗人所缺乏的诗人的理想"。②

废名是从埋头学习西方文学而蓦然回首学习中国文学并回归本土的。他是在读了莎士比亚、哈代之后读庾子山、李义山的，他的莎士比亚、哈代是通到中国的六朝文、晚唐诗的。③

回归中国传统文学和文化，于是他读孔、孟、老、庄，读宋儒的心性之学，读佛学经典，并参禅悟道，于是废名"圆满"。

废名《莫须有先生坐飞机以后》里有一段话，说到中西文学和文化之不同和他自己与二者的关系：

庾信文章是成熟的溢露，莎翁剧本则是由发展而达到成熟了。即此一事已是中西文化不同之点。因为是发展，故靠故事。因为是溢露，故恃典故。莫须有先生是中国人，他自然也属于溢露一派，即是不由发展而达到成熟。但他富有意境而不富有才情，故他的溢露仍必须靠情节，近乎莎翁的发展，他不会有许多典故的。若富有才情如庾信之流，他的典故真是取之不尽用之不竭，天才的海里头自然有许多典故之鱼了。这个鱼又正是中国文学的特产。

废名用"溢露"来指明中国文学和文化的特点，用"发展"来指明西方文学和文化的特点，出自他的深刻体悟。就文学来说，中国的传统是"诗"字当先，"情"字当头，自古发达和成熟的是抒情诗，诗经、楚辞以

---

① 《莫须有先生坐飞机以后》第七章《莫须有先生教国语》。
② 废名：《谈新诗·已往的诗文学与新诗》，人民文学出版社，1984年版。
③ 参见《莫须有先生坐飞机以后》第七章《莫须有先生教国语》，第十三章《民国庚辰元旦》，《三竿两竿》，1936年10月5日《世界日报·明珠》第15期。

至唐诗、宋词，就是如此，而小说、戏剧的创造和发达，是其后的事。西方的传统是"真"字当先，"摹仿"当头，自古发达和成熟的是史诗，荷马、莎士比亚以至歌德、巴尔扎克的作品，就是如此。中国抒情诗是"成熟的溢露"，而西方的史诗是"由发展而达到成熟"，也就是有故事情节的充分展开和发展。"溢露"是自然而然的，而"发展"则要有"镜子"来观照和反映人生。"溢露"的是珠圆玉润的诗，"发展"的是鬼斧神工的戏。这便是中西文化根本不同之点。

若论中西文化之根本不同，那就要说到中西哲学和思维方式上面去。中国哲人的思维基于天人合一，天人感应，西方哲人的思维基于主客二分，主客对立。这个根本不同在各自的哲学、文学、科学、伦理等方面都表现出来。就文学来说，中国重主体抒情，西方重客体写实，就是顺理成章之事了。

废名说他"是中国人，自然也属于溢露一派"，这话说得朴实、自然，显出无限爱国之心；但他的"溢露仍必须靠情节，近乎莎翁的发展"，这是说他吸收了西洋文学长处。他写的是"五四"以后的小说，得益于西方文学的示范和诱发，但他是中国人，自然要写中国文章。

废名真是特立独行，做事往往出人意外。当他从西方文学回归中国文学时，他竟一头扎到中国文化的源和根上去——扎到"诗"上去。他说："从西方悲剧回到周南召南，我才没有才子佳人的毛病，没有状元及第的思想，也没有道学家的男女观，这是我得感谢西方文学的。我的作文技巧，也是从西洋文学得到训练而回头懂得民族形式的。这个训练是什么呢？便是文学的写实主义。凡属有生命的文学，都是写实的。中国后来的人之所以不懂得三百篇，便因为后来的文学失掉了写实的精神，而三百篇是写实的。"① 这就是说，废名从西方文学学习了先进思想以克服自己的陈腐观念，同时又学习了写实的方法以克服自己从小被套上的"八股"牢笼。不但如此，他还把"诗"的写实和"小说"的写实联结起来，相提并论，再三地说《关雎》《匏有苦叶》等诗"胜过"现代中国的短篇小说。② 就是这样，废名拿来西方的"真"，回归到祖国的"诗"的怀抱，这样就

① 《关雎》《匏有苦叶》，《废名散文选集》，百花文艺出版社，1990年版。
② 《关雎》《匏有苦叶》，《废名散文选集》，百花文艺出版社，1990年版。

有了废名的"诗化小说"。

也就是这样，废名的小说体现东方的文化精神，蕴含"天人合一"的哲学思想。其中的自然风景和人物情致融为一体，具体意象和抽象观念时有对应，山川草木和人情风俗充盈，吐发出中国传统文化的意蕴和芬芳，正是"天人合一"的创造。

中国人读外国书每每走向崇洋，读中国书每每走向复古，废名则不然。他读外国书受益而知返，读中国书会意而求新。其结果是，在他的文学创作里，独特的个人风格显露出鲜明的民族特色、高雅的古典气韵，吐发出新奇的现代意兴。他的小说是民族化的，又是现代化的。诗的意境、人情风俗的画面是中国古典的，而意象的生成、象征的表现、意识流的手法、内心的揭示、语言的闪跳，乃至小说形式的变革——诗化、散文化，却又是 20 世纪现代的。废名的创作与世界上由"外"转向"内"的文学新潮暗合，其实又是中国"天人合一"传统文化精神的新的文学表现。朱光潜说，废名小说"表面似有旧文章的气息，而中国以前实未曾有过这种文章"，同时也说到废名与普鲁斯特、吴尔芙夫人颇类似而"在精神上实有不同"。① 这阐明了废名诗化小说的特点和它与中西文化的微妙关系。在台湾，诗人痖弦称废名为"禅趣诗人"，又说"废名的诗即使以今天最'前卫'的眼光来披阅仍是第一流的，仍是最'现代'的"。② 此言是就废名的诗而论的，但也可以用于废名的小说。

废名的小说至《桥》而完成其"诗化"的创意和进程，在此后的《莫须有先生传》和《莫须有先生坐飞机以后》这两个长篇中，也时有诗化的表现，但就文体来说，则是小说"散文化"的长足进展，关于《莫须有先生》前后二传，笔者当另作文探讨。

---

① 孟实：《桥》，《文学杂志》，1937 年 7 月 1 卷第 3 期。
② 痖弦：《禅趣诗人废名》，《创世纪》，1966 年第 23 期。

第二编

文学理论介入

何必求全*

 罗列现象，堆砌材料，写任何文章都是写不好的，用这种方法来进行文学创作，更不足取。但有些青年作者正是用这种方法来写文学作品的，甚至在写人物的时候，也是事无巨细，罗列无疑，以为"材料"愈摆得多，人物就愈能写得充分而又动人，那效果当然是适得其反。老实说，就是写"劳模材料"，恐怕也要有分析，有重点才好，不宜只是材料的堆砌，事迹的罗列，何况是进行文学创作！文学作品是要以形象来感动人的，文学作品里的人物必须是活生生的、有血有肉的形象，这不是用材料"堆砌"得起来的。要写出活生生的人物来，材料当然不可少，但它们必须是经过精选的，并且必须经过适宜的以至巧妙的组织和安排，才有可能成为艺术形象。

 让我们想一想王汶石的短篇小说《沙滩上》中的人物吧。陈大年、陈囤儿，还有陈运来，都是活的人物——在我们面前出现了他们的活的形象。我们看到他们在活动着，起先是陈囤儿一个人在地里干活，然后来了个陈运来，他们谈着话，后来又来了个陈大年，他们一起谈起来……这三个人物在性格和思绪、品格和修养，在干活、谈话中都表现出来了。作家只是写陈囤儿干活，这就刻画了人物：这位副队长的劳动效率是高得惊人的；他是憋了很大的一股气性儿在干活的，等等。至于他们之间的谈论，那就更深刻地表现了人物，同时也更进一步地点染出问题了：队长陈大年

———————————
 * 本文最初刊载于《大公报》1962 年 11 月 24 日。

刚健沉毅，奋发有为，经得起批评，关心人，善于诱导人，善于进行思想斗争；他的精神力量和他的深入的工作，不但有力地影响着他的好朋友陈囤儿，使他更坚强更振奋起来，而且深刻地启发了、批判了同时也鼓舞了陈运来这个"逛鬼"——这个名誉不好的，但实际上在品质上和能力上都有优点的人。就是这样，在田边树下的一阵笑谈中，思想斗争展开了，人物的不同面貌（外形的和内心的）表明了，人物与人物之间的关系也令人明白地看出来了。作者就只是通过了这一些活动的描写来刻画人物，这一些活动，是作者在大量的生活现象和印象中精选和提炼出来的，并且作了巧妙的安排，这才起到了表现人物性格、创造人物形象的作用。

不但是短篇小说里的人物是这样创造的，就是长篇小说里的人物也不能不这样创造——不是长篇小说容得"材料"多，就可以不加选择地罗列现象。让我们想想《红旗谱》和《创业史》里的朱老忠和梁生宝这两个人物吧！梁斌同志写朱老忠，写得很传神，其实也只是写他出走，还乡，为严家料理丧事，到济南去探监等等活动；柳青同志写梁生宝，写得很动人，也不过只是写出他出门买稻种，组织和带领贫农进山伐竹等等活动。朱老忠、梁生宝的形象在我们面前出现，总是和这些活动分不开的，我们一想到他们，——不，应该说，我们一看到他们，就看到他们是这么的活动着，斗争着，而他们是什么性格，就正是通过他们的这些活动表现了出来，作家用以刻画人物的这些活动，也都是在大量的生活材料中精选和提炼出来的，这些人物的创造，经过了作家的周密的和巧妙的构思。

我们常常说"情节的提炼"，也就是说的这件事。情节是什么？用高尔基的话说，是"人物之间的联系、矛盾、同情、反感和一般的相互关系，——各种不同性格、典型的成长和构成的历史"（《和青年作家谈话》）。《沙滩上》的情节，即干活、谈话、看地等等一系列的人物活动，正是表现了陈大年、陈囤儿、陈运来等人物之间的联系、矛盾等等，正是表现了这些人物的不同性格；《红旗谱》《创业史》的情况，当然也是这样。我们要把人物写好，就需要学会这种提炼情节的本领，要学会从一大堆材料中选择、改造有用的东西，并把它们加以很好地组织，而这一切工作，都应该服从于表现人物性格和主题思想的需要；如果不加提炼，把自己所掌握的材料，不管恰当不恰当，形象不形象，都使上去，那么，人物性格就会给材料淹没了。

我们还常常说"性格特征"这几个字,写人物,就要注意写人物的"特征",因为只有把"特征"写出来了,"性格"也就出来了,而材料的选择、情节的提炼,就是为了选择有用的东西,提炼有力的事态,来有效地表现出这个"特征"来。写人物,不在"特征"上用功夫,而在"求全"上用功夫,是费力不讨好的。因此,对于无用的材料,我们应该坚决舍弃,毫不可惜,这才有利于人物的创造。

1961 年作

关于写"英雄"*

——驳"高""大""全"

我们知道，塑造所谓"与走资派作斗争的英雄典型"，是"四人帮"大搞阴谋文艺的"根本任务"。为了保证这个"根本任务"的执行和完成，"四人帮"煞费苦心地制造了一套"理论原则"，其要点是"三突出"和"高、大、全"。"三突出"是达到"高、大、全"的根本途径，"高、大、全"是实行"三突出"的必然结果。据他们说，文艺的"根本任务"和"创作原则"，都概括在这六个字的真言中了。

所谓"高、大、全"，和"三突出"比较起来，说法较为驳杂，但那意思还是明白的。什么"高大完美""完美无缺""起点高""处处主动""居高临下""一出场就是一座雕像""始终居于舞台中心"，等等，不一而足。这种理论高则高矣，可惜难以实行。如果真的只是一座"高、大、全"的雕像，把它置于舞台中心，那是可以办到的，但这怎么能成为一台戏呢？

"起点高""处处主动"，这完全是胡说八道。英雄形象无论怎样高大，他的"起点"总该是在地上，而不能是在天上或半空中。越是英雄，就越是脚踏实地，扎根于人民群众之中。"四人帮"所说的"起点高"，那"高度"却是由人民群众"铺垫"起来的。他们的这些所谓"英雄"，是

---

* 本文最初刊载于《河北文艺》1978 年第 9 期。

未卜先知，料事如神，天生高贵，法术无边，能够创造历史、扭转乾坤的圣主，是"高"踞于群众之上指挥一切、主宰一切的超人，这与在伟大群众斗争中产生的无产阶级英雄毫无共同之处，完全是"四人帮"一伙主观唯心主义的英雄史观的产物。我们一定要跟这种"创作原则"划清界限，并给以彻底的批判。至于"处处主动"，天下哪有这样的事呢？天下哪有这样的英雄呢？英雄之所以成为英雄，就在于他敢于并善于向反动势力做斗争，敢于并善于克服前进道路上的困难，不断地变被动为主动，直至取得革命的胜利；胜利了，再前进，再斗争，继续变被动为主动……革命的道路本来是艰险曲折的，"高、大、全"论者却把它简单化了。为了表现英雄的"处处主动"，势必把对敌人的"处理"简单化，这样，别说塑造英雄人物的典型形象了，就连一场武打的场面你也弄不成。

然而，"四人帮"却专门以势压人，把"三突出"和"高、大、全"强加于人。从江青和林彪勾结起来抛出"文艺黑线专政"论那个时候起，他们就是这么干的。此后愈演愈烈，"三突出"和"高、大、全"成为"四人帮"推行文化专制主义的皮鞭和大棒。于是，"始终居于舞台中心的"，就只有"高、大、全"的"主要英雄"神像了。

"写了英雄人物，但都是犯纪律的"，这是江青之流横加在我们的社会主义文艺创作上的一条诬陷不实之词，必须予以推倒。

自觉地、严格地遵守党的和革命的纪律，这是无产阶级英雄的一个重要特点，也是他们完成革命任务的一个必要条件。这在我们的社会主义文艺所创造的许多工农兵的英雄形象中，是极为真实和感人地表现出来了的。例如，电影《钢铁战士》和小说《红岩》里的钢铁战士们，在万恶的敌人的威逼利诱面前，大义凛然，绝不泄露党的一点秘密，这难道不是遵守纪律的最好榜样吗？电影《南征北战》里的人民战士们最不愿听一个"撤"字，但当他们战斗正酣的时候听到"撤退"的命令时，尽管思想不通，甚至大为恼火，却仍然坚决执行上级的命令，这不是真实地写了英雄，并且有力地宣扬了"加强纪律性，革命无不胜"的真理吗？小说《林海雪原》里的英雄们能够演出那么威武雄壮的活剧来，这和他们自觉地、严格地遵守纪律不是绝对分不开的吗？如果"都是犯纪律的"，这些英雄形象能够塑造成功吗？

　　不过话说回来，有些作品倒是写了英雄"犯纪律"。在电影《董存瑞》里，我们看到参军不久的董存瑞随便跑出队列，在战斗中浪费了子弹，而且没有击中敌人；在电影《红色娘子军》里，我们看到新战士吴琼华在不应该开枪的时候开了枪，不但没有击中敌人，反而打乱了战斗部署。这些表现，当然都是错误的，他们都因此受到了他们的上级的严肃批评。是的，这"都是犯纪律的"，但是，很明白，作者们这样写，并不是要给英雄脸上抹黑，而是借此表现英雄的成长过程，表现英雄的朴素而又强烈的劳动人民的阶级感情，特别是他们对于阶级敌人的仇恨，或者是借此表现英雄的全心全意干革命的高尚品质。这些细节描写本来是必要的和合情合理的，但不合"高、大、全"的要求，所以就受到"犯了纪律的"英雄的讥评了。

　　"四人帮"不许写英雄人物的成长和提高，不许写英雄人物的缺点和错误，这是十足的主观唯心主义。马克思主义不承认有什么从娘胎里掉下来就完美无缺的圣人，任何英雄人物都是他们生活在其中的时代造就的，都是在斗争中产生的，他们的思想都有一个发展变化的过程，无产阶级的英雄人物也不例外。这些英雄人物的正确思想不是头脑里固有的，也不是天上掉下来的，而只能从生产和革命的实践中来。放之四海而皆准的马克思主义就是从无产阶级的革命实践中产生的，并且总是向前发展的。我们时代的无产阶级英雄人物的正确思想、正确作战方案和工作计划，等等，只能来自他们在马克思列宁主义、毛泽东思想指导下的革命实践。革命实践是没有止境的，革命战士的思想认识的提高也是没有止境的。正是因此，不但新战士有成长的过程，老战士也有不断提高的必要；在成长和提高的过程中，犯错误是难免的，改正错误是允许的，并且应该受到欢迎和帮助。在生活上是这样，在文学艺术中为什么不允许这样描写呢？当然，这并不是说写英雄就一定得写一个转变的过程。韩英就没有这一点，她当然是一个光彩照人的英雄形象，但刘闯的效果也很有光彩，他无疑也是一个英雄，这两个英雄形象是互相辉映、相得益彰的。生活是丰富多彩的，英雄人物各有各的特点，写法也就应该多种多样。任何公式主义对于创作都是有害的。而最可恶的公式主义莫过于"三突出""高、大、全"和由此派生出来的不准写英雄的成长过程之类。铁的事实和血的教训表明，它们是必然要窒息和扼杀任何文艺创作和英雄形象的。

"四人帮"哪一天也没有忘记叫喊写"英雄"。其本意和用心，是通过搞阴谋文艺，把自己及其亲信打扮成"英雄"，为篡党夺权大造反革命舆论。

远在十多年前，正当江青勾结林彪抛出"文艺黑线专政"论前后的一段时间里，江青这个叛徒就强迫文艺工作者把她作为"主要英雄"的"典型"来"塑造"了。据小说《红岩》的一位作者揭发，当时江青决意要以她自己的"原型"来取代江姐的形象，要对小说、电影和戏剧中的江姐的英雄形象进行"脱胎换骨"的"改造"。她对这位小说作者说，应该突出写"女的，地位高的"，要写她"能文能武"，"善于做公开合法的斗争，也善于进行秘密非法的斗争"。对于"女的，地位高的"，她还作了比较说明："韩英是个游击队长，工作有局限"，"江姐不同，是政委"，所以"应当把她改好"，应当把她"当做民主革命时期女共产党员的典型来塑造"，"让它流传下去"，等等。由于作者的抵制，江青的这个阴谋未能得逞。不过，亏得江青的这一番话，使我们得到了关于"高、大、全"的一种"权威"的解释。原来所谓"高"，其中还包括地位"高"。跟着也就权力"大"，就像江青那样，走到哪里都代表党，"并且能文能武"，"全知全能"，没有"局限"。

这里且不谈在"典型"上的唯女是尊，单说以"高"地位来定典型，也真是十足的奇谈怪论。司马迁不但为帝王将相树碑，而且为市井细民中的英雄立传；柳宗元则多次把工匠、种树人、捕蛇者等劳动者作为主要人物写入自己的作品；《红楼梦》里的晴雯、鸳鸯以至焦大、刘姥姥，等等，地位甚卑，而典型性则甚高；鲁迅笔下的阿Q、闰土、祥林嫂等之为典型，更是人所共知的。至于我们的社会主义文学中的工农兵的英雄典型，就更不用说了。人民是历史的创造者，群众是真正的英雄。革命的作家正是要在人民群众中发现典型，塑造劳动者和革命者的典型形象。人民的英雄形象，原是应该写得高大的。鲁迅就曾在一个人力车夫的思想品质中发现了并在那"满身灰尘的后影中"窥见了他的"高大"，"而且愈走愈大，须仰视才见"。周挺杉、梁生宝、杨子荣这些劳动者所处的历史时代和社会环境完全不同于鲁迅笔下的领导者，他们的英雄形象，当然更是高大的了。这些真实而又高大的英雄形象，岂是江青之流所能否定和抹杀的？

当然，我们的社会主义文学艺术的天地是十分广阔的，它要塑造的典型形象决不限于普通工农兵。当前，要努力塑造好伟大领袖毛主席和敬爱的周总理、朱委员长等老一辈无产阶级革命家的光辉形象，使我们永远缅怀他们建树的不朽历史功绩，激励、教育我们和子孙后代继承他们的遗志，把无产阶级革命事业进行到底。这是我们的文艺创作面临的重要任务。还应该创造我们党的各级领导干部的英雄形象。电影《南征北战》里的师长，电影《创业》里的华程，还有韩英、许云峰、江姐、少剑波，等等，就都是这方面的有力的创造。他们都是真正的无产阶级的英雄。他们和地主资产阶级的"英雄"毫无共同之处，他们是领导，又是普通战士和劳动者，他们是在党的培养下成长起来的，他们的任务是在党的领导下带领群众向地主资产阶级进行英勇的斗争，打倒他们，直到消灭他们，并用双手、智慧和科学技术建设新的社会和新的世界，特别是为实现四个现代化的伟大事业而斗争。他们也都是高大而又真实的英雄形象，不是江青之流所能否定和抹杀得了的。

否定、抹杀不行，偷换、取代也是不行的。这不但人民群众不答应，艺术法则也不允许。高贵者最愚蠢，卑贱者最聪明，这是生活的真实，颠扑不破的真理，文学艺术纵然手段高强，也不能混淆和颠倒。过去的文学家也曾努力把高贵的剥削者和压迫者写成好人和完人，但没有不失败的。吴敬梓是创作典型的能手，但他笔下的庄绍光、迟衡山、虞育德这样的理想人物却只能是一点光彩也没有的概念化的人物；果戈理是语言艺术的巨匠，但当他力求创作"好"地主的形象时，却完全无能为力。当然，吴敬梓、果戈理都是他们那个时代的杰出人物，绝不能把他们与文艺掮客和政治骗子相提并论。这里只是想要说明，江青之流想要把他们自己的丑恶形象伪装起来，美化起来，用以冒充和偷换我们时代的英雄人物，无论是在实际生活中还是在文学艺术中，都只能以彻底失败而告终。在《反击》《盛大的节日》等阴谋文艺的代表作品中，江青之流正是以"高、大、全"的"英雄"形象招摇过市的，也是以彻底失败而告终的。

1977 年 12 月

关于"写中间人物"[*]

十几年来，人们关于写"中间人物"议论很多；但"中间人物"这个名词，或者说这个概念，却总是令人感到不好把握。这也许是由于"中间大"的缘故吧。因为"大"，也就是人数众多，涉及的方面也广，自然难以用一个名词来概括；此外，"中间人物"易于使人联想到"中间派"，使人产生"不好不坏，亦好亦坏"的印象，这可不是很光彩的，如果用以概括那"中间大"，就更不妥当。总之，和"英雄人物""落后人物""反面人物"比较起来，"中间人物"的提法不那么明确，不那么好捉摸。但由于这个说法沿用已久，我们现在谈这个问题，也就只好将就着用"中间人物"来概括英雄人物和反面人物之"间"的各种各样的人物了。

我们知道，在"文化大革命"以前，"写中间人物"曾被批判为"资产阶级的文学主张"；这样的批判是很严厉的（其实批错了），但还是把问题归到人民内部作为学术问题来讨论。到了后来，林彪、"四人帮"为了达到他们的反革命目的，竟把"写中间人物"当做一条棍子来摧残文艺作品，迫害革命作家，在文艺理论和创作思想上制造很大的混乱。为了拨乱反正，繁荣创作，这个问题还有谈清楚的必要。

其实，无论是从文艺理论上来看，还是从创作实践上来看，都不能说"写中间人物"的言论和作品是"黑"的。

让我们先从创作上举例来看。

---

* 本文最初刊载于《北方文学》1979 年第 7 期。

《白毛女》中的杨白劳，也许可以说是一个"中间人物"吧，但他只能是那个样子啊！他的性格，他的悲惨的命运和结局，在歌剧中被描写得那么真实，那么深刻，真实感人至深。这个人物虽然在故事开始后不久就倒下了，不再登场了，但他的形象，他的命运，却一直影响着全剧的情节和喜儿这个主要人物的性格的发展，也一直牵引着观众的情绪。"四人帮""左"得出奇，他们对杨白劳这个艺术形象竟然也要进行"脱胎换骨"的改造，他们让他拿起扁担雄赳赳地反击阶级敌人，一下子把"中间人物"变成了"英雄人物"，这就把艺术形象破坏了，把优秀剧目破坏了。这一事实，不是也说明了"中间人物"既然在生活中是存在的，因而在艺术中也是不能抹煞的吗？

《创业史》中的梁三老汉是大家公认的"中间人物"的典型；其实，和梁三老汉生活在一个村里的人们，如他的老伴、任老四、梁大老汉、王二直杠和他的儿子拴拴、拴拴媳妇素芳等等众多的人物，都可以归入"中间人物"的范畴，他们在小说中出现和活动，都具有一定的甚至颇高的典型意义。试想想吧，如果把这些各种各样的"中间人物"从小说中抹去，哪里还会有什么"生活故事"？如果没有或者没有写好这些人物，梁生宝等英雄形象如何能创作成功？

也许有的同志要说，"中间人物"可以写写，但在我们的社会主义文学中，把"中间人物"作为主要人物来写，却是不适宜的。其实，这也不能一概而论。在我们的社会主义文学中，以"中间人物"为主要人物的优秀之作，也是不乏其例的。

在建国后创作的优秀短篇小说中，就有一些是以"中间人物"为主要人物的。例如《不能走那条路》，通过贫农宋老定在买地问题上的思想斗争的描写，揭示了翻身农民的心理状态和思想变化，表现了土改后新的农村生活的诗意和前景；又如《三年早知道》，通过中农赵满四在入社以后五六年间从落后到先进的思想变化的描写，歌颂了社会主义制度的优越性。这些作品都以对农村生活的真实描写见长，由于它们的主题思想的深刻和人物形象的鲜明，至今没有失去它们的读者。

长篇小说《青春之歌》中的主角林道静，显然也是一个处于中间状态的人物，虽然她后来发展变化成为无产阶级的战士。这个作品中的卢嘉川、江华和林红，当然是英雄人物了，但作者并没有把他们写成主要人物，这并没有影响到这部小说成为一部重要的和优秀的作品。的确，在中国共产党的领导和教育下，在中国革命的伟大进程中，许许多多的小资产阶级的知识分子经过艰苦的斗争和长期的磨炼，逐渐发展而成为无产阶级的革命的战士，林道静就是这样的一个典型。小说真实地描写了这个人物的生活道路和思想发展过程，从而有力地表现和歌颂了党对于中国革命的领导。

这样的例子还有不少，不必一一列举了。仅举以上诸例，也就可以推倒"四人帮"诬"写中间人物"为"黑论"、诬"写中间人物"的作品为"毒草"的不实之词。诚然，写"中间人物"而成为毒草是可能的；岂止是写"中间人物"呢，就是写工农兵英雄人物也可能写成毒草，"四人帮"炮制的文艺作品就是证明。可见人物写得怎么样，不只要看写什么，更重要的是要看怎么写，站在什么立场和用什么方法来写。

我们知道，恩格斯说现实主义的意思是"真实地再现典型环境中的典型人物"，毛泽东同志说革命的文艺"应该根据实际生活创造出各种各样的人物来"，他们都没有说什么样的人物才能写成典型。的确，各种各样的人物都是可能被作家写成典型的；只要是以现实生活为基础，以帮助群众推动历史前进为目的，作家可以按照自己的愿望和可能，自由地选择人物和题材来进行创作。我们可以要求作家站在无产阶级和人民的立场，运用马列主义、毛泽东思想的观点和方法来观察生活，创造典型，而不可以限制和禁止他们写某一方面的生活和某种某样的人物。文艺是现实生活的反映，既然现实生活中存在着大量的、各种各样的中间状态的人物，作家为什么不可以从中选取创作的题材和确定描写的对象呢？杨沫同志在《谈谈林道静的形象》一文中说，她写林道静，是想通过这个人物的思想变化的描写来表现党的伟大和党对于中国革命的领导作用，她还说："我知道在文学作品中，表现这种主题和思想可以从多方面，用种种不同的方法来进行。而我只能从我自己比较熟悉的生活，用我自己感受最深的东西来表现。"由此可见，一个作家选择什么题材和什么人物来描写以表现什么主题思想，总是从生活出发的，总是以他自己的生活经验为依据的。杨沫这样做了，结果创造了林道静这个人物，达到了歌颂伟大的中国共产党的目的，这不是很好吗？

当然，和写"中间人物"比较起来，写无产阶级的英雄人物是更重要的和更值得提倡的。无产阶级的伟大革命精神总是要通过本阶级的英雄来表现的，在无产阶级革命时代，特别是在社会主义国家，无产阶级的英雄人物往往是矛盾斗争的主导方面，社会主义的文学艺术想要描写和概括我们时代的波澜壮阔和错综复杂的社会生活，想要以共产主义思想教育人民，就有必要大量地着重地描写我们时代我们阶级的英雄人物。正是因此，恩格斯要求无产阶级作家描写和歌颂"倔强的、叱咤风云的和革命的无产者"，毛泽东同志要求我们描写和歌颂"新的阶级力量，新的人物和新的思想"。许多年来，我们提倡和强调社会主义文艺大力描写工农兵的英雄人物，并在这一方面取得重大成就，这是完全必要的和值得珍重的。今后，我们还要坚持工农兵的文艺方向，努力塑造工农兵的英雄形象。但是，我们不应该把提倡写英雄人物和广泛地描写社会生活中各种各样的人物对立起来。在实际生活中，不但"中间人物"是多种多样的，英雄人物也不是一个模子制出来的，反面人物也是这样。各个阶级的各种各样的人物在社会上生活着，交往着，矛盾着，斗争着，形成了错综复杂的社会关系。文学艺术正是应该根据这样的实际生活创造出各种各样的人物，描写出色彩鲜明的生活图画。《创业史》《青春之歌》等等优秀作品的作者们深谙此理、精心创造，给予我们的正是完整鲜明的人生图画。在这些作品中，英雄人物和"中间人物"既有矛盾冲突，又有团结一致。赵树理同志的作品也是如此。这位作家是以"写中间人物"闻名并获罪于"四人帮"，因而被迫害致死的。其实，他哪里只是写了"中间人物"？他的小说，例如《李有才板话》和《三里湾》，也都是按照生活的真实情景把各个阶级各种性格的人物的生活和斗争作为整体来描写的。他在《〈三里湾〉写作前后》一文中曾谈到他"为什么写了"王金生等英雄人物，也谈到他"为什么写了"一些"中间人物"（他没有用这个名词）和落后人物。他说："原来的农民毕竟是小生产者，思想上都具有倾向发展资本主义的那一面。所谓社会主义改造，正是为了逐渐消灭那一面。但是那一面不是很容易消灭的。目前的农村工作，几乎没有一件事可以不和那一面作斗争。……为了批评这种离心力，我所以又写了马多寿夫妇、马有余夫妇、袁天成夫妇、范登高、马有翼等人。"这位作家说得很明白：他写这些人物是为了"批评"他们，是在和"这种离心力"作斗争啊！在这个斗争中，他确实创造了令人难忘的艺术形象。赵树理同志在这篇文章中还谈到他的这部作品有"旧的多新的少"和"有多少写多少"等缺点，这是诚恳坦率的自我批评，也是对文艺创作的有益意见。他说"在一个作品中按常规应出现的人和事，本该是应有尽有"，而且这一切都应该写得"生活化"而不是概念化，就正是说文艺作品应该真实地再现和艺术地概括生活。生活是矛盾的统一体，是一幅完整的图画；人是一切社会关系的总和，作家在写任何一个人物的时候，都不应该把他（或她）写成脱离人群的超阶级的抽象的怪物和神物；正是因此，把写某一种状态的人（例如英雄人物）和写另一种状态的人（例如"中间人物"）对立起来，是说不通也行不通的。"四人帮"完全抹煞写"中间人物"的意义和必要，并且说写了"中间人物"的都是"黑线人物"甚至"反革命"；但是，在他们极力赞扬的作品中也不是没有"中间人物"（如《海港》里的韩小强），他们对这种现象根本不能解释，因为不能自圆其说而陷入混乱之中，这不也说明了问题吗？

在人民群众中，在革命队伍中，总是有一部分人比较先进，更多的人处于中间状态；但先进、中间和落后都不是固定不变的，在革命的进程中，人们的精神状态是会不断有各种变化的。就"中间人物"来说，就会有很多人发展转化而成为先进人物，也不免有相反的情况。无产阶级政党和理论的任务，无产阶级文学艺术的任务，就在于做好工作，提高和加强人民群众和革命战士的思想和战斗力，使先进者更先进，后进者赶先进、变成先进。这是从来如此。恩格斯在他提出"要真实地再现典型环境中的典型人物"这个著名论断的那封信中就说："工人阶级对他们四周的压迫环境所进行的叛逆的反抗，他们为恢复自己做人的地位所作的剧烈的努力——半自觉的或自觉的，都属于历史，因而也应当在现实主义领域内占有自己的地位。"这不就是说，先进的（自觉的）、中间的（半自觉的）都"应当"写吗？恩格斯这话是在1888年说的；过了将近二十年，无产阶级文学中出了一部《母亲》，这部长篇小说中所写的，正是俄国的"工人阶级对他们四周的压迫环境所进行的叛逆的反抗，他们为恢复自己做人的地位所做的剧烈的努力——半自觉的或自觉的"；列宁赞扬了这部小说，说它是"一本非常合时的书"，指出它对于那许多"不自觉地、自发地参加革命运动的"工人会有"很大的益处"。列宁所说的，高尔基所写的，也都说明了自觉的、半自觉的和不自觉的工人的生活和斗争都可以写进文学作品。只要是站在无产阶级革命的立场并遵循着文学创作的规律来写，无论是写先进的、中间的、落后的以至反动的人物，都会有教育意义和认识作用，都可以写成典型。而且，事实（如《母亲》）告诉我们，各种各样的人物，在一部规模较大的作品中，是都可能甚至应该写到并写好的。

毛泽东同志《在延安文艺座谈会上的讲话》中反复讲到我们的作家应该"歌颂无产阶级和劳动人民"。他说："对于人民，这个人类世界历史的创造者，为什么不应该歌颂呢？"同时又说："人民也有缺点的。无产阶级中还有许多人保留着小资产阶级的思想，农民和小资产阶级都有落后的思想，这些都是他们在斗争中的负担。我们应该长期地耐心地教育他们，帮助他们摆脱背上的包袱，同自己的缺点错误作斗争，使他们大踏步地前进。他们在斗争中已经改造或者正在改造自己，我们的文艺应该描写他们的这个改造过程。"这样的论述，也正是不但对于我们写"中间人物"有指导意义，而且对于我们写先进人物也有指导意义。是的，我们写英雄人物也好，写"中间人物"也好，都应该写出"他们在斗争中已经改造或正在改造自己"的思想发展过程，即使是在短篇作品中，也要把人物写得真实可信，合情合理。在写"中间人物"或落后人物的时候，我们不应该欣赏他们的缺点，出他们的洋相，而应该满腔热忱地帮助他们，表现他们；在写英雄人物的时候，则不应该把他们写成"高、大、全"的"尊神"。我们提倡塑造艺术典型，提倡人物创造上的多样化和艺术化。我们的文学艺术应当根据实际生活创造出各种各样的人物来，帮助群众推动历史的前进。

1979 年 4 月

排除阻力　团结向前[*]

——评《"歌德"与"缺德"》

　　读《"歌德"与"缺德"》一文，感到吃惊和气闷。这首先是由题目引起的。"歌德"怎么会与"缺德"联系起来了呢？通读本文，方解其意。

　　党的十一届三中全会决议，全党工作的重心转移到社会主义现代化建设上来，并确定"解放思想，开动机器，实事求是，团结一致向前看"的方针，解决了思想路线问题，使我们回到了马克思列宁主义、毛泽东思想的科学基础上来。三中全会精神激励和鼓舞着全国人民进一步解放思想，研究新情况，解决新问题，同心协力搞"四化"；文艺界也思想活跃，精神振奋，创作进一步繁荣起来。但也有人对三中全会精神不理解，抱怀疑，有抵触情绪，甚至反对。在一定的气候之中，他们就会发出与大多数人们的心情和语言不一致的论调来。《"歌德"与"缺德"》就是从文艺界冒出来的这种论调的一个比较突出的代表。

　　这篇文章的作者对文艺界近二三年来特别是三中全会以后出现的新气象看不顺眼，多所指责；而这些指责有的是无的放矢，有的是歪曲事实。文章一开头就这样说："一些人"对"歌德派""进行猛烈攻击"，并问道："'歌德'——歌颂是其文字的主要特色，这就有罪吗？"这就是无的

---

　　* 本文最初刊载于《河北文艺》1979 年第 9 期。

放矢。不说别的，就说近两年多出现的《杨开慧》《西安事变》《报童》《曙光》《陈毅出山》等等满腔热情、深刻有力地歌颂革命领袖和老一辈无产阶级革命家的好作品，不是受到全国人民和文艺界的热烈欢迎吗？有谁对它们的作者演出者"进行猛烈攻击"呢？有谁对他们兴师问"罪"呢？其实没有。不但如此，还有《保卫延安》《刘志丹》这样热情歌颂革命领袖和老一辈无产阶级革命家的好小说，被林彪、"四人帮"和他们的那个顾问定为"有罪"，三中全会后也已恢复名誉，广大群众拍手称快，这不也是事实吗？倒是《"歌德"与"缺德"》的作者对这些好作品一定不提，只是一味埋怨大家没有站在工农兵的立场上为无产阶级树碑立传，无视这些好作品的存在，把它们一概抹煞了。在这以后，作者进而凌厉地斥责"有些人用阴暗的心理看待人民的伟大事业"，是"善于在阴湿的血污中闻腥的动物"，这究竟何所指呢？这是不是指那些站在党和人民的立场，敢于揭露林彪、"四人帮"的罪恶，写出他们在党内和社会上造成的灾难和悲剧的许多作者？如果是，那么，这些作者所写的作品如小说《班主任》《神圣的使命》，话剧《于无声处》和许多诗歌、散文，深刻有力，大家读了深受教育和启发，却为《"歌德"与"缺德"》的作者所不能容忍，斥之为"缺德"。还有，对于那些怀着为"四化"服务的热情，深入"科学之宫"和工农业生产或国防第一线，探索科技奥秘，写出反映科技人员的生活、歌颂科技人员的创造性劳动和重大贡献的作品，这篇文章的作者也大为不满，斥责这些作品的作者"弃百分之九十五以上之工农，拾绿纱明镜中之'珍珠'"，在"科学家的楼上"和"悠悠的绿柳下苦思'惊人语'"；总之，在这篇文章的作者看来，为"臭老九"歌功颂德，树碑立传，是"缺德"的。这样，像《哥德巴赫猜想》那样的一批好作品，又被他一概否定了。

站在党和人民的立场上，歌颂无产阶级革命家和为"四化"出了贡献的人物的作品，作者不承认，说是"没有阶级性和党性"；暴露林彪、"四人帮"的深重罪恶的作品，作者又不承认，说是"诅咒红日""阴暗的心理"。那么，怎么办呢？如何歌颂才好呢？作者倒是给我们画出了一个样子。他歌颂道："现代的中国人并无失学，失业之忧，也无无衣无食之虑，日不怕盗贼执杖行凶，夜不怕黑布蒙面的大汉轻轻叩门。河水涣涣，莲荷盈盈，绿水新池，艳阳高照。当今世界上如此美好的社会主义为何不可'歌'其德?"原来这位作者是要大家这样"歌德"的！这究竟是教人写真实呢，还是教人搞"瞒和骗"的文艺呢？这究竟是教人团结起来向前看呢，还是拉着人民向后退呢？我们记得很清楚，这样的"歌其德"，这样的"瞒和骗"，是有过的。太远的和比较远的不说，就在前几年，一九七六年十月以前的那些年，就有过很不少，什么"鸟话花香"呀，"莺歌燕舞"呀，"盛大的节日"呀，"最好最好最好"呀，多的是，可惜谁也不相信。难道我们的文艺应该倒退几年，这样地"歌其德"，才算不"缺德"么？

当然，林彪、"四人帮"祸国殃民的时期已经过去了。"四害"既除，时至今日，"现代的中国"的现实，是不是像这位作者所"歌颂"的"如此美好"，有如世外桃源呢？当然不会是这样的。过去十多年间，林彪、"四人帮"一伙推行极左路线，对我们国家的破坏如此之大，流毒和影响如此之广而且深，要医治创伤，清理废墟，肃清流毒，消除影响，真是谈何容易！这正是我们大家正在体验的生活和进行的工作的一个重要的方面，不把这一方面的工作做好，完成四个现代化就是一句空话。

其实，就是《"歌德"与"缺德"》一文的作者自己，也并不是一味在"歌颂"的。他也感到，我们的现实生活并不是专由真、善、美织成，其中倒是有大量的使他难以忍受的假、恶、丑，用他的话来说，就是"缺德""阴暗""冷风""虫蛆""血污""闻腥的动物""绝对真理""比杜林高明十倍""自诩高雅"的"尊贵的先生"，如此等等，不一而足。这样一来，就把他自己所描绘和歌颂的"无忧""无虑""艳阳高照"的"美好"景象给污染和破坏了，使他自己的立论陷于自相矛盾和混乱的境地。而且，他这样鼓动读者和我们的文学艺术："让我们的文学艺术和着鲍狄埃所踏过的血泪，含着'四五'勇士们的战斗激情，去满腔热情的歌颂我国大地上的万里春光，去抨击形形色色的邪风浊气。"难得他在这里提到了并且"歌颂"了"四五"勇士，教我们学习"四五"勇士的"德"和"勇"去"歌颂"，去"抨击"。但可惜的是，《"歌德"与"缺德"》全文表明，它的作者要"歌颂"和"抨击"的和"四五"英雄歌颂和抨击的，在方向和对象上，是完全不一样的。"四五"英雄的"战斗激情"，是"四人帮"对悼念周恩来同志的革命群众进行残暴镇压激起来的,他们英勇抗争;百折不挠、斗争的矛头直指"四人帮"。但《"歌德"与"缺德"》全文却无一字提及林彪、"四人帮"的罪恶,反而对揭露林彪、"四人帮"的罪恶,歌颂对林彪、"四人帮"作英勇斗争的革命人民的文艺作品冷嘲热讽,大张挞伐,这岂不是与"四五"精神南辕北辙,背道而驰?

《"歌德"与"缺德"》一文的文风,是很不好的,态度蛮横,出言不逊,道理不多,帽子不少,是其特色。这样的文风,在林彪、"四人帮"极力推行文化专制主义的那十年间出现,自然不算稀奇;但在今天,尽管"帮"腔"帮"调还未绝迹,《"歌德"与"缺德"》一文的出现,也算得上是出语惊人的了。像上面引过的"虫蛆""闻腥的动物"之类,即使是对敌人喷去,也不是巧妙的、有力的和有效的战法,用来解决人民内部矛盾,那就离正确更远了。很显然,这样的文风,只能促成"五子登科"的复活,而无助于"三不主义"的实话;只能引起"心有余悸""心有预悸"的加剧,而无益于百花齐放、百家争鸣方针的贯彻执行。

总而言之,《"歌德"与"缺德"》发出的声音,我认为是一种阻力,或者也可以说是一种离心力的声音。它要阻挡的,是广大人民和文艺工作者前进的步伐;它要离散的,是同心协力搞"四化"的力量。

对革命事业和新生力量的阻力,从来是来源不同,情况各别,需要具体分析,区别对待。周恩来同志说:"要区别何为政治问题,何为思想问题,何为习惯势力,不能不分清问题性质事事斗争。……对阶级斗争要具体分析,不要把对反革命的警惕性和人民内部的思想改造混同起来。否则,毛主席所说的又有集中又有民主,又有纪律又有自由,又有统一意志、又有个人心情舒畅、生动活泼,那样一种政治局面,就不能形成。"(《在文艺工作座谈会和故事片创作会议上的讲话》)这个论述,完全适用于当前。我们在当前遇到的阻力,当然会有来自敌人的,但大量的和常见的是人民内部的矛盾。在人民内部,遇事有不同意见,特别是对大是大非问题有不同意见,是必然的和正常的现象。这就需要认真实行"双百"方针,开展讨论和争鸣,通过双方摆事实、讲道理,明辨是非,团结同志,共同对敌,齐心向前。我们和《"歌德"与"缺德"》的作者的争鸣,就是属于这一种情况。但无论如何，阻力总是要排除的。这一点，《"歌德"与"缺德"》的作者大概也是会同意的。他写作此文，就是为了把他所认为的"那些怀着阶级的偏见对社会主义制度恶意攻击的人"排除"到阴沟里去寻找'真正的社会主义'"。看来，这个争论还会继续下去。展开争鸣是好的，但希望不要再使用这样尖酸刻薄、"恶意攻击"的言词和口吻。难道不应该这样吗，同志？

1979 年 8 月

逼真与认真*

"客观逼真，主观认真"，这是周恩来同志对话剧演员的要求。其实，不只是话剧演员，所有的舞台艺术形象以至文学典型形象的创造者，都应该这样进行自己的工作。

文学艺术是现实生活的集中的和形象的反映，也就是作家艺术家的主观和现实生活的客观通过艺术形象达到辩证的统一。艺术的真实和生活的真实并不是等同的，所以周恩来同志说，演员创造的艺术形象"应当是又像又不像"。鲁迅说艺术"只要逼真，不必实有其事"，讲的也是这个道理。由此可见，所谓"客观逼真，主观认真"，也就是说作家艺术家要深入体验所描写或所饰演的人物的思想感情，真实地再现典型环境中的典型人物。

就演员的创造来说，他们的主观所面对的客观，较之诗人、小说家等语言艺术家又多了一层，那就是舞台下有千百双眼睛在注视着他们的表演。所以周恩来同志在讲到"要客观逼真，主观认真"的同时，还说到"要目中无人，心中有人"。演员登上舞台，就得进入角色，进入剧中人所在的特定环境，应该是无视观众，"目中无人"。但观众是演出者服务的直接对象，而实践又是检验真理的唯一标准。表演得"像"不"像"，"逼真"不"逼真"，靠谁来检验呢？就靠坐在台下的、演员为之服务的那许许多多的观众，所以演员又得"心中有人"。这个"目中无人"和"心中

* 本文最初刊载于《文艺研究》1980 年第 4 期。

有人"的关系，也应该辩证地统一起来。这个问题处理得好不好，是直接影响到角色创造的逼真与否的。

俄国的普希金在上一个世纪就谈到过剧场和"逼真"的矛盾。他说："我们读一首长诗或一篇长篇小说，常常会读得出了神，以为书中描写的事件不是虚构，而是实情。我们会想，在颂诗和哀歌中，诗人是描写自己真实环境中的真实感情。但是在分成了两部分的剧场里——其中的一部分坐满了事先约定的观众，——哪里还有逼真呢?"但是，尽管如此，千百年来，人们在剧场里，在认真的和成功的舞台艺术中，仍然不断地看到"逼真"，因而受到感动和教育，并满足了娱乐的要求。普希金提出上面那个问题，并不是为了否定戏剧艺术的"逼真"，恰恰相反，他这样说，正是为了肯定它和强调它，所以他说，"逼真仍旧被认为是戏剧艺术的主要条件和基础"；并说，"假定的环境中的热情的真实、感受的逼真——这就是我们的智慧所要求于戏剧作家的东西"(《论民众戏剧和戏剧〈玛尔法女市政长官〉》，《古典文艺理论译丛》2)。

在明明是"做戏"的场所表现出"逼真"的生活实践来，别无他法，只有"认真地演"。而"认真地演"就是不断地解决主观和客观的矛盾，使之达到辩证的统一。歌德挑选演员，"察看他个人的风度，看他有没有悦人或吸引人的地方，特别看他有没有控制自己的能力"。他认为对于一个演员来说，"控制自己的能力"是最重要的，因为"他这行职业要求他不断地否定自己，不断地在旁人的面具下深入体验着和生活着!"(《歌德谈话录》第74页)不断地"控制自己""否定自己"，以求得进入角色、变成角色，这就是演员的创造，演员的艺术。但演员终究不能不意识到他自己的存在；如若不然，就没有了"控制"者和"否定"者，也就没有了角色的创造，所以说"完全变成角色，是不可能的"。

歌德和普希金都是伟大的诗人和剧作家，而歌德又长期担任魏玛剧院总监，在培养演员方面是有经验的，所以他们的这些话，对于我们还是有益的。但在角色创造的问题上，最有发言权的还是演员。让我们听听当代的著名表演艺术家的经验之谈吧。

抗日战争时期，话剧《屈原》在重庆演出，饰演屈原的金山同志在回忆和总结他的经验时说："经过久练之后，把这些可以表达内心激情的动作，变成为近乎下意识的行动：达到得心应手、意到神随的境界。这时候，我的外在的一切活动，都成了有灵魂的东西，那时非这样做不可。就这样，我上台正式和观众见了面。"这就是说，上得台来，他已变成屈原，以角色的激情为激情，以角色的动作为动作了。但他是不是完全变为角色，因而否定自己的存在了呢？却又不是的。他说："在演出过程中，说不上我是演员还是剧中人，我只觉得我的确是屈原，但我的确又是自己；屈原在台上的感情洋溢奔放，势不可当，可是我并没有把自己忘掉，换句话说，演员并没有失去理智。何以证明呢？每次演出，屈原的内在的思维活动和外在的形体活动都是比较有机地、相互为用地进行着的，台词与举止也很少差错，每逢大激情的场面，无不畅所欲为……"（《我怎样演戏》，《文艺报》1961 年第 11 期）金山的这一番话，可以说是"客观逼真，主观认真"的很好的注脚。

让我们再举一个戏曲方面的例子。著名的表演艺术家盖叫天先生认为，一个演员要演好戏，先别着急从剧本中"找身段"，首先下苦工夫"找一"，什么是"一"呢？那就是人物的个性和内心活动，"有了一，才有二，才有三，才谈得上如何从手段上表露文采"，"内有所感，外有所发，内外合一，正是那么回事，当然精彩"。他还说："要真正找好演好一个人物，必须演员动感情，就像七八十岁的老画家，画山水花鸟时，自己的神态必然很雅致；画英雄时，他自己也会透露出英俊之气；画美人，画到传神之处，一边画着，一边脸上身上也会不知不觉做出千柔百媚的样子来，到了这种忘我动情的境界，这美人一定画得栩栩如生。喜怒哀乐动于情，唱戏也何尝不是如此！"以上的话，说的也正是"客观逼真"的道理；他说的是演戏，但也涉及绘画，很传神地说明了艺术家通过形象思维进入角色时的出神入化的艺术境界。但是，正当说到这个微妙处，盖叫天先生谈锋一转，又说出如下一段话来："当然并非说真实到完全忘我，你若是在台上真哭，脸上的油彩说不定给泪水冲成了五彩祥云，重要的是既要有真情实感，又要锻炼闹中取静的本领，尽管台上锣鼓喧天，台下黑压压一片，仍然不慌不忙，一丝不乱，该做什么，就做什么，该做到怎样，就做到怎样，紧紧拢住观众。"这一番话，不但说到了"客观逼真，主观认真"，而且说到了"目中无人，心中有人"，对于我们理解周恩来同志的讲话，也是很有帮助的。

"客观逼真，主观认真"的原则体现了艺术辩证法，不但适用于表演艺术，也适用于文学创作。

前面说过，诗人、小说家或剧作家在创作时一般并不面对观众和读者，似乎较为自由；但他们也有他们的难处。读者虽然不就在他们的面前或身边，但他们的创作毕竟是为了千百万读者，他们在创作中始终都要想到读者，想到自己所创造的人物和故事是否经得起群众的检验，这是一方面；另一方面，他们在写作诗歌、小说或剧本的时候，要创造的人物通常不是一个，而是几个、十几个甚至更多，这些人物不是由几个、十几个甚至更多的演员来饰演，而是出自一个诗人或作家的形象思维和典型化创造。这样，他们就更需要做到"客观逼真，主观认真"，让他们笔下的人物各行其是，各显其能，各尽其妙，各竟其功。

唐朝诗人贾岛"推敲"的故事，早已成了人们熟知的典故。这个故事不只是说明了修辞炼字的重要性，而且说明了形象思维的特点："僧推月下门"，"僧敲月下门"，借用表演艺术的话来说，那个诗人是进入角色，化而为僧了。《红楼梦》的作者曹雪芹说："满纸荒唐言，一把辛酸泪；都云作者痴，谁解其中味。"令人想见其如"痴"之情，"认真"之状，难怪他所写的人物那么"荒唐"，那么有"味"，那么"逼真"，那么典型。巴尔扎克说过，作为一个小说家，他经常化为他所描写的人物，"他们的欲望与困苦浸入我的灵魂，或者说我的灵魂走进了他们的欲望与痛苦。这好像一场醒着的梦"。入"梦"之深，使"我放弃了自己的习惯，以一种道德力的狂热改变了自己的性质而成为别人的……这种天才是谁给我们的呢？是一种'天眼通'呢，还是一种倘被滥用就近似疯狂的气质呢？我从不曾探索出这力量的来源，我只是据有了它而且利用了它而已"（《卡因·发西诺》，《巴尔扎克传》，海燕书局1951年版）。屠格涅夫在他为自己的全集所写的序言中则说："当某种人物使我感到兴趣的时候，我的理智就被他控制了。当我没有摆脱他之前，他日夜地追逐着我，使我不得安静。当我读书的时候，他会低声向我说出他对所读过的书的意见；当我去散步时，他就向我陈述关于我所能看到和听到的一切的见解。最后我不得不屈服——我坐下，写起他的传记来。"而像巴扎洛夫那样的人物则是"这样地控制着我，使我替他写日记"。

以上所举中外作家亲身体验的例子都说明，他们的创作得以有成的秘诀，就是"客观逼真，主观认真"。作家要根据实际生活创造出各种各样的人物来，就必须化而为宝玉、黛玉、凤姐儿、晴雯、薛蟠、高老头、拉斯蒂涅、鲍赛昂夫人、葛朗台、欧也妮、罗亭、叶琳娜、巴扎洛夫……设身处地，入于"化"境，达到"都云作者痴""改变了自己的性质"的"狂热"程度。但是，作家是否完全变成书中人物了呢？那当然不是的。巴尔扎克并不是真的在做"梦"，也不是真的在发"狂"，他只是经常有力地"据有了"而且"利用了"他的"梦"境、"狂热"或者"天眼通"的"力量"，足证他还是他，奥诺莱·特·巴尔扎克。屠格涅夫的说法有点儿不同，他不说他的理智控制着人物的感情，而说他的理智被人物"控制了"；其实那意思和结果是一样的，因为在形象思维和典型化的创造中，作家的"主观认真"和作品中人物的"客观逼真"是互相制约着，控制着，通过矛盾斗争达到辩证的统一。

"要客观逼真，主观认真"的意义，就在于通过形象，通过形象思维把思想表现出来；只有这样，才能使"教育寓于其中，寓于娱乐之中"，使文艺有效和有力地为社会主义服务。

创作的正路与歧途[*]

　　"十年动乱"过去以后，特别是党的十一届三中全会以来，由于"双百"方针的重新贯彻执行，文艺创作有了很大很快的发展，全国是这样，就河北省来说也是这样。在发展中，特别是在新情况下，创作上会出现这样那样的问题或偏向，这是难免的，我们对此不必大惊小怪，多所指摘，但也不应听之任之，更不宜予以欣赏和赞助，而应该加以分析，把创作力量引导到正确的方向上来。

　　短篇小说是具有较大的群众性和近年取得较大成绩的一个门类。从这一方面也能看出创作的发展和问题。近几年来，除了老作家时有新作发表以外，更为可喜的是，新人新作不断出现，引人注目和欣喜。例如贾大山、铁凝、汤吉夫等新作者的短篇创作就受到了人们的重视和好评。人们感到，他们的创作尽管还有这样那样的缺点和不够完美地方，但总的来说，他们的方向和路子是正确的，这样往前走，前程似锦。但近两年来，也出现了一些另一种令人注目的作品，它们使人们感到吃惊，又感到纳闷——为什么会写出和发表这样的短篇小说？它们是正确的吗？是健康的吗？它们的作者这样搞创作，会有光明的前途吗？举例来说，《日全食》（《河北文学》1980年12月号）、《竞折腰》（《河北文学》1981年1月号）、《醉入花丛》（《湛江文艺》1980年第6期，这篇小说与《竞折腰》为同一作者所作）就是这样的引人注目和疑虑的作品。

---

　　* 本文最初刊载于《河北日报》1981年4月2日。

　　我认为贾大山、铁凝、汤吉夫的创作是健康的。他们的小说是真实地写了现实生活情景的，是挖掘了和写出了生活的新意的，是引人思考和鼓舞人前进的。例如贾大山的《取经》《中秋节》，铁凝的《夜路》《丧事》，汤吉夫的《"老涩"外传》《"女光棍"轶事》，那画面、形象和思路都是清晰的，读后令人感到是那么回事，其中所提出的问题是从生活中来、从群众的心事中来的，是迫切地需要解决的、是正在解决的、是虽然不容易解决但总归是可以解决的——因为有党的领导，因为有人民的愿望和斗争。这几位作家的作品都是在农村工作或教学工作的过程中有真情实感的产物，他们在创作中认真学习了中外名家的现实主义的（还有积极浪漫主义）经验而又不专事模仿，实行走自己的路子，所以取得了一些成绩，并初步表现了他们各自的特点——就铁凝的习作来说，哪怕有的写得比较稚嫩、简单一些，也还是表现出她自己的特点，这是可喜的。

　　也应该看到，《日全食》《竞折腰》等作品是不健康的。为什么？因为它们的思路、画面和形象模糊、怪诞、混乱，但尽管如此，作家的意图也还是明白的，那就是暴露"文化大革命"的动乱和灾难。当然，社会的动乱和人民的灾难，文学应该反映和揭露，但应以社会生活的真实描写来表现，并写出人民的意志和力量来。哪怕写到了奇景异域，写到了极为不正常的社会现象，也应该写得合情合理。但在这几个作品中，很少看到对生活的真实描写，令人感到故事和人物都是生硬地编造出来的，是不可思议的。有些描写，写得血淋淋，阴惨惨，连自然主义的描写也说不上，因为太离奇了。特别是有些令人不忍卒读的描写是在"最高指示"的名义下一一展现出来的，效果是不好的。例如《竞折腰》中所写，人们在"下定决心，不怕牺牲"等"最高指示"的"催动"之下围海造田，并且在"田"上造"天安门"，造"主席塑像"，结果是"数百名战友"被大海卷去，在"解放军的拖网船捞起"的尸体中，"八个女友互相撕咬着，芳芳的牙深深地镶在女友小腿的骨缝中"，"大海呼嚎，骨骸悲鸣，我惊疑自己来到了鬼的世界"——全篇的画面和调子就是如此。这样的作品，看了只能叫人泄气和丧气，如作品所说的，"太阳还是那样明亮，照得我们心冷神灰"。

　　我们的生活难道真是这样的一点光明和希望也没有，"明亮"的太阳只能"照得我们心冷神灰"吗？不！不是这样！即使是在"十年动乱"当中，也并不是如此；"十年动乱"过去以后，就更不是如此了。仅此一点，就可以说明这样的作品是不真实的，就像一年以前《"歌德"与"缺德"》一文中把我们的社会现实美化为"河水涣涣，莲荷盈盈，绿水新池，艳阳高照"的"无忧无虑"的极乐世界一样的不真实、不可信。在这里需要说明一下，小说《醉入花丛》《竞折腰》的作者，和杂文《"歌德"与"缺德"》的作者，是同一个青年人。不久以前是目空一切的"歌德派"，一下子变成了不顾一切的"暴露派"，这是难以引起人们的同情的。孙犁同志在《夜路》的代序中说得好："创作的命脉，在于真实。这指的是生活的真实，和作者思想意态的真实。这是现实主义的起码之点。"《竞折腰》等作品的"真实"何在？它们的作者的"思想意态的真实"何在？

我们的文艺机构和报刊在培养文学新人的工作方面，近几年来取得很大的成绩。例如上面说到的几位青年作者在创作上取得的可喜的收获，就是与各级文艺部门和报刊编辑部门的辛勤的工作分不开的。但是，近两年来，刊物以显著的地位发表《日全食》《竞折腰》等作品，并以"卷头语""三言两语""文讯"等方式许之以"现实的""有一股年轻人的锐气和清新之感""大胆探索，其精神是可贵的"，等等，予以"支持"，读者对此是感到惶惑和不满的。

创新，探索，在文学创作上当然是需要的。但什么是"新"的，怎么做才是"创新"，什么样的"探索"才是有意义、有价值的，这是作者和编者都应该考虑的。无论是怎样的创新和探索，都不应该脱离现实生活，都不应该生编硬造，都不应该是无原则地随风倒。如果是这样，就是走入了歧途，任何人都不应该对这样的"创新""探索"叫好，鼓励他们还这样走下去。特别是在群众已经提出不同和不满的意见之后，更是需要在"探索"的途中停下来想一想了。我们的文学创作还是应该走革命现实主义的路，这才是容许百花齐放的、保证有个人创造性和个人爱好的广阔天地。

1981 年 3 月

慎勿"醉入花丛" *

——评李剑同志的小说创作

从去年春天到今年春天，李剑同志在一些文艺刊物上陆续发表了一些短篇小说，引起了人们的注意和非议。这是因为，就这些作品的大多数来说，它们的生活内容是虚妄的，艺术趣味是低下的，和全国人民在党的领导下同心同德搞四化和建设社会主义的精神文明是很不协调的；而就这些作品的作者来说，他的名字对读者并不是陌生的，人们知道他在前年因发表《"歌德"与"缺德"》一文而受到许多读者的批评，在这以后，他写的一系列的小说，从一个极端走到另一个极端去了。这确是很值得注意和分析的一种现象。现在，让我们检视一下李剑同志一年来所发表的小说，看看它们是什么样的思潮的产物。

一

"十年内乱"过去以后，描写"文化大革命"所造成的灾祸和悲剧，一时成为文艺创作的重要题材和主题，也产生了不少激动人心和发人深省的佳作，这是很自然的事情。李剑的小说也写"十年内乱"中的悲剧和灾难，但它们和那些真实描写当时生活和揭露林彪、江青反革命集团的罪恶

* 本文最初刊载于《河北日报》1981 年 8 月 20 日。

的作品不同，而是表现为向壁虚造，耸人听闻，斗争的主要矛头并不是指向林彪、江青反革命集团，而是指着"红太阳"说三道四，出语荒唐。其中最突出的是《醉入花丛》、《竞折腰》和《女儿桥》等篇。

《醉入花丛》写的是这样的一个故事：女红卫兵叶丽在"革命串连"中掉了队，天快黑时遇见一个农民，"她跟着他回村去了"，"她在他的土炕上睡了"。他向她跪着要求"亲亲"这城里姑娘，她骂他"耍流氓"；而当他哭诉说他"是雇农"，今年三十五了还"不知道媳妇是甚"时，"她的头脑中立即出现一段最高指示：'没有贫农，便没有革命。若是否认他们，便是否认革命；若是打击他们，便是打击革命'"，于是"她激动地把他拉了起来"，成了他的媳妇了。她因此作为"扎根农村"的典型被报纸宣扬着。地委书记向她敬酒，将她灌醉，奸污了她。她因此常常受到"粗俗"的丈夫的打骂。就是这样，这个作品写"她被那个时代吃了"，"她的肉体，成为粗野和欺骗的泄欲工具，而灵魂，却被那时的'酒'灌昏迷了。过去的生活中没有幸福，未来只有无限悔恨……"在这里，"粗野"成了"贫农"的代词，"欺骗"成了"书记"的别号，而"那时的'酒'"则成了对"最高指示"的咒语。这显然是不真实的和错误的。

《竞折腰》写的是这样的一个故事：为了向"九大"献礼，在东海之滨的"今朝"农场，围海造田的战斗打响了。填海填到五十米时，正好是未来农田的中心，用泥土和贝壳做的天安门就在那里建起。"毛主席的最新指示在鼓舞战斗"，"'万寿无疆'的口号响遏行云"，"祖国的领土扩大了，毛泽东思想普照的地域在向大海延伸"。"九大"召开之夜，暴风骤起，为了保卫毛主席，三千人抢救天安门。"'下定决心，不怕牺牲'就是这时体现"，与狂风巨浪搏斗的男女青年们一批一批地被大海卷走了。"我咬着牙，哭了。这天安门，这主席塑像，不过都是泥土做的。无生命的它们，使他们、她们去填这无底的大海。革命如果竟是这样，八亿人的淹没也不能使太平洋升高一寸。"在这个"围海造田"的故事中，还穿插着"我"与芳芳的爱情悲剧。他们本是深深地相爱着的，但芳芳的妈妈"被打成叛徒"的信息传来，顿然使"我"惊恐于"和叛徒女儿相爱"；"我抬头看着毛主席像，心中默念着：'世上绝没有无缘无故的爱'"，自省"我爱芳芳，是有缘有故的"，于是感到她就是"我心中的一点污垢"。但芳芳虽然被没收了红袖章，仍然和大家一起与风浪搏斗，并葬身于大海之中。到第二天，他看到了她的尸体，"芳芳的牙深深地镶在女友小腿的骨缝中"，"我"痛哭了。过了十年之后，"我"重临海滨，"立于礁石之巅，遥看大海深处，似见亡灵们奔走呼号，朝天倾诉着心中哀怨。大海呼啸，骨骸悲鸣，我惊疑自己来到了鬼的世界"。这个作品也像《醉入花丛》那样，动辄任意引用毛泽东同志的语录和诗词来观照悲惨和动乱生活的"描写"，仿佛一切的灾难和悲剧都来自"最高最新指示"和专搞"个人迷信"的高主任，而与"四人帮"兴妖作怪、祸国殃民并不相干。

《女儿桥》写的是这样的一个故事：在一个本名"康庄"，后来被称为"康庄大道"的村子里，十名中年妇女（她们都是多年前从河南逃荒来到这里的）被"造反派"诬为"人贩子"而受到批斗。她们的丈夫先已被批斗迫害致死。"造反派"批斗她们时，不准她们系裤带，强令她们爬上大桥。"刚刚爬到桥头，她们的裤子就掉了。""她们朝东站着，没有一个人提起裤子。世界上的人都死光了，还有什么羞耻可言？""她们不再唱'大海航行靠舵手'了。"就这样，这十个女人都跳河自尽了。这时，作者写道："大桥上沉默了。我隐隐感到，地球即将和月球相撞，人类的末日到了。我做好了跳跃的准备，试图在相撞的那一秒钟，腾空而起，去寻找另一个飞行的星球。"在这里，我们又一次听到作者描绘出完全悲观绝望的生活图画，甚至为人类敲响了丧钟。

尽管以上所作的只不过是这几篇小说的内容的简略的概述，但也许可以说明一些问题了。我们可以看出，作者对于"文化大革命"的看法是不正确的。他既不写林彪、江青反革命集团的罪恶，又不写党和人民的力量必然会和终于要战胜它们，这就看不见制胜之道，从而导致了他的描写的失真。

我们可以看出，作者对于毛泽东同志和毛泽东思想的感情和态度是不端正不严肃的。关于毛泽东同志的历史地位和毛泽东思想，党的十一届六中全会所通过的《决议》中已作了全面的和深刻的论述，我们应该认真学习。其实，就是在这以前，在党的十一届三中全会以后，关于对毛泽东同志和毛泽东思想的评价和态度问题，叶剑英同志和邓小平同志就曾多次作过恳切的和透彻的谈话。他们说，在我们党和国家的历史上，毛主席的功绩是第一位的，他的错误是第二位的。邓小平同志还说过，毛主席"多次从危机中把党和国家挽救过来。没有毛主席，至少我们中国人民还要在黑暗中摸索更长的时间"。邓小平同志还说，我们今后还要继续坚持毛泽东思想。这些原则意见，对于绝大多数的同志来说，是人同此心，心同此理的，但对于有些同志来说似乎不是如此。

就以李剑同志的小说来说吧，其中引用了"没有贫农，便没有革命""下定决心，不怕牺牲""世上绝没有无缘无故的爱"等语录，"四海翻腾云水怒，五洲震荡风雷激""踏遍青山人未老""弹指一挥间"等词句，他在引用时带有多大的主观随意性啊！引用它们来说明"十年动乱"和浩劫的生活图画，是多么严重地歪曲历史和令人痛心啊！这些光辉的思想和语言产生于什么年代，具有什么价值，难道小说的作者一无所知吗？难道在引用时不该认真想一想吗？是的，我们反对将毛主席当作神来崇拜，反对将毛泽东思想当作教条来信奉，个人迷信必须破除，"两个凡是"必须批判；但是，如果带着偏激的情绪来对待这个严肃的问题，甚至把"红太阳"作为诋毁和攻击的目标，也是必然会引起人民的反对的。

我们还可以看出，作者对于劳动人民和人民群众的描写是不真实的和错误的。他把叶丽的"丈夫"写成那样一个"发疯似的"人物，写得那样"粗俗""粗野"，甚至通过叶丽的"意识流"把他幻化为"猪"，"向她扑来，压在她的身上"；他把被批斗的那十个女人描写为"十个动物""一群人面母驴"；他通过叶丽、芳芳等人的悲惨遭遇，把"十年内乱"所造成的党和人民的严重挫折和损害写成只是她们"天性"的被麻醉、"女性的美"的被摧残和"母性的爱"的被泯灭；他把在"围海造田的战斗中"牺牲的知识青年和被迫害投河自尽的十名农村妇女的"亡灵"写得十分可怕，她们或则"奔走呼号"，永无宁日，或则"兴风作浪""挖着桥基"，以致临海凭吊者不觉艳阳高照，但感"心冷神灰"，而"女儿桥"边的农民，不是"绕道"而走，就是"投食"于河，"觉得，如果不这样的话，她们会找事的"。凡此种种，都是远离生活真实的描写，违背了我国现实主义和积极浪漫主义的文学传统，更不用说社会主义文学的党性原则了。

在这里，还有必要就《醉入花丛》中的地委书记、《竞折腰》中的高主任和《女儿桥》中的"造反派"头头黑五驴这几个人物说几句话。作者在第一次提到"地委书记"的时候，前面加有"年轻的"几个字，也许是暗示此人是"造反"起家的吧。高主任是一个只管向"九大"献礼而不顾其他的人物。黑五驴是凶神恶煞，无耻之尤。在以"十年内乱"为题材的作品中，描写形形色色的反面人物和犯有严重错误的人物，自然是必要的。但在这几篇小说中，对于前两个人物完全没有作具体的描写，对于后一个人物的描写也是漫画化和脸谱化的。本来，在这几篇小说中，画面和人物都是恍惚的、模糊的、混乱的、虚妄的，这几个人物则更缺乏具象性，令人感到作者只是安排了这么几个名位在那里为非作歹和发号施令，这就起不到揭露和批判的作用了。

二

"十年内乱"和文化专制主义过去以后，文艺界解放思想，突破"禁区"，创作题材广泛了，风格和写法多样化了。这是十分可喜的。李剑同志的小说涉及多方面的题材，诸如反特权、反封建残余和写爱情等题材和主题。现在，我们看看这些作品真实和正确到什么程度。

《花间留晚照》描写了领导干部的特殊化和不正之风。其中关于某局旧领导的去职和新领导的到来，局里的干部们钩心斗角、争相奉承新来的夏书记的描写，是比较有生活气息的；关于维维（这个局里的一个干部的女儿）十分心爱和极力维护她的住房窗外的一小块草地的描写，是颇有新意的；而通过人们给夏书记搭鸡窝以破坏维维的草地、诗情和生活环境，引出维维和许莉（夏书记的爱人）的矛盾，引出维维的"反特权"和许莉对维维的报复的描写，也见出作者的构思的某些特点。但是，就全篇来说，它的描写不能说是真实的，它的"反特权"的主题是表现得无力的。在这个故事中，真正具有特权思想和作风恶劣的人物是许莉，当然，她是利用了丈夫的书记的职位和领导的身份才得以纠合和支持一些趋炎附势的人们对维维施加报复并置维维于死地的。他们对维维进行报复的办法不过是散布流言蜚语以败坏这个姑娘的名誉，这一方面的描写占了大量的篇幅，但缺乏情节的连贯性和细节的真实，所以是不可信的。例如，和维维相爱的小夕的亲戚找 A（局里的干部）了解维维的情况，A 故意支吾其词；凑巧这时传来维维尖叫的声音，于是——

　　Ａ迅速打开窗户，指着楼下说："听，正打她呢！"

　　来者趴在窗口，静静听着。

　　"妈的，你还嫌我死得慢呀，干这种事！"

　　"不了……爸爸……"

　　"晚了！……这种事，干一回就了不得啰！看你以后怎么办，大人也抬不起头来！"

　　"我是觉得，窗上……脏……"

　　"听见没有，'床上脏'。"Ａ关住窗子，坐到了沙发上。

　　"妈的！"来者一脸怒气，告辞Ａ，走了。

　　本来，维维的爸爸打她，是因为她把擦窗户的旧报纸烧掉时不慎烧坏了夏书记的鸡窝；她之所以要擦窗户，是因为鸡屎把她的窗户弄脏了。就只因这"窗（床）上脏"的误会，使得维维丧失了名誉和爱情，这样的描写显然是庸俗的、拙劣的和虚假的。在故事中，这个情节是带关键性的。由此而把维维推向绝望和自杀，是令人感到迷茫的。

　　《断肠挥泪东风》是一个爱情故事，但也涉及领导干部的不正之风。李剑的大多数小说都穿插有爱情描写，情调都不健康，这一篇以写爱情为主的作品也不例外。什么"'娇小玲珑'的小雁偎在他的身边"，"她一手从背后揽着他粗壮的腰"，他"听着来自山溪和她的肺腑的柔情的和弦"，他们的爱情引起牛郎、织女、嫦娥、仙姑的"羡慕，羡慕，羡慕极了"之类，充斥于篇什之中。这一对恋人虽是萍水相逢，却是患难与共，那爱情本是海誓山盟的，但后来却轻易地散开了。因为小雁的妈妈与一个领导干部结了婚，她很快就凭着继父的特权调到了机关当上了"机要"的干部和娇贵的小姐，并且另有新欢了。在这里，作者把人与人之间的各种关系都表现得简单化、抽象化了，这样既不能使人看到社会上所有的真正的和虚伪的爱情，也不能使人看到所有的不正之风和反对不正之风的斗争。

　　《暗想玉容》也是写爱情的。"留美学生中最年轻的"也是最美丽的夏琳姑娘不堪病苦，投湖自尽，年轻而又多情的画家追踪而至，"暗想玉容"，坠入情网。他并没有见过她，但对她如此之倾慕，是因为她说过，

"世界一天天小起来"，"再也找不到新大陆了"，"于是，人们就开始研究人的本身，在自己身上发现新的东西"。他倾倒于她的这种思想，这种"哲学"。世上有这样的思想，有这样的"哲学"，这是并不奇怪的；奇怪的是，我们的小说作者为什么对它这样的倾心，这样的"暗想"其"玉容"？脱离"一天天小起来"的"世界"，追求一天天大起来的"自我"，是并不会"在自己身上发现新的东西"的，就连夏琳其人，不也就说明了这一点了吗？那么，为什么还要寄以同情和予以歌颂呢？

《古堡女神》写的是"一座古老的城堡"引进了"维纳斯"，因而引起了一场大批判和生活悲剧的故事。这个城堡虽然古老，却是在"县委书记"的领导之下，可见这是一个现实的故事。故事的主角是县委书记的女儿佳佳。因为临摹维纳斯女神的像出自佳佳之手，佳佳把她自己的青春和生命注入这个艺术品中去了，人们看到女神就像看到了佳佳；她很美，但她是半裸体的，用这个古城的人们的话来说，是"光屁股女人"。是"搞破鞋来"的，是"真'解放'"……于是维纳斯和佳佳一起成了"古堡的舆论中心"，成了淫荡的、赤裸的代表，成了流氓阿飞凌辱和进攻的目标，成了由"宣传部长"主持的"大批判"和"强大的政治攻势"的对象。就这样，佳佳死了。"她是古堡女神，在维纳斯屹立的地方，她跟她一样，赤裸着身体"，"她是一把火，用自己的生命，照耀着人们的思想……"

小说在这里提出了一个重要的问题：我们用什么样的理论原则和艺术形象来"照耀着人们的思想"？我们要用什么样的"火"和"生命"来鼓舞和推进我们这个东方文明古国在新的道路上前进？当然，小说对于这个问题是作出了答案的，那就是，用维纳斯女神的生命来照耀人们的思想！用爱和美的魅力来改造我们国家和人民！但是，可惜和可悲得很，在这个"古老的城堡"中，从县委书记、宣传部长到普通的人民群众，从老人到儿童，甚至还有那在部队里的兵兵（佳佳的爱人）都是那样地"粗俗不堪"和"敌视文明"，都是那样地见不得维纳斯，那样地不理解佳佳，那样地憎恨爱和美，那样地虽生犹死和不可救药！

很显然，作者提出的救国救民的方案，确实是人民所不能接受的；作者的愤慨和悲观，也是难以得到人民的同情的。当然，这并不是说维纳斯女神的艺术形象不值得欣赏，也不是说西洋的裸体画都不是艺术而应予唾弃，但如果把它们，或者说把爱情和女性美作为人类文明的象征、思想解放的代表以至改造社会的良方和推动历史前进的动力，并且夸大其词，把所有的人民群众（除了佳佳和东方光子）都描写成为不识维纳斯为何物的野蛮人，则是我们所不能同意的。中国人民毕竟是高举马克思主义、毛泽东思想的旗帜进行了几十年革命和建设的人民，中华民族毕竟是长久、深厚和优良文化传统的民族，他们知道如何调整自己前进的步伐，他们知道应该引进哪些先进的东西为我所用，他们是知道要朝着什么方向和目标走的。

在这里还应该提到，这几篇小说还有一个共同的特点，那就是不时穿插一些污浊庸俗的描写，简直叫人读不下去。这样的文字甚多，这里以不引为宜。也许在作者看来，既然写到维维、佳佳这样的人物的名声不好，那么，她们周围的人们对她们说出下流的话，做出粗野的动作，甚至要把她们当作易于下手的猎物来捕捉，就是顺理成章的事了。但这样写来，适足以见出作者趣味的不正和作品格调的低下，作者所极力推崇和歌颂的"爱和美的女神"实质上是什么，也就可想而知了。小说中的许多下流的动作和语言，不但出自流氓阿飞，而且出自普通工人和农民，说这是丑化劳动人民形象，是并不过分的。

三

读了李剑一年来发表的小说，有必要把他在将近两年前发表的《"歌德"与"缺德"》一文找出来再读一遍。两相对照，真所谓以子之矛，攻子之盾，针锋相对，旗鼓相当。

这篇杂文的作者自命为"歌德派"的代言人，他认为我们的文学艺术的任务就在于歌颂而不应有什么暴露，因为"现代的中国人并无失学、失业之忧，也无无衣无食之虑，日不怕盗贼执杖行凶，夜不怕黑布蒙面的大汉轻轻叩门。河水涣涣，莲荷盈盈，绿水新池，艳阳高照"。当时，广大读者就说这是闭着眼睛说瞎话。过了不久，这位作者转手写小说，竟然变成一个不顾一切的"暴露派"了。暴露黑暗当然也是应该的，但可惜的是，作者并不对生活作真实的描写，而是如上所述，无中生有，胡编乱造。他不但把"十年内乱"中的生活描写得阴阴惨惨，看不见一点光亮和生机，而且把这以前和以后的生活也写得漆黑一团，一无是处。例如在《女儿桥》中，写十名妇女从河南逃荒来到康庄，她们的家乡是"颗粒不收，救济款被地委书记盖了礼堂"，而康庄也是"谁家也没有隔夜粮"。大路上"饿死的人，见得也不是十个八个"；在《醉入花丛》中，写叶丽来到八里沟，见到的妇女"都是聋子、哑巴、瘸子"；在《断肠挥泪东风》中，写小雁的爸爸早就蒙受了冤屈自杀身死；而在《古堡女神》中，则是自有史以来，"古堡"里就是暗无天日，混沌一片。尽管这些描写都不过是东涂一下，西抹一下，谈不上什么艺术的真实，但对于"现代的中国人"过的是"无忧无虑"、尽善尽美的日子的说法，仍然是有力的讽刺。

杂文的作者说："毛主席是中国人民的大救星，有着无产阶级感情的人当然要歌颂毛主席的丰功伟绩。……向阳的花木展开娉婷的容姿献给金色的太阳，而善于在阴湿的血污中闻腥的动物只能诅咒红日。"说"当然要歌颂毛主席的丰功伟绩"，这是对的；但不问青红皂白，把揭露生活阴暗面的作者一律用尖刻污浊的语言斥之为"诅咒红日"，这就有悖于生活和事理了。更加令人感到惊异的是，作者自己在说过这一番话之后不久，就连篇累牍地写起小说来"诅咒红日"了。试问，这是怎样的一种"阶级感情"呢？

杂文的作者说："对于无产阶级和劳动人民，我们认为要全心全意地深入其中，透过他们明净的心窗摄取姹紫嫣红的春天景色。""工人、农民，都是些普普通通的平民百姓，历来被'文明'的地主资产阶级视为芸芸众生，开口闭口'小人哉'。毛主席领导的中国革命，让人民翻身当了国家主人。文艺工作者应是'社会公仆'，为什么不去歌颂他们？"说过这一番话不久，作者就完全忘记和根本否定了无产阶级和劳动人民的"明净的心窗"，转而用"文明"和"高雅"的笔调把"普普通通"的工人和农民写成"粗俗不堪"的"小人"和"野人"。这是怎么回事呢？如果我们套用杂文中的说话，"请问：道德哪里去了？"小说的作者该怎样回答呢？

这个问题，作者也许一时难以回答。我们不妨这样设想：作者在杂文中所说的话，是言不由衷的，而在小说中所抒发的，倒是他的真实的思想感情；还有一种可能是，作者在杂文中和小说中所写的，都不是什么定见，他不过是随着不同的风向从一个极端跑到另一个极端。不管怎么说，作者在两头使劲，都引起了许多议论，这是应该总结经验，汲取教训的。

要从这两次失误中汲取教训，还需认真地和正确地学习和领会党的十一届三中全会的精神和六中全会通过的《决议》。具有伟大历史意义的党的三中全会重申和确立了辩证唯物主义的思想路线，高度评价了"实践是检验真理的唯一标准"的讨论，号召全党和全国人民"解放思想，开动机器，实事求是，团结一致向前看"，把工作的重点转移到社会主义现代化上来。在三中全会的方针和精神的指导和鼓舞下，全国人民思想大大地提高了一步，整个国家出现了越来越好的形势。但在这种形势下，社会上还存有两种错误倾向，一种是未能打破"句句是真理"和"两个凡是"的束缚，把三中全会的方针和坚持马克思主义、毛泽东思想对立起来；另一种是歪曲思想解放的方针，利用思想解放的旗号，宣布马克思主义、毛泽东思想已经"过时"，推崇资产阶级思想和其他错误思想。人们说《"歌德"与"缺德"》一文是前一种错误倾向的一种表现，而同一作者的小说是后一种错误倾向的一种表现，不是没有道理的。

近两年来，我们的文艺创作在健康发展，并且出现了不少优秀的人才和作品，这是十分可喜的。但也确有一股不正之风在吹着。例如把歌颂光明和暴露黑暗对立起来；散布"世纪末"的悲观绝望情绪；把西方以至港台的腐朽的东西当作新奇的花朵来欣赏、来摹仿；如此等等，不一而足。说李剑的小说是受了这样的不正之风的影响，是不为过分的。借用他的小说中的语言来说，他是"醉入花丛"了。

当然，我们的文学艺术要健康地发展和前进，就需要正确地继承和借鉴古今中外的文学艺术的一切有益的和有用的东西；但是，把好的传统和作品当作"过时"的东西弃置不顾，而把腐朽没落的东西当作新奇的花色来欣赏，使自己麻醉起来，从而也放出奇形怪状的"花"来，这是我们所不能同意的。对于青年作者，我们要说：慎勿"醉入花丛"！对于已有"醉"意的青年，我们应该帮助他们清醒过来，走上健康的和正确的创作道路。

对于文艺工作者来说，最重要的课题是深入生活、树立正确的世界观和提高自己的艺术表现力。没有掌握够用的以至丰富的生活材料，不用正确的世界观来指导自己分析和提炼生活素材，或者是缺乏艺术表现力，是不能写出好作品来的。

应该看到，李剑同志在写作上是勤奋的。只要端正态度，提高思想，深入生活，丰富文艺修养，是完全可以弄清问题、改正错误和走上正确道路并做出好成绩来的。

现在，文艺界的形势和在"左"的思想路线影响或支配下的情况是大不相同了。就以李剑同志来说吧，他在将近两年前因发表了《"歌德"与"缺德"》一文而受到许多读者的批评，但并没有影响他继续写作和发表作品；不但如此，党的组织还热心地和耐心地对他进行教育和帮助，甚至党中央宣传部的领导同志还专门为《"歌德"与"缺德"》的发表和引起的议论召开座谈会，邀请李剑同志参加，帮助他提高思想，认识问题，鼓励他继续前进。这是多么令人感动的事！现在李剑同志又因发表了一系列的小说而引起了新的议论，大家还是以关心、爱护和帮助他的态度提出问题来讨论的。本文的写作也是出于这个意愿。如果李剑同志不以为这是"打棍子"，则幸甚焉。当然，本文涉及的问题不少，谈到的小说又都写得不很顺畅，甚至难以读懂，曲解之处，论断不当之处，是会有的。希望得到李剑同志和读者同志们的批评指正。总之，没有批评就没有前进。让我们学好党的十一届六中全会的《决议》，发扬我们党的好传统，掌握好批评自我批评的武器，求得共同提高，共同前进吧！

1981 年 5 月

马克思主义创始人与诗艺[*]

马克思主义创始人与诗歌艺术是有密切关系的。他们在青年时代都曾是热情的歌者；他们都是诗歌艺术的挚爱者和最高明的鉴赏家；他们极为重视革命诗歌的战斗作用和审美作用，对于诗歌问题作过许多重要的论述；他们是诗人的最好的朋友和导师。

现在，我国正处在一个全面开创社会主义现代化建设的新局面的伟大历史时期，在这个时候，学习马克思主义创始人关于诗歌的论述，学习他们在指导诗歌运动中所表现出来的立场、观点和方法，对于我们当前的诗歌运动的发展和诗歌创作的繁荣，是非常必要的和有益的。

一

马克思主义创始人认为，诗歌应该歌唱伟大的新时代，歌唱战斗的无产者，诗歌应该成为无产阶级革命的武器和号角。马克思说："19 世纪的社会革命不能从过去，而只能从未来汲取自己的诗情。它在破除一切对过去的事情的迷信以前，是不能开始实现自身的任务的。"① 马克思的这话是就"19 世纪的社会革命"即无产阶级革命说的，而无产阶级革命，既需要也包括诗歌艺术的革命。诗歌要革命，首先要破除迷信，和旧的传统观念

---

* 本文最初刊载于《马克思恩格斯创作理论研究》，百花文艺出版社，1984。

① 《马克思恩格斯选集》第一卷，第 606 页。

实行彻底的决裂，从而表现无产阶级革命的英雄气概和时代精神。正是在这个意义上，恩格斯批评"真正的社会主义"诗人"歌颂胆怯的小市民的鄙俗风气"，"然而并不歌颂倔强的，叱咤风云的和革命的无产者"①。恩格斯还说过："工人阶级对他们四周的压迫环境所进行的叛逆的反抗，他们为恢复自己做人的地位所作的剧烈的努力——半自觉的或自觉的，都属于历史，因而也应当在现实主义领域内占有自己的地位。"②

这个意见和要求，是既适用于小说创作，也适用于诗歌创作的。恩格斯还表示希望新的时代产生出"新的但丁来宣告这个无产阶级新纪元的诞生"③。马克思主义创始人就是这样为诗人和诗歌指出了前进的方向和道路。

随着无产阶级革命的蓬勃兴起和发展，无产阶级的战斗歌声从生活底层生发出来，越来越响亮和激越，猛烈地震撼着资产阶级的天堂。马克思主义创始人对于无产者的战斗诗歌作了最有力的赞扬。马克思指出，1844年德国西里西亚织工起义的战歌"是一个勇敢的战斗的呼声"，在这支歌里，无产阶级"厉声宣布，它反对私有制社会"，反映出西里西亚起义"意识到无产阶级的本质"④；恩格斯在他的《英国工人阶级状况》一书中引用了英国工人写的《蒸汽王》一诗，这首诗形象地、有力地控诉了"蒸汽王""用劳动折磨人的肉体，把人们活的灵魂杀光"，并号召工人们"快打倒国王"，"把他的手紧紧捆绑"。恩格斯指出，这首诗"正确地表达了工人中的普遍的情绪"⑤。由此可见，马克思主义创始人是如何感奋于无产阶级所发出的"勇敢的战斗的呼声"，是如何重视工人自己所创造的革命的诗歌，而他们在对于工人诗歌所作的评论中指出的"反对私有制社会"、"意识到"和表现出"无产阶级的本质"，正确地表达"工人中的普遍的情绪"，则是我们的诗歌所应具有的素质和特征。

---

① 《马克思恩格斯全集》第四卷，第 224 页。
② 《马克思恩格斯选集》第四卷，第 462 页。
③ 《马克思恩格斯选集》第一卷，第 249 页。
④ 《马克思恩格斯全集》第一卷，第 483 页。
⑤ 《马克思恩格斯全集》第二卷，第 472 页。

二

　　马克思说过，"柏拉图把诗人从他的共和国中驱逐出去"，这是他所"不同意"的[①]。马克思和恩格斯总是热情地欢迎和吸引诗人参加自己的队伍，启发和激励诗人为无产阶级革命而歌唱；他们总是乐意和善于同诗人交朋友，帮助诗人健康地和精神振奋地发挥他们的诗才；在他们所编辑的报刊上发表这些诗人的诗作，并吸引他们参加自己所承担和领导的编辑工作和革命运动。马克思和恩格斯为诗人海涅的"参加了我们的队伍"、写出了"宣传社会主义的诗作"[②]而欢欣，为德国无产阶级成长出"第一个和最重要的诗人"维尔特[③]而庆幸；马克思、恩格斯和海涅、维尔特等诗人的友谊，是文学史上的佳话，也是无产阶级革命史上的有光彩的篇页。由于考虑到革命的需要，由于爱惜人才和爱好诗歌艺术，马克思非常重视和爱护诗人，甚至对于他们的某些弱点也予以原谅和宽容。他认为"所有的诗人甚至最优秀的诗人多多少少都是喜欢别人奉承的，要给他们说好话，使他们赋诗吟唱"[④]。但是，如果诗人违背了原则，走上了错路，马克思是并不迁就他们的。例如，诗人格奥尔格·海尔维格和斐迪南·弗莱里格拉特都曾是马克思的朋友和合作者，但是，当海尔维格转向拉萨尔，马克思就说他是"'劳动'的虚幻的朋友"和"不是那种有用的人"[⑤]；而当弗莱里格拉特离开了革命斗争并表现出不利于革命的言行的时候，马克思就称他为"无耻之徒"，并且说，"为了嘲弄弗莱里格拉特，我们无论如何应该找一个诗人，哪怕我们必须自己替他写诗"[⑥]。

　　是的，马克思主义创始人是爱护和珍惜诗人的才华的，但他们更赞赏和推崇诗人的革命素质和战斗精神。正是因此，马克思称赞雪莱更甚于称赞拜伦，因为在他看来，雪莱"是一个真正的革命家，而且永远是社会主

①　《马克思恩格斯全集》第八卷，第 619 页。
②　《马克思恩格斯全集》第二卷，第 591 页。
③　《马克思恩格斯全集》第二十一卷，第 472 页。
④　《马克思恩格斯全集》第二十八卷，第 474 页。
⑤　《马克思恩格斯全集》第三十卷，第 423 页。
⑥　《马克思恩格斯全集》第二十九卷，第 430 页、456 页。

义的急先锋"①。马克思主义创始人希望诗人忠于革命事业，要求诗人"同革命运动的发展步调一致"，终身"精神抖擞地站在最前列"②，终身为革命和真理而斗争，就像他们赞扬约翰·菲利浦·贝克尔的那样。他们曾经称赞过他写的诗，但他们更尊他为无产阶级革命的"英雄"。

三

马克思主义创始人对于文学艺术的要求是："用最朴素的形式把最现代的思想表现出来。"③"最现代的思想"，对于无产阶级革命时代的诗人来说，就是无产阶级革命的思想，就是科学社会主义和共产主义；而"最朴素的形式"中的"朴素"一词，则是与"真实"一词密切关联的。马克思主义创始人要求文学艺术历史地、真实地反映社会生活及其发展。他们对于拉萨尔的《济金根》的批评，其主要之点就在于它的表现生活的不真实和描写人物的抽象性，他们认为这不是"朴素"的。他们还曾尖锐地深刻地批评夏多勃里昂和拉马丁，说前者是"漂亮的文学制造商"，他"虽然用了一切人工技巧，却时常显出一种虚伪来"④，而后者"在诗歌的花朵和辞藻的外衣蒙盖下"干着不光彩的事⑤，这种表现，就正好是"朴素"的反面了。

但文学艺术的"朴素"和讲究技巧与文采风流并不是互相抵触的。马克思、恩格斯高度赞赏但丁、莎士比亚、歌德、拜伦、雪莱、海涅等的作品，就因为它们是反映了社会生活的真实的令人赏心悦目的艺术。他们称赞海涅的"精致的文学"⑥，称赞维尔特的诗歌的"独创性"和"俏皮"⑦，赞赏丹麦民歌《提德曼老爷》的"无拘无束、泼辣欢乐的调子"⑧，主张

---

① 《马克思恩格斯论艺术》第二卷，第 261 页，人民文学出版社 1963 年版。
② 《马克思恩格斯全集》第二十一卷，第 370 页。
③ 《马克思恩格斯选集》第四卷，第 340 页。
④ 《马克思恩格斯论艺术》第二卷，第 241 页。
⑤ 《马克思恩格斯论艺术》第二卷，第 329 页。
⑥ 《马克思恩格斯论艺术》第四卷，第 12 页，人民文学出版社 1966 年版。
⑦ 《马克思恩格斯全集》第二十一卷，第 9 页。
⑧ 《马克思恩格斯全集》第三十卷，第 621 页。

韵律要安排得"艺术一些"和反对韵律上的"自由"放任①,甚至要求诗歌的"精心"排印,认为"诗节之间应有适当的间隔……如果间隔小,挤在一起,诗就要受很大影响"②。这一切都说明马克思主义创始人是如何重视诗歌的艺术形式和技巧。

当然,他们对于艺术形式的重视,是为了它能恰到好处地表现启人心智和引人向前的思想内容;那些"除了形式上的光泽,就再没有别的什么"的"专事模仿的诗人们"③,在他们看来,是不足道的。

归根结蒂,歌唱什么,怎么歌唱,是由歌者的世界观制约着的。反动的浪漫主义诗人的华而不实,面目可憎,是由于他们是"文学的制造商",甚至是政治上的"恶棍"④,"真正的社会主义"诗人的鄙俗不堪,"对叙述和描写的完全无能为力",是由于他们的"整个世界观的模糊不定"⑤。马克思主义创始人还指出,世界观的矛盾和障碍必然反映到创作中来,这在伟大的诗人的作品中也是常见的情况。"歌德有时非常伟大,有时极为渺小;有时是叛逆的、爱嘲笑的、鄙视世界的天才,有时则是谨小慎微、事事知足、胸襟狭隘的庸人"⑥,就是一个明显的例子。海涅是不同流俗的大诗人,卡尔·倍克是庸俗的"真正的社会主义"歌者,所以"在海涅那里,市民的幻想被故意捧到高空,是为了故意把它们抛到现实的地面。而在倍克那里,诗人自己同这种幻想一起翱翔,自然,当他跌落到现实世界上的时候,同样是要受伤的。前者以自己的大胆激起了市民的愤怒,后者则因自己和市民意气相投而使市民感到慰藉"⑦。当然,诗人海涅的创作的高峰,是在他侨居巴黎时达到的,这是和马克思对他的帮助分不开的;到了后来,他的一些诗作表现了忧伤的情调和悲观的色彩;而后起的维尔特在他"所擅长的地方"却能"超过海涅",为什么呢?恩格斯解释说,

---

① 《马克思恩格斯选集》第四卷,第339页。
② 《马克思恩格斯全集》第二十一卷,第473~474页。
③ 《马克思恩格斯选集》第四卷,第339页。
④ 《马克思恩格斯论艺术》第二卷,第329页。
⑤ 《马克思恩格斯全集》第四卷,第237页。
⑥ 《马克思恩格斯全集》第四卷,第256页。
⑦ 《马克思恩格斯全集》第四卷,第236页。

"因为他更健康和真诚"①。在世界观的问题上，真是一点也不含糊啊！

四

马克思主义创始人认为，无产阶级革命"只能从未来汲取自己的诗情"，认为要"破除一切对过去的事物的迷信"，并不是认为我们在革命和创造中可以割断历史和无视传统。马克思说："人们自己创造自己的历史，但是他们并不是随心所欲地创造，并不是在他们自己选定的条件下创造，而是在直接碰到的、既定的、从过去承继下来的条件下创造。"② 恩格斯说，不能"简单地抛弃这两千多年的全部思想内容，而是要批判它"③。"从它的本来意义上'扬弃'它"④，从中"剥取"和"获得"有用和有益的东西，以利于我们的创造。马克思主义创始人正是这样对待文化遗产的。据保尔·拉法格的回忆，马克思"能背诵海涅和歌德的许多诗句，并且常在谈话中引用他们的句子；他经常研读诗人们的著作，从整个欧洲文学中挑选诗人"⑤。恩格斯也是这样热爱诗歌并善于"挑选"诗人的。他们不但常在谈话中引用诗人的句子，而且常在他们的著作中引用诗人的诗句以加强它们的理论深度和文学色彩。例如，在《政治经济学批判》序言和《资本论》第一卷第一版序言的结尾，马克思引用了和变通地引用了但丁《神曲》中的诗句："这里必须根绝一切犹豫；这里任何怯懦都无济于事。""走你的路，让人们去说吧！"⑥ 这就鲜明地表现了作者对于科学的忠贞和他的著作的革命精神，也清楚地说明了他是多么喜爱"伟大的佛罗伦萨诗人的格言"⑦ 并从中汲取了可贵的精神养料。至于在自己的著作中引用诗人的诗的语言来进行科学论证以增强其说服力和感染力，则是马克思的文风的一个重要特点。如莎士比亚笔下的泰门的独白：

---

① 《马克思恩格斯全集》第二十一卷，第9页。
② 《马克思恩格斯选集》第一卷，第603页。
③ 《马克思恩格斯全集》第三卷，第527页。
④ 《马克思恩格斯选集》第四卷，第219页。
⑤ 《回忆马克思和恩格斯》第4页，人民出版社1973年版。
⑥ 《马克思恩格斯全集》第二卷，第85页。
⑦ 《马克思恩格斯全集》第二卷，第209页。

只这一点点儿，

就可以使黑的变成白的，

丑的变成美的，

错的变成对的，

卑贱变成尊贵，

老人变成少年，

懦夫变成勇士。①

歌德笔下的靡非斯托斐勒司所说的：

什么浑话！你的手、脚、脑袋

和屁股——难道确确实实都是你的？

只要它们作了我的享受的对象，

不也就同样属于我所有？

当我买了六匹剽悍的马，

它们所有的力量——不就都是我的？

我驾驭着它们四处奔驰，好像是

我就有二十四只脚一样！②

这些诗行，马克思就曾在《德意志意识形态》和《资本论》等著作中引用过，借以说明金钱的力量和货币的本质。

意味深长的是，马克思有时也从货币的本质论及诗人的本质。例如，在说明"同一种劳动可以是生产劳动，也可以是非生产劳动"时，马克思举例说，"密尔顿创作《失乐园》得到5镑，他是非生产劳动者。相反，为书商提供工厂式劳动的作家，则是生产劳动者"。并指出，"密尔顿出于同春蚕吐丝一样的必要而创作《失乐园》。那是他的天性的能动表现。后

---

① 《雅典的泰门》，《莎士比亚全集》（8），人民文学出版社1978年版，第176页。

② 歌德：《浮士德》，转引自《马克思恩格斯论艺术》第一卷，人民文学出版社1960年版，第238页。

来，他把作品卖了5镑"①。马克思还这样赞扬巴黎公社的工作人员说："公社主要是由普通工人组成，它……在最困难、最复杂的情况下，公开地、朴实地做它的工作；它像密尔顿写他的《失乐园》一样所得的报酬只是几英镑；它光明正大地进行工作……"② 由此可见，在马克思看来，"出于同春蚕吐丝一样的必要而创作"是诗人的"天性的能动表现"，也就是诗歌的本质；可叹的是，在资本主义社会里，不但有"为书商提供工厂式劳动"的诗人，而且像春蚕吐丝一样歌唱的诗人的创作，也会被出版商和书商拿去变成商品、产生利润和资本。这就导致了马克思的这样一个论点："资本主义生产就同某些精神生产部门如艺术和诗歌相敌对。"③ 正如马克思主义创始人在《共产党宣言》里所描叙和论述的："资产阶级抹去了一切向来受人尊崇和令人敬畏的职业的灵光。它把医生、律师、教士、诗人和学者变成了它出钱招雇的雇佣劳动者。"④ ——这正是马克思和恩格斯"直接碰到的、既定的、从过去承继下来的条件"，他们正是在这样的条件下进行他们的创造和斗争。

五

马克思主义创始人是民歌和民间文学的爱好者和收集者。青年马克思献给他所挚爱的未婚妻燕妮·冯·威斯特华伦的，不但有他自己创作的热情洋溢的大量诗篇，而且有他手抄的一部分民歌。马克思在他的著作和书信中，不但经常引用著名诗人的诗句，也随时引用民歌而益显其思想深刻和才华出众。例如，在对欧仁·苏的小说《巴黎的秘密》的批判中，马克思就曾引用德国民歌来讥刺小说评论者施里加和小说主人公鲁道夫：

> 我不思恋爱情，
> 任何男人我都不需要，

---

① 《马克思恩格斯全集》第二十六卷，第1册，第432页。
② 《马克思恩格斯全集》第二卷，第414～415页。
③ 《马克思恩格斯全集》第二十六卷，第1册，第296页。
④ 《马克思恩格斯选集》第一卷，第253页。

我一心想念上帝，
他是我唯一的依靠。①

哈内曼，
走向前，
你有双大的防水靴！②

　　这些民歌的引用显然有助于作者的批判和行文的风趣。恩格斯也曾在他的著作中引用民歌。例如，在《家庭，私有制和国家的起源》中，民歌的引用就是最有科学性和说服力的。作为史料来看，民歌和史诗以至史书、法律一样具有重要的意义。

　　马克思主义创始人热爱人民，因此热爱民歌和民间文学，并对它们之所由产生及其意义和特色进行探讨和阐发。恩格斯在他早期所写的《德国民间故事书》一文中说："民间故事书的使命是使农民在繁重的劳动之余，傍晚疲乏地回到家里时消遣解闷，振奋精神，得到慰藉，使他忘却劳累，把他那块贫瘠的田地变成芳香馥郁的花园，它的使命是把工匠的作坊和困苦徒工的简陋阁楼变幻成诗的世界和金碧辉煌的宫殿，把那身体粗壮的情人变成体态优美的公主。但是民间故事书还有一个使命，这就是同圣经一样使农民有明确的道德感，使他意识到自己的力量、自己的权利和自己的自由，激发他的勇气并唤起他对祖国的热爱。"恩格斯还指出，"这类书一部分是中世纪日耳曼语系的或罗曼语系的诗歌的产物，一部分是民间迷信的产物"，他认为，对其中所表现的人民的"自由幻想"和"奴隶式迷信"应该严加区别，应该宣扬前者而剔除后者。恩格斯还指出，德国民间故事书中的优秀者（如《浮士德》传说和《永世流浪的犹太人》传说），是民间诗歌中最深刻的、真正出自德国人民的"自由幻想的作品"，又是近代德国民族文学的土壤③。恩格斯的这些论述虽然是就德国民间文学而

①　《马克思恩格斯全集》第二卷，第205页。
②　《马克思恩格斯全集》第二卷，第208页。
③　恩格斯所著《德国民间读物》一文收入即将由人民出版社出版的《马克思恩格斯全集》第四十一卷。这里转引自《恩格斯早期美学思想初论》，《文学评论》1983年第2期。

言的，但具有普遍意义；各国和各民族的民间文学，就其主要的方面来说，具有深刻和丰富的人民性和"自由幻想"的特色，各国和各民族的重要作家和杰出之作，总是从他们的国家和民族的民间文学汲取有益的养料。

马克思主义创始人不但喜爱和重视德国民歌，而且喜爱和重视欧洲其他国家的民歌。恩格斯著有《爱尔兰歌曲集代序》，他在这篇文章中说，"这些歌曲……是民族情绪的表现"，英国人把爱尔兰的流浪歌手"看做民族的、及英格兰的传统的主要代表者，并不是毫无根据的。……他们给自己被奴役的但是没有被征服的爱尔兰人民留下的最宝贵的遗产，就是他们的歌曲"①。恩格斯还把古代丹麦民歌《提德曼老爷》翻译成德文交给报纸发表，并告诉读者说："这首民歌告诉我们，日益强大的贵族怎样反对自由农，以及农民通过哪些手段结束了贵族的勒索。这首富有朝气的古代农民歌曲对于德国这样的国家非常适合，因为在德国，有产阶级中封建贵族和资产阶级一样多；无产阶级中农业无产者和工业工人也一样多，或者甚至还要多些。"② 由此可见恩格斯是多么善于运用古代民歌来进行现实的阶级斗争。

六

马克思主义创始人评论诗歌艺术，指导诗歌运动，是一百年前的事了，他们是把文学艺术的"完美"创造寄希望于"将来"的③。在一个世纪后的今天，革命的文艺运动和诗歌运动有了很大的发展。在我国，在马克思主义的指导下，社会主义诗歌艺术和理论也有了很大的发展，取得了越来越大的成就。当然，在发展的过程中，总会产生出各种各样的问题来，需要讨论和解决。近年在诗界出现的一种"新的"诗歌艺术和美学原则"崛起"论，就是值得注意的。持此论者强调诗人的"自我表现"，而这种自我表现是和时代精神相脱离和隔绝的，是和"抒人民之情"相对立

---

① 《马克思恩格斯全集》第十六卷，第574~575页。
② 《马克思恩格斯全集》第十六卷，第39页。
③ 《马克思恩格斯选集》第四卷，第343页。

和抵触的，是"不屑于表现自我感情世界以外的丰功伟绩"、"英勇的斗争和忘我的劳动场景"的，他们要求于诗人者，是"追求生活溶解在心灵中的秘密"，表现"个人的感情，个人的悲欢，个人的心灵世界"①。他们"否定"和"排斥"诗歌创作中的现实主义，认为诗歌应"轻视真实地描写"，也要"彻底脱离"浪漫主义的"直抒胸怀"，主张打破"真实描写和直抒胸臆的传统表现方式"，提倡"诗人只排出一组组的字母和符号，读者可以把自己的感受代入其中，因而会因读者的不同而产生无数个'解'"。他们以"否定传统的面目出现"，认为完全没有必要和可能从古典诗歌和民歌汲取营养和得到借鉴，在他们看来，"现代倾向要发展成为我国诗歌的主流"，因为八十年代的青年诗人的"自我"的"感觉方式适于现代手法"②。

很显然，这样的诗歌艺术和理论主张，是不符合于诗艺的发展和人民的需要，也是背离了马克思主义的文论和诗论的。

在这里，回顾一下马克思主义创始人在青少年时代的诗歌创作活动，也许是有益的和有兴味的。

马克思在上世纪的三十年代曾写出大量诗歌，表现了作者的思想光辉和革命情怀。例如，在《查理大帝》一诗中（马克思在写这首诗时只有十五岁），作者歌唱：

> 旧世界在暗淡中衰落，
> 新世界在我们的面前升起，
> 是那样的生机蓬勃，
> 它们的光热多么谐和，
> 像是心灵中盛开的花朵，
> 星球的旋转——是它们的动作。

这里表现的革命热情是强烈的，诗的语言是明亮的，意境和形象是鲜明的、开拓的，格调是高昂的、深远的。这里也表现了"心灵"，但这"心

---

① 孙绍振：《新的美学原则在崛起》，《诗刊》1981 年第 3 期。
② 徐敬亚：《崛起的诗群》，《当代文艺思潮》1983 年第 1 期。

灵"是紧贴着时代和人生的,是跟随着和反映着"星球的旋转"和历史的
"动作"的。

马克思的诗作有许多是献给燕妮的。就是这许多爱情诗,也时而表现
了青年马克思的革命现实主义和革命浪漫主义精神。例如:

> 你的名字,我要写满千万册书中,
> 而不是只写几页几行。
> 让书中燃烧起智慧的火焰,
> 让意志与事业之泉迸涌喷放,
> 让现实的一切显露出它那不朽的容貌,
> 让诗的圣坛、宇宙的永恒之光、
> 天神的欢笑和全世的悲哀,
> 全都展现在世界上。

再如:

> 语言是什么呢?是为了荒诞和虚荣?!
> 它能否表达崇高的感情?!
> 而我的爱情——万能的巨人,
> 能把拄天的高山削平!①

这真是高尚的爱情和革命的理想的诗意融合和艺术表现。

尽管马克思创作的诗歌具有思想力量和艺术特色,但马克思对它并不
满意。当他写过二百多首诗之后,他对自己的诗作进行自我批评说:"抱
着空泛的和不定形的感情,缺乏自然的本色,凭头脑编造一切⋯⋯也许还
有某种感情的热力和对大胆飞驰的渴望⋯⋯整个毫无边际的广阔的憧憬,
在这里采取了各种各样的形式。所以诗句失去了必要的凝练,变成了一种

---

① 以上所引马克思青年时代诗作,据《人民日报》1983 年 3 月 12 日第 8 版。这些诗选自文
化艺术出版社出版的《马克思青年时代诗选》一书,译者为陈玉刚、陈玢。

散漫的东西……"①。马克思对自己的诗作的批评也许是苛刻的，但我们从这里可以看出，他的诗歌创作是从生活出发而又富有理想色彩，而他在理论上则是倾向于提倡现实主义的创造。他认为诗歌所需要的浪漫主义决不是"凭头脑编造一切"和表现"空泛的和不定形的感情"，诗的形式和诗句应具有其"必要的凝练"，这是由确切的、"定形的"诗意和诗情导致和决定的，否则就会导致诗的"散漫"和"不定形"。证之于马克思毕生所喜爱和倾倒的诗人是埃斯库罗斯、但丁、莎士比亚和歌德②。可见马克思在文学创作上肯定和主张的是现实主义和浪漫主义，或者是二者的结合。当然，这里说的浪漫主义是以现实主义为基础和具有革命进取精神的浪漫主义；马克思主义创始人对于"19世纪显著的感伤主义和浪漫主义"的反感是明显的③。

大体上相同的倾向，也体现在恩格斯的早期创作和他毕生的文学欣赏和评论中。

在我们的文学创作和理论研究的过程中，我们总是感到，马克思主义创始人永远是我们的导师；在我们的时代，要摆脱马克思主义的理论指导，是不能找到缪斯的。

1983 年 1~3 月

---

① 《马克思故事论艺术》第四卷，人民文学出版社 1966 年版，第 116~117 页。
② 1865 年，马克思的女儿们向马克思提出一系列有关马克思自己的问题，马克思以《自白》为题，对这些问题一一作了答复。其中的一个问题是："你喜爱的诗人?"马克思的回答是："莎士比亚、埃斯库罗斯、歌德。"在《自白》的另一种文本中，马克思对这一问题的回答是："但丁、埃斯库罗斯、莎士比亚、歌德。"据《马克思恩格斯全集》第三十一卷，第 588 页及第 709 页的有关注释。
③ 《马克思恩格斯论艺术》第二卷，人民文学出版社 1963 年版，第 241 页。

正确认识西方"异化"文学[*]

——《西方现代派文学简论》序

陈慧同志在河北师范大学中文系开西方现代派文学选修课，我赞成此举，他又以此为题写出了一本书，我更是感到高兴。为什么呢，因为这是适时的和对青年有益的——他讲西方现代派文学，并不是一味赞赏它，更不是吹捧它，卖弄它，而是给以比较实事求是的介绍和批评。

五四时期，西方的各种文学思潮流进我国，其中也有正在兴起的现代派文学，它在二十、三十年代的中国是起过作用的，但影响并不大，也不好；我国人民是乐于接受西方的现实主义和浪漫主义文学的，而就我国的文学传统来说，也是现实主义和浪漫主义最为深厚。三十年代以后的几十年间，由于长年的战争，又由于我们坚持和发展了马克思主义文艺理论，西方现代派文学对我们的影响更小了，我国青年甚至没有见过、也不知道西方现代派文学。这种情况不能说是完美无缺的，因为，对于西方世界的这种文学思潮及其流派知之甚少或者无知，我们的视野就不能说是开阔的，我们的知识就不能说是完全的，这并不利于我们的文学的发展。

进入八十年代以来的这几年间，随着我国在经济上实行开放政策，中外的文化交流也逐渐多起来了，这都是必要的，不可免的。于是西方现代派文学又流入我国，并在一些人们特别是一些青年中时兴起来。影响所

＊ 本文最初刊载于《河北师范大学学报》（哲学社会科学版）1984 年第 3 期。

及，一些理论文章和文学作品，宣扬和抒发一些错误思想和没落情绪，诸如：否认社会生活是文艺的唯一源泉，认为文艺只需作个人意识和潜意识的自我表现；表现抽象的人性和阶级调和、不分是非的人道主义，甚至把革命战争和社会主义制度描写为扼杀人性和不人道的怪物；宣扬悲观厌世的思想，把人世特别是社会主义社会描写为个人没有出路和前途的世界；宣扬资产阶级的个性解放、个人主义和无政府主义思想；还有的作低级趣味的色情描写和性解放的无聊宣传，如此等等。在文学主张上，他们学着西方现代派的腔调，提出一系列的"反"——现实主义、典型创造、革命传统、英雄人物甚至理性，他们都要反对和"排斥"。很显然，这样的论调和作品，是资产阶级自由化思潮在文学上的表现，它只能在社会上造成精神污染，在社会主义精神文明的建设中起着有害的作用。

当前资产阶级自由化思潮的出现，正如邓小平同志所说，"主要是十年内乱的后遗症，同时也是由于外来资产阶级思想的侵蚀。"（《邓小平文选》第 345 页）"十年动乱"遗留下来的"左"的东西我们要反对和清除，从西方世界来的没落腐朽的东西我们也要认真对待，决不能掉以轻心。

我们知道，西方现代派文学在其为时已经不短的发展过程中，是产生过形形色色的流派的，但它们都是西方资产阶级没落时期的文学，因而有其显然的共同倾向和特征，那就是对于资产阶级社会以至人世的怀疑、悲观和绝望情绪，远离人民群众和革命斗争的个人主义。当代西方文艺理论批评家并不否认这一点。用他们的话来说，"艺术家的'无家可归'和异化是现代派的基本前提"，"我们的文学是以个人危机感为标记的"，现代派文学"表现了精神的崩溃、孤独的绝望、兽性的残忍等当代资本主义这个'失去理智的世界'的一切典型现象"，"我们的最好作家是一些本身就受到异化而又专门描写异化的人"。这样的文学是无视群众的自我表现的文学，因而也愈来愈不受群众的赏识；现代派反对和排斥现实主义文学，但现实主义文学并未曾为群众所冷淡，而是转而为他们所欢迎。无论在西欧，还是在北美，情况都是如此。这种情况又不能不影响到现代派文学的发展和变化。现代派文学的各流派和作家的情况是很复杂的，他们有的并没有真正跟现实主义绝缘，有的到后来感到走现代派的"新"路走不通，又转而趋向现实主义。而现实主义文学，在世上总是不断向前发展，这原是生活和文学发展的规律，是任何力量也阻止和排斥不了的。

就现代派文学来说，在它的发展过程中，愈来愈感到它自己是"异化"的文学，这个现象值得我们注意。这不但因为西方的理论家用"异化"来概括西方当代文学，而且因为"异化"这个名词和概念的运用，是和马克思主义有关系的。

马克思在创造和确立剩余价值学说和历史唯物主义的过程中，曾借助于异化的论述。所谓异化，所谓异化的劳动，是说人所创造的产品，人不能支配，产品化为资本，反过来成为支配人的力量。马克思是这样说的：在资本主义生产中，劳动"物化过程实际上从工人方面来说表现为劳动的异化过程，从资本方面来说，则表现为对他人劳动的占有"（《马克思恩格斯全集》第四十六卷下册，第 360 页）。他还说，"这种颠倒的过程不过是历史的必然性，不过是从一定的历史出发点或基础出发的生产力发展的必然性，但决不是生产的某种绝对必然性，倒是一种暂时的必然性，而这一过程的结果和目的（内在的）是扬弃这个基础本身以及过程的这种形式"（同上书第 361 页），而"共产主义是私有财产即人的自我异化的积极的扬弃"（《马克思恩格斯全集》第四十二卷，第 120 页）。这样看来，马克思主义所讲的异化问题，其实就是生产力和生产关系的矛盾在私有制社会特别是资本主义社会的表现，就是阶级社会特别是资本主义社会的阶级矛盾及其对抗形式。马克思讲异化问题有一个发展过程，但其方向是明确的，是不容歪曲的。

但是，随着马克思主义的发生和发展，对它的歪曲总是接踵而来。特别是在马克思《1844 年经济学哲学手稿》于 1932 年公之于世的时候，它的编辑者兰修特（Landshut）和迈约（Meiyer）竟然说这部手稿是"真正马克思主义的启示录"，是"包括了马克思全部精神视野的唯一文献"，（转引自《马克思早期思想研究》，第 77~78 页，三联书店 1963 年版），这样，他们就把马克思的这部早期著作捧上了天，而把马克思此后的著作都贬低和否定了。他们说，《共产党宣言》中"到目前为止的一切社会的历史都是阶级斗争的历史"应改为"到目前为止的一切社会的历史都是人的异化的历史"。这可以说是歪曲马克思主义的一个典型的事例。自此以后，马克思在这部早期著作里所阐发的人的异化，就成为许多人歪曲马克思主义的"唯一文献"，"异化"也就成为一个热门的论题了。

我们在上面谈到的西方"异化"文学观，就正是这种思潮的一支。其中又还有什么"弗洛伊德的马克思主义"，"存在主义的马克思主义"等等流派。

就是这样，在现代世界上，马克思主义有许多种。歪曲马克思主义的，也自称和被称为马克思主义。当然，马克思主义终究是歪曲不了的，它以放之四海而皆准的理论权威在世界上日益广泛地传播，在和形形色色的反马克思主义思潮的斗争中日益发展和壮大。

从二十世纪二十年代之初以来，特别是从井冈山时期和延安时期以来，中国共产党和中国人民是高举马克思主义的旗帜在斗争中前进的。我们当前的任务是进行四个现代化建设，并在建设高度物质文明的同时，建设以共产主义思想为核心的社会主义精神文明。照马克思早期的说法，我们现在是处在"人的自我异化的积极的扬弃"的过程中。这就是说，我们正在积极地努力地反对和清除我们社会中还存在的一切阴暗的、没落的、不合理的、阻碍我们建设四化和两个文明的东西，而所有这一切，都是资产阶级和其他剥削阶级遗留或传染给我们的！我们经常说，我们要在改造客观世界的同时改造我们的主观世界，就是说要在马克思主义的指导下，同形形色色的精神污染作斗争，从而树立共产主义世界观，成为社会主义新人。

正是因此，我们当前要反对和清除资产阶级自由化思潮。在这种思潮的种种表现中，我们看到，"异化"之声不绝于耳。其中有一些是跟着西方的鼓噪或窃窃之声跑的，或者是受它的影响的。其中尤其值得注意的是"社会主义异化"论。论者硬说这是马克思主义观点，其实完全不是。马克思主义讲人的异化，异化的劳动，是指私有制社会特别是资本主义社会说的，到共产主义（其初级阶段是社会主义）实现，"异化"就要"扬弃"，何来"社会主义异化"？我们社会主义社会中的还存在的不合理的东西是封建思想的残余和资产阶级思想的沉渣泛起，而决不是社会主义社会本身所有和注定要有的东西。

很显然，在我们的文学界也有"社会主义异化"论，有的是用文艺理论来表现，有的则是借文学形象来表现。

如上所说，我们文学界的一些不良现象与西方现代派文学有联系，所以我们要认真地和正确地认识和对待西方现代派文学。

西方现代派也是时代的产物，社会的产物。就其怀疑和绝望于西方没落的资本主义社会来说，它还是有产生和存在的理由的；其表现技法也有某些可取之处。但把它搬到我们这里来，说我们的现代化要引进这样的现代派，说这才是我们社会主义文学的出路，这种理论，是难以服人的；这样的创作，读者必然多不了。

但无论如何，我们应该认识它，理解它。无论是从批判它的意义上来说，还是从借鉴它的意义上来说，都应该是这样。

陈慧同志的这一本书，就是适应了这种需要而写的。他从波德莱尔和爱伦·坡的影响写起，一直写到"反传统""反理性"的各种"新"流派；对于它们的时代背景、哲学依据、理论要点、创作特征和它们的主要作家，一一作了介绍和说明；章节的安排醒目，行文的明白晓畅，也是这本书的优点。我读这个书稿，长了知识，也明白了一些问题，感到这是一本好读而又有益的书，因此说了以上的一些话，算是这本书的序。

1983 年 11 月 1 日

关于更新文艺批评和研究方法的问题[*]

关于更新文艺批评和研究的方法问题，人们已经发表了不少意见，并已有了一些实绩，这是很可喜的。我在此谈谈一时的感想和浅薄的意见。

一

谈到方法问题，毫无疑问，一定要坚持学习和运用马克思主义的立场、观点和方法。由于在相当长的时间里，我们的文艺批评和研究受到"左"倾教条主义的影响和支配，使人望而却步，甚至产生信仰危机。正因如此，我们更要坚持宣传和提倡马克思主义，并且准确、全面地理解、掌握和运用。比如说，现在有的同志对"反映论"，也就是对"文艺反映社会生活"之说啧有烦言，这是可以理解的；但这不能埋怨马克思主义说得不周全。我们所熟知的一个关于这个问题的提法是："作为观念形态的文艺作品，都是一定社会生活在人类头脑中的反映的产物。"这个提法是全面、深刻、无懈可击的，是放之四海而皆准的。据此，生活是"源泉"，"头脑"是"工厂"，产品属于"观念形态"，并没有说文艺作品只是"反映生活"而不能"表现自我"。又如，有的同志强调"内在的"批评，主张探究和揭示文艺的内在规律，而对于"外在"的批评和规律表现反感和轻视。这也有其一面道理，而且事出有因。这可以说是受了英美新批评派

---

* 本文最初刊载于《求索》1986年第1期。

的影响，但更重要的是，许多年来，我们的文艺批评和研究多谈甚至只谈社会和政治，少谈甚至不谈艺术和审美，当然要引起人们的不满和反对。现在大家要求和实行谈审美感受，做艺术分析，考语言特点，探创作规律。当然是很好的事情，也是必然的回归。但是，在这个问题上也不要带有片面性，"内""外"固然有别，不可混为一谈，但把它们机械地割裂也是不行的：既不能只谈思想（更不用说只谈政治），不谈艺术，也不能只谈艺术，不谈思想（其中不能没有政治）、这样的文艺批评，即使在"新批评派"中也是它的末流表现。"新批评派"的创导者之一、诗人和批评家 T·S. 艾略特的主张并非如此，他的批评和批评论，倒是冶"内""外"于一炉，不过他的那种一炉冶法，自有其特点和偏颇之处罢了。就马克思主义的文艺观点和批评方法来说，只能是思想和艺术的一致，美学观点和历史观点的统一。因为我们谈文艺规律，谈审美经验，不能离开历史唯物主义的基本观点：社会存在决定社会意识，经济基础决定上层建筑及其相应的意识形态，而后者又反作用于前者。当然，作为意识形态的文学艺术，自有其特殊规律，这是应该探讨和研究的，但这个探讨和研究不能无视和不顾经济基础对文艺的制约，也不能无视和不顾其他意识形态对文艺的影响（文艺也影响他们），这也是毋庸讳言的。如此看来，硬搬"新批评派"的某部著作的"内部""外部"之说，重"内"而轻"外"，以为这才是文艺批评和研究的最好方法，是不恰当的；当然，这并不是要否定"新批评派"的可为我所用的优点和长处。

列宁说，马克思主义"并没有抛弃资产阶级时代最宝贵的成就，相反地却吸收和改造了两千多年来人类思想和文化发展中一切有价值的东西"（《列宁选集》第四卷，第 362 页）。这就是说，马克思主义是一个开放的思想体系，过去是这样，现在和今后当然也是这样。例如，党的十一届三中全会以后，农业生产责任制的施行，"一国两制"的构想，当然是总结了我国三十年经验和两千年经验的结果，但也借鉴了别的国家的经验。中国抗日战争时期，就实行过一国（一个政府的名义）两制（国民党统治区的半封建半殖民地制度，共产党领导下的新民主主义制度）；美国 1861 年南北战争前也存在过一国（一个联邦国家）两制（南方的种植园奴隶制和北方的资产阶级雇佣劳动制）。我举这两个例子，是因为它们是关系我们国家政治和人民生活的大事，对于文学艺术来说，很难说是什么"外在的"东西。比如说，新时期的文艺创作特别是反映农村生活的作品，岂能不问农业生产责任制的施行和它的发展与完善？我们现在回顾和评论《创业史》《山乡巨变》这样的作品，岂能不联系到新时期的农村工作和农业生产的大发展和大变化？同样，"一国两制"的构想和现实的发展，正在和将要深刻、广泛地影响及于文学艺术。从历史上来看，抗日战争时期的国共合作已经和还要在文学艺术中做出描写，自不必说；美国的南北战争对于文学艺术也不是"外在"之物，斯托夫人的杰出作品《汤姆叔叔的小屋》和马格丽特·密西尔的畅销小说《飘》就以不同的旨趣说明着这个问题，对于这样的作品的欣赏、评论和研究，又岂能只问艺术，不谈政治？

在马克思主义这一开放思想体系的指导下，我们的文艺当然不应该是封闭的，而应该是开放的，凡是人类思想和文化上有价值的东西都要吸收，也就是洋为中用，古为今用。然而，事物往往是复杂的，这就需要分析、辨别，不能简单从事。比如说，柏拉图是唯心主义者，但唯物主义者车尔尼雪夫斯基却说"柏拉图的著作比亚里斯多德的具有更多真正伟大的艺术思想"，柏拉图的摹仿说"比亚里斯多德发挥得更深刻，更全面"。（《美学论文选》，第 129 页、131 页）。又如，一般说来，浪漫主义者是不赞成古典主义者的，但是，浪漫主义诗人拜伦却对古典主义诗人蒲伯推崇备至，直到写《唐璜》还在其中歌颂这位前一世纪的诗人。别林斯基说，"古典主义和法国文学的年轻的浪漫主义，就其本身来说，在其片面性中都是虚谎，虽然在它们每一个里面都有自己的真实的一面"，而"在这两个方面的相互调和中包含着我们时代的艺术和真实概念"（《别林斯基选集》第三卷，第 169 页）。这样看问题，可能是比较圆通的。我们向来说，欧洲的浪漫主义运动是古典主义运动的反拨，现实主义运动是浪漫主义运动的反拨，而象征主义运动又是对现实主义（特别是自然主义）的反拨，并跟浪漫主义运动异趣。这也只能是一般言之，认真说来，谁也没有真正反拨和否定得了谁，此消彼长的情况有的，互相影响的情况也是有的，它们都是时代的产物，各有所长。就现代各批评流派来说也是如此，似乎可以说，新批评派起来是要纠社会派批评之偏，结构主义起来是要纠新批评派之偏，接受美学起来是要纠结构主义之偏，如此等等，但是，谁个不偏呢？应该看到，各有其偏颇，也各有其优长，要避其所短，取其所长，为我所用。重要的问题在于分析、识别、选择，有助于我们在批评和理论上的创新。

二

关于社会科学研究和自然科学研究之间的沟通问题，其中包括文艺研究取法于自然科学的问题，现在已成为学术界讨论的一个热门。其重要性自不待言。正如马克思所说，"各门科学在十八世纪已经具有了科学形式，因此它们便一方面和哲学，另一方面和实践结合起来了。科学和哲学结合的结果就是唯物主义……科学和实践结合的结果就是英国的社会革命"（《马克思恩格斯全集》第一卷，第666~667页）。哲学和社会科学从来离不开自然科学的参与和助益，社会愈是向前发展愈是如此，敏感的文学艺术及其科学岂能例外？但还要看到，自然科学也是离不了哲学和社会科学的参与和助力的，也是社会愈是向前发展就愈是如此，特别是哲学对自然科学发展的意义不应忽视。哲学总是处在更高的地位来思考和概括问题的，其中包括"自然科学革命所提出的种种哲学问题"（列宁语）；与此密切关联的是，社会科学（包括文艺学）在借重自然科学的思考和方法的时候，不宜生搬硬套，而应该把它们化作"哲学问题"的思考，这才有助于自己的研究。

从历史上来看，亚里斯多德是哲学家，也是科学家，这是他得以青出于蓝，超过他的老师柏拉图的一个重要原因和必然表现。就他的诗学来说，就可见出他运用其他科学（包括自然科学）的思想和方法于其中的迹象，但他讲的毕竟是诗学，他所探讨和阐明的是诗学即文艺学的规律而不是其他，更重要的是他的诗学体现了哲学思想的改变，他的模仿说的根据和立足点是现实的世界而不是永恒的理念。达·芬奇是艺术家，又是数学家、力学家和工程师，这自然渗透于他的美术创作和理论，但这是不露痕迹的，他只是说，"画家应该研究普遍的自然"，他的心好像一面镜子，"真实地反映面前一切，就会变成好像是第二自然"，经验和理性把他的自然科学知识和技能融化入他的艺术和画论之中了。伟大的诗人歌德毕生研究自然科学，并有多方面的造诣，这当然有助于他的文艺思想和创作，但他掌握的自然科学并不是直接进入他的文学的。他曾对黑格尔这样说，"幸好对自然科学的研究使我没有患精神病！因为在研究自然时，我们所要探求的是无限的、永恒的真理"（《歌德谈话录》，第162页）；他还说，"如果我没有在自然科学方面的辛勤努力，我就不会学会认识人的本来面目"（同上书，第183页）。由此可见，歌德的自然科学造诣有助于他的文学成就，主要是因为这有助于他探求真理和认识人。意味深长的是，歌德是不同意把自然科学的术语生硬地搬进文学中来的，例如他反对用Komposition（构成）来说明文学创造，他说，这个词可以用之于将一些零件来构成一部机器，"但是如果我想到的是一个活的东西，它有一种共同的灵魂贯串到各个部分，是一种有机体，那么我就不能用Kompositon这个词了"（《歌德谈话录》，第246页）

在我国，科学家和文学家一身二任的人物也是有的，例如东汉的张衡，北魏的郦道元，宋朝的沈括，明朝的徐霞客，现代的丁西林等，而最值得我们学习的是鲁迅。终其一生，鲁迅是作为一个思想家来吸收和运用古今中外的自然科学、社会科学和哲学的，在他看来，自然科学自有其"范围"，社会上的事情如人民的疾苦和阶级的压迫，它并"没有顾及"和"给予解答"，"接着这自然科学所论的事实之后，更进一步地来加以解决的，则有社会科学"（《二心集〈进化和退化〉小引》）。

在当代著名学者当中，钱学森同志以科学家而关心和谈论思维科学和文学艺术，其言恳切而具有真知灼见。他曾说，"科学技术的发展，对思维、对文艺都必然会有影响。所以文艺界的同志们要关心科学技术"；"思想僵化，死守经典著作，认为'系统科学'、'系统工程'、'信息'一类的词不能写进马克思主义哲学，这不行；另一方面，盲目崇拜西方，认为托夫勒，奈斯比特比马克思还高明，这也不行"。他还说，什么《第三次浪潮》呀，《大趋势》呀，"他们讲的那些现象值得我们认真研究，但他们讲的东西最多是一个素材，他们的结论我们不能照搬"（见《文艺研究》1985年第一期）。我想，这样讲是比较合乎实际情况的。

三

我们当前的总目标和总任务是建设有中国特色的社会主义，我们谈文学和艺术，谈批评和研究，不应离开这个大局。这就要求我们：联系实际，贯通中西。

我们谈文艺批评和研究方法，向来是谈西方的多，谈本国的少，当前更是如此。现在不是"言必称希腊"，而是"言必称电脑"。应该说，这是大趋势，也是大进步，不如此，肯定没有前途。但是，作为中国人谈中国的现代化、中国的社会主义文学艺术，不谈或少谈中国本土及如何建设有中国特色的社会主义（其中包括文学艺术及其研究方法），这就脱离了根本。当然，本国的东西谈得少，这是有原因的，因为中国历来的文艺理论不够系统，不够精密，难以启迪我们建立现代化的科学研究方法。但必须看到，中国文化的美妙、精到和圆通，又自有其优长而非西方之所能及者。我们应该吸取外国之所长，以补我之不足，把中外结合起来，以建立有中国特色的新文艺学。学贯中西、艺甲天下的艺术家徐悲鸿主张"古法之佳者守之，垂绝者继之，不佳者改之，未足者增之，西方画之可采入者融之"（《中国画改良论》，1920年），这正是立足中国放眼世界之论，至今仍有光彩。要守之，继之，改之，增之，融之，就不能不开掘之和研究之。总之，要重视和谈论我们自己的东西。这个问题，其实大家都意识到了，只是做起来不容易。特别是，现在既懂中外（"外"比"西"所包更广，例如季羡林先生就主张也要懂得印度）、又通今古的通才甚为难得（我们因此更为怀念鲁迅、郭沫若、朱自清、闻一多）。补救之法，一是我们加强学习，争取有一点通才；二是要求治中国古典文学、现代文学的同志和治文艺理论、当代文学、外国文学的同志一起来进行这方面的讨论和研究。我们要立足中国，放眼世界；我们的举步和奋飞；毕竟是在中国的土地上。

新时期文学十年的思考[*]

1976 年 10 月至 1986 年 10 月的十年，是中国社会发生重大变化、中国人民取得重大成就的十年，其中包括文学的成就和发展。1976～1986，是人才辈出、群星璀璨的十年。许多老一辈和中年作家成果丰硕，才华横溢，更多的青年作家破土而出，风华正茂，极一时之盛。

文学上的"左"倾束缚被挣开了，这样那样的"禁区"被冲破了，严重的封闭状态有了很大的改变，创作自由有了越来越有力的保证，于是，文学复苏了，发展了，开始繁荣了。如此景象，使人想到了五四时期。

郭沫若曾这样回顾五四时期的文艺运动："五四运动发生，中国的文艺运动和西方的思潮发生了直接的接触。浪漫主义和现实主义这样的名词被输入了，一部分人也就对五四以后所出现的文艺派别贴上了这样的标签。……浪漫主义在反帝反封建，现实主义也在反帝反封建，不足十年的时间，双管齐下，跑完了欧洲近代一二百年的历史。"（《浪漫主义和现实主义》）郭沫若在这里只是说了浪漫主义和现实主义，其实"这样的名词"是概括了众多的"主义"的——不但浪漫主义作家里有着现代主义的成分，就是现实主义作家里也有其他（如象征主义）的因子，何况还有以浪漫主义、现实主义以外的种种"主义"为主要方法和特色的作家和作品。在郭沫若以前的郑伯奇也曾这样回顾五四文学革命说："西欧两世纪所经历过了文学上的种种动向，都在中国很匆促而又很杂乱地出现过来。"

---

[*]　本文最初刊载于《中州学刊》1986 年第 6 期。

（《中国新文学大系·小说三集导言》）。

在七十年代中期到八十年代中期的这十年间，也可以说，欧美近百年来所经历过的种种流派和动向，在我们这里也是不足十年的时间里"跑完了"，带着"匆促"和"杂乱"。

现实主义——从复归到"淡化"

"文化大革命"过后，文艺界首先提出的口号是恢复现实主义传统，得到文艺界人士的一致赞同。这是因为，"十年内乱"中，文艺上的现实主义（它在很长的时期里是被认为正宗和主流的）被当时的"旗手"及其吹鼓手和打手们抛弃了，歪曲了，扼杀了，代之而起的是"假大空""高大全"，实际上是新的"瞒和骗"的文艺。那个"旗手"倒台了。文艺界于欢欣鼓舞、痛定思痛之时，呼唤现实主义的复归，乃是自然之事，当然之理。这还因为，人民群众和作家有许多感受、许多痛苦、许多问题、许多愤怒郁结于心，需要宣泄，需要抒发，需要揭示，需要刻画，而最有力的，同时也为自己所熟悉的武器或者说方法，还是现实主义。于是哀思文学、伤痕文学、问题文学、反思文学、改革文学，等等，相继兴起，交织而行，所用的方法或者说武器（那斗争的意义是不言自明的），主要是或者说基本是现实主义，其中有一些作品引起强烈的反响，仅这一点就会长期使它们写进文学史，何况它们之中有一些达到了思想性和艺术性的较高的统一，更会长久流传。

就新时期的文学来说，恢复现实主义即是继承五四文学革命及其以后的革命文学的精神和传统，而文学革命和革命文学就都不是封闭和孤立所能发生和发展的，它们都是中国文学接受外来文学（主要是西方文学和俄国、苏联文学）的影响和助力的产物；进一步说，"恢复"不能是重复，而要相伴着发展和创新。而发展和创新之道，首先在于描写现实生活，表现时代精神，同时又要创作方法和艺术形式与之相适应，幸好社会生活的发展使得作家又有可能借鉴西方。就小说创作举例来说，王蒙在新时期所写的小说和他在五十年代所写的大不相同，据他自己说，这个改变（比如说用了"意识流"）是由于小说所要表现的久远时间和广阔空间的需要，而《剪辑错了的故事》也大不同于《静静的产院》，因为用"剪辑错了"的艺术方法，能够更好地表现作者的"反思"和讲述她的"故事"；《人到中年》的现实主义不是那么"纯"的，而是有新的手法溶入其中，这有助于它的人物描写和社会问题的揭示。《李顺大造屋》《乔厂长上任记》《犯人李铜钟的故事》《芙蓉镇》《高山下的花环》《沉重的翅膀》《钟鼓楼》等作品，都显示了现实主义的力量而又有所创新。

现实主义的恢复、发展、开放、更新，这个势头，可以说贯串于这十年的文学之中。

不过，事情远不是这么单纯地发展的。随着社会生活驰入八十年代，随着"对外开放，对内搞活"的经济政策的坚持实行，随着文学上的横加干涉日见其少和创作自由的日见其多，创作上的题材、形式和风格日益多样化和"现代化"，文学观念和批评方法上的表现和发展亦相仿。恢复现实主义传统的呼声还萦于耳际，不满、突破，以至反对现实主义传统的浪潮已经展现于眼前了。

这浪潮首先现于诗坛。"'传统'是什么呢？难道'现代写法'不是祖国精神文明的一部分，因而必须'入另册'吗？"一位青年诗人这样提出问题，然后说："我的诗是生活在我心中的变形。是我按照思维的秩序、想象的逻辑重新安排的世界。"（杨炼）另一位青年诗人说，所谓"朦胧诗"的"朦胧"，"是指诗的象征性、暗示性、幽深的理念、叠加的印象，对潜意识的意识等等"，这类新诗"趋向主体的真实，由被动的反映，倾向主动的创造"（顾城）。很显然，这种诗和诗论所借鉴和师法的是西方的象征派、意象派诗艺。

在八十年代之初进行的关于"朦胧诗"问题的讨论颇为热烈，誉之和助之者说它是新诗和新诗人的"崛起"，是"未来诗坛的希望"，而贬之和疑之者则说它是"古怪诗"，是"沉渣泛起"。这个讨论的意义不限于诗，不久就发展而为关于"新的美学原则问题"的讨论，实际上仍是围绕如何对待"传统"问题上的论争。这次比较集中的讨论引人注意和发人深思，但没有持续下去，不过西方现代派诗仍在影响中国的诗创作，由此引起的一些问题仍然时有讨论和争议，只是较少交锋罢了。

在小说方面没有发生过有如"朦胧诗"问题讨论那样的较为集中和热烈的争议，但随着小说创作的日益繁荣和多样化，对它的评论、讨论和研究更为经常和深入，加之小说创作和理论与革命现实主义传统似乎关联得更为紧密，这方面对于传统的背离似乎也就更能说明新时期文学的变化。是的，现实主义在这里也受到日益明显的挑战。人物、情节、主题这些向来被看成是"要素"的东西，连同典型、性格、环境这些向来为小说家所追求的东西，在不少作者和论者看来，却是可以"淡化"甚至可以否定的了。人们喜欢尝试和谈论的，起先是意识流、象征化，接着就是变形、魔幻、荒诞、超感觉、非逻辑联想等等了。这很明显的是受到西方现代派小说的影响。近一两年来有所谓"寻根"的创作和讨论，虽说是在"寻"中国文化之"根"，其实也没有脱离这种影响。

在戏剧（主要是话剧）方面，那发展的情况和走向也近似，虽说票房价值和其他客观物事使剧作家在创作时不得不分心考虑。《于无声处》《丹心谱》《报春花》《血，总是热的》等等是用"传统的"方法写成和演出的，而到了《绝对信号》《野人》《一个死者对生者的访问》《魔方》等等，就"现代化"了。不但"三一律""四堵墙"要推倒，情节、细节也要"淡化"，"无场次""无时序"带来新奇，"象征化""哲理化"成为时尚。电影、电视文学也有类似情况。

为什么会发生这样的变化？这是自行反思的结果，也是对外开放的必然。许多年来，在"左"倾错误的影响和支配下，我们的文学是带有失误和片面性的，如急功近利的政治要求，只许歌颂胜利而不容揭露阴暗，忽视和轻视艺术分析和审美要求，独尊革命现实主义（或革命现实主义和革命浪漫主义的结合）而排斥其他的创作方法，如此等等，都影响着文学的健全和常新的发展；而且，一波未平，一波又起的政治运动使社会主义文学不断受到伤害，直至"文化大革命"而登峰造极，造成文化的大破坏，文学的大灾难。物极必反，所以在内乱终结之后，拨乱反正之时，生活正常之际，就要反思，就要"反传统"。其中表现得最坚决、最灵敏的是文学青年。最热衷于作"横向"比较和接受外来文学思潮的也是青年。在我们的文学书和文学课堂上，象征派、意识流等现代派是不讲的，即使讲到也只是缺乏分析的批判和贬斥；至于"后现代主义"文学各流派和西方文学批评的许多新方法新派别，对于我们更是陌生的。现在它们一起向我们涌来，我们有什么理由不把它们"拿来"呢？

新成就、 新气象和新问题

新时期文学的发展变化是日新月异的，其成就是显著的和不容低估的。

其一是文学的多样化、多元化。这是我们一向所企望和追求而又多年未能实现的愿望，在新时期得以实现了。首先是题材的多样化。随着社会生活和人民思想的发展、开拓和提高，人生和宇宙的各种现象、意蕴和奥秘，都可以成为作家探索、描写和表现的对象和内容；农村题材和城市题材、军队生活和地方生活、现实内容和历史内容等等之间的界限和藩篱被打破了，溶解了；文学作品中的主要人物可以是英雄，也可以是"非英雄"，更多的是形形色色各行各业的普通人：很显然，这比之于题材的单调化和规范化是接近于生活的真实和艺术的真谛的。其次是艺术形式和创作方法的多样化。我们的文学不但有颂歌（比以前唱得更真切有力），而且有哀歌，有讽刺；不但有正剧，有喜剧，而且有悲剧（社会主义文学的悲剧观念和创作的确立尤其值得注意）；不但有现实主义、浪漫主义、象征主义，而且有超现实主义、黑色幽默、荒诞派、魔幻现实主义……或者是它们的沟通、结合和混成，总之，各种方法，各种形式，标新立异，争奇斗艳，促成了新时期文学的丰富多彩。更难得的是风格的多样化。在新时期，老作家如艾青、臧克家、孙犁、马烽等继续在创作中表现和发展他们的艺术风格，近乎古人所说的"浑漫与""老更成"；中年作家如王蒙、陆文夫、从维熙、张贤亮、邵燕祥、流沙河等在创作中已建立了各自的艺术风格，这是我国文学走向成熟的一个重要标志；更为可喜和可贵的是，青年作家如舒婷、北岛、贾平凹、沙叶新等虽说创作经历还不长，但他们的艺术个性已比较鲜明和充分地体现出来了。这都说明，新时期文学是生气蓬勃、气象兴盛的文学。这种情况不但表现了创作的发展，而且说明了观念的变化，所以有人不满足于"多样化"的说法，进而提出"多元化"来称道新时期文学。

其二是创作的深化和个性化。这也是我们向来企望和追求的。没有深化和个性化，那就只有概念化和公式化了；或者说，前者少了，后者就多了；这样的文学既无味，也无力。二十多年前，有些作家呼唤"现实主义深化"，就是想要解决这个问题，但受到批判、打击；到了新时期，大家肯定了这个提法，并重新做了呼唤，创作实践的结果，果然体现了"现实主义深化"，这是在以前无法达到的。陈奂生、李铜钟、陆文婷、梁三喜、朱自冶、顾荣，等等，等等，这些艺术形象的创造，就都是现实主义的胜利。然而，"深化"了的创作岂止是现实主义的文学？《蝴蝶》和《杂色》，《我是谁》和《蜗居》，《谜样的黄昏》和《西藏，系在皮绳扣上的魂》等等，等等，岂不也都体现了各自的"深化"？青年诗人顾城这样写道：

　　黑夜给了我这黑色的眼睛，
　　我却用它寻找光明。

这两行就是一首诗，题为《一代人》，这不是包容了大的现实和历史内涵而又"深化"了的作品吗？而诗人舒婷在《神女峰》中也写出了新的"一代人"，她们"正煽动着新的背叛"，也就是"反传统"。就诗情和诗风来说，这一首新的《神女峰》，把古往今来的同一诗题的旧诗和新诗都反了。但从表现时代感情来说，它还是继承了五四文学的传统，并且体现了"深化"和"个性化"。

其三是作家的知识化和学者化。我国新文学的第一代、第二代作家，以鲁迅、郭沫若、茅盾、闻一多、曹禺、钱锺书为代表，都是学贯中西的学者，这是他们得以成为大作家的重要条件。他们的学识当然来自中外典籍，同时也来自革命和生活的实践。此后成长起来的作家，就文化修养和学术水平来说，可以说是"一代不如一代"。这是难以造就大作家的。"文化大革命"结束以来的十年，特别是党的十一届三中全会以后，党和国家不但给作家提供了深入生活的条件，也为作家创造了读书和进修的环境，于是大家认真读起书来，特别是中青年作家读书更勤，古今中外文学书、哲学书、历史书以至于自然科学书，各取所需，博览约取，不但要把自己知识化，而且力求学者化。作家通过读书来丰富自己的知识，开拓眼界，提高思想，加强艺术表现力，是完全必要的和大有好处的，这在他们的创作中已经充分地显出来了。以上说的是近十年来文学的新局面、新气象。然而，新时期文学并不能令人全部满足，通体惬意，它的缺点和弱点在发展中日益显露出来了。

我们的文学还未能充分地、强烈地和艺术地反映生活主流和表现时代精神。我们的生活的强音和主旋律在于四个现代化和两个文明的建设，这当然也就是我们的文学的伟大主题。这个主题所涉及的生活领域极为广阔和深远，所包含的创作题材极为多样和丰富，可供创作者自由选择；但就重要性和迫切性来说，它们又不是没有差别的。愈是重要的和迫切的主题和题材，愈是受到人民和作家的关注。正是因此，继伤痕文学、反思文学之后，改革文学兴起了。不用多说，写改革难度较大，因为它刚刚起步，或者说正在进行，作家难以追踪，难以深入，难以把握，难以描画，尽管如此，改革文学还是日益发展，表现一层又一层的突破、深入和开拓，以致有的作品逐渐摆脱了"题材"的范围和局限而进入较高的艺术创造的境界。但就大体来说，这方面的真正好作品还不多，不少作品写得比较粗糙和肤浅，存在一定程度的概念化、公式化倾向。于是"同步说"受到怀疑，"距离说"也成为议题。其实这两说都不足以说明和解决文学创作上的问题。创作之道，还在于深入生活和艺术堂奥。

我们的文学上的问题，还表现在一定程度上的脱离实际和脱离群众。为了纠正"左"的错误和偏差，我们大讲艺术性、审美意识，探求创作主体、心灵、心态、潜意识、直觉、理念、梦幻、印象的叠加、意象的营造等等，这是很有必要和大有好处的，有助于文学的多样化和个性化的创造。但是，艺术性要和思想性统一起来，主体要和客体统一起来，心灵要和现实统一起来，才有可能成就美的创造。近年有不少作品比较强调和偏重于前者，一味探求个人的心灵深处，有的还滑向抽象的人性，这样就游离于生活的主流，遭致群众的不满。文学脱离群众的另一方面的原因是不少作品在艺术形式和格调上受西方现代文学的影响颇深，大家（除了少数人）读起来很不习惯，甚至读不懂，这毕竟是不好用"阳春白雪""化大众"之类的话来辩解的。脱离实际、脱离群众的结果之一是通俗文学的发展，这是积极的；而与此同时，名为"通俗文学"实是庸俗文学乘虚而入和泛滥成灾，以致成为新时期文学的一个严重问题。

对于文学发展情况的不满，不但由群众发出声来，而且也在作家的口中或笔下发出了。例如张辛欣说："1979年、1980年、1981年那种文学'高潮'时期，我觉得已经过去了。因那时的作品而成名的人物，其实后来大都写得比那时好，远好得多！但是不如那时候覆盖面大，社会反响大。因为文学，在中国民众中的反响，首先还是社会学的。不承认不行。"（《要不要顾及读者》，《文学自由谈》创刊号）苏叔阳说："有人徘徊在古人的墓地里，把脊背朝向现实，抒发自己的惆怅，表现自己对现实的迷惘；有人陶醉在一己的悲愁中，浅吟低唱自己的歌；有人构筑远离人群的伊甸园，描绘洗净了社会烙印的原始的人性；有人沉溺在爱情的乌托邦里，唱一人一户的田园牧歌……演出形式的变幻，只能使观众感到一时的新奇，却没有永久的魅力。"（《生活的挑战与戏剧的回答》，《文艺研究》1985年第1期）

当然，这说的是我们的文学在前进中发生的问题，或者说是"支流"。但它毕竟是问题，甚至是一种"潮流"。怎么办呢？

伟大的转折和光辉的前景

要解决问题，不断把文学推向前进，那就要找出它的原因。比如说，作家对新时期生活体察不深，那就要坚持深入生活；作家对创作自由和社会责任感的关系认识不深，考虑不够妥善，那就要进行适当的提高和调整，使自己的创作适应人民的要求和创作的规律；如此等等。实际上，十年来，我们是不断要求和实行这样的深入，提高和调整的。

但更重要、深刻和复杂的原因在于文学观念方面。社会在发展，世界在改变，而且发展和变化很快，我们的文学观念必须去旧图新，日新又新。实际上，十年来，我们的文学观念是在不断地改变和更新的。比如说，我们不再提文艺为政治服务了，而代之以文艺为人民服务，为社会主义服务；我们不再"谈情色变"了，我们的文学从无情、矫情的文学变成多情、深情的文学，变成人性、人民性的文学；我们不再独尊现实主义，不再认为文学史是现实主义和反现实主义的斗争的历史了，我们容许和提倡创作方法和艺术风格的多样化等等。实践证明，它们是符合于创作的规律和生活的真理的。

然而，文学观念的更新并不能一劳永逸，这是因为生活和文学总在不停顿地发展，也因为观念和理论的丰富性和复杂性，有许多问题需要经过一定时日的探讨和论证才能认识和把握得比较全面和准确。这就需要百花齐放、百家争鸣，需要创作自由，评论自由，需要在宽容、和谐的空气和环境中开展正常的、健全的批评和自我批评。

偏激、片面、不平衡、不和谐，在任何时候都会有的；但社会和自然界又总会不断地使之得到纠正和补充，使之达到健全。举例来说，在文学界，近年对反映论和再现说颇多指责，诸多创作有转向内心和脱离社会之势，但报告文学、传记文学和历史小说却不衰歇，纪实性小说又受到人们的欢迎和重视；接受和借鉴西方现代派文学成为时尚，于是不少文学作品表现新奇别致，但有一些作家（包括青年作家）不满于此，转而求诸民族精神、民族文化和地方色彩。这种多样的统一，或者矛盾的统一，是生活和文学发展的正常现象。

这十年是我国文学发展的转折期，也可以说是过渡期；当然，这是伟大的转折，向更伟大的历史时期过渡。当我们总结这一段历史的时候，回顾一下五四新文学的发展和走向是有益的。

毛泽东曾这样回顾说："在五四以来的文化战线上，文学和艺术是一个重要的有成绩的部门。革命的文学艺术运动，在十年内战时期有了大的发展。这个运动和当时的革命战争，在总的方向上是一致的。"在抗日战争时期，在革命根据地，文艺工作者得以和新的群众相结合，其他各地的文艺工作者也把自己的工作和抗日战争密切结合起来，于是文学艺术有了更大的发展，其中包括文学观念的种种更新和变化。新中国成立后，我们的文学艺术是继续这个路线向前发展的。这样就形成了一种传统。当然，其间有过不可避免的和不应发生而还是发生了的种种失误和偏差，但这个发展的主流和方向是革命的、进步的、正确的。

然而，近几年来有这样一种论点：在中国现代文学六十多年的发展过程中，五四文学是最值得回味、怀念和继承的，因为那个时期的文学是民主的、开放的、活跃的、创新的，到了三十年代以后，文学就单一了、封闭了、政治化了、概念化了、"左"了，造成了几十年的断裂和倒退；正是因此，新时期文学只能回过头去继承五四文学才能创新，才能繁荣和发展；而五四文学是受到西方文学的启迪和影响才得以兴起的，所以新时期文学也必须借鉴西方，特别是西方现代派，因为它最能表现现代意识，如此等等。

不能说这种认识和论断是正确的，因为它是非历史的，不现实的，也是不宽容的。几十年的历史，怎么能割断和不顾呢？持此论不但不能正确评价新文学的发展，也不能正确评价作家的进程。比如丁玲，就她的不同时期的代表作如《莎菲女士的日记》《水》《太阳照在桑干河上》来看，是说明了她的进步呢，还是说明了她的倒退呢？又如老舍，他在抗日战争时期的文学观念和艺术气度，不是比他在抗战以前高超吗？在社会主义时期，老舍不是更高了吗？《龙须沟》等表明他是人民艺术家，而《茶馆》则一剧埋葬了三个历史时代，有力地歌颂了新中国宪法，表明他是炉火纯青的现实主义大师。

对于五四运动，近年还发生了另一种不同的看法和评价，那就是认为五四造成中国民族文化断裂，因而要"跨越文化断裂带"，通过"寻根"来重新建立中国新文化新文学。重视中国文化，要求古为今用，这种意愿和努力是好的，特别是这种呼声出于青年作家，尤为可贵。但是，五四是不能"超越"的。五四的反帝反封建，它所要求的民主与科学，怎么能超越呢？当然，五四有其不足和片面性，只凭五四的革命精神不能正确认识"诸子百家儒道禅"，还要靠马克思列宁主义来指导我们的研究和创作。

我们不能割断历史，不能超越历史，也不能重复历史，不能改变历史；但我们能够而且应该不断总结历史经验，继承和发扬好的传统和遗产，避免和纠正缺点和错误，不断创造新文学和新经验。

邓小平同志在中国文学艺术工作者第四次代表大会上的祝词中说："我们要继续坚持毛泽东同志提出的文艺为最广大的人民群众、首先为工农兵服务的方向，坚持百花齐放、推陈出新、洋为中用、古为今用的方针，在艺术创作上提倡不同形式和风格的自由发展，在艺术理论上提倡不同观点和学派的自由讨论。""人民是文艺工作者的母亲。一切进步文艺工作者的艺术生命，就在于他们同人民之间的血肉联系。"

这就是新时期文学的指导思想。它指导我们取得了可喜的成绩，并将引导新文学进一步繁荣起来，走向世界而发挥其强烈深刻的影响力！

俄国三大批评家[*]

在十九世纪，俄国文学在世界上大放异彩，做出了重要的贡献。这不但是由于在俄罗斯的土地上出现了普希金、果戈理、莱蒙托夫、屠格涅夫、托尔斯泰等大作家，而且也由于同时在这里出现了别林斯基、车尔尼雪夫斯基、杜勃罗留波夫等大批评家。

就文学批评来说，以别林斯基、车尔尼雪夫斯基、杜勃罗留波夫为主要代表的俄国文学批评是真正的现实主义批评——它适应了、推进了由普希金肇其端，以果戈理为正宗，直至托尔斯泰、契诃夫传承不衰和蔚为大观的俄国现实主义文学，并且自成体系——建立了"现实的批评"。

别林斯基和车尔尼雪夫斯基、杜勃罗留波夫从事文学活动的时期是十九世纪三十年代到六十年代，在这期间，以废除封建的农奴制为任务的俄国民主主义运动日渐高涨，他们的文学活动是为这个革命运动服务的。就这个意义来说，他们的文学运动的贡献和力量可以和西欧十八世纪启蒙运动思想家和文学家（如狄德罗、莱辛）媲美。

别林斯基

别林斯基（1811~1848）从事文学活动的时间只有十四年，但他的著作很丰富，最重要的是论果戈理的文章（《论俄国中篇小说和果戈理的中

＊　本文最初刊载于《河北师院学报》1988 年第 4 期。

篇小说》《乞乞科夫的经历或死魂灵》《给果戈理的信》等等），《论普希金》（十一篇），1840 至 1847 年每一年度的俄国文学概评；而《论〈莫斯科观察家〉的批评及其文学意见》《关于批评的讲话》则是比较集中地发表了别林斯基关于文学批评见解的重要论文。

别林斯基的文学批评富于战斗性和政治性，具有现实感和历史感，往往在对作家作品的评论中阐发自己的文学观点和美学思想，建立自己的创作理论和批评理论。

别林斯基的创作论的要点如下：一、文学表现时代精神。一代文学的主流，总是产生于时代精神；"自然派"（即现实主义文学）的兴起就是"作为我们积极的时代精神的结果而产生"①。艺术"是从属于历史发展的过程的"，十九世纪现实主义艺术"是关于生活的意义和目的、关于人类的道路、关于生存的永恒真理的现代意识和现代思维的通过典雅形象的表现、实现"②。二、文学要忠实于现实。"艺术是真实的表现，而只有现实才是至高无上的真实，一切超出现实之外的东西，也就是说，一切为某一个'作家'凭空虚构出来的现实，都是虚谎，都是对真实的诽谤"③。正是因此，"构思的朴素"是现实主义创作和"真正而又成熟的才能的最可靠的标志之一"④。三、但忠实于现实并不是"再造生活"，而是"在一种观点之下把生活的复杂多彩的现象表现出来，从这些现象里面汲取那构成丰满的、生气勃勃的、统一的图画对所必需的种种东西"⑤，也就是"从生活的散文中抽出生活的诗，用这生活的忠实描绘来震撼灵魂"⑥。四、形象思维。"艺术是对于真理的直感的观察，或者说是用形象来思维"⑦，也就是说，"诗人用形象思索；他不证明真理，却显示真理。……他的形象，不由他做主地发生在他的想象之中，他被它们的光彩所迷惑，力求把它们从理想和可能性领域移植到现实中来，也就是说，使本来只被他一个人看见

---

① 《论俄国中篇小说和果戈理君的中篇小说》，《别林斯基选集》第一卷，第 158 页。
② 《关于批评的讲话》，《别林斯基选集》第三卷，第 588 页。
③ 《玛尔林斯基全集》，《别林斯基选集》第二卷，第 197 页。
④ 《论俄国中篇小说和果戈理君的中篇小说》，《别林斯基选集》第一卷，第 183 页。
⑤ 《论俄国中篇小说和果戈理君的中篇小说》，《别林斯基选集》第一卷，第 154 页。
⑥ 《论俄国中篇小说和果戈理君的中篇小说》，《别林斯基选集》第一卷，第 185 页。
⑦ 《艺术的概念》，《别林斯基选集》第三卷，第 93 页。

的东西变得大家都能看见"①。五、典型创造。关于艺术典型，别林斯基有一个著名的说法："每一个典型对于读者都是似曾相识的不相识者"②。"似曾相识"言其普遍性，"不相识"言其个性，典型是二者统一的艺术体现。别林斯基认为，"典型性是创作的基本法则之一，没有典型性，就没有创作"③。艺术典型"隐藏在现实中"，但它"不是现实的抄袭，而是用理智去预见、用想象去复制的某一现象的可能性"④，也就是说，"艺术是在其全部真实性的现实的复制。在这儿，关键是在典型，而理想也不被理解作装饰（从而是虚谎），都是作者适应其作品所想发挥的思想而把他所创造的各色典型安在里面的一种关系"⑤。当然，这些要点是互相关联的；它们又是贯穿在别林斯基的前期和后期的文学思想之中的，尽管他的思想有过发展变化。

别林斯基的批评论要点如下：一、批评是"一种不断运动的美学"。这就是说，"批评是阐明并传播自己时代美文学的支配概念的一种努力"，"批评的目的是把理论应用到实际中去"，批评是在美学原则和理论指引之下来进行工作和开展活动的；但理论"只包含在一定的时间限度里面，而批评则不断地进展，向前进，为科学收集新的素材，新的资料"⑥。二、批评应该通过分析做出判断。"判断应该听命于理性，而不是听命于个别的人"，因为批评"意味着要在局部现象中探寻和揭露现象所据以显现的普遍的理性法则，并判定局部现象中与其理想典范之间的生动的、有机的相互关系的程度"⑦。同时"必须听命于舆论的公判"，它不是"和实际生活脱节的书本上的事情"，也不是"每一个人只要脑子里想一想就可以成为批评家"⑧。三、批评要适当地评价作家。"要给予任何一个杰出的作者以应得的评价，就必须确定他的创作的特点，以及他在文学中应占的位置"。

---

① 《智慧的痛苦》，《别林斯基选集》第二卷，第96~97页。
② 《论俄国中篇小说和果戈理君的中篇小说》，《别林斯基选集》第一卷，第191页。
③ 《现代人》，《别林斯基选集》第二卷，第25页。
④ 《一八四三年的俄国文学》，《别林斯基选集》（时代出版社）第二卷，第124页。
⑤ 《一八四七年的俄国文学一瞥》，《别林斯基选集》（时代出版社）第二卷，第400页。
⑥ 《论〈莫斯科观察家〉的批评及其文学意见》，《别林斯基选集》第一卷，第323~324页。
⑦ 《关于批评的话》，《别林斯基选集》第三卷，第573~574页。
⑧ 《一八四七年的俄国文学一瞥》，《别林斯基选集》（时代出版社）第二卷，第506页。

前者"只能用艺术理论来说明",而要说明后者,则须"把作者跟写作同类东西的别的作者作一比较"①。四、批评应该是美学和历史的批评。"确定一部作品的美学优点的程度,应该是批评的第一要务",但又"一定要"把作品放在"对时代、对历史的现代性关系中,在艺术家对社会的关系中"进行"考察"。"不涉及美学的历史的批评,以及反之,不涉及历史的美学的批评,都将是片面的,因而也是错误的"②。五、艺术和批评共同发展,相互促进。二者都是"对时代的认识","发自同一个普遍的时代精神"③,因此,二者"齐心协力地一起行动,互相对对方发生影响";"新的天才"所发现的"艺术领域"可以"把盛行一时的批评远远地抛在自己后面",反过来,"批评中所完成的思想运动也会赶在艺术的前面,打倒旧艺术,为新艺术扫清道路"④。六、批评应尽其教育的职能。它"不仅追求科学的成功,并且追求教育的成功","对社会起家庭教师的作用,用简单的语言讲述高深的道理"⑤;这是因为,"批评是哲学的认识","能够表现出我们社会的智能自觉",表现"普遍的时代精神⑥",只要深入浅出,就能教育公众。

别林斯基的文学批评正是他自己提出的创作理论和批评理论的批评实践,正是不断运动的美学的表现。

这一点,特别是在他的关于果戈理的文学批评中表现得最鲜明突出,始终一贯,而且在当时和后世影响巨大而深远。可以说,别林斯基主要是在他对于果戈理的评论中建立他的现实主义理论批评,从而进行革命民主主义斗争的。

这位批评家的早期论文《论俄国中篇小说和果戈理君的中篇小说》,就是他的重要著作之一。尽管它所据以批评和论证的还只是果戈理的早期创作,但其时代感、科学性和对于作家的创作的精确分析和敏锐预见,都充分和有力地表现了出来。

---

① 《论俄国中篇小说和果戈理君的中篇小说》,《别林斯基选集》第一卷,第175页。
② 《关于批评的话》,《别林斯基选集》第三卷,第595页。
③ 《关于批评的话》,《别林斯基选集》第三卷,第575页。
④ 《关于批评的话》,《别林斯基选集》第三卷,第599页。
⑤ 《论〈莫斯科观察家〉的批评及其文学意见》,《别林斯基选集》第一卷,第326页。
⑥ 《关于批评的话》,《别林斯基选集》第三卷,第575页、第576页。

"果戈理君小说显著特点在于：构思的朴素、民族性、十足的生活真实、独创性和那总是被深刻的悲哀和忧郁之感所压倒的喜剧性的兴奋。这一切素质，都产生于同一个根源：果戈理君是诗人，现实生活的诗人"。这就是别林斯基对于果戈理的创作作出的评论。这不但就果戈理当时的小说创作（这只是他的初步创作成就）来说是准确的论断，就果戈理此后的创作，就这位"现实生活的诗人"的全部创作来说，也是难以移易的评论。

别林斯基是怎样提出这个论断的呢？他首先回顾和分析俄国文学的发展历史，论证"现实的"文学是"作为我们积极的时代精神的结果而产生"，较之"理想的"文学"更能满足时代精神的支配的需要"，而果戈理的创作正是表明了这一点。然后，批评家又经过详尽的分析，来论证果戈理创作的特点："为一切典雅作品所共通的创作的特点和作者的个性所带来的色调的特点"，从而确定了果戈理在"文学中应占的位置"。他指出"至少目前，他是文坛的盟主，诗人的魁首；他站在普希金所遗下的位置上面"，并"希望这位光辉灿烂的奇才长久地闪耀在我们文学的地平线上"。

在这之后，果戈理创作的戏剧《钦差大臣》的发表及其演出震惊了俄国的文坛。别林斯基撰文指出，这部喜剧和同一作者的小说一样表现了作者的天才和"现实的"文学的力量："他从主人公们的生活中选取了这样的瞬间，在这瞬间里面集中着他们的整个生活，生活的意义、本质、概念、开始和终极"[1]，无比地高出在此以前的俄国喜剧，这又一次说明，"从果戈理起，开始了俄国文学和俄国诗歌的新时期"[2]。

果戈理的长篇小说《死魂灵》的出版，进一步证实了别林斯基早先的预见。别林斯基说这是一部"从民族生活的深处抓取来的作品"，是一部"无限艺术的"、在思想方面"富于社会性、公众性和历史性的作品"[3]，并进而断言，"果戈理比普希金对于俄国社会有着更重大的意义：因为果

───────────────

① 《智慧的痛苦》，《别林斯基选集》第二卷，第 124 页。
② 《一八四一年的俄国文学》，《别林斯基选集》第三卷，第 291 页。
③ 《乞乞科夫的经历或死魂灵》，《别林斯基选集》第三卷，第 414 页。

戈理更加是一个社会的诗人，从而更加是一个合乎时代精神的诗人"①。

直到最后，别林斯基还在《给果戈理的一封信》（对果戈理背叛自己进行严正的批评和规劝）中称果戈理曾是以自己的作品"强有力地促进俄国的自觉"的"伟大的作家"②，而在他写的最后一篇俄国文学年度概评中说，在文学的"独创性和民族性"的追求上，"没有一个俄国作家获得过像果戈理一样大的成功"。因为他把全部记忆集中于"描写普通的人"，因为他的艺术"是在其全部真实性上的现实的复制"③。

别林斯基始终注视着果戈理的创作，一直认定他是俄国文坛的"盟主"，是新的学派——"自然派"即现实主义文学的开创者。在这个意义上来看他怎样评论继果戈理之后出现的作家的初作，是有意义的。

例如，别林斯基在陀思妥耶夫斯基的小说《穷人》里立即看到"不平凡的和独特的"才能，并指出，在这里可以看到果戈理的有力影响，但这影响"不会是永续的"，"纵令果戈理将永远是他的创作上的父亲"④。又如，别林斯基在屠格涅夫的《猎人故事》（即《猎人笔记》）里看到作者的才能和特色，指出《霍尔与卡林内奇》的成功在于作者"用以前任何人都没有这样去接近的角度接近了人民"，并赞赏屠格涅夫的"描写俄国大自然景色时的非凡的手腕"⑤。

据屠格涅夫回忆，别林斯基曾对他这样夸赞陀思妥耶夫斯基的《穷人》："我要告诉你一件了不起的事情！鸟儿不算大，可是爪子尖得很！"别林斯基还这样谈到屠格涅夫："您的使命便是观察实际现象，通过想象而又不是光凭想象，把它们表现出来……《霍尔》使人相信您将来会成为一个杰出作家的。"⑥ 别林斯基就是这样善于发现文学新人并热心扶植他们的。在批评方面，"首倡权总是属于他的。……每逢新的天才、新的小说和诗歌出现的时候，任何人也没有比别林斯基更早、更好地发表过正确的

---

① 《关于果戈理的长诗〈乞乞科夫的经历或死魂灵〉的几句话》，《别林斯基选集》第三卷，第 438 页。
② 《别林斯基选集》第二卷，第 320 页。
③ 《一八四七年的俄国文学一瞥》，《别林斯基选集》第二卷，第 400 页。
④ 《彼得堡文集》，《别林斯基选集》第二卷，第 191 页。
⑤ 《一八四七年的俄国文学一瞥》，《别林斯基选集》第二卷，第 490~491 页。
⑥ 屠格涅夫：《回忆录·回忆别林斯基》，人民文学出版社 1983 年版，第 52 页、第 61 页。

评论，真正的、决定性的意见"①。是的，这就是别林斯基，俄国现实文学批评的开拓者和奠基人。

由于受到黑格尔哲学的影响，别林斯基在三十年代后期曾一度表现"跟现实妥协"，但纵观他的一生，他是一位伟大的革命民主主义和现实主义批评家。正如车尔尼雪夫斯基所说，别林斯基"根据预感一开始就是一个现实主义的宣传家"，而列宁则说，别林斯基是"解放运动中完全代替贵族的平民知识分子的先驱"②。

车尔尼雪夫斯基

车尔尼雪夫斯基（1828~1889）是别林斯基事业的继承人。正如普列汉诺夫所说，如果说别林斯基是俄国启蒙运动者的始祖，那么车尔尼雪夫斯基就是他们的最杰出的代表③。

车尔尼雪夫斯基在美学和文学批评方面的主要著作有：《艺术与现实的美学关系》、《俄国文学果戈理时期概观》、《论亚里士多德的〈诗学〉》、《莱辛，他的时代，他的一生与活动》《论批评中的坦率精神》以及对于谢德林、托尔斯泰、屠格涅夫等作家的作品的评论文章。

《艺术与现实的美学关系》是车尔尼雪夫斯基的重要著作，他在这部作品中阐述了新的美学观点，其要义是："美是生活"；"任何事物，我们在那里面看得见依照我们的理解应当如此的生活，那就是美的"；"任何东西，凡是显示出生活或使我们担起生活的，那就是美的"④。著作是把这三点作为美的"定义"来表述的。与这三点相关联的是关于文学艺术的性能的重要见解。其要义是："再现生活是艺术的一般性格的特点，是它的本质；艺术作品常常还有另一个作用——说明生活；它们常常还有一个作用：对生活现象下判断。"⑤ 车尔尼雪夫斯基的这个美学思想的重大意义，

---

① 屠格涅夫：《回忆录·回忆别林斯基》，人民文学出版社 1983 年版，第 30 页。
② 《列宁全集》第二十卷，第 240 页。
③ 《尼·加·车尔尼雪夫斯基的美学理论》，《普列汉诺夫美学论文集》第 1 册，人民出版社 1983 年版，第 255 页。
④ 《生活与美学》（即《艺术与现实的美学关系》），人民文学出版社 1953 年版，第 6~7 页。
⑤ 《生活与美学》（即《艺术与现实的美学关系》），人民文学出版社 1953 年版，第 109 页。

在于它把美学原则和文艺思想从唯心主义转移到唯物主义，为文学艺术上的现实主义奠定了理论基础，这是别林斯基未能做到的。尽管车尔尼雪夫斯基的"美是生活"说有其片面性，主要是它过分强调现实这一方面，未能正确地阐明生活的真实和艺术的真实的联系和区别，因而不很注意想象和典型化在文艺创作中的重要作用（别林斯基注意及此，并作了精辟的论述），但它到底纠正了艺术源于理念的谬误，论证了艺术源于生活的真理，这是车尔尼雪夫斯基的一大功绩，也是美学和文艺思想上的一大进步，作为美学家和批评家，车尔尼雪夫斯基的观点"是别林斯基在自己文学活动的晚年所达到的那些艺术观点的进一步发展"①；继《艺术与现实的美学关系》以后发表的《俄国文学果戈理时期概观》鲜明地和充分地表明了这一点。在这部著作里，作者十分推崇"果戈理时期的批评"和它的主要代表别林斯基。他说，"果戈理时期的批评""把最单纯的真理引到我们的文学认识中来"以破除"迷妄和愚昧"②；他说，"果戈理时期的批评"对浪漫主义的斗争，"不但给文学，而且还给生活本身以无可怀疑的贡献"，而这也是当前的任务，"因为，反对生活中的病态的浪漫主义倾向，是一直到现在为止都是必要的"③；他说，别林斯基的判断"一直到今天还保持着他的全部价值"④。这就说明，别林斯基和车尔尼雪夫斯基都是革命民主主义者，都是现实主义的批评家。

《莱辛，他的时代，他的一生与活动》也是一部表明了著者的志趣的著作。莱辛的时代，他的文学活动和别林斯基、车尔尼雪夫斯基的时代、他们的文学活动不无相似之处。在这部评传中，著者称道莱辛对于德国古典主义文学代表人物的"批评的锋利"，并且这种批评不但促进了德国文学的发展，而且"也转化为俄国的思想"⑤，"开创了一个德国民族对自己开始有正确的尊敬的时代"⑥；他说，莱辛的著作启迪和扶植了新的一代作

---

① 普列汉诺夫：《尼·加·车尔尼雪夫斯基的美学理论》，《普列汉诺夫美学论文集》第一册，第262页。
② 《俄国果戈理时期文学概观》，《车尔尼雪夫斯基论文学》上卷，第251~252页。
③ 《俄国果戈理时期文学概观》，《车尔尼雪夫斯基论文学》上卷，第347页。
④ 《俄国果戈理时期文学概观》，《车尔尼雪夫斯基论文学》上卷，第404页。
⑤ 《车尔尼雪夫斯基论文学》中卷，第405页。
⑥ 《车尔尼雪夫斯基论文学》中卷，第400页。

家和批评家（其中包括歌德、席勒、赫尔德），他们走上了舞台，莱辛就
"把位置让给了他们"，让他们独立发展，用他们的"诗与批评""唤起德
国人民的自觉"①。的确，读者可以从这部评传所描叙和评述的莱辛形象中
看到别林斯基和车尔尼雪夫斯基的身影。

在文学批评方面，车尔尼雪夫斯基主张和强调"坦率精神"，实际上
也就是学习莱辛的"批评的锋利"和坚持别林斯基的批评的论战性。其目
的在于宣扬真理，启迪民智。他说："批评是对一种文学作品的优缺点的
评论。批评的使命在于表达优秀读者的意见，促使这种意见在人群中继续
传布。毫无疑问，只有尽可能注意明确、不含糊和坦率，才可能通过令人
满意的方式达到这个目的。"②值得注意的是车尔尼雪夫斯基对"批评的使
命"的解释。他的心是向着"人群"的；批评也是为了"人群"，借"表
达优秀读者的意见"以提高"人群"的精神境界，而不是单纯依靠某些智
者的开发。但批评家的任务仍然是崇高的，他们既然要"表达优秀读者的
意见"，就必须在思想和审美能力方面高于人群，才能执行其使命。所以
车尔尼雪夫斯基说，"凡是对公众又对文学产生过影响的批评，总是站在
普通平庸的作品之上，它总是比公众来得更严格"，而既要要求严格，就
须"明辨是非"③。所以说，批评要坦率地、明确地、不含糊地道出文学作
品的优缺点，只有这样，才能有益于文学和公众。

车尔尼雪夫斯基的批评正是他的美学观点和批评主张的实践。他对于
当时的一些平庸的和有害的作家和作品就作了毫不含糊的批评，同时也批
评了当时文学的软弱无力，要求不严，模棱两可，是非不分。例如，他对
于《贫非罪》的批评就是这样。他指出这部喜剧的"虚伪"和"过分甜
腻"，"把本来不可能也不应当粉饰的东西也去粉饰一番"，因而"歪曲现
实"；这就导致情节安排和人物描写上破绽百出，把喜剧弄成"一种以活
线脚把各种断片缝合起来的东西"。车尔尼雪夫斯基还指出，竟然有这样
的批评家，把《贫非罪》与莎士比亚的剧作相比，认为"这是加进俄国文
学瑰宝中的珍贵而永久的贡献"。车尔尼雪夫斯基在对《贫非罪》进行如

---

① 《车尔尼雪夫斯基论文学》中卷，第456页。
② 《论批评中的坦率精神》，《车尔尼雪夫斯基论文学》中卷，第164页。
③ 《俄国作家全集》，《车尔尼雪夫斯基论文学》下卷，第127页。

此严肃和锋利批评的时候，并没有对这部喜剧的作者奥斯特罗夫斯基的
"美的才禀"失去信心。他希望这位作家"不要去听那兴奋而没有遮拦的
赞美"而要"严格地想一想，在艺术创造中，什么是真实"，并深刻地指
出："才能的力量在于真实；错误的倾向要毁灭最坚强的才能。凡是在主
要思想上是虚伪的作品，即使在纯艺术方面也总是薄弱的。"① 奥斯特罗夫
斯基此后创作的《大雷雨》，说明了他充分地注意了和写出了"真实"，表
现了他的"美的才禀"，也说明了车尔尼雪夫斯基批评的正确和希望的
落实。

对于优秀的文学作品的评论，也表现了车尔尼雪夫斯基的先进的思想
和灵敏的审美眼光。这一方面的最鲜明和突出的例子是他对列夫·托尔斯
泰的最初作品的评论。1856 年，托尔斯泰的《童年与少年》《战争小说
集》出版，车尔尼雪夫斯基发表评论说，不应该只是一般地谈论这位作家
的才能和特征，而应该"揭示出"他的作品的"素质所表现的独特色彩"，
尽管这样做是有困难的，因为这位作家的"才能迅速发展，几乎每种新的
作品都显露了他的才能的新的特征"，但这样做是必须的，也是可能的。
为了说明托尔斯泰的才能和创作的特点，批评家把他和屠格涅夫作了比
较："屠格涅夫君所特别感到兴趣的，总是关于所谓生活的诗以及关于人
道主义问题的正面或者反面的现象。托尔斯泰伯爵的注意力却特别集中于
一种感情、一种思想怎样从另外一些感情和思想中发展出来。"他的心理
分析和别的作家不同，他的兴味不只是在于描写性格和分析激情，他"感
到兴味的却是心理过程本身，心理过程的形式，心理过程的规律，用明确
的术语来表达，这就是心灵的辩证法"②。车尔尼雪夫斯基明确指出：这就
是托尔斯泰的创作的主要特点和根本素质。这个特点和素质使托尔斯泰区
别于"具有戏剧素质的作家"，他们关心的是"内心生活结果的表现"、
"人们之间的冲突"和"情节"，而托尔斯泰却"关心那思想或者感情从
而得以形成的隐秘过程"。

车尔尼雪夫斯基还指出，由"道德感情的纯洁"体现出的"生气蓬勃的
精神"是托尔斯泰的才能和创作的另一种独特表现、价值和魅力。他说，

---

① 《论〈贫非罪〉》，《车尔尼雪夫斯基论文学》下卷（一）。
② 《〈童年与少年〉〈战争小说集〉》，《车尔尼雪夫斯基论文学》下卷（一），第 261 页。

"倘使没有道德感情的纯洁无瑕",那么像《童年与少年》《弹子房记分员笔记》这样的作品就不可能写出来,"连把它们构思出来都无从谈起"。

批评家不但揭示和分析了托尔斯泰作品的"两种特征——对内生活秘密活动的深刻认识,道德感情坦率无隐的真诚",而且有预见性地指出:"不管在他的继承发展中他的作品里将表现哪些新的方面,这两者任何时候都将是他的才能的根本特征。"①

作为一个伟大的作家,托尔斯泰在此后几十年的创作,证实了车尔尼雪夫斯基的论断和预见。"心灵辩证法"和道德感情的"纯洁"与"真诚",始终是托尔斯泰的创作的特征和魅力所在。车尔尼雪夫斯基对于托尔斯泰的早期作品所作的论断,可以和别林斯基对于果戈理的早期作品所作的论断媲美。

1857年,杜勃罗留波夫接替车尔尼雪夫斯基从事文学批评方面的工作,车尔尼雪夫斯基的主要精力就放在政治经济学的著作方面了。此后是二十多年的监禁和流放。

车尔尼雪夫斯基不但用文学批评,也用文学创作进行革命斗争。这也使人想起莱辛。不过莱辛写的是戏剧,而车尔尼雪夫斯基写的是小说。他的长篇小说《怎么办?》(写于被囚期间)是文学名著,在俄国的革命运动和人民群众中起到重大的影响。

杜勃罗留波夫

杜勃罗留波夫(1836~1861)是车尔尼雪夫斯基的助手和战友。他只活了二十六岁;他正式从事文学活动,只是在他生活在世上的最后几年,但他的著作使他列入俄国和世界上的大批评家之中。他的主要论著有《俄国文学发展中人民性渗透的程度》《黑暗的王国》《黑暗王国的一线光明》《什么是奥勃洛莫夫性格?》《真正的白天什么时候到来?》,等等。

作为别林斯基和车尔尼雪夫斯基的学生和他们的事业的继承者和追随者杜勃罗留波夫进一步提出"现实的批评"概念和论点。其要点如下:

———————————
① 《〈童年与少年〉〈战争小说集〉》,《车尔尼雪夫斯基论文学》下卷(一),第261页。

一、从生活出发，研究作品，究其本质，显其精义。就艺术家来说，他们"所创造的形象，好像一个焦点一样，把现实生活的许多事实都集中在本身中，它大大地推进了事物的正确概念在人们之间的形成和传布"①，那么，就批评家来说，"对待艺术家作品的态度，应该正像对待真实的生活现象一样：他研究着它们，努力明确它们本身的界限，搜集它们的本质的、典雅的特征"，力求"把生活中，或者把作为生活的再现的艺术世界中，以前所隐藏着的，或者还没有明确起来的某些事实，带到共通认识里去"②。二、强调文学家的社会责任感，要求文学反映生活主流，表现时代精神。作家的"眼光在现象的本质里，究竟深入到何种程度，他在他的描写里对于生活各方面现象的把握，究竟广阔到何种程度"③，"他们究竟把某一时代、某一民族的自然追求表现到什么程度"，是衡量作家和作品的"尺度"④。在这里，"某一时代、某一民族的自然追求"有着革命的含义。在杜勃罗留波夫看来，封建专制和资产阶级专政的社会制度表现为社会关系的不自然，因此，人民的反抗压迫和专制、要求解放和民主的斗争就是"自然追求"。他认为人民的诗人"必须渗透着人民的精神……感受人民所拥有的一切质朴的感情"⑤，这是一方面；另一方面，有的天才的作家还"能够从生活中把握住"哲学家"只是在理论中预料到的真理"，并把它描写出来，因而表现出"他们是某一时代人类认识最高阶段的最充分代表"⑥。为了使文学有力地推进社会的发展、促进公众的自觉，"关于艺术家把才能用在什么地方，怎样表现出来的问题"，也是文学批评不能忽视的。不能认为把"才能浪费在工整地描写小叶片与小溪流的诗人"和"善于把同样的才力发挥在再现生活现象的人"有同等的意义⑦。三、批评要以作家"自己所提供给我们的东西为根据"，而不能要求作品适应和投合批评者的主观意图。例如，不能这样提出要求："为什么奥斯特罗夫斯基

---

① 《黑暗的王国》，《杜勃罗留波夫选集》第一卷，第273页。
② 《黑暗的王国》，《杜勃罗留波夫选集》第一卷，第269页。
③ 《黑暗的王国》，《杜勃罗留波夫选集》第一卷，第281页。
④ 《黑暗王国的一线光明》，《杜勃罗留波夫选集》第二卷，第358页。
⑤ 《俄国文学发展中人民性渗透的程度》，《杜勃罗留波夫选集》第二卷，第184页。
⑥ 《黑暗王国的一线光明》，《杜勃罗留波夫选集》第二卷，第360~361页。
⑦ 《什么是奥勃洛莫夫性格?》，《杜勃罗留波夫选集》第一卷，第189页。

不像莎士比亚一样刻画人的性格，为什么不像果戈理一样发展他的喜剧剧情"，等等。犹如不能这样提问题："为什么这是燕麦——而不是裸麦，这是煤——而不是钻石。"① 批评应该就作品所描写的人物、场面和情节，就艺术家所描写的生活事实所具有的意义和它们在社会生活中的意义的等级来进行分析和论断，"从这种论断中，自然而然就会显示，作者自己在观察他所创造的形象时，是否忠实"②。

可以看出，杜勃罗留波夫是沿着别林斯基、车尔尼雪夫斯基的路线前进的。他所说的"现实的批评"，既要求批评依据现实的生活，又要求批评切合创作的实际。作为革命民主主义者和启蒙运动者，他对批评所提的要求偏重在文学的思想内容方面，但它并没有忽视和放松文学的艺术性和批评的审美性能，因为在他看来，思想内容通过艺术形象得到表现。正如普列汉诺夫所说，杜勃罗留波夫对审美要求很高，"而他的审美判断以其准确性而令人吃惊"③。

杜勃罗留波夫的文学批评的特点和力量，在很大的程度上表现在他善于通过艺术形象的细致分析，深刻说明其社会主义和生活真理。他对于奥勃洛莫夫性格的分析，就是一个重要的例证。他指出，奥勃洛莫夫性格的主要特征是"彻头彻尾的惰性"，这种惰性产生于对世界上的一切东西的"冷淡"。其根本原因在于他从小娇生惯养的社会地位。这种人不愿做事，也不会做事，不了解自己跟一切环绕着他的事物之间的真正的关系。正是如此，在奥勃洛莫夫性格里，地位的高贵和道德的屈从是结合在一起的。他是农奴的主人，对他们作威作福可又是自己的农奴的奴隶，"他们之间，谁更有权力支配谁，简直很难决定"。批评家在分析了奥勃洛莫夫性格特征的同时，还论证了这种性格在文学上的历史渊源。他指出，从奥涅金、彼巧林、罗亭……到奥勃洛莫夫，各自有其个性上的不同，但他们"都是同样的奥勃洛莫夫性格"，他们身上打下了"懒惰、寄生、在世界上毫无用处"这样的"烙印"，他们都是"多余的人"。批评家进而指出，是社会的发展使我们认清了"奥勃洛莫夫性格"，它在实际生活到处可见，在

① 《黑暗的王国》，《杜勃罗留波夫选集》第一卷，第267~269页。
② 《黑暗的王国》，《杜勃罗留波夫选集》第一卷，第350页。
③ 《杜勃罗留波夫和奥斯特洛夫斯基》，《普列汉诺夫美学论文选》，第799页。

地主中，在官吏中，在自由主义者中……随处可见奥勃洛莫夫。因此，他认为奥勃洛莫夫性格"反映着俄罗斯的生活"，是"解开俄罗斯生活中许多现象之谜的关键"①。

对于《大雷雨》中的卡德琳娜性格的分析，对于《前夜》中的叶连娜性格的分析，也表现了杜勃罗留波夫的文学批评的振聋发聩的力量。他指出，卡德琳娜性格"使我们呼吸到了一种新的生命，这种生命正式通过她的毁灭而被揭示出来"；卡德琳娜的毁灭表示了人民对于"专横顽固的全部压迫"的"最强烈的抗议"，而这种"最强烈的抗议最后总是从最衰弱的而且最能忍耐的人的胸怀中迸发出来的"②。至于叶连娜，批评家通过性格分析，指出在她身上"这样明白地反映着我们的现代生活的最好愿望，而在她周围的人身上，却是这样突出地表现着这同一种生活的相沿成习的秩序的全部脆弱性"③；正是因此，当英沙罗夫终于出现在她的面前，她就倾心于他了。这可是新的人物，和体现着俄国社会的"全部脆弱性"的罗亭、奥勃洛莫夫完全不同的人物。正是通过这些人物，批评家在"黑暗的王国"里呼唤着"真正的白天"的到来。

通过作家所创造的艺术形象的分析，杜勃罗留波夫往往对作家的才能做出中肯的评定。例如他说，冈察洛夫的才能，表现在他能在一瞬间"摄住那正在飞驰过去的生活现象，把握它的全部完整性与新鲜性，把它保持在自己的面前，一直保持到它整个都属于艺术家所有"；他并不是一看见玫瑰花、夜莺什么的，就唱起抒情歌曲来，然而他终于会勾勒出它们的形象，使它渐渐明晰起来，美丽起来，含有无限魅力。总之，他"善于把握对象的完整形象，善于把这形象加以锻炼，加以雕塑"，"努力把一种在他面前闪过去的偶然的形象提高到典型的地位"④；奥勃洛莫夫就是这样创造出来的。而在奥斯特洛夫斯基，他的才能表现在他善于抓取"贯穿在整个俄国社会中的普遍的愿望和要求"⑤，他的人物"是直接从生活中选取出来

① 《什么是奥勃洛莫夫性格？》，《杜勃罗留波夫选集》第一卷。
② 《黑暗王国的一线光明》，《杜勃罗留波夫选集》第二卷，第397页、第404页。
③ 《真正的白天什么时候到来？》，《杜勃罗留波夫选集》第二卷，第295页。
④ 《杜勃罗留勃夫选集》第一卷，第183~186页。
⑤ 《杜勃罗留波夫选集》第二卷，第370页。

的，但是他们都经过艺术家头脑的解释"①，并把他们置于得以彻底暴露的境地；"黑暗的王国"和其中的"一线光明"就是这样表现出来的。至于屠格涅夫，杜勃罗留波夫把他称为"有教养的社会中占有优势的那种道德和哲学的写生画家和歌唱家"，可贵的是他对"社会意识里的新观念"、"新的要求"的"敏感"和"反应的才能"，尽管他的这种才能并不表现为"一种激烈的、突发的力量"，而是表现为"一种诗意的温文"。他的主要人物总是提出"开始朦胧地扰乱着社会的问题"，因而吸引了社会的注意和同情②。罗亭、英沙洛夫和叶连娜就是这样的创造。

很明白，杜勃罗留波夫的文学活动是为他所从事的革命民主主义的斗争服务的。

恩格斯对车尔尼雪夫斯基和杜勃罗留波夫的评价甚高。他说：他们"不仅是参加实践的革命的社会主义者，而且是俄罗斯文学方面的那个历史的和批判的学派，这个学派比德国和法国官方历史科学在这方面所创建的一切都要高明得多"③。

列宁则说，"屠格涅夫、托尔斯泰、杜勃罗留波夫、车尔尼雪夫斯基的语言是伟大而雄壮的"④。列宁所说的难道只是"语言"的伟大和雄壮吗？

---

① 《杜勃罗留波夫选集》第二卷，第 404 页。
② 《杜勃罗留波夫选集》第二卷，第 263~264 页。
③ 《马克思恩格斯全集》第三十六卷，第 171 页。
④ 《列宁全集》第二十卷，第 58 页。

文学民族化、大众化漫谈[*]

时至今日，文学民族化、大众化又成为话题了。

其实这是一个老而又老的话题。要而言之，文学民族化、大众化的问题，是和文学不免受到外来影响密切相关的，又是和文学总要面向广大群众密切相关的。这两方面难免矛盾而又能相辅相成。

在古代，我国的文学艺术受到印度和西域的影响而发生的变化，就说明着这方面的问题。例如我国文学中的一个重要形式——词的发生和发展。词和音乐关系密切，所谓"倚声填词""依曲拍为句"，其间就有外来的影响；所谓"歌者杂用胡夷里巷之曲"，据说这是唐开元以后的情况，而外来音乐在这以前许久就有了。"曲子词"本是民间的创作，后来文人拿去运用，精研细作，于是变得高雅了。从印度传来的佛经对我国文学的影响也很大。郭沫若曾这样说到从敦煌发掘的"变文"："有文笔的佛教徒们，起初一定是利用了这种文体来演变了难解的'佛经'，使它通俗化、大众化，多多与民众接近，以广宣传。后来由这宣教用的目的转化为娱乐用的目的，故内容由佛教故事发展到了民族故事"，并由此而影响和演变到后世的"说经""说史""平话"以至章回体小说和"诸宫调"^①。由此可见，中外文化交流和融合的意义是多么深远，又可见文学艺术民族化、大众化之意义所在。

＊　本文最初刊载于《理论与创作》1988 年第 2 期。
①　《今昔蒲剑·"民族形式"商兑》。

　　到了近代和现代，我国文学所受外国文学的影响，和古代的情况自有种种的不同，但由此而引起的民族化和大众化的问题，则仍然有其实质上的一致性。胡适在《文学改良刍议》中说，"今日作文作诗……与其用三千年前之死字（如'于铄国会，遵晦时休'之类），不如用二十世纪之活字；与其作不能行远不能普及的秦汉六朝文学，不如作家喻户晓之《水浒》《西游》文学"，既是受到"今日欧洲诸国之文学"的影响和启迪，又是着眼于文学在本土的"普及"和"家喻户晓"；陈独秀在《文学革命论》中所谓"推倒雕琢的阿谀的贵族文学，建设平易的抒情的国民文学……"云云，其意也是如此。

　　我们知道，五四文学革命在反帝反封建、提倡科学和民主的大旗下，提出了"国民文学""平民文学"的口号，具有划时代的意义，但这个文学革命并没有普及到工农群众中去，当时的所谓"平民"所指的范围远没有这么广大，而只是限于城市小资产阶级和所谓市民阶级的知识分子。此后，在五四新文学的发展过程中，随着国内革命战争的消长和抗日救亡运动以至抗日战争的发生和发展，文学民族化和大众化不断成为人们关注和引起讨论的问题，而以三十年代之初的有关文艺大众化问题的讨论和三十年代、四十年代之交的有关民族形式问题的讨论最为集中和热烈。这些讨论的中心议题，也不外乎如何理解和对待中国文学所受外国文学（主要是西洋文学）的影响，如何使文学创作为广大人民群众所乐于接受；与此相关联，就不能不涉及如何对待民族文化遗产，如何评价五四以来的新文学，如何对待通俗文学，以至于接近工农群众、深入斗争生活、作家思想感情的变化等问题。由此可见，文学民族化大众化问题牵连甚广，含义甚丰，时代感又甚强，因而是不能简单对待和轻易解决的。

　　我们在八十年代的今日又来谈文学民族化大众化问题，自然是由于当前的需要，而又是二十、三十、四十年代的这一老问题的继续和发展。这只要看当年在讨论中所涉及的问题，今天仍然都需要谈到，便可知晓。

　　近年关于文学民族化问题的讨论，是由我国实行对外开放，我国文学受到国外文学新思潮的影响和冲击引起的。这一点，和五四时期的情况相似而又有所不同。在五四时期，西方历时已久和成就辉煌的浪漫主义文学和现实主义文学，崭露头角和表现不凡的现代主义文学，一齐向中国涌来供人吸取和借鉴；而在新时期，西方浪漫主义和现实主义文学愈来愈显得是"古典文学"，现代主义文学则已经历了大半个世纪的发展变化而仍不失为新事物。我国文学近年受到外来影响，主要就是来自这后一方面。我们的文学创作和文学理论近年日益"向内转"，其实是文学观念向外转的结果，也就是受到西方现代主义文学影响所致（当然这又有其"内因"，那就是我国多年来独尊文学上的现实主义，因而现实主义文学有了重大的发展而又产生了日益明显的偏颇）。文学观念的向外转和"文学走向世界"的呼声日高，文学民族化的观念随之受到冷落，甚至受到贬抑，因而出现了文学民族化是"防御性的口号"的讥评。不同意这种见解的则提出反驳，说文学民族化是"战略性的口号"，如此等等。

文学民族化问题和大众化问题本来是密切联系的（当然二者并不是一回事）。众多的文学作品在思想内容上向内转而在表现形式上向外转，使人不但看不惯，而且看不懂，不但工人农民看不懂因而干脆不看，知识分子以至文学行家也看不懂因而叫苦。文学脱离了人民，人民当然会冷淡了这样的文学。倒是通俗的文学读物大批量地上市，其印数和销量使"纯"文学相形见绌。但通俗文学并不能满足人民的文化生活和精神食粮的需要，一来因为人民不但要求通俗，而且要求高雅，二来因为通俗文学良莠不齐，有的甚至庸俗不堪。这样，文学大众化的问题就又提出来了。也有不同意这样提问题的，他们认为如今还要把"看懂""看不懂"当作问题或者评诗衡文的标准未免可笑，但这问题实际上存在，并且突出，岂能视而不见和避而不谈。

这样说来，西方现代主义文学的涌来是不是只有消极作用而没有积极意义，是不是只是妨碍了我们文学的民族化大众化而没有丰富它和促进它的可能呢？那又不是的。在古代，像佛经、胡乐那样难解和陌生的东西，我们的先人都把它们中国化了，进而丰富和推进了我们的文学艺术；到了二十世纪五四时期，外国诗歌和小说的形式和内容促使了我们诗歌小说创作面貌一新，话剧、电影、油画、交响乐等"舶来品"，我们也能化而用之；现代主义文学艺术也是人间的东西，何独而不然呢？实际上，在这方面，生吞活剥、仿而效之的情况是有的，有所吸取，化而用之的情况也是有的。问题在于文学要不要中国化、民族化、大众化，在文学民族化和文

学走向世界的关系上，民族化处在什么地位。近年有一种倾向，就是把
"走向世界"放在首位，把这当成考虑问题的出发点，这显然是不对的。
我们只能在本土耕耘灌溉我们的文艺，使之开花结果，这才能贡献和丰富
世界的文艺之林；反过来说，走向世界的归宿还在于增益和改进我们自己
的园地。所以，鲁迅一则说，"有地方色彩的，倒容易成为世界的"①，二
则说，"采用外国的良规，加以发挥，使我们的作品更加丰满"②，这是正
确地说明了这个关系。现在热衷于"文学走向世界"的同志很爱引用歌德
关于"世界文学"的谈话。是的，歌德很早就说过，"世界文学的时代已
快来临了"。有趣的是，他说这番话，是因他读了一部中国传奇引起的，
他说中国传奇很好懂，"一切都是可以理解的"，当然也有它的特色，却
"并不像人们所猜想的那样奇怪"，因此他说："我愈来愈相信，诗是人类
的共同财产。……所以我喜欢环视四周的外国民族情况，我也劝每个人都
这么办。民族文学在现在算不了很大的一回事，世界文学的时代已快来临
了。……对其他一切文学我们都应只用历史眼光去看。碰到好作品，只要
它把有可取之处，就把它吸收过来。"③歌德此言的意思在于主张文学的世
界交流，反对作家的闭目塞聪。他是就文学的发展趋势来说的，而不是把
民族文学和世界文学对立起来，不是轻视前者而张扬后者。"诗与真"的
伟大代表是决不会这样看取文学的。实际上，歌德是民族文学的提倡者和
代表者，他认为"民族古典作家"应该是"能在自己民族的历史中看到伟
大事件及其结果形成幸运而有意义的统一体"，"他为民族精神所渗透，通
过内蕴的才赋感到自己能够同过去和现在的事物发生共鸣"，总之，"一个
杰出的民族作家，只能求之于民族"。④歌德本人正是这样一个德意志民族
古典作家。

　　近年的论者在谈到世界文学时，也要引用马克思主义创始人在《共产
党宣言》里说的由于世界市场的开拓使一切国家的生产和消费都成为世界
性的那段话。是的，"各民族的精神产品成了公共的财产。民族的片面性

---

① 《致陈烟桥》，《鲁迅全集》第 10 卷，第 206 页。
② 《且介亭杂文·〈木刻纪程〉小引》。
③ 《歌德谈话录》第 112~114 页。
④ 《西方文论选》上卷，第 459 页。

和局限性日益成为不可能，于是由许多种民族的和地方的文学形成了一种世界的文学"。由此可见，世界的文学是由许多种民族的和地方的文学"形成"的，离开了"许多种"，也就不会有"一种"。我们所要努力的，不是取消而是发展民族文学，而发扬它的一个重要方面是打破和改变其"民族的片面性和局限性"，使它走向世界。

现在还有一种"超越"论，说要"超越"民族，说世界文学不是世界上各国家民族文学的相加，而是要造成那么一种超越的"世界文学"。这是不可思议的。尽管今日之世界因科学的发达而成了"地球村"，这样的"世界文学"也不过是心造的幻影。当然，今天的作家比歌德更有条件知道全世界，中国的作家要以世界的眼光来观照中国，甚至要以宇宙的眼光来观照地球，但立足点还在本土。说到底，文学要走向世界，就要拿出有世界意义世界水平的作品来。这样的作品像阳光或明月照亮世界各地的人心，而它们透过中国的山川文物自有其独特的魅力。歌德在读到那本中国传奇时说："在他们那里一切都比我们这里更明朗，更纯洁，也更合乎道德。……他们还有一个特点，人和大自然是生活在一起的。你经常听到金鱼在池子里跳跃，鸟儿在枝头歌唱不停，白天总是阳光灿烂，夜晚也总是月白风清。月亮是经常谈到的，只是月亮不改变自然风景，它和太阳一样明亮。房屋内部和中国画一样整洁雅致。……故事里穿插着无数的典故，援用起来很像格言，例如说有一个姑娘脚步轻盈，站在一朵花上，花也没有损伤……"① 由此可见，这部中国传奇在一百六十年前就已走向世界，有幸被歌德读过了。按歌德的描述，那是很有中国特色的！月亮也是中国的圆！如果没有中国特色，歌德是不会对它感兴趣的。这部中国传奇究竟是哪一部，至今没有考证确实。据说可能是《风月好述传》，果如此，那就还不是中国第一流的作品，益见歌德的慧眼。至于中国的最好的作品，如《红楼梦》，如《唐诗》，早已走向世界，真是不胫而走。现代的如《阿Q正传》，如《茶馆》，也早有世界声誉。最近的例子有《红高粱》和《老井》，它们都是据同名小说改编的电影故事片，在世界影坛上得大奖。这些作品的一个最重要最可贵的品质，就是具有民族风格，表现了民族精

① 《歌德谈话录》第112页。

神。其中的《红高粱》，从小说到电影，据说是受到现代主义文学的影响，但那是化入中国风情和中国特色之中了。

民族精神，这是文学的民族性或民族化的主要的品质和内容。普列汉诺夫说，"文学——民族的精神本性的反映——是那些创造这个本性的历史条件本身的产物"①。鲁迅说，艺术家"以新的形，尤其是新的色来写出他自己的世界，而其中必有中国向来的魂灵"，这也就是"民族性"②。什么是中华民族的民族精神？那就是鲁迅所说的我国历代那些"埋头苦干""拼命硬干""为民请命""舍身求法"的社会"脊梁"所表现的勤苦耐劳、休养生息的精神，善于发明、乐于创造的精神，救亡图存、发奋图强的精神，嫉恶如仇、反暴除奸的精神，见义勇为、与人为善的精神，追求真善美、锲而不舍的精神，如此等等。当然，这种民族精神也是经过不断的历史检验和时代淘洗的，时至今日，我们还应该剔除其糟粕，拭去其灰尘，吸取其精华，继承和发扬其传统和光辉。这也正是鲁迅作品的精神所在。他之所以写《阿Q正传》中的那一个，写《示众》中的那一群，正是"哀其不幸，怒其不争"，正是呼唤我们民族重振硬骨头精神。《家》《骆驼祥子》《太阳照在桑干河上》《红旗谱》之可贵，也在于表现了我们民族的魂灵。时至今日，《老井》《红高粱》之受到中外的赞誉和表彰，主要原因也在这里，它们在艺术上的有所创新和提高，也正是表现在这里，至于它们是否把中国人写得太"愚"，或者太"野"，这还可以讨论，也可以仁者见仁，智者见智。文学容许虚构和夸张，也容许从各种不同的立意和用各种不同的色调来写，但求表现生活真实和民族精神。

文学要做到民族化大众化，就要尊重自己国家民族的文化传统和人民群众的欣赏习惯。我国历来重人伦，重教化，在文学方面，有所谓诗教、载道、言志、兴寄、美刺，总之是重视文学的社会作用和教育意义，我们不能忽视这一点。白居易所说的"文章合为时而著，诗歌合为事而作"，这种主张是不应否定的。当然，封建社会的所谓诗教自有大量糟粕需要剔除，而其中含有丰富养料则应该吸取。五四以来，鲁迅的呐喊，郭沫若的放号，茅盾的警世，巴金的控诉，沙汀的讽刺，赵树理的劝人，就都是继

① 《没有地址的信》。
② 《而已集·当陶元庆君的绘画展览时》。

承和发展了我国文学的这一优良传统的。我们的社会主义文学把"为人民服务，为社会主义服务"奉为方向和指针，也是对这个传统的继承和发展。这也就适应和培养了人民群众的文化需求、审美意识和欣赏习惯。不承认这一点，是不得人心的。也正是因此，反映生活主流，呼出人民意愿的作品，人民总会长久记在心里。《白毛女》《暴风骤雨》代农民呼号和立言，《哥德巴赫猜想》《人到中年》为知识分子明志和请命，都表现了时代精神和民族感情，所以受到广大读者的赞扬。谢晋所导演的电影，从《女篮五号》到《芙蓉镇》，由于同样的原因拥有较多的观众。前些时，一些青年论者起来反对"谢晋模式"，在社会上未能引起多大反响，也说明这方面的问题。

诗人和作家既然怀着教化的目的来写作，当然力求自己的创作为读者所喜闻乐见并广为传诵。为了实践"为时而著""为事而作"的主张，白居易在作诗时力求"其辞质而径，欲见之者易喻也；其言直而切，欲闻之者深戒也；其事核而实，使采之者传信也；其体顺而肆，可以播于乐章歌曲也"。① 他所提倡的这种质直、核实的写法继传下来，直到现代，鲁迅创作小说，多数用"白描"之法，"不去描写风月，对话也决不说到一大篇"，而他对于"白描"的解释，则是"有真意，去粉饰，少做作，勿卖弄"②，这和白居易的说法还是通着声息的。所以这也可以说是我国文学的传统所在。当然，质直、白描的目的在于教化，而作为文学作品，则应具艺术魅力。所以鲁迅又说，"若把小说变成修身教科书，还说什么文艺"③。

我国的文学传统和人民的审美意识的特点的另一个重要方面是长于抒情，善于写意，有助人的精神寄托和性情陶冶，在文学创作上往往形成情景交融的画面、广阔深远的意境、气韵生动的形象、明心见性的效果。这不但在我国源远流长的诗歌创作中表现得很充分，在戏剧（如《西厢记》《牡丹亭》）和小说（如《水浒》《红楼梦》）中也是表现得很突出的。这一点，在五四以来的新文学创作中继承下来，不过在理论上长期未能作出相应的论说。这也是始自鲁迅的创作。鲁迅的小说，是写实的，也是写意

---

① 《新乐府自序》。
② 《南腔北调集·作文秘诀》。
③ 《中国小说的历史变迁·第四讲》。

的，往往形成二者交融，形神兼备，虽是小说，却具诗情。《狂人日记》第一句"今天晚上，很好的月光"，这是狂人所见，狂人所说，是写实，也是抒情。一天好月，照彻中国几千年的人吃人的历史！歌德没有说错，在中国的作品里，月亮是常写到的，鲁迅的小说也是这样。例子还有的是。在《肥皂》里，"堂屋里的灯移到卧室里去了。他看见一地月光，仿佛满铺了无缝的白纱，玉盘似的月亮现在白云间，看不见一点缺"。这是写四铭心里有鬼，怕太太追问，溜到院子里踱步时所见。月的圆满和皎洁，照彻人间的一切，愈益显出这个人的心病和这个家庭的"缺"。在《故乡》里，"深蓝的天空中挂着一轮金黄的圆月，下面是海边的沙地，都种着一望无际的碧绿的西瓜，其间有一个十一二岁的少年，……"我们知道，这少年是闰土，那一轮圆月照着海边和西瓜丛中的这少年，显得多么虎虎有生气！在别离故乡的路上，"我在朦胧中，眼前展开一片碧绿的沙地来，上面深蓝的天空中挂着一轮金黄的圆月。我想：希望是本无所谓有，无所谓无的。这正如地上的路；其实地上并没有路，走的人多了，也便成了路"。《故乡》到此结束。其中两次写"金黄的圆月"，一是回忆，一在朦胧，而现实的故乡和故乡的现实则只能使"我"气闷和悲哀，却又没有失掉希望。这是多么深刻和沉郁的写实，这又是多么浓重和舒展的抒情。在《社戏》中，月亮和月色是多次写到的。其中的一次是船驶近了赵庄，临河空地上的戏台"模糊在远处的月夜中，和空间几乎分不出界限，我疑心画上见过的仙境，就在这里出现了"。又一次是船离赵庄，"月光又显得格外的皎洁。回望戏台在灯火光中，却又如初来未到时候一般，又漂渺得像一座仙山楼阁……"这样的描写和抒情，如诗如画，如诉如歌，是很诱人的。这样的写月、写景和西方的风景描写不同（鲁迅自云他"不去描写风月"），"床前明月光，疑是地上霜。举头望明月，低头思故乡"、"今夜鄜州月，闺中只独看。遥怜小儿女，未解忆长安"，庶几近之。

现代小说中的抒情写意由鲁迅开头，继起者有郁达夫、废名、沈从文、艾芜、萧红、孙犁等，他们在这方面表现更多，走得更远；当然，作为小说家，他们也用白描之法来写人写事。这些作家在思想气息和艺术作风上或有种种差异，但在抒情性、写意性和小说散文化的发挥上则有其共同的特色。近十年来的小说创作，如汪曾祺的、贾平凹的、阿城的，似乎也是这一路。值得注意的是，这一路作家程度不同地都受到外国文学的影响，但他们的创作都富有自己国家和民族的情调和韵味，可以说，他们的作品是民族化的。他们的可贵在此。但不能因此说，他们的作品是大众化的。

文学的民族化和大众化相关联，但又不是一回事，因为民族化了的并不一定是大众化了的。民族化而又大众化了的成功的创作当然也有，例如老舍、赵树理、周立波、李季、梁斌在这方面的努力，就是值得称道的，他们的经验很宝贵，应予总结和学习。不过时至今日，这个问题似也应带来新的思考。例如，怎样才算是大众化，做到什么程度才算大众化，什么样的形式才是大众所喜欢的？这些似都不是新问题，但应给予新的回答。毛泽东说："什么叫做大众化呢？就是我们的文艺工作者的思想感情和工农兵大众的思想感情打成一片。而要打成一片，就应当认真学习群众的语言。如果连群众的语言都有许多不懂，还讲什么文艺创造呢？"此言的真理性是无可置疑的，因为就文艺方向来说，我们的文艺至今还是为人民服务，而工农仍然是我国人口的大多数；就创作规律来说，作家必须熟悉自己描写的人物和生活领域，最好达到烂熟于心，一挥而就的地步，这是不易之理。但时代不同了，为人民服务的范围扩大了，内涵更丰富了，工农兵也都有了大的发展变化，人员的组成、生活的方式、生产的组织、作战的规模，都大不同于小米加步枪的往日。因此，今天的文学的大众化，更加不能是"一月两月三月，一年两年三年，总是一样的货色，一样的'小放牛'，一样的'人、手、口、刀、牛、羊'"，也不能总是一样的"白毛女"，一样的《李有才板话》和《王贵与李香香》，我们的文学和生活一样，是不能无视电子计算机以至迪斯科的。当然，这不是说"人、手、口、刀、牛、羊"可以否定，从"小放牛"到《白毛女》是很大的提高，也不能否定，要否定也否定不了。我们应该在这个基础上提高，以适应和满足今天的社会发展和人民要求。

看来，文学的大众化不能达到全民都能接受的地步，这种情况在我国人口只有几千万的时候未曾有过，在我国人口发展到四亿五千万的时候未曾有过，今天我国人口超过了十亿，也不能这样来要求文学。这不但是因为国民的文化程度有种种不同，也因为国民的文学欣赏也千差万别，所以我们应该有各种不同层次不同口味不同色调的作品来提供读者选择。所谓大众化，不妨理解为争取尽可能多的读者。但这和"畅销"的意思不同。这个说法的商品味道太浓重了。当然，文学无须自命清高，文学书刊也是商品，但首先必须是精神食粮，讲究营利是应该的，支付和领取稿酬也合情合理合法，但不能唯利是图，贩卖赝品，甚至毒品。文学大众化的意义和目的，正在于以健康的、营养的和美味的作品去排挤这种种的东西。

文学的大众化总会求助于文学的民族化，要求文学作品表现出民族精神和民族形式，这样的作品才能受到众多读者的欢迎。民族形式当然包括旧形式（如旧体诗词至今还有不少人写和读，戏曲、曲艺有更多的人在编、演和看），更重要的却是五四以来逐渐形成和不断发展的为人民所认可并喜爱的新形式。鲁迅开创的短篇和中篇小说，叶圣陶、茅盾、巴金、老舍开辟的长篇小说，胡适尝试、郭沫若推进、后经许多探索和变化而给人印象使人习惯的新诗，还有话剧、电影，等等，经过大半个世纪的创造和发展，都已形成了我们的民族形式。所以我们不要一提民族形式，就只是想到旧形式。如果只有旧形式，文学就没有发展，岂但是文学，连民族也发展不了。旧形式的采取要有所改革，外来形式的拿来也是如此，此之谓古为今用，洋为中用。用得好不好，能不能推陈出新，能不能成为民族形式，那还得看人民群众是不是承认，是不是喜欢。

1988 年 3 月

谈朱光潜先生的几篇书评*

　　朱光潜先生是著名的美学家和文艺理论家，因此，他也不免是文艺批评家；他向来称他的著作为"说理文"，这是恰当的，无论是论文还是专著，他都是在说理，其中也不免有批评的成分。但朱先生不以批评家闻名，因为他很少写文艺批评，但偶有所作，便显出特色和功底来。这里只举几个例子来谈谈。

　　1937 年 5 月，《文学杂志》创刊，朱先生是"编辑兼发行人"。由于抗日战争的爆发，这个杂志只出了四期（1947 年复刊后不计），而其中有三期都有孟实（即朱光潜）的"书评"。这些书评，都是卓有见地的文学批评，就文章来说也是好读的。这家杂志每期都有"编辑后记"，很可能出自朱先生的手笔。第二期的"编辑后记"中说："书评成为艺术时，就是没有读过所评的书，还可以把评当作一篇好文章读。书评成为文学批评时，所评的作品在它同类作品中的地位被确定，而同时这类作品所有的风格技巧种种问题也得到一种看法。"这一段话，是编者对于刘西渭（即李健吾）的《读里门拾记》的称许，用来看待孟实的这几篇"书评"，也是恰当的。孟实的这三篇批评是《望舒诗稿》《桥》《谷和落日光》，分别评论了戴望舒、废名和芦焚的创作。这三位都是富于特创各具风格的作家，惟其如此，不易评论。但孟实评来，却能侃侃而谈，而又要言不烦。

　　为了方便读者，也出于行文的需要，这几篇批评都从作品的内容的简

　　*　本文最初刊载于《中国现代文学研究丛刊》1988 年第 1 期。

介开始，这就使人感到兴趣而又获得印象。可以看出，评者读书很细心，而且带着感兴来品尝，来捕捉其中的意象。然后把其中的要点和要素抽出，稍微加以综合，指给读者看道：这就是作者表现的世界。例如，他指着《望舒诗稿》说：一个"伴着孤岭的少年人"，在"晚云散锦残日流金"的时候，"彳亍在微茫的山径"，那时寒风中正有雀声，他向那"同情的雀儿"央求："唱啊，唱破我芬芳的梦境！"……像一般少年，他最留恋的是春与爱。"春天已在斑鸠的羽上逡巡着了"，他"撑着油纸伞，独自彷徨在悠长又寂寥的雨巷"，"希望逢着一个丁香一样地结着愁的姑娘"。……他是"一个怀乡病者"，他常"渴望着回返到那个如此青的天"，"小病的人嘴里感到蒿苣的脆嫩，于是遂有了家乡小园的神往"。……这样征引了诗人的咏唱以后，评者指出：这个诗人的"这个世界是单纯的，甚至于可以说是平常的，狭小的，但是因为是作者的亲切的经验，却仍很清新爽目。……像云雀的歌唱，他的声音是触兴即发，不假着意安排的。"如果说就《望舒诗稿》作这样的初步介绍颇不容易，那末把《桥》的要义和线索收拾和指点出来也许更费周折，虽说它是小说，但批评者还是把"几乎没有故事"的《桥》的"线索"抽绎出来以便读者，尽管"它对于全书的了解并不十分重要"。至于《谷》和《落日光》，批评者"收拾零乱的印象，觉得它们的作者仿佛是这么样的一个跨在两个时代与两个世界的人"，因为作者"生在穷乡僻壤而流落到大城市里过写作生活"，在当时的中国，"这一转变就无异于陡然从中世纪跌落到现世纪，从原始社会搬到繁复纷扰的'文明'社会"，他的题材，他的同情、忿恨与讽刺，就是从这里来的。

这可以说是给所评之书各画一个轮廓，接着，评者就对它们各自的特色和意蕴进行品评和剖析了。他说，《望舒诗稿》的作者"是站在剃刀锋口上的，毫厘的倾侧便会使他倒在俗滥的一边去。有好些新诗人是这样地倒下来的，戴望舒先生却能在这微妙的难关上保持住极不易保持的平衡。他在少年人的平常情调与平常境界之中嘘咈出一股清新空气。他不夸张，不越过他的感官境界而探求玄理；他也不掩饰，不让骄矜压住他的'维特式'的感伤。他赤裸裸地表现出了他自己——一个知道欢娱也知道忧郁的，向新路前进而肩上仍背有过去的时代担负的少年人"。评者还指出，这位诗人最擅长的是抒情诗，"在感觉方面他偏重视觉"，"在想象方面他欢喜搬弄记忆和驰骋幻想"。这样的鉴赏、观察和解说，是符合于《望舒诗稿》的实际的。

孟实对于《桥》的探讨和阐释更为深入和精到。他指出，《桥》的创作特点在于"它丢开一切浮面的事态与粗浅的逻辑而直没入心灵深处"，作者"渲染了自然风景，同时也就烘托出人物的心境，到写人物对于风景的反应时，他只略一点染，用不着过于铺张的分析"，《桥》里充满"诗境""画境"，亦富"理趣"，"'理趣'没有使《桥》倾颓，因为它幸好没有成为'理障'。它没有成为'理障'，因为它融化在美妙的意象与高华简练的文字里面。"这都是中肯的评说。关于废名对于中外古典文学的借鉴，评者指出，"废名最钦佩李义山，以为他的诗能因文生情。《桥》的文字技巧似得力于李义山诗"，并例举《桥》中"因文生情"处以为证，说这些地方，行文每呈"跳"状，即"心理学家所说的联想的飘忽幻变"，"《桥》的美妙在此，艰涩也在此"。评者又云："废名除李义山诗之外，极爱好六朝人的诗文和莎士比亚的悲剧，而他在这些作品里所见到的恰是，愁苦之音以华贵出之。《桥》就这一点说，是与它们通消息的。"这也是说得恰当的。周作人在十多年前就曾说，废名"从中外文学里涵养他的趣味，一面独自走他的路"（《竹林的故事》序），但语焉不详；孟实的评文对废名所受中外文学影响虽没有详说，但所道出的这些，对今之研究者不失为有益的指点。当然，他的评文中以下这句话也是重要的："《桥》有所脱化而却无所依傍，它的体裁和风格都不愧为废名先生的特创。"废名确是"独自走他的路"的作家，不只是《桥》，他的其他作品也如此，不过至《桥》其特创愈显。

对于《谷》和《落日光》，评者指出，作者对乡村不无留恋和憎恨，在大城市不免觉得局促不安，"他的理想敌不过冷酷无情的事实，于是他的同情转为忿恨与讽刺。他并不是一位善于讽刺者，他离不开那股乡下人的老实本分"。芦焚的世界既是"新旧杂糅的"，所以有"许多不调和的地方"，但作者在人物描写中，虽竭力"维持镇静，但他的同情，忿慨，讥刺，和反抗的心情却处处脱颖而出"，就是"这一点情感方面的整一性"使他的作品"有一贯的生气在里面流转"。此外，评者还指出，芦焚"爱描写风景人物甚于爱说故事"，这有助于他"烘托出"其中所特有的"空气和情调"。这些话也都说得中肯和精当。

当然，孟实的这些评论也并不忽略作品和作者的缺点和弱点，但值得注意的是，他并不是简单地看待和评说它们，而往往是从作品和作家的长处看他们的短处，或是从他们的弱点看他们的优胜。例如他说芦焚的小说中常有游记和描写类散文的笔法，"描写虽好，究竟在故事中易成为累赘"，但反过来看，这又有益于他烘托气氛，而且"《谷》和《落日光》许根本就不应该只当作短篇小说看"。又如说废名的创作"美妙"与"艰涩"同在；又说读《桥》"眼中充满着镜花水月"。就戴望舒来说，评者指出他的诗作的"单纯"是他的"缺陷"，但又正是他"所以超过一般诗人"的一个重要之点。这样看问题是可取的，"祸兮福所倚"，这本是人世的常态和常情，在一般的情况下，批评也应这样看待创作的强弱长短；当然，这里的要点是实事求是，周到圆通，决不能弄成是非不分，模棱两可。

孟实的评文还善于用比较之法来说明问题。他把芦焚和萧军相比，因为"这两位新作家都以揭露边疆生活著称，对于受压迫者都有极丰富的同情，对于压迫者都有极强烈的反抗意识，同时，对于自然与人生，在愤慨之中仍都有几分诗人的把甘苦摆在一块咀嚼的超脱胸襟"；但又把他们加以区别，"萧军在沉着中能轻快，而芦焚却始终是沉着"，因此"读芦焚总比读萧军费力。萧军的好处马上就可以吸引读者的注意，芦焚的好处是要读者费一番挣扎才能察觉的"。更有意思的是，他把废名与普鲁斯特、伍尔夫夫人等现代作家相比，因为废名"撇开浮面动作和平铺直叙而着重内心生活的揭露"与那些西方现代作家"颇类似"；但他又指出废名与西方人"在精神上实有不同"："普鲁斯特与伍尔夫夫人借以揭露内心生活的偏重于人物对于人事的反应，而《桥》的作者则偏重人物对于自然景物的反应；他们毕竟离不开戏剧的动作，离不开站在第三者地位的心理分析，废名所给我们的却是许多幅的静物写生。"评者至此还指出二者"所以不同大概要归原于民族性对于动与静的偏向"。孟实所作的这样的比较和分析，对于废名的研究，对于西方"意识流"小说的研究，至今还是有启发的意义的。此外，评文中还提到，废名之作虽与普鲁斯特、伍尔夫夫人诸人有类似处，"而实在这些近代小说家对于废名先生到现在都还是陌生的"。这个事实，也值得今日的青年研究者吸取，因为它易于被人忽略以至误解。

孟实的这些文章是借"书评"来作文学批评，所以基本上是守着

"书"来谈感受和问题的，但有时也从某一问题生发开去，益见评者的气度和眼光。例如他谈到戴望舒的"世界"是那么"单纯""平常""狭小"，似乎和自我以外的人生世相"漠不相关"，于是提出问题说："戴望舒先生的诗的前途，或者推广说整个的新诗的前途，有无生展的可能呢？假如可能，它大概是打哪一个方向呢？新诗的视野似乎还太窄狭，诗人们的感觉似乎还太偏，甚至于还没有脱离旧时代诗人的感觉事物的方式。推广视野，向多方面作感觉的探险，或许是新诗生展的唯一路径。归根究底，做诗还是从生活入手。这样的见解的评论，在今天看来似乎也还没有失去其参考的价值。尽管评者对"生活""视野"的理解为何，他在这里没有说，但无论如何，诗人要"推广视野""从生活入手"，乃是不易之论。就戴望舒来说，在抗日战争爆发以后，他的生活切实了，视野推广了，于是诗风就有了变化和"生展"，这就是一个明确的事实。在评《桥》的时候，评者说"这书虽沿习惯叫做'小说'实在并不是一部故事书"，然后据此稍作生发道："把文学艺术分起类来，认定每类作品具有某几种原则或特征，以后遇到在名称上属于那一类的作品，就拿那些原则或特征来为标准来衡量它，这是一般批评家的惯技也是一种最死板而易误事的陈规。在从前，莎士比亚的悲喜杂糅的诗剧被人拿悲剧的陈规抨击过；在近代，自由诗、散文诗、多音散文，以及乔伊司和伍尔夫夫人诸人的小说也曾被人拿诗和小说陈规抨击过。但是真正的艺术作品必能以它的内在价值压倒陈规而获享永恒的生命。"这样的见解和评论，今天读来也令人感到亲切，用陈规死套来衡文论诗，这种弊端，在今天不还是时有所见吗？

朱光潜先生的这几篇评论，是因他自编的刊物的需要而写的，如果不是这样，他也许不写这样的文章。这些并不是他的着力之作，所以写得比较轻便，灵活，但自然是他的美学的应用，从中可见他的敏锐的美学眼光和深厚文学修养。当然，那时的朱先生不是后来自称为"马克思主义者"的朱先生，但他的眼界是比较开拓的，也是面向生活的，在头脑里有"压迫者"和"受压迫者"的划分，也有他的愤恨和同情，所以对这样的人物，也需要认真地研究、分析，即使是对于前期的朱先生。

1986 年 5 月

谈通俗文学[*]

这些年来，在我国的市场和摊头，田间和工地，以至车厢和船舱，通俗文学大为流行，成为一种不容忽视和聚讼纷纭的社会现象。

这种现象的形成原因是多方面的。

我们可以把它看成是商品和市场经济繁荣的一个副产物，生产发展了，商品多了，买卖活了，人民的生活水平提高了，于是人们在辛勤忙碌之余，要求消遣和娱乐，而通俗文学正好是为人民提供消遣和娱乐的一个重要门道和途径。这样通俗文学就应运而生，广为流行了。也正是因此，通俗文学本身也就成了一种重要的和畅销的商品。消遣和娱乐本是文学（尤其是通俗文学）所可有和应有的品质和属性之一，一经列入商品的渠道而力求其畅销，如果它的写作者、出版者和推销者操守有失而不能自持，只顾经济效益而不顾社会和文化效益，那就会结出恶的果实，在书刊市场上出现光怪陆离的局面。近年的通俗文学（主要是通俗小说）给人的印象正是如此，当然，其中有不少好作品，但被大量的低级庸俗的货色掩盖了，所以通俗文学的名声欠佳。

从文学自身的发展来看，近年通俗文学的流行乃是几十年来我们的文学过于"严肃"的一种变态，又是对近年"纯"文学的一种抗衡。"纯文学"或称"新潮文学"，本来也是多年来的过分和过火的"严肃文学"的反拨，自有它的创造和成就，但也有其缺陷和不足，主要是一味强调表现

---

* 本文最初刊载于《中州学刊》1990 年第 2 期。

自我的内心，文学和形式的艰涩难解，因而愈来愈严重地脱离群众。群众总是要有文学读物的，特别是要有小说可看。他们感到"纯"文学与自己无关，于是就光顾通俗小说了。

就通俗文学自身来看，由于它的源远流长，由于它是老百姓的不可或缺的精神食粮和娱乐资源，它的生存和发展，是不可排斥和遏制的。关于老百姓之所以爱听故事和爱看小说的原因和背景，朱自清曾这样说："小说本来起于民间，起于农民和小市民之间。在封建社会里，农民和小市民是受着重重压迫的，他们没有多少自由，却有做白日梦的自由。他们寄托他们的希望于超现实的神仙，神仙化的武侠，以及望之若神仙的上层社会的才子佳人，他们希望有朝一日自己会变成了这样的人物。这自然是不能实现的奇迹，可是能够给他们安慰、趣味和快感。"（《论百读不厌》）这是说得不错的。其实，这不只是封建社会的情况；我们的国家在一变而成为社会主义的社会之后，人生的道路还是少不了曲折和坎坷，老百姓也不能不还是凡人，他们还是要看小说，借此做他们的"白日梦"。只是随着社会生活的发展变化，他们的"白日梦"可以做得更加幻化和多彩罢了。

由此可见，通俗文学的流行是有其社会和文学发展的依据的。我们既不能小看它、鄙视它。忽视它的积极作用和生存权利，也不能任其流入庸俗和邪恶以致泛滥成灾。我们应该努力扶持它，引导它，使它得以健康地发展，造福于人民。这样，就需要对它进行筛选、讨论和研究。

筛选，选优汰劣，这是不可少的工作。只有这样，才能有助于通俗文学的推广，也才能看出问题，予以讨论和研究，有助于通俗文学的提高。

就通俗文学的现状来看（当然也要联系它的历史），有不少问题是应该提出来讨论和研究的。例如下列的几点。

一 通俗文学的地位问题

就实际和理论来说，在文学史上，通俗文学和高雅文学都据有重要的地位，都产生出不朽的作品，而且，两方面是互补和相助的，文人的高雅的创作往往从民间文学吸取营养因而增益其活力和新鲜，而民间文学也不免接受高雅文学的影响，并需要学习它的文采风流。文学史是由"阳春白雪"和"下里巴人"共同写下的，雅俗共存，不可偏离，从古至今，都是如此。

但是，就名分和待遇来说，通俗文学却总是处于低下卑贱的地位。尤其是通俗小说是如此。"小说家者流，盖出于稗官，街谈巷语，道听途说之所造也。"（《汉书·艺文志》）在我国的古代，史家和文苑就是这样以冷眼来看待小说的，认为这是"小道"，"君子弗为"，不能"登大雅之堂"，不能列入文学的正宗。到了二十世纪，事情总算有了转机，五四文学革命虽然反对旧文学，但提倡白话文学，因而《水浒传》《红楼梦》等小说受到了尊重，被引进了大雅之堂；但是，尽管如此，通俗小说的地位并没有得到实质性的改变。旧派人物不承认它；新派人物在创作和理论上努力引进和学习西洋，把本国的传统抛在一边了。于是产生了当时的"新潮"文学，"纯"文学。新文学的兴起是中国文学的划时代的变革和进步，但它与普通群众相隔膜，这是至今未能完全解决的问题。文学界有过多次文学大众化、通俗化、民族化的讨论，可见这问题一直受到人们的关注，但实际存在并发展着的通俗文学并未得到重视，著作等身而又拥有众多读者的小说家张恨水在文坛上的地位是低下的。毛泽东《在延安文艺座谈会上的讲话》提出了工农兵的文艺方向，同时解放区又为作家提供了与工农兵群众相结合的条件，因而文学创作在通俗化、大众化方面有了大进展，但就总的形式和格局来看，文学仍然是朝着五四新文学的方向发展，这是时代使然。通俗文学要发展，要提高自己的地位，也必须跟上时代走新路，而不能回头去走旧路。

时至今日，通俗小说既然如此流行，它的地位是否有所变化呢？它现在成了富户、暴发户，是否"财大气粗"呢？实际情况是，通俗文学如今"财大"，但"气"不"粗"，它的地位仍然是低下的。现在有一种说法："丫环卖笑养姑娘"，就是说"纯文学"靠"通俗文学"挣钱来养活，真是谐谑而又苦涩。这一方面说明了如今的通俗文学作品大量流入庸俗，或者说大量庸俗读物假通俗文学之名以行，另一方面说明了通俗文学一般说来质量不高，其文学品格不足以和"纯文学"抗衡。通俗小说要提高自己的地位，就要提高创作质量和文学水平，要出好作品，好作家，名作品，名作家。鲁迅说过："应该多有为大众设想的作家，竭力在作浅显易解的作品，使大家能懂，爱看，以挤掉一些陈腐的劳什子。"（《文艺的大众化》）这话到现在还是适用的。本着这个目的来发展通俗文学，那就要求作家多"为大众设想"，少一些急功近利、粗制滥造，多一些精心特创，各领风骚。我们的时代应该有新的罗贯中、施耐庵、吴承恩、冯梦龙、蒲松龄。

二　"雅""俗"的分野和差异问题

通俗文学和高雅文学当然是有差异的，古代的宋玉所讲的《下里巴人》与《阳春白雪》何者众、何者寡的故事，到现在还未失时效。现代的鲁迅在《中国小说史略》中说："明季以来，世目《三国》《水浒》《西游》《金瓶梅》为'四大奇书'，居说部上首。比清乾隆中，《红楼梦》盛行，遂夺《三国》之序，而尤见称于文人，惟细民所嗜，则仍在《三国》《水浒》。"这种情况，也相沿至今。由此可见，通俗文学和高雅文学的差异，在作者、作品和读者三方面都会要表现出来，文人创作的高雅作品"尤见称于文人"，而民间草创的通俗作品则为"细民所嗜"，两方面各有特色，各有优势。当然，鲁迅在这里所举的是特例，《三国演义》《水浒传》《红楼梦》等都是不朽名著，但仍能用来说明"俗""雅"文学的差异和分野。

通俗文学的优势在于和者众，读者广；而它的特色，在于贴近群众生活，表达人民心愿，满足老百姓的审美要求：以街谈巷议、浅显易懂、生动明快、尖锐泼辣的语言，组织和宣讲充满戏剧性、传奇性、趣味性、有枝有叶、有头有尾的故事，产生惩恶扬善、除暴安良的效应。通俗文学的这些特色，为人民所创，也为人民所喜。

要而言之，通俗小说来自民间，而高雅小说则出于文人笔下，前者刚健、清新、质朴、痛快、浅显，而后者缜密、蕴藉、幽婉、雅致、高深；当然，这是大体而言，并不是绝对的划分。而且，"雅""俗"的分野，愈发展愈迷糊不清，以致"雅俗共赏"成为一种为人称道的品格和标准。举例来说，《李有才板话》《暴风骤雨》《林海雪原》《铁道游击队》《青春之歌》《红岩》，等等，是"雅"还是"俗"，岂不就颇难辨？就作者来说，说它们是"文人"的创作，自无不可，说它们来自民间亦可通，因为作者原都是工农兵及其干部。

以上诸例，都是四十至六十年代的小说，那时文学不大区分"雅"（或"纯"）"俗"；到近年这种区分愈趋明显，就通俗小说来说，已出现为数不少的经常作者，有的已颇为知名，他们的作品有时得到众多的读者，但情况并不稳定。

看来，文学上的"雅""俗"之分，是从来如此，今后还会如此，直到体、脑和城、乡等差别的泯灭，但即使到那时，人民之"所嗜"也不能等同划一，也会千差万别。同时，"雅""俗"的混杂，交融，你中有我，我中有你，也是可能的，甚至是不可免的。这种种情况，在今日都不少见。其实，创作本应百花齐放，无论是"雅"的，"俗"的，或"雅俗共赏"的，只要是艺术，受到人民欢迎，为祖国的文化和文明增光就好。

三　通俗文学表现当代意识问题

文学是时代的产物，它总是要表现某一时代的社会意识的。我国古代和近代的著名小说，都能说明这个问题。就以《金瓶梅》来说吧，固然向来有人目为之"淫书"，但也有人看出它的"严肃"来。晚清有论者这样说："《金瓶梅》一书，作者抱无穷冤抑，无限深痛，而又处黑暗之时代，无可与言，无从发泄，不得已借小说以明之。其描写当时之社会情状，略见一斑。然与《水浒传》不同，《水浒》多正笔，《金瓶》多侧笔；《水浒》多明写，《金瓶》多暗刺；《水浒》多快语，《金瓶》多痛语；《水浒》明白畅快，《金瓶》隐抑凄恻；《水浒》抱奇愤，《金瓶》抱奇冤；处境不同，下笔亦不同。……是真正'社会小说'，不得以淫书目之。"（引自阿英《小说闲谈·小说零话》）此说不但论及《金瓶梅》，作为陪衬和旁证，也论及《水浒传》，认为小说写出了"当时之社会情状"，"人心思想之程度"。这也正是这些小说成为不朽著作的一个重要原因。当然，古典文学既有其民主性精华，也有其封建性糟粕，这是我们应该认真对待的。

我们的文学，自是我们这个时代的产物，应该表现我们时代的新思想、新眼光、新寄托和新希望。就通俗文学来说，这种新素质和它所必具的趣味性不但不是相斥相拒的，而且是相辅相承的。如若不然，通俗文学就会流入陈旧和庸俗去了。

通俗文学要表现当代意识，当然要求作者思想和技艺的更新和提高，而这也是要考虑和照顾到通俗文学自身的特点。

通俗文学不能不适应和满足群众消遣和娱乐之所需，所以它要有趣味性和传奇性。这个"奇"字很要紧，因为要吸引读者，它往往要写奇人奇事，要用街谈巷议之言，说惊天动地之事，收拍案惊奇之效，感称快排闷之乐。这一点，历代的小说研究者都曾注意和论及。明代胡应麟说："变异之谈，盛于六朝，然多是传录舛讹，未必尽幻设语，至唐人乃作意好奇，假小说以寄笔端。"（《少室山房笔丛》三十六）"作意好奇"四字，道出了我国小说的特点。近人孙楷第论中国小说的发展说："'转变'这个词，拿现在的话解释，就是奇异事的歌咏。歌咏奇异事的本子，就叫'变文'。"又说中国短篇白话小说"专讲故事；故事必须新奇动人"（《俗讲、说话与白话小说》），也指出了"奇"闻"异"事，"新奇动人"是我国小说必备的品质。但是，在平常人的日常生活中，奇闻异事毕竟少见，即使有之，也很少为小说作者亲历直闻，所以小说家所写的故事，多取材于旧有的材料。孙楷第著有《小说旁证》，对此多有记述。他举例说，冯梦龙所作的一篇九千多字的好小说，取材于前人所作一百二十四字的笔记；清朝的俞樾指出蒲松龄《聊斋志异》中的《种梨》本于晋干宝《搜神记》徐光事，并说："乃知小说家多依仿古事而为之也。"（《春在堂随笔》卷九）小说家为什么要到古旧的资料中找故事来写呢？大概就因为在现实生活中奇异事不常见，所以求之于典籍。

这种依仿古事旧闻而为之的作品，在今天的通俗小说里也是很多的。宫廷变故，军阀争端，公堂明断，冤狱奇闻，少林绝技，武当高手，闺房艳事，梨园风情，……而且，这样的作品最为畅销。我国历史悠久，典籍丰厚，确实值得小说家去挖掘材料，进行写作。但历史题材的创作贵在推陈出新，《三国演义》《水浒传》是这么做的，冯梦龙、蒲松龄是这么做的，鲁迅的《故事新编》也是这么做的，这都是值得今之作者学习的。我国的"传奇"作者向来讲究"史才、诗、笔、议论"，这个要求是很高的，我们今天也应有这样的要求，而且是我们时代的新的要求。

当然，小说创作更应取材于当前的现实生活。在我国古代和近代，写现实生活的优秀和杰出的小说作品很多，《红楼梦》就是最高的成就；其实，有些托名写历史的也是写现代，这是我国小说的优良传统。可喜的是，在我们今天的通俗小说中，以现实生活为题材的日益增多，并不断有好作品出现，现实生活的发展变化为通俗小说提供了广阔和丰富的题材，通俗小说的作者是大有可为的。当然，写现实生活而又富于传奇性，这也许是个难题；但也许正是因此，这又是一个富于创造性的课题。

四　通俗文学作者继承文学遗产和借鉴外国文学问题

　　要发展我们的文学艺术，就要批判地继承我国的文化遗产和文艺传统，这一点，对于通俗文学来说尤为亲切和明显。我们所说的人民性、故事性、传奇性、娱乐性，等等，就在很大的程度上带有继承性。通俗文学的优势在于拥有广泛和众多的读者，这是因为它的内容和形式一般来说为群众所喜闻乐见。这和它较好地体现了民族性和大众化有很大的关系。这是应该发扬的。我们应该加强对我国古典小说、古典文学以至整个文化遗产的学习，作到古为今用，从而吸取精神力量，提高我们的艺术表现力。

　　那么我们就不必学习外国文学吗？不是这样。外国的好东西我们也要学，做到洋为中用。就通俗文学来说，学习外国文化在我国也是有古老的传统的。在古代，印度佛教和佛经的传入我国，对我国文学特别是通俗文学发生过深刻和长远的影响。我国的通俗小说，就是由唐朝的和尚讲演佛经故事发展而来的，由"俗讲"发展到"说话"，这才有我国的小说大流。五四以后西洋文学对我国文学影响最大，通俗文学也不例外。林琴南所译外国小说在我国的影响就不小。现在，外国的"畅销"小说经过翻译流入我国的很多，其中有不少比我们的"畅销"小说水平要高出一筹。这不能不对我们的通俗小说创作产生影响。对于这种影响我们不应拒绝，而应该欢迎和借鉴。当然，为提高我们的思想水平和艺术素养，我们的通俗小说作者不应只是看外国的"畅销"书，而应该较广泛地学习西方和世界的文学和文化。

　　就我们的通俗小说现状来看，中国的传统和外国的影响都有所体现，这是好的。我们还可看到，五四以来的新文学的影子时时笼罩在通俗文学的身上，至少在写法上是如此。这也是好事，是通俗文学求新的一种表现，问题在于，目前有不少通俗小说写得亦新亦旧，语言不纯粹，也不够通俗，这是应该改进的。通俗文学和高雅文学的互补是必然和必要的，但既是通俗文学，还得显出通俗文学的特色来。

　　近年通俗文学发展很快，并取得可观的成绩。以上提出的几点，主要从目前存在的问题来谈，目的在于进一步发展和提高通俗文学，以适应广大读者的要求。这在我们时代的精神文明的建设中是很重要的事情。创作要努力从事，编辑、出版、评论、研究也要为之尽力，而且还要有广大读者的参与。

马克思主义文艺理论在中国的发展[*]

发生 1919 年的五四运动是伟大的爱国运动和政治运动，同时也是伟大的思想启蒙运动和新文化运动。这就是中国革命受到马克思列宁主义的影响和指导的起始。

然而，马克思列宁主义的经典著作译介到中国还是在这以后的事，其中有关文艺思想和理论的论著，译介到中国来，还要更晚一些。

当然，我们不能将马克思列宁主义的哲学、政治经济学、科学的社会革命论和它的文艺理论分割开来；它们往往融为一体。马克思列宁主义哲学和革命理论往往包容和关照文艺，而其文艺思想和理论则无不体现和渗透其哲学思想和革命意识。

现代中国的社会革命运动和文化革命运动也是不能分割的，如果没有马克思列宁主义指导下的工农革命运动的发展和胜利，民主和科学的思想启蒙和文化革命就会流入空想和空谈；而没有马克思列宁主义指导下的思想启蒙和新文化运动的发展和胜利，中国革命和建设也难以推进和成功。

我们应该这样认识中国现代文艺运动的发展，应该这样认识马克思主义文艺理论在中国的发展。

李大钊等早期马克思主义者的文艺观

列宁说，没有革命的理论，就没有革命的运动。俄国十月革命的胜利

---

* 本文最初刊载于《河北学刊》1991 年第 6 期。

正是俄国无产阶级和人民群众实践马克思列宁主义的革命理论的结果，它鼓舞和照亮了中国无产阶级和人民群众的革命。这在文艺理论上也及时和有力地表现了出来。

中国最早的马克思主义者李大钊在 1918 年所写的《俄罗斯文学与革命》中盛赞普希金、涅克拉索夫、托尔斯泰、高尔基等作家的作品的社会意义和革命作用，然后说，"今也赤帜飘扬，……俄罗斯革命之成功，即俄罗斯青年之胜利，亦即俄罗斯社会的诗人灵魂之胜利也"①。作者欢呼俄国革命之成功、布尔什维主义之胜利，欲借镜俄罗斯文学的革命精神以激励中国新文学，其思想感情在当时的先进人物中是有代表性的。"以俄为师"，"走俄国人的路"，这正是现代中国人民的正确选择，在政治上是如此，在文艺上也是如此。鲁迅后来在 1932 年写的《祝中俄文字之交》中说，"俄国文学是我们的导师和朋友"，苏联文学使我们"知道了变革，战斗，建设的辛苦和成功"②。由此可见俄苏文学给中国现代文学影响之深远。

在五四运动和其后大约十年期间，中国知识分子和革命者还处在初步学习马克思主义的阶段。马克思主义文艺理论的一些重要观点也就初步显现于一些论著中。

其一是将文学艺术作为一种精神现象置于一定社会的经济基础之上的上层建筑来看待。李大钊在《我的马克思主义观》一文中说，"一切社会上政治的、法制的、伦理的、哲学的，简单说，凡是精神上的构造，都是随着经济的构造变化而变化"③；萧楚女在《艺术与生活》一文中说，"艺术是生活的反映"，"艺术不过是和那些政治、法律、宗教、道德、风俗……一样，同是……建筑在社会经济组织上的表层建筑物，同是随着人类的生活方式之变迁而变迁的东西"④。这是马克思主义的一个重要理论原则和思想观点的简约表述，意在说明社会的精神现象随着其经济结构的变

① 《俄罗斯文学与革命》，1979 年第 5 期《人民文学》。此文作于 1918 年，为李大钊之佚文，1965 年发现。
② 《南腔北调集·祝中俄文字之交》。
③ 《我的马克思主义观》（上），《新青年》第六卷第 5 号，1919 年 5 月。
④ 《艺术与生活》，《中国青年》第 38 期，1924 年 7 月 5 日。

革而变革，中国的社会革命和新文化运动是历史发展的必然。这在当时的思想界和文艺界起到振聋发聩的革命作用。

其一是主张文艺写作者参加革命斗争，表现社会变动，以警醒群众，振奋国民精神。如邓中夏在《贡献于新诗人之前》一文中说，新诗人"须多做能表现民族伟大精神的作品"，"须多做描写社会实际生活的作品"，因此，"新诗人须从事革命的实际活动"①。恽代英则说，新文学应"能激发国民的精神，使他们从事于民族独立与民主革命的运动"②，因此作者必须参加革命工作，反映现实斗争。

其一是要求文艺写作者学习马克思主义，培养和锻炼革命的思想感情，认为只有这样才能写好革命的作品。如李大钊在《什么是新文学》一文中说，要使新文学"花木长得美茂"，就要以"宏深的思想、学理，坚信的主义，优美的文艺，博爱的精神"为其"土壤根基"，因此，作者必须清除其"心理中"的"科举的、商贾的旧毒新毒"③。恽代英则说，"要先有革命的感情，才会有革命文学"④，因此从事革命文学的人必须投身革命运动，培养革命感情，不然，"要求革命文学的产生，亦不过如祷祝（公）鸡生蛋，未免太苦人所难"⑤。

以上引述的这些论点和主张，散见于当时报刊上发表的论文中，它们是不完整的，但出于革命实际和发展的激发和要求，并体现出马克思主义的影响和光辉。在这个时期，马克思主义著作的译介和学习尚处在初步阶段，其文艺理论著作的翻译只是偶有所见，如1925年2月12日《民国日报·觉悟》译载列宁《托尔斯泰与当代工人运动》，1926年《中国青年》第144期译载列宁《论党的出版物与文学》（今译《党的组织与党的出版物》），其指导作用却是重大和深刻的。马克思主义文艺理论的较多和有力的译介到我国来，还是20年代末和30年代的事。

---

① 《贡献于新诗人之前》，《中国青年》第10期，1923年12月22日。
② 《八股?》，《中国青年》第8期，1923年12月8日。
③ 《什么是新文学》，《星期日》（社会问题号），1920年1月4日。
④ 《文学与革命》，《中国青年》第31期，1924年5月17日。
⑤ 《中国所要求的文学家》的"按语"，《中国青年》第80期，1925年5月16日。

鲁迅、瞿秋白在马克思主义文艺理论建设中所作出的贡献

1927 年，阶级斗争逆转，革命形势严峻，随后，就是在反革命的军事和文化"围剿"之中，出现了农村革命和文化革命"深入"的雄奇壮丽景象。革命的深入益发需要革命的理论指导。这是马克思列宁主义进一步在中国传播和运用并势将有所发展的时期。

正是在这个时期，随着革命文学的论争和左翼文艺运动的兴起，马克思主义文艺理论开始和较为集中地也是有选择地翻译和介绍过来。鲁迅曾将这喻为"窃火种"给人类的神圣工作。而在这一工作中致力最勤和成效最显著者正是鲁迅和他的战友瞿秋白。

鲁迅是伟大的文学家、思想家和革命家，他的方向就是新文化运动的方向。他的活动的方向性意义，由他在 20 年代末潜心学习马克思主义理论并亲自译介马克思主义文艺论著进一步地和完全地表现出来。他是满腔热情地和头脑冷静地从事这项译介工作的。他翻译了普列汉诺夫的《艺术论》即《（没有地址的信》），卢那察尔斯基的《艺术论》和《文艺与批评》，同时对著者的政治思想和理论建树作出了全面的评述；他翻译了苏联的《文艺政策》，随即指出，"对于中国社会，未曾加以细密的分析，便将在苏维埃政权之下才能运用的方法，来机械的运用"就会形成错误[①]。当然，鲁迅是心悦诚服地接受了马克思主义的。他说，"看了几种科学的文艺论，明白了先前的文艺史家们说了一大堆，还是纠缠不清的疑问"，还说因此翻译了普列汉诺夫的《艺术论》，"以救正我——还因我而及于别人的只信进化论的偏颇"[②]。鲁迅以亲身的经验，说明了马克思主义文艺理论的科学分析论证力量和它在当时中国革命文学中所产生的深刻影响和指导意义。

鲁迅因此由"只信进化论"而成了阶级论者，成了马克思主义者。用他自己转述普列汉诺夫的观点来说，观察人类社会必须"从生物学到社会

[①] 《二心集·上海文艺之一瞥》。

[②] 《三闲集·序言》。

学去"，"艺术也是社会现象，所以观察之际，也必用唯物史观的立场"①。
他自此用辩证唯物主义和历史唯物主义的立场、观点和方法来观察世界，
观察中国革命，发而为文，无不闪耀着马克思主义的光辉。这就正如毛泽
东所说，"鲁迅后期的杂文最深刻有力，并没有片面性，就是因为这时候
他学会了辩证法"②。

鲁迅的杂文包含着他对于文艺问题的深刻见解和全面考察，是文艺思
想和理论的一个宝库。他虽然没有写过专门的文艺理论，但他的杂文却深
入地探讨和说明了文艺上的原则根本以至许多具体问题。其中如《"硬译"
与"文学的阶级性"》论文学之不能超阶级和无产者文学产生之必然性，
《对于左翼作家联盟的意见》论革命文学之产生、现状和前景，《门外文
谈》论文艺的起源和流变，《论"旧形式的采用"》和《拿来主义》论批
判地继承文艺遗产和借鉴外国文化成就，等等，就都是不朽的名篇。可以
说，鲁迅后期杂文把马克思主义文艺理论中国化了。

瞿秋白是马克思主义文艺理论的一位重要译介者，三十年代上半期，
他翻译了恩格斯论巴尔扎克和易卜生的书信，列宁论托尔斯泰的论文，普
列汉诺夫、拉法格等人的文论，并编译撰写了《马克思恩格斯和文学上的
现实主义》等重要文章。这些译著密切地适应了中国革命文学的发展和需
要，及时地指导和深刻地影响了左翼作家的创作和理论建设。

在此期间，瞿秋白写了不少论文，捍卫和推进了左翼文化和文艺大众
化运动，表现了一位马克思主义文艺理论家的识见和襟怀。其中最深刻有
力影响深远的是《〈鲁迅杂感选集〉序言》。序言作出了这样的论断："鲁
迅从进化论进到阶级论，从绅士阶级的逆子贰臣进到无产阶级和劳动群众
的真正的友人，以至于战士。"此论道出了鲁迅思想发展和革命历程的实
际。这个论断，是在对鲁迅杂文、鲁迅全人和鲁迅所经历的时代社会变迁
所作的马克思主义分析的基础上作出的。这篇序言是当时运用马克思主义
的立场、观点和方法解决中国问题的高水平的论文之一。

当然，当时在马克思主义文艺理论的传播、译介方面作出成绩和贡献

---

① 《〈艺术论〉译本序》。
② 《在中国共产党全国宣传工作会议上的讲话》，1957 年 3 月 12 日。

的，除了鲁迅和瞿秋白，还有一些同志。其中冯雪峰翻译了较多的马克思主义文艺理论著作；周扬的一些论文，对现实主义的创作方法作了有益的探讨。瞿秋白的《马克思恩格斯和文学上的现实主义》和周扬的《关于"社会主义的现实主义与革命的浪漫主义"》这两篇译介性的专论表明，文艺上的现实主义及其在革命方向上的发展是如何引起左翼作家的关注；现实主义有新旧，分别属于不同的时代和不同的阶级，但无论新旧，都和作家的世界观与创作方法的关系问题密切关联。而这一问题又是和文艺方向、文艺家和工农群众革命斗争相结合等问题不能分离。这些问题的解决，不能单靠理论的探讨，还有赖于革命的实践。

毛泽东文艺思想：马克思主义文艺理论的中国化

1940 年 1 月，毛泽东《新民主主义论》在延安发表；1942 年 5 月，毛泽东《在延安文艺座谈会上的讲话》问世。至此，中国有了全然是自己的马克思主义文艺理论，超越了翻译、阐释，体现了马克思主义的普遍真理与中国革命的具体实践相结合的文艺理论。

《新民主主义论》发前人所未发，全面地科学地论证了中国革命所创造和要建设的新的政治、经济和文化，阐明了中国文化革命的历史特点和发展方向，指出中国新的国民文化应是以无产阶级社会主义文化思想为领导的民族的科学的大众的文化；而《在延安文艺座谈会上的讲话》的主旨则在于解决文艺为群众和如何为群众的问题，并因此而提出了文艺为最广大的人民群众服务，首先为工农兵服务的方向，指明了文艺工作者长期地、全心全意地深入工农兵的革命斗争生活，学习马克思列宁主义和学习社会、改造自己的世界观，熟悉自己的描写对象，然后进入创作过程的根本途径，并以此为中心，论证了文艺与生活、与人民、与政治的关系，普及与提高的关系，批判地继承祖国文艺遗产和借鉴外国文艺成果与创新的关系，文艺批评的标准，文艺工作的统一战线等重要文艺理论问题。这是中国的马克思列宁主义——毛泽东思想全面发展到成熟时期的产物。这是伟大的革命领袖把文化艺术置于革命全局和社会发展中加以调查研究并寄以热切期望的结果。这是一位崇高的诗人和睿智的学者在中华民族最为多难而又充满新生希望和活力的年代所发出的论断和声音。

这是鲜明地表现了中国特色的文艺理论。毛泽东说过："马克思主义必须和我国的具体特点相结合并通过一定的民族形式才能实现"，"要学会把马克思列宁主义的理论应用于中国的具体的环境"①，《在延安文艺座谈会上的讲话》就正是这样的理论。它是从中国的具体环境和实际问题出发的，它总结了中国文艺发展的历史经验特别是五四以来文艺发展的新鲜经验，也吸收了外国特别是苏联的经验，以求得中国文艺的发展；它的文风和语言，也是中国的，讲话人自己的。

毛泽东著作表明，他坚持和发展了马克思列宁主义，其中包括马克思主义文艺理论。当然，与此同时，哪怕是在战时的解放区，马克思主义经典作家的文艺理论的译介仍在进行。1940年，《马克思、恩格斯、列宁论艺术》（曹葆华、天蓝译，周扬校）在延安出版；1944年，《马克思主义与文艺》（周扬编）在延安出版。它们表现了中国的马克思主义文艺理论译介工作的选择意向和民族特色。特别是《马克思主义与文艺》选辑了马克思、恩格斯、普列汉诺夫、列宁、斯大林、高尔基、鲁迅和毛泽东的有关文艺的论述，意在表明《在延安文艺座谈会上的讲话》"一方面很好地说明了马克思、恩格斯、列宁等人的文艺思想，另一方面，他们的文艺思想又恰好证实了毛泽东同志文艺理论的正确"②，这个目的是达到了的。这本书及周扬为它写的序言得到毛泽东的认可，他说它"证实我们今天的方针是正确的，这一点很有益处"③，不过他又说"把我那篇讲话④配在马、恩、列、斯之林觉得不称，我的话是不能这样配的"⑤。但把毛泽东列入马克思主义经典作家，却是举世认同的。把高尔基和鲁迅的话也列入马克思主义文艺理论"之林"，中国的文艺家和读者也是欣然接受的。从解放区到社会主义中国，《马克思主义与文艺》是一部流传很广影响很大的书。

到了社会主义年代，毛泽东先后发表的《同音乐工作者的谈话》

---

① 《中国共产党在民族战争中的地位》，《毛泽东选集》第2卷。
② 周扬：《〈马克思主义与文学〉序言》。
③ 毛泽东：《给周扬的信》（1944年4月2日），《毛泽东书信选集》。
④ 指《在延安文艺座谈会上的讲话》。
⑤ 毛泽东：《给周扬的信》（1944年4月2日），《毛泽东书信选集》。

（1956）、《关于正确处理人民内部矛盾的问题》（1957），又丰富和发展了马克思主义文艺理论。前者阐明了社会主义文艺应是"社会主义的内容，民族的形式"，西洋的一般文艺原理要和中国的实际相结合，民族形式可以吸收一些外国东西，但不能"全盘西化"；后者提出和论证的正确处理人民内部矛盾的思想原则对于中国的社会主义建设（包括文艺创作和理论建设）提供了新的政策依据和行动纲领，而"百花齐放，百家争鸣"方针的提出，对于繁荣文艺创作、发展科学研究又具有重大的和长远的指导意义。毛泽东的战友周恩来，作为人民共和国的总理和作家艺术家的好朋友，对马克思主义文艺理论也作出了重要贡献。他的《关于文化艺术工作两条腿走路的问题》（1959）、《在文艺工作座谈会和故事片创作会议上的讲话》（1961）、《对在京的话剧、歌剧、儿童剧作家的讲话》（1962）等著作，自如地运用了辩证唯物主义和历史唯物主义的立场、观点和方法来调整和解决文艺工作中的一些思想问题和实际问题，并上升到文艺规律和理论的高度来予以论证和阐发，有利于廓清当时的"左"倾错误对于文艺工作的影响，促进了文艺创作和批评的发展，并丰富了马克思主义文艺理论。此外，刘少奇、陈云、陈毅等党和国家的领导人对文艺也极为关心，他们发表的有关文艺的著作和意见，也丰富了毛泽东文艺思想。

邓小平论文艺：毛泽东文艺思想在改革开放时期的新的阐发

中华人民共和国的建立，为马克思主义在中国的传播提供了前所未有的环境和条件。几十年来，中译《马克思恩格斯全集》、《列宁全集》、《斯大林全集》陆续出版；马、恩、列、斯的有关文艺的论著以多种形式编印出版；外国其他马克思主义者的文艺和美学论著中译本亦多见出版。同时，《毛泽东选集》的出版为中国人民学习马克思主义、毛泽东思想提供了最亲切的文本，其他几位老一辈无产阶级革命家的选集的出版也适应了人民的需要；《毛泽东论文艺》、《周恩来论文艺》、《邓小平论文艺》的先后出版，显示了马克思主义文艺理论在中国的发展，为文艺工作指明了革命的方向和前进的道路。

马克思主义是在矛盾斗争中发展的。在革命年代是这样，在社会主义时期也是这样。建国后社会主义文艺和马克思主义文艺理论经历了两次严重而又长久的矛盾斗争："文化大革命"和其后的反对资产阶级自由化的斗争。林彪、"四人帮"在"文化大革命"中以极"左"的面目出现，对马克思主义、毛泽东思想进行伪造、篡改和割裂，而坚持资产阶级自由化的人则对马克思主义、毛泽东思想进行反对和攻击，企图以资本主义制度取代社会主义制度。因此，在"文化大革命"以后，既反"左"又反右，一方面反对思想僵化，清除"文化大革命"流毒，一方面反对资产阶级自由化，就成为中国人民的严重任务。领导人民进行这两方面的斗争从而保证改革开放政策沿着社会主义方向施行的，是以邓小平为核心的党中央。

邓小平同志深知并关注文艺在意识形态和整个社会中的意义和作用，还在 1979 年，他就指出："对于来自'左'的和右的，总想用各种形式搞动乱，破坏安定团结局面，违背绝大多数人利益和意愿的错误倾向，要保持清醒的头脑；要运用文艺创作，同意识形态领域的其他工作紧密配合，造成全社会范围的强大舆论，引起人民提高觉悟，认识这些倾向的危害性，团结起来，抵制、谴责和反对这些错误倾向"[1]。此言既是对于"文化大革命"所造成的大动乱的经验教训的总结，又是对于此后资产阶级自由化思潮泛滥所造成的动乱和反革命暴乱的预见。文艺健康发展，有助于安定团结和人民提高思想觉悟；反之，则可以成为破坏安定团结的重要因素和败坏人民思想感情的腐蚀剂，这是邓小平同志经常关注和多次论及的。

要使文艺健康发展，繁荣兴旺，邓小平同志指出，那就"要坚持毛泽东同志提出的文艺为最广大的人民群众，首先为工农兵服务的方向，坚持百花齐放、推陈出新、洋为中用、古为今用的方针，在艺术创作上提倡不同形式和风格的自由发展，在艺术理论上提倡不同观点和学派的自由讨论。"[2] 邓小平同志坚持和发展了马克思列宁主义"艺术是属于人民的"[3]思想，他说，"人民是文艺工作者的母亲"，"人民需要艺术，艺术更需要人民。自觉地在人民的生活中汲取题材、主题、情节、语言、诗情和画

---

① 《邓小平论文艺》人民文学出版社 1989 年版，第 7 页。

② 《邓小平论文艺》第 6 页、第 7 页、第 8 页。

③ 蔡特金：《回忆列宁》，人民出版社 1957 年版。

意，用人民创造历史的奋发精神来哺育自己，这就是我们社会主义文艺事业兴旺发达的根本道路。"① 这正是我们反对和防止文艺僵化和自由化的思想武器。

在80年代，文艺界和理论界有一个热衷的和突出的论题，人的价值、人道主义和所谓异化，邓小平同志对此进行了马克思主义的批评。他说，"不但在资本主义社会，就是在社会主义社会，也不能抽象地讲人的价值和人道主义"，离开了现实的"具体情况和具体任务而谈人"，是不能解决任何问题的，只会把青年引入歧途。至于"异化论"，认为"社会主义存在异化"，更是错误的、有害的观点。他还指出，在文艺中"宣传抽象的人性论、人道主义，认为所谓社会主义条件下的异化应当成为创作的主题"，这样的作品就会产生"精神污染"，其影响"不容忽视"②。资产阶级的超阶级人性论和人道主义，由于历史的原因和现实世界的资产阶级思想影响，仿佛幽灵，时现于文艺工作者的头脑。毛泽东在40年代曾就当时文艺界的思想情况对这种人性论进行过深刻有力的批判；到了60年代，由于"左"倾错误的影响，文艺界怯于言情，不敢写爱，周恩来针对这种情况，在批判资产阶级人性论和人道主义的同时，力主社会主义文艺应该没有顾虑地表现和描写无产阶级的人性和人民的情感；到了80年代，邓小平针对文艺界出现的新情况和新问题，又深刻有力地批判了关于"人"的抽象理论和文艺表现，同时指出，"人道主义有各式各样，我们应当进行马克思主义的分析，宣传和实行社会主义的人道主义（在革命年代我们叫革命人道主义），批评资产阶级的人道主义"③。这些论述，丰富和发展了马克思主义的阶级论和人道主义观，给予我们又一锐利的思想武器。

关于人的价值、人道主义和异化问题，胡乔木同志著有《关于人道主义和异化问题》专论，对此作了马克思主义的解说。他首先对作为世界观和历史观的人道主义作了分析，认为这是资产阶级唯心主义的意识形态，和马克思主义的历史唯物主义是根本不同的。"历史唯物主义观察和解决人的问题的基本方法论原则，就是从一定的社会关系出发来说明人、人

---

① 《邓小平论文艺》第6、7、8页。
② 《邓小平论文艺》第79、81、83页。
③ 《邓小平论文艺》第80~81页。

性、人的本质等等，而不是相反，从抽象的人、人性、人的本质等等出发来说明社会。这是马克思主义的历史唯物主义同资产阶级人道主义的一个根本分歧"①。这个专论还论证了作为伦理原则和道德规范的人道主义，认为我们应该宣传和实行社会主义的人道主义，并提出"文学艺术作品尤其要作这种宣传"②。

反对资产阶级自由化和思想僵化是思想战线上的长期的斗争任务，它和文艺创作、文艺理论的关系至为密切。我们的马克思主义文艺理论必将在斗争中继续发展。

坚持和发展马克思主义，建设有中国特色的马克思主义文艺理论

五四时期是一个解放思想的时期，当时形形色色的外来的文艺思想和理论都曾引起中国青年的兴趣和注意，马克思主义文艺思想和理论只是其中的一种。但随着中国革命的发展和社会的变化，马克思主义文艺理论影响之大，威望之高，远非其他文艺理论所能比拟和企及；而且，它逐渐化成中国自己的东西而更加深入人心，并成为革命文艺和社会主义文艺的指导思想，这就更非其他文艺理论所能比肩和匹敌。正是因此，在70、80年代之交开始的改革开放新的历史时期，形形色色外来文艺"新思潮"和其理论向马克思主义文艺理论进行挑战和冲击的过程中，后者仍以强大的生命力、战斗力和说服力冲破阻力向前发展，并且更显其光辉了。

为了捍卫马克思主义的根本原则，为了防止和匡正我们在学习和运用马克思主义时的"左"右倾斜，为了不致使我们以教条主义、实用主义的方法来对待马克思主义而把它作为我们行动的指南，为了消除和澄清落在马克思主义肌体上的尘埃烟雾，我们就要：

力求完整地准确地学习和掌握马克思列宁主义、毛泽东思想。马克思主义是科学体系，它是完整的、辩证的、实事求是的、开放的。就文艺方面来说，马克思主义关于文艺在经济基础和上层建筑意识形态之间所处地

---

① 《关于人道主义和异化问题》人民出版社1984年版，第10页。

② 《关于人道主义和异化问题》第48页。

位，关于文艺的党性原则，关于文艺作品的思想内容和艺术形式尽可能完美的统一，关于文艺在普及的基础上提高和在提高的指导下普及，关于"二为"方向和"双百"方针，……所有的论述都是如此。我们在学习和运用马克思主义文艺理论的时候，也就要力求完整和准确地领会其精神实质，把它和我们的具体文艺实践结合，以求得问题的解决和工作的推进，而不能将完整的学说割裂，准确的论述曲解，或者各执一端，争论不休，于事无补。邓小平同志在说明"割裂毛泽东思想这个问题"时曾举例说："比如文艺方针，毛泽东同志说，要古为今用，洋为中用，百花齐放，推陈出新。这是很完整的。可是，现在百花齐放不提了，没有了，这就是割裂。"① 这话是在 1975 年说的，所举的是个极端的例子，但可用来说明马克思主义文艺理论的不可割裂的完整性。事实上，由于学习不够，片面地、随意地、不完整不准确地理解马克思主义文艺理论的事是常有的，这是应该避免的。这就要求我们加强和提高我们的学习。

要坚持实践是检验真理的唯一标准原则。文艺家总是认为自己的作品是美的，理论家总是认为自己论证的是真理。但他们说的和写的是不是真善美，不能由他们自己说了算，而要由实践来检验。马克思说，"人应该在实践中证明自己思维的真理性，即自己思维的现实性和力量，亦即自己思维的此岸性"②，列宁说，"理论要变为实践，理论要由实践来鼓舞，由实践来修正，由实践来检验"③。马克思、列宁的这个思想原则，毛泽东在《实践论》、《人的正确思想是从哪里来的？》等著作中亦多所论证阐发。文艺创作和理论批评也不外乎是人对于社会生活的认识，"认识从实践始，经过实践得到了理论的认识，还须再回到实践去。认识的能动作用，不但表现于从感性的认识到理性的认识之能动的飞跃，更重要的还须表现于从理性的认识到革命的实践这一个飞跃。"④ 总之，文艺是从生活中来，到生活中去，从实践中来，到实践中去，从群众中来，到群众中去，革命文艺尤其是如此，最终要经受实践的检验（甚至是多次的、反复的检验）而证

---

① 《邓小平论文艺》第 99~100 页。
② 《马克思恩格斯选集》第 1 卷第 16 页。
③ 《列宁全集》第 26 卷第 386 页。
④ 《毛泽东选集》第 1 卷第 281 页。

明它是否是真善美。因此，我们要实行"百花齐放，百家争鸣"的方针，实行切实的、健全的文艺批评。真理愈辩愈明。

要坚持马克思主义、发展马克思主义。为什么要坚持？因为世界上总是有人要动摇以至拔掉马克思主义，所以坚持就是捍卫，就是斗争。随着革命的发展，马克思主义也必然会发展。辩证唯物主义和历史唯物主义本来就是发展的哲学，它是在斗争中发展的。正如毛泽东所说，"正确的东西总是在同错误的东西作斗争的过程中发展起来的。真的、善的、美的东西总是在同假的、恶的、丑的东西相比较而存在，相斗争而发展的。当着某一种错误的东西被人类普遍地抛弃，某一种真理被人类普遍地接受的时候，更加新的真理又在同新的错误意见作斗争。这种斗争永远不会完结。这是真理发展的规律，当然也是马克思主义发展的规律。"① 我们应该这样认识坚持和发展马克思主义的问题。我们应该这样坚持和发展马克思主义文艺理论。不能把坚持和发展分割开来，或对立起来。我们回顾一下，在20世纪的中国，马克思主义文艺理论不正是在斗争中发展的吗？马克思主义文艺理论的中国化，就是经历长久斗争的重大的、有益于世界的发展，当然，这个发展方兴未艾，继续向前。让我们在建设具有中国特色的社会主义物质文明和精神文明的壮丽进程中，将具有中国特色的马克思主义文艺理论的建设推向前进。

---

① 《关于正确处理人民内部矛盾的问题》。

第三编

现当代文学批评

论《红旗谱》[*]

　　梁斌同志的长篇小说《红旗谱》（第一部）的出版，是我国文学创作上的一个重大收获。这是一部史诗式的作品，它通过对冀中平原上的农民和知识分子的生活史和斗争史的描写，概括了我国第一次国内革命战争前后的伟大历史图景，反映了全国劳动人民和革命知识分子在中国共产党领导下，向帝国主义、封建主义、官僚资本主义的罪恶统治进行英勇不屈斗争的最初十年的伟大历史现实。

一

　　小说里有这么一件事情：青年农民严运涛遇见贾湘农（当地的第一个中共县委书记），向他陈述农民生活状况。贾湘农说："你亲身感受的痛苦，就是目前的农民问题嘛！"好一个农民问题：《红旗谱》的最大的贡献，就是把当时的这个农民问题——农民"亲身感受的痛苦"和因此激发起来的阶级斗争，用典型化的方法予以艺术的再现。

　　作者着重写了两家农民的三代历史和一家地主的两代历史。农民朱老巩、严老祥是中国农民的传统性格的化身；他们的儿子朱老忠和严志和从他们的父亲那里接受了宝贵的精神"遗产"，同时又有了新的发展，严志和的儿子运涛和江涛，则是新时代的人物。运涛和江涛不再只是从父辈那

---

　　*　本文最初刊载于《蜜蜂杂志》1959 年第 8 期。

里接受精神财富，而且反过来给父辈注射新的血液。冯姓地主父子二人，也是时代的产物。冯老兰完全是旧式的封建地主；而他的儿子冯贵堂则主张开设"聚源"号，不但通过土地，而且通过资本来从农民身上榨取更多的洋钱。作者主要就是通过这两家农民和一家地主的发展史，来展开壮阔的阶级斗争的图画。

作为小说的序幕，作者讲了朱老巩大闹柳树林的故事，一开头就在我们面前展开了阶级斗争，并为全书的几个主要人物今后的生活史和斗争史安下了线索。这个故事和故事中的英雄人物——朱老巩的典型意义在于：他直接继承了、发挥了并且总结了中国历代农民进行阶级斗争的革命精神，表现了中国农民的疾恶如仇、见义勇为的深沉而又像烈火一般的战斗意志和豪侠气概，并且指出了没有共产党领导的农民革命的结局，只能是一幕可歌可泣的悲剧。朱老巩所扮演的正是这样一个悲壮的角色。作者告诉我们，朱老巩大闹柳树林的故事在民间到处流传，这是完全可信的，有意义的。在民间，历来就流传着这样悲壮的英雄故事，因此，让这样的一个故事作为《红旗谱》的开头，是恰好的。这是最后的一个悲壮的故事，它预示：黄巾起义的故事，梁山泊的故事，太平天国的故事发展到这里即将结束了，新的、伟大的时代就要开始了，今后的农民革命将不再是悲剧了，在中国共产党的领导下，封建统治阶级是一定要推翻的了。这一次斗争的结果是：朱老巩死了，但是他的精神，他的性格特征没有死，他的儿子小虎子——朱老忠充分继承了他的革命精神，并且将它予以发展。

为了逃避地主的迫害，小虎子出走了。二十五年以后，他带着复仇的决心从关外回到故乡。封建势力对农民的统治比以前更残酷，农民的痛苦更深了。在朱老忠离乡的二十五年间，发生过农民朱老明串通二十八家穷人三告冯老兰的故事。这也是有典型意义的。关于这个事件，作者没有作正面的描写，但是描写了朱老明、严志和等农民因为打败了官司而陷入极端贫困的惨景。他们打到县，输到县；打到保定法院，输到保定法院；打到北京大理院，又输到大理院——这是必然的，因为法院正是历代统治阶级用以镇压人民群众的国家机器的重要组成部分。这个斗争也有着传统的色彩。我们在戏曲中，在旧小说中往往可以看见农民到衙门去击鼓喊冤、高呼青天大老爷做主的场面。那结局，我们当然是可以想见的。但是朱老明他们倾家荡产，也要告到北京。这又一次表现了农民的悲剧。

严运涛参加共产党和革命军，最后被捕入狱，这是一件极富有政治意义和时代精神的大事，这是一根红线，贯串全书，对于书中的主要人物（包括革命者和反动派）都有非常重要而深刻的影响。作者通过对严运涛和他的遭遇的描写，把冀中平原上的锁井镇——不，把整个北方和南方的革命斗争与敌人的大叛变、大屠杀联结了起来，使革命斗争的风暴在小说中表现得更加波澜壮阔了，使小说所概括的空间更加扩大，历史意义和时代精神更加强烈了。

关于当时的农村革命高潮，毛泽东同志这样写道：

> ……目前农民运动的兴起是一个极大的问题。很短的时间内，将有几万万农民从中国中部、南部和北部各省起来，其势如暴风骤雨，迅猛异常，无论什么大的力量都将压抑不住。他们将冲决一切束缚他们的罗网，朝着解放的路上迅跑。一切帝国主义、军阀、贪官污吏、土豪劣绅，都将被他们葬入坟墓。一切革命的党派、革命的同志，都将在他们面前受他们的检验而决定弃取。[1]

我们知道，由于国民党蒋介石的叛变革命，和共产党当时的领导人陈独秀的右倾机会主义与投降主义，第一次国内革命战争遭到了失败，毛泽东同志所欢呼和描述的这种政治局面，推迟了好多年才得以在中国的中部、北部和全国范围内实现。当时，在革命的高潮之后，出现了革命的低潮；在广大劳动人民欢欣鼓舞、反动统治阶级惊惶失措的局面之后，出现了革命群众遭受迫害和反动统治阶级得意忘形的局面。这在小说中有着深刻的反映。严运涛在北伐军的胜利进军中写回的信，带给朱老忠、严志和及其周围的善良农民群众以无限的欢乐和希望。它使得严江涛"手舞足蹈"，使得朱老忠"挺起胸膛，去院里闹了个骑马蹲裆式"；使得严志和"两只脚跺跶着，想跳起来"；使得运涛和江涛的奶奶"掬起双手齐着头

---

[1] 《湖南农民运动考察报告》，《毛泽东选集》第一卷，第13页。

顶，在炕沿上连磕几个响头"；使得双目失明的朱老明"仰起脸，对着天上"笑道："咱们这就见着青天了？"是的，拨开云雾见青天，眼看着新生活就要开始了！但是运涛的再次来信，带给亲人的就不再是欢乐和希望，而是痛苦和失望了。他们的死对头冯老兰得救了，他又神气起来了。他说："革命军已经到了北京、天津，对于有财有势的人们更好。显出什么了？没见他们动我一根汗毛儿！"冯老兰的狗腿子李德才这样对严志和说："哈哈！……'土豪劣绅都打倒'，……奉天承运，皇帝诏曰：他倒不了！看你们捣蛋！"这就是当时的政治局面。这就是第一次国内革命战争的胜利和失败给予北方农村的深远影响。由于作者深入到当时的现实斗争环境中去，揭露了两个对立阶级的代表人物的内心世界，所以小说中关于当时的局面的描写具有很大的说服力和鼓动性，我们通过这些描写，能够更好地认识第一次国内革命战争的伟大历史意义。关于朱老忠和江涛去济南探望运涛的描写，也是激动人心的。作者不但表现了朱老忠和江涛的深厚的革命感情和坚强的性格，在运涛面前所受的革命教育，而且通过运涛的遭遇，直接描写了和歌颂了中国共产党人在第一次国内革命战争时期的领导作用和为共产主义事业终生奋斗的伟大的精神品质。

反割头税斗争在农民的凯歌声中胜利结束，真是大快人心，它和大闹柳树林的斗争，和三告冯老兰的斗争等局面对照起来，更令人感到光彩夺目。作者选择了这样的典型事件来加以有头有尾的描写，是有理由的，也收到很好的教育的和艺术的效果。反割头税斗争是当时冀中时机抓得好，群众发动得好的一次胜利的斗争，作者写了这个斗争的前因后果和全部过程，表现了参加这个斗争的各种不同人物的精神品质，所以它的效果，就不只是反映了这一次斗争而已，而是概括了冀中人民在第一次国内革命战争前后的斗争生活的全貌。反割头税斗争之所以写得好，除了这个题材本身的典型意义而外，还因为作者把这一政治斗争和农民的命运和农村的生活风貌糅合起来，又把它和当时全国的革命形势结合起来写，因而既表现了新农民运动的本质特点，又表现了它的民族风格、民族感情和历史传统。这是怎样的一种斗争呢？原来是："不用朱老巩光着膀子拼命的办法，也不用对簿公堂，不用花钱，只要组织、发动群众就行。"这是朱老忠、朱老明等人从江涛口中听来的说法，他们拥护和接受这个斗争方式，并且深入到亲戚朋友的家中去进行串连，于是斗争就蓬蓬勃勃地展开了。为什么能这样呢？请看朱老忠和朱老明的一段对话：

> 朱老忠说："依我看，江涛是个老实人。再说这共产党，是有根有蔓的……"
>
> 朱老明不等说完，就问："根在什么地方？"
>
> 朱老忠说："在南方，在井冈山上。"
>
> 朱老明吧嗒吧嗒嘴唇说："要从井冈山上把根蔓伸到咱们这脚下，可就是不近呀！"
>
> 朱老忠说："别看枝蔓伸得远，像山药北瓜一样，蔓儿虽长，它要就地扎根……"

原来，冀中平原上的革命风暴，是受了井冈山上的红旗的引导和鼓舞的结果。千百万群众聚集在这一面红旗之下，向统治者发号施令的地方冲击过去，而且有力量冲垮一切反动势力。

是的，这个伟大的力量是由中国共产党组织起来的，但是它又是蕴藏在中国农民的心里的。这个力量在朱老巩的心里藏不住，爆发出来了，一直到死，他并没有妥协，他并没有后悔，他留给他的儿子朱老忠的遗嘱只是一句话：要为我报仇。朱老忠和所有的正直而善良的农民的心里都充满了这个力量。这个几千年来从来没有在农民心里消失的力量，因为反动派的疯狂和高压而更强烈、更深沉地蕴藏在人民心底，现在，在这个良好的时机里，它爆发出来了，因为是有组织的集体的力量，猛烈地而又准确地打击了敌人。这个敌人是谁？还是那个冯老兰，曾经是朱老巩革命对象的冯老兰，他是割头税包商的首脑。冯老兰承袭了几千年封建统治者的反革命传统，不过，发展到这个时候，他也有了新的特色——搞起"包商"来了。这个"商"字，他本来是反对的，他向来习惯于利用土地来剥削和压迫农民。他的这一改变，说明了官僚资本主义对于农村封建势力的影响，这样的变化，对于冯老兰来说，确实不值得欢迎，因为有资产阶级就得有无产阶级，从此以后，冯老兰的日子不好过了。"他的一生，还没有经验过，在这小小的僻乡里，会有一种什么力量，能阻止他收取这笔割头税。"

他已经感觉到这种"力量"的严重威胁，虽然他还不理解它，也不愿相信它，但它毕竟勇猛地冲击了过来，并且震撼了他的罪恶的心灵。

反割头税斗争就是这样的一种充满了新精神而又继承了老传统的斗争。群众的斗争方式和生活方式，都带着这个又新又老的特点。连孩子们向老人们拜年，也要说："恭喜大叔，反割头税胜利了！"老人们的回答是："革命就要成功。孩子们享福吧！"这正是当时的农民运动和农村生活的特色。

在反割头税斗争结束以后，作者把他的笔锋从锁井镇的村庄里抽出来，指向了保定这个城市。这是在"九一八事变"以后，保定的学生们也行动起来了。这个城市的学生运动的主要领导人就是领导了反割头税斗争的江涛，他原来是第二师范的学生，现在是这个学校学生会的主任委员。作者让这个青年在抗日运动的高潮里经受锻炼和考验，从而更好地成长。到后来，朱老忠和严志和也来了，也经受了这个锻炼和考验。这是烈火的锻炼，这是血的考验。要求抗日救国的学生们被国民党军队包围起来，他们进行了英勇不屈的斗争。最后，他们遭到了屠杀，遭到了逮捕。江涛也被捕了，和反割头税斗争的获胜相反，这一次斗争是失败了。但是，相同的是，革命者又胜利地经受了一次锻炼和考验。第二个儿子又遭受了逮捕，这对严志和是过于沉重的打击，他几乎倒下去了，但是他被朱老忠的有力的手扶了起来。他们跑出城来，朱老忠说这是"放虎归山"，更加猛烈和壮阔的革命风暴就要来了！

史诗到这里暂时告一结束。可以说，这是中国人民的英雄性格史中的一页。毛泽东同志说："中华民族不但以刻苦耐劳著称于世，同时又是酷爱自由、富于革命传统的民族。以汉族的历史为例，可以证明中国人民是不能忍受黑暗势力的统治的，他们每次都用革命的手段达到推翻和改造这种统治的目的。"①《红旗谱》的重大成就，首先就是它深刻地表现了中华民族的这种民族精神。这个伟大的民族的英雄性格，在20世纪30年代和伟大的世界无产阶级社会主义革命的时代精神相结合，就发射出了空前强烈和灿烂的光辉。

① 《中国革命和中国共产党》，《毛泽东选集》第二卷，第586页。

二

毛泽东同志提倡，我们的文学应当是革命的现实主义和革命的浪漫主义相结合。历史上和当前的许多事实都可以用来证明毛泽东同志的这一科学的论断。从来伟大的、不朽的、受群众热烈欢迎的文学作品，都是体现了现实主义和积极的浪漫主义的结合的。《离骚》是如此，《水浒传》也是如此；《奥赛罗》是如此，《堂吉诃德》也是如此；就我们这一代的作家所写得最好的作品来说，诸如《白毛女》《保卫延安》是如此，《红旗谱》也是如此。

前面说过，《红旗谱》表现了中国人民的酷爱自由、不能忍受黑暗统治、革命到底、不惜自我牺牲的英雄性格和民族精神。这种革命英雄主义精神是由现实生活激发的，又是受到追求光明的未来的理想所鼓舞的；这种理想，即使当它还只是一种对于未来的模糊憧憬的时候，已经那样的振奋人心，而当它已由科学的社会主义所指明，并且变成革命者的坚定不移的信念的时候，那表现出来的威力，就真是排山倒海，任何势力也不能阻挡的了。这种革命英雄主义精神，我们常常说它"可歌可泣""惊天地泣鬼神"，说它"气壮山河""日月重光"，它本身就是高度浪漫主义的。对于这种革命英雄主义的歌颂，正是《红旗谱》的主题。但是，作者在歌颂的时候，不是空洞的，不是概念化的，而是深入英雄人物生活着和战斗着的那个历史境界中去，把他们的斗争生活作了现实主义的描写，既描写了革命群众的有组织有策略的波澜壮阔的政治斗争和军事斗争，也描写了敌人烧杀不尽的、一触即发的内心革命热情，这才达到了歌颂的目的，这才能够激动人心。

作者写到了众多的、各种各样的人物，这些人物的出现都是有一定意义的，说明了一定的社会关系。在农民方面，他不但写了朱老忠、严志和这样的主要人物，也写了朱老明、朱老星、伍老拔以及老驴头、老套子这样的性格各自不同的次要人物。在青年一代方面，他不但写了严运涛、严江涛、朱大贵、张嘉庆、春兰、严萍这样的性格各自不同的革命青年，也写了冯登龙这样的极端个人主义的国家主义分子和小魏这样可耻的革命逃兵。在统治阶级方面，他不但写了冯老兰和他的儿子冯贵堂这两个性格不同的人物，还写了李德才这样的地主的狗腿子、陈贯义这样的反动军官和王楷第这样的贪官污吏。同时，作者既写了贾湘农这样的忠诚的、坚强的革命者和领导者，又写了严知孝这样的爱国的而又是动摇于革命和反革命之间的知识分子。此外，如朱、严两家的两代妇女，最后转向革命的国民党士兵冯大狗，甚至只出现一两次的贾湘农的爹爹、严萍的奶奶，等等，也都是表现了阶级的、时代的和性格的特点的人物。小说中人与人之间的关系也是明确的，真实可信的，甚至是典型的，例如朱老忠和严志和的血肉相连的阶级感情，江涛和冯登龙的背道而驰，冯老兰和冯贵堂的矛盾和统一，严知孝、陈贯义和冯贵堂这三位同窗的各奔前程、各行其是和最后的那一次谋面，等等，都反映了当时社会生活的特征。

在众多的人物当中，作者塑造得最好的、最突出的是农民朱老忠和严志和的形象。把这两个人物相提并论，无论是从现实生活的角度来看，还是就文学创作的角度来看，都是很有意义的。

朱老忠和严志和这两个人物，是能够概括中国农民的典型性格的，朱老忠主要是代表了中国农民的英勇、豪爽、酷爱自由、坚韧不拔的一面，严志和主要是代表了中国农民的善良、勤劳、朴实和保守的一面。作者深刻地描写了这两个人物作为阶级的人的共性和他们各自不同的个性特征，并且揭示了他们不同个性的根由。关于朱老忠，小说一开始就描写了他对于地主阶级的深仇大恨，他走南闯北，他返乡复仇，他在思想上、胆量上强有力地支持了严志和。关于严志和，作者描写了他忍劳耐苦，置"宝地"，做瓦匠，幻想发家致富，在生活上热情地帮助了朱老忠。他们都是处于水深火热之中的被剥削、被压迫的农民，他们都是会走向革命的，但是，在接受共产党领导的态度和进行革命斗争的坚强性上，他们的表现是有明显的差别的。运涛最初接受贾湘农的指示以后，首先向他的父亲透露了消息。严志和的反应是："咱什么也别扑摸，低着脑袋过日子吧！"但是朱老忠的态度却大不相同，他说："你要是扑到这个靠山，一辈子算是有前程了！"在对待运涛、江涛先后被捕入狱，也就是对待大革命和二师学潮失败的问题上，两人的表现更不一样，一个是悲观失望，甚至企图自杀，一个是咬紧牙关，坚持斗争。关于这两个人物的不同性格，有许多细节描写，是非常入骨、非常深刻的。例如，当江涛要到保定去上学的时候，朱老忠把自己的小牛犊卖了十块钱"眉开眼笑"地送给江涛；严志和呢，"他本来想给江涛十五块钱，见朱老忠送进了钱来，又偷偷撤回五块，他觉得日子过得实在急窄"。至于关于朱老忠动身到济南探望运涛时对严志和、春兰等人的语重心长的嘱咐的描写，关于严志和在卖去"宝地"的当晚跪在"宝地"上咬嚼并咽了泥土的描写，更是深刻的，激动人心的。作者塑造这两个性格不同的农民形象，而又把他们写得有如亲骨肉亲兄弟似的相依为命，是意味深长的。这两个典型合在一起，差不多就概括了中国农民的完整的性格；何况，作者还塑造了朱老明、朱老星、伍老拔和老驴头、老套子等各有性格特征的农民形象，作为朱老忠、严志和的补充，小说中的中国农民的典型形象就更加完整和神采照人了。

朱老忠是巨大的雕像，是中国农民英雄性格的概括和提高。作者在塑造这个人物的时候，用了更多的浪漫主义的色调。但这不是空想的浪漫主义，而是作者长期深入生活进行观察和提炼的结果。作者自己说他最初创造这个人物的动机来自这样一件事情："两个革命同志被敌人杀害以后，他们的父亲到冀中来找区党委，要弄清他的儿子是怎样牺牲的，当时我看见这个老人神情很乐观，身体也矫健，谈笑风生，不像是死了两个儿子的人，我和这位老人也谈过话，很受感动，这时朱老忠的形象就开始形成了。"① 作者还说，他最初把这个老人写进了短篇小说，以后又写进中篇小说，最后写进了《红旗谱》。要描写这样的一个富有高度的革命浪漫主义精神的英雄人物，并且要把他在现实生活的基础上加以提高和典型化，不用革命的现实主义和革命的浪漫主义相结合的创作方法，是不能完成任务的。作者用强烈的感情来写这个人物，并且赋予他中国农民思想品质上最本质、最高贵的东西。作者让他在传奇式的而又是最剧烈的斗争环境里生长壮大，又使他具有传奇式的英雄人物的特色。他是在小说中最先出现的一个人物，又是最后才退入幕后去的一个人物。他目击了并且参加了朱老巩所发动的斗争，他走南闯北，他带着"劫法场"的联想千里迢迢地到济南去探监，他会武术，他用拉洋车的手段把身受重伤的"张飞同志"从国

---

① 《老战士话当年》，《文艺报》1958 年第 5 期。

民党暗探的监视中拯救出来，这一切，都带有传奇的色彩。和朱老忠不同，严志和更执着于现实生活，他只能追随朱老忠去创造革命的新天地。作者在塑造这个人物的时候，主要是用了现实主义的刻刀。作者用深厚的感情来写这个人物，并且对他进行帮助和批判。说帮助，是通过朱老忠的热情和胆识；说批判，是通过反动派的铁算盘、皮鞭、枪弹和法庭。他希望的是日子一天比一天过得更好，他得到的却是打击一次比一次更重。他需要清醒。这种需要使得作者在描写这个人物的时候，采用了和描写朱老忠时不同的写法。一个是更多的浪漫主义，一个是更多的现实主义；人是这样，写法也是这样。

小说中关于人物生活的环境的描写，关于生产和生活方式的描写，关于时代背景和风俗习惯的描写，也都是有特色的。它们都富有生活气息和民族感情。它们又都不是孤立的、静止的，而是和故事情节、人物思想行动密切地联系着的。例如，作者在写反割头税斗争的时候，描写了朱大贵杀猪，描写了老驴头杀猪。这都是最动人的描写。朱大贵杀猪杀得多么痛快呵！因为这不只是解剖，这是斗争，这是胜利。"开冯老兰的膛！""摘他的心，看看他们的心是黑的还是红的？""摘他的肝吧，看看有牛黄没有？""捋他的肠子，看他肚子疼不疼！"人们呱呱笑着，而大贵呢，把猪的大肠、小肠、肚、肝、五脏，用麻绳拴了，挂在墙上。这样的文章，真是可与施耐庵所写的鲁提辖拳打镇关西比美，读之令人兴致勃勃，痛快淋漓！我们再看老驴头杀猪，杀得多么可笑呵！他一会儿要抬给朱大贵杀，一会儿要抬给刘二卯杀，最后决定自己用菜刀来杀，结局是自己被碰得鼻破血流，肥猪失走，盆、罐、碗、碟，打了个干净。这样的文章，读之令人喷饭，而又深感老人之值得同情。这样的文章，只能用现实主义和浪漫主义的结合来说明。试问，如果没有经过深入的观察和分析，能够写得出杀猪的诸般细节吗？能够写得出人物的声音笑貌和阶级感情吗？试问，如果没有开阔的胸怀和战斗的激情，能够写得这样的淋漓尽致、大刀阔斧吗？

《红旗谱》所表现的年代，是帝国主义、封建主义、官僚资本主义的统治最得势、最疯狂、最黑暗的高压年代。作者在反映这个历史年代的现实斗争生活的时候，固然写了人民的苦难，但也没有忘记写人民生活中的欢乐、美好、幸福、明亮的一面，虽然这些诗情画意是在巨大的丑恶的阴影下笼罩着的，是时刻受到反动势力的摧残的，但是，作者仍然抓住一切机会来写，并且往往是有力的、诗意的描写。运涛和春兰、江涛和严萍的爱情，名贵的脯红靛颏的捕得，"宝地"上的耕地和说故事，大年夜的饺子和鞭炮，千里堤上的春风杨柳，等等，就都是这样的描写。祖国的山水是极为美好的，人们的生活本来也是美好的，恨只恨那反动派作恶多端，把人们推下苦难的深渊！但是，把生活中本来存在的美好的东西予以诗意的描写，却是艺术家的不容推卸的责任，哪怕他写的是着重反映人民苦难的场面。因为，写好美丽的东西，就能更好地显出丑恶的东西来，深刻地写出美的人、美的事、美的生活，就能更有力地激发人们保卫这种美好事物、追求美好生活的强烈愿望，就能更有力地鼓舞人们向摧残美好生活的势力作斗争。歌剧和电影《白毛女》的作者懂得这一点，所以他们深刻动人地描写了喜儿大年夜的欢乐美妙的心境，她贴窗花，扎头绳，放声歌唱，我们面对着这样一个美丽的心灵和美丽的生活景象，就不能不挺身而出，保卫她，保卫这个美好的生活。小说《红旗谱》的作者也懂得这一点。你看他把春兰写得多美：

> 她想：把它罩在笼子上，人们怎能看见笼子里宝贵的鸟儿呢，又想把那只脯红靛颏绣上去。人们一看，就会知道里头盛着宝贵的鸟儿。为了这个心愿，她又偷偷地看了好几遍，把那只靛颏的骨架、神气，记在心里，再慢慢绣着。那天晚上，她绣着绣着，绣着的鸟儿一下变成了个胖娃娃。鸟儿下巴底下那片红，就变成了胖娃娃的红兜肚。忽的，那个胖娃娃一下子又变成运涛的脸庞。鸟儿的两只眼，就像运涛的眼睛一样。嘿！黑红色的脸儿，大眼睛。呵！她可是高兴，心里颤悠悠的，抖着两只手儿遮住眼睛，歇了一忽儿。就像和运涛一块坐着，运涛两手扶着她的肩膀在摇撼。两个人在一块，摇摇转转……

这是多么美丽的人儿；多么美丽的鸟儿，多么美丽的刺绣，多么美丽的生活呀！但是，读者是一面兴奋，一面着急的。我们为鸟儿着急，也为春兰着急——因为地主冯老兰正在伸出毒爪，不但想要夺走这个鸟儿，而且想要夺走春兰！像这样动人的描写，是出于作者对生活的深入的观察，又出于作者丰富的想象，也是革命的现实主义和革命的浪漫主义相结合的一种表现。

文学是现实生活的反映，但又不能离开理想。

读《红旗谱》，我们又一次体会到毛泽东同志根据当前的新形势提出的革命的现实主义和革命的浪漫主义相结合的必要性和科学性。当然，这并不是说《红旗谱》已经是尽善尽美的作品。它是有它的缺点的。它的成就，它的激动人心、发人深省、引人入胜之处，都体现了革命的现实主义和革命的浪漫主义的结合。而它的缺点，它的不够动人、不够深刻之处，又恰好都是没有做好革命的现实主义和革命的浪漫主义相结合的表现。

三

《红旗谱》是一部有重大成就的长篇小说，但也存在着若干缺点，其中有的是显著的、削弱了小说思想性和艺术性的缺点。

小说所反映的年代，如果把大闹柳树林的故事撇开不算，大体上是党的诞生到"九一八事变"前后这段时间。在这期间，党领导了轰轰烈烈的第一次国内革命战争，而从第一次国内革命战争失败到抗日战争爆发，党度过了极端严重的国民党反动时期。"在这个时期内，一方面，敌人企图完全消灭我们党，我们党和敌人进行了极端艰苦、复杂和英勇的斗争；另一方面，党在克服了右倾的陈独秀机会主义之后，又受到'左'倾机会主义的几次侵袭，以致处于极端的危险之中。但是由于毛泽东同志的创造性的马克思列宁主义的正确领导，和他的异乎寻常的忍耐性与遵守纪律的精神，党终于充分圆满地克服了机会主义的错误，脱离了危险的地位。"[①] 这个情况，在小说中没有得到适当的反映。这个问题，对于小说前半部的思想内容的影响还不显著，因为小说并没有直接描写第一次国内革命战争和它的失败，无从反映陈独秀的右倾机会主义错误的影响；但是，对于小说

———————————

① 胡乔木：《中国共产党的三十年》，人民出版社 1981 年 11 月第 2 版，第 43 页。

的后半部，特别是对于学生运动的描写，就有很大的关系。保定学生和国民党重兵对抗，陷入重围，最后遭到杀伤和逮捕，表现了英勇不屈的斗争精神，这就学生本身来说，是值得大力歌颂的事情（作者这样做了）；但是，就党的策略来说，却表现了严重的错误，其实质是受到"左"倾机会主义侵袭的结果，这是需要加以分析和批判的（作者没有这样做）。由于作者回避了这一点，就不能不影响他所描绘的画面的真实性，人物的性格发展也就受到了局限，人物的思想行动就不免有不足以使人信服的地方。对于当时学生所采取的"武装自卫，等待谈判"这个斗争方式，江涛是怀疑过的。他问，这"是不是有些机会主义？""我们不和工人结合，不和农民结合，孤军作战，暴露力量，对革命是不是有损害？"但是，仅仅有这一点是不够的，这不是江涛的问题，甚至也不是贾湘农的问题，而是党的路线错误问题，而且，江涛以至贾湘农的思想并不明确，他们也没有扭转这个严重的局面的力量，甚至省委动用一部分力量来挽救青年学生的决定也无济于事。而且，关于这些，作者并没有表现出当时的现实生活的根据来。

因此，就《红旗谱》来说，关于党的领导，不但存在写得够不够的问题，还存在写得真实不真实、写得正确不正确的问题。在文学作品中，如果党的领导是正确的，作家不应该作歪曲的或走样的描写；如果党的领导是不正确的，作家也应该写得恰如其分。这一问题不但需要《红旗谱》的作者考虑，也值得所有的作者重视。特别是准备写第一次和第二次国内革命战争时期的现实斗争生活的同志，更有必要认真地对待这个问题。因为，自从遵义会议撤换了"左"倾机会主义分子的领导，确立了毛泽东同志在中央和全党的领导地位以后，我们的党就发展成为一个伟大、光荣、正确的党，对于写这以后的生活题材的作者，在描写党的领导的时候，就不会遇到像《红旗谱》的作者所遇到的这样的问题。当然，这也不能一概而论。在第一次、第二次国内革命战争时期，党也不是什么都错了的，党正确地领导了第一次国内革命战争，正确地领导了红军的几次反"围剿"和建立了革命根据地，正确地领导了"一二·九"运动；所谓路线错误，只是"左"、右倾机会主义者所导致的错误；在遵义会议以后，党中央的领导是完全正确的，不过，也并不能因此说所有的党组织或党的领导干部都没有或不会犯错误。总之，对待这一个问题，也需要作家予以正确的、马克思主义的处理。只有这样才能保证作品的真实性和艺术性。

关于贾湘农这个人物，我不完全同意某些评论文章的说法：他只是概念的影子。这个人物也给人一定的印象，一定的感染，他的朴实和亲切，他的某些生活方式和斗争方式，还是写得好的。不过这个人物确实是写得不成功的。他在小说中所处的地位非常重要，他是当地的第一个县委书记，直接体现了党的领导，我们所要求于他的，是一个高大的、丰满的形象，但是作者没有满足我们。这个人物写得不够和党的领导作用写得不够很有关系，虽然又不是一回事，因为要写好党的领导作用，不但要写好贾湘农，而且还要写好或者补写其他的许多东西，例如当时中心县委的集体领导，农村支部的战斗堡垒作用，党员的无产阶级先锋战士作用，等等，而这些，作者是没有写到，或者写得很简单、很抽象的。这说明作者还不能站得更高，望得更远，还没有就这个问题——党的领导问题作深入的研究，在这方面的生活还不够，还没有掌握足够的材料。

对于这样一部反映了整整一个历史阶段的长篇小说，我们还可以就它的故事的完整性、情节的曲折性和结构的严密性作更高的要求。现实斗争生活本来是更丰富、更复杂、更曲折的，而艺术的想象在现实的基础上更有高飞远走和激荡回旋的广阔天地。"科学和艺术并没有杜撰出新的、不存在的现实。而是从过去、现在和将来的现实中提取现成的材料，现存的因素，——一句话，现成的内容；它们赋予现实以恰当的形式、适切的部分以及我们目力从各方面所能达到的容量。"① 《红旗谱》的作者确实是从过去、现在和将来的现实中提取了比较丰富的材料和因素的，但是，似乎还没有达到"目力从各方面所能达到的容量"。反割头税斗争和保定二师学潮还应该写得更完整、更壮阔、更丰富些。我们的斗争方式和策略还表现得少些，而敌人的花招儿也显得不够多。

在反割头税斗争和二师学潮这个主要的事件之间，情节上固然是联系着的（在反割头税斗争中最活跃的人物如江涛、张嘉庆、严萍，在学潮中

---

① 《别林斯基论文学》新文艺出版社 1958 年版，第 126 页。

也是最重要的人物；贾湘农、朱老忠、严志和后来也到了保定；此外，还有冯大狗、冯贵堂在农村和城市都有活动），但是，二者之间还缺乏有机的联系，总还令人感到是两个"单元"。如果作者通过贾湘农、江涛（他在保定念书和工作）、严萍（她在保定居住）等人的活动。使锁井镇和保定市之间更多、更密切地关联起来，把党在农村的工作和党在城市的工作及二者的关系表现得更充分，大概是可以弥补这个缺点的。

在人物描写上，也还有不充分、不准确、不鲜明的地方。作为农民的典型形象，朱老忠是写得成功的，严志和是写得突出的，但是，作为共产党员的朱老忠和严志和，就写得不够了。他们怎样成为共产主义者，他们入党以后的思想变化和性格发展，作者没有恰当地表现出来。就青年一代来说，《红旗谱》第一部中所已经写到的江涛，其生活和斗争的道路，其思想发展的生活依据，作者是写得比较充分的，但是，"绵长"和刚毅在他的性格中如何统一了起来，还缺乏鲜明的表现。春兰和张嘉庆这两个人物本来是可以写得更浪漫主义、更有声有色的，可惜作者未能始终如一地写出他们的美妙而充沛的青春的活力。按照春兰的性格和她所处的环境来说，她是应该坚决地走上革命的最前线的，她起初本来也是这样的，她甚至把"革命"二字绣上怀襟，在人群中炫耀；但是，运涛的被捕入狱（这应该是激发她更坚决地献身革命的重要因素）使得她终日以泪洗面，停止了斗争，这个人物就失却了光彩，她对于运涛的爱情并不能因此表现得更深沉，反而显得没有力量。张嘉庆这个"神枪手"到了保定以后，起初是考学校，后来是管柴米，这都不适合于他的性格特征的发挥和表现，这个人物到后来也就不够吸引人。

尽管有如上所述的缺点，《红旗谱》仍然不失为一部有重大成就的长篇小说。它给新文学带来了新的东西。

农民问题从来就是我国文学的最重要的主题。这是因为，在中国封建社会里，农民的阶级斗争、农民的起义和农民的战争是历史发展的真正动力，而当无产阶级登上了政治舞台以后，无产阶级的中心问题仍然是农民问题，是取得农民为革命同盟军的问题。施耐庵在民间文学的基础上，创作了伟大的不朽的《水浒传》，反映了封建社会的农民起义和农民战争，表现了中国人民伟大的英雄性格；而在"五四"以来的新文学作品中，还缺乏对于农民在无产阶级政党领导下进行群众斗争的描写，还缺乏丰满的、高大的、概括中国人民的伟大精神品质的农民形象。鲁迅创造的阿Q的形象是不朽的，但他不但不是一个反抗的、英雄的性格，而且是英雄性格的反面。当代最善于写农民的作家赵树理的创作特色和主要成就，也并不表现在描写农民群众对黑暗势力的正面冲突和塑造高大的英雄形象。而《红旗谱》描绘了中国农民在中国共产党领导下进行阶级斗争的壮丽的图画，表现了中国人民的英雄气概。当然，这部作品在艺术成就上还没有达到《水浒传》那样的高度，但它毕竟是我们这个时代的产物。朱老忠和严志和比李逵和武松的生活道路要宽广得多，任务也艰巨和光荣得多，他们不需要到梁山泊去聚义，而要"就地扎根"，他们不但能继承先人的传统英雄性格，不但能以此教育下一代，并且还能从下一代接受教育和帮助。在这个意义上说，《红旗谱》的思想高度，就远非《水浒传》所能比拟的了。

此外，在艺术表现上，《红旗谱》的独创性也是值得我们重视的。例如在语言运用和人物描写上，它是有显著的民族风格的，而在故事的叙述和情节的安排上，它又是"土""洋"并举的——既有民族风格又参考了外国文学作品的写法。在这一方面当然也还有些问题（例如有些方言、土语不易为读者普遍理解，章节的安排不够周密和完善），但整个看来，作者的表现方法已经取得了显著的艺术效果。

最后，还应该提到《红旗谱》的作者的巨大而又切实的创作规模和他的严肃认真而又坚持不懈的创作实践。《红旗谱》不是作者"体验生活"和"搜集材料"的结果，而是几十年的斗争经历和不断的、反复的创造、再创造的产物。在创造过程中，他不但高度发挥了个人的力量，也取得了老战友们的帮助。现在已经出版的只是长篇小说的第一部。以后的几部，还正在修改和创造的过程中。我们祝作者健康。我们期待着作者在已经取得的创作经验的基础上继续努力，完成他的全部的创作计划，并且使作品达到尽可能完美的境地。

1958 年 12 月，天津

重读《红旗谱》[*]

　　梁斌同志的长篇小说《红旗谱》，经过"文化大革命"的严峻考验，已作为一部优秀作品重新出版了。重读这部小说，我又被作者的气势磅礴而有时又深刻入微的笔力所吸引，仿佛看到二十年代和三十年代初期冀中平原上的阶级斗争和革命风暴在眼前重演，在深受感动和教育的同时，更加强烈地感到：对林彪、"四人帮"的"文艺黑线专政论"必须深入批判！他们加给革命文艺作品的一切诬蔑不实之词必须推倒！

《红旗谱》 是革命路线的颂歌

　　《红旗谱》在二十年前出版以后，受到广大读者的欢迎和文艺界的重视，是因为它通过阶级斗争的描写和英雄形象的塑造，真实地再现了中国共产党领导下最初十年间中国人民的革命斗争生活，从而热情地和有力地歌颂了红旗——毛主席的伟大旗帜。

　　革命文艺对于"红旗卷起农奴戟""不周山下红旗乱"的红旗的歌颂，适应了广大人民的内心要求，却戳到了林彪、"四人帮"的内心的痛处。出于篡党夺权的野心，他们既抓"枪杆子"，又抓"笔杆子"，他们勾结起来炮制了"文艺黑线专政论"，把红的说成黑的，企图一古脑儿"剿灭"所有的革命文艺作品。《红旗谱》也因此遭到了无妄之灾。

---

　　* 本文最初刊载于《河北日报》1978 年 8 月 31 日。

林彪、"四人帮"在"文艺黑线专政论"中给建国以后的革命文艺作品开了一系列的"罪状",第一条就是"歪曲历史事实,不表现正确路线,专写错误路线"。他们把这顶大帽子给《红旗谱》戴上,于是《红旗谱》就成了"专写错误路线"、为"左"倾路线"招魂""翻案"、为反革命修正主义"摇旗呐喊"的"反动作品"。

重读《红旗谱》,我们要说:和"文艺黑线专政论"所诬蔑的恰恰相反,它不是一部"歪曲历史事实""专写错误路线"的"反动作品",而是一部反映了历史事实、歌颂了正确路线的革命作品。

《红旗谱》主要通过冀中平原上两家农民的三代历史和一家地主的两代历史的深刻描写,概括了第一次国内革命战争前后的伟大历史图景,反映了全国劳动人民和革命知识分子在中国共产党领导下,向帝国主义、封建主义、官僚资本主义的罪恶统治进行英勇不屈斗争的最初十年的伟大历史现实。

毛泽东同志在回顾和总结我们的党所走过的道路和经验时说过:"我们的党从它一开始,就是一个以马克思列宁主义的理论为基础的党","自从有了中国共产党,中国革命的面目就焕然一新了"。毛泽东同志还指出:在第一次国内革命战争时期,"在这个阶段的初期和中期,党的路线是正确的,党员群众和党的干部的革命积极性是非常之高的,因此获得了第一次大革命的胜利"。但是,由于"党的领导机关中占统治地位的成份,在这一阶段的末期,在这一阶段的紧要关头中,没有能领导全党巩固革命的胜利,受了资产阶级的欺骗,而使革命遭到失败"。但共产党和革命人民"并没有被吓倒、被征服、被杀绝。他们从地下爬起来,揩干净身上的血迹,掩埋好同伴的尸首,他们又继续战斗了"。《红旗谱》反映的正是这样的历史,这样的生活。

一打开《红旗谱》,我们看到,少年朱老忠在他的父亲因保卫古钟(四十八村农民的公产)被地主冯兰池迫害致死的时候逃离虎口,远走关东,三十年后,他带着妻、儿和复仇的决心回到故乡,看到平原依旧,田畴依旧,朋友们还在,仇人也还在,但在生活中,在敌我双方的心理上,却已发生了一种尽管还看不见但能感觉到的巨大而又深刻的变化。朱老忠对严志和说:"说知心话,兄弟!他们欺辱了咱受苦人几辈子,到了咱这一代，就不能受一辈子窝囊气了。"这话是值得深刻体味的。春兰娘对闺女说："大闺女了老是跟着运涛在一块儿，不怕人家说闲话？"春兰的回答却是：大地方出了"共产党"，要"打倒土豪劣绅，反对封建"。由此可见，共产党的正确路线和响亮口号，已经影响到群众的日常生活和精神状态。这个影响，在以后更加细致地写到的"脯红事件"、"抓兵事件"、江涛上学、运涛与春兰的爱情和春兰对冯老兰的斗争等情节中更深刻地表现出来了。这些描写，在小说中占了大量篇幅，又大多写得精彩，这正是实践了毛泽东同志所说的，把"到处存在着，人们也看得很平淡"的阶级矛盾和阶级斗争"集中起来"加以典型化的结果，和"文艺黑线专政论"所诬蔑的"丑化工农兵""美化敌人""专搞谈情说爱，低级趣味"是不相干的。

当然，更为重要和激动人心的，是关于运涛"失踪"和他两次来信所引起的敌我双方心理上的强烈震动和巨大变化的描写，是关于朱老忠和江涛到济南探监的描写。严志和的儿子、共产党员运涛由党组织派到南方参加革命军，这是一件大事，又是一根贯串全书的红线。作者通过对运涛南下和两次来信的描写，把北方的阶级斗争和南方的革命运动联结了起来，使小说所概括的斗争更加波澜壮阔，历史意义和时代精神更加强烈了。小说中关于朱老忠和江涛去济南探监的描写，直接歌颂了中国共产党人在第一次国内革命战争中的领导作用和为共产主义事业终身奋斗的伟大精神品质，控诉了蒋介石的叛变革命和对于革命人民的血腥屠杀，批判了导致革命失败的陈独秀的右倾机会主义与投降主义，同时，有力地表现了朱老忠和江涛的深厚的革命感情和坚强的革命性格，由于在运涛面前所受的革命教育而变得更深沉、更强大了！

我们读《红旗谱》，看到农民反割头税斗争的发动、开展和胜利，感到很自然，很长志气。作者这样写，既有史实的根据，又深入到生活中去，用艺术形象再现了这一斗争及其胜利，表明革命之火是扑不灭的！尽管革命人民受到严重挫折，只要在党的领导下再奋起、再斗争，就能取得胜利。作者把这次斗争和农民的斗争性格以及农村生活风貌糅合起来，又把它和当时全国革命形势结合起来写，因而显得很有气派，很有光彩。我们在这里看到：大革命时期农民运动的兴起，其势如暴风骤雨，迅猛异常，无论多么大的力量都将压抑不住；它是那样令人神往和激动人心，激励着冀中农民向反动统治阶级进行胜利的冲击！而且，井冈山上的革命红旗，正在召唤着全国人民进行不屈不挠的斗争；冀中平原上的革命风暴，正是受到井冈山上的红旗的引导和鼓舞的结果。

在这以后，作者把读者的视线从乡村引向城市，引向抗日救亡的学生运动。参加过反割头税斗争的领导工作的江涛，又参加了保定学生运动的领导。如小说描写的，"二师学潮"固然是"左"倾盲目的表现，它使革命受到了损失和挫折，但作者满腔热情地歌颂的，是"九一八事变"所激起的广大人民的怒潮。是青年学生为争取抗日的权利，向反动统治所做的不惜流血牺牲的英勇斗争。这是反映了生活的本质和革命的真实的。

贾老师这人物是小说中所写到的那个地方的第一任县委书记，因此被"文艺黑线专政论"视为王明路线的代表人物和《红旗谱》"专写错误路线"的重要凭证。其实，就小说中写到的这个人物看来，就主要的方面来说，他深入到农民群众中去对农民问题进行调查研究，他把严运涛、严江涛这样的英姿勃发的青年农民和革命学生培养成共产党员。他在锁井镇建立了党的支部，吸收了朱老忠、朱老明、严志和、伍老拔等苦大仇深而又心怀大志的农民入党，他经常和农民群众生活在一起，战斗在一起。小说中关于贾老师的这些活动的描写，不能说不是真实动人的。我们知道，在我们党的历史上，无论是右的还是"左"的机会主义路线的代表人物，都是目中无农民，心中无农民问题，他们都是把两眼盯着"城市中心"，拼命反对毛泽东同志的深入农村进行调查研究，发动农民进行武装斗争，以农村包围城市，最后夺取城市的光辉理论和伟大实践。《红旗谱》中关于贾老师注意农民问题、开展农民运动的描写，难道不正是对于无产阶级革命路线的歌颂吗？

朱老忠是农民英雄的典型

朱老忠这个人物的艺术形象的塑造，是《红旗谱》的主要成就，也是我国社会主义文学的一个重要收获。《红旗谱》的思想意义和艺术力量，主要是通过朱老忠的英雄形象表现出来的。中国历代农民起义英雄对于封建统治阶级传统的反抗精神和革命意志，农民革命在几千年的封建社会必不可免的悲剧性结局到它在无产阶级革命时代必然取得胜利这个伟大转变，在朱老忠的艺术形象上都有所体现。正是因此，这个人物一经出现于我国文学所创造的英雄形象的画廊中，就引起了广泛的关注和热情的赞扬。是的，我国民间文学和古典小说《水浒传》所创造的李逵、阮氏三兄弟等农民和渔民革命英雄形象是令人难忘的；在《红旗谱》以后出版的长篇小说《李自成》（第一部，现已出至第二部）所创造的李自成、刘宗敏等农民革命英雄形象是很有深度、很有光彩的；但他们都是过去时代的英雄。朱老忠比他们幸运得多，他也在那个古老的社会经历过、斗争过，但终于跨进世界无产阶级革命的新的时代和队伍里来了。这样的农民英雄在我国文学中还是未曾有过的，因而更加受到读者和文艺界的重视。

然而，就是这样一个意义重大而又神采照人的英雄形象，也成为"文艺黑线专政论"所谓的"不表现正确路线，专写错误路线""不写英雄人物"的口实，被说成是王明"左"倾机会主义路线的"忠实走卒"，"盲动主义的社会基础"。

朱老忠十五岁出走，四十五岁回村，入党时已是五十开外的年纪，是一个地地道道的农民。在反割头税斗争中，他是革命群众中的一员，接受着贾老师和他的晚辈江涛的领导。在"二师学潮"中，他和严志和到保定去，是为了去探看已陷入敌军重重包围中的江涛和他的青年战友们；当然，这两位共产党人入城后也竭尽所能地参加了斗争（在《播火记》写到的高蠡暴动中，朱老忠是红军大队长，仍然表现出一派农民群众中领袖人物的本色，带领着群众转战于锁井镇周围的土地上）。这样的一个人物，能说他的王明路线的"忠实走卒"或"狂热的追随者"吗？不！不能这样说，朱老忠是怀着满腔的阶级仇恨和阶级觉悟、强烈的民族感情和爱国热忱，怀着为人民解放事业和共产主义理想而奋斗的坚强决心和无限希望来参加斗争的。他在反割头税斗争中打头阵，是因为他不能容忍冯老兰包了全县的割头税，变着法儿对农民进行敲骨吸髓抽筋剥皮的剥削，又因为他信任他的江涛，他看准了这孩子"是共产党的人"，看准了"他们办的是咱穷人的事"，他们的"根底"就在井冈山上，"别看枝蔓伸得远，像山药北瓜一样，枝蔓虽长，它要就地扎根"。井冈山上的革命红旗，一直是在他的眼前和心头闪亮着的。

立场坚定，爱憎分明，有胆有识，敢作敢当，是朱老忠的英雄本色。孩子们捉到一只稀罕的"脯红"，这本不算什么大事，但当冯老兰企图夺走这"玉鸟"时，朱老忠教孩子们"一个个要拿心记"，并警告严志和："你别看事由小，可能引出一场大事来。"后来"玉鸟"叫猫儿吃了，朱老忠又提醒大伙："鸟儿糟蹋了，打断了仇人的希望，可不一定能打断仇人的谋算！"这是何等识见！进一步表现出朱老忠的非凡胆识的，是他关于"一文一武"的设想。当他听到严志和说供给不起江涛念书时，朱老忠说："不要紧，志和！有个灾荒年头，大哥帮着。你院里巴结个念书人，我院里念不起书，将来我叫大贵去当兵，这就是一文一武。"从话里可以听出：时代不同了，社会已经有了变化了，"到了咱这一代，就不能受一辈子窝囊气了"。后来，冯老兰指使人把大贵抓去当兵，朱老忠一时气愤，才说扯起铡刀往外跑，却又想到"也许坏事成了好事""咱们有个挎枪杆的，将来为咱受苦人出力"。他还这样嘱咐大贵："咱当兵不像别人家，不能抢抢夺夺，不能伤害人家性命。"当江涛到保定去上学的时候，朱老忠又这样嘱咐说："不能忘了咱这家乡、土地，不能忘了本！一旦升发了，你可要给咱受苦人当主心骨儿！"这些地方，都是精彩的笔墨，传神的描写，绘声绘色地表现了朱老忠的思想、感情、性格和胆识。很明白，对于地主资产阶级的光宗耀祖、富贵荣华和反革命的两手，朱老忠是深恶痛绝的。他之所以希求"咱受苦人的""一文一武"，不是为了别的，正是为了"给咱受苦人出力"和"当主心骨儿"，正是为了把地主资产阶级的荣华富贵和反革命的两手打它个落花流水！毛泽东同志说过："军阀、地主、土豪劣绅、帝国主义，手里都拿着刀，要杀人。人民懂得了，就照样办理。""革命的专政和反革命的专政，性质是相反的，而前者是从后者学来的。"农民朱老忠在二十年代就"懂得了"这个道理，就想要从反革命的专政里"学来"一点东西，"照样办理"，这不是正好表现出他是一个英雄吗？

光明磊落，见义勇为，"为朋友两肋插刀"，这是朱老忠性格的一个重要特点。"这天塌下来，我朱老忠接着""有朱老忠吃的，就有你吃的"等等豪言壮语，乐于帮助穷人兄弟们解决和克服思想上和经济上的问题和困难，时刻不忘勇于参加对抗阶级敌人的斗争，往往表现出朱老忠正是穷苦人的"主心骨儿"。例如，小说中写到朱老忠回乡之后去看朱老明，见到朱老明因带头告冯老兰的状，弄得双目失明、衣食无着，"朱老忠见不得这可怜的人，眼上闪着泪花说：'大哥，您甭发愁，好好养病吧，养好了再说。有朱老忠吃的，就有你吃的。有朱老忠穿的，就有你穿的，你虽然是个庄稼人，是有英雄气的！'他说着，掏出十块钱，往炕上一扔，咣啷一声响，……"这样的语言和行动，正是表现了朱老忠的见义勇为的性格。至于朱老忠在准备投入反割头税斗争时说，"舍着咱八十年的拳房底子，上城里去逛荡逛荡"，不但表现了他的豪气，而且表现了人物性格和故事情节的历史深度。"拳房底子"在这里并没有什么"江湖"气，而是回顾到朱老巩大闹柳树的故事，联系到义和团的革命斗争，使历史上的革命斗争和眼前革命斗争互相辉映。"燕赵多慷慨悲歌之士"，到这时有了新的生活内容和新的时代色彩了。

正是由于朱老忠立场坚定，有胆有识，光明磊落，见义勇为，所以受到劳苦农民的拥护和党的干部的依赖。朱老忠回到故乡来，双目失明而心地明亮的朱老明摸着他的身子骨儿，听了他的一席话，就说："你的心眼怎么这么豁亮！"从此，朱老明就遇事跟上朱老忠走，而朱老忠遇事和朱老明商量。贾老师来到锁井镇，看着朱老忠领着他看的地方地势好，更看着朱老忠人好，"很有见识"，"不是一般人"，就决定把党的秘密交通站搬到这里来了。这样的人，可不是那种随风倒的墙头草，而是一颗不可摇撼的参天大树啊！

重读《红旗谱》，我们仍然感到，朱老忠的英雄形象光彩夺目。这是继承了中国农民起义英雄传统性格并向无产阶级革命英雄性格发展的艺术形象。就其思想意义和艺术力量来说，已达到了典型的高度。

高举红旗继续前进

朱老忠说得好："出水才看两腿泥！"林彪、"四人帮"也曾横行一时，不可一世，但他们的篡党夺权阴谋不可避免地以彻底破灭而告终。随着他们的覆灭，一切被他们弄颠倒了的是非必然要纠正过来。就是这样，朱老忠恢复了名誉，《红旗谱》赢得更多的读者。

对于林彪、"四人帮"对《红旗谱》的攻击和诬蔑，梁斌同志坚决抵制；而对于广大读者对这本书的批评意见，作者则竭诚欢迎。这次《红旗谱》重新出版，作者又根据读者意见作了一些修改。这表现了一个革命作家的责任心和战斗精神。

这部小说经过作者再一次的修改润色，人物性格和故事情节发展的脉络更加清晰了，对于毛主席的无产阶级革命路线的歌颂更加有力了。在去济南探监后返回冀中的路上，在反割头税的斗争中，江涛和朱老忠关于毛泽东同志上了井冈山、以后又和朱德同志在井冈山会师的谈话，关于红军"成了大气候"、眼看这一团烈火就要"烧到咱的脚下"的谈话，是振奋人心的，真是星星之火，可以燎原！正像朱老忠所说的，"长江黄河隔不住这个，这是人心上的事情"，烈火在冀中平原上烧起来了！

作者在新版的《后记》中说得好，"艺术是没有止境的"，这样来要求这个作品，还感到美中不足。主要的是，贾老师这个人物形象还不够深刻，不够丰满；他对于群众性的革命斗争的领导不够有力，与冀中平原上风起云涌波澜壮阔的革命运动不够相称（如他在写指导反割头税斗争的重要文件时的那种烦躁情绪和忙乱状况，就是有损于这个人物形象的，这是并不难改进的）。在保定"二师学潮"中，贾老师也到了保定，但他的任务不很明确，也难以有所作为。关于"二师学潮"的描写，新版本加强了对于"左"倾机会主义的批判，这是好的，但这个批判还只表现于已陷入敌军包围中的青年学生之间的思想分歧，到后来，在严峻的现实面前，他们觉悟到不能再在"那种盲动思想的蒙蔽"下做无谓的牺牲，但已经太迟了。而且，"那种盲动思想"究竟从何而来，写得还是不够明确的。这样就影响到人物描写的深度和准确性。这些地方，如果有可能，还是需要改进的。愈是优秀的和能久传的作品，就愈是需要精益求精，这是群众的要求，也是作家自己的愿望。同时，我们还希望梁斌同志把《红旗谱》的续篇也修改出来和创作出来。

重读包括《红旗谱》在内的一些被林彪、"四人帮"长期禁锢的优秀作品，我们感到由衷的高兴，同时迫切希望有更多的好作品出世。要做到这一点，就必须对"文艺黑线专政论"等名目繁多的荒谬论调继续深入批判。如果不彻底挣脱和解除这些精神枷锁，我们的文艺创作就不能甩开膀子大踏步前进。

比如说，"不表现正确路线，专写错误路线"，这可是一顶大帽子，林彪、"四人帮"祭起这个法宝，就可以扼杀许多好作品，甚至把所有的好作品都罗入网内。他们是一伙惯于以极"左"的面貌推行极右路线的政治骗子，他们善于装出一副对历史上曾出现过的机会主义路线深恶痛绝的样子，一会儿说这部作品是"专写"这个错误路线的，一会儿说那部作品是"专写"那个错误路线的，他们的矛头所向，正是毛主席的无产阶级革命路线，因为这些作品所歌颂的并不是错误路线，而是一心向着毛主席、为中国革命和世界革命而英勇斗争的广大共产党员和人民群众。举例来说，在三十年代的开头几年，正是王明"左"倾机会主义路线在党内占统治地位的时候，鲁迅写了《为了忘却的记念》，写了《血沃中原肥劲草》《于无声处听惊雷》等不朽的文章和诗歌，对国民党的反革命军事和文化"围剿"进行了愤怒的控诉，对毛主席所领导的工农红军和革命根据地人民群众的革命斗争进行了热情的歌颂。《子夜》描写的是 1930 年春末夏初的社会生活，当时李立三错误路线正在危害革命，而这部小说写的时间是 1931年和 1932 年，其时王明错误路线为害正烈，但小说所批判的是"左"倾错误路线，所歌颂的是毛主席的正确路线，小说虽偏重都市生活的描写，却也有描写和歌颂农民和红军革命斗争的动人篇章。在第三次国内革命战争时期，林彪在东北另搞一套，严重干扰和破坏毛主席的无产阶级革命路线，但表现这个时期这个地区的革命斗争生活的《暴风骤雨》《林海雪原》，却是对于毛主席的无产阶级革命路线指引下的人民革命斗争的有力歌颂。这些事实，难道还不足以说明"四人帮"所大肆鼓吹的"文艺黑线专政论""专写错误路线"帽子的绝顶荒谬吗？

毛泽东说过："对于人民，这个人类世界历史的创造者，为什么不应该歌颂呢？"又说："人民，只有人民，才是创造世界历史的动力。"让我们的文学艺术坚持不懈和更加有力地歌颂人民，歌颂高举无产阶级革命红旗奋勇前进的人民吧！

1978 年 7 月

赵树理创作的民族风格[*]

——从《下乡集》说起

赵树理同志把他在建国后所写的八个短篇（七篇小说，一篇传记）编成一本书，打发它下乡，同时给农村读者写了一封信，说"这本小书是专给你们印的，所以叫做《下乡集》"。这真是好消息。

随着农村形势的发展，文艺下乡成为当务之急。正是在这种情况之下，《人民日报》《文艺报》和其他许多报刊在今年发表了好些有关文艺作品在农村中所起到的作用和所受欢迎的程度的调查材料，这些调查一致表明：文艺创作愈是深刻地反映了人民群众的现实斗争生活，愈是明确地体现了民族化和群众化的要求，就愈是受到群众的欢迎和赞扬——赵树理的作品，就正是因此拥有众多的农村读者的。这样，《下乡集》的出版和下乡，不但便于农村读者的阅读，也便于文艺工作者学习赵树理的经验。

民族的精神面貌和生活面貌的真实的深刻的反映，是文学的民族风格的首要的和根本的问题。赵树理的小说正是以中国农民和中国农村的真实描状取胜，而民俗的表现，在他的小说中是极为突出的，在他的小说的民族风格的创造中起到重要的和显著的作用。就《下乡集》中的作品举例来说，《登记》里的罗汉钱，玩龙灯，说媒，走娘家，给我们以多么深刻的

---

* 本文最初刊载于《文艺报》1964年第1期。

印象！但赵树理并不是为了写民俗而写民俗，民间习俗是通过他所反映的
生活和他所创造的形象自然而然地表现出来的，可以说，离开了他的生活
图画和人物形象就无所谓民俗，反过来说，离开了民俗，赵树理也就难以
说他的故事和创造他的形象。没有阴阳八卦、黄道黑道的描写就没有二诸
葛，没有摆香案、头顶红布装扮天神的描写就没有三仙姑，没有罗汉钱就
串连不起来小飞蛾和艾艾的故事，没有"老"字辈"小"字辈称号的介绍
就不能那么深刻和生动地表现老槐树底下的人们所处的阶级地位，没有端
着碗出来吃饭的描写，《李有才板话》和《"锻炼锻炼"》的情节就得重
新安排。由此可见赵树理对于民俗的描写是自然而巧妙的，民俗对于赵树
理小说生活化、形象化、群众化、民族化的作用是显著而重大的。当然，
民间的风俗习惯并不一定是好的，有的甚至很坏，属于封建迷信或带着封
建迷信色彩，随着革命的胜利和社会的发展，有的被打倒和取缔了，有的
被淘汰和改革了，而新的风俗习尚逐步形成和建立起来。赵树理正是运用
阶级和阶级斗争的观点来反映生活的发展变化、同时也反映了民间风习的
发展变化的，例如，我们在《登记》中就明显地看到这种发展变化；而在
赵树理近年来的新作中，我们又看到了新的社会风尚的成长和兴起，例如
《套不住的手》和《张来兴》中的新的敬老尊贤，《老定额》和《互作鉴
定》中的劳动成风，等等，就都是生动的描写。

　　赵树理的文风和文体，是真正民族化和群众化的新创造。它们"化"
得那样自然，那样和谐，简直可以说是这位作家的一种"习惯"。

　　赵树理是喜欢把他的这种功夫说成是"习惯"的。他说，他说话，写
文章，结构故事，都是"尽量照顾群众的习惯"，这样，"时候久了就变成
了习惯"①。理解赵树理的"习惯"，对于理解他的文风和文体，是非常必
要和重要的。

　　语言是文学的第一要素。一个民族的群众语言总是具有鲜明的民族特
征和大众风格的。赵树理的文学语言是经过锤炼加工的汉族人民大众的口
语，他的作品的民族性和群众性，首先是通过他的语言表现出来。

　　赵树理说起话来，随时随地都照顾到并符合于农民说话的习惯。从语

① 赵树理：《也算经验》，见《赵树理》代序。

气到语法，都是群众"化"了的。例如这样的叙述语言：

> 有个农村叫张家庄。张家庄有个张木匠。张木匠有个好老婆，外号叫个"小飞蛾"。小飞蛾生了个女儿叫"艾艾"，算到一九五〇年阴历正月十五元宵节，虚岁二十，周岁十九。（《登记》）

这样的说法，是地地道道的农民的口气和习惯。不但陈述是如此，计算也是如此——算到什么什么时候，虚岁多少，周岁多少，这不正是农民的习惯么？赵树理的语言大多是"白描"，是极为直白的说话，在这个例子中，几乎没有什么"形容词"，有之，只是一个"好"字而已，这个字用得多么传神，多么意味深长！"张木匠有个好老婆"，为什么说"好"老婆呢？这里面既有称赞她的意思——"小飞蛾"长得好，人的品质本来也是好的；又有议论她的意思——有的人口里说她不好（"名声不正"），心里也真认为她不好，这样，"好"字用在这里就有嘲讽的意味，但又有些人口里说她不好，心里或者眼里却说她好，这样，"好"字用在这里既有正面的意思，又有反面的意思。值得注意的是，哪怕是这样的一个"好"字，也表现得是以农民的感觉、印象和判断为基础为角度来看问题和说话。

叙述的语言是这样合乎民族心理和群众习惯，人物的说话和对话。在赵树理写来，就更能做到如闻其声，如见其人。例如，"小飞蛾"挨了张木匠的打，对保安送给她的罗汉钱更亲了，她对它说："要命也是你，保命也是你！人家打死我我也不舍你！咱俩死活在一起！"这样的语言多么形象，多么富于感染力和说服力！

赵树理的幽默和风趣固然从他的故事情节中表现出来，但也是经常从他的语言中流露出来的。李有才的板话是幽默的，二诸葛的"恩典恩典"、得贵的"慢待慢待"，也是幽默的；三仙姑直捣刘家，结果是"不敢恋战"（《小二黑结婚》），"小腿疼"大闹社房、结果不得不"光荣退兵"（《"锻炼锻炼"》），李大亨投机取巧，蒙蔽林忠，想不到受到蛹蛹的奚落，就只好"且战且退"（《老定额》），也很有风趣。赵树理还有一些语言初看十分平常，细玩却充满谐趣。例如：

　　　乡里的医务站办得虽说还不错，可是对这种腿疼还是没有办法的。

（《"锻炼锻炼"》）

　　　王新春比陈秉正小十来岁，和陈很友好，就是怕和他握手，因为一被他握住像被钳子挟住那样疼。

（《套不住的手》）

　　不直说腿疼是假的，却说医务站没法治；不径直说手疼是真的，却先说"很友好"而又"怕和他握手"。这是赵树理的幽默。

　　总括起来说，赵树理的文学语言达到了通俗化和艺术化的结合，口头语和书面语的统一，具有华北农村群众语言的特色而又为全国人民所喜闻和共赏。他也采用方言、土语、谚语，也采用古老的和新生的成语、词汇，但他采用它们只是为了增加自己的文学语言的通俗化和艺术化，促进口头语和书面语的统一，有助于而不是妨碍了他的故事的广泛流传。这是他的作品在全国各地受到普遍欢迎的一个重要原因。

　　在写法方面，或者说在形式方面，赵树理也是从照顾群众的"习惯"出发，继承了民间文艺的传统并予以创造性的溶化、革新和发展。什么是中国民间文艺在表现方法上的特点呢？鲁迅在《连环图画琐谈》一文中可以说是回答了这个问题。他说："譬如罢，中国画是一向没有阴影的，我所遇见的农民，十之九不赞成西洋画及照相，他们说：人脸那有两边颜色不同的呢？西洋人的看画，是观者作为站在一定之处的，但中国的观者，却向不站在定点上，所以他说的话也是真实。"鲁迅此言是一语道破了中国文艺和西洋文艺在表现方法上的差别的要点。"向不站在定点上"，中国文艺的特色正是从这里开始的。就小说来说，中国小说和西洋小说的区别，首先就在于我们是采取讲故事的方式，这样，讲故事的人和听故事的人可以"不站在定点上"，而他们是采取照相的方式，照相机和被拍照的人都得"站在一定之处"，不得交头接耳左顾右盼。根据赵树理的体会，中国民间文艺传统的写法上的特点是①：

――――――――――

　　①　据赵树理《〈三里屯〉写作前后》，载《作家谈创作经验》，中国青年出版社出版。

一、"叙述和描写的关系":不是"把叙述故事融化在描写情景中",而是"把描写情景融化在叙述故事中";

二、"从头说起,接上去说":因为农村读者"要求故事连贯到底,中间不要跳得接不上气";

三、"用保留故事中的种种关节来吸引读者";

四、"粗细问题":细致的地方细写,不必细写的地方略写,"细致的作用在于给人以真实感","但为了少割裂故事的进展,为了使读者于尽可能短的时间内读完",略写也是必要的。

赵树理说,他写小说,就是"照顾"了这些特点的,这也就是农民的"习惯"或要求。认真体会这四个特点或者说四点要求,我们就可以说:它们都是由"讲故事"的方法(而不是西洋的"照相"的方法)产生的和决定的。这里所说的"讲故事",并不是平常所说的"故事性"或"故事情节",这是西洋小说也必须有的,但把"讲故事"作为行文和结构的方法却是中国小说的传统,其特点就在于鲁迅所说的"不站在定点上",说书的人可以自由自在地讲得天花乱坠,头头是道。赵树理也正是在讲故事,他有时明白地采用说书人的口气,例如,"可惜我要说的故事是个新故事,听书的朋友们又有一大半是年轻人,因此在没有说故事以前,就得先把'罗汉钱'这东西交代一下";有时候不这样,但仍然是在说书,"刘家峧有两个神仙,邻近各村无人不晓:一个是前庄上的二孔明,一个是后庄上的三仙姑","有个区干部叫李成,全家一共三口人——一个娘,一个老婆,一个他自己",就这样故事讲开了。这是合乎农民的口味的,农民有讲故事和听故事的习惯;就文学传统来说,中国小说从"变文""讲唱"到"说话"的发展,始终保持着和发展着讲故事和听故事的传统。

把上述的四点要求融会贯通入故事的有机体中,是一种矛盾的统一。要细写,又要略写(旧小说中的所谓"有话则长,无话即短"),要"从头说起,接上去说",又要"花开两朵,各表一枝",要使故事进展得快,"使读者于尽可能短的时间以内读完",又要设关卡,打埋伏,"用保留故事中的种种关节来吸引读者"。这都是矛盾,这些矛盾必须在发展中统一起来。这是需要有高度的技巧才能做到恰到好处的。这些矛盾,概括起来说，就是强烈曲折的情节和清楚明白的交代之间的矛盾，它们是应该和可能统一起来的。除此以外，还有一种矛盾，那就是动听的故事和严肃的主题之间的矛盾（为了吸引读者和招徕听众而牺牲严肃的主题的事是常有的），这种矛盾也应该和可能统一起来。中国传统小说中的优秀者都达到了这一点。赵树理的小说也大多达到了这一点。《小二黑结婚》《李有才板话》《登记》《老定额》，等等，都是如此。这是赵树理的小说受到群众欢迎的又一个重要原因。

有矛盾，有统一，如上所述；矛盾怎样统一起来呢？答曰：统一于"把描写情景融化在叙述故事中"。《小二黑结婚》从两个神仙的外号和忌讳说起，一个人物引出另一个人物（顺序是：二诸葛、三仙姑、小芹、金旺兄弟、小二黑），一个事件引出另一个事件，最后以两个神仙的新外号和新忌讳作结，是"从头说起，接上去说"，明白交代，首尾呼应的好例；《传家宝》中关于李成娘的那口破黑箱子里的内容的细致描写，是细写的好例，金桂到区公所去开会只一笔带过，是略写的好例；在《老定额》中，李大亨的事还未了，忽然来了个蛹蛹，蛹蛹的来意还没有表明，忽闻"车响"，而"车响"其实是"雷响"，由"车响"引入"废车"，"废车"后来又起了重大作用，这是"扣子"的运用——"用保留故事中的种种关节来吸引读者"的好例：这一切，都是由于"把描写情景融化在叙述故事中"才能得到自然的合情合理的表现，反过来说，正是由于这一切，故事才能获致引人入胜的效果，主题才能得到既明确而又深刻的表达。

中国小说在描写人物方面用"白描"方法，主要是通过人物说话和行动来表现人物的性格，很少作静止的孤立的冗长的心理描写和环境描写，这也是由"讲故事"的方法和风格所决定的。"照相"是静止的，可以孤立的，可以一处一处地拍照的，而"讲故事"却必须不断发展。赵树理的人物描写正是白描，正是在故事发展中表现。例如，在《老定额》中，林忠的性格，是通过他写割麦定额，在写定额中不得不先后和李占奎、李大亨、蛹蛹打交道，雷雨迫近时上山指挥收割等一系列的行动表现出来的。他坐在办公室里的一系列活动，表现了他的主观主义、本位主义和官僚主义，他在劳动前线的一系列活动，表现得他锐气不减当年，恢复了他在抗日战争中当民兵中队长时的英雄本色：对于这个人物，作家既作了批判，又作了表扬。在这个作品中，李大享、蛐蛐这样的次要人物，也是通过行动的描写生动地表现了他们的性格特点。在《"锻炼锻炼"》中，关于重要人物"小腿疼"和"吃不饱"的描写是充满了行动性和戏剧性的，而主要人物王聚海的性格刻画，除了通过行动，还依靠了烘托：大部分的篇幅并不是用来写他，却又正是把他的性格和他的过错烘托出来；在次要人物的描写方面，可以举张太和在张信（"吃不饱"的"过渡时期"的丈夫）的饭碗里捞面条这个情节为例：通过这个情节，生动地表现了张太和的调皮和有风趣，张信的软弱和没志气，同时，重要人物"吃不饱"的品质和性格也得到了一次有力的烘托。

故事引起故事，大故事套小故事，这也是中国小说中常有的情况。赵树理的小说也常有这个特点，不但长篇小说如此，短篇小说也如此。张太和在张信的饭碗里捞一星半点面条就是一例，它是故事中的小故事之一。《登记》中的"小飞蛾"挨打的故事，也是故事中的故事。在中国小说中，这样的极为令人感兴趣的小故事往往成为刻画人物性格的有效手段。张木匠毒打"小飞蛾"的故事，引起我们很大的愤慨和感叹，与此同时，我们好像看到了人物在我们面前活动，"小飞蛾"的从此在张木匠面前"变成死人"，飞不起来笑不起来的原由，也深刻地表现出来了。由于中国小说是用的"讲故事"的方法，大故事中的小故事就可以自由地、灵活地得到安排，如果是采取西洋的"照相"法来写小说，就不会有这么多的方便。

当然，说中国的形式方便些，自由些，这丝毫也不意味着：说书人可以信口开河，说到哪里算哪里，爱怎么说就怎么说。恰恰相反，设关卡，打埋伏，处处有关联，事事有交代，故事中有故事，这都需要有周密的心计、严谨的结构。于严谨中求自由，于自由中见严谨，是中国文艺的特色，也是小说技法之所长。

当然，这也不是说，中国小说传统中所有的东西都是值得赞美的。赵树理有所吸收，也有所扬弃。中国传统的小说自有其公式和滥调，也自有其滥用技法之处，为了迎合小市民的低级趣味，旧艺人旧文人常常离开了主题节外生枝，赵树理的小说和这些东西是绝缘的。赵树理在随《下乡集》寄给农村读者的信里说得好："摸住读者的喜好了，还需要进一步研究大家所喜好的东西，看看其中哪些说法是高明的，应该学习的；哪些是俗气的、油滑的、调皮鬼喜好正经人厌恶的，学不得的，把值得学习的办法继承下来，再加上自己的发明创造，就可以成为自己的一套写法。"赵树理正是这样批判地继承了民族旧形式，创造了他自己的一套写法，正是在小说的体裁上做到了"推陈出新"。这是应了鲁迅所说的话："旧形式的采取，必有所删除，既有删除，必有所增益，这结果是新形式的出现，也就是变革。"[①]

从《小二黑结婚》《李有才板话》发表以来，时间过去了二十年。赵树理二十年来的创作说明，他的路子是正确的，经验是宝贵的，他在文艺创作上做到了"从群众中来，到群众中去"，做到了具有"中国作风和中国气派"。毛泽东同志说过，农民是中国文化运动的主要对象，所谓大众文艺，离开了农民就会成了空话。随着社会主义革命和社会主义建设的发展，农民对于文艺的要求一天比一天更高、更多、更迫切了，面向农村，深入农村，为农民创作，为农民服务，进一步成为我们的作家的光荣的和长远的任务，文艺的进一步民族化、群众化的问题也引起了越来越多的作家的兴趣和追求，这是令人振奋的现象。让我们的文艺进一步表现出新鲜活泼的、为中国老百姓所喜闻乐见的中国作风和中国气派吧！

---

① 鲁迅《且介亭杂文·论"旧形式的采用"》。

农村是广阔的天地[*]

——谈贾大山的短篇创作

一

贾大山是近几年出现的新作者。在 1977 年至 1978 年，他在刊物上发表的短篇小说，按发表先后为序，有《取经》、《香菊嫂》、《正气歌》（以上见《河北文艺》），《春暖花开的时候》、《分歧》（以上见《上海文艺》）诸篇。这个新人因《取经》而引起人们较多的注意。更加可喜的是，继《取经》以后陆续发表的几篇，也都是表现了迫切的主题和生活的新意的作品。

这些短篇小说所写的主要人物，都是农村干部，都是担任着一定领导职务的共产党员，但他们有的是好党员、好干部，有的却是在思想上有问题的，其中有的问题还比较严重，如《取经》里的王清智，《正气歌》里的丁文岳，《分歧》里的老许，都是在思想作风和工作作风上受到林彪、"四人帮"毒害较深的人物，直到故事结束的时候，他们也没有真正觉悟和纠正他们的错误，他们的结果如何还有待分晓。作者为什么要写这些人物呢？其用意，就在于揭批"四人帮"，同时顺理成章地揭批林彪。林彪、

---

[*] 本文三个部分分别对应冯健男于 1978 至 1980 年间论贾大山的三篇文章：第一部分以《新人新作新意——谈贾大山的短篇创作》为题刊于《河北文艺》1979 年第 3 期；第二部分以《生活·政治·艺术——读贾大山的短篇小说》为题刊于《光明日报》1980 年 4 月 16 日。

"四人帮"把人们（不是一切人）的思想搞乱了，所以要澄清，要整风。作者通过对这类人的分析、解剖，让人看清"四人帮"影响下的各种人物的表现和实质，从而达到在思想上拨乱反正，分清路线是非，表彰正气，驱除恶风的目的。这可以说是几个短篇小说的共同主题。

然而，它们又有各自的主题：《取经》表现和解决的是"学参天白杨树"还是"做墙头毛毛草"的问题；李黑牛是前者，王清智是后者，在事实的教训下，老王还不容易觉悟到自己"要学参天白杨树"了，但我们看他还不免在墙头摇摆。《香菊嫂》表现和解决的是遇事坚持原则、敢于承担责任还是顾虑重重、含含糊糊、不敢负责的问题；香菊嫂是前者，双合是后者，后者在前者的帮助下大有改进。《正气歌》表现和解决的是如何理解和怎样进行"意识形态领域的革命"的问题，也就是抓住革命、促生产还是只要"革命"、不要生产的问题；丁文岳只要"革命"不要生产，祈老真战而胜之。《分歧》表现和解决的是如何理解和怎样进行思想政治工作的问题，是从实际出发把政治思想工作做到人们的心里去，使它落实到生产上开花结果呢，还是把它当成"花儿、粉儿"，"光挂在嘴上嚷嚷"？老魏主张和实践前者，老许主张和实行后者，表现了两位领导人的"分歧"。《春暖花开的时候》表现的是共产党员和革命干部怎样对待反革命的逆流：当黑暗的时候，他们向往着光明，当严寒的时候，他们坚信春暖花开的时候即将到来……

这些短篇小说有共同的倾向，又各有其鲜明的主题，这表明这些作品的主题不是来自概念，而是来自生活，是生活"暗示"给作者的。生活丰富多彩，人物各种各样。真实地反映了生活的作品，哪怕是出自同一作者的手笔，也会各有特色。据作者自己说，毛主席在《论十大关系》中批判那些"对任何事物都不加分析，完全以'风'为准"的人的那一段话，好像探照灯一样地照亮了他的记忆中的许多人物的嘴脸，同时那些英雄人物也成群结队地在他眼前活跃起来。他回忆着，思考着，李黑牛、王清智这样的人物就"跳出来"了。其实，这个"探照灯"不但照亮了《取经》，也照亮了作者此后的作品，其中的主要人物都是这样从作者的记忆中"跳出来"的。人物形象跳出之日，也就是主题思想形成之时。人物不尽相同，主题也就有了差异。例如《分歧》和《正气歌》这两篇，写的都是应该怎样做政治思想工作或宣传鼓动工作的问题，也就是抓革命、促生产还是只要"革命"不要生产的问题，主题是近似的，人物也相像（如老魏和祈老真，老许和丁文岳），但其中的差异仍然是显著的。

我们在这几个短篇小说中看到，人物形象的刻画，主题思想的深化，是通过故事情节的发展来表现和完成的。请看，脑子灵活的王清智为什么脸红？土眉土眼的李黑牛为什么笑眯眯？通过老王在回答"我"所提出的问题时的自我介绍，我们已经听到了一个相当生动的故事，问题也就初步摆明了。为什么王庄创造的好经验叫王清智给甩掉了，并且被"批判"了，却被李黑牛拾了回去，并且坚持实行，终于在李庄结出丰硕的果实？当然，论祸根，在于挥舞"唯生产论"大棒的"四人帮"，但为什么它祸害了王庄，却未能祸及李庄呢？情况一介绍，这两个村的支部书记思想上的差异和矛盾就分明地显出来了。老王虽然"脸红"，但说起话来还是"有条理有声有色"，经作者落实到文字上，就令人感到情节清楚，主题明确。

但是，主题还有待于深化，情节还在向纵深发展。这是很自然的。因为，故事既已开了头，或者说有了个轮廓，这就引起了人们想要得知李庄当时怎样顶住了"唯生产力论"的强烈愿望：故事中的"我"和老王是如此，我们读者也是这样。随着"我"和老王的深入了解（这才真是"取经"），我们有幸听到了支部委员张国河的一篇介绍，又听了饲养员赵满喜的一篇介绍。这两个当事人和知情人是李庄干部和群众的代表，他们对李黑牛知之深而爱之初，对于"四人帮"深恶痛绝，而对于王清智当时跟着"大报""小报""瞎搅闹"又很是恼火，据实道来，真切动人。这样一来，人物形象更加鲜明了，主题思想也更加深刻和明确地表现出来了。加上"王清智的结论"，于深感愧悟之中，仍露华而不实之态，这是值得玩味的。《取经》的主题和情节的关系，就是如此。

再以《分歧》为例。这个短篇小说的主题，主要是通过老许和老魏到大颜村抓冬季水利建设工作，特别是为此做干部和群众的政治思想工作的情节来表现的。老许到村后，在大会小会上一个劲地大讲特讲水利建设的重要性和政治意义，真是轰轰烈烈，空空洞洞，群众听了腻歪。支部书记颜小囤呢，表面上一个劲地顺着他说，——老许说搞水利十分重要，小囤说万分重要，老许说没有水难以丰收，小囤说没有水寸草不长；但实际行动他是一点儿也没有。原来这个村的干部和群众自以为他们的水利已经搞得蛮好，"百亩一眼井，南北一条渠，外村比得？"所以对于公社党委副书记的"政治思想工作"存心抵制。可是，公社党委书记老魏一来，只是在地头跟小囤说了一阵话，算了两笔账，就是把这位书记思想掀了翻覆，使他在政治上起了个飞跃。他们算的是那两笔账呢？一笔是水利账，老魏提出一连串的问题，画出一连串的数字，各个方面设想，一层层深入，使得颜小囤意识到他自己的水利账算得并不地道，离形势发展的要求差得很远；一笔是增产账，小囤满以为村亩产已过千斤，外村的增产速度怎么样也赶不上他的村。但老魏又是提出一连串的问题、画出一连串的数字，使小囤认识到他的账又算错了，按邻村的增产进度、措施和计划来看，大颜村就要拉后了，这和实现四个现代化的要求是很不相称的。本来是满不在乎的颜小囤，这时候低头了。"老魏那一串串数目字，难道仅仅是一串串数目字吗？"故事中的小何问得好。他笑了，因为事实教这个青年宣传委员终于看清了问题，分清了是非，老许也笑了，因为他眼看着热火朝天的大搞冬季水利建设的群众运动场面，还认为这是他的"政治思想工作"的成效呢！老许的笑容可掬之态是耐人寻味的。《分析》的明确的主题思想，就是这样通过清楚的故事情节，深刻地表现出来了。

以上说的是主要人物、主要情节，像从枝干上自然地长出的枝叶一样，小说中的次要人物和情节以至细节，也应该是鲜明的、清楚的，对于表现主题是必要的和有力的。大山的这几个短篇也基本上做到了这一点。例如《取经》里的张国河、赵满喜，《正气歌》里的杨三老汉，《春暖花开的时候》里的秀枝，都是可爱的人物，群众的代表，是李黑牛、祈老真、梁大雨等英雄人物的知心人和支持者；有的人物，例如《正气歌》里的前支部书记杨二货，《分歧》里的前公社副主任潘小花，甚至在故事中并没有出场，但也是不可少的，因为他们是跟"四人帮"同声相应、同气相求的人物，又是丁文岳、老许这类人的影子。潘小花自称是"睡觉都在研究政治思想工作的人"，其实她专心研究、梦寐以求的是砸烂"修正主义黑算盘"即老魏在公社的"统治"。在《正气歌》里，当跟着丁文岳跑的郭爱荣因减产而向祈老真讨要"补救办法"的时候，祈老真和杨三老汉说，何不以三斤山药折合一斤粮食（按上级规定是五斤山药折合一斤粮食）和"分穗不分粒、分湿不分干"的办法给社员分口粮？爱荣听了，惊喜地夸他们"也有新套套"，杨三老汉这才说："我可不敢当，这是跟人学的。""跟谁学的？""杨二货！"于是两个老汉说到杨二货那年就是用这个办法硬把减产变成了"增产"，落了个"贡献不少，储备不少，社员口粮也不少"的故事，并说他这样"从社员牙上刮粮食"是为了捞上个"委员"当当，结论是"凡是干这种事的人，大小都藏着个脏心眼儿"。这在小说中虽然是次要的情节，但对刻画人物和丰富主题是大有好处的。试想，杨三老汉对于所谓的"新套套"和"脏心眼儿"的批评，难道只是揭露了杨二货吗？难道只是触及了郭爱荣吗？

贾大山的这几个短篇小说，都是以揭批"四人帮"为主题的，又都是写农村干部的，但手法多变，各有特色，并不雷同，这是因为它们开掘较深，表现了生活的新意的缘故。就写法来说，也是新颖的，各有特点的。比如《取经》的两个主要人物，一个是李庄的，一个是王庄的，他们并没有直接的矛盾冲突，作者是通过王清智内心的矛盾冲突来开展故事情节，表现王清智这个人物的面貌和心理；同时，在这个故事情节中又表现了李黑牛对"四人帮"的"批判唯生产力论"（老王在其中起了推波助澜的作用）的矛盾冲突，表现了李黑牛的面貌和心理；根据这个情节的发展，作者合理地安排了几大段文章，由主要人物和次要人物一个一个出场来对事情的来龙去脉一段一段作了"介绍"。这是一种写法，一种布局。《正气歌》写了祈老真和丁文岳的正面冲突；而《分歧》则只是写了老魏和老许的各行其"是"；它们同样达到了分清是非，令人惊醒起来、感奋起来的目的。至于《春暖花开的时候》又另是一种写法：故事的反面人物——公社黄主任根本没有出场，作者只是通过几个场面和细节描写，表现了梁大雨等人在黄主任的横逆和压制下，仍然生龙活虎地为真理和社会主义，为迎接春暖花开的时候的到来而进行忘我和无畏的斗争。这几个作品的开头、结尾，也各有特色，颇见匠心。《取经》是一开始就点明故事发生的时间、地点，因王清智的"脸红"而寻根究底。《正气歌》主要是为祈老真立传，而故事却从郭爱荣代理支部书记的工作说起，到了"意外的奖旗"，而故事似已结束，却又来了"几句后话"，语意含蓄而又幽默，虽不直言而又点了题。《分歧》从老魏绰号"大算盘"的介绍开头，在老许的惬意的笑声和小何的爽朗的笑声中作结，意味深长。作者的语言也是比较精炼的，没有拖泥带水、纷繁杂沓之病。他的这些短篇小说都是比较短的（这是跟不少青年作者所写的拉得很长而又不见精彩的"短篇小说"相比较而言的），都不过几千字就完成一篇的任务。从这些地方也可以看出，作者在创作思想上和方法上，是反"三突出"之道而行的。

鲁迅说得好，"如要创作，第一须观察，第二是要看别人的作品"（《鲁迅书信集》，第 398 页）；鲁迅还说过，他自己"与其看薄凯契阿，雨果的书，宁可看契诃夫，高尔基的书，因为它更新，和我们的世界更接近"（《叶紫作〈丰收〉序》）。我想，鲁迅的这些意见和经验，对于我们的青年作者是很重要的指示。

据我所知，大山正是从生活中，同时也从"别人的作品"中吸取营养、获得教益的。他生长和生活在农村，由于工作关系，又经常到各公社、大队转游，这当然是有了好条件；更可贵的是他观察和分析生活比较深入，比较用心；他的观察和分析，往往是结合着对于生活上和政治上的问题的思考来进行的。他写出来的，是他比较熟悉的和经过思考的东西。他爱读鲁迅的作品；读契诃夫、莫泊桑的小说也能有所得；他很注意学习我国现代和当代作家的优秀之作，感到它们"更新，和我们的世界更接近"。他认为赵树理的"问题小说"的提法是有道理的，喜欢这位作家的作品中充满了生活的实感；又倾倒于孙犁的小说的鲜明色彩和诗情画意。我感到，大山对于这两位作家的学习和喜爱，在他的创作中是可以看出一点消息的。很显然，他的短篇小说都是提出了"问题"的作品；《正气歌》《分歧》里对于主要人物的绰号的介绍和其他某些写法也许是从赵树理那里学来的，而《春暖花开的时候》却又有一点孙犁的笔法和味道。当然，学习不是模仿。即使模仿得百分之百地与别人的作品相像，也不是艺术。大山是注意及此的。他说，有名的作家和作品必须学，但有的学不到，有的不必学。生活是不断发展的，学习别人的作品应该求其有助于表现自己所要表现的生活，有助于自己的创新。这些意见，我感到是可取的，是可供许多青年作者参考的。

我们从贾大山在"四人帮"覆灭后发表的一些短篇小说可以看出他在创作上的发展和成长。他的较早的作品也表现了才能，显露了特色，但情节还嫌单薄（不是单纯），有些地方还经不起推敲和追究；但《取经》以至《分歧》诸作，就显得作者眼界开阔了，笔法逐渐熟练了，其中的人物形象和故事情节具有典型意义了。即使有些地方写的不够真切，不够圆满，例如《取经》中写李黑牛谈到马列著作和语录，立意高而表现不够自然，《分歧》中颜福祥老汉这个人物所起的作用还不够明显，但都是局部的问题，无损于大局。总起来说，这位青年作者的创作是很有成效的，对于林彪、"四人帮"的批判是比较有力的。"高天滚滚寒流急，大地微微暖气吹"，到了春暖花开的时候，我们看到，这棵新的苗破土而出了。这是令人高兴的。当然，这还仅仅是个开始。如今革命形势大好，气候景色宜人，我们希望作者继续努力，苗壮成长，开出更新的花，结出更美的果实。

1978 年 9 月

二

贾大山是近几年来陆续发表短篇小说的青年作家。我在前年写过一篇文章，谈了我读过他前两年发表的短篇小说的感想；这篇短文可以说是续谈——谈谈他近一两年来的新作。

贾大山的作品的可喜之处在于它们充满了生活的新意和实感。实际生活中的矛盾和斗争，广大群众心中的问题和要求：这是这位作家的创作的出发点。新时期的总任务的制定，党的各项政策的下达和逐步落实，也正是生活，是群众的愿望的高度集中和表现。贾大山的小说的主题，都是生活"暗示"给他的。他生活在农村，工作在农村，是县文化馆的一个干部，他经常到人民公社和生产队里去，他熟悉和热爱农村的生活，关心并感同身受群众的实感和问题，这正是他的创作的动力和源泉，也正是他的作品的主题和题材的迫切性和新鲜感之所由来。因此，在文艺和政治的关系、歌颂与暴露的关系的问题上（这些问题也是迫切的），这位青年作家是解决得比较好的——他尽自己的理想和努力把实际生活中的矛盾与斗争典型化，对正面人物和新生事物热情歌颂之，对反面人物和歪风邪气尽情暴露之，对身受林彪、"四人帮"毒害虽深但仍可挽救者，按照群众通情达理的心愿和党的政策分别情况对待之和描写之，经过了"十年浩劫"的中国农村，元气大伤，百废待举，人心思治，问题成山，但在党中央的领导下，各项政策必能落实，四化伟业终将完成，群众对此是有信心有决心的。这也就是贾大山的小说的色彩和基调。在他的小说中，"问题"提得很尖锐，但那是从群众的社会主义热情中迸发出来的。

贾大山的小说之可喜还在于他对文学创作的艺术性或者说艺术技巧的追求和由此取得的效果。既然是创作，就应该"成为艺术"，这是鲁迅所坚持的原则，所以他说，"单是题材好，是没有用的，还是要技术"（《鲁迅书信集》，第 528 页）。这个道理，贾大山是认真领会着并努力实践着的。

这位青年的作品是名副其实的"短"篇小说。其中的大多数是四五千字的一篇，较长的也不足万字；最短的如《瞬息之间》（《上海文学》1979年 12 月号）不过二千余字。这本来不是新情况，而是老传统，契诃夫的短篇小说有许多是很短的，鲁迅的短篇小说也是如此，其他的短篇创作名家如赵树理、周立波、孙犁的作品也是这样；但多年以来，由于文艺与政治的关系没有处理好，对文艺创作的规律和短篇小说的特点不尊重不注意等等的原因，特别是由于《纪要》之类的东西所造成的思想和理论上的混乱，"短篇小说为什么写不短"竟成为一个长期难以解决的问题，在这样的情况之下，贾大山（当然不只是他）的短篇小说显得较短甚至很短，倒引起读者的兴趣了。

当然，这个"短"，不只是一个数字的问题，而是一个艺术的问题，而艺术和思想是不分家的。就贾大山的小说写得较短甚至很短来说，这是他的构思和剪裁的结果。他的艺术构思，是连同他对于生活中的"问题"的思考一起进行的，采取某种艺术形式是为了点明某个"问题"；作者量体裁衣，该长的就长一点，该短的就短一点，但写的既是短篇小说，就力求其短小精悍，以便于鲜明地描写生活，刻画人物，表现主题。

是的，构思新颖，剪裁得当，不落陈套，是其特点。例如《乡风》（《河北文艺》1979 年 6 月号）之写公社党委书记老张关心群众生活，注意工作方法，就写得不一般；写富裕中农陈麦熟，也与一般的设想和写法异趣。作者写老张到陈麦熟家去串门和谈心，帮助他配齐草药治胃口疼的病，这样一来，把老汉的心病也治了，使得他在"官"的面前，不再是遇事摇头一问三不知，或是一问点头三个"挺好"了，他的闺女也不再是"坏良心"的，敢于来侍候孤身过日子并为疾病所苦的老爹了。这件事的政治影响之大，竟使得空喊"发扬民主"但作风并不民主的支部书记陈秋元棘手和犯愁的梨园建设问题得以解决，因为有老汉出谋献策——但此人并非陈麦熟，而是别的一位从不发表自己见解的老农，故事的这个结尾，又不是一般化的。

又如《劳姐》（《北京文艺》1979 年 12 月号）写董劳姐老大娘坚决和机智地顶走了"四人帮"派来收集"走资派"杜主任的材料的一男一女，因为"当年县大队里有老杜，土地平分有老杜，办社也有老杜"，她不相信这个老杜会变成"黄世仁"；但当"四人帮"粉碎后，老杜买了满满一网兜橘子来看她，并想着住在她家的时候，她竟不答理和接待他，因为老杜这些年来只顾"挣旗子"，村里的干部也投其所好，净打着他的幌子欺负老百姓，伤了她的心了。故事这样发展，特别是这样结尾，也是不一般化的。很显然，这样写是能够使人惊醒起来的，感奋起来的。

再如《中秋节》（《河北文艺》1980 年 1 月号）这一篇，开头写月亮出来了，冬冬找妈妈要月饼吃，这叫妈妈作难，因为他们队还不富裕，她"只买了一斤月饼，送到婆婆院里去了"，用来哄孩子的，就只有一把红枣和一个石榴。但她的丈夫——年轻的生产队长春生说，应该让孩子吃上月饼，于是她拉上冬冬到供销社买月饼去了。结尾写春生装了半夜火车，疲惫不堪地回到家来，淑贞心疼地叫他吃个月饼，他问孩子吃了没有，她吃了没有，妻子作了肯定的回答，春生这才伸手从篮子里拿了一个吃起来。"好吃吗？""好吃。""甜吗？""甜。""吃出桂花味儿来了没有？""吃出来了。""还有核桃仁儿、冰糖渣儿哩。""可不是，不错。"春生吃完，困乏已极，进屋睡觉去了；淑贞收拾饭桌的时候，这才看出篮子里的两个月饼还在那里，昨天贴的玉黍饼子倒是少了一个。我们在这里可以看出，这个作品写得有点味道，不一般化。但如只是这样，并不是很值得称道的，因为一个小家庭的省吃俭用和夫妇体贴、亲子之爱，并不一定值得写成小说。作者用了大半的篇幅，写春生这天晚饭前后不长一段时间接待了严四老汉、腊月（作业组长）、二喜嫂子（喂猪的）、双锁（生产队副队长）等人物，他们是一个接着一个前来找队长解决生活或生产的问题的，作者写他公道能干、干净利落而又富于策略性和人情味地处理了一系列的问题，留下腊月胡乱吃了一顿面条，嘱咐淑贞"今夜里不要插门"，拽上腊月就走了。在这以后，又来了一个不安心在村里劳动，想要到剧团去当演员的小俊，队长既不在家，就由淑贞接待了。这些情景，作者写来生动活泼，错落有致，疏密相间，很见功夫。这样，就把中秋节吃月饼的老故事举到一个全新的境界，表现了人们为四化而艰苦奋斗的精神，而严老四所唱的"八月十五月光明嗫"，听来也就更加令人感到是合时宜的了。

一些青年作家写短篇小说，写出人物来了，这是难能可贵的。例如《中秋节》就把春生这个主要人物写得相当有深度。淑贞这个人物，作者把她写得贤惠、多情而又善于批评和帮助思想不纯的人，令人感到她既有中国农村妇女的传统美好情操而又是一个新人。《春暖花开的时候》（《上海文艺》1978 年 3 月号）中的梁大雨和秀枝两口子和春生、淑贞是同一类型人物，但又各有特点，并不犯重复、雷同之病。劳姐这个老大娘的形象，给人的印象也是深刻的。陈麦熟的形象是独特的，但作者仍然通过这个人物写出了富裕中农的共性。不过作者写得多的、在作品中占主要地位的是公社一级和农村基层干部，其中有一系列的正面形象，又有一系列的有错误的和缺点的甚至是中毒很深的人物，但各有其特色，很少雷同。作者往往把人物置于生动的情景之中，用不多的笔墨表现其精神。这情景当然可以是尖锐的矛盾冲突，从中表现人物的浩然正气或丑恶品质，但也可以是雨过天晴之日或笑语喧阗之时，从中表现人物种种不同的风貌。例如《三识宋墨林》（《长城》1979 年第 3 期）中描写宋墨林的冤案得到平反以后，老宋家贺客盈门，谈笑正欢，忽然又进来一人，表露出跟老宋的关系亲切非常。老宋对他很热情，正给他倒水时，他忙笑笑说："不喝水啦，咱走吧！"原来他们有约在先，老宋请他理发。这人是谁？原来他正是诬陷宋墨林之人，老宋心里明白，只是不说破就是了。他的想法是："百人百姓，人没一样的。……人活在世，有的事两眼需要睁得一般大，有的事就得睁一只眼闭一只眼。"这一笔，就进一步写出了老宋的精神和风格，解释了这个人物的更高一层的思想境界。

当然，作为正在成长的一代新人中的一员的作品，其中思考不周、功力不足之处，是难免的。例如《劳姐》写董大娘念念不忘县大队和土改时期的老杜，又说董家湾是老杜的老点，但大娘与老杜并未见过面，这是不很合理的，这样写也是不很必要的；大娘求见老杜和老杜避而不见一节，也嫌写得简单一些，生硬一些。又如《三识宋墨林》写到"人活在世，有的事两眼需要睁得一般大，有的事就得睁一只眼闭一只眼"，意思和韵味已足，以后却又写宋墨林留了分头求得盖住伤疤，则可以说是蛇足了。凡此种种，虽都不是大病，但是应予注意和改进的。

鲁迅曾这样告诫青年作家："选材要严，开掘要深，不可将一点琐屑的没有意思的事故，便填成一篇，以创作丰富自乐。"这一条，贾大山是信服的，他也是这样实践的。这一位青年作家不算多产，每有新作，不急于发表，而是反复加工修改，直到自己认为还像个样子，才投寄出来。这种态度，我认为是可取的。他所走的路子是坚实的，方向是明确的，希望他就这样往前走，不断地有所创新。

1980 年 3 月

三

对于关心和爱好文学的人们来说，贾大山已经不是一个陌生的名字了。他近几年来在报刊上发表的短篇小说是受到大家的重视和好评的。在这里，我只想谈谈他在 1980 年发表的几篇新作。

这一年的年初，我们就在《河北文学》一月号里读到《中秋节》。这是一篇有新意的作品。说到中秋节，一般是离不了月亮的，也是离不了月饼的。这篇小说也写到它们，但不是一般地写到，而是赋予它们以新意，新的色彩和"甜"味。作者在这个作品里描写了农村新人形象，把这个生产队里的人们为"四化"而艰苦奋斗、为使自己的生产队富裕起来而尽心竭力的精神表现出来了。这些情景，作者写来生动活泼而错落有致，结构严谨而又不落陈套。

继《中秋节》以后，我们又在《人民文学》四月号上读到了《小果》。小果是一个农村姑娘的名字，她是故事的主要人物。这个故事的人物有三：小果、清明、大槐。大槐和小果相爱过，但后来散开了；故事开始的时候，清明和小果正在柳树下谈恋爱，被护秋的大槐发现了。他并不知道是他俩，其时又是深夜，所以他喝问："谁?"小果声言："我和清明谈恋爱呢，你想听听吗?"大槐愣了一下，灰溜溜地走了。清明脸皮薄，大槐盘问他们的时候，他躲到堤下去了……

　　但这并不是一个一般的恋爱故事，更不是一个无聊的"三角"恋爱小说。作者通过这三个人物的相互关系和不同个性的描写，提出了这样一个问题：什么是"新时代的青年"? 什么是"新时代的青年"应有的"新的道德"? 这当然是一个严肃的问题，但小说通过一个带有点儿稚气而又真诚的青年之口把它提了出来，却是有意思有风趣的。清明批评小果说："刚才也太过分了吧? 大槐和我是邻居，我们都在团里工作，你那样说话有利于团结吗? 我们是新时代的青年，我们要有新的道德，我们不做那种鸡肠小肚的人……"这似乎是在批评小果：她刚才那样对待大槐，使他灰溜溜地走开，是不"道德"的了。小果听了这话，"偷偷地笑了一下"。小果，这一个"爱笑爱说"又"爱打扮"，并且认为"爱说爱笑爱打扮"并不妨碍"四个现代化"的农村姑娘，其实是很有"新的道德"的。对于大槐的盘问，她报之以"我和清明谈恋爱哩，你想听听吗?"只不过是她的"爱说爱笑"的一种表现罢了。其实她对大槐的"看法不错"，过去是这样，后来一直还是这样，她对清明就是这么说的。既然是这样，那么，她为什么曾经爱过他，后来又不爱了呢? 对于这个问题，她的回答是："我是挑女婿，不是选劳模!"她还说："我不喜欢他那性格，整天板着脸，和他谈恋爱跟审官司差不多。小两口过日子没个逗打劲儿，有什么意思?"由此可见，她的恋爱观是无可非议的，她由与大槐相爱转而与清明相爱，是合情合理的，也是无悖于"道德"的。而且，她的情、理和道德更表现于她对于大槐的情绪的关心和照顾：她把她和清明的结婚推迟到大槐找好对象（这事他三姑正在帮他进行）并结婚以后再办。这篇小说就是通过这样平常的生活情境和儿女心事的描写，刻画了小果这农村青年的可爱的形象。

　　大槐和清明这两个人物也是写得生动的。他们当然也都是好青年，劳动好，做团的工作也积极。但大槐在恋爱失意以后，心里嫉恨，于是在讨论小果入团的时候，挑剔小果的毛病，无非是"一冬天搽两瓶雪花膏，思想不健康"之类。显然，这样的作法其实并无损于小果的思想的健康，倒是表现出他自己的思想有毛病。而清明呢，尽管他自称"我们不做那种鸡肠小肚的人"，但有时也显出他的小心眼儿，例如他听到小果对她"对他的看法不错"，就"心里酸溜溜的"，而当他得知大槐把小果画成一个笑嘻嘻的苹果的时候，他竟嘴唇发抖，大骂起"流氓，哪里像个新时代的青年"了。我们读这篇小说，感到小果虽然没有入团，但就思想境界来说，她比两个那青年是要高出一筹的。倒是在她的影响和帮助之下，大槐和清明认识和克服了自身的毛病。作者这样写，写活了两个男子，同时也有助于写活这个女子。这样，作品的思想主题也就表现出来了。

发表于《汾水》1980年9月号的《赵三勤》也是写得动人并能见出思想的小说。故事的主人公叫赵小乱，绰号赵三勤。这个作品写的是他从"吸烟勤、喝水勤、拉屎撒尿勤"即不好好干活的调皮角色转变成为一个"劳动表现不错"的青年的故事。其中的主要人物有三：赵三勤、生产队老队长张仁、副队长赵金贵。老队长张仁是这样一个人："村里最乱的时候，他把队上所有的人都从心里过了一遍。小乱虽然性野，却不作恶，只是别人喊打倒谁，他也喊打倒谁。……年轻人好比小树，只要勤修剪，就能长好。他根据这种认识，在小乱身上花了不少心血。"这一笔写了张仁，也写了小乱，并且点出了他们生活的环境和时代的特点。老队长的心意这样好，但小乱并不领会，还短不了戏弄老汉——这正是"小乱"之所以为"小乱"，"三勤"之所以为"三勤"；如果只凭老汉心意好，小伙子立即变得服服帖帖，那就把天下事看得太简单太容易了。小说用不少篇幅写赵三勤"戏弄"老汉的故事，写得妙趣横生。我们从中见出小乱既是个调皮蛋，又是个机灵鬼，果然"性野"，却还谈不上"作恶"。同时也见出，老张真是一个好队长，他虽然多次受到小乱戏弄，却并不恼火，也不畏难，仍然好心好意地做小乱的思想工作。赵金贵就不同了。他讨厌赵小乱，想法治赵小乱，常常诉苦说领导不了赵小乱。当然，赵小乱后来终于能变好，是老队长的好心意和耐心细致的工作的结果（此外还有别人的好心帮助），像副队长那样的"领导"，是制服不了、也改变不了赵小乱的。作品的主题，也许就在此。它也是借真实的人物描写和生动的故事情节得以表现的。

谈贾大山的这几篇新作，使人感到这位青年作家是沿着他的写实的路子在往前走的。这几篇小说都不过四千字左右，可说是短小精悍之作，这也是他的一贯作风。就题材的选择和人物的描写来说，则比以前的路子更开拓了，手法更多样了。就三篇小说看来，取材和写法也是各自不同的。不拘一格而又保持自己的一贯的作风，这是好现象。

把这三个短篇小说比较一下，我们感到《中秋节》在艺术上更完整一点。读完这个作品以后，似乎没有什么地方令人感到不满足。此后的两篇还没有达到这样的程度。

就《小果》来说，人物——主要是小果的思路（当然也关联到行动）还有未得到明晰地表现的地方。例如写她和清明在柳树下"谈恋爱"的那一夜，她回家以后，"一句一句寻思着清明的话，一点儿也不瞌睡"。清明的话，是指他所说"我们要有新的道德"的那一番话。这何以使她"一点儿也不瞌睡"？尽管作者说"在姑娘们心里，情人的话大概就是真理吧"，但并不能引人共鸣。这样写，并没有深入剖析人物的内心，也就未能紧扣人物（小果和清明）的性格。又如，当清明向小果提出"今年就结婚"的要求时，小果面无喜色，并提出大槐的三姑的丈夫刚结婚就被人抓去游斗以致急疯的事，也是显得生硬和勉强的。作者的本意，也许是想借此加深作品的思想性，但因为和情节相游离，不能获致这样的效果。就《赵三勤》来说，作品的后半写赵小乱的转变和招金贵的"输了"，似不及前半写赵小乱的戏弄人和老队长被戏弄的真切和多趣。但尽管如此，它们也都不失为较好的作品。

谈贾大山的新作，我们不能不感到我们的农村生活的丰富多彩，真正是文学创作的广阔天地。贾大山一直以农村为他生活和创作的基地和源泉，并不断有新的作品发表，这是可喜的，也是值得称道的。当前，我国的文学创作正在健康地和蓬勃地向前发展，题材的多样化，就是其重要的表现之一；但是，写农村生活的作品，无论是数量上和质量上，都远不能满足广大读者特别是农村读者的要求，这是应予注意和改进的。希望有更多的作家和读者深入农村生活，写出更多更好的反映农村生活、描写农村各种各样的人物的好作品来。

1980 年 10 月

孙犁风格浅识[*]

孙犁的艺术风格，向来为许多人所喜爱，因而也就成为人们所喜爱的话题和课题。二十多年前，茅盾注意及此，评论及此，这是大家都知道的；方纪、王林为此写过专文；远千里在谈刊物的风格时，梁斌在谈文学的民族形式时，也都谈到孙犁的风格和语言特点。……"十年内乱"结束以后，谈孙犁的艺术风格的人们似乎更多了，有论文，有专著，有座谈会上的发言，有当代文学史上的章节，等等。这样，话似乎叫人们说尽了。就连我自己，也写过这方面的文章，现在再来谈，感到难以深入下去，难以谈出新意来。好在文学史上杰出作家及其创造到什么时候也会成为人们的新鲜的话题和课题的，孙犁的创造也是如此，何况孙犁近年不断有新作问世。惭愧的是，我在这里谈的，还只能是一些粗浅的见识。

一

孙犁在《文学和生活的路》中提出的"美的极致"论，很引人兴趣，我感到从这里入手谈孙犁的风格，也许是可行的和适宜的。

在这篇文章里，关于这个问题，孙犁是这样说的："善良的东西，美好的东西，能达到一种极致。在一定的时代，在一定的环境，可以达到顶点。我经历了美好的极致，那就是抗日战争。"

* 本文最初刊载于《河北师范大学学报》（哲学社会科学版）1982 年第 2 期。

其实，这个意思，孙犁在很久以前就说过的。例如，在《风云初记》中，这位作家就说："人的善良崇高的品质能够毫无限制的发挥到极致。"

是的，作家有幸"经历了美好的极致"，又有性灵、有才能捕捉、摄取、开掘、提炼和表现这"美好的极致"，从而表现了这"一定的时代""一定的环境"，同时也表现了作家的气质，表现了作家的创作个性和艺术风格。

孙犁在战争年代和建国初期所写的作品，特别是那些最有代表性的，最为脍炙人口的作品，都足以说明这个问题。

例如，在《芦花荡》里——"水淀里没有一个人影，有只一团白绸子样的水鸟，也躲开鬼子往北飞去，落到大荷叶下面歇凉去了。"这幅花鸟画该有多美！作者很自然地赋予"落到大荷叶下面歇凉"的"一团白绸子一样的水鸟"以民族感情和抗日意识，因而使画面具有浓郁的诗意。但更美的是"从荷花淀里撑出一只小船来"，"船头上放着那样大的一捆莲蓬，是刚从荷花淀里摘下来的"。此情此景，岂不令人欣然色喜！但意味深长的是，这使得泡在水里洗澡的鬼子们垂涎欲滴！就这样，老头子把他们引进了圈套，当他们的腿肚子被钩子刺穿而动弹不得的时候，老头子举起篙来砸着鬼子们的脑袋，同时"向着苇塘望了一眼"——"在那里，鲜嫩的芦花，一片展开的紫色的丝绒，正在迎风飘撒"，而"在那苇塘的边缘，芦花下面，有一个女孩，她用密密的苇叶遮着身子，看着这场英雄的行为"。

又如，在《荷花淀》里——鬼子的大船追着女人们的小船，"他们向荷花淀里摇，最后，努力的一摇，小船窜进了荷花淀，几只野鸭扑楞楞飞起，尖声惊叫，就在她们的耳边响起一排枪！"她们先是以为这是鬼子向她们开枪，一齐翻身投水；等到她们辨清枪不是朝着她们开的时候，她们看见不远的地方，荷花下面有人的脸，"荷花变成人了！"——"不久各人就找到了各人的丈夫的脸，啊！原来是他们！"

还有，在《嘱咐》里——女人逗着孩子说："看你爹没出息，当了八年八路军，还得叫我撑冰床子送他！"她轻轻地跳上冰床子后尾，像一只雨后的蜻蜓爬上草叶，轻轻用竿子向后一点，冰床子前进了。"一小小的冰床像离开了强弩的箭，擂起的冰屑，在它前面打起团团的旋花。前面有一条窄窄的水沟，水在冰缝里汩汩地流，她只说了一声'小心'，两脚轻轻地一用劲，冰床就像受了惊的小蛇一样，抬起头来，窜过去了。"请看，这女人该有多美！更有味道的是，水生警告她说："你慢一些，疯了？"女人擦一擦脸上的冰雪和汗，笑着说："同志！我们送你到战场上去呀，你倒说慢一些！"这一句话就更令人看到和感到她的神情体态之美！她接着质问他："在这八年里面，你知道我用这床子，送过多少次八路军？"这一句话，真个是写出了真善美的"极致"了！

还有，在《吴召儿》里——在反"扫荡"中，吴召儿充当一个小组的向导，领着人们奔走神仙山。这山"黑的怕人，危险的怕人"；"她爬的很快，走一截就坐在石头上望着我们笑，像是在这乱石山中，突然开出一朵红花，浮起一片彩云来"。人们爬到半山腰，实在走不动了，要求就在半山腰过夜。吴召儿指着山顶上的灯光，说是她姑家。"我望到顶上去，那和天平齐的地方，有一点红红的摇动的光；那光不是她指出，不能同星星分别开。望见这个光，我们都有了勇气，有了力量；它强烈地吸引着我们前进，到它那里去。"

……

以上所举的篇目和摘引的文字，本为大家所熟知，现在陈列出一些来，就为了说明：孙犁的描绘，歌唱，创造，都为了再现生活的美，并且着意表现那美的"极致"，那芦花荡里的"英雄的行为"，那荷花淀里的"荷花变成人"，那"像一只雨后的蜻蜓爬上草叶"的体态轻盈而又情深义重的女人、送夫归队唯恐不速的妻子，那在乱石山中"突然开出"的"一朵红花""一片彩云"，那高入天际、未经指点不能同星星分开的、"强烈地吸引着我们前进，到它那里去"的灯光，……这一切，难道不正是美的"极致"吗？而这个"极致"，难道不正是孙犁的创作的艺术魅力和独创风格的最鲜明和突出之点吗？

可以说，孙犁就是这样力求表现美的生活，表现生活的美；他表现了美的极致，因而创造了"尖端"的艺术。然而，孙犁不是唯美论者，而是反映论者、典型论者；不是为艺术而艺术，而是为人生而艺术，为革命而艺术。他所要表现的、他已经成功地表现出来的美的极致，就像那高高的山顶上的一点灯光，给人以希望、勇气和力量。但它不是天上的星星，它是可以达到的，它是现实的。孙犁并不是孤立地写那一点灯光以求创造"美的极致"，而是写了反"扫荡"的严酷的斗争，写了在广阔的祖国的大地上突起的高山，写了游击小组在穷山恶水间的精疲力尽的攀登，这才及于尖端和表现了极致的。同样，他不是孤立地或者说孤芳自赏地写了白洋淀上的白的水鸟落到绿的大荷叶下面歇凉的雅趣，写了"荷花变成人"的奇景，写了冰床就像受了惊的小蛇一样蹿过水沟的绝技，而是写了全面的生活，写了人民的战争，而是"反映出革命的某些本质的方面"。比如说，在《荷花淀》和《嘱咐》中，作者写了两种——也就是两方面的"嘱咐"，真是感人肺腑，真是反映了在中国共产党领导下的革命战争的本质。在《荷花淀》里，女人对即将离家的水生说："你有什么话嘱咐我吧！"水生虽然说"没有什么话了"，但还是"嘱咐"了她："我走了，你要不断进步，识字，生产。""什么事也不要落在别人后面！""不要叫敌人汉奸捉活的。捉住了要和他拼命。"当然，最后的一句是最重要的，"女人流着眼泪答应了他"。在《嘱咐》中，女人对离家八年的、昨晚才从远方回来今天又要离别的水生（这水生不一定就是那水生）嘱咐说："爹活着的时候常说，水生出去是打开一条活路，打开了这条活路，我们就得活，不然我们就活不了。八年，他老人家焦愁死了。国民党反动派又要和日本一样，想来把我们活着的人完全逼死！你应该记着爹的话，向上长进，不要为别的事情分心，好好打仗。八年过去了，时间不算长。只要你还在前方，我等你到死！"请看，前者是丈夫对妻子的嘱咐，也是一个游击队长和村干部对村里的一个女人的嘱咐，后者是妻子对丈夫的嘱咐，也是人民对人民子弟兵（她的丈夫已是一个老战士了，并且是副教导员了）的嘱咐。这难道不是深刻地表现了生活和革命的本质么？但作者不是"写本质"，而是"写真实"，通过现实生活的真实描写表现出革命的本质来，表现出生活美的极致来。

人们几乎是众口一词地说，孙犁的小说情景交融，充满了诗情画意。这真是口之于味，有同嗜焉。这也足以说明，孙犁的诗情画意是深刻地现实主义的——其中的战斗、嘱咐、撑船、登山、织席、播种、水鸟、荷花、莲蓬、山石、灯光……都是日常生活中实有的东西，都是我们看得见、摸得着、闻得到、想得出的东西，但它们一经作者组织入画，冶炼入诗，就显得分外的鲜明，闪亮，润滑，贴切，圆满，人与人的关系表现得正好是那么回事，人与自然的关系也表现得恰到好处——总之他创造了美，而这个创造，是由于已达到美的"极致"的现实生活给予作者的激发和启发，反过来说，又由于力求表现美的"极致"的作家对于生活的美的发掘和升华。正是因此，孙犁的艺术是现实主义的，但现实主义尚不足以尽其意；孙犁所用的手法是白描，但白描尚不足以尽其艺。

我在这里说到"白描"，是就中国绘画艺术中的"白描"技法的本意来说的。按这种技法，专用线条勾描人物和事物形象，而不施颜色，不事烘托；孙犁的作品色彩鲜亮，清香四溢，诗意盎然，气韵生动，非白描所能尽之。当然，这不是说孙犁不用线条勾勒，他的勾勒是准确的，简练的，但他的线条又是流动的，藏而不露的。孙犁是手执中国的毛笔作水彩画的艺术家。我们知道，毛笔是既有笔锋，又有弹性的；画家静观默察，烂熟于心，凝神结想，一挥而就，所画者形神兼备，而笔锋则藏而不露。李白诗云，"清水出芙蓉，天然去雕饰"，似乎可以用来说明孙犁的诗体小说的风格。它看似"出"于"天然"，实则"尽了艺术家的能事"，也就是表现了艺术家的"真诚善意，明识远见，良知良能，天籁之音"。①

孙犁的艺术是革命现实主义和革命浪漫主义的结合。关于"两结合"，近年很有些争论，我是赞成"结合"说的。否定"结合"说者认为，既然是两种创作方法，从理论上说就没有结合的可能，从作品上说又没有结合的例证。其实这个道理，高尔基说过，毛泽东、周恩来说过，郭沫若也说过，我认为他们说的有理；至于作品，难道真的没有"两结合"的么？我认为文学史上是有这种作品的，远的不说，孙犁的作品就是一例，现实主义的真情实景的深刻描写和浪漫主义的诗情画意的浓郁气息的结合和统一，这是孙犁艺术的特色所在，也是孙犁创作的风格所寄。可以说，"表现真善美的极致"要求"两结合"，而没有"两结合"就不能表现"真善美的极致"。孙犁经常说，他很喜欢普希金、梅里美、果戈理、契诃夫、高尔基的作品，"我喜欢他们作品里那股浪漫气息，诗一样的调子，对美的追求"②。这样的作品"合乎我的气质，合乎我的脾胃。在这些小说里

---

① 孙犁给铁凝的信，《夜路》代序。
② 《文学短论·勤学苦练》。

面，可以看到更多的热烈的感情、境界"①。孙犁还说，"像庄子这样的书，我以为也是现实主义的"，"浪漫主义是从现实主义的基础上升华出来"（《耕堂读书记·庄子》）；他还这样对青年作家说，"先不要追求什么浪漫主义，只有把现实主义的基础打好了，才能产生真正的浪漫主义"（《从维熙小说选》序）。在孙犁的作品里，我们难道不正是感到一股"浪漫气息，诗一样的调子，对美的追求"在引人入胜么？难道不正是感到其中的"热烈的感情、境界"充分表现了作者的"气质"，因而有助于提高和净化我们的思想境界和道德情操么？他的作品里的诗情画意，难道不正是"从现实主义的基础上升华出来"的么？

二十多年前，方纪在谈孙犁的风格的一篇文章中说："浪漫主义同样是在真实的基础上产生的，只不过它强调了生活中那最好的、最积极的一点罢了。在我讲到孙犁同志作品里的浪漫主义成分时，也只是按照这样的理解。……孙犁的风格，我以为就是建筑在这样的基础上。"② 现在看来，这样的"理解"还是符合孙犁作品的实际的。

关于风格，孙犁曾经这样说："风格形成的主要根基是：作家的丰盛的生活和对人生崇高的愿望。丰盛的生活迫使他有话要说，作品充实；崇高的愿望指导他的作品为人生效力。"③ 此言当然也适用于孙犁自己。孙犁的生活是"丰盛的"——这样说，并不只是由于他参加了抗日战争，而且是，甚至主要是因为他在抗日战争和解放战争中深刻地和强烈地感受到和认识到人民的力量和党的力量，感受到和认识到"真善美的极致"。他之所以能有这样"丰盛"的收获，是由于他"对人生崇高的愿望"，因而在生活中善于发现美、感受美，而他对美的发现愈多，感受愈深，贮蓄愈丰盛，表现愈迫切，他对"人生崇高的愿望"也就更美，更坚，更充实，更有光辉。这就是孙犁的作品再现了"一定的时代"和"一定的环境"中的生活美之"极致"的因由。

以上的话，是就孙犁在四十年代和五十年代初期的创作（主要是《白洋淀纪事》和《风云初记》）说的，但也包括五十年代中期的创作（《铁木

---

① 《文学和生活的路》。

② 《一个有风格的作家》，《新港》一九五九年四月号。

③ 《文学短论·论风格》。

前传》)。《铁木前传》这个中篇小说也写得鲜明，活脱，丰盛，崇高，也表现了美的极致——在战争年代的铁木情谊。然而，这个作品的色彩和韵味，和前此的作品毕竟有所不同：因为生活的美在达到"顶点"趋于"极致"之后，正在往下滑了，或者说，朝相反的方向转化了。请看，铁木关系不是不能继续美好下去了么！

孙犁在《铁木前传》发表二十多年后回忆说："它的起因，好像是由于一种思想，这种思想，是我进城以后产生的，过去是从来没有的。这就是：进城以后，人和人的关系，因为地位，或因为别的，发生了在艰难环境中意想不到的变化，我很为这种变化所苦恼。"① 《铁木前传》是反映了这种"意想不到的变化"和由此而来的"苦恼"的，这个作品所表现的现实主义的进一步深化和与以前的作品不同的色彩和韵味即由此而来。但总的来说，它还是保持了作者的一贯的风格，令人闻见那股浪漫气息，诗一样的调子，对美的追求。铁匠从木匠家里分裂出来，却受到集体的欢迎和包容。作者后来说："小说进一步明确了主题，它要接触并着重表现的，是当前的合作化运动。"作家歌颂了合作化，对合作化寄以热切的美好的希望，于是引起他写这篇小说的"朦胧的念头"就"像黎明"一样地"逐步走到天亮"了②。

不幸的是，"在艰难环境中意想不到的变化"竟然还在往前发展，到《铁木前传》发表十年后竟然达到了另一个"顶点"，形成了另一种极致——"邪恶的极致"。爱美成性以致"有点洁癖，逐字逐句，进行推敲"③ 的孙犁，是难以适应和忍受这样的变化和环境的。《铁木前传》竟因此成为孙犁小说创作的绝响（这是说到今天为止，但愿不是这样）。而在"文化大革命"中，他"甚至耻于"和那些帮派文人"共同使用那些铅字，在同一个版面上出现"④。这是多么值得宝贵的"洁癖"呀！

而这种无字之文，也正是孙犁的风格。

———————————

① 《关于中篇小说〈铁木前传〉的通信》，《鸭绿江》一九七九年十二月号。
② 《关于中篇小说〈铁木前传〉的通信》，《鸭绿江》一九七九年十二月号。
③ 《晚华集·回忆沙可夫同志》。
④ 《晚华集·文字生涯》。

二

否极泰来。"十年内乱"结束以后，孙犁的"文字生涯"不但得以复兴，而且老树新花，日呈繁茂。作家的晚期创作又极一时之盛，这是多么可喜的事！

孙犁近年所作不是小说，而是各种各样的散文——如果按鲁迅对他自己所写的除小说和专著以外的各种各样的文章的称法和编法，统称杂文，也是可以的。孙犁近年的文章，有记事，有抒情，有评论，有序文，有书信，有札记，有小条目……。这样的"散文"，在中国文学发展史上是有深厚的传统的，鲁迅的"杂文"继承这个传统而又赋予时代性和革命性的变化，开启了新的传统。孙犁的散文继承了中国散文的老的传统和鲁迅以来的新的传统而显示了他自己的时代的和个性的特点。他的小说具有诗意散文的特质，而抒情记事的和文学短论式的散文的写作，他也是向来乐于从事并为人所喜的，不过在近年写得更多，更丰盛，更纯熟，因此也就更显出他的散文风格了。

孙犁的散文具有他的小说的简练和活脱的特点，又具有亲切和朴实的风味。

其中颇多对于往事的回忆和对于故人的怀念。对于孙犁来说，这是很自然的事情。为什么？因为他爱美，因为他多情，在经过了邪恶的极致以后，过去的美好的极致，就更加令人追忆和怀念了。

也许是由于天增岁月人增寿，也许是由于散文的体裁不同于小说，孙犁在回忆和描叙过去的人和事时，不再是极力刻画美的形象和显现美的极致了。在他的近年作品中，以多情善感的口吻和朴实无华的笔墨，把他在许多年前所经历的生活片断，如实地摆在我们眼前。人是怎样，就写成怎样，事是怎样，就写成怎样，这样达到了同样的效果——令人感到生活之美，也令人感到作家的真诚之美，风格之美。

比如说吧，对于自己的老朋友的怀念，孙犁是一往情深的，但无论是对于已经故去的朋友也好，还是对于幸存于世的朋友也好，孙犁在回忆他们的为人和追述他们与自己的友谊的时候，不只是说他们的长处和优点，而且也说他们的短处和缺点，不只是说他们与他自己是如何的相亲相爱，而且也说他与他们之间所曾有过的反唇反目。他既不粉饰过去，也不"拔高"战友。在他所写到的朋友中，我看只有两个人似乎是没有缺点的。其中的一个是远千里，一个是郭小川，但就是对于远、郭二人的怀念和描叙，也令人感到是完全真实的、可信的，是他们的本来面目的写照。孙犁说："我所写的，只是战友留给我的简单印象，我用自己的诚实的感情和想法，来纪念他们。"①正因为作者是以诚待人，以诚写人，所以他给人的"印象"是深刻的，亲切的，他所作的"纪念"是有意义的，是对得起朋友的。

在这"简单的印象"当中，我们也不时看到孙犁的那种极省俭地画出一个人的性格的本领。例如，在《平原的觉醒》中，作者写到抗日战争初期，他写了一篇题为《现实主义文学论》的文章，在路一主编的《红星》杂志上发表。"王林同志当时看了，客气地讽刺说：'你怎么把我读过的一些重要文章，都摘进去了。'好大喜功、不拘小节的路一同志，却对这样洋洋万言的'论文'，在他主编的刊物上出现，非常满意，一再向朋友们推荐，并说：'我们冀中真有人才呀！'"——一件事，一句话，就写出了两个人物：王林和路一。又如，在《〈紫苇集〉小引》中，孙犁写道："映山是很诚实和正直的。一次，我对他说：'我有很多缺点，其中主要是暗于知人，临事寡断。'映山坦直地说：'是这样，你有这种缺点。'如果我对别人也说这种话，所得的回答可能相反，但一遇风吹草动，后者的情况，就往往大不相同。"——一件事，一句话，也就写出了两个人物：韩映山和孙犁他自己。我们在这两例中，可以清晰地看出孙犁的正直的、坦率的、随时愿意与人以诚相见和乐于解剖自己的品质，这也正是他的艺术风格的重要素质。

孙犁凭回忆所写的散文，所写的似乎多是日常生活的小事、平凡事，但透过这些日常生活的回忆和抒写反映了伟大的时代。例如《装书小记》竟反映了30年代、40年代以至于60年代、70年代的生活变化，而《吃粥有感》《服装的故事》则把人引进了伟大的炽烈的抗日战争。这些文章，是典型的散文的写法，却又写得声情并茂，举重若轻，生动活泼，不落俗

---

① 《晚华集·近作散文的后记》。

套。如《服装的故事》写的是作者自己在抗日战争期间的服装的变迁，反映了当年的艰苦奋斗、愈战愈强的生活情景。"穿着这些单薄的衣服，我们奋勇向前。现在，那些刺骨的寒风，不再吹在我的身上，但仍然吹过我的心头。……我们穿着这些单薄的衣服。在冰冻石滑的山路上攀登，在深雪中滚爬，在激流中强渡。有时夜雾四塞，晨霜压身，但我们方向明确，太阳一出，歌声又起。"这样的情真意切的抒写，是引人入胜和鼓舞人前进的。作者以诗人的气质写散文，写的又是亲身经历过的生活，所以往往给人以生活的实感，又给人以诗情画意。但孙犁的散文又并不是处处写实的；有时只是写出一种思绪，一种遐想，但也写得情景交融，感人甚深。例如在《忆侯金镜》一文中，写到作者听说金镜在干校，干校在湖北，一天晚上，放鸭归来，脑溢血死去了——"我没有到过湖北，没有见过那里的湖光山色，只读过范仲淹写洞庭湖的文章。我不知道金镜在的地方，是否和洞庭湖一水相通。我现在想到：范仲淹所描写的，合乎那里天人的实际吗？他所倡导的先忧后乐的思想，能对在湖滨放牧家禽的人，起到安慰鼓舞的作用吗？"这真是慨乎言之，情见乎词！对战友的怀念和对世事的悲愤，结合起来，发为文章，真切感人。然而，孙犁虽然多情善感，却又是从来不消极悲观的，在任何艰难黑暗的环境中，他总是期待着"太阳一出，歌声又起"的，所以他接着又写道：历史上的"明哲的语言"虽然不断为"严酷的现实"所打破，"然而人民仍在觉醒，历史仍在前进，炎炎的大言，仍在不断发光，指引先驱者的征途。我断定，金镜童年，就在纯洁的心灵中点燃的追求真理的火炬，即使不断遇到横加的风雨，也不会微弱，更不会熄灭的"。孙犁的文章，就是这样的有感情、有思想、有意境、有力量的文章，小说如此，散文也如此。

讨论创作问题，评论作家和作品，介绍自己的创作经历和经验的文章，在孙犁的散文中占有相当大的比重。说它们也都是散文，是并无差错的；即使是理论性和学术性较强的文章，他也是用抒情散文的笔法和笔调来写，没有学究气，但有准确性。他运用散文的所能有的各种形式来论学、论文、论人、论道（即"文学和生活之路"），都是从生活出发，都是有感而发。哪怕是论及古人，也是如此。

在这里，我想提出两篇文章来谈：一篇是说古的《谈柳宗元》，一篇是道今的《谈赵树理》。这是两篇完整的、有独到和新鲜见解的作家论，也是两篇优美的散文，作者把二者统一起来了。这两个作品很见作者的散文和文论风格，其中有些论点又很能说明孙犁的风格，是值得注意的。

《谈赵树理》不能算是作者回忆战友的文章，因为作者和赵树理"并不那么熟悉"，他是"默默地巡视了一下赵树理的学习、生活和创作的道路"（"有些只是以一个同时代人的猜测去进行的"），才写成这篇作家论的。这篇文章的可贵之处，在于比较准确地论及全人。作者把赵树理放在进城前后的两个历史时期的不同环境里来"巡视"和考察，从而评定其成败得失。文中说到赵树理创作的重大成就"突破了前此一直很难解决的，文学大众化的难关"，这个成就和突破当然也由于他的博学多识，多才多艺，"但是，如果没有遇到抗日战争，没有能与这一伟大历史环境相结合，那么他的前途，他的创作，还是很难预料的"。在伟大的抗日战争中，"他要写的人物，就在他的眼前，他要讲的故事，就在本街本巷"，群众喜闻乐见的形式，"就在赵树理的头脑里，就在他的笔下"，所以说"这一作家的陡然兴起，是应大时代的需要产生的，是应运而生，时势造英雄"。应该说，孙犁的默察是深刻的，论述是公允的。不过我们在这里也可感到，孙犁是在用另一种形式来唱他的"美好的极致"的赞歌。作为一个歌手，孙犁和赵树理在风格上是大不相同的，但他们都是"应大时代的需要而产生的"，都是"应运而生，时势造英雄"呵！

然而，"歌手的时代"竟然随着全国解放的锣鼓而"成为过去"了。赵树理从山西来到北京，"就是离开了原来培养他的土壤"；这是一个"毁誉交于前，荣辱战于心""吹捧者欲之升天，批评者欲之入地"的新环境，被移置来的花木不能适应，"当年开放的花朵，颜色就有些暗淡了下来"，直到后来，在"十年动乱"之中，"人民长期培养和浇灌的这一株花树"凋谢了。孙犁最后总结说，"经济、政治、文艺，自古以来，就形成了一种非常固定，非常自然的关系。任何改动其位置，或变乱其关系的企图。对文艺的自然生成，都是一种灾难"。这样的评论，也是公允的、睿智的。

孙犁对于赵树理的总的评价是："他是我们这一代的优秀人物，他的作品充满了一个作家对人民的诚实的心。""他所实践的现实主义传统，只要求作家创造典型的形象，并不要求写出'高大'的形象。"这无疑是正确的评价。但"诚实的心"和"典型的形象"不容于"假、大、空"的文艺"旗手",这就是赵树理的悲剧,也是孙犁和一切诚实的艺术家的悲剧。所以孙犁在这篇作家论中也自觉或不自觉地表现了"自我"。

但孙犁毕竟不是赵树理。他们的艺术风格是有很大不同的,他们的艺术观也不尽相同。比如,赵树理对于民间文艺形式"热爱到了近于偏执的程度",以致"对于'五四'以后发展起来的各种新的文学形式,他好像有比一比的想法",孙犁就认为"这是不必要的",在孙犁看来,"民间形式,只是文艺众多形式的一个方面","任何形式都不具有先天的优越性。也不是一成不变,而是要逐步发展,要和其它形式互相吸收、互相推动的"。这样的看法,我想是比较通达的,这也有助于我们理解和说明孙犁所采用的文学形式和所树立的艺术风格。孙犁的文学语言、形式和风格是民族的而不是民间的通俗文艺,是吸取了中外古典文学和五四以来的新文学的长处的,因此为许多人所喜爱。当然,赵树理有赵树理的不可磨灭的长处,他的作品为广大农民喜闻乐见,这又是孙犁的作品所不能比的。看起来,在文学的广阔天地里,"山药蛋"和"荷花淀"各有其魅力,都是不可少的哩!让百花在争芳斗艳中共同发展吧!

在《谈柳宗元》中,作者也是既论及柳宗元的身世,也论及柳宗元的文章。关于文章,作者说:"我很喜欢柳宗元的文章。他的文章都写得很短,包含着很深的人生哲理。这种哲理,不是凭空设想,而是从现实生活中体验得来。我很少见到像他这样把哲理和现实生活,真正形成血肉一体的艺术功力。他还能把自然界、人的日常生活中的现象,和政治思想、社会组织联系起来。就是说,他能用自然规律、生活规律,表达他对政治、对社会的见解和理想。使天人互通,把天道和人道统一起来。他用以表达这样奥秘的道理的手段,都是活生生的,人人习见的实生活的精细描绘。"读着这一段话,我们不能不认为,孙犁对这位古代散文大家(这里且不说他也是诗人大家)的作品的评论是中肯的,也不能不感到,孙犁"很喜欢柳宗元的文章"是有道理的——用孙犁自己的话来说,这也可以说是"天人互通",也可以说是这位古人的文章"合乎我的气质,合乎我的脾胃"。当然,孙犁所宣扬的人生哲理,所描绘的现实生活,跟柳宗元所宣扬和描写的大不一样,孙犁的"天道和人道"观也没有柳宗元的那么"奥秘",

他们的风格也不能同日而语。但他们的以"活生生的，人人习见的现实生活的精细描绘"来表达自己的体验和信念，却是有相似和相通之处的。关于身世，孙犁论及柳宗元的"天真"，论及他的"躁进"和"不幸"，论及他"本来就不是政治上的而应该是文学上的大材"，论及他的所失反而成为其所得，他到永州后所写的作品"辉煌地列入中国文学遗产的宝库"，论及他"付出的劳力过重，所经的忧患过深，所处的境遇过苦"，也论及柳宗元死后，他的朋友韩愈、刘禹锡等写文章纪念他，"这些文章，并不能达于幽冥，安慰死者，但流传下来，对于后代研究柳文者，却有知人论世之用"。我们读孙犁的这篇文章，不能不感到，孙犁的心情是很不平静的；我们的心情也很不平静——但这难道只是因为同情和怀念古人吗？孙犁的"知人论世"，难道只及于古代而不及于今世吗？

孙犁说，在中国的作家中，他喜欢司马迁、柳宗元、欧阳修、蒲松龄、曹雪芹、鲁迅；在外国的作家中，他喜欢普希金、梅里美、果戈理、契诃夫、高尔基——我想，这也是理解和领会孙犁的艺术风格的一个门径，一把钥匙。

1981 年 3 月

《荷花淀派作品选》 序 *

一

在中国现代文学史中，流派的发生、发展以至分化和消长，是常有的事。这是社会生活发展的反映，也是文学创作发展的必然。"荷花淀派"（以下简称"荷派"）的形成稍晚，而且并非一大流派，但其特色是为人所乐道的，其影响不应忽视。

大体来说，"荷派"缘起于抗日战争时期的冀中和延安，形成于新中国建立之初的津、京、保三角地带，而人们对它予以回顾，认为它是我国现代文学中的一个流派，并以"荷花淀"名之，则是"文化大革命"以后的近几年的事。

"荷派"主要代表作家，是孙犁。

孙犁，河北安平人，青年时期曾在保定读书，后至北平，欲从事文学事业，不久知不可行，乃至白洋淀的同口镇小学教书，这是 1936 年夏天的事。至 1937 年夏，抗日战争爆发，即投身于共产党所领导的抗日革命队伍，因而真正走上了文学和生活之路。伟大的抗日战争使孙犁获得思想、道德、美学的启迪，找到了丰富的创作的源泉；而抗日战争爆发前一年间的白洋淀边的教学生活，对于他的创作亦颇为重要，因为他在教课之余，随时和当地的人民相亲近，加以白洋淀的天光水色，对于他的情感色彩和

---

* 本文最初刊载于《荷花淀派作品选》，人民文学出版社 1983 年版。

创作性灵是那样的契合和融洽，以至于他在此后不断地从白洋淀汲取和提炼生活题材来进行创作，生发而为初日芙蓉，不但使人赏心悦目，而且给人以奋发向上的战斗之力。举其要者来说，1942 年在阜平写的《琴和箫》，1945 年在延安写的《荷花淀》《芦花荡》，1946 年从延安回到冀中后在河间写的《嘱咐》，等等，就都是这一方面的作品。特别是《荷花淀》一篇，是孙犁的代表作，或者说是"荷派"的代表作，也是"荷派"命名之所由来。"荷花淀"者，白洋淀也，或者说是白洋淀之精华所在。作者也确实通过他的作品，写出了白洋淀的精华，即所谓"人杰地灵"。中国文学的流派，向来有以地望命名的习惯，如江西、公安、竟陵、桐城等派；本世纪二三十年代，也曾有过"湖畔"（冯雪峰、潘漠华、应修人、汪静之）、"汉园"（何其芳、卞之琳、李广田）等小的集体。而"荷派"之名，则不但是源于白洋淀这个地方，而且还本于《荷花淀》这个作品，这就更有一番新意。

以白洋淀生活为题材的作品，并不是孙犁创作的全部，而只是一部分。孙犁的较多数的短篇小说和散文，还有他的两个中篇小说和一个长篇小说，都并不写白洋淀的人和事，而是写冀中平原以至冀西山区的人和事；但它们仍然具有"荷花淀"的明丽色彩和清新气息。《荷花淀》是孙犁及其一"派"的代表作，用以名其流派，鲜明而又恰切。

孙犁的创作，在当年的晋察冀边区，在延安，都曾引人注目，受人赞赏，但由于战争的环境和其他原因，在当时未能形成什么文学上的"流派"。就晋察冀来说，这块大的抗日根据地，是产生了不少作家的，其中如方纪、田间、魏巍、梁斌、康濯、曼晴、远千里等向来和孙犁的关系很亲密，并一致称赞他是一位树立了独创艺术风格的作家，但他们的创作彼此不同，从战争年代到社会主义时期，都是各具特色，各有千秋的。

作为一个文学流派，"荷派"是在建国初期，由孙犁作品对于一些文学青年的吸引力和影响力所促成的，同时，这又是和孙犁作为一个文学园丁对于这些青年热情和辛勤的培养与扶植分不开的。

全国解放后，孙犁在战争年代和建国前后所写的短篇和中篇创作曾先后以《荷花淀》《芦花荡》《农村速写》《村歌》等名目出书，后来又出了一本《白洋淀纪事》，收入作品数十篇，算是这位作家的创作的一个比较完全集子。这些出版物吸引了不少青年作者，打开了他们的思想和眼界，把他们引上了文学创作之路。例如，刘绍棠回忆说，当初"是孙犁同志的作品，唤醒了我对运河家乡的母子连心的深情，打开了我认识生活和表现生活的美学眼界"①。韩映山回忆说："五十年代初，开始写作时，由于受到作家孙犁同志的影响和指导，知道文学是要写生活、写人的。……美是应该追求的，但美不应该是孤立的，她是和时代环境相关联的。"② 孙犁的作品确实以其特有的美感和力量启迪着一些美和文学的青年爱好者。后来，孙犁的新的中篇小说《铁木前传》和长篇小说《风云初记》出版，就更加显出这位作家的丰盛和成熟，他的影响因而也更甚了。

另一方面，进城以后，孙犁编辑着《天津日报·文艺周刊》，即以此为园地，团结和培养了一批有志于文学创作的青年。由于这个文艺周刊只不过是一个地方的小刊物，影响力所及，主要在天津、北京、保定一带。但这也有好处，那就是便于编辑者对于当地的一些经常来稿的青年人的精心培养。孙犁从他们的来稿中细心发现人才，通过改稿、通信、交谈、办讲习班、讲课在发表他们的作品时加编者按语等办法，对这些青年作者进行坚持不懈的创作指导。这样，就以孙犁为中心，以《文艺周刊》为园地，形成了一种可观的和宜人的文学局面和气候，因此得以露头角和成长起来的青年作家，是可以数出一大串名字来的，而刘绍棠、从维熙、韩映山、房树民等可以说是他们的代表。他们在五十年代就显露出文学的才华，至今仍然活跃于社会主义中国的文苑。人们后来说的"荷花淀派"，就是这样形成的。

当然，他们当时并非十分自觉地、有意识地要形成这么一个"流派"（文学史上的任何一个流派，都很难说是这样搞起来的）；但是，也不好说，形成"荷派"的这一个客观的事实，是离开了任何主观的愿望和努力的。例如孙犁在文学刊物的编辑工作上，便有他的抱负和识见。他的主张是："刊物要往小而精里办，不往大而滥里办。这不只是节省财、物、人三力，主要是为了提高创作的水平。""刊物要有地方特色，地方

---

① 《开始了第二个青年时代》，《芙蓉》1980 年创刊号。
② 《绿荷集·后纪》。

色彩。要有个性。要敢于形成一个流派，与兄弟刊物竞争比赛。"① 这是孙犁的经验之谈和一贯的办刊方针。由于他努力实践这种主张，终于使一个地方的文学小刊物，形成一种气候、一种局面——实即一个流派，有力地促进了社会主义文学事业的发展和创作水平的提高，这是难能可贵的！

文学流派的形成和发展，更重要的是和时代精神与思潮、政治背景与倾向、文学观念与主张密切联系的；只有一些人在这些方面相同或相近，甚至达到同声相应、同气相求的地步，才能形成一种流派。"荷派"的形成也是这样，它充分体现了新中国成立前后的政治气候和革命热情。孙犁带着抗日战争和革命战争的风云和烟尘，从农村和战地进入刚解放的城市（天津，它也是战地），而刘绍棠、从维熙、房树民、韩映山等则是河北农村和战地的孩子，在北京、天津、保定解放前后进城念书。孙犁后来说："抗日战争，在中国共产党的领导之下，是有枪出枪，有力出力。……至于我们，则是带着一支笔去抗日。……穷乡僻壤，没有知名的作家，我们就不自量力地在烽火遍野的平原上驰骋起来。……在解放初，战争时期的余风尤烈，进城以后，我还写了不少东西。"② 这一番话，概括了抗日战争时期的解放区到新中国的生气勃勃、热气腾腾的大好形势和人才辈出、万木争荣的动人景象。在中国共产党的领导之下，伟大的抗日战争使孙犁这一代的青年在烽火遍野的平原上成长为知名的作家，而伟大的社会主义开创时期的热烈的生活和斗争，又使刘绍棠这一代的文学青年在烽火遍野的平原上破土而出。他们拿起笔来歌颂共产党，歌颂新中国，歌颂社会主义，歌颂新人新事。在政治上、在艺术上，这些青年人和前辈一样是纯朴的、向上的，所以他们喜欢解放区的作家们描写解放区的生活和斗争的作品，并以此为范本来进行自己的创造。这可以说是"荷派"得以形成的政治背景和思想基础。

然而，新生的美好事物，常常走着曲折发展的道路。五十年代中后期以后，"荷派"初步形成，却就势难发展。先是反右扩大化，后是"文化

---

① 《关于编辑和投稿》，《秀露集》第 160 页。
② 《文字生涯》，《晚华集》第 100~101 页。

大革命"，使得它未能生发和扩充，反而萎缩和解体。直到"十年内乱"结束以后，几乎涣散和停顿了二十多年的"荷派"才恢复其活力。近几年来，老作家孙犁虽然没有再写小说，但散文、杂文时见发表；刘绍棠、从维熙、韩映山等中年作家的创作力很旺盛，不断有短篇和中篇的力作问世；而且，还有些文学新人，从其创作"个性""色彩"看来，可以说是倾向于和学习着"荷派"。这是可喜的。

但是，时代毕竟不同了，"十年内乱"和此后的拨乱反正造成的人们生活经历和思想感情的重大变化，不能不在"荷派"中体现出来。这一点，在从维熙的创作中表现尤为分明，他不仅写日常生活，也写非常生活，不但写出了诗情画意，写出了生活悲剧，写"在特定的历史条件下，悲而壮，慨而慷，给人以鼓舞力量"的东西，这和他在五十年代的创作的情调和气息是显然有所不同的。刘绍棠、韩映山固然还在致力于戏画①他们的家乡，不时以运河边上和白洋淀周围的人物和环境的图画奉献读者，但也自然不免带有生活变化和作者心境波澜起伏的新的印痕。要而言之，他们的生活经验丰富了，视野扩大了，观察力和表现力加深了和提高了，在气质上也有了不同的变化。这种发展的变化，甚至使得"荷派"在一些方面无复旧观了。

鲁迅说过："文学团体不是豆荚，包含在里面，始终都是豆。大约集成时本已各个不同，后来更各有种种的变化。"②像所有的文学团体和流派一样，"荷派"在发展（其中还有停顿和中断）中有所变化，是很自然的事情，所可喜者，一是其中的作家除孙犁以外，都正当盛年，二是他们的成长带来的变化，并没有使"荷派"原有的特色消失，而是使它有所发展和升华，三是他们对流派既"不抱虚无的态度"，而又"一贯是反对'派性'的"③，相互之间，以各人的新发展新成就相期许，相庆幸，并不拘泥于已经形成的流派，不死抱住原有的成果不放。孙犁就说过："我总是鼓励一些青年朋友从我这里跳得更高一点，走得更远一点。……如果在小溪

---

① 见从维熙给孙犁的一封信，据《关于〈大墙下的红玉兰〉的通信》，载《文艺报》1979年11、12月合刊号。

② 鲁迅：《且介亭杂文二集·〈中国新文学大系〉小说二集序》。

③ 《人道主义·创作·流派——作家孙犁答问》，《文汇月刊》1981年第2期。

之前，出现大溪，而此大流，不忘涓涓之细，我就更感到高兴了。"① 这一番话，既是孙犁这一位老作家的自谦和心愿的流露，也是"荷花淀"这一文学"流派"发生发展的写照。

二

文学史表明，在一个文学流派中，诸作家的风格会各有不同，但必然有其共同的特色。"荷派"的特色是什么呢？也许可以说是其诗情画意之美。

致力于挖掘和表现生活中的美，是"荷派"的一个特点。孙犁的作品是给人以很高的美学享受的，他的文章真是美文。孙犁说："人天生就是喜欢美的。"② 他总是以"美"的观点和敏感来看人，来看农村和农民，来看抗日战争和农业合作化（《铁木前传》）。当然，他不是唯美论者，所以他又说："作家永远是现实生活的真善美的卫道士。他的职责就是向邪恶虚伪的势力进行战斗。"③ 农民的美，抗日战争的美，社会主义的美，正是在矛盾斗争中表现出来，也正是在矛盾斗争中予以表现的。孙犁说，他"经历了美好的极致，那就是抗日战争"；他的作品通过描写农民的"爱国热情，参战的英勇"表现了"真善美的极致"。④ 孙犁的这些说法，对于考察他的创作个性和艺术风格的特点是重要的。要写出美的"极致"来——这就是他的创造的着眼和着力之点。

举例来说，在《荷花淀》里，女人们划着小船去找她们的丈夫，被大船上的鬼子发现和追逐。"她们向荷花淀里摇，最后，努力的一摇，小船窜进了荷花淀。几只野鸭扑愣愣飞起，尖声惊叫，……就在她们的耳边响起一排枪！"她们先以为这是鬼子向她们开枪，一齐翻身投水，等到她们辨清枪不是朝着她们开的时候，她们看见不远的地方，荷花下面有人的脸。"荷花变成人了！"——原来她们找到了她们的丈夫的脸。"啊！原来

① 《人道主义·创作·流派——作家孙犁答问》，《文汇月刊》1981 年第 2 期。

② 《画的梦》，《秀露集》，第 26 页。

③ 《文字生涯》，《晚华集》，第 104 页。

④ 《文学和生活的路》，《秀露集》，第 119 页。

是他们!"我们不能不说这是写实,因为作者所写的是荷花淀里的战斗,荷花丛中,荷叶底下,正是抗日战士和人民的最好伏击之地,隐蔽之所。然而,"荷花变成人了",这又可以说是由作者的"美的极致"的文学思想和创作个性里幻化出来的诗情画意。

又如,在《芦花荡》里,"淀里没有一个人影,有只一团白绸子样的水鸟,也躲开鬼子往北飞去,落到大荷叶下面歇凉去了"。此情此景,难道不是很美的吗?作者写这样的一只水鸟,也赋予它以民族情感和抗日意识,从而表现了作者的激情。但更美的是"从荷花淀里却撑出一只小船来","船头上放着那样大的一捆莲蓬,是刚从荷花淀里摘下来的"。此情此景,是何等的诱人!但作者在这里不是写农家乐和渔家乐,不是写山水画和田园诗,一叶小舟轻荡,一捆莲蓬喷香,乃是老人的诱敌战术,他使得泡在水里洗澡的鬼子们垂涎欲滴,把他们引进圈套,给他们以应得的惩罚,从而表现了"真善美的极致"。

再如,在《嘱咐》里,女人"逼着孩子说:'看你爹没出息,当了八年八路军,还得叫我撑冰床子送他!'她轻轻地跳上冰床子后尾,像一只雨后的蜻蜓爬上草叶。轻轻用竿子向后一点,冰床子前进了。……小小的冰床像离开了强弩的箭,摧起的冰屑,在它的前面打起了团团的旋花。前面有一条窄窄的水沟,水在冰缝里汹汹地流,她只说了一声'小心',两脚轻轻地一用劲,冰床就像受了惊的小蛇一样,抬起头来,窜过去了。"还有,请听,丈夫警告她说:"你慢一些,疯了?"女人擦一擦脸上的冰雪和汗,笑着说:"同志!我们送你到战场上去呀,你倒说慢一些!"她接着质问他:"在这八年里面,你知道我用这床子,送过多少次八路军?"——这不是又写出了真善美的"极致"了吗?

孙犁就是这样地力求表现美的生活,表现生活的美。然而,他不是孤立地写了"荷花变成人"的奇景,写了白的水鸟落到绿的大荷叶下面歇凉的雅趣,写了冰床就像受了惊的小蛇一样窜过水沟的绝技……而是写了全面的生活和人民的战争,反映出革命的某些本质的方面。认真说来,写战争的进攻和防御,写两军对垒的战斗,并非孙犁之所长,他所写的多是战时的人民的日常生活,通过日常生活的美的挖掘和真实的描写表现出革命的本质来。《荷花淀》《芦花荡》《嘱咐》等篇就正是如此,至于像《光荣》《山地回忆》这样的小说，尤其是《村歌》这个中篇，就更是写日常生活了。孙犁所创造的美，是由于现实生活给予作者的激发和启发，反过来说，又是由于力求表现突出的"极致"的作家对于生活的美的发掘和升华。

这种情景，这种美趣，在"荷派"的青年作家的作品中也是有所表现的。他们的作品都吐露出华北的泥土和水乡的清新气息，有如"淀边初拱土的苇锥锥"①，"早晨喇叭花上滚动的露珠"②，表现出他们的青春的活力和激情，这种感情，是由新中国的宏伟气象和新农村的美好现实生发出来的。这可以说是他们的早期作品的共同特点。他们在建国初年的作品，在题材和立意上有时相近似，这是生活使然；但是，尽管如此，这棵"苇锥锥"和那颗"苇锥锥"在早晚会有所不同，这朵"喇叭花"和那朵"喇叭花"因晴雨也各异其趣。举例来说，刘绍棠的《大青骡子》和从维熙的《七月雨》写的都是老饲养员热爱和精心饲养社里的骡马的故事，韩映山的《鸭子》和从维熙的《鸡鸭委员》写的都是农村少年的尽心竭力地为人民服务、为集体服务的故事，房树民的《引力》和刘绍棠的《中秋节》则都是写的老年农民对于农村合作化这个新事物的认识过程和态度转变的故事；它们的题材虽然相同，立意虽然近似，但都能各出心裁，各有新意、特色和妙趣。至于刘绍棠的《瓜棚记》写农村青少年爱科学，学科学，房树民的《花花轿子房》写旧风俗和依附于它的旧行业在新农村的没落，韩映山的《作画》写艺术家在深入生活、亲近农民的日子里的美的感受和收获，也都是立意颇高和开掘颇深的作品，至今读来仍然使人感到新鲜。当然，这还都是就他们的早期作品而言的。他们在创作上取得更大的进步和更显著的成就是此后的事，特别是最近几年的事。三十年前在河北平原上破土而出的这些新秀，到如今已经成长为根深叶茂的花树了。

是的，"荷派"是花树，它表现了美的生活，表现了生活的诗情画意。这种美是怎样创造出来的呢？

---

① 韩映山：《紫苇集·后记》。

② 见从维熙给孙犁的一封信，据《关于〈大墙下的红玉兰〉的通信》，载《文艺报》1979年11、12期合刊号。

要回答这个问题，首先要说的还是作家的深入生活。这似乎是老生常谈；但这是文学艺术的规律，在谈"荷派"创作的成就和特色的时候也是不能不谈的；何况人们在欣赏和谈论"荷派"的艺术时对这一点注意不够。人们也许有这种想法：美的极致，诗情画意，如孙犁所追求的和创造的，主要是来自作家的主观和艺术的禀赋，而不一定是由于深入生活。这样的想法是不全面的，甚至是误解。应该看到，孙犁很重视深入生活，"荷派"的花树是深深地扎根于生活的土壤的。孙犁曾这样谈到他在抗日战争时期的生活："这时候，不只是主观上要求改造自己，而且，更实际地说，是客观现实要你改造。战争要求你勇敢，要求你不可动摇，生活要求你能够忍受任何艰苦，集体的战斗行动要求你不能犯自由主义。这些要求都是严峻的现实的，甚至可以说是无情的。你要经得起这个考验……这就是思想情感的提高。当然不单单是客观影响，对于我们，更重要的还是认识，就是革命的理想。理想照耀着我们克服种种困难和障碍。这个经历，对于一个文学作家来说，就积蓄了他的创作的财富。"① 孙犁就正是这样在革命斗争的生活实践中"积蓄"起"财富"来。这是生活和创作的财富，也是思想和精神的财富。不但是在战时，就是在进城以后，孙犁也是在深入生活的基础上才写得出优秀的作品。在谈创作问题和他自己的创作经验时，他总要首先和着重谈到深入生活问题。例如，谈到情节，他"情节要求的是真实，它的生活的基础是作者的丰富的生活经历"②，谈到风格，他说"风格任何时候都不能是单纯形式的问题；它永远和作家的思想、作家的生活实践形成一体"③。孙犁的独创艺术风格，他的作品的诗情画意，归根结蒂，正是从常青的生活之树开出的花朵和结出的果实。"荷派"的青年作家的创作也是如此。他们拿起笔来，写得都是把他们培养成人的农村。韩映山主要写白洋淀，他说："我热爱那里的勤劳朴实的人民，热爱那里的河堤淀水，热爱那里的风光风气及一草一木。我把这种感情溶进了自己的作品里。"④ 刘绍棠说他"只想住在我的运河家乡的泥棚茅舍

① 《怎样认识生活》，《文学短论》，第6~7页。
② 《论情节》，《文学短论》，第100页。
③ 《论风格》，《文学短论》，第105页。
④ 《我是怎样开始写作的》，《河北文学》1980年10月号。

里"写小说，因为，"我喜欢农村的大自然景色，我喜欢农村的泥土芳香，我喜欢农村的安静和空气新鲜，我更热爱对我情深意重的乡亲父老兄弟姐妹们"。① 从五十年代初学创作以迄于今，他们是经常深入到农村生活中去的。可以说"荷派"所创造的是一种乡土文学。他们将自己的激情和彩笔，都奉献给中国的农民了。

作家的深入生活，既要和群众一起进行革命斗争，同时也要使自己到一定时候能进入创作过程。孙犁是怎样观察生活和进入艺术构思的呢？他说："要看一个事物的最重要的部分，强调它，突出它，更多地提到它，用重笔调写它，使它鲜明起来，凸现起来，发射光亮，照人眼目。这样就能达到质朴、单纯和完整的统一，即使写的只是生活中的一个小小环节，但是读者也可以通过这样一个鲜亮的环节，抓住整个链条，看到全部的生活。"② 同样意思的话，孙犁在四十年代就说过③，那是说给农村和连队的青年作者听的，也是要求于他自己的；到了八十年代，他还是这样介绍他的创作经验。这些话道出了他的艺术创造的特点。真的，在他的作品中，形象是那样的"鲜活起来"，景物是那样的"凸现出来"，以致"发射光亮，照人眼目"；每一个故事都是"一个鲜亮的环节"，通过"这样的"一个环节可以"抓住整个链条"。如他的《白洋淀纪事》，就可以说是一个"链条"，由许多"鲜亮的环节"组成；甚至他的长篇小说《风云初记》也是一个"链条"，其中的章节也是"鲜亮的环节"。这些闪光的"链条"中的每一个"环节"都是"质朴、单纯和完整的统一"，就整个的"链条"来说也是如此。

为什么单纯和完整在艺术创作中能够很好地统一呢？这是由于作家在生活中提取了典型的事物，并将它的"最重要的成分"用生花之笔予以"强调""突出"，去其本质，使其净化、升华，因而更加带有典型性和概括力。例如《荷花淀》反复强调和着力描绘的是白洋淀人民特别是青年妇女的爱祖国、爱人民、爱家乡的深情："不要叫敌人汉奸捉活的。捉住了要和他拼命。"——这是她们的意志，全文的描写都是为了突出地表现她

① 《野人怀土》，《艺丛》1980 年创刊号。

② 《人道主义·创作·流派——作家孙犁答问》，《文汇月刊》1981 年第 2 期。

③ 《文艺学习》，新文艺出版社。

们的这种战斗的崇高的思想感情。在《碑》里，老人每天撒着网，"打捞一种力量，打捞那些英雄们的灵魂"，这个崇高的意念，正是全文所强调的，作者要把老人塑造成"平原上的一幢纪念碑"，故事中的一切描写，都是为了树立这个"碑"。在《山地回忆》里，作者所反复描写的是一双袜子，由袜子而关联到纺线、织布，并由此而关联到买布、做国旗，而这一切的自然和圆满的描写，都是为了突出地表现妞儿的单纯的和丰富的精神世界，使她的形象发射光亮，照人眼目。这些作品的人物形象和情节结构，都是异常完整而又异常单纯的，表现为单纯和完整的统一。

孙犁作品中的诗情画意之美，就是质朴、单纯和完整的统一的艺术创造。这种美的创作不仅是由一种艺术力量，同时也是由一种道德力量完成的。孙犁非常看重和强调文学的道德力量，他把道德看得比艺术更重、更高。他认为，情节的完整结构固然是一种艺术手段，但它是负有道德的使命的，所有"艺术的高潮应该是情节发展，最后达到的道德力量，这种力量，读者几乎是不可抗拒的"①，而"风格是一种道德品质。它包含在作品中间，贯彻得无微不至，如同在一个人的思想行为上所全部表现的那样"。②孙犁作品在情节安排和人物描写上，所致力的正是把一种道德品质和精神力量"贯彻得无微不至"，并使它产生"不可抗拒"的艺术魅力。当然，这种道德力量和艺术魅力是体现着时代精神的，而这又是中国劳动人民的传统的高贵品质和优秀情操的继承和发展。孙犁说《荷花淀》所描写的"是这一时代，我的家乡，家家户户的平常故事"，是"所有离家抗日战士的感情，所有送走了自己儿子、丈夫的人们的感情"，特别是那些青年妇女，"她们在抗日战争年代，所表现的识大体、乐观主义以及献身精神，使我衷心敬佩到五体投地的程度"③；孙犁还说，《山地回忆》里所描写的"是那些我认为可爱的人，而这种人，在现实生活中间，占大多数。她们在我的记忆里是数不清的"，"我在写她们的时候，用的多是彩笔，热情地把她们推向阳光照射之下，春风吹拂之中"。④由此可见，孙犁

---

① 《论情节》，《文学短论》，第103页。
② 《论风格》，《文学短论》，第107页。
③ 《关于〈荷花淀〉的写作》，《晚华集》，第87~88页。
④ 《关于〈荷花淀〉的写作》，《晚华集》，第81、83页。

之所以要用"重笔调"写他所心爱的和敬佩的人物，要把她们升华到"美的极致"的境界来表现，其根本的原因，是由于洋溢于现实斗争生活中的革命精神和道德观念的激发和驱遣。

毛泽东同志说，在文学艺术上，我们要求的是"革命的政治内容和尽可能完美的艺术形式的统一"。孙犁的作品以他自己的独创性体现了我们所要求的政治和艺术的"统一"，而"荷派"的其他作家也在努力追求这个"统一"。因而不断地有所创造，有所前进。也许是由于孙犁作品的文章之美和艺术性强的原故吧，有些人在有的时候似乎在这位作家的作品中只看见艺术，而看不见政治，以致形成了如孙犁自己所说的这种情况："在过去若干年里，强调政治，我的作品就不行了，也可能就有人批评了；有时强调第二标准，情况就好一点。"① 这当然是没有看准和吃透孙犁的文学作品，是一种片面"强调政治"的"左"的偏向；偏的结果，是把本来是正确地和艺术地强调了和描写了的革命内容轻易地放过去了，并且还要对这种艺术进行指责。难道孙犁所说的和用艺术来表现的"道德力量"不就是革命的政治和党的政策的力量吗？不就是人民和人民战争的力量吗？

就文学主张和创作方法来说，"荷派"着重坚持的是现实主义。进城之初，孙犁就在对青年作者的谈话中强调"掌握现实主义的创作方法"的必要。他说，现实主义应该是"不脱离群众并能引导群众向上"。又说："在现实生活里，充满伟大的抒情，在现实主义的作品里，作家的丰盛的感情含蕴在描写和人物的对话里。"② 在这里，他既向青年作者鲜明地提出了现实主义，又很明显，他所说的这种"充满伟大的抒情"的、"引导群众向上"的现实主义，和浪漫主义是相通的。在这以后，他经常在谈到现实主义的时候，也谈浪漫主义。"文化大革命"以后，出于对文学上的瞒和骗的憎恶和拨乱反正的必要，他更多地谈现实主义，而不谈浪漫主义了，但仍然说，"只有把现实主义的基础打好了，才能产生真正的浪漫主义"③，"浪漫主义是从现实主义的基础上升华出来"。④ 当然，

---

① 《文学和生活的路》，《秀露集》，第 126 页。
② 《作品的生活性和真实性》，《文学短论》，第 41、43 页。
③ 《从维熙小说选·序》，《秀露集》，第 273 页。
④ 《耕堂读书记·庄子》，《秀露集》，1981，第 190 页。

最足以说明他的文学主张和创作方法的，还是他的作品。孙犁创作的重要特点，是现实主义的真情实景的深刻描写和浪漫主义的诗情画意的浓郁气息的水乳交融的统一。这个特点，也体现在"荷派"的青年作家的优秀作品中。

在这里，还有必要谈谈"荷派"对于文学传统的继承和师承关系。很明显，"荷派"里的青年作家主要是师法孙犁的；那么孙犁呢？他对这个问题曾多次谈及，说是要"取法乎上"；较新近的说法是："中外作家之中，我喜爱的人太多了。举其对我的作品有明显影响者，短篇小说有普希金、契诃夫、鲁迅；长篇小说有曹雪芹、果戈理、屠格涅夫。"[①] 由此也可见，"荷派"是继承了我国文学的现实主义传统的；是从外国文学吸取养分的；而尤为重要的是以鲁迅为师。

对于中外的古典文学，孙犁是自觉地用政治和艺术的统一、内容与形式的统一的标准，取法乎上，并取其和自己的气质相近者，来学习和借鉴的。就俄国文学来说，他认为果戈理"和陀思妥耶夫斯基、安特列夫，不是一个系统；他是普希金、契诃夫中间，承上启下的人"[②]，他取法普希金至契诃夫又至于高尔基的这一"系统"，而不喜欢陀思妥耶夫斯基等人之作。就世界短篇小说大师来说，他爱好契诃夫，而对莫泊桑不感兴趣，尽管他也认为莫泊桑的短篇小说是"无懈可击的"，"是最规格的短篇小说"。[③] 由此可见，他对过去的现实主义文学，首先看重的思想内容上的积极进取健全向上者，同时也珍视其高明的写实手段和驰骋的想象之力。普希金、果戈理、屠格涅夫、契诃夫、高尔基，还有法国的梅里美、丹麦的安徒生等人的作品，都充满了对生活的热爱和道德力量，都表现了具有幻想和诗美的现实主义特色，孙犁和"荷派"诸作家喜欢他们，乐于借鉴他们，不是偶然的。

中国的古典现实主义文学，发展到曹雪芹，成为新的高峰。孙犁对曹氏的《红楼梦》是推崇备至的。他说，"从各个方面，各种角度，细微地表现人物，这是现实主义的一种手法，也是中国文艺创作积累起来的经

---

① 《人道主义·创作·流派——作家孙犁答问》，《文汇月刊》1981 年第 2 期。
② 《果戈理》，《文学短论》，第 54 页。
③ 《文学和生活的路》，《秀露集》，第 111 页。

验"，而这种手法，这种经验，由曹雪芹大为丰富和提高，他的刻画人物性格的方法几乎达到"神化了"的地步，而这种"神化"，"其实是认真地对待现实的态度"；孙犁还认为，《红楼梦》的思想不是出世的，不是调和矛盾斗争的，而是入世的，"对人生美好、人生幸福爱慕追求的思想"，而"这是现实主义必然达到的效果"，"这是怀有伟大思想和人生目的的作家必然的收获"。① 《红楼梦》给予孙犁创作的影响，正如孙犁所说，是"明显"的。孙犁说，《红楼梦》"写了那么多可爱的人物，这些人物可爱，当然并不是因为她们是女孩子，而在于作者赋予她们的可爱的性格"。② 这话用在孙犁的小说上，不也是恰当的吗？孙犁在写他自己时代的可爱的人物时，不也是赋予她们可爱的性格吗？

当然，我们时代的现实主义作家的最直接、最亲切和最尊敬的老师，是鲁迅。孙犁说，鲁迅是"批判农村现实的能力和对农民的深厚同情，给反映农村的文学建立了一个伟大的传统"。③ 这是不错的。由于"五四"文学革命的激励，由于鲁迅小说的启迪，在"五四"以后，不断地有作家以农村为题材进行创作，可以称之为乡土文学；这一方面的作品，表现了我国一些不同地区农村生活的特色，不同程度地反映了社会的病态和农民的疾苦。有的作家的作品还表现了独创的艺术风格和别具一格的文章之美，其不足之处在于作者思想和眼界往往不够开阔，作品不足以表现时代精神。到了三十年代，在左翼文学运动的指导和影响下，有些作家以比较明确的阶级观点和革命意识来描写社会的黑暗和农民的抗争，表现了我国文学在描写农村和农民方面的新的成就和进展，但是，一般说来，由于作家在深入生活，接近农村方面的难以克服的局限，因而对他们所描写的人物和事件并不很熟悉，也就难以创造出生动和深刻地艺术形象来。这种情况，在抗日战争发生以后，特别是在延安文艺座谈会以后，才有了根本的变化。解放区的作家们，由于文艺思想的提高和创作实践的深入，不断创造出新的作品来，使我国文学的面貌焕然一新。孙犁就是其中做出了独特贡献的一个。他的创作的意义在于，他继承了鲁迅开创的深刻描写农村现

---

① 《〈红楼梦〉的现实主义成就》，《文学短论》，第 125~126 页。
② 《〈红楼梦〉的现实主义成就》，《文学短论》，第 129 页。
③ 《论农村题材》，《文学短论》，第 109 页。

实的文学传统，吸取了"五四"以后乡土文学和革命文学的经验，并在艺术风格和文章美学上刻意追求，有所独创，使自己不但成为一个文艺战士。而且成为一个文体家，并以此影响青年，给他们以思想的启迪和文学的培养。"荷派"的成就和意义，大概也在于此吧。

三

关于本书编选上的一些情况和问题，有必要做如下的说明。

本书为现代文学流派创作选之一种，按这套丛书的编辑计划和要求，所收作品的时限应从"五四"到中华人民共和国的成立。考虑到和照顾到"荷派"形成的特殊情况，所收作品在时限上适当往下放宽，也就是说，在新中国成长起来的作家的早期作品，亦可收入；但老作家孙犁的作品，还是以建国之日为下限。《山地回忆》写于1949年12月，如果严格地按照时限，也须割爱；但考虑到这一篇是孙犁小说的名篇之一，而且其中写到"开国大典那天"，写到山沟里的那个可爱的妞儿要做国旗，让五星红旗在刚刚停止战斗的山地挂起来，扬开去！——考虑到这一些，感到孙犁的作品选到这里恰好，所以就收到这一篇为止了。

本书所收的第一篇作品，孙犁的《琴和箫》，曾发表在1943年的4月10日《晋察冀日报》的文艺副刊《鼓》上（题为《爹娘留下的琴和箫》），但是，在后来作者自编的集子里，在康濯给他编的《白洋淀纪事》里，都没有这一篇。直到1980年2月在《新港》重新发表，较多的读者才得以读到这个较早表现了孙犁风格和"荷派"特点的作品。《琴和箫》重发时，附有作者的《后记》，其中说："这一篇文章，我并没有忘记它，好像是有意把它放弃了。原因是：从它发表以后，有些同志说它过于'伤感'。有很长的一个时期，我是不愿意作品给人以'伤感'的印象的，因此就没有保存它。后来，在延安写作的《芦花荡》和《白洋淀边的一次小斗争》里，好像都采用了这篇作品里提到的一些场景，当然是改变得'健康'了，这三篇文章，如果读者有兴趣，可以参照来看。"又说："我重读了一遍，觉得并没有什么严重的伤感问题，同时觉得它里面所流露的情调很是单纯，它所含的激情，也比后来的一些作品丰盛。……它存在的缺点是：这种激情，虽然基于作者当时的抗日要求，但还没有多方面和广大群众的伟大复杂的抗日生活融会贯通。"作者还说他因此进而想到，在创作上，"真正的激情，就是在反映现实生活时所流露的激情，恐怕是构成现实主义文学作品的重要因素。……应该发扬这一点，并向现实生活突进。"① 这一番话，对于我们考察和了解孙犁的文学见解和创作实际以至"荷派"的生发过程和美学特点，都是很有帮助的。

在流传较广的《白洋淀纪事》里，《芦花荡》《荷花淀》分别以"白洋淀纪事之一"和"之二"排列，近据调查，这个次序是颠倒了的。实际情况是，《荷花淀——白洋淀纪事之一》，1945 年 5 月作于延安，载同年 5 月 15 日的《解放日报》；《芦花荡——白洋淀纪事之二》，1945 年 8 月作于延安，载同年 8 月 31 日《解放日报》。② 本书据此排列并标明写作日期。

刘绍棠、从维熙、韩映山、房树民的创作，在五十年代还只是开始，此后有较大的发展，而且还正在向前发展中，这里所收的作品，只能是他们的"少作"，但是读者由此可见"荷派"形成时期的面貌。

本书所收作品，都是小说，而且除了孙犁的《村歌》是中篇小说以外，都是短篇小说。这是因为，短篇小说的创作，在"荷派"作家的作品中最有代表性，同时还因为，作为一本选集，多选中篇以至选入长篇，是不大可能也并不适宜的。在这个问题上还应说明的是：孙犁的《白洋淀边的一次斗争》，本来是作为散文发表并编入《白洋淀纪事》的，但可作为小说读，或者竟可以说是小说。刘绍棠的《中秋节》和《船》都曾作为短篇小说在文学刊物上发表过，但它们又各为中篇小说《运河的桨声》（1954 年）和《夏天》（1955 年）首章。

本书的编选工作，得到"荷派"作家和一些关心和爱好"荷派"的同志们的热心支持和帮助。孙犁的创作，许多年来一直有人在关注和研究；"五四"以来的文学流派，包括"荷派"在内，则是近年为人们感兴趣的

---

① 《琴和箫·后记》，《新港》1980 年第 2 期；又，这篇《后记》于《秀露集·后记》中亦可见之。读者可参看。

② 据冉淮舟：《〈孙犁文集〉拟目》，载《莲池》1981 年第 5 期。《孙犁文集》由百花文艺出版社分卷出版。

课题和话题。本书的编选和出版，是适应了这个情况和需要的。但编选者见识短浅，能力单薄，资料收集欠周，篇幅亦自有限，不足不当之处，尚希作家、专家和各方面的读者批评指教。

1982 年 1 月 5 日写成

3 月 14 日修补

周立波和他的家乡[*]

——纪念周立波同志

  周立波同志是湖南人，家乡对于他的文学创作起了重要的作用。这是因为，他生于斯，长于斯，具有"楚人的敏感和热情"的特质；也因为，湖南是他的重要的生活和创作的基地，他在这里写出了优美的作品。

  周立波青少年时期在湖南求学，曾有过文学活动，是否有作品留下来，现在难以查考。但自幼的农家生活，特别是第一次国内革命战争和以湖南为中心的农民运动，对于他毕生的事业影响至深且巨，则是必然的和显然的。

  周立波于1928年离湖南到上海，走上了革命文学之路。但他一刻也没有忘记家乡，特别是没有忘记那个农民革命运动的暴风骤雨。他的革命热情，在很大的程度上是由这个革命风暴及其被摧残的现实激发和孕育起来的。1932年他被敌人逮捕入狱，在被敌人打昏了时候，他还像朦胧地看到："烟雾消散了，现出了蓝色的天空和青色的山野。山边有一条漂着茶子树的白色落花的溪水，溪岸上一个赶牛喝水的赤脚的孩子唱着他的欢乐山歌，向我走来。"这分明是他的家乡的景象！

  1934年出狱之后，周立波回到家乡住了一些时日。1927年大革命失败之后，革命的家乡一直受到反革命的镇压和摧残，这只能使他受到压抑，

---

  * 本文最初刊载于《芙蓉》1985年第3期。

感到愤恨。他这次在家乡住的时间不长，但他因此写下的《向瓜子》《船上》《汨罗》《冬家的冬夜》《竹林》等散文，却是优秀的和有重要意义的。这些散文回忆了大革命时期农民的斗争精神和农村的欢乐景象，描写了大革命失败以后农村的悲惨情景和社会的混乱状况，也记述了作者青少年时期的一些生活片段，抒发了作者的思想感情。其中有不少亲切动人的描写。例如，《向瓜子》中写作者小时很爱听一位农民伯伯讲老虎和山猫的故事，尤其爱他种的向日葵。不但爱它的清脆、香甜，而且爱它"那圆球总是朝着太阳的"。面对着眼前的满目疮痍、民不聊生的现实，作者写道："生活的苦恼正压在我们的头上，使我们有时窒息，有时抑郁。但是，看了这生前是那么热烈追逐着光明，死后又引人神驰展望的向瓜子，一定要鼓起了不少'活下去'的勇气吧。"我们感到，这样的抒写，是真实地表现了当时的现实，也是真实地表现了作者的气质。周立波的一生，总是向着光明走的。

家乡不能久住，于是周立波又回到上海的革命文学队伍。但"牵引"着他的，仍然是山茶花盛开的故乡和那里兴起过的暴风骤雨。正如他所歌唱的：

> 牵引我的，
> 是稍息了多年的
> 家乡的一九二七。
> 啊，一九二七，
> 你自由的花蒂！

他的革命热情，正是由"一九二七——自由的花蒂"激发和孕育起来的，可贵的是，这热情一经激发起来，就没有"稍息"过。自此以后，他一直为这"自由的花蒂"而战。他把"自由"（立波 Liberty）作为他的名字，也正是表明了这一点。

抗日战争爆发后，他在更广阔的天地为人民的自由解放而战了。1938年秋，他回到湖南，在沅陵工作，并至湘西的一些地方访问和考察。他这一次在湖南工作不过半年光景，但也因此写下了一些作品。其中如《湘西行》《湘西苗民的过去和风俗》《雾里的湘西》等散文，由于内容的充实，行文的自然，至今仍是值得一读的作品。特别是其中关于当地苗族人民世代受封建统治者残酷的剥削和压迫因而养成反抗性格的历史叙述和现实描写，是动人的和有价值的。"湘西是苗人的家乡，敌人来啊，定然奉上一碗辣子汤。"这就是当地苗民的辛辣而又幽默的战歌。但到周立波访问湘西的时候，他们又唱出了这样的歌："高山哪有长长雾？云雾收了见太阳。"抗日战争的烽火照亮了民族解放的前景，苗族人民也感到振奋和鼓舞了。周立波关于苗族人民的历史命运和现实斗争的描写，又一次表现出他的热情总是向被压迫的劳动人民倾注。

中华人民共和国成立之后，周立波在1950年回过湖南，只是在家乡小住，就返北京工作。1954年，他由湖南选区选为第一届全国人民代表大会代表，出席了在首都召开的第一届全国人民代表大会第一次会议。会后，周立波回到家乡，住了两个多月。这两个多月的农村生活体验和感受，不仅促使他写了以乡音描叙湖南农民生活变化的第一个短篇小说《盖满爹》，而且成为他创作长篇小说《山乡巨变》的起因和肇始。

这次回到家乡，他看到，湘江两岸，资水旁边，发生了重大的变化。这个古之楚地的广大农村，已经在两年前进行和完成了土地改革，现在是到处都在发展互助组，建立合作社了。周立波立即参加到这个伟大的社会变革中去。初回故乡，也就是初到土改后的南方农村，周立波觉得"样样东西都新鲜"，感到很兴奋。但是，他同时也感到，尽管这里是他的故乡和家乡，尽管他自己是出身于农家的人，尽管他在七年前就参加过东北的土地改革，不能不说是懂得农村和农民，但是，由于中国已经是解放了的中国，由于中国的农村已经是在开始进行社会主义改造的农村，到处都在发生着新的变化和显现出新的面貌，而他自己几年身在城市，心在工厂，新的农村是他并不熟悉的了。这次回到故乡，他只是感到"头脑里充满了印象"。但这许多印象"都很表面"，他对于"人的心理、口吻、习惯、性格和生活细节都不熟悉"了。他感到，像这样"走马观花，得到一些表面的印象"，对于一个作家来说，是不行的。这时，他已经完成了《铁水奔流》的创作，新的农村和家乡人民呼唤他回来久居，他自己也有这样的要求。

　　1995 年 7 月末，毛泽东同志作了《关于农村合作化问题》的报告，指出"目前农村中合作化的社会改革的高潮，有些地方已经到来，全国也即将到来。这是五亿多农村人口的大规模的社会主义的革命运动，带有极其伟大的世界意义"。于是，在全国的农村，农业合作化运动的前进步伐加快了。这就更加激发和增长了周立波到农村去的心愿和要求。于是他把家从北京搬到益阳来了。

　　1955 年到 1965 年的十年，周立波在湖南农村和新的群众相结合，如鱼得水，创作不辍，既写长篇，又写短篇，新意时出，风格独具。在这期间，这位作家因《暴风骤雨》的创作而赢得的美誉，不但保持了，而且发展了。

　　《山乡巨变》是周立波继《铁水奔流》之后写作的又一部长篇小说，它们一个写工，一个写农，都是作者在建国后深入生活的重要成果；而从生活内涵的亲密感和历史发展的连续性来说，《暴风骤雨》和《山乡巨变》，一个写土地改革，一个写农村合作化，更容易相提并论，并为人目为双璧。

　　据周立波自己说，《山乡巨变》的创作准备，是在 1954 年开始的，"在运动的萌芽时期，我考察了一个名叫石岭村的农业社，这个社的规模小，材料不多，但也给予了一些启发。1955 年，合作化高潮的时期，我又在乡下参加了一部分工作。经过两个冬春，研究了四个乡的几个社，到了 1956 年 6 月，才开始执笔"。这话虽然说得简略，但颇耐人寻味。在这里，周立波又一次强调了深入生活的重要性，并且用了"考察"和"研究"这样的字样来说明他的深入。他说他"研究了四个乡的几个社"，这四个乡是：他最初参加办社的石岭村所在的乡，后来安家落户的桃花仑乡，桃花仑邻近的大海塘乡，还有他的老家所在的石桥乡。在四个乡的几个社里考察和研究合作社，这比只是在一乡一社里考察和研究更有利于吸取经验和丰富生活感受。当然，周立波对于合作社的考察和研究不只是为了创作，而首先是为了办社，要推进农村合作化运动，就要宣传群众，组织群众，这样把思想工作和组织工作贯串于运动的全过程，是极有利于有心人对于各式各样的人物的言行、心理和习惯进行考察和研究的，而运动的表现形态和人物的思想变化也为小说的内容和形式打下了坚实的基础。还有一点值得注意的是，周立波的政治热情和生活体验使他能够运用长篇小说这种大型的文学形式来及时地反映农业合作化这样伟大的社会变革（他在农村安家落户不到半年就执笔写了《山乡巨变》）——自《暴风骤雨》以来，这位作家就是这样进行长篇小说的创作的。

周立波在创作《山乡巨变》的时候，充分运用了《暴风骤雨》的生活和创作经验。但是，这位作家的前后两个深入农村生活和进行创作，毕竟也有显著的不同处。大致来说，前一次是在战争年代，这一次是在和平时期；前一次干的和写的是新民主主义革命，这一次干的和写的是社会主义的建设；前一次深入农村是在陌生的地方，生活的时间较短，这一次深入农村是在故乡，生活的时间很长；在东北参加土地改革和写作《暴风骤雨》的时候，周立波正当盛年，又处在紧张战斗和艰苦生活的磨炼之中，在湖南参加农村合作化运动和写作《山乡巨变》的时候，周立波渐入老境，思想艺术的日趋成熟，生活环境的秀丽多彩，导致了他的创作风格上的发展变化。

周立波在湖南农村生活期间，不但在长篇小说的创作上取得了重大的成就，而且在短篇小说的创作上也结出了累累的果实。这也是从 1954 年就开始了的。那一年，周立波虽然只是短期乡下生活和考察，但结出的果实——短篇小说《盖满爹》，却是土色土香而又充满生活诗意的佳品。自此以后，直到 1965 年，他几乎逐年有短篇小说问世，而自 1960 年《山乡巨变》全部（包括已于 1958 年出版的上部）写完并出版以后，周立波主要是以写作和发表短篇小说反映现实生活和给读者提供精神食品。他所写的反映湖南农村生活的二十多篇短篇小说，和《山乡巨变》一起，表现了这位作家的成熟和艺术风格的独创。其中尤以《禾场上》《山那面人家》等篇最能代表作者清新淡远的艺术风格和剪裁入妙的艺术手法。

周立波从三十年代起就不断写散文，我国人民生活的前进步伐，在其中有所反映，而作者自己的生活经历也在其中留下深长的印痕。在湖南农村生活期间，在小说创作之余，他也时而写散文，其中不乏优美的篇什。如《熊进五和他的蜜蜂》（1956）、《曾五喜》（1958）等作品，以平实的文笔为农村先进人物画像，给人以亲切之感；而《毛泽东同志的故居》（1955）和《韶山五日记》（1956）则记述了作者先后两次访问韶山的情景，充分体现了作者对毛泽东同志的敬爱之情。1965 年，周立波又热情洋溢和兴致勃勃地写了《韶山的节日》，真实和细致地描叙了毛泽东同志于 1959 年 6 月在阔别三十二年之后返回故里的动人情景，更是传诵一时而又有永久意义的散文名篇。

总观周立波这十年间的小说和散文创作，令人感到这位作家仍然是在生活的激流中微笑着和敏感地观察生活，新的生活气象使他的作品更多些诗情画意，而社会主义建设和农村合作化所走过的曲折前进的道路，也不能不在他的创作中自觉或不自觉地反映出来。

1955 年夏季以后，我国农村合作化运动进入大发展的高潮，也取得了巨大的成就，但是由于"要求过急，工作过粗，改变过快，形式上也过于简单划一"，产生和遗留了一些问题。周立波正是在这个时候到益阳安家落户并酝酿和创作《山乡巨变》的。对于农村社会主义高潮中农民所表现的积极性和集体经济的明显的优越性，周立波感到振奋和鼓舞；而对于当时在农村工作中出现的问题，则越来越感到迷惘和困惑。不过，由于处在生活的激流，又与农村群众同呼吸共命运，周立波还是清醒地看待生活和描写生活的。例如，小说中描写，在区里召开的一次会议上，区委书记朱明要求各乡的干部"再努一把力"使入社农户达到总农户的百分之七十的指标，显然，这是"过急"的要求，"简单划一的"作法，实行起来，必然会带些生硬和粗糙——这在小说中是写到的，如把标语贴到不愿入社的农户中去，积极动员不愿和逃避入社的人们入社，就都是的；如果说这些地方作者还带着欣赏的态度来描写的话，那末，在主要的问题上，就表现出作者的清醒了。就说区里提出的那个指标吧，清溪乡的书记兼农会主席李月辉就是持保留和怀疑态度的。当然，他也是尽一切的努力想要达到这个目标的，但到了申请入社的农户超过全向总农户的百分之五十的时候，李月辉提议："应该停顿一下了。"邓秀梅对这个提议的反应是"为什么？我们离区委的指标还很远，怎么好停顿？"李月辉回答："贪多嚼不烂。况且，饭里还加了谷壳、生米。"并且认真地说："切记太冒，免得有纠偏。"很显然，李月辉考虑问题，是从生活现状和工作实际出发，所以他不顾及或者是忘记了他曾"犯过右倾错误"，发出不合时宜但比较接近真理的言论了。在《山乡巨变》里，李月辉这个人物，是以正面人物的形象贯彻始终的。而邓秀梅的可爱之处，也在于她并不脱离实际和拒绝真理，正是如此，在清溪乡办社的过程中，她和李月辉这个"婆婆子"合作得很好。她甚至对遇事"爱上火"的乡团支书陈大春这样说："太爱上火要不得。你看人家李主席，从不发气，工作反而打得开。"这些地方，表现出周立波是一个清醒的现实主义者，在参加办社和进行创作的过程中，他服膺于党的自愿互利和逐步发展的原则和政策，而不赞成那种过急、过粗、过快和简单划一的作法，并对它提出批评。

周立波终究是一个头脑清醒忠于生活真实的现实主义作家，这既表现于他的创作，也表现于他的言论。在五十年代后半和六十年代前半的十年间，他就创作问题发表的意见，愈来愈明显地是针对当时生活上和创作上的一些不正确的表现而发的。1958 年，正是浮夸风开始盛行的时候，他说："对人和事进行观察和分析，这是要锻炼一下子的。作者要懂得马克思列宁主义，学点唯物辩证法……学了辩证法可以使你深入地认识生活。哲学和文学在认识方面没有多大的差别，只有在表现上有所不同。""写真人真事不能有虚假的因素。尤其是数字，一点也不要含糊。例如，有一个农业社的社主任保证他那一个社两季稻谷亩产量一千五百斤，你不能写成两千五百斤。如果写了，他本人会怪你，读者也不相信你。"1959 年，他又进一步申明此意说："文章的公式化和概念化，主要是由于材料不足，或是没有深刻的确实的材料的原故。""记者要时刻注意，自己是报道真实，是用事实来进行宣传，来表明党和国家政策的实施情况的。要记叙客观存在的事实，不尚空谈，不要浮夸。"这在当时，不能不说的是切中时弊的言论。1962 年 8 月，周立波参加了中国作家协会在大连召开的创作会议，在会上赞扬赵树理在生活和创作上的现实主义精神；同年 10 月，他又在《散文特写选（1959-1961）》各序言中称赞了赵树理，说赵树理的《实干家潘永福》"朴素无华，言无虚设"，潘永福是农村里踏踏实实的又有经营之才的人物，也是我们需要的真正的英雄。新的社会，新的乡村，就是经由千千万万的潘永福，用他们能干的辛勤的双手，一砖一瓦，一木一石建造起来的。周立波的目之所及和意之所在，难道只限于赞扬赵树理和他笔下的潘永福吗？他的言外之意，弦外之音，难道不是完全可以领会的吗？

其实，就周立波自己的创作来说，他所着力描写和歌颂的人物，如李月辉、刘雨生、张闰生、王桂香，等等，难道不也都是"农村里踏踏实实的又有经营之才的人物"和"真正的英雄"吗？

当然，社会生活是向前发展的。就以我国的农村生活和农业经济变革来说，二十多年来，就走了曲折的向前发展的道路。《山乡巨变》等作品所描写的，只是我国农村的社会主义建设初期的图景。近几年来，农村成功地实行着和发展着生产责任制，因而呈现出一派新气象。在今天，"农村里踏踏实实的又有经营之才的人物"和"真正的英雄"又在到处涌现出来，成长起来，他们和五十年代、六十年代英雄人物的革命精神一脉相承，但是，随着社会的发展，他们的"经营之才"已经大大跨进和提高了。社会和人民对于今之英雄人物当然也提出了新的要求。在这样的形势下，我们更加感到周立波深入生活、联系群众和着力创造新人形象、表现时代精神的革命实践的可贵。

周立波在他的最后的岁月中，身在北京，仍然念念不忘自己的家乡，总想回到乡亲们中间生活下去，并创作新的作品反映中国农村的新的发展变化。由于有病在身，这个愿望未能实现。但尽管如此，他还是根据自己的亲身经历，写出了两篇重要的作品，反映了在湖南的土地上发生过的重大政治事件和军事斗争。其一是《长沙大火前后》，写在1938年那个严峻和混乱的日子里，周恩来同志临危不惧，日理万机，表现他的崇高精神品德，同时也提供了周恩来同志亲自派周立波同志到沅陵去工作的史实。另一篇是短篇小说《湘江一夜》，写1945年夏天我军南下支队在敌军的严密封锁下乘虚夜渡湘江的一次胜利的斗争，塑造了我军司令员和侦察兵等英雄人物的光辉形象。周立波在这两个作品中，写了湘水的清澈，写了江鱼的鲜美，写了湘江两岸的城市和田畴，写了这里的人民所曾遭受的苦难和他们所进行的胜利的斗争。人民的革命斗争正是"自由的花蒂"，经过了几十年的开放，终于结出了社会主义的果实。

这一切都是值得怀念的。而怀念着这一切的周立波也值得我们怀念，作为一个战士和作家，他走过了漫长的道路。我们要学习他的革命精神，要像他那样热爱生活，热爱人民，要像他那样勤奋，并善于把自己所经历和怀念的一切谱成乐曲，绘成图画。

柳青剪影（二则）*

陕北——关中

柳青（1916~1978），原名刘蕴华，陕西吴堡人。他的一生的主要活动地区，是陕西（吴堡、榆林）——关中（西安）——陕北（延安、米脂）——关中（西安、长安）。其间他曾在山西、辽东、北京等地工作过；但他的主要生活和创作根据地是陕西，或者更确切地说，是陕北和关中。柳青出生于此，战斗于此，"种谷"于此，"创业"于此，长眠于此。柳青是陕北和关中的"土地的儿子"。

陕北——关中，就中华民族的发展历史来说，就中国革命的发展历史来说，就中国文化的发展历史来说，都是极为重要的地方。

唐末诗人韦庄曾写了一首题为《绥州作》的诗，诗中描写的是他眼中的陕北景象。这首诗曾经毛泽东同志书写，后来收入《毛泽东手书古诗词选》。这是值得我们注意的。诗云：

> 雕阴无树水难流，
>
> 雉堞连云古帝州；
>
> 带雨晚驼鸣远戍，

---

* 本文最初刊载于《唐山师专学报》1985 年第 1 期。

望乡孤客倚高楼。
明妃去日花应笑，
蔡琰归时鬓已秋。
一曲单于暮烽起，
扶苏城上月如钩。

雕阴即绥州，也就是今日的绥德。绥州、榆林一带，古为边塞要地。"雉堞连云"，"暮烽"时起，正是边塞风光；黄土高原"无树"，无定河水"难流"，颇见这个地区的地理特点；而"明妃去日""蔡琰归时"一联，却又道出了民族团结的愿望，由来已久。

其实，不但是榆林、绥州，就是位于绥州西南的延安，延安东北的宽州（清涧），在古代也是边塞重镇。宋朝名臣范仲淹曾领兵镇守延安，其部属、著名边防将领种世衡曾因故宽州废垒筑城、凿井，以利守边。我们读《水浒传》，读到第二回，便是"王教头私走延安府"。其中写王教头受权臣欺凌，在京师存身不得，自思"只有延安府老种经略相公镇守边庭，……那里是用人去处"，所以决计"投奔"前去。这里所说的"老种经略相公"，还有第三回写到的"小种经略相公"，就是种世衡之子孙。范仲淹著有《水染院使种君墓志铭》（《范文正公集》卷十三），写的就是种世衡镇守西北边庭的事迹，《宋史·种世衡传》据此写成。范仲淹曾任陕西经略安抚使，有"胸中自有数万甲兵"之誉，而他所写的《渔家傲》一词，却有"塞下秋来风景异""人不寐，将军白发征夫泪"之句。可见当时守边生活的矛盾。

陕北不但是边防要地，而且在农民起义的历史上是非常重要的地方。特别是在明末农民起义中，白水的王二率领饥民冲击澄城县衙门，捕杀县官张斗耀；安塞的高迎祥首竖"闯王"大旗；米脂的李自成先是"闯王"手下的"闯将"，后继高迎祥为"闯王"；延安的张献忠率领米脂十八寨农民起义，号称"八大王"……这些叱咤风云的人物的革命活动的历史，都是从陕北开始的。这是陕北的光荣。

更为重要的是，到了二十世纪二十年代、三十年代和四十年代，陕北的土地和人民，对于中国的历史、中国的革命和中国文化的发展，作出了光耀日月的伟大贡献。有一首陕北民歌概括了这一时代的光荣的历史。
歌曰：

　　正月里，是新年，
　　陕北出了个刘志丹；
　　刘志丹来是清官，
　　他带上队伍上横山，
　　一心要共产。

　　二月里，刮春风，
　　刘志丹来真英勇；
　　靖边白军都打光，
　　缴来快枪无其数，
　　散给老百姓。

　　三月里，三月三，
　　如今的世事大改变，
　　男当红军女宣传，
　　裤腿编在腿弯弯，
　　走路实好看。

　　四月里，四月八，
　　老谢要把绥德打（注：老谢指谢子长同志），
　　绥德团长害了怕；
　　刘志丹队伍吴堡扎，
　　陕北全红啦。

　　……

　　十一月，是冬天，

江西上来个毛泽东；
毛泽东来势力重，
他带的红军实在雄，
就有百万兵。

十二月，一整年，
毛泽东来真英明，
他把中国都治平；
全国联合打日本，
人人都赞成。

柳青的少年时代，就是在"如今的世事大改变"的陕北度过的。他于1928年十二岁时加入中国共产主义青年团，追求革命真理，进行革命宣传；后来离开家乡，到榆林求学，然后到西安求学并从事抗日救亡运动，1936年加入中国共产党。1938年到延安工作，已是"全国联合打日本，人人都赞成"的时候了。

由此可见，柳青是在以李自成为代表的老式的农民革命和以刘志丹为代表的新式的农民革命的光荣传统的熏陶下成长起来的，是在土地革命和抗日战争的革命实践中成长起来的，是在马克思列宁主义、毛泽东思想的教育下成长起来的，是在中国共产党的培养下成长起来的。而陕北的土地为这位作家的成长提供了坚实的基础和丰饶的土壤。

关中平原——这块与陕北高原紧密相连的土地，同是柳青的生命和创造的母亲、基础和源泉。柳青不但是在青年时期在这里求学，入党，开始文学活动，而且，在他壮年以至晚年，在这里安家落户，真可以说是老树新花，结出丰硕的艺术之果。哪怕风暴来侵袭，斧钺来斫伐，他都不为所动，仍然坚实地立于这块土地之上，益见其根深叶茂。

是的，关中——这块与陕北紧密相连的肥沃土地上，到了二十世纪的无产阶级革命新时代，是必然要成长出杰出的作家来的。

关中平原东起崤关，西达宝鸡，南至秦岭，北至北山，东西长六百里，南北长二百里。这一片得天独厚的沃土，是中华民族繁衍发展的重要基地。古老的城市建筑，从西周到汉唐历代帝王将相的陵墓，铭刻着这里的古老深远的历史；而西安的钟楼和八路军办事处旧址，则标志着中国共产党领导的人民革命的光荣战斗历程。1927 年初，刘志丹曾在钟楼上赋诗一首，诗的后四句诗："男儿有志闯荆路，但求世界得大同。换得光明驱虫豹，热血疆场拼一生。"刘志丹，这位群众领袖，民族英雄，不但在当时，而且终其一生，是实践了他的这个誓言和壮语的。1979 年春，叶剑英同志访问西安办事处时赋诗一首，诗云："西安捉蒋翻危局，内战吟成抗日诗。楼屋依然人半逝，小窗风雪立多时。"读来使人想见在那个革命的转折关头，周恩来同志等老一辈的无产阶级革命家为拯救国家民族而英勇奋斗的不朽战绩和光辉形象。这一切，对于柳青当然是有深刻影响的。刘志丹、谢子长早年都曾在榆林中学读书，柳青步其后尘，也曾在榆林上中学；而当西安捉蒋之时，抗日诗成之日，青年柳青正在西安躬逢其盛。

作为中国文化的一个发祥地，自古以来，陕西是出作家和诗人的。我国的大史学家和文学家司马迁，就是陕西韩城人。就诗人来说，不但王昌龄、韦应物、杜牧、韦庄都是长安人，而且大诗人如李白、杜甫、白居易，等等，也都与长安和陕西血肉相连。就以杜甫来说吧，他的诗作世称"诗史"，其中的著名作品如《兵车行》《丽人行》《自京赴奉先县咏怀五百字》《月夜》《春望》《哀江头》《羌邨》《北征》，等等，就都是描写了当时的长安以至陕北的生活情景的。杜甫是大诗人，他把诗歌史化了；司马迁是大历史家，他把历史诗化了。柳青的创作，继承了司马迁和杜甫的这个传统。他所写的小说，具有"史诗"的性质和特色，这可以说是已有定评的了。

是的，柳青的小说深刻、严谨，并愈来愈宏大、壮观，这不是偶然的。这与陕北——关中的历史和地理特点有关，与当时的革命和文化传统有关。

所以说，柳青是陕北——关中的"土地的儿子"。

尊重读者

《创业史》是在 1960 年正式出版的。就在这一年，辽宁大学中文系学生将这部小说改编为话剧，并因此求教于柳青。柳青写信给这些学生们说："我的这部小说还没有写完，准备写四部。你们让梁生宝和徐改霞结婚，我在小说第二部里却让梁生宝和另外一个女人结婚了。怎么办呢？我想了一下，我认为作品一发表就已经成为社会财富，而不是私人的财产，可以任人改编、加工，因此，梁生宝的婚事还是由你们做主吧！"（《回忆柳青给辽宁大学中文系学生的一封信》，《陕西日报》1979年8月26日）

很明白，柳青的这种态度和想法是公平的，大度的，也是实事求是的。"作品一发表就已经成为社会财富，而不是私人的财产，可以任人改编、加工"，这正是文学史上的事实，社会发展的必然。就古代的崔莺莺和张君瑞的恋爱故事来说吧，最先有唐代元稹的《会真记》传奇，然后有宋代赵令畤的《商调蝶恋花》鼓子词和佚名作家《莺莺六么》官本杂剧，至金代有董解元《西厢记》诸宫调，元代有王实甫《西厢记》杂剧。这不就是作品发表后"可以任人改编、加工"的前例么？至于《三国》《水浒》《西游记》《红楼梦》故事的"任人改编、加工"，一直到今日，也还没有完。在外国文学中，这种情况也是所在多有，自古而然，例如，莎士比亚的不少戏剧就是取材于前人的和外国的故事"改编、加工"和再创造而成的，而他自己的名著又不断地有人予以"改编、加工"，然后搬上舞台或提供青少年阅读。当然，柳青所遭受的情况和文学史上的上述种种情况有所不同，那就是，《创业史》当时出版不久，而把这部小说改编为话剧的不是知名剧作家而是青年学生。《创业史》这部小说是否适宜改编成为戏剧也还是个问题，但尽管如此，柳青对待这个问题的态度是可取的和可爱的，尤其是他这样对待青年和一般读者，更见其为人的质朴。"梁生宝的婚事还是由你们做主吧！"——在这里，柳青是表现得多么心怀坦白，他对于读者是多么尊重啊！

《创业史》出版后之次年，有些读者给上海的《文汇报》写信，就《创业史》的人物创造发表意见，特别是对徐改霞这个人物应不应该进城去当学徒这个问题在看法上有分歧。报纸编辑部曾就这个情况写信给柳青，希望作家谈谈他自己的看法。柳青在复信中没有直接回答问题，而是提出了两点。一是"文学评论家有责任运用历史唯物主义观点，帮助广大读者正确理解文学作品中的艺术形象。他们不应该抛开马克思列宁主义的科学世界观，片面地配合某个时期的社会政治的中心任务来分析形象"。二是"作家很难代替评论家分析和评介自己的作品"，作家所要表现的思想"都应该通过艺术形象来完成，而不需要自己另写文章补充和解释"，"如果作者没有把他的思想情感化为艺术形象的话，就是评论家有办法写文章补充和解释，也不可能延长这种形象的生命力"（据上海《文汇报》1961年10月12日）。

柳青的这一番话也许满足不了提问的读者的要求。但它是耐人寻味的。从那时到现在，二十多年来，国内的关于《创业史》的评论，当然都自以为是"运用历史唯物主义观点"来分析作品和说明问题的，其中有的是比较实事求是的分析，有的不完全是这样。对于作品的感受和看法有所不同，甚至意见分歧，这是很自然的现象；而真理愈辩愈明，则是生活发展的规律。就《创业史》的人物创造来说，大家议论较多的，是梁三老汉和梁生宝的形象，这两个人物在中国文学史上的地位究竟如何，尽管至今意见还不见得完全一致，但可以说大体上得到了应有的评价。至于徐改霞这个人物的创造，还有她和梁生宝的爱情描写，是不是出于作家对于生活的深刻观察和艺术表现，恐怕还是问题。看来，在《创业史》这部杰出的当代作品中，"就是评论家有办法写文章补充和解释，也不可能延长"其"生命力"的东西，也是存在的，这是不必讳言的。

柳青在这封信中还说："请不要以为我顽固，不愿意谈论自己的作品。"不愿意谈论自己的作品，也就是愿意将自己的作品付之公论。这不是"顽固"，而是实事求是的做法，也就是尊重读者。

《创业史》出版后，许多读者写信给柳青，谈感受，也提问题。柳青尽可能给他们写回信。

举例来说，有一位读者在给柳青的信中提出这样一个问题：梁生宝的年龄，前后写的不一致。柳青在回信中对提出问题的同志表示感谢，承认自己在这个问题上的疏忽和失误。他说："关于梁生宝的年龄：全国解放那年他二十三岁，土改时二十四岁，1953年二十七岁，按选举年龄下半年生日者扣两岁，为二十五岁，是正确的。这是1958年春天的第二次稿写定的。当时没有拿出1957年春天写的《题叙》第三次稿，立刻改掉，这是我写作时的坏习惯。从1957年春天到1959年春天开始发表，时隔二年，竟忘了把梁生宝在《题叙》里的年龄改为三岁和十三岁。以后两次修改，都没有看出。熟视无睹，闹出了这个笑话。《题叙》里的四岁和十四岁是

不对的。"（《关于〈创业史〉复读者的两封信》，《延河》1963 年第 3 期，下同）

就此一例，我们也可以看出，柳青是多么尊重生活，尊重政策，尊重读者，而这三个尊重是一致的。关于梁生宝的年龄，他不是按我们农村的习惯算法来报数，而是"按选举年龄下半年生日者扣两岁"的规定来"写定"，这说明柳青的政策观念是很强的，他处处按照国家的政策法令来办事，并以此影响读者；当读者就梁生宝的年龄前后不一致处提出问题时，他审视了他的作品，认为他这样"写定"是正确的，这就再次说明了这一点。与此同时，他向读者坦率地承认了和检讨了他在"写作时的坏习惯"和因此造成的"笑话"，即故事主人公前后年龄的不一致，并改正这个错误，这也是实事求是和认真负责的态度。

另一个例子是，小说第二十章里有这样的描写："……附近的渠边，最近由蝌蚪蜕变出来的 1953 年第一代的少数青蛙，嘎嘎叫着。"读者指出这里有误。柳青在复信中说："按照生物学的原理和关中平原渭河以南的气候，应该是 1952 年冬眠的青蛙，是我弄错了。皇甫村的这条河冬天不结冰，阴历的二月间，河水里就有了蝌蚪。'谷雨'节一般在阴历三月间，使我臆断为第一代青蛙。"

不但人物的年龄"弄错了"不行，就是青蛙的辈分"弄错了"也是不行的。因为不论是社会现象还是自然现象，在文学作品中都应该写得真实，任何不符合生活真实的地方，都是不应该有的；生活包罗万象，变化多端，作家有时"弄错了"是不可免的，错误一经提出，一经发现，立即改正，从善如流，乃是作家的本分。柳青正是这样的一个好作家，好同志。在《创业史》新版书中，他将这一处他原先"弄错了"的地方改正为："附近的水渠边，1952 年冬眠的少数青蛙，嘎嘎叫着。"

由上面说到的情况可以看出，群众看小说看得多么细致，多么"深入生活"，群众对于生活又是多么热爱，多么熟悉，真可谓"一往情深"和"明察秋毫"了。"群众是真正的英雄"，作家如何能不拜群众为师？

散论铁凝的十年创作[*]

　　古话说，十年树木，百年树人。时至今日，可以说，十年树人。铁凝就是这样。

　　铁凝的第一本小说集《夜路》，所收小说写得最早的时间是 1974 年 11 月（发表时在 1975 年），从这时算起，她从事创作至今已经十年了。在这十年中，她从一个初学写作的"知青"成长为一个著名的青年女作家，这是多么可喜的事。

　　铁凝的创作，除了少数散文和报告文学，大多是短篇小说和中篇小说。当然，在起初，她的作品未免稚嫩，但已见出她独有的天真和灵气；稍后，就有大进展，如孙犁同志所说，"思路很好，有方向而能作曲折"；此后，思路更加开拓，写作日益熟练，创作个性和艺术特色更加显现出来。当然，她的作品不可能都是成功的，但可贵的是，她每有所作都见个性，都有新意，都能别出心裁而又显得是自然流露，因而令人喜读。

　　《夜路》这本小书表明了铁凝创作开初几年的成绩，其代表作是《夜路》和《丧事》这两个短篇小说。前者表现出一种可喜的单纯、清爽和闪光的青春气息；后者有所不同，作者尽管年纪很轻，但已经在敏锐地分析生活，认真地思考问题，并开始予以艺术的表现。这两篇小说虽还不圆熟，却已具特色，预示了年轻的习作者必将有一个较快较好的发展。她的创作正是这样进步的。少女的天真和青春气息，对于世事的观察和思考，

―――――――――――

　　*　本文最初刊载于《河北学刊》1985 年第 4 期。

在她此后的创作中愈来愈表现得有个性和有深度了。

短篇小说集《夜路》中的作品，最晚的写于 1980 年上半年。在此后的两年多的时间里，作者的进展有时达到使人惊喜的地步，表现得最突出的是，短篇小说《哦，香雪》和中篇小说《没有纽扣的红衬衫》。

《哦，香雪》继续和发展了《夜路》的纯净、明朗、清爽的青春气息和诗情画意。就小说中的人物来说，他们所处的环境历来是封闭的，但她们的内心要求是开放，开放。在《夜路》中，"我"在庄稼地的绿色波浪中劳动，不禁朗诵"我爱这绿色的海洋……"，于是她和荣巧谈起海来。荣巧说："我们要有大海那么多的水就好了。大海就是跑口子我们也不怕。我有劲，我会去堵……"。在《哦，香雪》中，香雪也有这股"劲"，当生活的大海朝着她所在的大山的皱褶吹来一口清新的风，她欢欣鼓舞，为了追求一个"自动化"的铅笔盒，她竟然有了灵感和神力，爬上只停一分钟的火车去交换，去获取。香雪是一朵花，一块玉，博得人们的喜爱，铁凝因此得了全国优秀短篇小说奖。它的色和香，久久不消散，人们记住它，也就记住了铁凝。哦，铁凝是一个给人天真和青春之美的青年女作家。

接着出现的是安然，她穿的是"红衬衫"，而且是"没有纽扣的"，这又是一个体现了天真和青春之美和要求开放的形象，是住在城市里的香雪。但她毕竟是生长在城市里的少女，而城市不比农村那样的纯净，更不比"大山的皱褶"里的村庄那样的古朴，安然要求开放，同时也就是要求返璞还真，于是她不断地和班主任闹矛盾，和"三好学生"闹别扭，甚至和姐姐不协调，对爸爸、妈妈有意见。《没有纽扣的红衬衫》这个中篇小说表明。它既是《夜路》《哦，香雪》的青春活力的继续和发展，又是《丧事》的敏锐观察和认真思考的扩大的和细致的表现。安然的大眼睛、红衬衫，她的真诚而又肆无忌惮的形象使人们耳目一新。后来，她从小说进入银幕，加深了人们的印象。在小说发表两年之后，文学界给它的作者以全国优秀中篇小说奖。就是这样，铁凝成了一个著名女作家了。

在这以后，也就是最近这两年间，铁凝又发表了一些短篇加中篇小说。在这些作品中，香雪和安然这样的鲜花和璞玉似的形象似乎隐退了，较多地推向前台的，是复杂的社会现象和矛盾的人物性格。写得最好的是短篇小说《六月的话题》和中篇小说《村路带我回家》。

《六月的话题》在贵州《花溪》1984 年第二期发表后，并没有引起很多人的注意和赏识；今年春天，这个作品获全国优秀短篇小说奖，于是受到人们的激赏。这个作品表明，作者对于社会生活的感受、观察、思考评判比以前敏锐和深刻了，更为明显的是她的艺术表现力的提高，特别是她对于短篇小说这种文学体裁的运用已达到娴熟和独创的地步。

小说写的是这样的一个故事：省报发表一封读者来信，揭发市文化局四位局长大搞不正之风，写信人是市文化局莫雨。这个文化局因此骚动起来。此后，报社寄给莫雨的稿费汇款单，久久亮在传达室里却无人来认领。莫雨是谁？谁是莫雨？这个悬念，贯串于故事的始终，社会生活的复杂性和丰富性蕴含于其中。

这篇小说写了两个人物，其一是传达室的达师傅。他收到报社寄给莫雨的汇款单，可不知将它交给谁。他一个一个地猜测，不仅莫雨没落实，连经常到传达室来找他下棋的研究室主任和最爱跑传达室找爱情信的女打字员也不来了，因为人人都怕被别人当成是莫雨。甚至达师傅也有这么点顾虑，因为，如果领导对他怀疑，就可能危及自己的和小儿子的饭碗（小儿子是待业青年，正准备接父亲的班）。就是这样，小说带有喜剧的色彩，而又含着生活的酸辛，因而经得起咀嚼。

达师傅从前做地下工作，当交通员，历史和现实联系起来，就使得人物性格更加丰富，心理显出多层次的深度。他很想认出莫雨，悄悄把汇款单塞给他（或她），就像当年搞地下工作那样，"那时莫雨会感激他，因为他也一直在感激着莫雨"。这一笔，就加强了人物和生活的历史感和现实感。就当前的现实来说，本来是光明正大的事，却带有秘密工作的意味，可见改革之难。整整五十九天，没有人和他"对暗号"。人们路过传达室都目不斜视，匆匆走过，只有那几位局长显得光明正大，他们不怕正视那张被六月的太阳烘烤得又焦又黄的汇款单，还常常用眼一瞥坐在传达室里的达师傅——他们是对暗号的吗？不！"他们是想冒名顶替的假同志。达师傅想好的接头暗号，只好一遍又一遍地在心里更换着。"这样的描写，把达师傅这个人物的正义感、革命性和人情味，以至从交通员到传达的生涯所形成的性格和心理特点，意味深长地表现出来了。

最后，到了达师傅收到汇款单的第五十九天，老人想起，按邮局的规定，明天是取汇款的最后期限。第二天早晨，人们发现莫雨的汇款单和达师傅都不见了，然后，人们看见达师傅蹬着一辆平板三轮车进了文化局大门，车上装的是擦地板用的墩布，这是他用莫雨的钱买的，他说，各个办公室用的墩布早该换了。他还声称："莫雨就是我，我就是莫雨。"这一笔，最后完成了达师傅形象的描写。这是一个很光彩的形象。

然而，谁是莫雨之谜至此并没有解开。这就要说到另一个人物，文化局年轻的副局长史正斌。五十九天中，他是来传达室多次的。可达师傅对他提防着，不跟他搭话。看来，尽管莫雨的揭发信中没有点史正斌的名，达师傅对他还是不信任。后来，他升任市文化局局长，还想找达师傅谈话，说明莫雨事件的真相，但欲言又止。"勇士身上常常存在着懦夫的弱点"，这句话，是史正斌的自我解嘲，也是小说作者在故事结尾处所发的议论。显然，这议论，这嘲讽，并不只是朝着史正斌发的，而是朝着我们社会，其目的和愿望是净化社会风气，注入民主新风。如果有一个生动活泼、心情舒畅的政治局面，哪里会有"莫雨"之谜呢？

读《六月的话题》，令人不禁想起去年得奖的短篇小说《围墙》（陆文夫作），因为那篇也是写实的嘲讽之作。不过《围墙》诙谐而舒展，《六月的话题》机智而含蓄，作风是不同的。

《村路带找回家》写的是女知识青年乔叶叶的故事。她目光涣散，发育得晚，没有主见，没有毅力，甚至当学生干部把"上山下乡，铁心务农"的决心书摆在她的面前，她的反应也只是一个漫不经心的"我同意"，在下乡的那个可纪念的日子和壮观的场面中，她竟在汽车里睡着了。

然而，就是这个乔叶叶，仍然不愧为一个具有丰富的社会内容和真实的生活道路的人物。在小说里，这是通过她与宋侃、盼雨、金召这三个人物的关系的描写表现出来的。

宋侃是老知青组长。是他，在新知青都下了车以后，发现乔叶叶还躺在车里睡大觉。是他，在生活会上批评乔叶叶"不会挑水就是不会生活"，并在会后亲自领她到井台学挑水（但她没学会）。是他，提出让乔叶叶长期下伙房帮厨，因为她下地干不了活。是他，当她向他诉说委屈时，真正关切她，安慰她。……后来，宋侃离开农村去上大学时，他对乔叶叶这个没有主见的、遭遇不幸的然而仍是单纯的姑娘，仍然是关切的和怜爱的，他说："你等我，等四年，毕业之后我一定来接你。"最后，过了四年。宋侃大学毕业，仍然记住并要履行自己的诺言——不过到了这时，我国的社会生活已发生了深刻的变化，社会的人，甚至乔叶叶，也发生了真正的变化，这使得宋侃的诺言未能兑现——不过就这个诺言来说，它也已起了质的变化了。小说因此写出了新意。

盼雨是社员，因为老实、厚道，又因他当民工时当过炊事员，于是被大队派任知青点的伙房大师傅。他是炊事员，又是管理员，任务很重，但乔叶叶来帮厨，他只叫她歇着，他爱惜她，而且，有乔叶叶坐在旁边，他更加有了活力，于是兴起了风言风语。他的回答是："依我看，她挺好。"他认为，她"好就好在"没学生架子，没把他看成一个庄稼人，他还没遇到一个姑娘像她这样随和。这是一个很高的评价，道出了乔叶叶的品质和性格的重要方面，这个评价，只有盼雨作出，由此可见他和她的可贵。不过，他俩之结为夫妻，却是他和她都未能想到的事，这是出于"政治的"需要。乔叶叶既然爱上了一个农民，可见她是个"扎根派""好典型"，于是，转眼之间，流言蜚语一变而为政治现实，反面材料一变而为模范事迹了。这样的描画和嘲讽，铁凝前两年也写过，《小酸枣》里的"好典型"就是，更不用说《没有纽扣的红衬衫》里的"三好"学生了。由此可见，铁凝对此是敏感的，是要反复表现的，因为她所要求的，是正直，是真诚。

知青乔叶叶成了盼雨媳妇，此事的重要性在于其政治影响；而盼雨死后乔叶叶仍然是盼雨媳妇，这才真正成了乔叶叶"脱胎换骨"的契机。只是在这样的处境之中，乔叶叶才不得不动手动脑，学做庄稼活，学做家务活，只有这样，她的双手才能由光洁变得粗糙，她的双目才能由涣散变得能集中注意力于某一件事物了。这个变化，在小说中是令人信服地写出了的。

不过，如果小说只是这样写了乔叶叶的形象，那还只是表现了一个老的主题，例如命运，劳动锻炼的主题。新颖的是，促成乔叶叶的思想升华和性格发展的，还另有一个重要的人物，那就是金召。在小说中，支书让乔叶叶"认四类"（以免把坏人当成好人来叫）的描写，是大有深意和富有艺术感染力的。金召属于"四类分子"，但他给乔叶叶的第一个印象，是他穿的那件耀眼的白衬衫。这和安然的红衬衫一样具有象征意义。白衬衫宣告着金召这个"四类分子"的白璧无瑕。看来，他是善于保护自己的洁白的；在劳动中，他也穿着耀眼的白衬衫。当人们把他作为"四类分子"来对待的时候，他总是主动出击，保护自己的人权。乔叶叶下地榜棒子，没带工具，金召塞给她一把挖地勺。晚上，他上知青点来取这家什，知青不让他进去。此事引起了盼雨的误会，他手持斧头找金召拼命，结果是把金召的锅砸了。这在小说中是重要的一斧，——一笔，因为它造成的政治影响是巨大的，它造成的心理影响是深刻的。它长期影响着乔叶叶、盼雨、金召的感情世界和心理活动，甚至决定着他们之间的关系。小说中关于这个影响和关系的描写，是清晰的和令人信服的。

盼雨死了，给乔叶叶留下一个女儿；宋侃走了，给乔叶叶留下一个诺言；但金召永远是主动的，他帮助乔叶叶做好责任田，他雄心勃勃地筹办扎花厂，声言要娶乔叶叶为厂长夫人。而就乔叶叶来说，事情就没有这么简单。她本来是一个眼神涣散、缺乏主意的姑娘和女人啊！但在宋侃的诺言和金召的亲近之间，她终于有了选择，有了主意。她告诉宋侃：她要留在东高庄。宋侃和乔叶叶自己，都惊讶于她这回在一个重大的问题上"拿定主意"。不过就宋侃来说，这使他既尽了"义务"，又卸了"包袱"；而就乔叶叶来说，这使她想大哭一场，因为她辜负了宋侃的"等待"和"诚实"。

是的，乔叶叶是真诚的，这是她的本质，正是因此，她成了铁凝小说的主人公，也正是因此，同时也因为她的软弱，她受到宋侃、盼雨和金召的爱惜和保护。但就她的三个保护人来说，其思想和力量，却有高低强弱之别。宋侃是知识青年、大学生，他是诚实的，却不够纯，他的力量也有限；盼雨虽然也是青年，却是老诚的农民，他爱得真诚，他的保护也有力，但他能给乔叶叶的也就是这些；金召是高手，是强者，是新农民，是改革家，中国农村的现实变革和美好前景，正是寄希望于这样的强者。乔叶叶是幸福的，她得到过盼雨的真诚的爱，这使她在东高庄有了一个家；她是幸福的，更因为她选择了金召，而金召也选择了她，她和强者结合，将去其软弱，变为坚强，这在小说中已露出端倪了。

《村路带我回家》，这个题目是形象的，是带有感情色彩的。这个"我"，是小说的主人公，也是小说的作者。铁凝的小说，有写农村生活的，有写城市生活的；她写农村，总是更带有欢喜和爱好的感情色彩。这一点在《村路带我回家》中也鲜明地表现出来了：

> 乔叶叶还没来得及注意春天是怎样变成秋天的，秋天就来到了她的田间。她腰里系一个大棉花包，尽量显出利索地摘着那一朵朵溢出碗儿的雪白的棉花，干硬的棉枝划破了手背，她忍住痛，一声不吭，因为金召就在不远处。
>
> 摘累了，她把一包包棉花堆在地头，然后躺在温馨的棉花堆上看天。这时蓝天就像一个大房子，把所有的人都包容进来。她一时觉得天很大，一时又觉得天很小。她觉得人在这个大房子里都该相处得很和美，人们都在静悄悄地做着美好的事情。

我们在这样的描写里，似乎又看到了《夜路》《哦，香雪》里的情景。是的，铁凝毕竟是铁凝。"她觉得蓝天就像一个大房子"，普天之下，人们"都该相处得很和美"，都在"静悄悄地做着美好的事情"。铁凝总在发现、欣赏和表现这"美好"，这是她的天职。但在蓝天之下，还有许多和"美好"相反的东西，为了争取美好，她又不能不去发现、思考和表现这许多碍眼和恶心的东西了。

是的，香雪、安然是发现，乔叶叶也是发现。乔叶叶是蒙上灰尘的玉，是带有病态的花；把灰尘除掉，把病态除掉，她就放光彩了。这灰尘和病态，有个性的和生理上的原因，也有社会的原因。这在小说里都是表现了的。我们欣喜于她已经开始表现为健美及其社会的原因。

对于铁凝来说，金召是一个重要的发现。他是一个正面形象，他的白衬衫和"嘉陵"车放着耀眼的光彩，带有铁凝的艺术特色。尽管这个人物还写得不够充分，或者说，还不能使我们满足，但是，他的出现，是够使我们高兴的了。宋侃这个人物也是有所发现的，虽然他的思想脉络和感情变化写得不很深刻，但作者能把他的矛盾写出来，就是有意味的了。

还有，比如说，"莫雨"是一个发现。史正斌始终未能说出他就是莫雨，达师傅声称"我就是莫雨"，其实他不是，至少史正斌知道他不是，这就是发现，是创造。令读者满意的是正气上升，歪风削弱。史正斌后来当文化局长了，他毕竟是"勇士"莫雨。而达师傅愈来愈受人尊敬，我们读者就是如此，对达师傅的作为愈来愈感兴趣，也就愈来愈尊敬这个人物了。

十年以来，铁凝写了不少小说，这里只是谈到其中的一小部分，即使是代表作，也难免以偏概全，挂一漏万。好在这位作家还很年轻，风华正茂，而又勤奋好学，正是大有作为，前程似锦。现在，她已经开始了第二个十年的创作。按照我国的老习惯，也出于我们的好愿望，祝她一路顺风。不过我们也知道，风不能永远是顺的。这一点，铁凝当然也知道。总之她会继续她的行程，不断地向前迈进，向上攀登。

1985 年 4 月

晋察冀文艺略论[*]

晋察冀边区是抗日战争时期最早开辟和建立的，也是最大的敌后抗日民主根据地。边区地跨长城和平汉、津浦、正太、同蒲、平绥诸铁路线，密切监视和经常冲占为敌寇所占据的北平、天津、保定、石家庄、张家门、大同、承德等重要城市。在它的东北面，是日寇卵翼下的伪满洲国，也就是日本帝国主义侵略华北的桥头堡和向中国发起全面进攻的前哨阵地；在它的西北面，是日寇一手制造的伪蒙疆自治政府，其锋芒所向也正是晋察冀边区。作为日本帝国主义发动全面侵华战争的讯号，同时也作为中国人民全面抗战起点的卢沟桥事变，就发生在晋察冀边区的地面上。历史表明，自从1931年"9·18事变"以来，这里是全民救亡运动和抗日战争的最前线。正是因此，晋察冀边区的成立，是对日本帝国主义的严重打击和巨大威胁，也给全国军民长了志气，树了威风，并为全世界所关注和瞩目。正如1937年冬来到晋察冀边区的作家周立波在《晋察冀边区印象记》中所说："华北许多中心城市和几条铁路线相继沦亡以后，日寇用种种方法，夸张它在华北的胜利。……中外有些人士，目光也许系于几个城市的失得，以判断华北的命运，因而不由自己地相信了日寇的宣传。但我们目击的事实，全不如此。华北不但没有沦亡，我们精忠骁勇的第八路军和人民义勇军、人民游击队，不但没有退出华北一步，而且在那里建立了许多巩固而又广大的抗日根据地，他时时刻刻在扰乱敌人的后方，切断敌

---

　* 本文最初刊载于《河北学刊》1989年第4期。

人的交通，而且时时刻刻在准备用大规模的战斗，把那仅据点线的敌人，完全赶走。"① 这里说的是抗战初期的情况，但后来的事态发展也正是如此，晋察冀军民在共产党的领导下，在全国和世界人民的支援下，开展多种形式的有力斗争，终于"把那仅据点线的敌人，完全赶走"了。

晋察冀边区在解放战争中的战斗历程，也应该光辉地记入史册。抗日战争胜利后，国民党发动反共反人民的内战，晋察冀边区在共产党的领导下，在华北的广阔土地上，与之进行了针锋相对不断取得胜利的斗争。1945 年攻克张家口之役，1947 年解放石家庄之役，都曾予国民党反动以沉重的打击。而 1948~1949 年平津战役的伟大胜利，则为解放华北以至解放全国奠定了局势，打下了基础。特别值得庆幸和纪念的是，1947 年春，刘少奇、朱德同志率领中共中央工委来到平山县西柏坡，1948 年春，毛泽东、周恩来、任弼时同志率中共中央和人民解放军总部来到这里与刘少奇、朱德会合，于是晋察冀继延安之后，成为中国共产党在新民主主义革命时期在农村的最后一个指挥所的所在地。解放战争的伟大胜利，是中共中央和解放军总部在西柏坡指挥决定的。中华人民共和国的成立，也由中共中央在西柏坡画下蓝图，经中国人民政治协商会议所议定。至此，晋察冀遂完成了历史所赋予它的光荣使命。

晋察冀文艺史是晋察冀全部抗日和革命历史的重要组成部分。它贯彻于晋察冀 11 年历史的始终。它渗透于晋察冀十万平方公里地面上的星罗棋布的村庄和城镇。晋察冀边区的重要战略地位和光辉战斗历程，赋予晋察冀边区文艺工作以重要的历史使命，也决定了它所取得的重大成就，形成了它的独特风貌。

第一，晋察冀边区是文艺人才集中较多和过往频繁之地。在抗日战争初期，党就派了不少文化干部和文艺青年到晋察冀来，其中有邓拓、成仿吾、沙可夫、周巍峙、崔嵬、邵子南、魏巍、康濯、钱丹辉、汪洋、沃渣、雷烨等。这些同态此后即扎根于晋察冀，他们和晋察冀本地的文艺工作者如王林、孙犁、远千里、梁斌、路一、李英儒、杨沫、张志民、陈大远、管桦、徐光耀等一起，成为晋察冀文艺组织工作和文艺创作的骨干力

---

① 《晋察冀边区印象记·从河北南来》。

量。作家周立波、刘白羽、沙汀、何其芳、周而复等先后访问过晋察冀边区，写出了《晋察冀边区印象记》《随军散记》《白求恩大夫》等重要作品。抗日战争胜利后，晋察冀边区领导机关进驻张家口，著名作家、艺术家云集塞上山城，其中有周扬、丁玲、萧三、艾青、萧军、贺敬之、张庚、吴晓邦、古元、彦涵等，真可谓极一时之盛。文艺人才众多，文艺新人辈出，老中青结合，本地作家艺术家和外来作家艺术家亲密团结，共同战斗，是边区文艺工作不断发展和繁荣兴盛的可靠保证。

中华人民共和国成立前后，晋察冀边区向中央、首都和全国各地输送文艺干部和文艺人才，他们在各自的工作岗位上发挥了重要的作用。留在华北各地的原晋察冀文艺工作者尤多，他们继续发挥根据地的光荣革命传统，团结从各地来的文艺工作者，在社会主义的新中国不断作出新的努力和贡献。

第二，文艺创作繁荣兴旺。硕果累累，丰富多彩，战斗力强。晋察冀边区文艺创作数量之多，无法统计，而质量之高，则有目共睹，有口皆碑。其中如丁玲的长篇小说《太阳照在桑干河上》，不但是这位誉满中外的女作家的创作的新的里程碑，也是中国现代文学史上最重要的作品之一，达到了革命的思想内容和高明的艺术技巧的和谐统一。田间的《坚壁》式的短诗真正具有鼓舞和教育人民、打击和消灭敌人的战斗力量，他因此而博得了"时代的鼓手"的美称，而他的长诗《赶车传》则具有史诗的品格，主人公石不烂赶车走遍边区的战斗的土地，找到和走进共和国的大门，这个象征性的诗的和史的构思，立足于坚实的社会生活描写。孙犁的收入《白洋淀纪事》中的小说和散文，都是战地生活的真实描写，构思新颖，风格独具，传神抒情，舒卷自如，其中有一些是脍炙人口的名篇。胡可的四幕话剧《战斗力的成长》，胡丹沸的独幕话剧《把眼光放远一点》，傅铎编剧的13场歌剧《王秀鸾》等，都是深刻地表现了生活斗争而又具有艺术力量的戏剧。歌剧《白毛女》创作于延安，取材于晋察冀边区的民间传说，而且在张家口的加工修改和演出使此剧更臻完美并扩大影响。在音乐、美术、摄影等方面，晋察冀亦多有优秀、杰出和传世之作，如方冰作词、周巍峙作曲的《子弟兵军歌》，曹火星作曲的《没有共产党就没有新中国》，方冰作词、劫夫作曲的《歌唱二小放牛郎》，牧虹作词、卢肃作曲的《团结就是力量》，不但在战时响彻边区，而且在解放后唱遍全国。美术家沃渣、古元、彦涵、蔡若虹，摄影艺术家沙飞、石少华、罗光达、雷烨等，都曾创造出许多艺术精品，为晋察冀的战争岁月和斗争生活留下了动人的和永传的艺术写照。总之，晋察冀边区的文艺人才多如星斗，文艺作品繁似茂林，这里只能举出其少数代表，其实是举不胜举的。

晋察冀边区的生活是如此丰富多彩，从这里走进新中国的作家艺术家对边区生活的体验又是如此的深刻难忘，以致在边区撤销和建国以后，其文艺创作仍在继续，并发扬光大。仅就长篇小说而言，据统计，以晋察冀边区的斗争生活为题材的作品，在建国前后创作和出版的达数十种之多。其中如孙犁的《风云初记》，梁斌的《红旗谱》（三部曲），王林的《腹地》，徐光耀的《平原烈火》，臧伯平的《破晓风云》，李英儒的《野火春风斗古城》，雪克的《战斗的青春》，柳杞的《长城烟尘》，孔厥、袁静的《新儿女英雄传》，冯志的《敌后武工队》，刘流的《烈火金刚》，等等，都是获得高度评价或深受读者欢迎的作品。

第三，与人民战争的展开和政治攻势的加强相适应和配合，边区的乡村文艺和群众文化活动蓬勃地和持久地开展起来，实现了文艺的大普及和在普及基础上的提高。边区的文艺作始终是面向群众，为了群众和发动群众的，街头诗、枪杆诗、街头剧、广场剧以至墙头小说的兴起，文艺的"政治攻势"的发动，大规模的"艺术节"的举办，乡村文艺运动的开展，文艺民族形式问题的讨论，等等，都是如此。这样，文艺工作者不断加强和密切了同群众的联系和结合，丰富和提高了自己的创作，而群众也得到了文艺工作者的帮助和启迪，成为文艺的自觉的和有力的创造者。《晋察冀一周》《冀中一日》等群众写作活动的开展生动地说明了这个问题。其重要意义不仅在于千万群众提供了描写边区斗争生活真实的作品，而且在于以前完全与笔墨无缘的乡村群众"今天能够执笔写一二万字，或千把字的文章……在于他们能写文章是与能作战，能运用民主原则，获得同时发挥"①；这也就是"大众化文学运动的伟大实践"②。以阜平县高街村刚团、建国县护持寺村剧团、平山县柴庄村剧团为代表的乡村戏剧运动的兴起和

---

① 《孙犁文集》（四），第 169 页。
② 程子华：《冀中一日·题词》。

发展，是边区的大众文艺和群众文化的又一方面的重要内容和突出表现。在各个乡村剧团里，农民自编戏，自演戏，演出民族恨阶级仇，演出对敌斗争的活剧，演出自己的翻身喜乐，从中培育出了许多文艺人才。乡剧团既是群众文艺团体，又是群众学文化的学校，村民在这里读书识字，增长见识，因而剧团更加得到群众的爱护和支持。群众的音乐和歌唱活动在这里也应该提到。在晋察冀边区，音乐创作是从群众中来，到群众中去的，而群众是最喜唱歌的，在抗日战争和解放战争中，真是遍地是歌声，处处在歌唱，歌声是那样清脆嘹亮，威武雄壮，真能长自己志气，灭敌人威风。

第四，指导思想明确，文艺组织健全，保证了边区文艺运动的持久发展和取得成就。晋察冀边区的文艺工作是遵循着党的文艺方针和政策进行的，又是依据边区本身的条件和特点发展的。边区领导聂荣臻、彭真等同志十分关心和重视文艺工作，经常帮助文艺组织和文艺工作者解决各种实际问题和思想问题。在抗日战争初期，他们就曾在不同场合，对文艺创作上的现实主义、文艺工作者深入群众生活和学习唯物辩证法、坚持和发展文艺的统一战线，以至于如何对待"演大戏"等问题发表过令人信服的意见，有助于文艺工作者提高思想和纠正偏差。毛泽东《新民主主义论》《在延安文艺座谈会上的讲话》相继发表后，他们认真组织和热情帮助文艺工作者学习并用之于文艺工作。边区所属各根据地的领导人对文艺工作也很重视。例如，著名的《冀中一日》群众写作运动，就是在冀中区程子华、吕正操、黄敬等领导同志的热心倡导和帮助下开展起来的。

边区的文艺组织建立较早，也较健全，边区文联（晋察冀边区文化界抗日救国联合会）和所属文协（中华全国文学界抗敌协会晋察冀分会）、剧协（中华全国戏剧界抗敌协会晋察冀分会）、音协（中华全国音乐界抗敌协会晋察冀分会）、美协（中华全国美术界抗敌协会晋察冀分会）等组织的建立，有效地组织和推动了各项文艺工作的开展。它们适应对敌斗争和边区建设的需要和发展，及时组织各种各样的文艺活动，并组织各种各样的讨论会、学习会，帮助文艺工作者提高创作和理论水平。它们的作风朴实而富有战斗力，始终面向群众，密切联系群众，力戒机关化的弊病，特别是在日寇对边区实行大"扫荡"的时日，文联和各协会的干部深入火线，坚持工作，为边区文艺的发展立下汗马功劳。

晋察冀边区是中国解放区的一部分，晋察冀文艺也就是中国解放区文艺的一部分。在 30 和 40 年代，解放区文艺和国民党统治区的革命文艺运动，是"五四"新文化新文学运动的继续和发展，但二者所处的环境是大不相同的。这就是毛泽东《在延安文艺座谈会上的讲话》中所说的，在国民党统治区，"那里的政府把工农兵和革命文艺互相隔绝了。在我们的根据地就完全不同。文艺作品在根据地的接受者，是工农兵以及革命的干部"；"我们鼓励革命文艺家积极地亲近工农兵，给他们以到群众中去的完全自由，给他们以创作真正革命文艺的完全自由"。解放区的作家艺术家正是在这种革命的、自由的新天地进行创造的。他们所写的，是"新的人物，新的世界"；他们力求把作品写得体现中国作风和中国气派，为老百姓所喜闻乐见，同时又做到雅俗共赏，使自己的创造能登大雅之堂。这个目的，他们经过长期不懈的努力，是逐步达到了。郭沫若、茅盾、闻一多、徐悲鸿等文学艺术大师就曾盛赞解放区的文学艺术创作，认为它们真是新的艺术创造，具有很高的思想力量和审美价值。

解放区文学艺术的理论基础和指导方针，是毛泽东有关文化艺术的论著，主要是《在延安文艺座谈会上的讲话》。他所提出和阐明的文艺为最广大的人民群众服务，文艺工作者和新的群众的时代相结合的方向，文艺在普及的基础上提高、在提高的指导下普及的原则，人民生活是文学艺术的源泉和矿藏的道理，文艺创作的典型化的过程和方法，批判地学习和借鉴中外文艺遗产的重要性，文艺作品的内容和形式的矛盾统一的辩证关系，批评应该容许各种各色艺术品的自由竞争而又要按照艺术科学的标准给以正确评判的提示，等等，是马克思列宁主义文艺思想的运用和发展。毛泽东文艺思想指引着解放区作家艺术家深入群众生活，参加革命斗争，进行文艺创造，取得重大成就。

1949 年 7 月，周扬在中华全国文学艺术工作者代表大会上作关于解放区文艺运动的报告，其中说："'五四'以来，以鲁迅为首的一切进步的革命的文艺工作者，为文艺与现实结合，与广大群众结合，曾作了不少苦心的探索和努力。在解放区，由于得到毛泽东同志正确的直接的指导，由于人民军队与人民政权的扶植，以及新民主主义政治、经济、文化各方面改革的配合，革命文艺已开始真正与广大工农兵群众相结合。先驱者们的理想开始实现了。自然现在还仅仅是开始，但却是一个伟大的开始。"① 这是对我国新民主主义革命时期的文艺运动发展过程的回顾，又是对即将到来的社会主义时期文艺运动所走道路的展望。

中华人民共和国成立以后，我国的文学艺术继续沿着这个正确的方向和道路发展，因而继续取得了重大的成绩。但是，由于"左"倾错误的干扰，林彪、江青反革命集团的破坏，我们的文艺运动发生过失误和偏差，受到过挫伤和摧残，至"文化大革命"而登峰造极。这是偏离了和背叛了毛泽东文艺思想的结果。正是因此，党的十一届三中全会以后，为了拨乱反正，邓小平同志在中国文学艺术工作者第四次代表大会上的祝辞中指出："我们要继续坚持毛泽东同志提出的文艺为最广大的人民群众、首先为工农兵服务的方向，坚持百花齐放、推陈出新、洋为中用、古为今用的方针，在艺术创作上提倡不同形式和风格的自由发展，在艺术理论上提倡不同观点和学派的自由讨论。"他还说："人民是文艺工作者的母亲。一切进步文艺工作者的艺术生命，就在于他们同人民之间的血肉联系。"于是，我们的文学艺术又重新走上了健康发展的道路，取得了重大的成绩。

近几年来，随着国民经济的改革，对外开放的实行，社会主义建设的不断发展，文艺界思想极为活跃，议论很多，新见解不少，这是大好事，为文艺的大发展所必需。但是，其中也有杂音，也有谬说，轻视和贬低解放区文艺的论调即是其中的一种。在有些同志看来，解放区文艺是政治的，而不是艺术的；是宣传品，而不是创造；是封闭的，因而放不开眼界；是粗俗的，因而不能登大雅之堂，如此等等。甚至对解放区文艺的指导思想也多所指摘。对于这种论调，是不应该沉默的。

《晋察冀文艺史》的编著就是一种回答。

当然，《晋察冀文艺史》原不是一种答辩性的著作。它本是一部"史"。作为中国解放区的一个重要组成部分的晋察冀边区，经历过那么长久艰苦和胜利的斗争，在文艺方面也取得了那么大的成绩，经历了那么光辉的发展过程，当然应该进行回顾和总结，把它的历史写出来。这不只是缅怀过去，而主要是为了总结经验，以利于今日社会主义文艺的发展。

---

① 《新的人民的文艺》，《周扬文集》第一卷。

　　至于说到解放区文艺的缺点和问题，那当然是有的。如果没有缺点，没有问题，那就用不着整风了。当年解放区文艺界进行整风，就是为了整顿思想、作风和文风。经过整风，改正了缺点。解决了问题，文艺就健康发展了。世界上没有什么工作在进行的过程中是完美无缺的，连解放区的文艺整风也是如此。就晋察冀来说，在文艺整风中就曾发生过对于所谓"艺术至上主义"的批评的过火的作法，这是不符合实际的，是不利于文艺创造的。随着文艺运动的发展，这个问题得到解决。所以我们看问题不要以偏概全，不要割断历史，不要无视当时的革命形势和社会环境，而要用历史的发展的眼光来看待和评价晋察冀文艺以至中国解放区文艺。这样看来，解放区文艺乃是"五四"以来新文艺运动发展的必然趋向和光辉里程，是新文艺运动经历新民主主义革命过渡到社会主义时期的必经驿站和重要途径。我们的社会主义文艺是"为人民服务，为社会主义服务"的文艺，我们必须沿着这个正确的方向和道路向前走去。

　　　　（附注：本文系作者为《晋察冀文艺史》所写的结束语）

"五四"·丁玲·当代[*]

一

1950年5月，《文艺报》发表了丁玲写的《"五四"杂谈》，也算纪念性文章吧，而丁玲谈得亲切，有意思，其中谈到的重要之点是五四文学与建国前后文学的政治性之比较。作者认为，前者的政治性是强过后者的，乍闻其言，殊感意外；而细思之，不能不认为她说的有理，她说：

> 我们回看"五四"时代的文学作品，除了少数的作品外，其表现生活是较表面的，也没有现在这样多的群众语言，可是"五四"时代的文学作品，大半都在说明一个问题，并且要解决这个问题的，这个问题在今天看来也许会觉得简单些，但都充满了强烈的政治情绪。有不解决不甘休之势，我们很强调作品的政治的社会价值，而今天我们作品里的那种政治的勇敢、热情，总觉得还没有"五四"时代的磅礴，可是我们又处于军事、政治、经济大进攻大变革的时代，所以就更觉得文艺工作，拿文艺反映现实就未免落后了。

在"五四"时期，文学作品"充满了强烈的政治情绪"，因为作家（丁玲举例谈到鲁迅、叶绍钧、冰心）了解社会深切，心中的痛苦和问题

---

　　*　本文最初刊载于《延安文艺研究》1990年第1期。

不吐不快、"不解决不甘休";而解放区到新中国的文学,"很强调作品的政治的社会价值",但它并没有化为作者的情绪、作者的思想,而常常成为外在的、附加的东西,正是因此,"五四"时代的作家在社会革命运动中"担任了前锋",而"我们"(丁玲这样称 50 年代新中国作家)却总是感到文艺反映现实的"落后"。

是的,文艺落后于现实,这有时代的原因,因为社会的发展和变革太快了,真是"军事、政治、经济大进攻大变革的时代";但丁玲着重谈的是"我们"本身的原因,那就是"先天不足""知识很有限""思想不成熟""理论没有消化好";"我们在实际工作中脑子里有一件东西,是当时当地一般干部也都可以有的感觉、认识和经验,我们还没有养成我们自己的较深刻的,较锐利,较远大正确的见解,所以我们不能表现出比当时一般干部更高的政治思想来"。处在这样的一般的有限的、不成熟的思想、政治、理论和知识水平,怎么能写出思想性高、政治性强、艺术性也不弱的作品呢?这样写出来的作品,怎么能不落后于时代的发展和社会的变化呢?

显然,丁玲主要是就解放区成长起来的作家来说这番话的,而她正是抓住了问题的实质和要点。她语重心长地说:"我们既然先天不足,就得后天调护,因此我们是要好好的读书,学习马列主义,学习历史,学习社会,学习群众斗争,学习文学,将这些都溶化在一块,使自己有很广博的知识,精湛的见解,和熟练的文字技术。"这正是调护和营养的良方。

由此可见,丁玲是最早的和自觉地指出和批评解放区文学和新中国文学的不足的文学家,为什么?因为她对此知之深,爱之切,因为她明确地看到了中国文学的发展方向和希望所在。

二

丁玲在这篇杂谈中还谈到"文学语言的革命"问题。她说:"五四"时代的白话文是要革文言文的命,基本上是胜利了。那时的作家因生活的限制,只能用知识分子日常口头上的语言,不能采取丰富的民间语言,但他们许多人的文字结构严谨，行文朴素，读来清楚明白，有值得学习的地方，"仅以不合劳苦大众的口吻来衡量是不恰当的"。"五四"以后，文学语言的变革没有继续下去，却搬来了很多欧化的文字，有些又夹杂些古文来表示渊博和儒雅，左联作家曾大声疾呼文学要大众化，但这工作不能做出很好的成绩，这是"由于当时反动派的迫害"，也由于当时文学工作者对大众化没有认识，不是如同"五四"时痛恨文言文那样"去恨自己洋化的文字"。直到延安文艺座谈会，大家才明确地认识向民间学习的重要，要用生动的老百姓的语言口语来写作，因而作出了成绩，丁玲说，这还只是"开始"，我们应该"继续文学语言的革命"。

丁玲是"五四"以后的文学、左翼文学和解放区文学的过来人，所以她谈"继续文学语言的革命"问题时，也就简略地概括了我国现代文学的发展流程。文学的语言问题本来不是单一的，而是和其他的重要问题密切联系在一起的，所以文学的"继续文学语言的革命"问题，实际上也就是走什么道路的问题。这个问题是如此之重要，又是如此之复杂，不但"五四"以后的30年为此发生过许多争论，而且如今"五四"已过去了70年，我国进入社会主义时期也已40年，这个问题还在文学界争论不休。在80年代的今天，中国文学的"欧化""洋化"问题，较之30年代，真是有过之无不及。由此可见，丁玲在将近40年前提出"继续文学语言的革命"，是有亲身体会和远见卓识的。

"五四"时期的作家为什么那样痛恨文言文，要起来革它的命呢？这是因为，他们认识到文言文是"吃人"的封建主义的载体，所以他们反对文言文，改用白话文来写作，是充满了反封建的革命意志和政治情绪的。新文化运动的倡导者，特别是陈独秀，简直把"革新文学"和"革新政治"联在一起了，他说："今欲革新政治，势不得不革新盘踞于运用此政治者精神界之文学。使吾人不张目以观世界社会文学之趋势及时代之精神，日夜埋头故纸堆中，所目注心营者，不越帝王权贵鬼怪神仙与夫个人之穷通利达，以此而求革新文学革新政治，是缚手足而敌孟贲也。"（《文学革命论》）这种放眼世界以省察中国历史的眼光，这种光耀着时代精神的文学革命论，在"五四"以前的中国是没有的。

"五四"文学革命的意义和关键在于"启蒙"，也就是倡导新思想新文化以改造"吾阿谀夸张虚伪迂阔之国民性"（陈独秀：《文学革命论》）；
这正是鲁迅的文学的致力之点。所以鲁迅将他自己的小说创作的"启蒙主
义"解释为"'为人生'，而且要改良这人生"（《我怎么做起小说来》），
鲁迅还说"五四"时期的青年作家"每作一篇，都是有所为而发，是在用
改革社会的器械，——虽然也没有设定终极的目标"（《中国新文学大系·
小说二集序》），新文学的目的既然在于对"平民"进行"启蒙"，所以它
就要"推倒雕琢的阿谀的贵族文学，建设平易的抒情的国民文学"，"推倒
陈腐的铺张的古典文学，建设新鲜的立诚的写实文学"，"推倒迂晦的艰涩
的山林文学，建设明瞭的通俗的社会文学"（陈独秀：《文学革命论》）。
于是产生了"实写今日社会之情状"，成为"中国文学之正宗"的白话文
学（胡适：《文学改良刍议》）。

诚然，"五四"新文化运动和文学革命具有伟大的划时代的意义，但
是，只靠思想和文化上的"启蒙"并不能"改良这人生"，并不能"革新
政治"。好在马克思主义来到了中国，改变了"设定终极的目标"的局面。
马克思主义认为，批判的武器不能代替武器的批判。于是中国走上了武装
的革命反对武装的反革命之路，而中国的文学革命也发展而成为革命文
学。这正是中国革命发展的必然，就世界格局和潮流来看，这发展也是必
然的。

革命文学必然要求语言文学和气派作风上进一步的变革，使之适合于
工农大众。革命根据地和解放区的开辟和扩展，为这个变革提供了肥沃的
土壤和广阔的天地。

至于文学语言和形式的"欧化"，或者"夹杂些古文"的现象，在新
文学发展过程中确实是存在的。这固然是文学大众化的障碍和异端，但它
的产生也是难免的，它是文学多变和多样的表现，也可以是作家的独创风
格所系，这是应作具体分析，不宜一概排斥的。

但无论如何，过分地追求和讲究艺术形式和文字趣味，总会是"淡
化"政治、脱离时代的一种表现。这在30年代是如此，在80年代也是如
此。今天的中国，"雕琢的阿谀的贵族文学""迂晦的艰涩的山林文学"并
不少见，可见文学革命之艰难，而革命文学之要取得胜利，更要继续
努力。

三

丁玲是革命文学的过来人，所以她是有发言权的。但是，进入 50 年代，丁玲只是在前几年对文学有发言权，此后，她就有口难言了。直到 70 年代末期，才又听到她的声音，我们今天谈 40 年来的中国文学，不能不谈"左"倾错误对文学的影响和危害。丁玲的遭遇，就足以说明这一切。

但她终于有了发言权，下面是她在 1984 年 6 月的一次讲话中所说的话：

> 我们的文学需要表现理想，这首先就要求作家自己树立远大的革命理想。左联时期，我们都很幼稚，然而我们却怀抱着理想，憧憬未来，我们胜利了。徐志摩是我熟悉的，他读的古书、外国书比我多，文学修养比我高。但我不追随他们，我选择了革命的道路。历史证明我们走的道路是对的。文学史家为了研究新文学流派的发展，自然也要研究新月派，新文学是同鸳鸯蝴蝶派斗争过来的并取得胜利，自然我们并不一概否定鸳鸯蝴蝶派也有较好的作品，研究现代文学，当然也要研究鸳鸯蝴蝶派。但有的出版单位不加区别，大量翻印他们的作品，革命文学在这些出版者眼中不吃香，这些都是怪现象。（《在会见厦门大学部分师生会上的讲话》）

这又是回顾了历史，而着眼在现实。想当年丁玲从解放区进城时，正当盛年，她并不以"胜利者"自居，而是既看到解放区文学的优势和长处，又看到它的明显的缺点和不足，主张大家向"五四"新文学的前辈作家学习；到了 80 年代，在丁玲已达 80 高龄的时候，文艺界思想混乱，革命文学在许多人看来"不吃香"，她却说"我们胜利了""历史证明我们走的道路是对的"，并大声疾呼"我们应该通过文学作品帮助"那些"缺乏理想"的青年人，"引导他们为'四化'贡献自己的青春"，"发扬文学同人民密切联系的好传统，批评文学脱离人民的现象"，而就"五四"以后新文学发展的历史来看，丁玲又并不是唯我独尊、排斥其他流派的，例如她对于"新月派"以至"鸳鸯蝴蝶派",就都是这样。但无论是历史地看也好,还是现实地看也好,她认为,革命文学的方向是必须坚持而不能迷失的。由此可见丁玲的坚定,也可见她的宽容。

两年之后,丁玲去世,留下了她的坚定和宽容,而世上对于丁玲总是少有宽容的,哪怕在她辞世以后。有所谓"重写文学史"的理论和实践,就"重写"了丁玲,算是革命文学"不吃香"的表现之一。

可以说,文学史是应该重写,并经常有人重写的。怎样重写呢?可以各有巧妙不同,但既然是文学史,那就必须尊重和再现历史的发展。丁玲不是文学史家,但她对于文学史的看法,如上面所引,是比较求实和理想的。据此来写,很可能是一种较好的文学史。

丁玲剪影之一[*]

豪杰之士

在中国现代女作家中，丁玲是最有男子气概的，而且堪称豪杰之士。

五四运动爆发时，丁玲在湖南桃源的女子师范学校念书。她积极地参加了学生会组织的宣传爱国和反帝反封建的斗争。作为斗争的表现和方式之一，她把辫发剪掉了，因此受到舅父舅母的指斥。舅父责骂道："哼！你真会玩，连个尾巴都玩掉了！"外甥女的回答是："你的尾巴不是早已玩掉了吗？你既然能剪发在前，我为什么不能剪发在后？"这反击是有力的。舅母教训她："身体发肤，受之父母，不可毁伤。"丁玲的反驳是："你的耳朵为何要穿一个眼，你的脚为什么要裹得像个粽子？你那是束缚，我这是解放。"这回敬是辛辣的。^① 由此可见，少年的丁玲，已经很有豪气了。

十年之后，丁玲由于已在《小说月报》上发表了几篇才华出众的短篇小说，成为崭露头角、众人瞩目的女作家。那时她在上海，一家书店请客，她应邀参加，却只端坐一隅，静默无语。是时《真善美》杂志的几位编辑对丁玲说，他们要出一期"女作家"专号，请她也写一篇，稿酬从优，且可预支。丁玲一则"认为我同这些海派没有关系"，二则"因为我

＊ 本文最初刊载于《文艺理论与批评》1991 年第 4 期。

① 据丁玲《我的中学生活片段——给孙女的信》，1978 年。

不懂得在文学创作中还要分什么性别"，所以谢绝了他们的要求，那几位先生仍然纠缠不休，坚持请她为"女作家"专号写稿，丁玲心烦，断然回答："我卖稿子，不卖'女'字！"这话不好听，使得约稿人尴尬。后来，丁玲看到了那家杂志的"女作家"专号，她很高兴其中没有自己的文章。① 这一件事，恰好表现了青年丁玲的大丈夫气概。

抗日战争开始后，丁玲带领西北战地服务团，从陕北开赴前线和敌后，表现了她的组织才干和英雄气魄。有一次，在敌人后方，西北战地服务团遇到一支从前线撤退下来的国民党军队，不准他们通过。和西北战地服务团同行的有几位党派到东北去的干部，因遇到阻拦而十分恼火，硬冲向前去，被那支军队扣押起来。为了营救那几位同志，也为了打开西北战地服务团的通道，丁玲独自一人上前与阻拦者和扣押者说理，结果是说服了对方，东北干部放回了，西北战地服务团过去了。丁玲的如此胆略和作为，使在场的同志们深为感佩。头戴五角红星帽的红军女将，就是如此叱咤风云！②

1938年3月，丁玲奉八路军总部的命令，带领西北战地服务团从山西前线来到西安，在那里工作了5个月。为了争取西战团工作的便利，通过宣侠父的策划和引见，丁玲曾和驻西安的国民党要人打过交道。一次，胡宗南请宣侠父和丁玲吃饭，这对于他的自我宣传是有利的，对于丁玲的开展工作也是有利的。但席间有摩擦。胡宗南笑语丁玲："现在是国共合作，共同抗日的时候了。像丁作家写的《山城堡战斗》那样的文章，大概可以不写了吧。"原来1937年1月丁玲曾写文章记胡宗南在山城堡同红军打仗吃了败仗之事，这位常败将军把这事记在心里了。丁玲听了此言，回答他说："现在是团结战，那样的文章可以不写。不过，您还是一个可以写的人物……只希望你们不要再封闭刊物，逮捕作者，驱逐编辑就好了。"丁玲说的后面这句话也是有事实根据的：丁玲所写的那篇谈山城堡战斗的文章在延安的报纸上发表后，柳青即在他编的文艺刊物上转载，刊物因而被查封，柳青在西安不能立足，于是去了延安。丁玲一语破的，真可谓针锋相对，反唇相讥。这自是不愉快的谈话，但丁玲说的毕竟是事实，胡宗南无

---

① 据《写给女青年作者》，1980年。
② 雷加曾多次著文谈及此事，并以此为题材写了短篇小说《五大洲的帽子》。

奈，只好说"那都是过去的事了"，了却此一段公案，敷衍这一顿筵席。①
丁玲的风采，于此可见。

在 50 年代，丁玲受到错误的批判和处理，按当时的组织决定，她还是
可以留在北京写作的，但她要求到北大荒去。对组织的处理，她相信历史
的公正；对同志的批判，她的想法是："此处不养爷，自有养爷处。处处
不养爷，爷爷投八路。文坛不能呆了，我到基层去，到群众里面去。"② 有
好心的同志对丁玲说："你改个名字下去吧，不要再用丁玲这个名字了。"
丁玲说："我行不改名，坐不改姓。"③ 真是响当当的女中豪杰！

丁玲从北京到了北大荒，头上顶着"丁玲"这个带"罪"的名字。她
在北大荒一住就是 12 年，博得了"老丁""丁老"这样的爱称和尊称。从
此，她就认北大荒是她的故乡了。

1981 年的冬天，丁玲在北京的一所休养所里疗养，许多休养员都在准备
回家过春节。就在这时，有一位在湖南的老朋友写信给她，说："你回来看
看吧！"这引起了丁玲的自问："我有家吗？我有老家吗？故乡，故乡对于每
一个人到底是什么样的感情？"她想得更多而又念念不忘的，倒是她生活了
多年的北大荒。她说："随处都是我的故乡；在我的记忆的宝库里，就是许
多亲切的人影。难道这么多的好人抵不住'亲如手足'吗？那些崇高伟大的
事迹，难道赛不过儿女之情吗？"④ 原来，故乡，对于丁玲来说，是"随处都
是"，凡是她战斗过劳动过因而爱过的地方都是，这就是说，陕北是她的故
乡，晋察冀是她的故乡，北大荒是她的故乡……浓的是"亲切的人影""伟
大的事迹"，而淡的是"乡关之思""儿女之情"——这就是丁玲！

女作家丁玲的男子气度，是早就有人评说过的。

曾是丁玲的好友的沈从文在《记丁玲》（1934）中写道：

在做人方面，她却不大像个女人，没有青年女人的做作，也缺少
青年女人的风情。她同人熟时，常常会使那相熟的人忘记了她是个女

---

① 据丁玲《回忆宣侠父烈士》，1982 年。
② 丁玲：《我这二十年是怎么过来的——1980 年 6 月在中央文学讲习所的讲话》。
③ 丁玲：《文学创作的准备》，1981 年。
④ 丁玲：《萝北半月》序，1981 年。

子，她自己仿佛也就愿意这样。她需要人家待她如待一个男子，她明白两个男子相处的种种方便处，故她希望在朋友方面，全把她自己女性气分收拾起来。

沈从文的这一段话是就丁玲"做人方面"说的，总之她"不大像个女人"。那么在文学方面又如何呢？请看冰心的评价：

丁玲，她行！如果她不被捕，一定是了不得的，她有魄力，《水》、《夜会》都写得非常好，丁玲是非常男性化的，冒险性大。这是每个人的个性，勉强不来的，我真是比她差多了……①

冰心是这样地赞许着丁玲的阳刚之气！

1944 年夏，著名记者、《新民报》主笔赵超构访问延安，他在《延安一月》中这样写丁玲：

酒过数巡，丁玲现出她的湖南人的性格来了。她豪饮，健谈，难于令人相信她是女性。但后来我终于发现一件事，证明了她还保留住最后的一点女性。当甜食上桌时，她拣了两件点心，郑重地用纸包起来，似乎有点不好意思，解释道，"带给我的孩子"，然后非常亲切地讲了一阵孩子的事情。

是的，丁玲就是这样的一位独特的女作家。她的特性，表现于她的"男性化""冒险性大"，难能可贵的是她的特性融入她的革命性中了。正是因此，她的一生是富于传奇性的。文如其人，丁玲 200 多万字的作品，也表现出她是一代人杰。她毕竟是女人，对女人所知自深，所以写起女人来往往细致传神。但这都是从海阔天空、风云际会处落墨的，所以那气象仍然是刚健和粗豪。

---

① 子冈：《冰心女士访问记》，《妇女生活》第一卷第 5 期。

痴情

丁玲在 1980 年写了一篇短短的《我的自传》，其中有这样的一段：

> 我的一生当过编辑，编辑过党报副刊、文艺杂志、基层单位的黑板报、墙报、油印的小报；领导过培养青年作家的中央文学讲习所，也当过生产队的扫盲教员、夜校教员、辅导职工家属学文化、学政治；当饲养员，喂鸡、喂猪、种地；还当过短时期的红军中央警卫团政治部副主任，当过八路军的西北战地服务团的主任；1936 年冬，担任苏区成立的中国文艺协会主席；担任过陕甘宁边区文协副主席；全国解放后担任中国作家协会副主席，第一届人民代表大会代表，第一届和第五届政治协商会议委员，全国妇女联合会理事。作为中国作家的代表，妇女的代表，争取世界和平运动的代表，我参加过一些国际性会议和活动，接待来华访问的国际友人。但我主要的工作是写文章，是一个书匠，或者叫作家。

虽然，这是丁玲自叙其工作简历。应该说，这是写得简而明的一份材料；但读之令人感到新颖别致，五光十色。究其原因，乃是因为她的惊人的坦率和真实。一般人写文章，尤其是写自传，难免有粉饰的成分，做作的痕迹。相形之下，读到丁玲的自报家门，反倒令人感到奇特了。

其中最引人注目的，是自传者把"编辑过……基层单位的黑板报、墙报、油印的小报"，"也当过生产队的扫盲教员、夜校教员"，"当饲养员，喂鸡、喂猪、种地"，也都赫然写入传记。显然，丁玲是以自己长期做一名普通劳动者、革命者而感到自慰和自豪。其实，丁玲在北大荒的农场和山西的农村编基层小报、当扫盲员和喂鸡、喂猪、种地，就其身分和实质来说，都不是"普通"的！因为她既是"劳改犯"，又是劳动（例如喂鸡）能手和所在场所的实际的促进派、革命派！

在中国现代革命史和文学史上，丁玲是富于传奇性的人物之一。在国民党统治时期，她遭到反动派的绑架和囚禁，最终逃奔陕北，当时曾引起中外的关注；而到了社会主义时期，她竟又受到了长达 20 多年的冤屈和折磨，最终恢复名誉，回归北京，又成为中外的话题。最令人感动、叹服、惊奇乃至迷惑的是，在这 20 多年的风雨中，丁玲自己倒是安之若素、甘之如饴。她认为这正是对"到群众中去落户"的实践；她要求自己做一个共产党员所应该做的（尽管她已被党组织除名）。她对党从无怨言。1979 年回到北京，面对中外人士的关心和提问，她的回答是："我感谢党对我的长期教育，使我有毅力度过这漫长的 20 年岁月"①；"我在底下是吃了一点苦……但这些在我的情感上占的位子很小，而我从人民那里得到的东西却很多。正因为这样，所以，20 年过去了，我还很好，还很乐观"②。

白发苍苍而又精神焕发的老党员、老作家丁玲的这种感人的态度，激励和提高了许多人。大家认为，在丁玲身上，表现了纯粹、坚强、高尚的党性（共产党员的党性）。

此外，还有一种认识和说法："痴情。"

1979 年的夏天，於梨华访问了回北京不久的丁玲。下面是她们的谈话的摘录：

> "听说你在北大荒喂鸡，是吗？"我告诉她，是喂过鸡。
>
> 她不问了，低着头，慢慢地用手绢去擦眼泪。我有点意外，也有点歉意，怎么使客人难过了呢？……
>
> "你是一个作家，不让你写文章，却叫你喂鸡！你看，你喂鸡、喂猪，教什么文盲识字，做什么家属工作，把头发喂白了，人都老了……"她有点哭出声来了，眼圈也红了，而且有些止不住……
>
> 她又像一个孩子似的天真地瞪着我，想了一会儿，然后问："你以前是党员，后来还是党员吗？"我告诉她，五八年我被开除了党籍，不是党员了。但我还是要按照共产党员的标准要求自己。我努力让自己照一个党员的样子去看问题，对待人、事，对待工作。她显出不服气的样子，觉得我这个人真怪，为什么这样痴情？③

---

① 丁玲：《讲一点心里话——1970 年 10 月在作协第三次会员大会上的发言》。
② 丁玲：《解答三个问题——在北京语言学院外国留学生座谈会上的讲话》。
③ 丁玲：《於梨华》，1983 年。

是的，丁玲对于党、对于人民的"痴情"，於梨华是不能理解的。在丁玲看来，她是"像孩子似的天真的"、"富于同情心的"、"热情、正直、温厚、纤细的"女作家。这位美籍华裔女作家回到美国后写信给丁玲，说她一直不敢重听带回去的录音带（她与丁玲谈话的录音），她怕再引起她难以忍受的悲痛。这又引起了丁玲的不安。

人间毕竟多有美好的温暖的情意！

人间是光明的。

为彭老总画像

1936 年 11 月，丁玲逃离南京，到达陕北保安。毛泽东欢迎她，问她打算干什么，回答是"当红军"。毛泽东说，"好呀！还赶得上，可能还有最后的一仗"①，于是丁玲上了前线。

当时，彭德怀担任前敌副总指挥。丁玲"要粗粗画"他"几笔"，于是有了《彭德怀速写》（1936 年 12 月）。当时的这位老总的肖像是这样的：

> 穿的是最普通的红军装束，但是在灰色的布的表面上，薄薄浮着一层黄的泥灰和黑色的油，显得很旧，而且不大适宜，不过在他似乎从来都没感觉到。脸色是看不清的，因为常常有许多被寒风所摧裂的小口布满着，但在这不算漂亮的脸上有两个黑的、活泼的眼球转动，看得见有在成人脸上找不到的天真和天真的顽皮。还有一张颇大的嘴，充分表示着顽强，这是属于革命的无产阶级的顽强的精神。

我们不得不说丁玲"画"的这幅肖像很传神又很有特色。哪怕是 1955 年穿着元帅服的彭总，也是这样的精神。但这毕竟是在 1936 年，那红军军装旧而且脏，"而且不大适宜"，他不在乎，不，不是不在乎，是"没有感觉到"，更妙的是"脸色是看不清的"。但就在这模糊不清中，愈显出眼珠转动的"天真和天真的顽皮"，那张颇大的嘴所充分表示的"顽强"。这是

---

① 《写在〈到前线去〉的前边》，1979 年。

速写，是油画，又是雕塑。

在这一段话（因为这毕竟是文章）的前后，还有一些文字，是写彭总与下属和群众的关系的。总之，他带的兵"怕他"，"更爱他"，在火线，"因为有了他的存在而不懂得害怕"；无论到了哪里，他和老百姓亲密无间，"后来他走了，但他的印象却永远留在那些简单的纯洁的脑子中"。这是诗。

这篇散文只有 800 字的篇幅，却有史诗的品格。

1942 年 7 月，丁玲在《解放日报》上发表了《三八节有感》。不久，延安开始整风。丁玲在一次高级干部学习会上听到人们批评《三八节有感》和《野百合花》。有的同志怕丁玲受不了，坐到她身旁来问她："怎么样？"这时丁玲注意到"朱总司令戴着一副老花眼镜也不放心地看着我"，这一笔，完成了一篇速写，一幅画像。朱德为什么在这时要这么看着她？因为他"不放心"，怕没有经过整风甚至很少受过批评的女作家丁玲"受不了"。总司令对丁玲的关怀的目光使她永远难忘，所以过了 40 多年以后，她还要向外国留学生这样诉说和描画。她同样不会忘记的是毛泽东"保了"她，说"《三八节有感》和《野百合花》不一样"。这样，丁玲就安全了。这次高级干部学习会后，丁玲被调到文抗机关领导整风①，可见党对她的信任。

1942 年 7 月，抗战 5 周年，朱德约了几位作家到桃林（总司令部）去看电报。他对作家们说："这里不知有多少好材料，都是千真万确的事，请你们看吧，看了好写。"丁玲在那里读了两天电报，前方的英雄事迹深深地感动了她。尽管她从来不赞成仅从文字中摄取材料来写小说，还是写了《十八个》。② 更为珍贵的和值得纪念的是，她因此记下了这么一笔，留下了朱德总司令在桃林的这一幅亲切动人的画像。

丁玲首次见到贺龙，是在 1936 年冬，那时中国工农红军集结在陕甘宁边境，准备再一次打击胡宗南。乡音使贺龙和丁玲认了老乡。后来丁玲到二方面军去，贺老总派人把丁玲的一件旧皮大衣（这是彭老总给她的）拿去换了一件很好的面料，照着丁玲的身材改做了给她。这是彭贺二位老总给丁玲的温暖。

---

① 丁玲：《解答三个问题——在北京语言学院外国留学生座谈会上的讲话》。
② 《写在〈人到前线去〉的前边》，1979 年。

1942 年春夏时分，贺龙到"文抗"看丁玲，丁玲留他午餐。贺龙说："我们的作家每日三餐就吃土豆丝、萝卜条吗？不行！我们一定要把边区的生产搞好，一定要改善作家的生活。"

丁玲曾这样问贺龙：在我们的军队里，什么样的干部是最好的干部？贺龙说："譬如一个团长，任何时候都可以调动他，当他调走后，换了新来的团长能照样指挥部队，带领这个团打胜仗。这样的团长就是最好的团长。"① 丁玲认为这是"名言"，记在心上。

后来，丁玲要到工厂去，边区政府民政厅的负责同志介绍她到生产最好、厂长也是最好的一个工厂去。厂长欢迎了她，然后就到延安开会去了。丁玲在厂里观察，发现这里各方面都好，问题是厂长不在时，没人管事，没人敢做主。过了两天，厂长回来，问丁玲对工厂的印象如何。丁玲说："我先给你讲个故事。"于是她讲了自己与贺龙关于什么样的干部才是最好的干部的回答，告诉他贺龙的"名言"。这位厂长当晚就召开干部会，请丁玲参加。在会上，他讲了贺龙的这个故事，然后检讨说："我们厂最大的问题就是我离开不得，我离开了，谁也不敢做主，我尽管热心负责，但还不是贺龙同志说的好干部。"②

这不是小说，而是事实。贺龙的影响不限于军事，而丁玲的活动也不限于文学。

1944 年，丁玲写了《一二九师与晋冀鲁豫边区》。她在边区得到了蔡树藩、杨秀峰、陈再道、陈赓、陈锡联等的帮助，他们和她谈话，提供材料。后来，她见到了刘伯承。他支持她的写作，"滔滔地"跟她谈话，"了如指掌"地介绍了一二九师的战略思想和群众路线。刘伯承的谈话使丁玲"充满了信心和感情来动手写作"。她写得很带劲，很得意，有时"边写边笑"。例如写到日寇进入娘子关后，汤恩伯四面找救兵，最后找到刘伯承才算"无忧"；又如写到阎锡山听说八路军到了山东，顿足说"共产党下齐鲁，如虎添翼"，她就笑了起来。她写了 3 天，把完稿的文章交给刘伯承。刘伯承很快将文章做了修改，加了很多材料，丁玲认为非常"仔细"和"周到"。他删掉了那些真实地暴露了国民党无能、怕死、作恶和在敌

---

① 《元帅啊，我想念您！》，1980 年。

② 《文学创作的准备》，1981 年。

后降日反共的描写，却是丁玲"不情愿"的，她本来认为这些是写得"精彩的地方"。刘伯承说："我们还是希望他们抗日，你写的虽是真的，但不必刺激他们，我们不放弃最后一点希望。"①

丁玲说，《一二九师与晋冀鲁豫边区》是"一篇实录"，她"始终对它有感情"，因为这次写作是她对敌后生活的深入了解，也是向刘伯承同志的一次很好的学习。我们因此也有幸看到，她为刘伯承画了幅很好的肖像。在战略思想和革命路线上，他站得那样高，想得那样周全，这是作家应该认真学习的。当然，文学创作的艺术不同于军事指挥的艺术，二者各有特点；前者不能照搬和迁就后者，但也不能和后者相违和相悖。因为后者也正是生活。

---

① 《〈一二九师与晋冀鲁豫边区〉自序》，1950 年。

鲁迅与剧运[*]

五四以后，作为新文化运动和革命文学艺术运动的一个重要组成部分，我国的戏剧运动有了新的和大的发展。新文化运动的旗手鲁迅，对我国的戏剧运动极为关注。鲁迅在剧运方面的活动曾经发生过重要的和积极的作用和影响，而他的有关戏剧艺术的文章和言论，则是戏剧理论和文艺理论的重要的和宝贵的遗产，是我们应该认真学习和研究、继承和发扬的。

一

说到五四时期的新文化和文学革命，就不能不说到《新青年》杂志。

正如鲁迅所说："凡是关心现代中国文学的人，谁都知道《新青年》是提倡'文学改良'，后来更进一步而号召'文学革命'的发难者。"[①] 作为文学革命的重要组成部分的戏剧革命，也是"发难"于此的。

鲁迅在 1928 年曾这样回顾十年前的往事：1918 年《新青年》之所以出《易卜生号》，是"因为要建设西洋式的新剧，要高扬戏剧到真的文学底地位，要以白话来兴散文剧"[②]，这就确切地道出了当年《新青年》提倡

---

* 本文最初刊载于《鲁迅研究》1983 年第 7 期。

① 《且介学杂文二集》，《〈中国新文学大系〉小说二集序》。

② 《集外集（奔流）编校后记（三）》。

"真戏"和"西洋派的戏"① 的目的和实质。所谓"要高扬戏剧到真的文学底地位",即是要运用戏剧来描写现实生活,宣传革命思想,为反帝反封建的总任务服务;所谓"要建设西洋式的新剧","要以白话来兴散文剧",则是要建立既与中国传统戏曲不同,又与已没落的"文明戏"不同的新的戏剧,以适应和推进现实斗争生活的发展。于是话剧应运而生了。

鲁迅对于新兴的话剧,从一开始就是关心的。我们打开《鲁迅日记》,就可以看到,在1919年6月19日,鲁迅在日记上写着:"晚与二弟同至第一舞台观学生剧,计《终身大事》一幕,胡适之作,《新村正》四幕,南开学校本也,夜半归。"我们知道,《终身大事》是我国现代戏剧创作的一个最初的尝试和有影响的作品;而《新村正》则是周恩来同志在南开参加编写和演出的话剧,具有鲜明的革命的思想内容:它通过一个恶霸地主在辛亥革命后当上新村正的故事,表现了农民和地主的阶级矛盾,也表现了辛亥革命的不彻底性。这样的"新剧"的创作和演出,在当时受到观众的欢迎,受到鲁迅的重视,是理所当然的。在五四以后,北京的青年们还常把外国的话剧搬上舞台演出,鲁迅也常去观看。他的著名的《娜拉走后怎样》一文,就是1923年12月26日在北京女子高等师范学校文艺会上的演讲,鲁迅讲完,学生演出易卜生的名著《娜拉》。

鲁迅对于话剧的支持,还表现在,在他所主编的刊物如《语丝》、《莽原》和《奔流》上发表剧本。1929年,山东曲阜第二师范学生演出《子见南子》一剧,剧本就是在《奔流》上发表的。这个剧演出后,孔子后裔大为不满,闹到官府里去。鲁迅注意及此,辑录了有关此案的十一篇"公私文字",标以《关于〈子见南子〉》的题目,在《语丝》上发表,并在自撰的"结语"中说,他辑录和发表这些文字,"借以见'圣裔'告状的手段和他们在圣地的威严",并借以揭穿"此案的内幕"。很显然,这是对于封建势力的"旧垒"的有力的战斗。

我们知道,在中国,封建的"旧垒"是盘根错节的,是很不容易攻破的。所以鲁迅经常提醒革命阵营的文学家艺术家在反帝反封建的斗争中要

---

① 钱玄同在《新青年》1918年7月号上发表的《随感录》上说:"如其要中国有真戏,这真戏自然是西洋派的戏,决不是那'脸谱'派的戏。"

"韧"。1928 年，即在《新青年》发表《易卜生号》的十年之后，鲁迅又在《奔流》上比较集中地发表关于易卜生的文章，并在《编校后记》中重新赞扬易卜生"敢于攻击社会，敢于独战多数"，就是有感于当时"戏剧还是那样旧，旧垒还是那样坚"①，想要借此鼓励士气，继续向"旧垒"作战，并推进革命的戏剧运动的发展。

为了促进革命戏剧运动的健康发展，鲁迅不时对戏剧的创作和演出提出精辟的和有益的意见。例如，鲁迅曾指出，"一切文艺是宣传"，但文艺的宣传"当先求内容的充实和技巧的上达，不必忙于挂招牌"②；为了说明这个问题，鲁迅引用当时一个剧本的"结末的警句"——

> 野雉：我再不怕黑暗了。
> 偷儿：我们反抗去！

这样的"反抗""黑暗"，不是对于现实生活的真实的描写，这样的"宣传"也就是无力的了。

鲁迅对于戏剧创作和演出的关注和评论，不但及于政治倾向的是否正确和思想内容的是否深刻，而且及于艺术技巧的是否"上达"和细节描写的是否真实。他在《答〈戏〉周刊编者信》和《寄〈戏〉周刊编者信》③中所说的有关《阿Q》一剧的一些意见，就涉及到戏剧创作的一些重要问题。首先是典型创造问题。鲁迅说，"将《呐喊》中的另外的人物也插进去，以显示未庄或鲁镇的全貌的方法，是很好的"，又说，阿Q形象不应"太特别""古里古怪"，而应该是"平平常常"的"样子"，"有农民式的质朴、愚蠢，但也很沾了些游手之徒的狡猾"；此外还说到"只要在头上戴上一顶瓜皮小帽，就失去了阿Q，我记得我给他戴的是毡帽"。这些意见，实际上是以鲁迅自己的创作经验和语言风格说明戏剧要真实地再现典

---

① 《集外集·〈奔流〉编校后记（三）》。关于"戏剧还是那样旧，旧垒还是那样坚"的情况，鲁迅曾多所论及。例如 1928 年 3 月 22 夜鲁迅致韦素园书中就说："上海的市民是在看"看《开天辟地》（现在已到《尧皇出世了》）和《封神榜》这些旧戏，新戏有《黄慧如产后血崩》（你看怪不怪？）"，可见一斑。

② 《三闲集·文艺与革命》。

③ 均收入《且介亭杂文》。

型环境中的典型人物。这种现实主义的创作论，不但在三十年代的当时是应该大力提倡的，就是在今天，也是应该注意和发扬的。还有一个重要的问题就是戏剧语言问题。鲁迅在前一封信中说，群众的语言是最为生动丰富的，所以"用土话"来写剧本"使本地的看客们能够彻底的了解"，"但如演给别处的人们看，这剧本的作用却减弱，或者简直完全消失了"，因此他主张"编一种对话都是比较的容易了解的剧本，倘在学校之类这些地方扮演，可以无须改动，如果到某一省县，某一乡村里面去，那么，这本子就算是一个底本，将其中的说白都改为当地的土话，不但语言，就是背景，人名，也都可变换，使看客觉得更加切实"。总而言之，鲁迅主张"剧本最好是不要专化，却使大家可以活用"。鲁迅的这些意见，是从生活和戏剧创作的实际出发的，也是从文学艺术的现实主义和大众化的要求出发的，至今对于我们的戏剧创作以及改编和移植工作，都还是有用的。

对于戏剧艺术，鲁迅是一个热心的观赏者，同时也是一个有力的指导者。业余剧人在上海公演果戈理名剧《钦差大臣》，鲁迅在肯定演出的成就的同时，提出了四点意见：一、县长的妻子应该是个丑妇，和女儿争风才有喜剧的效果，如果像"业余"所扮演的那样俊，就和作者本意大有出入了；二、仆人不能那样聪明，因为傻而自作聪明的仆人，是俄国文学的传统；三、钦差大臣所住的旅馆，门该是朝里开的，这样，在门外偷看的人才会一个不留神跌了进来；四、服装应该力求其不改变原来的样子。[①]鲁迅对《钦差大臣》的演出所提的这些意见，和他对《阿Q》剧本所提的意见，可以说是有异曲同工之妙。鲁迅在这里也是说，戏剧创作、改变和演出，都应该力求其真实，哪怕是对于任何一个细节也不能忽视。鲁迅之所以能对《钦差大臣》的演出提出这样具体和中肯的意见，是由于他对于果戈理的创作及其中所表现的俄国社会生活作了深入的了解，具有丰富的知识。由此可见，对于戏剧艺术家和戏剧批评家来说，熟悉生活，充实和丰富自己的文学知识和艺术修养，是极为重要的，舍此是不能做好自己的工作的。

---

① 转引自唐弢《鲁迅对戏剧艺术的一些意见》，《鲁迅在文学战线上》，中国青年出版社1957年版。该文对此注曰：这些意见是鲁迅托丽妮转告业余剧人的，见丽妮《要学习的精神》，收《鲁迅先生纪念集》。

鲁迅关于戏剧的评论有时还论及观众。1922 年，他到北京第一舞台看俄国歌剧团的演出，观众的表现使他不满。"兵们拍手了，在接吻的时候。……非兵们也有几个拍手了，也在接吻的时候……"；于是鲁迅叹道："比沙漠更可怕的人世在这里。"① 1925 年 3 月 25 日，北京女子师范大学哲学系游艺会演出《爱情与世仇》（即《罗密欧与朱丽叶》），鲁迅去看了，他认为"那天的看客，什么也不懂而胡闹的很多，都应该用大批的蚊烟，将它们熏出去的"②。鲁迅的这些批评都写于半个多世纪以前，但他所批评的现象至今并没有绝迹，在大力宣传和提倡"五讲""四美"和建设社会主义的精神文明的今天，鲁迅的这些意见是并没有失去它们的现实意义的。

还有一点应该提到的是，为了推进我国革命的戏剧运动，鲁迅在译介外国戏剧文学方面也尽了他的力量。他翻译的剧本有武者小路实笃的《一个青年的梦》，爱罗先珂的童话剧《桃色的云》，卢那察尔斯基的《解放了的董吉玛德》第一章（因瞿秋白同志从俄文另译，鲁迅未译完全剧）；此外，还翻译了尼可莱伊·叶甫列伊诺夫的《演剧杂感》供中国的戏剧工作者参考。在鲁迅主编的《奔流》上还刊载过契诃夫的剧本《熊》。鲁迅在发表这个剧本时向读者介绍说：曹靖华另有译本，名《蠢货》。"俄国称蠢人为'熊'，盖和中国之称'笨牛'相似。曹译语气简捷，这译本却较曲折，互相对照，各取所长、恐怕于扮演时是很有用处的。"③ 此外，鲁迅还翻译了日本米川正夫关于《熊》剧的《解题》，和剧本同时发表。由此可见，鲁迅对于戏剧，从剧本创作、戏剧理论到"扮演"的艺术，都是很关心很重视的，并随时想尽自己的力量以求得在这些方面对人"有用处"。

二

鲁迅没有写过专门的戏剧理论，但是，他的杂文里的戏剧理论却是丰富的、深刻的，其意义和作用是深远的。

鲁迅向来认为，"文学是战斗的"，又是"改变精神"的。远在 1907

① 《热风·为"俄国歌剧团"》。
② 《两地书之八》。
③ 《集外集·〈分流〉编校后记（十二）》。

年，他著《摩罗诗力说》，表彰"摩罗"诗人，就因为他们"立意在反抗，指归在动作"；同年又著《科学史教篇》，意在说明科学的重要，但其中也说到不能单崇科学而偏废文学，因为"人群所当希冀要求者，不惟奈端已也，亦希诗人如狭斯丕尔"（Shakespear），因为像莎士比亚（狭斯丕尔）那样作家的作品启人"美上之感情，明敏之思想"，"所以致人性于全，不使之偏倚"和"归于枯寂"。五四以后，鲁迅推崇易卜生，认为"与其崇拜孔丘关羽，还不如崇拜达尔文易卜生"，因为他们是"偶像破坏的大人物"①，但又说易卜生写"社会剧"也就"是在做诗"，而"不是为社会提出问题来而且代为解答"②。由此可见，鲁迅对于文艺的性质和作用的认识是极为深刻和全面的。鲁迅向来强调文艺也是宣传，但这宣传必须是文艺，鲁迅的这个思想和有关论述，直到今天，还是可以用来医治我们的戏剧创作的概念化、庸俗化的弊病和自由化与脱离政治的倾向的良方和良药。

鲁迅的言论，由于具有哲学意义和理论价值，又表达得深刻和简练、经常为文艺界和学术界所引用。例如，他在《坟·再论雷峰塔的倒掉》一文中所说的"悲剧将人生的有价值的东西毁灭给人看，喜剧将那无价值的撕破给人看"，就经常被人们当做悲剧和喜剧的定义来引用和理解。不过，我们最好还是把包含这两句话的那一段文字引下来以领会其精神。这一段话是放样的：

> 不过在戏台上罢了，悲剧将人生的有价值的东西毁灭给人看，喜剧将那无价值的撕破给人看。讥讽又不过是喜剧的变简的一支流。但悲壮滑稽，却都是十景病的仇敌，因为都有破坏性，虽然所破坏的方面各不同。中国如十景病尚存，则不但卢梭他们似的疯子决不产生，并且也决不产生一个悲剧作家或喜剧作家或讽刺诗人。所有的，只是喜剧底人物或非喜剧非悲剧底人物，在互相模造的十景中生存，一面各各带了十景病。

① 《热风·随感录（四十六）》。
② 《坟·娜拉走后怎样》。

这样从社会生活和社会革命的全局和全景中分析和研究悲剧、喜剧和讽刺作品，真是发人深省而又别开生面。鲁迅的《再论雷峰塔的倒掉》一文，是为了反对"十景病"而作的。他说，西湖有十景，点心有十样锦，菜有十碗，音乐有十番，阎罗有十殿，药有十全大补，猜拳有全福手福手全，连人的劣迹或罪状，宣布起来也大抵是十条，总之，"中国的许多人"过的是"十全停滞的生活"，即使改朝换代，也不过是"暂一震动"，然后即在刀斧下和瓦砾中"修补老例"——还是"十全停滞的生活"。鲁迅指出，"中国如十景病尚存"，决不会产生悲剧作家或喜剧作家或讽刺诗人，这样的社会"是可悲的"。所以鲁迅呐喊："我们要革新的破坏者，因为他内心有理想的光。"这样的破坏者的破坏和那种"寇盗式的破坏"不同，和那种"奴才式的破坏"也不同，因为这两种破坏的结果都一样："只能留下一片瓦砾，与建设无关。"由此可见，鲁迅认为，"革新的破坏者"的破坏是为了建设，是为了建设新世界而破坏旧世界。鲁迅的这一番话，对于我们的戏剧创作无疑是十分宝贵和极为有益的。即使到了今天，也不能说在我们的生活中没有"十景病"，在我们的戏剧中没有"十样锦"的"点心"和"十全大补"的"药"。带了"十景病"来进行戏剧创作，是不会写出真正的悲剧、喜剧和正剧来的。我们的戏剧家要做革新的破坏者和建设者，内心要有理想的光，要有明确的是非，热烈的爱憎，这样才能写出动人心魄、感人肺腑，有助于医治和驱除"十景病"和建设社会主义的精神文明和物质文明的戏剧。

善于运用中外文学遗产来针砭时弊，这样又对所运用和征引者作出独到的深刻的阐发，是鲁迅杂文的一大特点。在1919年，鲁迅引《群鬼》中欧士华要求其母助其服毒的情节来论"我们现在怎样做父亲"①，1923年，鲁迅引《傀儡家庭》中娜拉出走的故事来论妇女解放和社会革命问题②，就是著名的例子。鲁迅在前一篇文章中说，"这一段描写，实在是我们做父亲的人应该震惊戒惧佩服的"，并指出："倘若现在父母并没有将什么精神上体质上的缺点交给子女，又不遇意外的事，子女便当然健康，总算已经达到了继续生命的目的。但父母的责任还没有完，因为生命虽然继

① 《坟·我们现在怎样做父亲》。
② 《坟·娜拉走后怎样》。

续了，却是停顿不得，所以还须教这新生命去发展。"在后一篇文章中，鲁迅提出"娜拉走后怎样"的问题，说明妇女要求得真正的解放，就必须取得与男子相等的势力，特别是经济平均分配的权力，而要做到这一点，则需要社会的革命和经济制度的改革。这样的论述，极为有助于社会变革和有益于世道人心。而对于易卜生的剧作，则是既揭示了它们的精髓，又突破了它们的思想和时代的局限性而发其作者所未能发，闪耀着鲁迅的革命思想的光辉。

1934 年，鲁迅在对"第三种人"的批评中，曾涉及莎士比亚的剧作《凯撒传》。当时，杜衡在一家刊物上发表了一篇文章，说莎士比亚在《凯撒传》中所表现的群众"只是一种盲目的暴力。他们没有理性，他们没有明确的利害观念：他们底感情是完全被几个煽动家所控制着，所操纵着……这位伟大的剧作者是把群众这样看法的，……这看法，我知道将使作者大大地开罪于许多把群众底理性和感情用另一种方式来估计的朋友们"。① 很显然，这种说法，既是对莎剧的歪曲，又是对群众的诬蔑，并对左翼作家进行了讽刺和攻击。当革命群众的"暴力"正在闹得国民党反动统治阶级心神不宁的 1934 年，"第三种人"发出这样的言论来，是很自然的。因此，鲁迅针锋相对和一针见血地指出："莎剧的确是伟大的，仅就杜衡先生所介绍的几点来说，它实在已打破了文艺和政治无关的高论了。群众是一个力量，但'这力量只是一种盲目的暴力。他们没有理性，他们没有明确的利害观念'，据莎氏的表现，至少，他们就将'民治'的金字招牌踏得粉碎，何况其他？即在目前，也使杜衡先生对于这些问题不能判断了。一本《凯撒传》，就是作政论看，也是极有力量的。"② 鲁迅在这里是用"以子之矛，攻子之盾"的办法，戳穿了资产阶级的"'民治'的金字招牌"和"第三种人"的"文艺和政治无关的高论"，并指出莎士比亚之"伟大"和"极有力量"。但是，人民群众果真是"一种盲目的暴力"吗？"他们"果真是"没有理性，没有明确的利害观念"的群氓吗？为了回答这个问题，鲁迅又针对那篇文章所说的"我们这个东方古国至今还停滞在二千年前的罗马所曾经过的文明底阶段上"而予以批驳说："这一比，

---

① 《且介亭杂文·"以眼还眼"》。
② 《且介亭杂文·"以眼还眼"》。

我就疑心罗马恐怕也曾有过有理性，有明确的利害观念，感情并不被几个煽动家所控制，所操纵的群众，但是被驱散，被压制，被杀戮了。莎士比亚似乎没有调查，或者没有想到，但也许是故意抹杀的，他是古时候的人，有这一手并不算什么玩把戏。"① 在这里，我们又看到，鲁迅是将今比古，引古论今，论证人民群众从来不是"盲目"和"没有理性"的，人民群众的"暴力"不是几个煽动家所能控制和操纵的，但是常常被驱散、被压制、被杀戮，却是事实——不过到了鲁迅执笔为文批评"第三种人"的当时，在我们这个"东方古国"，群众的"暴力"已经发展到不能随便驱散、压制和杀戮，这岂不是这"暴力"是有"理性"和有"明确的利害观念"的更加有力的证明吗？同时，我们在这里又能看到，鲁迅在评论古代的和外国的剧作家——这回是莎士比亚的时候，是把他们放在他们的时代和环境中来考察和评论，这样就能准确地看出他们的伟大和局限。鲁迅在这里虽然只是就莎剧之一种来立论，但也是顾及全人的。是的，作为欧洲文艺复兴时期的一个巨人，莎士比亚的最有代表性的剧作，确实是"当作政论看，也是极有力量的"。

在世界的大剧作家中，鲁迅评论较多的，除了古代的莎士比亚，近代的易卜生以外，还有与他自己同时代但比他早生和后死的萧伯纳。早在1925 年，鲁迅就曾因萧伯纳因"五卅"事件"出而为中国鸣不平"② 而赞扬了他；到了 1933 年，萧伯纳前来中国访问，鲁迅写了好几篇文章"颂萧"。鲁迅把剧作家萧伯纳和剧作家易卜生联系和对比起来加以评论说：

　　绅士淑女们是顶爱面子的人种。易卜生虽然使他们登场，虽然也揭发一点隐蔽，但并不加上结论，却从容地说道："想一想罢，这到底是些什么呢？"绅士淑女们的尊严，确也有一些动摇了，但究竟还留着摇摇摆摆的退走，回家去想的余裕，也就保存了面子。至于回家以后，想了也未，想得怎样，那就不成什么问题，所以他被绍介进中国来，四平八稳、反对的比赞成的少。萧可不这样了，他使他们登场，撕掉了假面具，阔衣装，终于拉住耳朵，指给大家道，"看哪，

① 《花边文学·又是"莎士比亚"》。
② 《华盖集·忽然想到（十）》。

这是蛆虫!"连磋商的工夫,掩盖的法子也不给人有一点;这时候,能笑的就只有并无他所指摘的病痛的下等人了。在这一点上,萧是和下等人相近的,而也就和上等人相远。①

就是这样,鲁迅用简练的笔墨、嬉笑怒骂的文章,把易卜生和萧伯纳的戏剧的精神面貌深刻地揭示出来了。正是因为萧伯纳不留情面地撕掉上等人的假面,在这一点上"和下等人相近,而也就和上等人相远",所以鲁迅"就喜欢了他了"②。的确,鲁迅虽然不写戏剧,但他的小说和杂文"在这一点上"是和萧伯纳"相近"而"和上等人相远"的。鲁迅和中国的"上等人"之不同,从对易卜生和萧伯纳的态度和认识上确实也反映出来了。在中国,对于易卜生,"反对的比赞成的少";易卜生的剧作,不但鲁迅"赞成",就是胡适等人也是"赞成"的,不过他们的"赞成"是有限度的,后来也就消沉下去了;而对于萧伯纳,"上等人"就是大大的不以为然的了。鲁迅之所以要一篇又一篇地著文"颂萧"者,即为此也。所以鲁迅的文章,不但是精辟地评论了外国的剧作家,也深刻地反映了中国的戏剧运动从 20 年代到 30 年代的发展,反映了革命运动在不同的历史时期对于戏剧艺术的不同的要求。当然,我们不能只是"在这一点上"评定易卜生和萧伯纳。易卜生的剧作给人"回家去想的余裕",萧伯纳的剧作撕掉假面不容"磋商"和"掩饰",是各有短长的。易卜生的创作的思想和技法,在世界戏剧史上开创了一个新时代,这是萧伯纳极为佩服的。对于中国戏剧运动和话剧艺术的影响,易卜生也较萧伯纳为大。

三

重视和提倡文学艺术的民族化和大众化,这是鲁迅的文艺思想的一个重要组成部分和它的特点。这个情况,我们从鲁迅对于我国传统的戏剧艺术的态度和言论中也是分明地看到的。

毛泽东同志说:"鲁迅对于外国的东西和中国的东西都懂,但他不轻

---

① 《南腔北调集·"论语"一年》。
② 《南腔北调集·看萧和"看萧的人们"记》。

视中国的。只在中医和京剧方面他的看法不大正确。……他对地方戏还是喜欢的。"① 中外"都懂","不轻视中国的","喜欢"地方戏,这确实道出了鲁迅对于戏剧艺术的看法和特点,也道出了鲁迅和那些数典忘祖的、一味崇洋而轻视祖国文学艺术特别是"下等人"的文艺创造的"上等人"的根本区别。

在写于1922年的《社戏》中,鲁迅一开头就说,"我在倒数上去的二十年中,只看过两回中国戏,前十年是绝不看,因为没有看戏的意思和机会,那两回全在后十年"。然后又说,在这以后,他就"对于中国戏告了别"。根据这个线索来考察,我们可以知道鲁迅一生的观剧情况大致如下:童年时代在家乡看地方戏,这给鲁迅以极为美好和深刻的印象,如他在《社戏》《无常》《女吊》等作品中所告诉我们的;本世纪的第一个十年,鲁迅没有看过中国戏,但外国戏是看的,例如在日本的时候他常常"化费八分钱去立着看戏"②,还曾与许寿裳等看过日本的新剧《风流线》。又,1907年6月,春柳社在日本演出《黑奴吁天录》,鲁迅曾前往观看③,可见鲁迅所说前十年没看"中国戏",这"中国戏"是指中国旧戏而言的。他在本世纪的第二个十年里看过的两回"中国戏"都是京戏,如《社戏》里告诉我们的,这两次的看戏给他留下了很不好的印象。在这以后,据鲁迅的文章、日记、书信和其他材料,确实很少见鲁迅看旧戏的记录,但观看新剧即话剧的记录却并不少见。1924年夏,鲁迅赴西安作学术讲演时,曾应易俗社邀请观看《双锦衣》等剧(据《鲁迅日记》),对扮演楚霸王的秦腔演员刘毓中大为赞赏,并给剧团写"古调独弹"的匾额④。易俗社的宗旨是"编演新戏曲,改造旧社会",它演出的虽是戏曲,却是不能算着旧戏的。鲁迅当时曾捐赠五十元给易俗社,予以资助和支持。⑤ 又,1927年初,鲁迅在厦门曾为该校一学生据《红楼梦》改编的剧本《红绛洞花主》作《小引》,并介绍给出版社出版,这是为了鼓励青年,也是为

---

① 毛泽东:《同音乐工作者的谈话》。
② 池田幸子:《最后一天的鲁迅》。
③ 周遐寿:《鲁迅的故家》。
④ 据《艺术献给人民——记著名秦腔表演艺术家刘毓中》,《光明日报》1981年6月19日。
⑤ 参阅单演义《鲁迅讲学在西安》,长江文艺出版社1957年版。

了该剧是新编"社会家庭问题剧",而清朝人所编《红楼梦散套》则"陈旧了"。① 由此可见,鲁迅对于新事物的爱护和扶持是无微不至的。

对于中国的地方戏,具体地说,对于故乡绍兴的民间戏曲,鲁迅从童年到终年,一直是怀着极为深厚的喜爱的感情的。他在他的一些作品里,给我们描绘了多么悦人耳目、沁人心脾的江南水乡人民在野外看戏的风俗画啊!对于地方戏的艺术特色,鲁迅也多有分析。鲁迅自己说过,他的小说创作,就从戏曲中得到启发和滋养。他说"中国旧戏上,没有背景,新年卖给孩子看的花纸上,只有主要的几个人"的表现方法对于他是"适宜的"(我们知道,中国"花纸"上的人物也多是与戏曲有关的),所以他"不去描写风月,对话也决不说到一大篇"②。他还说,浙东一处戏班中有一种"二花脸"的角色,扮演的是保护或趋奉公子的拳师或清客,其"身份比小丑高,而性格却比小丑坏","乃是小百姓看透了这一种人,提出精华来,制定了的脚色"③;又说,"绍兴戏文中,一向是官员秀才用官话,堂馆狱卒用土话的,也就是生、旦、净大抵用官话,丑用土话。我想,这也并非全为了用这来区别人的上下,雅俗,好坏,还有一个大原因,是警句或炼话,讥刺和滑稽,十之九是出于下等人之口的"④。这些论述,处处都表现出鲁迅的同情、兴趣和赞赏,都是侧重于"小百姓"和"下等人"的创造。而更为动人和令人难忘的,是他在《无常》和《女吊》中谈到"目连戏"中的人物创造时所表现的喜悦、激动的感情和精彩、透辟的议论,鲁迅不但凭着记忆描叙了"无常"和"女吊"的神情体态和衣饰特色,而且凭着记忆记下了他们的某些说白和唱词。例如他写"无常"出场,"服饰比画上还简单,不拿铁索,也不带算盘,就是雪白一条莽汉,粉面朱唇,眉黑如漆,蹙着,不知道是在笑还是在哭。但他一出台就须打一百零八个嚏,同时也放一百零八个屁,这才自述他的履历"。关于个个人物的"自述",鲁迅记下了一大段,说道是"大王出了牌票,叫我去拿隔壁的癞子",因为他被一个名医的儿子治坏了。最后两行是:

---

① 《集外集拾遗·〈绛洞花主〉小引》。
② 《南腔北调集·我怎么做起小说来》。
③ 《准风月谈,二丑艺术》。
④ 《且介亭杂文·答〈戏〉周刊编者信》。

我道 nga① 阿嫂哭得悲伤，暂放他还阳半刻。

大王道我是得钱买放，就将我捆打四十！

这惩罚"给了我们的活无常以不可磨灭的冤苦的印象"，他因此决定了——

难是弗放者箇！

那怕你，钢墙铁壁！

那怕你，皇亲国戚！

在《朝花夕拾·无常》中，鲁迅就是这样写这个人物的"留情"和"不得已"的"毫不留情"，盛赞"这鬼而人，理而情，可怖而可爱的"、为"下等人"所"高兴地正视"的"无常"；而在《且介亭杂文·门外文谈》中，鲁迅又引用了"无常"所说的"那怕你铜墙铁壁！那怕你皇亲国戚！"的话，然后赞道："何等有人情，又何等知过，何等守法，又何等果决，我们的文学家做得出来吗？"这就充分表现了鲁迅对于民间戏曲的尊重和喜爱。在逝世前不久写的《女吊》中，鲁迅赞扬了和分析了他的家乡的"临时集合的 Amateur——农民和工人"，在戏剧上所创造的"一个带复仇性的，比别的一切鬼魂更美，更强的鬼魂。这就是'女吊'"。在这篇文章的最后，鲁迅写道："被压迫者即使没有报复的毒心，也决无被报复的恐惧，只有明明暗暗，吸血吃肉的凶手或其帮闲们，这才赠人以'犯而勿校'或'勿念旧恶的'的格言，——我到今年，才愈加看透了这些人面东西的秘密。"由此可见，鲁迅对于"下等人"的艺术的高度重视，也正是他爱被压迫者所爱、憎被压迫者所憎的阶级感情和立场的一种鲜明和强烈的表现。

鲁迅说："不识字的作家虽然不及文人的细腻，但他却刚健，清新。"② 又说："歌，诗，词，曲，我以为原是民间物，文人取为己有，越做越难懂，弄得变成僵石，他们就又去取一样，又来慢慢的绞死它。"③ 这就是鲁

---

① 据鲁迅在文中所作的解释，nga 意为"我的"。

② 《且介亭杂文·门外文谈》。

③ 《鲁迅书信集上·致姚克》。

迅对于民间文艺的一贯的思想和态度。他之所以不满于民元以后的京剧，与这种思想和态度是一致的。所以他说，"士大夫是常要夺取民间的东西的，将竹枝词改成文言，将'小家碧玉'作为姨太太，但一沾着他们的手，这东西也就跟着他们灭亡。他们将他从俗众中提出，罩上玻璃罩，做起紫檀架子来"，这样的京剧，"雅是雅了，但多数人看不懂，不要看，还觉得自己不配看了"①。鲁迅尊重劳动人民的创造，主张文人的创作要从"玻璃罩里跳出"，要向民间文艺汲取营养，这意见是正确的和有益的。

　　除此以外，鲁迅还对《四郎探母》《双阳公主追狄》这样的剧目深表不满②，对《开天辟地》《封神榜》这样怪异的旧戏感到不能容忍，对于剧院里的"鏖鏖喤喤之灾"和"男人扮女人"的现象也持有异议。这些意见，都是值得我们重视和参考的。

　　但鲁迅对于京剧的看法有偏颇和片面之处。例如，对于梅兰芳，鲁迅颇称赞其早年的"俗的"然而"有生气"的表演，对于他后来变得"雅了"的艺术则一概认为是"罩过玻璃罩"的"不死不活"的东西③；对于脸谱（当然，这不只是京剧所独有），鲁迅在作了"是优伶和看客公同逐渐议定的分类图"等有意义的论述之余，认定"在舞台的构造和看客的程度和古代不同的时候，它更不过是一种赘疣，无须扶持它的存在"④；这些意见，就不能认为是正确的。我们知道，京剧和昆曲及其他许多地方剧种（除了越剧）比较起来是后起的剧种；但它后来居上，成为我国最大的和最有代表性的剧种，不是偶然的。它是1790年"四大徽班"进京后数十年间博采南北各剧种之长而形成的一个能适应南北观众口味的皮黄剧。从程长庚、谭鑫培到梅兰芳、周信芳，我国产生了一系列的京剧表演艺术家，他们的表演艺术许多观众是熟悉的和欢迎的。至于京剧艺术在它形成和发展的过程中形成的一套程式，是来源于生活、经过规范化然后用以表现生活的舞台动作，也为人民所熟悉和喜爱，是不能轻易地从人们的欣赏中退走的。

---

① 《花边文学·略论梅兰芳及其他》。

② 《准风月谈·电影的教训》。

③ 《花边文学·略论梅兰芳及其他》。

④ 《且介亭杂文·脸谱臆测》。

当然，京剧和其他戏曲剧种产生和发展于封建的和半封建半殖民地的旧中国，其中有精华也有糟粕，其表演程式一经形成也难免成为一种坚硬的套子，如不加以革新就难以用来表现新的现实生活，所以戏曲改革是必要的。但在旧中国，即使是有志之士，要进行戏曲改革也是极为困难的，甚至是不可能的。中华人民共和国成立以后，在中国共产党的领导下，戏曲改革才得以实行，并逐步取得了成绩。但时至今日，这仍然是我们的文艺工作和戏剧运动的一个重要的和艰巨的任务。在完成这个任务的过程中，鲁迅关于戏剧艺术、关于文艺的民族化和大众化、关于旧形式的采用等方面的论述，就其主要的精神和原则来说，仍然是我们的宝贵的学习材料。

1981 年 4~5 月

不废江河万古流[*]

——小议对鲁迅的评价

在 1985 年的春夏间,《杂文报》发表出来的两篇文章引起了读者的不满和鲁迅研究者的愤慨。

其一是题为《"牛奶路"及其他》一文,说把 Milky Way 译为"牛奶路"乃是"形象的说法",实"无大错"。这位作者之所以要翻 30 年代的老账,是为了说明"未必'凡是鲁迅先生说过的话'都对"。是的,鲁迅"是人",而天下并无完人,岂能"凡是"他说的话"都对"?只是这位作者举出这件"一直"耿耿在心的问题来并不能帮他的忙,因为把本应译为"银河"的英语译为"牛奶路"确实译错了,这是当事人的赵景深教授从受到鲁迅批评时到他前年辞世前"一直"承认的。

另一篇的题目是《何必言必称鲁迅》。文中说,"一提到杂文,本本都讲鲁迅,章章都讲鲁迅,节节都讲鲁迅","越来越不是味儿",这位"也想写点杂文什么的"作者"担心"被"这么多清一色的鲁货""鲁化"了。此文的末尾说,"我写了这些,该不会有人说我对鲁迅先生大不敬吧"。很明白,这并不是什么研究和批评,而近于鲁迅曾批评过的"辱骂",岂只是"大不敬"而已哉!

说到杂文的学习、写作和研究,言必称鲁迅也许不是唯一的好办法,

---

* 本文最初刊载于《文论报》1986 年第 11 期。

但是，言不称鲁迅却是决然行不通的。这难道不是历史和现实都极明白极深刻地教给我们的道理么？即以《杂文报》而论，它发表的许多文章，就是"言必称鲁迅"的。那么，它为什么要发表这两篇文章？难道是为了引起"争鸣"和表示"创作自由"吗？

这两篇文章立论的角度很不同，但有一个论点是相同的，那就是鲁迅"也是人"，所作所为并不都"可敬"；而且，鲁迅受了当时"左"倾路线"影响"，"伤害"了"一些属于统战对象的朋友甚至自己的同志"（这样的言词两篇文章都有），因而更不"足取"。这个问题牵连较广，实非"牛奶路"问题所可比，这里难以论及。我们只是要问：鲁迅之为鲁迅，难道是这样容易受到错误"影响"的吗？鲁迅的所作所为，特别是他写下的大量杂文，难道不是"左"右开弓地反对错误思想的产物吗？而且，作者们这样提问题，在"政通人和"的现在，究竟想起到怎样的"影响"呢？

看来，最根本的问题是：怎样评价鲁迅。我想，不必在这里引证瞿秋白、毛泽东同志对鲁迅的评论了，因为这是大家都熟知的，甚至能背诵的。我只想引证跟鲁迅所走的道路大不相同，但和后期的鲁迅极为友好的作家郁达夫的几句话："鲁迅的小说，比之中国几千年来所有这方面的杰作，更高一步。至于他的随笔杂感，更提供了前不见于古人，而后人又绝不能追随的风格，……当我们见到局部时，他见到的却是全面。……要了解中国全面的民族精神，除了读《鲁迅全集》以外，别无捷径。"（郁达夫：《鲁迅的伟大》，1937 年日本《改造》杂志第 19 卷第 3 号，《六十年来鲁迅研究论文选》上册，中国社会科学出版社 1982 年出版）

鲁迅的杂文前不见古人，后不见来者，"当我们见到局部时，他见到的却是全面"，鲁迅体现了"全面的民族精神"——这就是郁达夫所见的鲁迅。这样"全面"和"伟大"的人物，怎么会是轻易受到错误"影响"因而"不可一取""不足取"的呢？

当然，贬低谩骂鲁迅的人，五四以后从来就有，我们对此是反对的。鲁迅是人，不是神，可以批评，应该研究，这是没有问题的。但我们主张实事求是的批评，有理有据的研究，而不是相反。对于那些对鲁迅"大不敬"的无理取闹的文章，让我还是引用郁达夫的一首诗来回答：

醉眼朦胧上酒楼，
彷徨呐喊两悠悠。
群盲竭尽蚍蜉力，
不废江河万古流。

此诗为郁达夫 1933 年书赠鲁迅的，读者要看，可到北京鲁迅博物馆，它就摆在那里。

心事浩茫连广宇[*]

——鲁迅自写诗

　　鲁迅是伟大的文学家、思想家和革命家。他的著作的主要成就在于他的白话小说、散文和杂文，而他所作旧体诗，亦不同凡响，独树一帜，内容丰富，色调多彩。其中最为深刻地铭记人心的是鲁迅自写诗。

　　当然，诗人之作都不免抒情，因为都可以说是自写。这里所说的鲁迅自写诗，是指鲁迅写自己的诗，诗人不但抒己之情，而且写己之像。这样的诗最见鲁迅神采，同时显现历史潮流和时代精神。

自题小像

灵台无计逃神矢，风雨如磐暗故园。

寄意寒星荃不察，我以我血荐轩辕。

　　这首诗是鲁迅 1903 年春在日本留学时写的。当时，青年鲁迅深受民族民主革命思想的影响，把自己的辫子剪掉了，并照了一张像，把它赠与当时也在东京的好友许寿裳，然后写这首诗于其上。许寿裳解释这首诗说："首句写留学外邦所受刺激之深，次写遥望故国风雨飘摇之状，三述同胞未醒，不胜寂寞之感，末了直抒怀抱，是一句毕生实践的格言。"（《我所

---

　　[*] 本文出自冯健男自编文集《现代名家诗词探胜》，未刊稿。

认识的鲁迅·怀旧》)这是说得十分真切妥帖的。此外的节外生枝、望文生义的解说，似都无助于读者理解此诗。

这首诗的难解之处在于它的用典，尤其是一、三句的用典。"灵台"出自《庄子·庚桑楚》："不可内（纳）于灵台"，郭象注："灵台者，心也。""神矢"，典出希腊神话：爱神的箭射中男女的心，二人即相爱。"荃不察"出自《离骚》"荃不揆（察）余之衷情兮"，王逸注："荃，香草，以喻君也。"不过鲁迅在用"神矢"之典时转化了它的本义，用在这里已与男女爱情无关，而是说"驱除鞑虏，恢复中华"的革命思想已深入自己的内心；而"荃"用在这里也已改变了它的"喻君"之义，而是用以指中国同胞了。把这一点说明白以后，就好接受许寿裳的解说了。反过来说，许氏的解说有助于我们明白此诗的用典。

这首诗的思想和艺术力量是激动人心的，它表现了当时反对清朝统治的革命思想之力——"神矢"，清王朝的封建专制的黑暗统治之力——"风雨如磐"，表现了这两方面的力的撞击和斗争的不可避免，而这一切，是通过"我心""我血"的激荡来表现的。"寄意寒星荃不察"也写到了一种力，即同胞数亿之力，惜其"未醒"，因而"不察"。这个"寄意"，是鲁迅的创作思想的一个重要方面，在此后的小说和杂文中时有发挥。"我以我血荐轩辕"句则是昂然决然表现了青年鲁迅的心和血之热力。总之《自题小像》是鲁迅当年的诗之"力"作。

当然，当时革命党人抬出"轩辕"，意在"驱除鞑虏"，也就是排满。正如鲁迅后来说的，他在日本东京留学时亲见，"那时的留学生中，很有一部分抱着革命的思想，而所谓革命者，其实是种族革命，要将土地从异族的手里取得，归还旧主人"（《而已集·略论香港》）。同在中国的土地上，以汉人排除满人并不可取，只是满人是"主子"，推翻了满清统治也就推翻了中国最后一个封建王朝，这也是历史发展的必然。

鲁迅在 1931 年曾重写《自题小像》诗，并在诗后书"二十一岁时作，五十一岁时写之，时辛未二月十六日也"。当时，日本对中国的进逼已成为国际帝国主义侵略的主要威胁。这时的中国，又是"风雨如磐"似的黑暗。这时的"我以我血荐轩辕"，无论是鲁迅写之，还是国人读之，都寄以新的时代精神了。

题《呐喊》

弄文罹文网，抗世违世情。

积毁可销骨，空留纸上声。

1933 年 3 月 2 日，鲁迅在《呐喊》《彷徨》上各题诗一首赠一位日本人。这是题在《呐喊》上的诗。

《呐喊》，特别是其首篇《狂人日记》，是鲁迅从事新文学小说创作的开篇，是其"抗世"（反封建）的石破天惊、振聋发聩的一声"呐喊"，也是他"弄文"（用白话文写新文学作品）之始。从此之后，他就因"抗世"而为世所不容，著作屡遭查禁，人身迭经通缉，至于所受到的流言蜚语，造谣中伤，更是家常便饭，真可谓"积毁可销骨"（语出邹阳《狱中上梁王书》："众口铄金，积毁销骨"）了。

鲁迅是中国新文化运动的主将，他受到旧文化势力和反动统治的攻击和迫害是必然的，也是在他的意料之中的。但想不到的是，新文化方面的人，甚至革命文学的倡导者，在 30 年代后期对鲁迅也大肆攻击诬蔑，正如鲁迅自己所说："我到了上海，却遇见文豪们的笔尖的围剿了，创造社，太阳社，'正人君子'们的新月社中人，都说我不好，……我当初还不过是'有闲即是有钱'，'封建余孽'或'没落者'，后来竟被判为主张杀青年的棒喝主义者了。"（《三闲集·序言》）鲁迅在这里所说的"说我不好"的话，就都出自创造社、太阳社中人的"笔尖"。鲁迅的著作，如《呐喊》，也是受以攻击的，太阳社的论者疾呼："阿 Q 的时代早已死去了！"鲁迅的创作不曾追随时代，是"滥废的文学"，如此激烈的批判和攻击，竟也可说是到了"积毁"的地步了。

如上所述，鲁迅写这首诗时，回顾了他自己从《呐喊》以来十年间（《呐喊》初版于 1923 年 8 月）的经历和遭际。但这毕竟是题《呐喊》的诗，我们读之，还亦多关照《呐喊》。

这首诗只四句，每句都关照《呐喊》，而末句"空留纸上声"更是专为《呐喊》而发，并回收以上三句。"纸上声"者，"呐喊"也。"留"在"纸上"，故曰"空留"，犹言"纸上谈兵"。

鲁迅言此，感慨良深。这是鲁迅在《呐喊》出版十年后回头看《呐喊》。这时的鲁迅，由于接受了马克思主义的理论，已经"纠正"了他的"只信进化论的偏颇"（《三闲集·序言》），而就小说创作来说，他深感"现在的人民更加困苦，我的意思也和以前有些不同，又看见了新的文学的潮流，在这境况中，写新的不能，写旧的又不愿"（《集外集拾遗·英译本短篇小说集·自序》）。在企求"新的"时候回头看"旧的"，遂有"空留纸上声"之叹了。

但《呐喊》是不朽的，阿 Q 也是永存的。这一点，作为文学家的鲁迅是深知的。他在"题《呐喊》"后二年为《中国新文学大系·小说二集》所写的序言中毫不含糊地说："从一九一八年五月起，《狂人日记》、《孔乙己》、《药》等，陆续地出现了，算是显示了'文学革命'的实绩。"鲁迅是以历史的发展的眼光看事物的，包括他自己的创作。

题《彷徨》

寂寞新文苑，平安旧战场。
两间余一卒，荷戟独彷徨。

《彷徨》初版于 1926 年 8 月，收入鲁迅 1924~1925 年所作的小说。鲁迅在 1933 年写的这首诗，给当年的"彷徨"者画了一幅像。

此情景鲁迅在散文里也写过，摘录如下：

北京虽然是"五四运动"的策源地，但自从支持着《新青年》和《新潮》的人们风流云散以来，一九二零至二二这三年间，倒显着寂寞荒凉的古战场的情景。（《且介亭杂文二集·中国新文学大系·小说二集·序》）后来《新青年》的团体散掉了，有的高升，有的退隐，有的前进，我又经验了一回同一战阵的伙伴还是会这么变化的，并且落得一个"作家"的头衔，依然在沙漠上走来走去，……只因为成了游勇，布不成阵了，……战斗的意气却冷得不少。新的战友在哪里呢？我想，这是很不好的。于是集印了这时期的十一篇作品，谓之《彷徨》，愿以后不再这模样。（《南腔北调集·自选集·序》）

这两段文字写在《题〈彷徨〉》诗的前后，是诗的最好印证和说明。由此可见，鲁迅的"彷徨"，是寂寞的、孤独的，也是暂时的、有限的，他的"载"还"荷"在肩上，这是一个寻找新路的战士的形象。鲁迅当时（1926 年 11 月 20 日）就说过这样的话："我已决定不再彷徨，拳来拳对，刀来刀当，所以心里也很舒服了。"（《两地书·七九》）

五言四句的小诗，可以写出大气象、大境界。《题呐喊》《题彷徨》就是如此。这关乎所咏的事物，又关乎歌者的襟怀。这两首诗的首二句均为对句，排出大格局大气势，后二句既承接得紧，又收束入妙，使全诗形成浑然一体。古之五言绝句，也有写出大象高致者，如杜甫之"功盖三分国，名成八阵图。江流石不转，遗恨失吞吴"，王之涣的"白日依山尽，黄河入海流，欲穷千里目，更上一层楼"，都以对句开局。而鲁迅的这两首诗，对句所写的都是同一事物，"弄文""抗世"如此，"新文苑""旧战场"亦然，而社会的变化，人生的经验，正是于此得以显示。

惯于长夜

惯于长夜过春时，挈妇将雏鬓有丝。
梦里依稀慈母泪，城头变幻大王旗。
忍看朋辈成新鬼，怒向刀丛觅小诗。
吟罢低眉无写处，月光如水照缁衣。

这首诗是鲁迅于 1931 年 2 月的一个深夜吟成的。地点在一个名叫花园庄的客栈的院子中。鲁迅"挈妇将雏"在这个客栈里住下，是为了躲避反动派政府的逮捕和迫害。当时，反动派已逮捕了左联作家李伟森、柔石、胡也频、冯铿、殷夫，并将他们秘密枪杀。"忍看朋辈成新鬼"，可见这正是悼念左联五烈士的诗。鲁迅后来说过，这是"悼柔石诗"（致杨霁云，1934 年 12 月 20 日），意思也是一样。鲁迅和柔石交往较多。柔石被捕，衣袋里装有鲁迅和北新书局签订的合同，这是祸及鲁迅的一个原因。关于这首诗产生的缘由、情景和过程，鲁迅在两年后写的《为了忘却的记念》（收入《南腔北调集》）中有详细和深切的记述。

鲁迅在此文中多次用了"悲愤"二字来表达他的情感。《惯于长夜》

这首诗就是他"在悲愤中沉静下去"时吟出的。这正是悲愤之作呀！

这首诗是抒情诗，同时也是写实诗。每一首都在抒情，也在记事，全诗当然也是如此。无论是写情，写事，都写到细微处，如"鬓有丝""照缁衣""梦里依稀""吟罢低眉"，同时，又写到大处、远处、深处。这真是言近旨远，心连广宇。

"惯于长夜过春时"，句中的"春时""长夜"，都正是当时，而又不只是写这一时，所以说"惯于"，出语即表现了悲愤，悲愤中的沉静。"长夜"，不知何时止的漫漫长夜也。

"梦里依稀慈母泪，城头变幻大王旗"，这一联即是"长夜"的真实而又概括的形象描写。"慈母泪"，谓"盛传我已被捕"以致"老母饮泣"（致李秉中，1931 年 2 月 4 日）。这是鲁迅的自写诗，这一句如此写自己的老母是自然的，合情合理的。但这又是鲁迅"悼柔石诗"，所以"慈母泪"也写了柔石的母亲。鲁迅在《为了忘却的记念》中说，柔石在被捕前曾回故乡，他的母亲双目失明，要他多住几天，这母子二人的"拳拳之心"真是令人感动。正是因此，当《北斗》创刊时，鲁迅为它选印了珂勒惠支夫人的木刻《牺牲》，"是一个母亲悲哀地献出她的儿子去的，算是只有我一个人心里知道的柔石的记念"。这样看来，"梦里依稀慈母泪"这句诗乃是从诗人自家和柔石家的血泪出发，悲愤地歌唱了千千万万的慈母的"牺牲"的血泪。国家的景象为什么会如此之悲惨呢？这乃是因为，南京城头打出的国民政府的旗子，其实仍然是封建军阀的山大王之旗，左联五烈士和千千万万革命青年正是死于这大旗的刀丛。所以接下来的一联是——

"忍看朋辈成新鬼，怒向刀丛觅小诗。"这一联是全诗的重点和精华，鲁迅的悲愤，他的形象和精神，在这里充分、强烈和深刻地表现出来了。这两句诗也是从写眼前景和当时情出发而达到了高度和深远的概括和涵盖。"新鬼"，自指左联五烈士；"小诗"即是诗人当时正在吟出的悼"朋辈"之诗（所以下句为"吟罢低眉无写处"）。但这"忍看"和"怒向"却大大超越了一时一地一情一景的社会观察和生活斗争，而表现了一个时代和那个时代的反对反动派的文化"围剿"的伟大的光辉形象和精神力量。

这首诗的末句，"月光如水照缁衣"，看来平淡无奇，实则隽永如水，表现了"忍看""怒向"的"悲愤"中的"沉静"。月光如水照着诗人的黑色衣服。这是悲哀而又沉默的境界和形象。诗人"低眉"了。然而他的满腔悲愤随时会"从沉静中抬头走来","怒向刀丛"……

自嘲

运交华盖欲何求，未敢翻身已碰头。

破帽遮颜过闹市，漏船载酒泛中流。

横眉冷对千夫指，俯首甘为孺子牛。

躲进小楼成一统，管他冬夏与春秋。

这首诗写于 1932 年 10 月。诗成后，鲁迅为柳亚子书一条幅，并在诗后写："达夫赏饭，闲人打油，偷得半联，凑成一律，以请亚子先生教正。"所谓达夫赏饭，是郁达夫于 10 月 5 日请鲁迅、柳亚子、郁华（达夫之兄）等人在聚丰园吃饭。鲁迅说这是打油，又说这是"戏作"（鲁迅写《自嘲》于扇面赠一日本人，上书"未年戏作"，见影印本《鲁迅诗稿》），这首诗风格确实如此。但它表现了鲁迅当年经历的严峻的社会现实和生活情景，也表现了因此而生的鲁迅的幽默。

在那样的社会，鲁迅不会交好运的，而只能是"运交华盖"，这在俗人可是噩运，"华盖在上，就要给罩住了，只好碰钉子"（鲁迅《华盖集·题记》）。这个"碰钉子"，到了《自嘲》，也就是"未敢翻身已碰头"了。

"破帽""漏船"一联也是写鲁迅自己当年生活斗争中的险恶处境情状。"破帽遮颜过闹市"乃是实生活的写真，鲁迅过上海之闹市总是存心避免坏人的跟踪。"漏船载酒泛中流"却是写意，但也写出了真实。无论是写实还是写意，都有漫画味道，令人发笑。而在这同时，主人公"过闹市""泛中流"的坚韧斗争精神有力地感奋着我们！

"横眉""俯首"一联也是出自实生活和真性情。鲁迅自己说过，他受到多方面、众多人（"千夫"）的"笔尖"的指责、咒骂、造谣中伤，对这一切，他向来是"横眉冷对千夫指"。"千夫指"出自《汉书·王嘉传》："里谚曰：'千夫所指，无疾而死。'""千夫"即"千人"，但鲁迅用"千夫"却改变其用意，把它用来指"围剿"他的各方面人士了。鲁迅在前一年说过：柔石被捕后，小报盛传他也被捕，"老母饮泣，挚友惊心。……今幸无事，可释远念。然而三告投杼，贤母生疑。千夫所指，无疾而死。生于今世，正不知来日如何耳"（致李秉中，1931 年 2 月 4 日）。由此可见，"千夫所指"，鲁迅用来写自己多受指责的艰难处境，诗中的"千夫指"也是这样。

"横眉冷对千夫指"写的是鲁迅的社会生活，而"俯首甘为孺子牛"写的是鲁迅的家庭生活。孺子，即海婴，时年三岁，鲁迅之爱子也。清人洪亮吉《北江诗话》卷一记有这样的趣事："同里钱秀才季重，工小词，然饮酒使会，有不可一世之概。有三子，溺爱过甚，不令就塾，饭后即引与嬉戏，惟恐不当其意。尝记其柱贴云：酒酣或化庄为蝶，饭饱甘为孺子牛。真狂士也。"鲁迅的"甘为孺子牛"即是从这里"偷得"的。而钱秀才的"为孺子牛"则是从更古的古籍中"偷得"。《左传》哀公六年，"鲍子曰：女忘君之为孺子牛而折其齿乎！"杜预注："孺子，荼也。景公尝衔绳为牛，使荼牵之，荼顿地，故折其齿。"齐景公的这则趣事，也表现了一个父亲对其子的溺爱。鲁迅的这句诗亦复如此，虽然他未尝"衔绳为牛"而"折其齿"。鲁迅溺爱海婴，郁达夫（《回忆鲁迅》）、许寿裳（《怀旧》）都有文章谈到。"达夫赏饭"之时，这也很可能是在座者谈笑的一个话题，为鲁迅提供了"偷得半联，凑成一律"之趣。其实，在一年多以前，鲁迅在一封信里就说过"为孺子牛"，其言曰："我本以绝后顾之忧为目的，而偶失注意，遂有婴儿……只得加倍服劳，为孺子牛耳，尚何言哉。"（致李秉中，1931 年 4 月 15 日）信中和诗中所说的"为孺子牛"，意思正是一致。

我们知道，毛泽东对"横眉""俯首"这两句诗至为推重，引为"我们的座右铭"。这样解说："'千夫'在这里是说敌人，对于无论什么凶恶的敌人我们决不屈服。'孺子'在这里就是说无产阶级和人民大众。一切共产党员，一切革命家，一切革命的文艺工作者，都应该学鲁迅的榜样，做无产阶级和人民大众的'牛'，鞠躬尽瘁，死而后已。"（《在延安文艺座谈会上的讲话》）这是对这两句诗的发挥和超越。他无心解诗，而有意借此教导在延安的文艺工作者学鲁迅的榜样，经他这样解说，确实道出了鲁迅的精神，而这两句诗也就成为千古名句了。

让我们回到《自嘲》。"俯首甘为孺子牛"本是鲁迅写其家庭生活，所以接下去就是"躲进小楼成一统"。这一句和上面的"破帽""漏船"两句关照:"过闹市""泛中流"不但不安全,而且越来越行不通,只好"躲进小楼"了。诗的末句"管他冬夏与春秋",当然不是"国事管他娘","今天天气哈哈哈",而是你有你的一统天下,我有我的一统天下。躲进小楼,斗争不息。鲁迅进行革命斗争的武器,毕竟是他手中的那支笔,他用它可以制造匕首和投枪,不断地刺向敌人。

悼杨铨

> 岂有豪情似旧时,花开花落两由之。
> 何期泪洒江南雨,又为斯民哭健儿。

杨铨,字杏佛,与鲁迅同为中国民权保障同盟(1933 年 1 月成立)执行委员。1933 年 6 月 18 日,被国民党特务暗杀于上海街头。许寿裳在《亡友鲁迅印象记》中说:"杏佛被刺,时盛传鲁迅亦将不免之说。他对我说,实在应该去送殓的。我想了一想,答道:'那我们同去。'是日大雨,鲁迅送殓回去,成诗一首。"可见鲁迅是不顾自己的生命危险去送殓的。"是日大雨"这个记述对于我们欣赏这首诗也很重要。

"岂有豪情似旧时,花开花落两由之",这是悲愤埋藏于心底所激发出的声音。它与两年前的"忍看朋辈成新鬼,怒向刀丛觅小诗"比较起来就有所不同,那就是"忍看""怒向"的"豪情"于今不外现,而是蕴积于内了。这种心情,鲁迅当时有文写出:"革命的先驱者的血,现在已经并不稀奇了。单就我自己说罢,七年前为了几个人,就发过不少激昂的空论,后来听惯了电刑、枪毙、斩决、暗杀的故事,神经渐渐麻木,毫不吃惊,也无言说了。我想,就是报上所记的'人山人海'去看枭首示众的头颅的人们,恐怕也未必觉得更兴奋于看赛花灯的罢。血是流得太多了。"(《南腔北调集·守常全集·题记》)这是鲁迅在写《悼杨铨》诗二十天前写下的话,可以用来解释诗的第一、二句。见花开则喜,见花落则哀,见人才成长则喜,见人才倒下则哀,这是人之常情;而"两由之",也就"毫不吃惊,也无言说",这是异常的了。因为血是流得太多了。

"何期泪洒江南雨,又为斯民哭健儿",这是生活和感情的一大转折,一大波澜。适见悲愤之深，哀痛之巨。是日大雨，好像天也哀伤，为斯民痛哭，泪洒江南。当然，这也是鲁迅自写，在送殓时，泪和着雨，为人民哀伤，为健儿一哭。这首诗，就是这样哭出来的。本"无言说"，却哭吐此诗，真实以情感人。它的艺术性正是由此而生发出来的。当然，花开花落，泪洒江南雨，又自见鲁迅自己的才情。

无题

万家墨面没蒿莱，敢有歌吟动地哀。

心事浩茫连广宇，于无声处听惊雷。

这首诗写于1934年5月。一、二句写人民大众处于深重灾难之中而敢怒而不敢言，三、四句鲁迅自写面对如此黑暗现实的内心感受。末句是最为惊人之笔，非鲁迅不能发此歌吟。

李商隐《瑶池》诗中有句云"黄竹歌声动地哀"，典出《穆天子传》，周穆王行至黄竹之地，大风雪，人民冻饿而死，穆王作歌哀之。鲁迅诗中的"动地哀"本此。

《庄子·天地》有云："荡荡乎！忽然出，勃然动，而万物从之乎！此谓王德之人。视乎冥冥，听乎无声。冥冥之中，独见晓焉；无声之中，独闻和焉。"且不说庄子所谓"王德"与"道"为何，这几句话，就其气象而言，与鲁迅诗之三、四句颇为相似。"心事浩茫连广宇，于无声处听惊雷。""浩茫"，犹"荡荡乎"，"连广宇"，宜其"万物从之"，"于无声处听惊雷"，也就是"无声之中，独闻和焉"了。当然，鲁迅的"听惊雷"，反映了时代精神，即人民"于无声中"所发出的反抗的呼叫和战斗的号角。这是现实生活在鲁迅心中的回声。

亥年残秋偶作

曾惊秋肃临天下，敢遣春温上笔端。

尘海苍茫沉百感，金风萧瑟走千官。

老归大泽菰蒲尽，梦坠空云齿发寒。

竦听荒鸡偏阒寂，起看星斗正阑干。

鲁迅作此诗于 1935 年秋末。

"曾惊秋肃临天下，敢遣春温上笔端"，这是说在祖国危急存亡之秋，怎么能写出温馨如春的东西来。鲁迅在早年所作的《摩罗诗力说》里说："人有读中国文化史者，循代而下，至于卷末，必凄以有所觉，如脱春温而入于秋肃。"这里说"秋肃"使人"凄"，诗里又说"秋肃"使人"惊"，末世的政治和文化的征象正是如此。

"尘海苍茫沉百感"补足上句之意。百感交集，只能沉于心底。"金风萧瑟走千官"，关联首句，补上一景。1935 年，日本帝国主义步步向华北进逼。国民党政府官员纷纷撤离，向南逃逸。

"老归大泽菰蒲尽，梦坠空云齿发寒"，诗人自咏生存的艰难。鲁迅1933 年写有一首《无题》诗云："烟水寻常情，荒村一钓徒。深宵沉醉起，无处觅菰蒲。"可与《亥年残秋偶作》参看。"沉醉"是可以"沉百感"的。"无处见菰蒲"，也就是"菰蒲尽"。菰，浅水中生，新芽结实为菰米。蒲，可用以编席的水草。"老归大泽菰蒲尽"，谓无处可以归宿也。

"竦听荒鸡偏阒寂，起看星斗正阑干"，这是用了晋祖逖和刘琨"中夜闻荒鸡鸣……因起舞"（《晋书·祖逖传》）的故事。不过，这两位古人闻鸡起舞，而鲁迅虽凝神谛听，但听不见鸡叫，只觉得万籁俱寂；好在北斗横斜，天边快见曙光了。庄子说："视乎冥冥，听乎无声。冥冥之中，独见晓焉；无声之中，独闻和焉。"在鲁迅诗中，"于无声处听惊雷"，可以说是"无声之中，独闻和焉"，"起看星斗正阑干"，又可以说是"冥冥之中，独见晓焉"了。

鲁迅晚年，一直把拯救国家和民族新生的希望寄托在反"围剿"和经过长征到达陕北的中国共产党人和工农红军身上。"听惊雷""看星斗"，正是这种心愿的诗意表现。

《亥年残秋偶作》是鲁迅的最后一首诗。

从 1903 年的"我以我血荐轩辕"到 1935 年的"起看星斗正阑干"，可见鲁迅一生的生活和斗争，思想和创造的发展历程。

鲁迅的自写诗是言志和写象之作。它们为鲁迅留下了各个历史时期的画像或剪影，其中响动着时代和历史的步伐和雷声。

关于鲁迅和孙犁的师承关系

——评《我观孙犁》

　　最近接到朋友来信，说《文学自由谈》1989 年第 3 期刊有《我观孙犁》一文，对《文论报》所载论及孙犁的文章提出批评，问我看过此文没有。这使我感到惭愧，因为此文发表已一年了，但我竟没有及时读到。于是托人到图书馆借来这一期《文学自由谈》。《我观孙犁》这个题目我很欣赏，对于一个作家，每一个论者都要谈出自己的观感和见解来才好。这篇文章对"《文论报》（1988 年 12 月 25 日）以整版篇幅论及孙犁，评价一如既往中又有提高"表示不满，提出不同意见，这当然也是值得欢迎的。

　　不过，通读此文之后，我认为，它的主要论点是不正确的，"误差"是在它的一面。

　　此文对我的《论孙犁》一文有所批评。我就从这里说起吧。这并不是我特别看重我自己，想要维护我自己，而是因为从这里谈起比较方便，也比较易于说明问题。

　　这位论者说，"我以为把孙犁看作'是鲁迅的私淑和再传弟子'无论如何是不恰当的"，并注明他所引以批驳的话出自拙作。老实说，我是想不到我的这个论点会受到如此断然的否定性批评的。孙犁向来对鲁迅极为崇敬，潜心学习和研究鲁迅的著作，引以为自己的最重要的师范和引路人。他甚至想要"普及"鲁迅，在抗日战争的烽火中写了两本关于鲁迅的通俗读本，在那样艰苦的环境里出版。联系到他的创作来看，可以清楚地

看出他的思想支柱和师承关系所在。直到晚年，孙犁还是这样说，"我在
文学事业上的师承"是"现实主义"，"我认为中国的新文学，应该沿着
'五四'时期鲁迅和他的同志们开辟和指明的现实主义的道路前进"（《孙
犁文集自序》）。我认为，说孙犁是鲁迅的弟子，"无论如何"是"恰当"
的。当然，鲁迅的弟子和再传弟子有许多，现代中国的一代一代的作家都
不同程度地受到鲁迅的教益和滋养，而孙犁是其中学习最为执着、一贯和
成绩最佳者之一。

那么，为什么论者如此断然否定这个师承关系呢？原来在他看来，
"鲁迅是一位彻底的现实主义作家"，而孙犁所表现的却是"空灵的理想主
义"。他认为孙犁的"美的极致"说就是一种"空灵"观念和"感情倾
向"，是"直面人生"的现实主义的反面。正是因此，孙犁不愿写人世的
邪恶和战争的残酷，只要"歌颂"而不要"暴露"；证之于这位作家的创
作，那就是"在《荷花淀》这类作品中，现实生活中残酷的战争到孙犁的
笔下似变得像一场轻松的游戏，作者所要表现的美好的极致实在缺乏一种
沉实的基础"。

这样评论孙犁的创作，显然"误差"极大。应该说，孙犁的"美的极
致"说和"《荷花淀》这类作品"，是植根于抗日战争时期现实斗争生活
的土壤的，是有其"沉实的基础"的。《荷花淀》中所写的那次胜利的水
中伏击战，正是当年现实的真实而美好的反映。小说描写的重点不在战
斗，而在于那些女人的战斗激情。战士们对敌斗争的胜利，正是从她们的
眼中看到的。战士们进行的殊死战斗，是残酷的战争的一个侧面，孙犁只
是以美的画面出之罢了。孙犁说过："我喜欢写欢乐的东西。我以为女人
比男人更乐观，而人生的悲欢离合，总是与她们有关，所以常常以崇拜的
心情写到她们。我回避我没有参加过的事情，例如实地作战。我写到的都
是我见到的东西，但是经过思考，经过选择。"（《孙犁文集》自序）作家
这样看取生活，这样选择题材，当然有他的自由，只要他写的是真实。当
然，我们在这里既看到孙犁的特点，也看到了他的弱点。他是善于扬其所
长而避其所短的。

《我观孙犁》的作者把鲁迅和孙犁作这样的比较：鲁迅的"创作宗旨
是'直面人生'，并且将自己的任务规定为'揭示病苦，引起疗救的注

意'"；而孙犁的创作没有"直面人生"的"痛苦的勇气"，"取消对现实中邪恶的正视"，表现了"趋美避恶的强烈的主观倾向"，这里除了忽视作家的不同艺术个性以外，尤其重要的是犯了时代错误。我们知道，鲁迅一生是在黑暗的旧中国度过的，他对于苦难的中国人民是"哀其不幸，怒其不争"，所以他要"揭示病苦"，以期人民醒悟和警觉起来，对压迫人民的反动统治者进行抗争；而孙犁开始文学创作是在抗日战争时期的解放区，由于中国革命的发展，边区的人民群众已经觉醒起来，发动起来，团结一致地进行着对敌斗争，这正是鲁迅所期望并为之奋斗的，从鲁迅一代到孙犁一代的革命作家，都是"直面人生"，站在人民的立场上，揭示他们所要揭示的，描绘他们所要描绘的，他们爱憎是一致的，他们的现实主义是一脉相承的。他们的创作，或着重在揭示社会人生的黑暗病苦，或着重在描绘社会人生的光明美善，则是时代使然，生活使然。同时，我们还可以看到，在鲁迅的作品中，并不是没有对光明的呼唤和对真善美的歌颂，在孙犁的作品中，也并不是没有对黑暗的揭露和对假丑恶的暴露——从抗日小说到"芸斋小说"，这样的笔墨常常给人以深刻的印象。

尤其成问题的是，《我观孙犁》认为孙犁的"主观情感倾向"和"理想主义色彩"是由于他受到一种"文学观念的理性制约"，这种"观念"和"制约"就是："在抗日民主根据地和解放区，歌颂新的天地、新的人物成了现实主义作家的根本任务"，解放区的作家受到这样的"制约"，所以不能"直面人生"，而孙犁则把这形成了"观念"，所以在"歌颂和暴露"的问题上比其他作家走得更远。在这位论者看来，只有"暴露"社会人生的黑暗才是"直面人生"，才是现实主义，才是深刻的文学创作；而凡是"歌颂"解放区和新中国的光明的都不是"直面人生"的现实主义，只是"趋美避恶"的理想主义，孙犁"避恶"最甚，"趋美"至"极"，所以是"空灵的理想主义"。这种论调是经不起实际生活和文学史的检验的。《史记》《西厢记》《水浒》《红楼梦》，该是现实主义的巨著和杰作吧，它们的思想和艺术力量，固然在于其深刻的暴露，同时也在于其有力的歌颂。试想如果没有红娘，《西厢记》将何以立？如果没有宝黛，《红楼梦》将何以传？这些作品，都是过去时代的产物，尚且要歌颂当时社会中的先进人物和先进思想——也可以说是光明，何况我们是生活在新社会呢？其实，"从来文艺的任务就在于暴露"这种糊涂观念，毛泽东《在延安文艺座谈会上的讲话》早就批评过了。其中说，"一切危害人民群众的黑暗势力必须暴露之，一切人民群众的革命斗争必须歌颂之"，"歌颂资产阶级光明者其作品未必伟大，刻画资产阶级黑暗者其作品未必渺小，歌颂无产阶级光明者其作品未必不伟大，刻画无产阶级所谓'黑暗'者其作品必定渺小，这难道不是文艺史上的事实吗？"让我们重新学习这个讲话吧！

在八十年代的下半期，在资产阶级自由化思潮的影响下，有些人对马克思主义文艺理论尤其是《在延安文艺座谈会上的讲话》很不恭敬，随心所欲地进行解释和歪曲（这里且不说后来发展到肆无忌惮地进行诋毁和攻击），这在《我观孙犁》一文中就有所表现。为了说明孙犁的迷误，论者这样写道："在中国新文学史上，是鲁迅首先否决了封建主义的'瞒和骗'的文艺，开启了'直面人生'的现实主义文学源流，并且领导了第一个十年的文学主潮。在第二个十年中，由于'革命文学'的兴起，提倡者们激进的社会观和文学观，使新文学现实主义发生了第一次变化：强烈的主观激情替代了对人生的冷静审视；对理想的热情憧憬更甚于对现实黑暗的深刻解剖。到了《讲话》之后，由于'文学为政治服务'的权威理论的确定，鲁迅所开启的中国新文学现实主义事实上第二次发生了重大的变形。"论者这样说，好像是在尊崇鲁迅，其实是在误解鲁迅，歪曲鲁迅；不但是对《讲话》的曲解，而且也是对新文学发展史的曲解。就鲁迅来说，难道他只是"领导了第一个十年的文学主潮"，而第二个十年的文学主潮却和他全然脱离了关系？毛泽东所说鲁迅正是在当年的反对文化"围剿"的斗争中成了中国文化革命的伟人，这难道不是事实吗？是的，现实主义文学至此"发生了变化"，这难道不是可喜的变化，而是可悲的变化吗？鲁迅称赞的《丰收》《八月的乡村》《生死场》，瞿秋白所称赞的《子夜》难道都只是出于"主观激情"、"热情憧憬"而缺乏"冷静审视"和"深刻解剖"吗？当然，无可讳言，革命热情有余而深刻描写不足的"革命文学"是有的，但这是新文学发展中的问题，是应该改进的。问题的原因何在？解决的途径何在？其中当然有作家的主观方面需要改进和提高的因素，而根本问题则在于在国民党反动统治下，作家完全没有接近工农群众、深入革命斗争从而熟悉自己所要描写的对象的自由，要解决这个问题，还有赖于革命运动的发展和人民群众的威力，这难道不是历史的事实吗？

接着就是新文学发展的第三个十年，"到了《讲话》之后"了。在解放区，作家有了深入群众斗争生活的完全的自由，五四以后革命作家梦寐以求而不可得的创作环境和条件现在具备了。《讲话》之后的创作，确实也"发生了重大的变形"，这就是在文学语言上由洋腔洋调、不文不白变为洗练的群众口语；在文学形象上从"衣服是劳动人民，面孔却是小资产阶级知识分子"变为真实的工农兵的面貌和心理。这样的"变形"，难道不是现实主义的深入的发展，反而是比上一次"重大的变形"走得更远也更糟的"热情憧憬"替代现实描写吗？新文学的这种发展变化，难道不是继承和发展了鲁迅所开启的"直面人生"的现实主义新文学，反而是与之背道而驰，甚至又成为"瞒和骗"的文学了吗？

把鲁迅的文艺思想和毛泽东的文艺思想对立起来，这"无论如何是不恰当的"，我希望论者至少要把鲁迅的《对于左翼作家联盟的意见》和毛泽东《在延安文艺座谈会上的讲话》联系起来读，多读几遍，并且读懂。在《讲话》中，毛泽东就引用了鲁迅的话："……如果目的都在工农大众，那当然战线也就统一了。"这句话出自《对于左翼作家联盟的意见》。鲁迅的"目的"在工农大众，毛泽东提出为工农兵的文艺方向，其艺术目的的一致性是显而易见的。由此可见，我认为论者如此这般的评说《讲话》，评说中国新文学的发展史，是一种曲解甚至是瞎说一通，该是不过分的。但我完全同意《我观孙犁》一文中所说的"孙犁研究确实有待深入"，还应"作新的研究"的观点，因为只有经过深入的研究，才能恰当地评定他在"现当代文学史上"的地位。

1990 年 5 月 6 日

编后记

在河北师范大学文学院的统筹安排下，我们自 2016 年 3 月下旬起开始着手编选这本《冯健男文学批评选集》。冯健男先生作为文艺学专业首任硕士生导师，为本学科的创建与发展做出了奠基性的贡献。我们编选这本选集，一来是向前辈学人致以敬意，二来是要在新的历史语境中激活这份宝贵的"遗产"。

这本选集参考了马云、冯荣光编选的四卷本《冯健男文集》（花山文艺出版社，2009 年版，约 230 万字），选取其中最能代表冯健男先生文学批评及文艺理论成就的文字，分"废名研究专论""文学理论介入""现当代文学批评"三编，意在集中呈现冯先生的批评、理论贡献。冯先生的废名研究在国内外享有盛誉，批评对象广泛涉及诸多现当代作家，由此奠定的批评家身份在某种程度上遮蔽了他学术贡献的另一个重要方面，即作为马克思主义文论家对文学理论论争的介入。我们将"文学理论介入"部分作为第二编正是为了还原冯先生的理论家身份。

这里所选的篇什，总体上按照当初发表的时间顺序编排，以便历史性地呈现冯先生的批评踪迹；有共同论题的文章则编为一组，内部再以发表时间先后排列（如不同时期论《红旗谱》的两篇重要文章、论鲁迅的系列文章），从中可以直观地看到冯先生观点的发展和深化。注释方式上依据冯先生最初的引文方式，以脚注的形式给出。每篇文章的第一个注释为编者所加，注明了各篇文章的原始出处，其余均为原文注释。

文艺学专业的研究生李鑫鑫、武佳宁、樊婧、宋路瑶在紧张的学习之余，付出大量的时间和精力打印出这本选集的全部文稿，其中樊婧又负责了初期的统稿工作。在此，谨向四位同学表示感谢！

这本选集中的文章虽烙有时代的痕迹，但是颇值得细读，当为研究当代文学批评史无法绕过的文献。编选失当之处，敬待批评指正。

编选者

2016 年 12 月 31 日

图书在版编目（CIP）数据

冯健男文学批评选集 / 冯健男著；孙秀昌，刘欣编
. -- 北京：社会科学文献出版社，2021.3
（燕赵学脉文库）
ISBN 978-7-5201-2433-1

Ⅰ.①冯… Ⅱ.①冯… ②孙… ③刘… Ⅲ.①中国文
学-当代文学-文学评论-文集 Ⅳ.①I206.7-53

中国版本图书馆 CIP 数据核字（2018）第 048657 号

·燕赵学脉文库·

冯健男文学批评选集

著　　者 / 冯健男
编　　者 / 孙秀昌　刘　欣

出 版 人 / 王利民
责任编辑 / 李建廷　孙连芹

出　　版 / 社会科学文献出版社（010）59367215
　　　　　　地址：北京市北三环中路甲 29 号院华龙大厦　邮编：100029
　　　　　　网址：www.ssap.com.cn
发　　行 / 市场营销中心（010）59367081　59367083
印　　装 / 三河市尚艺印装有限公司

规　　格 / 开　本：787mm × 1092mm　1/16
　　　　　　印　张：28.5　字　数：445 千字
版　　次 / 2021 年 3 月第 1 版　2021 年 3 月第 1 次印刷
书　　号 / ISBN 978-7-5201-2433-1
定　　价 / 168.00 元